*Pour Blair Boone et Charles de Lint.*

# Joyaux

le Blanc

le Jaune

l'Œil-de-tigre

le Rose

le Ciel d'été

le Pourpre vespéral

——————— l'Opale ———————

le Vert

le Saphir

le Rouge

le Gris

le Gris ébène

le Noir

L'Opale sépare les Joyaux clairs des Joyaux sombres, car il peut être l'un ou l'autre.

Une personne qui fait une Offrande à la Ténèbre peut descendre d'un maximum de trois rangs à partir de son Joyau de naissance.

Exemple : un Blanc de naissance peut descendre jusqu'au Rose.

# Hiérarchie du Lignage / Castes

## Hommes

**Les communs** : tout homme ne faisant pas partie du Lignage.
**Les membres du Lignage (hommes du Lignage)** : terme générique désignant tous les hommes du Lignage, mais particulièrement ceux qui ne portent pas de Joyaux.
**Les seigneurs de guerre** : hommes du Lignage dont le statut équivaut à celui des sorcières.
**Les princes** : hommes du Lignage de statut équivalent à celui des prêtresses ou des guérisseuses.
**Les princes de guerre** : les plus dangereux des hommes du Lignage, extrêmement agressifs. Statut légèrement inférieur à celui d'une Reine.

## Femmes

**Les communes** : toute femme ne faisant pas partie du Lignage.
**Les membres du Lignage (femmes du Lignage)** : terme générique qui désigne toutes les femmes du Lignage, mais particulièrement celles qui ne portent pas de Joyaux.
**Les sorcières** : femmes du Lignage portant des Joyaux, mais ne faisant pas partie des castes supérieures. Désigne aussi, plus généralement, toute femme du Lignage porteuse de Joyaux.

**Les guérisseuses** : sorcières qui guérissent les blessures physiques et les maladies. De statut égal à celui des prêtresses ou des princes.
**Les prêtresses** : sorcières chargées des Autels, des sanctuaires et des Autels Noirs. Témoins des fiançailles et des mariages. Procèdent aux Offrandes. De statut égal à celui des guérisseuses et des princes.
**Les Veuves Noires** : sorcières qui guérissent l'esprit. Elles tissent des toiles emmêlées de songes et de visions. Formées aux illusions et aux poisons.
**La Reine** : la sorcière qui gouverne le Lignage. Elle est considérée comme le centre vital des royaumes, le centre de moralité du Lignage, et est donc celle autour de qui gravite la société.

# Prologue

## Terreille

Je suis Tersa la Tisseuse, Tersa la Menteuse, Tersa l'Insensée.

Lorsque les seigneurs et les dames du Lignage se retrouvent autour d'un banquet, je suis le divertissement qui vient une fois que les musiciens ont joué et une fois achevées les danses des filles et des garçons agiles, une fois que les hommes ont abusé du vin et exigent qu'on lise leur avenir.

— Racontez-nous une histoire, Tisseuse, braillent-ils en passant la main sur la croupe des servantes, tandis que leurs dames lorgnent les jeunes gens et décident qui aura le douloureux plaisir de servir dans leur lit cette nuit-là.

J'étais des leurs, autrefois, j'étais du Lignage comme ils sont du Lignage.

Non, ce n'est pas vrai. Je n'en étais pas membre à part entière. Voilà pourquoi je fus rompue par la hampe d'un seigneur de guerre et me suis muée en verre brisé qui ne reflète que ce qui *aurait pu se produire.*

Il est ardu de dompter un mâle Orné, mais la vie d'une sorcière est suspendue au fil de l'hymen, et ce qui survient lors de sa Première Nuit détermine son sort : soit elle sera pleinement apte à pratiquer l'Art, soit elle deviendra un réceptacle cassé, portant éternellement le deuil de cette partie d'elle-même qui fut perdue. Oh, il reste bien toujours un résidu de magie ! Assez pour les tours de passe-passe des salons et pour vivre au jour le jour, mais il ne s'agit pas de l'Art, cette substance vitale de notre espèce.

L'on peut néanmoins reconquérir l'Art… si l'on est prêt à payer le prix.

Lorsque j'étais plus jeune, j'ai lutté pour résister à cette ultime glissade vers le Royaume Perverti. Mieux vaut être brisée et saine d'esprit que brisée et folle. Mieux vaut contempler le monde et savoir qu'un arbre est un arbre, une fleur une fleur, plutôt que de discerner des formes grises et fantomatiques à travers un voile de gaze, et de ne voir clairement que les tessons de notre propre personnalité éclatée.

Voilà ce que je pensais à cette époque.

Je m'avance vers le petit tabouret en traînant les pieds et je m'efforce de rester à l'orée du Royaume Perverti. Je distingue la réalité physique avec netteté pour la dernière fois. Je positionne soigneusement le cadre en bois qui porte ma toile emmêlée, ma toile de songes et de visions, sur le guéridon jouxtant le siège.

Seigneurs et dames attendent de moi que je leur dise leur avenir, et je l'ai toujours fait : non pas grâce à l'Art, mais en ouvrant mes yeux et mes oreilles et en leur racontant ce qu'ils veulent entendre.

Élémentaire. Pas de magie là-dedans.

Mais pas ce soir.

Depuis des jours maintenant, je perçois une curieuse espèce de tonnerre, un lointain appel. La nuit dernière, j'ai capitulé devant la folie afin de reconquérir mon Art de Veuve Noire, de sorcière des cénacles du Sablier. La nuit dernière, j'ai tissé une toile emmêlée pour discerner les songes et les visions.

Ce soir, il n'y aura pas de prévisions. Je n'ai la force d'annoncer cela qu'une fois et une seule. Je dois m'assurer que ceux qui doivent entendre se trouvent dans la salle avant de commencer à parler.

J'attends. Ils ne le remarquent pas. L'on remplit les verres encore et encore tandis que je lutte pour demeurer en deçà du Royaume Perverti.

Ah, le voilà ! Daimon Sadi, du Territoire que l'on nomme Hayll. Il est beau, amer, cruel. Il a le sourire d'un séducteur, un corps que les femmes veulent toucher et par lequel elles veulent être caressées, mais une rage froide et inextinguible l'habite. Quand les dames mentionnent ses prouesses de chambre, c'est en murmurant ces mots : « plaisir atroce ». Je ne doute pas qu'il soit assez sadique pour mêler douleur et extase en proportions égales, mais il m'a toujours témoigné de la gentillesse, et ce que je vais lui jeter en pâture ce soir, c'est un petit os fait d'espoir. Toujours est-il que personne ne lui a jamais offert un présent de cette importance.

L'auditoire montre des signes d'impatience. D'ordinaire, je ne retarde pas autant mes déclarations. L'agitation et l'agacement s'accroissent, mais j'attends. Après ce soir, cela ne fera aucune différence.

Et il y a le second, dans le coin opposé de la salle. Lucivar Yaslana, le demi-sang eyrien du Territoire nommé Askavi.

Hayll ne porte pas Askavi dans son cœur et Askavi le lui rend bien, mais Daimon et Lucivar sont attirés l'un vers l'autre sans concevoir la raison de ce phénomène ; leurs existences sont tellement enchevêtrées qu'ils sont inséparables. Amis presque malgré eux, ils ont participé à de légendaires batailles, ils ont détruit tant de cours que le Lignage craint de les voir ensemble, même momentanément.

Je lève les mains et les laisse retomber sur mes genoux. Daimon m'observe. Son attitude n'a pas changé d'une once, mais je sais qu'il attend, qu'il écoute. Et parce qu'il écoute, Lucivar écoute également.

— Elle vient.

Ils n'ont tout d'abord pas conscience que j'ai parlé. Puis, à mesure qu'ils comprennent mes paroles, naissent les murmures d'irritation.

— Stupide garce ! vociféra quelqu'un. Dis-moi qui je vais aimer cette nuit.

— Quelle importance ? Elle vient. Le royaume de Terreille sera mis en pièces par son avidité insensée. Ceux qui survivront *la* serviront, mais peu vivront.

Je glisse et m'éloigne du bord. Des larmes de dépit coulent sur mes joues. Pas encore. Douce Ténèbre, pas encore. Je n'ai pas fini.

Daimon s'agenouille à côté de moi, ses mains couvrent les miennes. Je m'adresse à lui, rien qu'à lui et, à travers lui, à Lucivar.

— Le Lignage terreillien profane les coutumes ancestrales et moque tout ce qui fait notre essence. (D'un geste de la main, j'indique ceux qui règnent présentement.) Ses membres déforment les choses à leur avantage. Ils se griment et mènent une vie de faux-semblants. Ils portent les Joyaux du Lignage, mais ignorent ce que signifie en être membre. Ils parlent d'honorer la Ténèbre, mais c'est un mensonge. Ils n'honorent rien d'autre que leurs propres ambitions. Le Lignage a été créé afin de sauvegarder les royaumes. Telle est la raison pour laquelle nous avons reçu notre pouvoir. C'est pourquoi nous sommes issus des peuples de chaque Territoire tout en étant foncièrement éloignés d'eux. Le jour de la reddition des comptes approche, et le Lignage devra répondre de ce qu'il est devenu.

— Ce sont eux qui règnent, Tersa, dit Daimon avec tristesse. Qui reste-t-il pour demander des comptes ? Des esclaves bâtards comme moi ?

Je sombre rapidement. J'enfonce mes ongles dans ses mains jusqu'au sang, mais il ne les retire pas. Je baisse la voix. Il tend l'oreille.

— Cela fait longtemps, très longtemps que la Ténèbre dispose d'un prince. À présent, la Reine arrive. Cela peut prendre des décennies, des siècles, qui sait ? Mais elle arrive. (Du menton, je désigne les seigneurs et les dames attablés.) D'ici là, ils seront retournés à la poussière, mais l'Eyrien et vous, vous serez présents et vous la servirez.

Ses yeux dorés expriment toute sa frustration.

— Quelle Reine ? Qui vient donc ?

— Le mythe vivant, murmuré-je. Les rêves faits chair.

Un appétit farouche remplace instantanément sa stupeur.

— Vous êtes sûre ?

La pièce est une brume tourbillonnante. Il est le seul élément que je distingue encore très clairement. Il est tout ce dont j'ai besoin.

— Je l'ai vue dans la toile emmêlée, Daimon. Je l'ai vue.

Je suis trop lasse pour m'accrocher au monde réel, mais j'agrippe ses mains avec entêtement pour lui dire une dernière chose.

— L'Eyrien, Daimon.

Il jette un regard à Lucivar.

— Eh bien ?

— Il est votre frère. Vous êtes les fils de votre père.

Je n'y tiens plus et plonge dans la folie qu'on nomme le Royaume Perverti. Je tombe sans relâche parmi les débris de ma personnalité. Le monde tournoie et vole en éclats. Dans ses fragments, je vois celles qui étaient autrefois mes Sœurs se presser autour des tables, effrayées et déterminées, et Daimon qui tend les bras en un geste naturel, presque comme par accident, détruisant ainsi la fragile soie d'araigne de ma toile emmêlée.

Il est impossible de reconstituer une toile emmêlée. Les Veuves Noires de Terreille pourront bien s'y essayer année après année, dans la peur. Mais cela sera vain, en définitive. Il ne s'agira pas de la même toile, et elles ne discerneront pas ce que j'ai perçu.

Dans le monde gris au-dessus de ma tête, je m'entends hurler de rire. Loin en contrebas, dans l'abîme psychique qui participe de la Ténèbre, j'entends un autre hurlement, plein de joie et de souffrance, de rage et de réjouissance.

Ce n'est pas une simple sorcière qui vient, Sœurs insensées, mais Sorcière.

# Première partie

# Chapitre premier

## 1. Terreille

Lucivar Yaslana, le demi-sang eyrien, regarda les gardes traîner le condamné en pleurs sur le bateau. Il ne ressentait aucune compassion envers cet individu qui allait être châtié pour s'être trouvé à la tête d'une révolte qui avait échoué. Dans le Territoire que l'on nomme Pruul, la compassion était un luxe qu'aucun esclave ne pouvait se permettre.

Il avait refusé de prendre part au soulèvement. Les meneurs étaient des hommes bien, mais ils n'avaient pas la force, le courage ou les couilles de faire le nécessaire. Ils n'aimaient pas voir couler le sang.

Lui-même n'avait pas participé. En dépit de cela, Zuultah, reine de Pruul, l'avait puni.

Sa peau était déjà à vif en raison des lourdes chaînes passées à son cou et à ses poignets, et tout son dos n'était plus que douleur à cause du fouet. Il déploya ses ailes noires membraneuses pour essayer de soulager son échine meurtrie.

Immédiatement, un soldat vint l'agacer du bout de son gourdin, avant de battre en retraite devant le sifflement de colère feutré que cela occasionna.

Contrairement aux autres captifs, qui ne pouvaient contenir leur désespoir ou leur crainte, les yeux dorés de Lucivar étaient vides de toute expression ; il n'émanait de lui aucune trace psychique, signe d'une émotion, avec laquelle les surveillants auraient pu jouer tout en plaçant l'homme éploré dans la vieille embarcation minuscule, désormais impropre à la navigation. La coque de bois pourri comportait des trous béants, des trous qui, à présent, augmentaient sa valeur.

Le condamné était chétif et affamé. Il ne fallut toutefois pas moins de six gardes pour l'obliger à monter à bord. Cinq d'entre eux lui immobilisèrent le cou, les bras et les jambes. Le sixième badigeonna ses parties génitales de graisse de porc avant de faire coulisser les lattes au-dessus de lui. Ce couvercle convenait parfaitement au bateau et avait été évidé pour laisser passer la tête et les mains. Une fois que celles de l'esclave eurent été attachées à des anneaux de fer fixés aux plats-bords, le couvercle fut verrouillé, si bien que seuls les surveillants auraient pu l'ôter.

L'un d'eux examina le prisonnier et secoua la tête avec un feint désarroi moqueur. Il se tourna vers ses collègues et dit :

— On devrait lui donner un dernier repas avant de l'envoyer à la mer.

Tous s'esclaffèrent. Le condamné appela à l'aide.

Un à un, ils fourrèrent avec soin de la nourriture dans la bouche de l'homme, avant de regrouper les autres esclaves et de les ramener aux écuries où ils étaient parqués.

— Il va y avoir du divertissement ce soir, les gars ! s'époumona un garde en riant. Souvenez-vous-en la prochaine fois que vous déciderez de quitter le service de dame Zuultah.

Lucivar regarda par-dessus son épaule avant de détourner les yeux.

Attirés par l'odeur des aliments, les rats se faufilèrent par les orifices béants dans la coque.

L'homme hurla.

Des nuages filaient dans le ciel, des nuages gris qui occultaient le clair de lune. Dans le bateau, le prisonnier ne bougeait pas. Ses genoux étaient des plaies ouvertes et sanglantes, car il avait donné des coups dans le couvercle en s'efforçant de repousser la vermine. Ses cordes vocales étaient endommagées à force d'avoir hurlé.

Lucivar s'agenouilla derrière l'embarcation avec précaution pour ne pas faire cliqueter ses chaînes.

— Je n'ai pas parlé, Yasi, dit le condamné d'une voix éraillée. Ils ont voulu m'y obliger, mais je n'ai pas parlé du tout. Il me restait assez d'honneur pour ça.

Lucivar approcha une coupe de ses lèvres.

— Buvez cela, répondit-il en un murmure venu de loin, appartenant à la nuit.

— Non, gémit l'homme. Non.

Il se mit à pleurer, un son rude et guttural sortant de sa gorge ravagée.

— Chut, maintenant. Chut. Cela va vous aider, susurra Lucivar.

Il lui soutint la nuque et introduisit le rebord du récipient entre ses lèvres enflées. Quand le supplicié eut avalé deux gorgées, il caressa avec douceur la tête du prisonnier, du bout des doigts.

— Cela va vous aider, répéta-t-il en avançant de nouveau la coupe.

— Je suis un seigneur de guerre du Lignage, dit l'homme. (Il poursuivit avec un regain d'assurance, mais une difficulté manifeste à articuler :) Et vous êtes un prince de guerre. Pourquoi nous font-ils cela, Yasi ?

— Parce qu'ils n'ont aucun honneur. Parce qu'ils ne se rappellent pas ce que signifie appartenir au Lignage. L'influence de la Grande Prêtresse d'Hayll est un fléau qui se répand à travers le royaume depuis des siècles et qui consume lentement chaque Territoire qu'il touche.

— Peut-être que les communs ont raison, alors. Peut-être que le Lignage est maléfique.

— Non, répondit Lucivar sans cesser de caresser le front et les tempes du prisonnier. Nous sommes ce que nous sommes. Ni plus ni moins. Au sein de chaque espèce cohabitent du bon et du mauvais. C'est le mal en nous qui règne actuellement.

— Et les bons, où sont-ils ? demanda l'homme, qui semblait s'assoupir.

Lucivar l'embrassa sur le front.

— Ils ont été anéantis ou réduits en esclavage. (Il présenta de nouveau la coupe.) Finissez de boire, petit Frère, et tout s'achèvera.

Il se servit de l'Art pour faire disparaître le récipient lorsque le condamné eut avalé la dernière gorgée.

— Je me sens très courageux, Yasi, dit celui-ci en riant.

— Vous l'êtes.

— Les rats… Je n'ai plus de couilles.

— Je sais.

— J'ai pleuré, Yasi. Devant eux tous, j'ai pleuré.

— Cela n'a pas d'importance.

— Je suis un seigneur de guerre. Je n'aurais pas dû.

— Vous n'avez pas parlé. Vous avez été valeureux quand vous en avez eu besoin.

— Zuultah a quand même tué les autres.

— Elle nous le paiera, petit Frère. Un jour, elles paieront pour tout, elle et ses semblables.

Il massa avec douceur le cou du condamné.

— Yasi, je…

Le geste fut soudain, accompagné d'un bruit sec.

Lucivar reposa délicatement la tête qui dodelinait et se redressa lentement. Il aurait pu leur dire que le plan ne fonctionnerait pas, que l'Anneau d'obéissance pouvait être réglé avec une précision d'horloge, afin d'avertir son possesseur que l'Entravé retrouvait force et détermination. Il aurait pu leur parler des volutes de magie malveillante qui les asservissaient et dont l'influence s'était par trop propagée, et leur expliquer qu'il leur faudrait faire preuve d'une sauvagerie plus douce que ce dont la plupart des humains étaient capables pour réussir à se libérer. Il aurait pu leur dire qu'il existait des armes plus cruelles que l'Anneau pour s'attacher la docilité de quelqu'un, que le fait qu'ils se soucient les uns des autres allait les conduire à leur perte ; que l'unique moyen de s'échapper, ne serait-ce que l'espace d'un instant, était de ne s'inquiéter de personne, d'être seul.

Il aurait pu leur dire.

Et pourtant, lorsqu'ils l'avaient approché avec timidité et prudence, lui, un prince qui avait brisé ses chaînes à de multiples reprises au fil des siècles mais était demeuré esclave, voilà tout ce qu'il leur avait confié : « Sacrifiez tout. »

Ils s'étaient éloignés déçus, incapables de comprendre que c'était exactement ce qu'il avait voulu dire. Tout sacrifier. Et il existait une chose, une unique chose que lui-même ne pouvait – refusait de – sacrifier.

Combien de fois, après qu'il se fut rendu au joug de ce cruel Anneau d'or placé autour de son organe viril, Daimon était-il venu à lui et l'avait-il plaqué contre le mur, le traitant de fou et de couard parce qu'il avait capitulé ?

*Menteur. Animal de cour qui enrobe ses mensonges de soie.*

Une fois, Dorothéa SaDiablo s'était lancée à corps perdu à la poursuite de Daimon Sadi, qui s'était volatilisé d'une cour sans laisser de trace. Il avait fallu cent ans pour le débusquer, et deux milliers de seigneurs de guerre avaient trouvé la mort en tentant de le capturer. Il aurait pu se servir du petit Territoire sauvage qu'il détenait pour vaincre la moitié du royaume de Terreille, aurait pu devenir une menace tangible pour Hayll la conquérante qui absorbait chaque peuple qu'elle touchait. Au lieu de cela, il avait lu une lettre que Dorothéa lui avait fait porter. L'avait lue et s'était rendu.

La missive disait simplement : « Rendez-vous avant la nouvelle lune. Chaque jour qui passera ensuite en votre absence, je prélèverai un morceau sur le corps de votre frère pour rançon de votre arrogance. »

Lucivar se secoua pour essayer de déloger ces pensées malvenues. Par certains côtés, les souvenirs étaient pires que le fouet, car cela le conduisait à se remémorer Askavi et ses montagnes qui se dressaient pour percer le ciel, aux vallées regorgeant de villes, de fermes et de forêts. Non pas qu'Askavi soit encore bien fertile ; elle avait été profanée trop de siècles durant par ceux qui prenaient sans jamais donner en retour. Mais elle restait son foyer, et des lustres d'exil servile avaient induit chez lui une puissante nostalgie : la senteur de l'air pur des cimes, le goût de l'eau fraîche des ruisseaux, le silence des bois et, par-dessus tout, les sommets desquels s'élançaient les Eyriens.

Mais il se trouvait en Pruul, ce désert brûlant et pelé, au service de cette garce de Zuultah parce qu'il n'avait pas réussi à taire son dégoût pour Prythienne, la Grande Prêtresse d'Askavi, n'était pas parvenu à juguler suffisamment son tempérament pour servir des sorcières qu'il méprisait.

Car, au sein du Lignage, les hommes étaient destinés à servir, non à régner. Il n'avait jamais remis en cause cette situation, même si, au fil des siècles, il avait tué nombre de ces femmes. Il les avait tuées parce qu'être leur laquais était une insulte, parce qu'il était un prince de guerre eyrien portant des Joyaux gris ébène et qu'il refusait de croire que servir et se traîner aux pieds de quelqu'un étaient synonymes. En raison de son statut de bâtard et de demi-sang, il avait peu d'espoir de s'élever à une position enviable, malgré son rang de Joyaux. Et parce qu'il était un guerrier eyrien entraîné et doté d'un tempérament explosif, même à l'aune des autres princes de guerre, il se faisait encore moins d'illusions : jamais on ne le laisserait vivre sans le soumettre aux chaînes sociales d'une cour.

Et il était pris au piège, comme l'étaient tous les hommes du Lignage. Dès la naissance, quelque chose, en eux, leur donnait l'impérieux besoin d'être au service de quelqu'un, leur enjoignait de se lier, de n'importe quelle manière, à une femme du Lignage.

Son épaule tressauta et l'une des entailles provoquées par le fouet se rouvrit. Lucivar inspira avec un petit sifflement. Il toucha la plaie avec circonspection et, lorsqu'il retira sa main, elle était humide de sang frais.

Un sourire douloureux découvrit ses dents. Que disait le vieil adage ? Un souhait, formulé avec du sang, est une prière adressée à la Ténèbre.

Fermant les yeux, il leva un bras vers le ciel nocturne et se tourna en lui-même pour descendre dans l'abîme psychique, à la profondeur de ses Joyaux gris ébène. Ainsi son vœu resterait-il privé ; personne à la cour de Zuultah ne pourrait l'entendre.

*Rien qu'une fois, je voudrais servir une Reine que je pourrais respecter, quelqu'un en qui je pourrais sincèrement croire. Une Reine puissante qui ne craindrait pas ma force. Une Reine que je pourrais aussi appeler « amie ».*

Amèrement amusé de sa propre ineptie, il s'essuya la main sur son ample pantalon de coton et soupira. Quel dommage que ce que Tersa avait déclaré, sept cents ans auparavant, n'ait été rien de plus que le mirage d'une folle! Pendant un temps, cela lui avait donné espoir. Il lui avait fallu un bon moment avant de se rendre compte que l'espoir était chose cruelle.

— *Salut?*

Lucivar promena son regard sur les écuries où étaient parqués les esclaves. Les gardes procéderaient bientôt à leur ronde nocturne. Il allait savourer l'air vespéral, même s'il était brûlant et poussiéreux, pendant une minute encore, puis regagnerait la cellule crasseuse au matelas de paille infesté de parasites, retrouverait la puanteur de la peur, des corps sales et des déjections.

— *Salut?*

Lucivar tourna lentement sur lui-même, tous ses sens en alerte, explorant mentalement les alentours afin de déterminer la source de cette pensée. On pouvait contacter ainsi quiconque se trouvait dans un lieu donné – comme lorsque l'on crie dans une pièce pleine de monde –, restreindre l'appel à des interlocuteurs d'un genre ou d'un rang de Joyau spécifique, ou même s'adresser à l'esprit d'une seule personne. La pensée en question semblait lui être exclusivement destinée.

Il n'y avait rien ici, rien d'autre que ce à quoi l'on pouvait s'attendre. Quoi qu'il y ait pu avoir, cela avait disparu.

Il secoua la tête. Il devenait aussi peureux que les communs – les gens de chaque espèce qui n'appartenaient pas au Lignage – superstitieux qui racontaient que le mal rôdait dans la nuit.

— Salut?

Lucivar fit volte-face et adopta une position de combat, déployant les ailes pour garder l'équilibre. En apercevant une fillette qui le regardait, les yeux écarquillés, il se sentit ridicule.

C'était un petit être malingre d'environ sept ans. Dire qu'elle était banale aurait signifié faire preuve de gentillesse. Mais, même à la lueur de la lune, elle avait des yeux tout à fait extraordinaires. Ils lui rappelaient un ciel crépusculaire ou les profondeurs insondables d'un lac d'altitude. Elle portait des habits de bonne facture ; de bien meilleure qualité, en tout cas, que ceux qu'on se serait attendu à trouver sur le dos d'une petite mendiante. Ses cheveux d'or étaient apprêtés sous forme de boucles boudinées autour de son minois pointu, ce qui indiquait que l'enfant n'était pas laissée à elle-même, même si l'effet était risible.

— Qu'est-ce que tu fais là ? demanda-t-il sur un ton peu amène.

L'intéressée se tordit les mains et ses épaules se voûtèrent.

— J-je vous ai entendu. V-vous vouliez une amie.

— Tu m'as *entendu* ?

Lucivar examina la fillette avec insistance. Comment, par Enfer, était-ce concevable ? Il est vrai qu'il avait diffusé son souhait, mais il s'était servi d'un fil gris ébène. Il était l'unique Gris ébène du royaume de Terreille. Le seul Joyau plus sombre que le sien était le Noir, et la seule personne à le porter était Daimon Sadi. À moins que…

*Non. Impossible.*

À cet instant, les yeux de l'enfant papillonnèrent en direction du mort avant de revenir sur lui.

— Je dois y aller, murmura-t-elle en battant en retraite.

— Non, du tout.

Il s'avança à pas feutrés, chasseur traquant sa proie.

Elle prit ses jambes à son cou.

En quelques secondes, le bruit de ses fers oublié, il l'avait rattrapée. Il la ceintura avec la chaîne, passa un bras autour de sa taille et la souleva, grognant lorsque le talon de la fillette lui cogna le genou. Elle essaya de le griffer, mais il n'en tint pas compte, et ses coups de pied, même s'ils lui vaudraient des contusions, n'étaient pas dissuasifs comme l'aurait été un impact bien placé. Il plaqua une main sur sa bouche quand elle commença à hurler.

Elle s'empressa de lui planter les dents dans le doigt.

Lucivar réprima un cri de douleur et marmonna un juron. Il tomba à genoux en l'attirant contre lui.

— Chut ! murmura-t-il farouchement. Tu veux alerter les gardes ?

C'était probablement le cas, aussi était-il prêt à la voir redoubler d'efforts pour se libérer, sachant que l'aide n'était pas loin.

Au lieu de cela, elle se figea.

Lucivar posa la joue contre ses cheveux et inspira bruyamment.

— Quel petit fauve agressif, dit-il tranquillement en faisant de son mieux pour dissimuler son amusement.

— Pourquoi l'avez-vous tué ?

Était-ce le fruit de son imagination, ou bien la voix de la fillette venait-elle de changer ? Son timbre était toujours enfantin, mais on y décelait également le tonnerre, un écho caverneux et un ciel de minuit.

— Il souffrait.

— Vous ne pouviez pas l'amener à un guérisseur ?

— Les guérisseurs ne s'embarrassent pas avec les esclaves, répondit sèchement Lucivar. Par ailleurs, les rats n'ont pas laissé grand-chose à soigner. (Il resserra son étreinte, espérant qu'à son contact elle cesserait de frissonner. Elle paraissait si pâle à l'aune de sa propre peau brun clair, et il savait que ce n'était pas seulement une question de teint.) Je suis désolé. C'était cruel de dire cela.

Elle recommença à se débattre, et il leva les bras afin qu'elle puisse se faufiler sous la chaîne, entre ses poignets. Elle prit ses distances en trébuchant, puis se retourna et s'agenouilla.

Ils s'étudièrent mutuellement.

— Comment vous appelez-vous ? demanda-t-elle finalement.

— Yasi. (Il rit en la voyant froncer le nez.) Je décline toute responsabilité. Ce n'est pas moi qui ai choisi.

— C'est ridicule pour quelqu'un comme vous. Quel est votre vrai nom ?

Lucivar considéra la question. Les Eyriens faisaient partie des espèces dotées de longue vie. Il avait eu mille sept cents ans pour se forger une réputation de perversité et de violence. Si même une seule des histoires le concernant était arrivée aux oreilles de l'enfant…

Il prit une profonde inspiration, puis exhala lentement.

— Lucivar Yaslana. (Pas de réaction, à l'exception d'un timide sourire d'approbation.) Comment t'appelles-tu, Chaton ?

— Jaenelle.

— Joli prénom, dit-il avec un grand sourire, mais je pense que Chaton te convient tout aussi bien.

Elle feula.

— Tu vois ?

Il hésitait à l'interroger, mais il le fallait. Zuultah devinerait probablement qu'il avait tué ce condamné, mais soupçon n'était pas certitude, et cela ferait toute la différence, lorsqu'on l'écartèlerait entre les poteaux pour lui donner le fouet.

— Ta famille est-elle en visite chez dame Zuultah ?

— Qui ?

Elle avait vraiment l'air d'un chaton qui essayait de découvrir comment fondre sur un gros insecte sauteur.

— Zuultah. La reine de Pruul.

— Qu'est-ce que c'est, « Pruul » ?

— Ce qui se trouve autour de toi. (D'un geste de la main, Lucivar désigna les environs et jura en eyrien lorsque sa chaîne cliqueta. Remarquant l'expression d'intense intérêt sur le visage de l'enfant, il s'interrompit brutalement.) Puisque tu n'es pas de Pruul et que ta famille n'y séjourne pas, d'où viens-tu ? (Elle hésita ; alors, du menton, il indiqua le bateau.) Je peux garder un secret.

— Je suis de Chaillot.

— Chai... (Il ravala un nouveau juron.) Est-ce que tu comprends l'eyrien ?

— Non, répondit Jaenelle avec un grand sourire. Mais maintenant, j'en sais quelques mots.

Devait-il rire ou bien l'étrangler ?

— Comment es-tu arrivée ici ?

Elle fit bouffer ses cheveux, fronça les sourcils à l'intention du sol caillouteux qui les séparait et, pour finir, haussa les épaules.

— De la même manière que je vais dans d'autres endroits.

— Tu empruntes les Vents ? glapit Lucivar. (L'enfant leva un doigt pour sentir l'air.) Non, pas les brises ou les bourrasques. (Il serra les dents.) Les *Vents*. Les Trames. Les routes psychiques qui parcourent la Ténèbre.

Jaenelle dressa l'oreille.

— C'est ce qu'ils sont ?

Lucivar parvint à s'interrompre au bout d'un demi-juron. La fillette se pencha vers lui.

— Êtes-vous toujours aussi susceptible ?

— La plupart des gens pensent que je suis susceptible d'être un connard, oui.

— Qu'est-ce que ça veut dire ?

— Oublie ça.

Il choisit une pierre coupante et dessina un cercle sur le sol, entre eux.

— Voici le royaume de Terreille. (Il plaça un caillou rond à l'intérieur du cercle.) Voici la Montagne Noire, Ébènaskavi, là où se rencontrent les Vents. (Il traça des lignes droites reliant le caillou rond au cercle.) Cela, ce sont des traverses. (Il ajouta des cercles plus petits dans le premier.) Et ici, ce sont des rayons. Les Vents ressemblent à une toile d'araignée. Tu peux voyager sur les traverses ou sur les rayons et changer de direction aux intersections. Il existe une Trame pour chaque rang de Joyau. Plus la Trame est sombre, plus elle comporte de traverses et de rayons et plus le Vent qui lui est associé est véloce. Tu peux t'engager sur une Trame si elle correspond à ton rang ou si elle est plus claire. Tu ne peux pas suivre celles qui sont plus sombres que ton Joyau de naissance, à moins de monter dans une diligence conduite par quelqu'un qui est assez puissant pour la Trame en question, ou alors en étant protégée par une personne capable d'emprunter cette Trame. Si tu essaies, tu n'y survivras probablement pas. Compris ?

Jaenelle se mordilla la lèvre inférieure et montra un espace entre les fils tracés.

— Et si je veux aller là-bas ?

Lucivar secoua la tête.

— Il te faudrait abandonner la Trame pour entrer dans le royaume par l'ouverture la plus proche, puis trouver un autre mode de locomotion.

— Ce n'est pas comme ça que je suis arrivée ici, protesta la fillette.

Lucivar tressaillit. Il n'y avait pas signe de Trame dans les parages du camp appartenant à Zuultah. Elle avait délibérément installé sa cour dans l'un de ces interstices vierges. Le seul moyen de s'y rendre directement en utilisant les Vents consistait à quitter la Trame et à se laisser glisser à l'aveuglette à travers la Ténèbre, ce qui, même pour les plus robustes et les plus doués, était hasardeux. À moins que…

— Viens ici, Chaton, dit-il gentiment. (Jaenelle s'agenouilla juste devant lui, et il posa les mains sur ses frêles épaules.) Pars-tu souvent te promener ?

Elle acquiesça lentement.

— Des gens m'appellent. Comme vous.

*Comme moi. Ô Nuit !*

— Chaton, écoute-moi bien. De nombreux dangers guettent les enfants.

Une drôle d'expression passa sur les traits de la fillette.

— Oui, je sais.

— Parfois, un ennemi peut se dissimuler derrière un masque d'ami, et ensuite il est trop tard pour s'échapper.

— Oui, souffla Jaenelle.

Lucivar la secoua doucement pour l'obliger à lever le menton.

— Terreille est un lieu périlleux pour les petits chats. S'il te plaît, rentre chez toi et ne va plus te promener. Ne… ne réponds pas aux personnes qui t'appellent.

— Mais alors, je ne vous verrai plus.

Lucivar ferma ses yeux dorés. Il aurait eu moins mal si on lui avait planté un poignard dans le cœur.

— Je sais. Mais nous resterons amis. Et ce n'est pas pour toujours. Quand tu auras grandi, je viendrai te chercher ou bien tu viendras me trouver.

Jaenelle se mordilla la lèvre.

— Cela fait quel âge ?

C'était la veille. Ce serait le lendemain.

— Disons dix-sept ans. On dirait une éternité, j'en suis conscient, mais ce n'est vraiment pas si long que cela. (Même Sadi n'aurait pu concocter de meilleur mensonge.) Me promettras-tu que tu n'iras plus te promener ?

— Je promets que je n'irai plus me promener en Terreille, répondit Jaenelle en soupirant.

Lucivar la remit sur ses pieds et la fit pivoter.

— Il y a une chose que je veux t'enseigner avant que tu partes. Pour le cas où quelqu'un essaierait de te ceinturer par-derrière.

Ils accomplirent l'exercice à plusieurs reprises, jusqu'à ce que Lucivar soit certain qu'elle avait compris comment réagir. Puis il l'embrassa sur le front et recula.

— Va-t'en. Les gardes commenceront leur ronde d'une minute à l'autre. Et souviens-toi : une Reine ne rompt jamais la promesse faite à un prince de guerre.

— Je m'en souviendrai. (Elle eut une hésitation.) Lucivar ? Quand je serai grande, j'aurai changé. Comment me reconnaîtrez-vous ?

Il sourit. Dix ou cent ans ne feraient aucune différence. Il saurait toujours à qui appartenaient ces extraordinaires yeux saphir.

— Je te reconnaîtrai. Au revoir, Chaton. Que la Ténèbre t'enlace.

Elle lui sourit à son tour et se volatilisa.

Lucivar contempla l'espace vide qu'elle laissait. Était-ce folie, ce qu'il lui avait dit ? Probablement.

Son attention fut attirée par le bruit d'une porte raclant le sol. Il effaça promptement le schéma des Vents et se faufila d'ombre en ombre vers les écuries. Il traversa le mur d'enceinte, et il venait de regagner sa cellule lorsque le surveillant ouvrit le vasistas doublé de barreaux.

Zuultah avait l'arrogance de croire que ses sorts de contrainte empêchaient ses esclaves de franchir les parois de leur prison à l'aide de l'Art. Traverser une paroi enchantée était désagréable, mais pas impossible pour Lucivar.

Que la garce s'interroge donc ! Quand les soldats trouveraient l'homme du bateau, elle le soupçonnerait de lui avoir tordu le cou. Elle le soupçonnait *chaque fois* que quelque chose ne tournait pas rond à sa cour… et elle n'avait pas tort.

Peut-être donnerait-il un peu de fil à retordre aux gardes, lorsqu'ils essaieraient de l'attacher aux poteaux. Une rixe brutale monopoliserait l'attention de Zuultah, et la violence des émotions couvrirait tout résidu psychique de la présence de l'enfant.

Oh, oui ! Il allait tellement distraire dame Zuultah que *jamais* elle ne comprendrait que Sorcière arpentait désormais le royaume.

## 2. Terreille

Dame Maris tourna la tête en direction du grand miroir sur pied.

— Tu peux disposer.

Daimon Sadi se glissa hors du lit et se rhabilla à gestes lents, provocateurs, pleinement conscient du fait qu'elle examinait son reflet. Elle procédait toujours ainsi quand elle requérait ses services. Une once de voyeurisme égocentré, peut-être ? S'imaginait-elle que l'homme dans la glace se souciait vraiment d'elle, que la sentir jouir l'excitait ?

*Stupide garce.*

Maris s'étira et soupira de contentement.

— Tu me rappelles un chat sauvage, tout en muscles ondulants et en pelage soyeux.

Daimon enfila lestement sa chemise de soie blanche. Un farouche prédateur ? C'était un portrait foncièrement honnête. Si elle venait à l'agacer au point de franchir les limites de sa tolérance pour le genre calicien, il se ferait un plaisir de lui montrer ses griffes. Une petite pique en particulier.

Maris poussa un nouveau soupir.

— Tu es tellement beau.

Oui, effectivement. Un legs énigmatique expliquait la noblesse de ses traits trop exquis pour être simplement qualifiés d'« harmonieux ». Il était grand et large d'épaules, et entretenait sa silhouette exactement comme il le fallait pour plaire. Sa voix grave aux intonations cultivées prenait parfois des accents de velours aguicheur qui mettaient la larme à l'œil de toutes les femmes. Ses iris d'or et ses cheveux noirs drus étaient caractéristiques des trois espèces de Terreille dotées de longue vie, mais la chaude nuance brun doré de sa peau était légèrement plus claire que celle des courtisans haylliens ; elle rappelait plutôt le teint des Dhemlans.

Son corps était une arme, et il fourbissait ses armes régulièrement.

D'un geste nonchalant, il passa sa veste noire. Ses habits, des sous-vêtements étriqués aux costumes coupés à la perfection, faisaient également partie de son arsenal. Un nectar pour séduire les étourdis et les mener à leur perte.

Maris, qui s'éventait avec la main, le dévisagea sans l'intermédiaire du miroir.

— Même par cette chaleur, tu n'as pas versé une goutte de sueur.

Il s'agissait d'un reproche, et le ton employé n'en faisait pas mystère.

— Pourquoi aurais-je dû ? répondit Daimon avec un sourire moqueur.

Maris se redressa en tirant le drap pour se couvrir.

— Tu es un salaud cruel et sans cœur.

— Vous m'estimez cruel ? demanda Daimon en haussant un sourcil à la courbe raffinée. Bien sûr, vous avez tout à fait raison. Je suis un maître de cruauté.

— Et tu en es fier, n'est-ce pas ? (Elle refoula ses larmes. Ses traits se durcirent, dévoilant toutes les rides agressives qui témoignaient de son âge.) Tout ce qu'on raconte à ton sujet est vrai. Même ceci, dit-elle en tendant la main vers son entrejambe.

— Ceci ?

Il savait pertinemment ce qu'elle entendait par là. Elle, de même que chacune de ses semblables, lui pardonnerait n'importe quelle perversité, pour peu qu'elles parviennent, à force de cajoleries, à provoquer une érection.

— Tu n'as jamais été un homme, un vrai. Jamais.

— Ah, sur ce point également, vous avez parfaitement raison. (Il mit les mains dans ses poches.) Pour ma part, j'ai toujours pensé que l'inconfort suscité par l'Anneau d'obéissance était la cause du problème. (Le rictus froid et railleur réapparut.) Peut-être que si vous me l'ôtiez…

Maris pâlit tant qu'il se demanda si elle n'allait pas s'évanouir. Il doutait qu'elle veuille vérifier cette théorie au point de retirer le cercle d'or qui enserrait son membre. C'était tout aussi bien. Elle ne survivrait pas plus d'une minute après l'avoir libéré.

La plupart des sorcières qu'il avait servies n'avaient pas survécu, de toute façon.

Daimon sourit de la manière glaciale et brutale qui lui était coutumière et s'assit à côté de Maris, sur le lit.

— Vous pensez donc que je suis cruel.

Déjà, les yeux de Maris divaguaient sous l'effet de la séduction psychique qu'il tissait autour d'elle.

— Oui, murmura-t-elle en étudiant ses lèvres.

Il se pencha vers elle, amusé de la voir si vite entrouvrir la bouche, avide d'un baiser. Il taquina goulûment sa langue avec la sienne et, quand il releva enfin la tête, Maris essaya de l'attirer sur elle.

— Voulez-vous vraiment savoir pour quelle raison je ne verse pas une goutte de sueur ? demanda-t-il sur un ton doucereux.

Maris hésita. Le désir, en elle, le disputait à la curiosité.

— Pour quelle raison ?

— Parce que, ma chère dame Maris, votre prétendue intelligence m'ennuie à en pleurer, et ce corps que vous trouvez si charmant et dans lequel vous vous pavanez partout, dès que l'occasion se présente, n'est pas digne d'appâter les corbeaux.

La lèvre inférieure de Maris frémit.

— T-tu es une brute sadique.

— Comment avez-vous deviné ? objecta-t-il plaisamment, en se levant avec souplesse. Le jeu n'a même pas commencé.

— Sors d'ici. SORS D'ICI !

Il s'empressa d'obéir, mais attendit ensuite un moment derrière la porte. Les lamentations de Maris répondirent à merveille à son rire moqueur.

Daimon suivait le sentier de gravier menant aux jardins à l'arrière de la demeure, et une brise légère agitait ses cheveux. Il déboutonna sa chemise et sourit sous la caresse du vent contre sa peau nue. Il tira une mince cigarette noire d'un étui en or, l'alluma et soupira d'aise en regardant la fumée s'élever lentement de sa bouche et de ses narines, consumant la puanteur de Maris.

Dans la chambre de celle-ci, la lumière s'éteignit.

Stupide garce. Elle ne comprenait pas le jeu auquel elle jouait. Non. Ni celui auquel *il* jouait. Il avait mille sept cents ans et entrait tout juste dans la force de l'âge. Du plus loin qu'il puisse se souvenir, il avait toujours porté l'Anneau d'obéissance. Fils bâtard de la cousine de Dorothéa SaDiablo, Grande Prêtresse d'Hayll, il avait grandi à la cour de cette dernière, où on l'avait éduqué et entraîné pour entrer au service des Veuves Noires. Il avait été juste assez formé à la pratique de l'Art afin de servir ces chiennes à la manière dont celles-ci l'entendaient. Il se prostituait déjà – auprès de cours depuis longtemps redevenues poussière – à l'époque où le peuple de Maris commençait à peine à bâtir des villes. Il avait anéanti des sorcières bien plus puissantes que Maris, et elle aussi il la détruirait. Il avait mis à bas des cours entières, saccagé des cités, provoqué des guerres mineures pour se venger des jeux de chambre.

Dorothéa le punissait, le blessait, le vendait à une reine puis à une autre. Mais, en définitive, Maris et ses congénères étaient sacrifiables. Contrairement à lui. Dorothéa et ses Veuves Noires d'Hayll avaient chèrement payé le fait de l'avoir créé et, quel qu'ait été le procédé adopté, elles n'étaient pas en mesure de reproduire l'expérience.

En Hayll, le Lignage se tarissait. Parmi les personnes de la génération de Daimon, très peu avaient reçu des Joyaux sombres, et pour cause : Dorothéa, une fois devenue Grande Prêtresse d'Hayll, avait pris soin d'éliminer les femmes les plus fortes, susceptibles de contester son autorité. Ses partisanes se résumaient ainsi à des membres des Cent Familles d'Hayll : celles qui portaient des Joyaux clairs et dont la position sociale était, par conséquent, insignifiante, et des non-Ornées dont le maigre atout consistait en leur capacité à s'accoupler avec un homme du Lignage et à engendrer des enfants sains.

Dorothéa avait donc désormais besoin d'un mâle titulaire de Joyaux sombres pour féconder celles de ses Sœurs qui avaient le statut de Veuves Noires. Aussi, elle avait beau l'humilier et le torturer, elle ne le détruirait pas tant qu'il subsisterait une infime chance qu'il donne sa semence de son plein gré, et elle se servait d'insensées comme Maris pour l'accabler jusqu'à ce qu'il soit enclin à capituler.

Jamais il ne se soumettrait.

Sept cents ans auparavant, Tersa lui avait confié que le mythe vivant arrivait. Sept cents ans d'attente, de guet, de recherche, d'espérance. Sept cents épuisantes, déchirantes années. Il refusait d'abandonner, refusait de se demander si elle avait pu se tromper, car il aspirait au fond de son cœur à rencontrer cette étrange, merveilleuse et terrifiante créature nommée Sorcière.

En son for intérieur, il la connaissait. Dans ses songes, elle lui apparaissait. Il ne se représentait jamais ses traits ; ils se brouillaient dès qu'il essayait de les distinguer. Mais il voyait qu'elle portait une robe faite de soie d'araigne sombre et transparente, qui glissait de ses épaules au gré de ses mouvements, s'ouvrait et se refermait à chacun de ses pas, dévoilant la peau nue, fraîche comme la nuit. Et, dans la chambre, il y aurait une odeur bien à elle, une senteur à laquelle il s'éveillerait, et il enfouirait son visage dans son oreiller une fois qu'elle se serait levée pour vaquer à ses occupations.

Il n'était pas question de désir – le feu qui animait le corps faisait pâle figure à côté de l'étreinte de deux âmes – quoique le plaisir physique fasse partie intégrante de la relation. Il avait envie de la toucher, de palper le grain de sa peau, de goûter à sa chaleur. De la caresser jusqu'à ce que tous deux s'enflamment. Il voulait que leurs deux existences s'entremêlent, au point de ne plus savoir où commençait l'une et où s'achevait l'autre ; la prendre dans ses bras robustes et protecteurs, et que ce soit elle qui le protège ; la posséder et être possédé ; la dominer et être dominé. Il appelait de ses vœux cette Autre, cette Ombre qui passait sur sa vie, qui le meurtrissait à chaque souffle tandis qu'il titubait parmi ces femmes faibles qui ne signifiaient rien pour lui, ne pourraient jamais représenter quoi que ce soit à ses yeux.

Il était né pour être son amant, voilà tout.

Daimon alluma une nouvelle cigarette et plia l'annulaire droit. La dent de serpent jaillit souplement de sa gangue, dissimulée contre la face interne de son long ongle noir. Il sourit. Maris se demandait s'il avait des griffes ? Eh bien, cette petite chose l'impressionnerait. Pas indéfiniment, tout bien considéré, puisque la substance contenue dans la bourse nichée sous l'ongle était extrêmement puissante.

Par chance, il avait atteint la maturité sexuelle un peu plus tard que la plupart des Haylliens. Le crochet à venin lui était venu de conserve avec les transformations physiques. Une surprise de taille, car il avait pensé qu'un mâle ne pouvait être naturellement Veuve Noire. À l'époque, il fréquentait une cour où il était de bon ton que les hommes arborent des ongles longs et vernis, alors, nul n'avait trouvé incongrue la teinte noire des siens, même si elle s'était pérennisée : les gens avaient cru qu'il avait gardé l'habitude de les vernir.

Même Dorothéa. Les sorcières des cénacles du Sablier s'étaient fait une spécialité des poisons, des divers aspects occultes de l'Art, des songes et des visions, aussi avait-il toujours semblé étrange à Daimon que la Grande Prêtresse n'ait jamais deviné sa véritable nature. Dans le cas contraire, nul doute qu'elle aurait tenté de le mutiler définitivement. Elle y serait peut-être parvenue, du temps où il portait encore son Joyau rouge de naissance, où il n'avait pas présenté son Offrande à la Ténèbre : cette cérémonie destinée à déterminer la force dont bénéficierait un membre du Lignage, une fois arrivé à l'âge adulte. Si elle s'y essayait à l'heure actuelle, elle le paierait cher, en dépit du soutien de son cénacle. Un prince de guerre orné au Noir, quoique Entravé, demeurait un redoutable adversaire pour une prêtresse rouge.

Telle était la raison pour laquelle leurs chemins ne se croisaient plus que rarement, la raison pour laquelle elle le tenait à l'écart d'Hayll et de sa cour personnelle. Elle disposait d'une carte décisive pour s'attacher sa docilité, et ils le savaient tous deux. Si la vie de Lucivar n'avait pas pesé dans la balance, même la souffrance infligée par l'Anneau d'obéissance n'aurait pu asservir Daimon plus longtemps. Lucivar… et le maître-atout que Tersa avait introduit dans ce jeu de soumission et de domination. L'atout dont Dorothéa ignorait l'existence. Celui qui mettrait fin à sa mainmise sur Terreille.

Autrefois, le Lignage gouvernait dans l'honneur et la bonté. Les hameaux du Lignage au sein d'un district prenaient sous leur aile les villages des communs qui dépendaient d'eux et les traitaient équitablement. Les reines des districts entraient à la cour des reines des provinces. À leur tour, ces dernières servaient celle du Territoire, choisie à la majorité, selon des critères de pouvoir et de probité, par un électorat mixte composé de membres du Lignage ornés aux Sombres.

En ce temps-là, il n'y avait nul besoin d'asservir les mâles puissants afin de s'assurer de leur docilité. Leur cœur s'attachait à la reine qui leur convenait. Ils lui donnaient sciemment leur vie. Ils l'honoraient de leur plein gré.

En ce temps-là, cette organisation pyramidale du Lignage ne pesait pas si lourdement sur la position sociale de chacun. Le rang de Joyau et la caste comptaient tout autant, voire davantage. Cela signifiait que la stabilité résultait d'un ballet fluide dont les meneurs changeaient en fonction de qui entrait dans la danse. Mais au centre de cette danse, toujours, se trouvait une Reine.

Tels avaient été l'ingéniosité et la faille, dans les purges pratiquées par Dorothéa. Sans rivale de taille pour contester son autorité croissante, elle s'était attendue à voir les hommes capituler devant elle, une prêtresse, comme ils l'auraient fait devant une Reine. Cela n'avait pas été le cas. Aussi avait-elle procédé à une nouvelle forme d'épuration. Après cela, Dorothéa avait disposé des armes les plus affûtées de toutes : d'une part, des mâles apeurés qui dépouillaient de leur pouvoir les femmes plus faibles qu'eux afin de ne pas se sentir vulnérables ; d'autre part, des femmes effrayées qui Entravaient les hommes potentiellement puissants avant qu'ils puissent devenir une menace.

Il en avait résulté une spirale de perversion, organisée autour de Dorothéa : elle était à la fois un instrument de destruction et la seule personne dont pouvait émaner une protection.

Et le phénomène se propageait. Daimon avait vu les peuples d'autres Territoires se désagréger progressivement, broyés par Hayll qui gâtait discrètement, inexorablement, les coutumes du Lignage. Il avait vu de jeunes Reines prometteuses déflorées bien trop tôt, irrémédiablement brisées à l'issue de leur Première Nuit.

Il avait été témoin de ces pratiques et les avait déplorées, furieux et frustré de ne pas être en mesure de les empêcher vraiment. Un bâtard n'avait pas d'existence sociale et un esclave, encore moins : peu importait sa caste de naissance et le rang des Joyaux qu'il portait. Alors, pendant que Dorothéa jouait sa manche victorieuse, il déployait la sienne. Elle détruisait les membres du Lignage qui s'opposaient à elle. Il anéantissait ses partisans.

Elle finirait par gagner. Cela, il le savait. Un nombre très restreint de Territoires, désormais, vivaient libres de l'ombre d'Hayll. Askavi s'était couchée des siècles auparavant. À l'est, seule Dhemlan résistait toujours à l'influence de Dorothéa. Et il restait à peine une poignée de petites entités, dans le lointain ouest, qui n'étaient pas totalement prises dans la nasse.

Un siècle plus tard, deux au mieux, Dorothéa aurait récolté le fruit de son ambition. La chape d'Hayll recouvrirait l'ensemble des terres et elle deviendrait la Grande Prêtresse sans rivales, l'autorité incontestée de Terreille, ce royaume que l'on nommait autrefois le Règne de Lumière.

Daimon fit disparaître sa cigarette et reboutonna sa chemise. Il devait encore se présenter devant Marissa, la fille de Maris, avant de pouvoir se reposer.

Il avait tout juste fait quelques pas qu'un esprit vint frôler le sien, réclamant son attention. Il se détourna de la demeure et suivit le tiraillement psychique. En sentant ces pensées emmêlées et ces images désunies, on ne pouvait s'y tromper.

Que faisait-elle ici ?

La traction prit fin lorsqu'il atteignit un bosquet tout au fond des jardins.

— Tersa ? appela-t-il tout bas.

Il y eut un bruissement dans les buissons à côté de lui et une main osseuse se referma sur son poignet.

— Par ici, dit Tersa en l'emmenant en direction d'un sentier. La toile est fragile.

— Tersa… (Alors qu'il parlait, il se tordit le bras en voulant se protéger d'une branche basse venue le gifler au visage, ce qui n'eut qu'un succès relatif.) Tersa…

— Chut, mon garçon, répondit-elle, intraitable, tout en l'entraînant à sa suite.

Daimon s'attacha à éviter les branches et les racines qui tentaient de l'agripper. Serrant les dents, il s'obligea à faire abstraction de la robe en lambeaux qui habillait le corps affamé de Tersa. Enfant du Royaume Perverti, elle était sauvage, elle voyait le monde en gris fantomatiques, à travers le prisme des éclats de ce qui avait été sa personnalité. D'expérience, Daimon savait que, quand ses visions accaparaient son attention, il ne servait à rien d'aborder des sujets futiles comme la nourriture, les vêtements ou bien les lits chauds et rassurants.

Le bosquet se clairsema et ils arrivèrent devant une large pierre plate posée sur deux de ses semblables. Daimon se demanda s'il s'agissait d'un phénomène naturel ou si Tersa avait bâti cet autel miniature.

La pierre était vide à l'exception d'un cadre en bois sur lequel était montée la toile emmêlée d'une Veuve Noire.

Daimon, mal à l'aise, patienta en se massant le poignet.

— Observe, ordonna Tersa.

Elle fit claquer le pouce et l'index de sa main gauche. L'ongle de l'index se changea en une pointe acérée, avec laquelle elle piqua le majeur de sa dextre, avant de laisser tomber une goutte de sang sur chacune des quatre radiales qui maintenaient la toile sur le cadre. Le sang se propagea vers le centre, à l'intersection des lignes, et les fils de soie d'araigne se mirent à luire.

Une brume tournoyante apparut devant le cadre et se transforma en un calice de cristal.

L'objet était de facture simple ; la plupart des gens l'auraient trouvé banal. Daimon, pour sa part, pensait qu'il était beau et élégant. Mais c'est le contenu du réceptacle qui l'attira plus près de l'autel improvisé.

La brume, noire et striée d'éclairs, recelait un pouvoir qui alla se faufiler le long des nerfs de Daimon, se lover autour de son échine, et chercha un exutoire en lui enflammant les reins. Cette force était une lave en fusion, d'une intensité qui annonçait des catastrophes, d'une sauvagerie qui dépassait l'entendement humain... et Daimon la désirait de tout son être.

— Regarde, dit Tersa en indiquant le bord de la coupe.

Une ligne de fracture courait d'une ébréchure du pourtour jusqu'au pied du récipient. Une fissure plus profonde apparut sous les yeux de Daimon.

Une volute s'échappa de la brume qui virevoltait à l'intérieur du calice et s'immisça au fond du cristal, passant dans le pied.

*Il est trop fragile*, songea Daimon tandis que de nouvelles craquelures se constituaient, les unes après les autres. *Trop friable pour contenir un tel pouvoir.*

Puis il y regarda de plus près.

Les fêlures partaient de l'extérieur et gagnaient l'intérieur, et non l'inverse. La menace ne venait donc pas de l'objet à proprement parler, mais d'un élément étranger.

La brume s'accumulait dans le pied, et il frissonna. Il s'agissait d'une vision. Il ne pouvait rien faire pour la modifier. Mais tout en lui lui hurlait d'*intervenir*, d'envelopper le calice de sa force et de le chérir, de le protéger pour assurer sa sécurité.

Il savait pertinemment que cela ne changerait rien à ce qui était en train de se produire, mais il tendit néanmoins la main.

Le calice explosa avant qu'il puisse le toucher, éparpillant des tessons sur l'autel de fortune.

Tersa leva ce qui restait du cristal fracassé. Un soupçon de brume flottait encore au fond de la coupe aux rebords tranchants, mais elle était, pour sa majeure partie, prisonnière du pied.

Tersa regarda Daimon avec tristesse.

— On peut rompre la trame intime sans briser le calice. Le calice peut être brisé sans rompre la trame intime. On ne peut pas atteindre la trame intime. Le calice, en revanche…

Daimon s'humecta les lèvres. Il ne pouvait s'arrêter de trembler.

— Je sais que la trame intime est une variante du noyau, du Moi qui peut puiser au pouvoir qui est en nous. Mais j'ignore ce que représente le calice.

— Tersa est un calice fracassé.

Sa main tremblait un peu.

Sadi ferma les yeux. Un calice fracassé. Une âme fracassée. C'était de folie qu'elle parlait.

— Donne-moi la main.

Trop décontenancé pour remettre en cause ce qu'elle disait, Daimon leva la main gauche. Tersa s'en saisit, tira, et lui entailla le poignet à l'aide du rebord coupant.

Il plaqua la paume contre la blessure et observa longuement son interlocutrice, stupéfait.

— Pour que tu n'oublies jamais cette nuit, expliqua celle-ci d'une voix mal assurée. Cette cicatrice ne te quittera jamais.

— En quoi une cicatrice a-t-elle de l'importance ?

Il noua son mouchoir autour de la plaie.

— Je te l'ai dit. Pour que tu n'oublies pas. (Elle trancha la toile emmêlée à l'aide d'un tesson du cristal. Une fois le dernier fil tranché, calice et toile disparurent.) J'ignore si cela se produira ou si cela pourrait advenir. Nombre de mèches de cette toile il ne m'a pas été donné de voir. Que la Ténèbre t'octroie le courage dont tu pourrais avoir besoin, lorsque tu en auras besoin.

— Le courage de quoi ?

Elle s'éloigna.

— Tersa !

Elle se retourna, prononça trois mots puis se volatilisa.

Daimon sentit ses jambes se dérober sous lui. Il se recroquevilla au sol, le souffle coupé, frissonnant sous l'effet de la peur qui lui labourait le ventre.

Qu'est-ce que le courage avait à voir avec cela ? Rien. *Rien !* Il serait présent, en tant que protecteur, bouclier. Oui, il serait là !

Mais où ?

Il s'évertua à respirer calmement. Telle était la question. *Où ?*

Certainement pas à la cour de Maris.

La matinée était bien avancée lorsqu'il regagna la demeure, sale et perclus de douleurs. Son poignet le faisait souffrir et des élancements, dans sa tête, ne lui laissaient pas de répit. Il atteignait tout juste la terrasse quand Marissa, la fille de Maris, sortit de la véranda d'un air théâtral et se campa devant lui, les mains sur les hanches. Sur ses traits se lisait un mélange d'irritation et d'avidité.

— Tu étais censé venir dans ma chambre la nuit dernière et tu ne l'as pas fait. Où étais-tu ? Tu es crasseux. (Elle minauda en lui jetant un regard langoureux.) Tu as été vilain. Il va falloir que tu montes avec moi pour t'expliquer.

Daimon l'écarta de son chemin.

— Je suis fatigué. Je vais me coucher.

— Tu feras comme je l'ordonnerai !

Elle l'empoigna à l'entrejambe.

La main de Daimon se referma si vite sur le poignet de Marissa qu'elle fut à genoux, geignant de douleur, avant même d'avoir compris ce qui se passait. Il resserra sa prise jusqu'à ce que les os menacent de céder. Il lui adressa alors le sourire froid et brutal qui lui était coutumier.

— Je ne suis pas « vilain ». Ce sont les petits garçons qui sont vilains. (Il la repoussa et elle tomba de tout son long sur les dalles. Il l'enjamba.) Et si jamais vous me touchez de nouveau de cette manière, je vous arrache la main.

Il longea les couloirs qui menaient à sa chambre, conscient que les serviteurs déguerpissaient sur son passage, effarouchés, conscient qu'une aura de violence s'attardait dans l'atmosphère autour de lui.

Il s'en moquait. Arrivé à destination, il se dépouilla de ses vêtements et, s'allongeant sur son lit, examina le plafond avec insistance, terrifié à l'idée de fermer les yeux. Car, chaque fois, il voyait le cristal brisé d'un calice.

Trois mots.

*Elle est venue.*

## 3. Enfer

Jadis, il avait été le Séducteur, l'Exécuteur, le Grand Prêtre du Sablier, le Prince de la Ténèbre, le Sire d'Enfer.

Il avait été l'amant de Cassandra, Reine et Veuve Noire portant le Noir, dernière Sorcière à avoir foulé les royaumes.

Jadis, il avait été l'unique prince de guerre orné au Noir de toute l'histoire du Lignage, et tous l'avaient redouté à cause de son tempérament et du pouvoir qu'il détenait.

Il avait été jadis le seul mâle ayant accédé au statut de Veuve Noire.

Jadis, il avait régné sur le Territoire de Dhemlan en Terreille, ainsi que sur son jumeau : la Dhemlan qui se trouvait en Kaelir, le Règne d'Ombre. Il avait été le seul homme en mesure de gouverner sans devoir répondre de ses actes devant une reine, à l'exception de Sorcière, et nul autre que lui ne possédait un Territoire dans deux royaumes distincts.

Jadis, il avait été marié à Hékatah, Veuve Noire et prêtresse issue de l'une des Cent Familles d'Hayll.

Il avait jadis élevé deux fils, Méphis et Peyton. Il avait joué avec eux, pansé leurs genoux égratignés, leur avait raconté des histoires, et enseigné l'Art et la Loi du Lignage ; ils avaient baigné dans l'amour qu'il portait au domaine et dans celui qu'il vouait à la musique, à l'art, et à la littérature, et il les avait encouragés à voir d'un œil gourmand tout ce que le monde pouvait leur offrir, avec l'objectif, non pas de conquérir, mais d'enrichir leurs connaissances. Il leur avait appris à danser pour les bals de salon et à danser à la gloire de Sorcière. Il leur avait appris à se comporter en membres du Lignage.

Mais c'était il y a bien, bien longtemps.

Sahtan, Sire d'Enfer, était tranquillement assis près de l'âtre, les jambes enveloppées d'une couverture, et tournait les pages d'un ouvrage qu'il n'éprouvait aucun intérêt à lire. Il savourait un verre de yarbarah, le vin grenat, sans prendre plaisir ni au goût ni à la chaleur du breuvage.

Il avait passé la décennie qui venait de s'écouler en invalide placide qui ne quittait jamais son bureau personnel enfoui dans les profondeurs du Manoir. Avant cela, et durant plus de cinquante mille ans, il avait régné sur le Sombre Royaume en bon intendant, il en avait été le seigneur incontesté.

Il ne se souciait plus d'Enfer. Il ne se souciait plus de la famille et des amis démonites qui étaient demeurés à ses côtés, ni des autres hôtes fantomatiques de ce royaume, ceux du Lignage dont l'esprit restait trop fort pour regagner la Ténèbre, en dépit de leur mort physique.

Il était vieux et las, et la solitude qu'il avait portée en lui toute son existence était devenue trop lourde à endurer. Il ne voulait plus faire partie des Gardiens : les morts-vivants. Il ne désirait plus la mi-vie qu'une poignée des membres du Lignage choisissait de mener afin d'allonger le cours de leur existence pour un nombre incalculable d'années. Il aspirait à trouver la paix, à se fondre dans la Ténèbre sans faire de bruit.

La seule chose qui l'empêchait encore de rechercher sciemment ce soulagement était le serment fait à Cassandra.

Sahtan joignit le bout de ses doigts aux longs ongles noirs et ses yeux dorés se posèrent sur le portrait suspendu au mur du fond, entre deux bibliothèques.

Elle lui avait fait promettre de devenir l'un des Gardiens afin que la mi-vie lui permette d'être toujours de ce monde lorsque naîtrait son enfant. Une fille issue non de son corps, mais de son âme. Celle que Cassandra avait vue dans une toile emmêlée.

Il avait prêté ce serment parce que ses mots l'avaient fait vibrer de tout son être, comme s'arquent des radiales sous une tempête ; parce que tel était le prix qu'elle lui avait demandé en échange de son enseignement, qui lui avait donné le statut de Veuve Noire ; parce que, même à cette époque, il entendait la Ténèbre chanter pour lui comme jamais elle ne chantait pour les autres hommes du Lignage.

Il avait tenu sa parole. Mais l'enfant n'était jamais venue.

On frappait avec insistance à la porte de son bureau, et le son finit par le tirer de ses pensées.

— Entrez, dit-il.

Sa voix grave n'était qu'un murmure las, l'ombre de ce qu'elle avait été. Méphis SaDiablo, son fils aîné, démonite depuis la guerre qui avait opposé Terreille et Kaelir longtemps auparavant, se plaça en silence à côté du siège où il était assis.

— Que voulez-vous, Méphis ?

Celui-ci hésita.

— Il se passe quelque chose d'étrange.

Sahtan se replongea dans la contemplation des flammes.

— Quelqu'un d'autre peut s'en occuper, si tel est son désir. Votre mère par exemple ; Hékatah a toujours voulu exercer le pouvoir sans que j'interfère.

— Non, répliqua Méphis d'un air embarrassé.

Sahtan dévisagea longuement son fils et se rendit compte qu'il avait la gorge serrée.

— Vos… frères ? finit-il par demander, incapable de dissimuler la douleur qu'il ressentait.

Insensé qu'il avait été, il s'était laissé flatter et avait jeté le sort qui avait permis à sa semence de reprendre vie. Il ne regrettait pas l'existence de Daimon et de Lucivar, mais il se torturait depuis des siècles à la lecture des comptes rendus relatant ce qu'ils subissaient.

Méphis secoua la tête, les yeux rivés sur le marbre rouge sombre du manteau de la cheminée.

— Il s'agit de l'île des cildru dyathe.

SaDiablo frissonna. Il n'avait jamais craint ce qu'abritait Enfer, mais les cildru dyathe, les enfants démonites, lui avaient toujours inspiré un désespoir criant. En Enfer, les morts conservaient la forme dans laquelle ils avaient vécu la dernière heure de leur existence. Ce royaume froid et désolé n'avait jamais été un lieu clément, mais contempler ces enfants et être le témoin de ce qu'ils avaient enduré de la main d'autrui – car rien ne pouvait faire oublier ces plaies si flagrantes... c'en était trop. Ils restaient sur leur île, peu enclins à entretenir des contacts avec des adultes. Sahtan, pour sa part, ne s'immisçait jamais dans leurs affaires puisque Char, le chef qu'ils s'étaient choisi, venait le trouver de temps à autre pour lui rapporter les livres, les jeux et tout ce qu'il avait pu dénicher pour solliciter leurs jeunes esprits et les aider à supporter, en mettant à profit leur astuce, les années qui passaient sans relâche.

— Les cildru dyathe prennent soin les uns des autres, répondit-il en triturant la couverture. Vous le savez.

— Mais... depuis quelques semaines, une présence se manifeste là-bas, par intermittence. Cela ne dure jamais bien longtemps, toutefois je l'ai perçue. Et, en survolant l'île, Prothvar l'a sentie également.

— Laissez-les tranquilles, répliqua vivement Sahtan. (Cette marque d'humeur redonnait quelque vigueur à sa voix.) Peut-être ont-ils découvert un petit mâtin orphelin.

Méphis inspira profondément.

— Il y a déjà eu une altercation entre Hékatah et Char sur ce sujet. À cause de cela, les enfants se cachent dès que quiconque les approche. Si elle avait ne serait-ce qu'une once d'autorité pour...

On frappa un coup sec à la porte. Avant que Sahtan ait pu répondre, le battant s'ouvrit à la volée. L'Eyrien

Andulvar Yaslana, autrefois prince de guerre d'Askavi, entra dans la pièce à grands pas, suivi de Prothvar, son petit-fils, qui tenait une sphère volumineuse dissimulée par une étoffe noire.

— SaDiablo, vous devriez venir voir, dit Andulvar. Prothvar a rapporté cela de l'île des cildru dyathe.

Sahtan adopta une expression d'intérêt poli. Dans leur jeunesse, Yaslana et lui s'étaient liés d'amitié, presque contre leur gré, et avaient servi ensemble auprès de multiples cours. Même Hékatah, qui s'était pavanée avec allégresse, le ventre plein d'un enfant qui n'était pas le sien, mais celui d'Andulvar, n'était pas parvenue à briser cette relation. Il ne s'en était pas pris au seul homme qu'il eût jamais appelé du nom d'ami : comment blâmer quiconque de s'être retrouvé impliqué dans les intrigues d'Hékatah ? En revanche, sa tumultueuse union avec cette femme avait pris fin.

Il regarda ses interlocuteurs, l'un après l'autre, et lut dans ces trois paires d'yeux dorés un semblable malaise. Il était extrêmement ardu d'ébranler Méphis, prince de guerre orné au Gris. Prothvar, un seigneur de guerre eyrien orné au Rouge issu d'une lignée de combattants, en était devenu un lui-même. Quant à Andulvar, il portait le Gris ébène, le Joyau le plus sombre si l'on exceptait le Noir. Tous trois étaient des individus endurcis qui ne s'effarouchaient pas facilement. À cela près qu'en l'état actuel des choses ils étaient bel et bien effrayés.

Il se pencha vers eux. Leur peur perçait la bulle d'indifférence dans laquelle il s'était enfermé dix ans auparavant. Son corps s'était affaibli et il ne pouvait marcher sans l'aide d'une canne, mais il avait toujours l'esprit vif, l'aura de ses Joyaux noirs demeurait éclatante et son Art n'avait pas perdu son acuité.

Il comprit soudain qu'il lui faudrait mobiliser toutes ces ressources pour aborder le problème de l'île des cildru dyathe, quel qu'il puisse être.

Andulvar ôta l'étoffe qui couvrait le globe.

Un papillon. Non, pas un simple papillon. Une grande créature fantasmagorique qui battait doucement des ailes, confinée à l'intérieur de la sphère. Mais, ce qui stupéfiait Sahtan, c'étaient les couleurs. Enfer était le royaume de l'éternel crépuscule, un royaume qui réduisait les pigments au silence au point qu'ils n'existaient presque plus. L'animal dans le globe était tout sauf terne : son corps était orange vif, ses ailes une improbable association d'un bleu ciel, d'un jaune pimpant et d'un vert d'herbe printanière. Sous ses yeux, les contours de l'animal perdirent de leur fermeté et les teintes commencèrent à baver et à se mélanger comme un dessin à la craie se brouille sous l'effet de la pluie.

Quelqu'un, sur l'île des cildru dyathe, avait conçu cette œuvre de magie glorieuse, s'était montré capable de maintenir les nuances du monde des vivants dans un lieu qui délavait la vitalité éclatante de l'existence.

— C'est Prothvar qui a placé le globe pour le protéger, expliqua Andulvar.

— Ils se dissolvent presque sur-le-champ, s'excusa l'intéressé en serrant ses ailes sombres membraneuses contre son dos.

Sahtan se redressa sur son siège.

— Amenez-moi Char, Yaslana.

Le grondement de tonnerre, doux, caressant, exprimait un ordre.

— Il va se faire prier, dit Prothvar.

Sahtan braqua les yeux sur lui.

— Amenez-moi Char.

— Oui, Sire.

Le Sire d'Enfer était tranquillement assis près de l'âtre, ses doigts minces joints à leurs extrémités, et ses longs ongles noirs luisaient. L'anneau au Joyau noir passé à sa main droite étincelait d'un feu intérieur.

Le garçon avait pris place en face de lui, et regardait le sol avec insistance en déployant des trésors d'efforts pour ne pas avoir peur.

Sahtan l'observait, les yeux mi-clos. Cela faisait mille ans à présent que Char dirigeait les cildru dyathe. Il avait douze ans, peut-être treize, lorsqu'on l'avait empalé et brûlé vif. Sa volonté de vivre avait été plus forte que son organisme, et il avait franchi en titubant l'une des Portes, ce qui l'avait conduit dans le Sombre Royaume. Son corps était si gravement brûlé qu'il était impossible de déterminer son espèce d'origine. En dépit de cela, le garçon-démon avait réuni les autres enfants mutilés et avait inventé un refuge à leur intention : l'île des cildru dyathe.

*Il aurait fait un bon seigneur de guerre s'il lui avait été permis d'atteindre l'âge adulte*, songea Sahtan négligemment.

Andulvar, Méphis et Prothvar se tenaient debout derrière Char en demi-cercle, le privant efficacement de toute échappatoire.

— Qui crée les papillons, Char ? demanda Sahtan sur un ton doucereux.

Il existait des rafales hurlantes qui soufflaient sur des kilomètres de glace avant de descendre du nord et de se charger d'embruns en s'abattant sur la mer encore tiède, si bien que, lorsqu'elles touchaient finalement un homme, leur froide humidité acérée comme un poignard s'insinuait jusqu'aux os, les gelant au point que même le feu le plus ardent n'aurait pu les réchauffer. Quand il se montrait si calme, si figé, Sahtan ressemblait à ces vents.

— Qui crée les papillons ? répéta-t-il.

Les poings serrés, Char gardait les yeux rivés sur le sol, le visage déformé par les émotions qui faisaient rage en son for intérieur.

— Elle est à nous, lâcha-t-il brusquement. Elle nous appartient.

SaDiablo demeura complètement immobile. Une fureur glaciale l'envahissait. Tant qu'il n'obtiendrait pas de réponse, il n'aurait pas le loisir de se montrer clément.

Char lui rendit son regard, apeuré mais prêt à en découdre.

Tous les hôtes d'Enfer connaissaient les subtiles nuances du trépas ; il y avait mort et *mort.* Tous les hôtes d'Enfer connaissaient la seule personne capable de les anéantir d'une simple pensée, et il s'agissait de leur Sire. Et pourtant, Char continuait à le défier ouvertement, et attendait.

Il y eut soudain un élément étranger dans la pièce. Un doux contact. Une question courant sur un fil psychique. Char courba la tête, vaincu.

— Elle veut vous rencontrer.

— Alors, faites-la venir ici, Char.

Le cildru dyathe redressa les épaules.

— Demain. Je l'amènerai demain.

Sahtan considéra la fierté mal assurée qu'exprimaient les traits du garçon.

— Très bien, seigneur de guerre. Vous pouvez l'escorter jusqu'ici… demain.

## 4. Enfer

Sahtan, debout devant le lutrin, tournait les pages d'un vieux texte d'Art. Autour de lui, les bougies dispensaient une lueur tamisée. Il ne réagit pas en entendant frapper discrètement à la porte de son bureau. Une brève vérification psychique lui apprit l'identité de l'arrivant.

— Entrez.

Il continua à feuilleter l'ouvrage, essayant de brider son emportement avant de se trouver confronté à l'impudent petit démon. Il finit par refermer le livre et se retourner.

Char se tenait sur le seuil, bombant fièrement le torse.

— Le langage est chose curieuse, seigneur de guerre, dit Sahtan avec une retenue trompeuse. Lorsque vous avez parlé de « demain », je ne pensais pas voir s'écouler cinq jours.

La crainte gagna lentement les yeux du cildru dyathe. Ses épaules s'affaissèrent. Il se tourna vers la porte et un étrange mélange de tendresse, d'irritation et de résignation passa sur ses traits.

La fillette entra discrètement, et l'austère tableau de Dujae intitulé *Descente en Enfer*, suspendu au-dessus de l'âtre, attira immédiatement son attention. Elle promena son regard d'un bleu de ciel d'été sur le grand bureau de bois noir, négligea Sahtan par politesse et son visage s'éclaira en apercevant les bibliothèques qui recouvraient en grande partie l'un des murs, du sol au plafond. Puis elle s'attarda sur le portrait de Cassandra.

Le Sire s'accrochait au pommeau d'argent de sa canne, luttant pour garder l'équilibre alors que ses impressions l'assaillaient comme de lourdes vagues déferlantes. Il avait cru qu'il s'agirait d'une cildru dyathe talentueuse. Mais l'enfant était *vivante* ! À cause du degré de compétence nécessaire pour créer ce genre de papillons, il avait pensé qu'il aurait affaire à une adolescente. En réalité, elle ne pouvait avoir plus de sept ans. Il s'était attendu à de l'intelligence. Sur ses traits, il lisait pourtant de la douceur, et une lenteur d'esprit décevante. Et que faisait donc une petite vivante en Enfer ?

C'est alors qu'elle tourna la tête vers lui. Il vit le bleu de ciel d'été de son regard virer au saphir, et le ressac l'emporta.

Des yeux anciens. Des yeux de tourbillon. Des yeux hantés, sagaces, qui voyaient vraiment.

Un doigt glacé lui courut le long de l'échine, et au même instant un appétit intense et déstabilisant l'envahit. Il comprit instinctivement ce qu'elle était. Il lui fallut un peu plus longtemps pour l'accepter.

La fille née, non de son corps, mais de son âme. Pas seulement une sorcière talentueuse, mais Sorcière.

L'intéressée baissa la tête et ébouriffa ses cheveux dorés apprêtés en petits boudins. Elle ne semblait plus si sûre d'être la bienvenue.

Sahtan réduisit à néant l'envie impérieuse de lisser ces boucles ridicules.

— Êtes-vous le Prêtre ? demanda-t-elle timidement en entrelaçant ses doigts. Le Grand Prêtre du Sablier ?

Celui-ci haussa légèrement un sourcil noir, et un sourire sans chaleur toucha fugacement ses lèvres.

— Personne ne m'a appelé de cette manière depuis fort longtemps, mais oui, je suis le Prêtre. Je suis Sahtan Daimon SaDiablo, Sire d'Enfer.

— Sahtan, répéta la fillette, comme pour éprouver le mot. Sahtan. (Dans sa bouche, il était une chaude caresse, une caresse aimante qui parlait aux sens du Prêtre.) Cela vous va bien.

Il ravala un éclat de rire. Son nom avait suscité bien des réactions, par le passé, mais jamais celle-ci. Non, jamais.

— Et vous êtes… ?

— Jaenelle.

Il attendit qu'elle finisse sa phrase, mais elle ne lui fournit aucun patronyme. Le silence s'étira, et la pièce s'imprégna subitement d'un sentiment de défiance, comme si l'enfant pensait tomber dans une sorte de piège. Sahtan haussa les épaules en souriant pour indiquer que la question importait peu, et désigna les sièges placés près de l'âtre.

— Vous assiérez-vous pour converser avec moi, sorcelière ? Ma jambe ne tolère pas que je reste debout trop longtemps.

Jaenelle se dirigea vers le fauteuil le plus proche de l'entrée, escortée de près par Char qui se montrait possessif.

De l'agacement passa dans les yeux dorés de Sahtan. Feu d'Enfer ! Il avait oublié le garçon.

— Merci, seigneur de guerre, dit-il. Vous pouvez disposer.

Char balbutia une protestation, mais, avant que Sahtan ait pu répondre, Jaenelle toucha le bras du cildru dyathe. Aucun mot ne fut prononcé, et aucun lien psychique ne fut perçu par le Prêtre. Quoi que cela puisse être, la communication entre les deux enfants était fort subtile, et le détenteur de l'autorité ne faisait aucun doute. Char salua poliment puis ferma la porte derrière lui en sortant du bureau.

Sitôt qu'ils furent assis près de l'âtre, Jaenelle cloua Sahtan sous l'effet de son intense regard saphir.

— Pouvez-vous m'enseigner l'Art ? Cassandra a dit que vous le feriez peut-être si je vous le demandais.

SaDiablo sentit son monde s'écrouler et se reconstruire en l'espace d'un battement de cœur. Il n'en montra rien. Il aurait tout le temps pour cela ultérieurement.

— Vous « enseigner l'Art » ? Je ne vois aucune raison de refuser. Où réside Cassandra, à présent ? Nous avons perdu contact au fil des années.

— Auprès de son Autel. En Terreille.

— Je vois. Approchez, sorcelière.

Jaenelle s'exécuta docilement.

Sahtan leva une main, doigts repliés vers l'intérieur, et lui caressa la joue avec douceur. Instantanément, les yeux de la fillette lancèrent des éclairs, et il ressentit une soudaine pulsation au sein du Noir, au fond de lui. Soutenant ce regard, il suivit lentement la courbe de sa mâchoire, alla frôler ses lèvres et remonta de l'autre côté du visage avant de rebrousser chemin. Il n'essaya de dissimuler ni sa curiosité, ni son intérêt, ni la tendresse qu'il vouait à la plupart des femmes.

Lorsqu'il eut terminé, il joignit les doigts et patienta. Une seconde plus tard, la pulsation avait disparu, et ses pensées lui appartenaient de nouveau pleinement. Cela valait tout aussi bien, car il ne cessait de se demander pour quelle raison le contact physique mettait l'enfant si en colère.

— Je vais vous faire deux promesses, dit-il. En retour, j'en veux une.

Jaenelle lui lança une œillade méfiante.

— Laquelle ?

— Je jure, sur les Joyaux que je porte et sur tout ce que je suis, de vous enseigner tout ce que vous me demanderez, au mieux de mes capacités. Et je jure de ne jamais vous mentir.

L'enfant parut considérer la question.

— Que dois-je promettre ?

— De me tenir informé de toutes les leçons relatives à l'Art que vous recevrez d'autres personnes. Pour être appris comme il faut, l'Art requiert, outre le fait qu'on s'y consacre entièrement, de la discipline, afin de gérer les responsabilités qui découlent de ce genre de pouvoir. Je veux être certain que tout ce que vous assimilerez a été enseigné correctement. Comprenez-vous, sorcelière ?

— Alors, vous allez m'apprendre ?

— Tout ce que je sais, oui. (Il la laissa étudier sa proposition, puis :) C'est d'accord ?

— Oui.

— Très bien. Donnez-moi vos mains. (Il prit les jolies menottes entre ses paumes brun clair.) Je vais toucher votre esprit. (La colère revint.) Je ne vous ferai pas de mal, sorcelière.

Il s'approcha avec précaution, jusqu'à se trouver devant les défenses internes de Jaenelle. Les membres du Lignage disposaient en effet de protections pour se prémunir contre leurs semblables. Elles agissaient comme une succession de cercles concentriques : plus l'on franchissait de barrières, plus le lien mental devenait personnel. La première barrière garantissait les pensées quotidiennes. La dernière préservait le noyau du Moi, l'essence de l'être, la trame intime.

Sahtan patienta. Il voulait des réponses, mais pas au point de forcer le chemin. Tant de choses dépendaient désormais de la confiance.

Les barrières s'ouvrirent, et il entra.

Il n'alla pas fouiller dans l'esprit de la fillette et ne descendit pas plus bas que nécessaire, malgré sa curiosité. En faisant cela, il aurait trahi de manière éhontée le code d'honneur du Lignage. Et il y avait, dans l'âme de Jaenelle, cet étrange et insondable néant qui le troublait. Une neutralité placide qui cachait, il en était persuadé, quelque chose de fort différent. Il trouva rapidement ce qu'il cherchait : le fil psychique qui vibrerait au diapason d'un autre fil de même rang et lui dirait quels Joyaux l'enfant portait, ou porterait à l'issue de sa Cérémonie de naissance. Il commença par le Joyau le plus clair : le Blanc, et se fraya un chemin vers le bas, à l'affût d'un bourdonnement, d'une réponse.

Feu d'Enfer ! Rien. Il ne s'attendait à aucune réaction en particulier avant d'atteindre le Rouge, mais, une fois arrivé à cette profondeur, il aurait dû en percevoir une. La fillette devait porter le Rouge de naissance pour pouvoir présenter l'Offrande à la Ténèbre et obtenir le Noir ; Sorcière était toujours ornée au Noir.

Sans réfléchir, Sahtan tira le fil noir.

Le bourdonnement vint de plus bas encore.

Il lâcha Jaenelle, stupéfait de constater qu'il ne tremblait pas. Il déglutit pour faire passer la sensation d'avoir le cœur au bord des lèvres.

— Avez-vous déjà vécu la Cérémonie de naissance ?

Jaenelle parut démoralisée. Il lui leva doucement le menton.

— Sorcelière ?

Ses yeux saphir exprimaient une tristesse infinie. Une larme roula sur sa joue.

— J-j'ai échoué à l'é-épreuve. Est-ce que cela veut dire que je dois rendre les Joyaux ?

— Échoué à… Quels Joyaux ?

Jaenelle glissa la main dans les plis de sa robe bleue et sortit un petit sac en velours. Elle le retourna sur la table basse qui jouxtait le siège de Sahtan avec un sourire fier quoique larmoyant.

SaDiablo ferma les paupières et inclina la tête contre le dossier du fauteuil, espérant sincèrement que la pièce allait cesser de tourner. Il n'avait pas besoin de les regarder pour savoir de quoi il s'agissait : douze Joyaux bruts. Le Blanc, le Jaune, l'Œil-de-tigre, le Rose, le Ciel d'été, le

Pourpre vespéral, l'Opale du Lignage, le Vert, le Saphir, le Rouge, le Gris et le Gris ébène.

Nul ne connaissait leur origine. Si quelqu'un était destiné à en posséder un, l'objet apparaissait simplement sur l'Autel à l'issue de la Cérémonie de naissance, ou à la suite de l'Offrande à la Ténèbre. Même du temps où Sahtan était jeune, se voir accorder un Joyau brut – qui n'avait jamais été porté par un autre membre du Lignage – était rare. Son Rouge de naissance avait été brut. De même que le Noir, lorsqu'il l'avait reçu. Mais obtenir un tel ensemble de Joyaux bruts…

Sahtan se pencha et tapota le Jaune du bout de l'ongle. La pierre flamboya, et le feu en son cœur lui lança un avertissement. Il fronça les sourcils, perplexe. La gemme se pensait déjà comme féminine, comme attachée à une sorcière et non à un homme du Lignage, mais elle comportait également une très légère trace de virilité.

Jaenelle essuya ses larmes et renifla.

— Je me sers des Joyaux clairs au quotidien pour m'entraîner, jusqu'au moment où je serai prête à sertir ceux-là.

Elle vida le contenu d'un autre petit sac de velours. La pièce tournoya dans tous les sens. Les ongles de Sahtan transpercèrent les bras en cuir de son fauteuil.

*Feu d'Enfer, ô Nuit, et que la Ténèbre soit clémente !*

Treize Joyaux noirs bruts, qui étincelaient déjà sous le brasillement intérieur d'un lien psychique. Il était bien assez perturbant de voir une fillette liée à un Joyau noir sans que son esprit ait été entraîné dans l'abîme de la Ténèbre ; mais quelle force intime devait l'habiter pour qu'elle en porte *treize* !

La peur gagna par petites touches son épine dorsale, fila à toute allure dans ses veines.

Trop de pouvoir. Trop. Même les membres du Lignage n'étaient pas supposés manier une telle puissance. Sorcière en personne n'avait jamais maîtrisé tant de magie.

Mais cette enfant l'avait fait. Cette jeune Reine. La fille de son âme.

Au prix d'un effort, Sahtan parvint à calmer sa respiration. Il pouvait accepter son existence. Il pouvait l'aimer. Ou il pouvait la craindre. La décision lui appartenait et, quel que soit le choix qu'il ferait, ici et maintenant, il lui faudrait vivre avec.

Les Joyaux noirs luisirent. Celui que Sahtan portait au doigt leur répondit. Son sang pulsait en lui donnant mal à la tête. Le pouvoir de ces pierres le tirait, exigeant d'être reconnu.

Et il s'aperçut qu'il était aisé de décider, en définitive : il avait en réalité choisi depuis fort, fort longtemps.

— Où les avez-vous trouvés, sorcelière ? demanda-t-il d'une voix éraillée.

Les épaules de l'enfant se voûtèrent.

— Chez Lorn.

— L-Lorn ? (Lorn ? Ce nom était issu des plus anciennes légendes de son peuple. Il désignait le dernier prince des Dragons, l'espèce qui avait fondé le Lignage.) Comment… Où l'avez-vous rencontré ?

Jaenelle se ferma un peu plus.

Sahtan réprima l'impulsion qui lui dictait de la secouer pour obtenir la réponse, et laissa échapper un soupir théâtral.

— C'est donc un secret entre amis ?

Jaenelle opina du chef. SaDiablo, lui, soupira encore.

— Dans ce cas, considérez que je n'ai jamais posé la question. (Il lui tapota gentiment le nez.) Mais cela signifie que vous ne pouvez pas non plus lui raconter *nos* secrets.

Elle le regarda avec des yeux écarquillés.

— Nous en avons ?

— Pas encore, reconnut Sahtan sur un ton bougon, mais je vais en inventer un. Ainsi, ce sera le cas.

La fillette se mit à rire. C'était un son extraordinaire, argentin et doublé de velours, qui laissait présager du timbre qu'aurait sa voix quelques années plus tard. Ses traits également étaient trop exotiques, trop particuliers pour son âge. Mais, douce Ténèbre, ce que serait ce visage quand elle grandirait !

— Très bien, sorcelière, passons aux choses sérieuses. Rangez cela. Vous n'en aurez pas besoin pour ce que nous nous apprêtons à faire.

— Les « choses sérieuses » ? demanda-t-elle en rassemblant les Joyaux, avant de fourrer les petits sacs dans les plis de sa robe.

— Votre première leçon d'Art élémentaire.

Jaenelle parut à la fois démoralisée et enthousiaste.

Sahtan remua un doigt, et un objet rectangulaire s'éleva du bureau en bois noir et fendit l'air gracieusement avant de se poser sur la table basse. C'était un presse-papiers en pierre polie trouvé dans la carrière d'où l'on avait extrait le matériau utilisé pour ériger le Manoir.

Il indiqua à Jaenelle de se poster devant la table.

— Je veux que vous pointiez le doigt vers le presse-papiers… comme ceci… et que vous le déplaciez le plus loin possible le long du meuble.

La fillette hésita, s'humecta les lèvres et obéit. Sahtan perçut une vague de pouvoir qui traversa son Joyau noir.

Le presse-papiers ne bougea pas.

— Essayez encore, sorcelière. Dans l'autre sens.

Le sursaut d'énergie revint, mais l'objet resta immobile.

Il se frotta le menton, déconcerté. Il s'agissait d'un sort très simple qui n'aurait dû poser aucun problème à l'enfant.

Celle-ci perdit contenance.

— J'essaie, dit-elle d'une voix éteinte. Je n'arrête pas d'essayer, mais je n'arrive jamais à faire comme il faut.

Sahtan l'étreignit et ressentit un pincement doux-amer au cœur quand Jaenelle passa les bras autour de son cou.

— Peu importe, sorcelière. Il faut du temps pour apprendre l'Art.

— Pourquoi je n'y parviens pas ? Tous mes amis le font, eux.

Sahtan répugnait à la lâcher, mais il s'obligea à s'éloigner un peu.

— Peut-être devrions-nous commencer par un élément personnel. C'est plus facile, d'ordinaire. Éprouvez-vous des difficultés pour quelque chose en particulier ?

Jaenelle s'ébouriffa les cheveux et fronça les sourcils.

— J'ai toujours du mal à trouver mes souliers.

— Cela conviendra. (Sahtan prit sa canne.) Mettez-en un devant le bureau puis allez là-bas.

Il gagna le fond de la pièce en boitant et se plaça dos au portrait de Cassandra. Enseigner à sa nouvelle Reine sa première leçon d'Art sous les yeux attentifs mais ignorants de la précédente le divertissait sans l'amuser.

Lorsque Jaenelle le rejoignit, il dit :

— De nombreux sorts nécessitent qu'on convertisse une action physique en une action mentale. Je veux que vous vous représentiez… Au fait, comment se porte votre imagination, au juste ? (Il eut une hésitation. Pourquoi ses paroles semblaient-elles meurtrir autant l'enfant ? Il avait simplement eu l'intention de la taquiner un peu. Ayant vu le papillon, il connaissait la réponse à sa question.) Imaginez que vous ramassez le soulier et que vous l'apportez ici. Tendez-vous vers l'objectif, attrapez, et apportez.

Jaenelle brandit le bras le plus loin possible, serra le poing et tira d'un coup sec.

Tout se produisit simultanément.

Les fauteuils en cuir près du feu glissèrent à toute vitesse vers Sahtan. Il contra l'Art par l'Art et éprouva un instant d'hébétement en constatant que cela n'avait aucun effet. Puis il partit à la renverse, heurté par l'un des deux sièges. Il s'échoua dans l'autre et n'eut que le temps de se recroqueviller sur lui-même avant que la chaise qui s'était trouvée derrière le bureau percute violemment le dos du fauteuil dans lequel il s'était réceptionné, puis bascule sur lui, l'emprisonnant. Il entendit les livres reliés de cuir fuser à travers la pièce tels des oiseaux pris de furie, et tomber ensuite avec un son mat. Ses chaussures tambourinaient frénétiquement de leur propre chef, essayant de lui échapper. Et par-dessus tout ce bruit, Jaenelle se lamentait :

— Ça suffit, ça suffit, ça suffit !

Quelques secondes plus tard, le silence était revenu.

La fillette risqua un coup d'œil entre les barreaux de la chaise.

— Sahtan ? demanda-t-elle d'une petite voix tremblante. Sahtan, est-ce que ça va ?

L'intéressé employa l'Art pour renvoyer la chaise derrière le bureau de bois noir.

— Je vais bien, sorcelière. (Il enfonça les pieds dans ses chaussures et se releva avec circonspection.) Je n'avais rien vécu de si excitant depuis des siècles.

— Vraiment ?

Il rajusta sa redingote noire et lissa ses cheveux vers l'arrière.

— Oui, vraiment.

*Gardien ou pas, un homme de mon âge ne devrait pas sentir son cœur galoper ainsi dans sa cage thoracique.*

Il parcourut la pièce des yeux et étouffa un grognement. Le livre auparavant posé sur le lutrin flottait dans les airs, sens dessus dessous. Les autres ouvrages s'amoncelaient sur le sol. En fait, l'unique objet en cuir qui n'avait pas répondu à l'appel était le soulier de Jaenelle.

— Je suis désolée, Sahtan.

— Cela prend du temps, sorcelière, répliqua celui-ci, la mâchoire crispée. (Il se laissa tomber dans son fauteuil. Un immense pouvoir inné, mais tellement de vulnérabilité, tant que l'enfant n'aurait pas appris à s'en servir. Une pensée vint lui taquiner l'esprit.) Suis-je le seul à connaître l'existence des Joyaux que Lorn vous a donnés ?

— Oui, souffla Jaenelle en un murmure ténébreux.

Ses yeux saphir exprimaient de la peur et de la douleur, et aussi quelque chose de plus intense que ces émotions de surface. Quelque chose qui le glaçait jusqu'aux os.

Mais c'étaient les émotions qui transparaissaient dans le regard de Jaenelle qui le glaçaient le plus.

Une enfant, si robuste et puissante soit-elle, était dépendante des adultes qui l'entouraient. Si cette force pouvait le déstabiliser, lui, comment allait réagir son peuple, sa famille, si l'on découvrait ce que recelait ce petit corps ? Accepterait-on cette fillette qui était déjà la Reine la plus puissante de toute l'histoire du Lignage, ou la redouterait-on ? Et si la crainte l'emportait, essaierait-on de la dépouiller de ses attributs en la brisant ?

Lors de sa Première Nuit, un partenaire aux intentions sournoises pourrait la priver de sa magie sans pour autant la brutaliser physiquement. Mais sa trame intime était enfouie si bas dans l'abîme qu'elle serait peut-être en mesure de s'y retirer, assez loin pour pouvoir endurer le traumatisme… à moins que l'homme soit capable de gagner les mêmes profondeurs et d'y menacer sa personnalité.

Existait-il un mâle assez fort, assez ombrageux, assez vicieux ?

Il y en avait bien… un.

Sahtan ferma les yeux. Il pouvait mander Marjong, laisser l'Exécuteur faire le nécessaire. Non, pas encore. Pas celui-là. Pas avant qu'il lui ait donné une bonne raison d'agir.

— Sahtan ?

Il rouvrit les paupières à contrecœur et vit, d'abord un peu bêtement puis avec une stupéfaction croissante, Jaenelle remonter sa manche et lui présenter son poignet.

— Le prix du sang n'est pas requis, dit-il sèchement.

— Vous vous sentirez mieux.

Son regard ancestral le brûlait, le dépouillait de sa chair, si bien qu'il frémit, mis à nu devant elle. Il tenta de refuser, mais les mots ne vinrent pas. Il humait l'odeur de son sang frais, de la substance vitale qui circulait dans son organisme à une cadence différente de la sienne : son cœur de démonite battait la chamade.

— Pas de cette manière, lança-t-il d'une voix rauque en attirant la fillette à lui. Pas de cette manière, avec moi.

Il déboutonna sa robe avec une douceur d'amant et piqua avec son ongle la peau soyeuse de la gorge. Le sang, chaud et onctueux, coula. Sahtan posa ses lèvres contre la plaie.

Il sentit le pouvoir de Jaenelle enfler, telle une lente vague noire jugulée avec talent, une déferlante qui le balaya, le purifia, le guérit tandis que son esprit frémissait d'être absorbé par un *alter ego* si colossal et cependant si tendre.

Il compta les battements de cœur de l'enfant. Arrivé à cinq, il releva la tête. Jaenelle ne semblait ni choquée ni effrayée, deux émotions que ressentaient d'ordinaire les vivants à qui l'on demandait de donner le sang.

Elle frôla les lèvres de Sahtan d'un geste mal assuré.

— Si vous buviez plus, est-ce que vous seriez complètement rétabli ?

Le Prêtre fit apparaître un bol d'eau chaude et nettoya le cou de Jaenelle avec un bout d'étoffe propre. Il n'avait pas l'intention d'expliquer à une enfant l'effet que ces deux gorgées provoquaient déjà. Il ne tint pas compte de la question, espérant qu'elle n'insisterait pas, et se focalisa sur la magie nécessaire à la cicatrisation de la plaie.

— Vous le seriez ? répéta Jaenelle sitôt qu'il eut fait disparaître le tissu et le récipient.

Il hésita. Il avait juré qu'il ne lui mentirait pas.

— Il vaudrait mieux soigner petit à petit. (Ce n'était pas faux.) Une autre leçon, demain ?

La fillette détourna vivement les yeux et Sahtan se raidit. Son attitude l'avait-elle donc effrayée ?

— J-j'ai déjà promis à Morghann que je la verrais demain, et Gabrielle après-demain.

Le soulagement lui donna légèrement le vertige.

— Dans trois jours, alors ?

— Cela ne vous dérange pas ? Vous n'êtes pas fâché ? s'enquit l'enfant en l'examinant attentivement.

Si, cela le dérangeait, mais c'était la possessivité instinctive du prince de guerre en lui qui parlait. Par ailleurs, il avait fort à faire avant de la revoir.

— Je ne pense pas que vos amies apprécieraient que votre nouveau mentor vous accapare, n'est-ce pas ?

— Probablement pas, répliqua Jaenelle avec une mine radieuse qui s'effaça rapidement. (L'expression meurtrie était réapparue.) Je dois y aller.

Oui, il avait fort à faire avant de la revoir.

Elle ouvrit la porte, mais s'arrêta sur le seuil :

— Croyez-vous aux licornes ?

— Je les ai connues jadis, il y a très longtemps, répondit Sahtan en souriant.

Le sourire qu'elle lui rendit avant de disparaître dans le couloir illumina la pièce, éclaira les recoins les plus obscurs de son cœur.

— Par Enfer ! Que s'est-il passé, SaDiablo ?

Sahtan agita le soulier abandonné par Jaenelle sous le nez d'Andulvar et eut un sourire sans joie.

— Une leçon d'Art.

— *Quoi ?*

— J'ai rencontré la créatrice du papillon.

Yaslana contempla le désordre.

— C'est elle qui a fait cela ? Pourquoi ?

— C'était fortuit, elle ne maîtrisait pas son geste. Et elle n'est pas non plus cildru dyathe. Elle est en vie, elle est Reine et elle est Sorcière.

— Sorcière ? Comme Cassandra ? demanda Andulvar, ébahi.

SaDiablo ravala un grognement.

— Pas comme Cassandra, mais oui : Sorcière.

— Feu d'Enfer ! Sorcière.

Yaslana secoua la tête et sourit. Sahtan ne quittait pas le soulier des yeux.

— Andulvar, mon ami, j'espère que vous avez toujours tout ce culot viril dont vous vous vantiez quand nous avions de gros ennuis.

— Pourquoi ? s'enquit ce dernier d'un air soupçonneux.

— Parce que vous allez m'aider à former une sorcière de sept ans intuitivement capable de nous réduire tous les deux en poussière sur-le-champ, et qui pourtant…

(il laissa tomber le soulier sur le fauteuil) n'a absolument aucun talent pour les sorts élémentaires.

Méphis frappa énergiquement à la porte et trébucha sur une pile de livres en entrant dans le bureau.

— Un démon vient de me confier une histoire tout à fait curieuse.

Sahtan ajusta les pans de sa pèlerine et saisit sa canne.

— Soyez bref, Méphis. Je me rends à un rendez-vous que j'ai longtemps remis à plus tard.

— Il affirme avoir vu le Manoir bouger de quelques centimètres. Tout le Manoir. Et que, l'instant d'après, il a repris sa place.

Sahtan se figea.

— Quelqu'un d'autre en a-t-il été témoin ?

— Je ne pense pas, mais…

— Alors, dites à votre démon de tenir sa langue, s'il ne veut pas la perdre.

Il passa en coup de vent à côté de Méphis et sortit du bureau qui avait été son foyer durant la décennie qui venait de s'écouler, laissant derrière lui son fils démonite préoccupé.

# Chapitre 2

## 1. Terreille

En ce crépuscule d'automne, Sahtan contemplait le sanctuaire, un lieu de pierre friable tombé dans l'oubli, habité par les souvenirs et par la vermine. Et pourtant, à l'intérieur de cet endroit déchu se trouvait un Autel Noir, l'une des treize Portes reliant les royaumes de Terreille, de Kaelir et d'Enfer.

L'Autel de Cassandra.

Drapé dans une illusion et sous la protection psychique du Noir, Sahtan traversa en boitant les salles extérieures désolées, longeant des mares laissées par une ondée d'après-midi. Il croisa une souris qui quêtait sa pitance parmi les cailloux épars, et l'animal ne perçut pas sa présence. La sorcière qui vivait dans ce labyrinthe ne le sentirait pas non plus. Ils avaient beau tous les deux porter des Joyaux noirs, la force de Sahtan était un peu plus obscure et sa source un peu plus profonde que celle de Cassandra.

Il marqua un temps d'arrêt sur le seuil de la chambre à coucher. Les couvertures étendues sur le lit paraissaient relativement neuves. De même que les lourds rideaux tirés devant la fenêtre. Elle devait en avoir besoin lorsqu'elle se reposait, durant la journée.

Au commencement de la mi-vie, les Gardiens conservaient la plupart des capacités que leur corps avait manifestées avant la mort. Ils ingéraient de la nourriture comme les vivants, buvaient du sang comme les démonites et pouvaient évoluer en plein jour, même s'ils avaient une préférence pour le crépuscule et pour la nuit. Au fil des siècles, la nécessité de se restaurer s'amenuisait, jusqu'au moment où le yarbarah, le vin grenat, leur suffisait. Le goût pour l'obscurité se muait en obligation et la lumière diurne devenait douloureuse, drainant leurs forces.

Il la trouva dans la cuisine, occupée à sortir un verre ballon d'un placard en fredonnant un air dissonant. Sa robe informe, couleur de boue, était maculée de crasse. Des toiles d'araignée voilaient ses longs cheveux tressés dont le roux flamboyant s'était terni et s'était fait poussiéreux. Lorsqu'elle se tourna vers la porte, sans avoir encore pris conscience de la présence de Sahtan, celui-ci vit que la lueur du feu atténuait la plupart de ses rides, les marques dont il savait l'existence, car elles figuraient sur le tableau accroché dans son bureau : ce portrait de Cassandra qu'il connaissait si bien. Elle avait vieilli, depuis la mort qui n'en avait pas été une.

Mais on pouvait en dire autant de lui.

Il abandonna l'illusion et la protection psychique.

Le verre à vin vola en éclats en heurtant le sol.

— On pratique l'Art mineur, Cassandra ? demanda-t-il sur un ton indulgent, tout en luttant pour réprimer le sentiment accablant d'avoir été trahi.

— J'aurais dû me douter qu'elle vous en parlerait, dit la sorcière en s'éloignant à reculons.

— Oui, vous auriez dû. Vous auriez aussi dû savoir que j'allais venir.

Il jeta sa pèlerine sur une chaise en bois. Cassandra, remarquant qu'il s'appuyait lourdement sur sa canne, ouvrit grand ses yeux émeraude et, de manière un peu lugubre, il en fut amusé.

— Je suis âgé, ma dame. Tout à fait inoffensif.

— Vous n'avez jamais été inoffensif, répliqua-t-elle vertement.

— Vrai. Mais vous n'accordiez aucune importance à cela du temps où vous me trouviez une utilité. (Elle ne répondit pas, et il détourna le regard.) Me haïssiez-vous donc tant ?

Cassandra amorça un geste dans sa direction.

— Je ne vous ai jamais détesté, Sahtan. Je…

*J'avais peur de vous.*

Ces mots que la prêtresse ne prononça pas restèrent en suspens entre eux.

— Puis-je vous offrir du vin ? proposa-t-elle en faisant disparaître le verre cassé. Je ne possède pas de yarbarah. En revanche, le vin rouge est acceptable.

Sahtan s'assit à la table en pin.

— Pourquoi ne consommez-vous pas de yarbarah ?

— Il est difficile de s'en procurer, par ici, répliqua Cassandra en apportant une bouteille et deux coupes.

— Je vous en fournirai.

Ils burent le premier verre en silence, Cassandra jouant avec le sien.

— Pourquoi ? finit par demander Sahtan.

— Les Reines ornées au Noir sont rares, et des abîmes de temps les séparent. Il n'y avait personne pour m'assister, lorsque je suis devenue Sorcière. Personne à qui parler, personne pour m'aider à me préparer aux transformations radicales qui surviendraient dans mon existence après l'Offrande. (Elle eut un rire dépourvu de joie.) Je n'avais pas idée de ce que signifiait être Sorcière. Je ne voulais pas que la suivante traverse une épreuve semblable.

— Vous auriez pu me confier votre intention de devenir Gardienne au lieu de simuler la mort ultime.

— Pour que vous restiez dans les parages, loyal et dévoué consort d'une Reine qui n'avait plus besoin de compagnon ?

Sahtan remplit de nouveau les coupes.

— J'aurais pu être un ami. Ou vous auriez pu me chasser de votre cour, si c'était ce que vous désiriez.

— Vous chasser ? Vous ? Vous étiez… êtes… le Sire d'Enfer. Personne ne vous *chasse*. Pas même Sorcière.

Sahtan braqua les yeux sur elle.

— La peste soit de vous, dit-il avec amertume.

— C'est fait, Sahtan. (Elle écarta d'un geste las une mèche de cheveux rebelles.) C'était il y a des lustres. Il nous faut maintenant penser à l'enfant.

Le Prêtre contempla le feu qui brûlait dans l'âtre. Cassandra avait le droit de mener sa propre vie et n'était aucunement responsable de ce que lui-même vivait, mais elle ne comprenait pas – ou ne voulait pas comprendre – ce que son amitié aurait pu signifier pour lui. Même s'il ne l'avait jamais revue, savoir qu'elle existait toujours, quelque part, aurait apaisé en partie le vide de son existence. Aurait-il épousé Hékatah s'il ne s'était pas senti si désespérément seul ?

— Vous l'avez vue ? demanda Cassandra en enlaçant sa coupe de ses doigts.

Sahtan se représenta son bureau et broncha.

— Oui, je l'ai vue.

— Elle deviendra Sorcière. J'en suis sûre.

— « Deviendra » ? (Les yeux dorés de Sahtan s'étrécirent.) Qu'entendez-vous par là ? Parlons-nous bien de la même enfant ? De Jaenelle ?

— Évidemment, Jaenelle, répliqua sèchement la prêtresse.

— Elle ne va pas « devenir » Sorcière, Cassandra. Elle l'est *déjà*.

— Ce n'est pas possible. (Elle secoua vigoureusement la tête.) Sorcière porte toujours les Noirs.

— C'est aussi le cas de la fille de mon âme, répondit Sahtan avec un calme trompeur.

Il fallut un moment à son interlocutrice pour saisir le sens de ses paroles. Elle leva alors son verre et le vida d'un trait.

— C-comment…

— Elle m'a montré les Joyaux qu'elle a reçus. Une série complète de Joyaux « clairs » – et c'est bien la première fois que je m'entends dire que le Gris ébène en fait partie – ainsi que treize Noirs non taillés.

Le visage de Cassandra devint livide. Sahtan frictionna doucement ses mains glacées, inquiet de constater la stupeur dans laquelle la nouvelle l'avait plongée. Elle avait été la première à apercevoir l'enfant, dans sa toile emmêlée, à lui annoncer sa venue. N'avait-elle donc fait que voir Sorcière, sans pleinement comprendre ce qui se préparait ?

Il soumit sa pèlerine à un sort de chaleur et en enveloppa Cassandra, avant de tiédir un autre verre de vin avec une flammèche d'Art. Lorsque sa compagne cessa de claquer des dents, il regagna son siège.

Les yeux émeraude de Cassandra posaient la question qu'elle n'osait pas formuler.

— Lorn, répondit tranquillement Sahtan. C'est Lorn qui les lui a donnés.

— Ô Nuit ! (Elle frissonna, puis secoua la tête.) Ce n'est pas censé se passer ainsi, Sahtan. Comment la maîtriser ?

Celui-ci, qui se resservait en vin, eut un geste involontaire. Le liquide gicla.

— Nous n'allons même pas essayer.

Cassandra frappa la table du plat de la main.

— C'est une enfant ! Elle est trop jeune pour comprendre l'étendue de son pouvoir, et elle n'a pas la maturité nécessaire pour accepter les responsabilités qui l'accompagnent. Elle est à un âge où l'on est trop ouvert aux influences extérieures.

Sahtan faillit lui demander à qui elle faisait référence, mais Hékatah lui vint immédiatement à l'esprit. Cette jolie, charmante et vicieuse intrigante d'Hékatah, qui l'avait épousé en croyant ainsi obtenir le statut de Grande Prêtresse de Terreille, à tout le moins, voire la mainmise sur les trois royaumes. Il avait refusé de se conformer à ses désirs, aussi avait-elle essayé de parvenir à ses fins par ses propres moyens, déclenchant alors la guerre qui avait opposé Terreille et Kaelir. Un conflit dévastateur qui avait laissé Terreille meurtrie durant des siècles et avait incité la majorité des espèces kaeliriennes à fermer leurs frontières aux étrangers, au point que l'on ne les avait plus jamais vues et que l'on n'avait plus jamais entendu parler d'elles.

Si Jaenelle tombait entre les griffes d'Hékatah et que celle-ci la modelait à son image : celle d'une femme cupide, ambitieuse…

— Vous devez la maîtriser, Sahtan, dit Cassandra en l'examinant attentivement.

— Je ne crois pas que je le pourrais, même si j'étais enclin à le faire, répondit SaDiablo avec un signe de dénégation. Un brouillard moelleux l'entoure, une brume noire, froide et douce. Malgré son jeune âge, je ne suis pas certain d'avoir envie de découvrir ce que cela cache sans qu'elle m'y ait invité au préalable. (Agacé de voir son interlocutrice continuer à l'accabler de sa colère, il promena son regard autour de la pièce. Ce faisant, il remarqua un dessin rudimentaire affiché au mur.) Où avez-vous obtenu cela ?

— Quoi donc ? Oh, Jaenelle l'a déposé ici il y a quelques jours en me demandant de le garder. Apparemment, elle était en train de jouer avec une amie, et elle ne voulait pas le rapporter chez elle ensuite. (Elle replaça une mèche de cheveux échappée de sa tresse.) Sahtan, vous avez dit qu'il y avait « un brouillard moelleux » autour d'elle. Beldon Mor aussi est plongée dans la brume.

Il la dévisagea, les sourcils froncés. Pourquoi se soucierait-il du climat d'une cité sans importance ? C'était le dessin qui contenait des réponses, pour peu qu'il parvienne à le déchiffrer.

— Une brume psychique qui tient à distance les démons et les Gardiens, précisa Cassandra en tapotant la table avec les jointures de ses mains.

À ces mots, Sahtan éprouva un brusque regain d'intérêt.

— Où se situe Beldon Mor ?

— Sur Chaillot, une île à l'ouest d'ici. Vous pouvez l'apercevoir depuis la colline derrière le sanctuaire. Beldon Mor est la capitale. Je pense que Jaenelle vit là-bas. J'ai essayé de trouver un moyen de…

Cassandra venait d'obtenir toute l'attention de Sahtan.

— Vous êtes folle ? (Il passa les doigts dans ses épais cheveux noirs.) Puisqu'elle a déployé tant d'efforts pour garantir son intimité, pourquoi tentez-vous à tout prix de vous y immiscer ?

— À cause de ce qu'elle est, répondit Cassandra, les dents serrées. Je croyais que cela vous semblerait évident.

— Laissez-lui ses secrets, Cassandra. Ne lui donnez pas de motif de se méfier de vous. Et cela *aussi* devrait vous paraître évident.

Les minutes s'écoulèrent dans un silence tendu.

Le dessin attira de nouveau l'attention de Sahtan. Il ne savait pas trop ce qu'il était censé représenter, mais l'image manifestait un usage inventif des couleurs vives. Comment une fillette apte à créer des papillons, à déplacer une demeure de la taille du Manoir et à ériger une protection d'Art capable de sélectionner les êtres qu'elle devait repousser pouvait-elle montrer de tels gouffres d'incompétence s'agissant de sorts très simples ?

— C'est malhabile, murmura-t-il en écarquillant les yeux.

— Ce n'est qu'une enfant, Sahtan. (Cassandra leva la tête d'un air las.) Vous ne pouvez pas espérer qu'elle ait l'entraînement et la maîtrise…

Elle piaula lorsqu'il l'attrapa par le bras.

— Mais tout est là, justement ! Pour Jaenelle, faire des choses qui requièrent une énorme dépense d'énergie psychique revient à disposer d'une grande feuille de papier et de crayons de couleur qu'elle peut saisir à pleines mains. Les petits exercices élémentaires par lesquels nous commençons d'ordinaire parce qu'ils n'exigent pas beaucoup de force, elle les perçoit comme s'il s'agissait de se servir d'un pinceau à un seul poil. Elle ne possède pas encore la retenue mentale et physique nécessaire.

Il s'étendit de tout son long sur son siège, exultant.

— Formidable, railla Cassandra. Donc, elle ne peut pas déplacer un meuble à l'intérieur d'une pièce, mais elle est capable de détruire un continent entier.

— Elle ne fera jamais cela. Ce n'est pas dans son tempérament.

— Comment pouvez-vous en être sûr ? Comment la contrôlerez-vous ?

*Retour à la case départ*, songea Sahtan. Il reprit sa pèlerine et la revêtit.

— Je n'en ai pas l'intention, Cassandra. Elle est Sorcière. Aucun homme n'en a le droit.

Elle le dévisagea longuement.

— Alors, qu'allez-vous faire ?

— L'aimer, dit-il en ramassant sa canne. Il faudra que cela suffise.

— Et dans le cas contraire ?

— Il faudra que cela suffise, répéta-t-il. (Il s'arrêta à l'entrée de la cuisine.) Puis-je vous voir de temps à autre ?

— C'est ce que font les amis, répondit la prêtresse avec un sourire qui ne gagna pas tout à fait ses yeux.

En quittant le sanctuaire, Sahtan se sentait grisé et meurtri. Il avait chéri Cassandra autrefois, mais il n'avait aucune légitimité pour exiger plus que ce que le Protocole l'autorisait à demander à sa Reine en sa qualité de prince de guerre.

Par ailleurs, Cassandra était son passé. Ô Ténèbre secourable ! Jaenelle, elle, représentait son avenir.

## 2. Enfer

Quittant le Vent Noir, Sahtan apparut dans l'une des cours extérieures du Fort où se trouvait, sculptée dans la pierre, l'une des trames d'atterrissage officielles, dotée en son centre d'un morceau de Joyau translucide. Les Joyaux de ce type agissaient comme un fanal pour ceux qui empruntaient les Vents, comme une sorte de chandelle accueillante luisant derrière la fenêtre, et chaque trame d'atterrissage en était sertie. On n'avait jamais découvert d'autre utilité à ces gemmes.

Lourdement appuyé sur sa canne, il traversa la cour déserte en direction des immenses vantaux de métal ajouré enchâssés à même la roche, tira la cloche et attendit qu'on le laisse entrer dans le Fort, la Montagne Noire : Ébènaskavi, l'endroit où se rencontraient les Vents, dépositaire de l'histoire du Lignage et havre pour ses membres ornés aux Joyaux sombres. C'était aussi le repaire personnel de Sorcière.

Les portes s'ouvrirent sans bruit. Geoffrey, historien-bibliothécaire des lieux, accueillit Sahtan de l'autre côté.

— Sire, dit-il en s'inclinant légèrement.

L'arrivant lui rendit la pareille.

— Geoffrey.

— Cela faisait un moment que vous n'étiez pas venu au Fort. Votre absence a été constatée.

SaDiablo eut un petit grognement, et un sourire sans chaleur étira fugacement ses lèvres.

— En d'autres termes, je ne me suis pas montré utile, ces derniers temps.

— En d'autres termes, approuva Geoffrey en souriant à son tour. (Alors qu'ils avançaient côte à côte, ses yeux noirs se posèrent une fois sur la canne.) Toujours est-il que vous voilà.

— J'ai besoin de votre aide.

Sahtan étudia le Gardien au visage si pâle. Alliée à ses iris noirs, aux sourcils noirs peu marqués, aux cheveux de la même couleur désormais bien dégarnis sur le devant, à la tunique et au pantalon, noirs également, ainsi qu'aux lèvres rouge sang les plus sensuelles qu'il lui eût été donné de voir chez quiconque, hommes et femmes confondus, cette blancheur crue était perturbante. Geoffrey était le dernier de son espèce, un peuple retourné à la poussière si longtemps auparavant que nul ne se rappelait qui avaient été ses représentants, et il était déjà vieux la première fois que Sahtan s'était rendu au Fort, en tant que consort de Cassandra. À cette époque, comme à l'heure actuelle, Geoffrey occupait la fonction d'historien et de bibliothécaire.

— Je dois consulter certaines des anciennes légendes.

— Celle de Lorn, par exemple ?

Sahtan s'arrêta net.

Geoffrey se tourna vers lui ; ses yeux noirs exprimaient une neutralité prudente. La jalousie perça dans la voix de SaDiablo.

— Vous l'avez vue.

— Nous l'avons vue.

— Draca aussi ?

Sahtan sentit son cœur se serrer en imaginant Jaenelle face à la sénéchale d'Ébènaskavi. Draca en était devenue la gardienne et l'intendante bien, bien longtemps avant l'arrivée de Geoffrey lui-même. Elle exerçait toujours ce rôle, soucieuse d'apporter du confort aux érudits qui se présentaient au Fort pour étudier, aux Reines qui avaient besoin d'un endroit sombre où se reposer. Elle se montrait si réservée que son comportement passait pour de la froideur, et elle s'en faisait une défense contre ceux qui frémissaient en prenant conscience de ce qu'elle était : une humaine à l'ascendance reptilienne indéniable. Sahtan ne comprenait que trop son attitude.

— Elles sont très amies, expliqua Geoffrey tandis qu'ils longeaient les couloirs tortueux. Draca lui a attribué une des chambres des invités, en attendant que l'appartement de la Reine soit achevé. (Il ouvrit la porte de la bibliothèque.) Sahtan, vous allez la former, n'est-ce pas ?

Percevant une note étrange dans la voix de l'historien, Sahtan pivota vers lui en manifestant une bonne part de sa grâce d'antan.

— Y voyez-vous une objection ?

Il étouffa sur-le-champ son intonation sarcastique en constatant que le bibliothécaire était mal à l'aise.

— Non, murmura Geoffrey, je n'y trouve rien à redire. Je suis… soulagé. (Du doigt, il désigna les livres qui formaient une pile nette à l'extrémité de la grande table de bois noir.) J'ai sorti ces ouvrages-là dans la perspective de votre visite, mais il existe aussi divers volumes, des textes très anciens, que je préparerai pour la prochaine fois. Je pense que vous en aurez l'utilité.

Sahtan s'installa dans un fauteuil en cuir et accepta avec reconnaissance le verre de yarbarah que Geoffrey lui proposa. Sa jambe le faisait souffrir. Il n'était pas en condition pour marcher autant.

Il tira le livre posé au sommet de la pile et l'ouvrit à la première page marquée : Lorn.

— Vous avez anticipé mes besoins.

Le bibliothécaire s'assit à l'extrémité de la table pour compulser d'autres documents.

— Certains. Pas tous, assurément.

Ils échangèrent un regard.

— Y a-t-il autre chose que je puisse vérifier pour vous ? s'enquit Geoffrey.

Sahtan avala le yarbarah en quelques gorgées.

— Oui. Il me faut des informations au sujet de deux sorcières nommées Morghann et Gabrielle.

Il commença à lire l'entrée consacrée à Lorn.

— Si elles sont Ornées, elles doivent figurer dans le registre du Fort.

— Vous pouvez parier sans grand risque qu'elles portent des Joyaux sombres, précisa Sahtan sans lever les yeux.

— Quels Territoires ? demanda Geoffrey en poussant sa chaise.

— Hum ? Je n'en ai pas la moindre idée. Jaenelle vient de Chaillot. Commencez donc par ceux des alentours où ces prénoms sont courants.

— Sahtan, vous êtes parfois aussi utile qu'un seau percé, répondit Geoffrey avec un humour teinté d'agacement. Pouvez-vous développer un peu ?

— Âgées de six à huit ans, répliqua sèchement Sahtan, tiré de sa lecture – le même paragraphe – pour la troisième fois. Allez-vous me laisser lire, à présent ?

Le bibliothécaire poursuivit dans une langue inconnue de SaDiablo mais qui se passait de traduction.

— Cela implique de vérifier dans le registre du Fort de Terreille, ce qui pourrait prendre un moment, même à supposer que vos informations comportent ne serait-ce qu'une once de vérité. Il reste du yarbarah, ne vous privez pas.

Les heures s'enfuirent. Sahtan parcourut les dernières pages référencées par Geoffrey, referma le livre avec soin et se frotta les yeux. Lorsqu'il finit par lever la tête, il constata que l'historien le regardait attentivement, une étrange expression dans ses iris noirs. Deux registres étaient posés sur la table.

Sahtan plaça le menton contre ses doigts joints.

— Alors ?

— Les noms et la tranche d'âge correspondent, répondit doucement Geoffrey.

— Ce qui veut dire ?

Le doigt glacé vint courir discrètement le long de son dos.

Geoffrey ouvrit lentement, comme avec réticence, le premier livre à la page qu'il avait marquée.

— Morghann. Une Reine potentielle dont le Joyau de naissance est le Pourpre vespéral. Presque sept ans. Vit dans le village de Maghre sur l'île de Scelt, en Kaelir.

— *Kaelir* ! (Sahtan fit mine de se lever d'un bond, mais sa jambe se déroba immédiatement sous lui.) Comment, par Enfer ! est-elle entrée dans le Règne d'Ombre ?

— Probablement de la même manière qu'elle est entrée dans le Sombre Royaume. (Il ouvrit le second registre et eut une hésitation :) Sahtan, vous allez la former correctement, n'est-ce pas ? (Sans attendre la réponse, il reprit :) Gabrielle. Une Reine potentielle qui porte l'Opale de naissance. Sept ans. Très certainement une Veuve Noire instinctive. Vit en Kaelir, sur le Territoire des Déa al Mon.

SaDiablo enfouit la tête sous ses bras et poussa un gémissement. Les Enfants du Bois. Jaenelle avait vu les Enfants du Bois, la plus redoutable, la plus secrète des espèces à avoir jamais arpenté Kaelir.

— Ce n'est pas possible, dit-il en s'arc-boutant contre la table. Vous avez commis une erreur.

— Je n'ai pas commis d'erreur, Sahtan.

— Elle vit en Terreille, pas en Kaelir. Vous vous êtes trompé.

— Je ne me suis pas trompé.

Un frisson vint pincer l'échine de Sahtan, lui glaçant les nerfs avant de se muer en une lame froide dans ses entrailles.

— Ce n'est pas possible, répéta-t-il en s'attardant sur chaque mot. Les Déa al Mon n'ont jamais admis personne sur leur territoire.

— Ils ont apparemment fait une exception.

— Ce n'est pas possible, dit Sahtan pour la troisième fois, en secouant la tête.

— Trouver Lorn ne l'était pas non plus, répliqua Geoffrey sur un ton mordant. De même que le fait de traverser Enfer en long et en large en toute impunité. Oui, nous sommes au courant : la dernière fois qu'elle est venue ici, Char l'accompagnait.

— Le petit enfoiré, marmonna Sahtan.

— Vous m'avez demandé d'identifier Morghann et Gabrielle. Je les ai identifiées. Qu'allez-vous faire, maintenant ?

Sahtan contempla la haute voûte du plafond.

— Que voudriez-vous que je fasse, Geoffrey ? Devrions-nous l'emmener loin de son foyer ? La confiner dans le Fort jusqu'à ce qu'elle atteigne l'âge adulte ? (Il laissa échapper un petit rire forcé.) Comme si nous le pouvions. Le seul moyen de l'enfermer serait de la convaincre qu'elle n'est pas en mesure de sortir, en brutalisant ses instincts au point qu'elle perde toutes ses certitudes. Avez-vous envie d'être le salaud qui sera responsable de ce massacre émotionnel ? Moi pas. Par la Ténèbre, Geoffrey ! Le mythe vivant est là, et tel est le prix à payer pour l'avoir parmi nous.

Geoffrey referma les registres avec circonspection.

— Vous avez raison, évidemment, mais… ne pouvez-vous donc rien faire ?

Sahtan ferma les yeux.

— Je lui apprendrai ce que je sais. Je serai à son service. Je l'aimerai. Cela devra suffire.

## 3. Terreille

À Beldon Mor, Onirie entra d'un pas rapide dans la demeure de la Lune Rouge appartenant à Dèjie, décocha un sourire au portier musclé vêtu d'une livrée rouge et poursuivit son chemin dans le vestibule dallé de marbre et parsemé de plantes. Une fois arrivée à la réception, elle martela la clochette en cuivre, au point que cela aurait agacé les personnes les plus placides.

Un battant portant la mention « Privé » pivota brusquement, et une femme d'âge moyen aux courbes voluptueuses s'avança avec empressement. En voyant Onirie, son expression renfrognée disparut et elle ouvrit de grands yeux, surprise et ravie.

— Te voilà donc de retour, dit Dèjie. (Elle sortit une épaisse liasse de papiers de sous le comptoir et les agita en direction d'Onirie.) Des requêtes. Ils sont tous prêts à payer – chacun sait pourtant quelle extorqueuse tu es – et ils veulent tous une nuit complète.

Onirie parcourut les feuilles du bout des doigts, sans les prendre.

— Si je donnais satisfaction à tout le monde, je pourrais finir par rester ici des mois entiers.

— Ce serait si grave que cela ? s'enquit Dèjie en penchant la tête de côté.

Onirie fit un grand sourire, mais il y avait quelque chose d'acéré et de prédateur dans ses yeux vert doré.

— Je n'obtiendrais jamais le prix que je demande si mes… (ses doigts remuants indiquèrent les documents) amis pensaient que je serais toujours là. Sans compter que cela creuserait tes bénéfices.

— C'est très vrai, répondit Dèjie en riant.

— Par ailleurs, je ne reste que quelques semaines, et je ne prévois pas d'avoir un agenda chargé, poursuivit Onirie en replaçant ses mèches noires derrière ses oreilles délicatement pointues. Je travaillerai suffisamment pour payer le gîte et le couvert, et je passerai mon temps libre à visiter.

— Combien de plafonds veux-tu voir ? C'est tout ce que ce milieu a à offrir.

— Allons, Dèjie ! protesta Onirie en s'éventant. Ce n'est pas vrai du tout. Parfois, j'ai l'occasion de regarder les motifs des draps en soie.

— Tu pourrais toujours te mettre à l'équitation. (Elle fourra les papiers sous le comptoir.) J'ai entendu dire qu'il existait quelques jolis sentiers juste aux abords de la ville.

— Non merci. Après la besogne, je n'ai pas envie de monter quoi que ce soit d'autre. Tu veux que je commence ce soir ?

Dèjie tapota ses cheveux sombres somptueusement coiffés.

— Nous trouverons bien quelqu'un qui a réservé et qui serait prêt à sauter sur l'occasion, j'en suis sûre.

Les deux femmes se sourirent.

Dèjie fit apparaître un mince étui en cuir et en sortit un morceau de parchemin coûteux.

— Hum. La maison affiche complet. Et on en découvre systématiquement un ou deux qui se croient trop importants pour avoir à réserver et qui se montrent à l'improviste.

Onirie s'accouda au comptoir, le menton entre les mains.

— Tu as un excellent cuisinier. Peut-être qu'ils sont seulement venus pour le dîner.

— J'essaie de satisfaire tous les appétits, répondit Dèjie avec un sourire espiègle.

— Et si le plat du jour est en rupture, il reste les principaux mets, toujours délicieux.

Dèjie rit, et sa poitrine tressautante menaça de s'échapper du décolleté de sa robe.

— Bien tourné. Là. (Elle désigna un nom sur la liste.) Je me souviens de t'avoir entendu dire qu'il ne te dérangeait pas. Il sera probablement affamé, mais il prend plaisir aux mises en bouche autant qu'au plat de résistance.

Onirie acquiesça.

— Oui, il fera l'affaire. Dans l'une des chambres donnant sur le jardin ?

— Bien entendu. J'ai un peu refait la décoration depuis ta dernière visite. Je pense que cela te plaira. Tu sais vraiment apprécier ce genre de choses, toi.

Dèjie saisit une clé dans l'un des menus casiers du mur du fond.

— Celle-ci conviendra.

Onirie serra l'objet au creux de sa main.

— Nous dînerons dans la chambre, à mon avis. Y a-t-il un menu, par ici ? Bien. Je commanderai à l'avance.

— Comment fais-tu pour te rappeler ce qu'ils aiment et ce qu'ils n'aiment pas ? Ils viennent de tant d'endroits différents, et leurs coutumes sont si diverses.

Onirie arbora un air faussement offensé.

— Dèjie. Toi aussi, tu fréquentais les chambres, avant de devenir gourmande. Tu sais parfaitement que c'est à cela que servent les petits livres noirs.

— Ouste ! répliqua l'intéressée en chassant Onirie d'un geste. J'ai du travail, et toi aussi.

Celle-ci s'engagea dans le large couloir bordé de chambres des deux côtés, et son regard vif n'en manqua aucune au passage. C'était vrai. Dèjie avait de l'ambition. Elle avait débuté grâce aux dons de quelques clients satisfaits, puis elle avait acheté un manoir et l'avait transformé en la meilleure demeure de la Lune Rouge du district. Et chez elle, contrairement aux autres établissements, un homme ne trouvait pas seulement un lit et un corps chaud. Le sien disposait d'une petite salle à manger privée qui servait toute la nuit une nourriture exquise ; d'un salon de réception où les tempéraments artistiques avaient l'habitude de se réunir pour débattre de leurs qualités respectives, tout en grignotant et en buvant du bon vin ; d'une salle de billard où les ambitieux se retrouvaient afin de planifier leur action politique à venir ; d'une bibliothèque regorgeant d'ouvrages intéressants et de généreux fauteuils en cuir ; d'endroits réservés dans lesquels l'on pouvait s'évader du quotidien et se sentir en paix, grâce à un savoureux dîner et à des mains expertes en matière de massage. Et, pour finir, il y avait les chambres où les femmes satisfaisaient les appétits charnels.

Onirie trouva celle qui lui était attribuée, ferma à clé et embrassa longuement la pièce du regard avec un hochement de tête approbateur. D'épais et moelleux tapis ; des murs blancs où étaient accrochées des aquarelles de bon goût ; des meubles sombres ; un lit à baldaquin démesuré et drapé de voilages ; des sphères musicales accompagnées de leur support de cuivre ornementé ; des portes vitrées coulissantes ouvrant sur un jardin privé entouré d'une enceinte, qui était doté d'une fontaine menue et de petits saules, ainsi que de fleurs à éclosion nocturne. Et, pour finir, une salle de bains composée d'une douche et d'une grande baignoire encastrée située face à la fenêtre qui donnait sur l'extérieur.

— Très bien, Dèjie, dit-elle tout bas. Très, très bien.

Elle prit promptement possession des lieux en invoquant ses tenues de travail et en les rangeant avec soin dans la penderie. Elle n'en emportait jamais beaucoup ; il lui fallait juste assez de variété pour satisfaire les appétits divers qu'elle pouvait rencontrer dans chaque Territoire qu'elle fréquentait. La plupart de ses effets étaient répartis dans une douzaine de cachettes dispersées à travers Terreille.

Onirie réprima un frisson. Mieux valait ne pas songer à ces cachettes. Et surtout ne pas se demander ce qu'*il* devenait.

Elle poussa les portes vitrées afin d'écouter le clapotis de la fontaine et s'installa dans un fauteuil, les jambes repliées sous son corps. Deux carnets noirs apparurent dans les airs devant elle. Elle ouvrit l'un d'eux, le feuilleta jusqu'à la dernière page couverte d'annotations, invoqua un stylo et inscrivit quelques mots.

Ce contrat-là était terminé. L'insensé n'avait pas mis autant de temps à mourir qu'elle l'aurait souhaité, mais elle s'était délectée de sa souffrance. Et elle avait été très, très bien payée.

Elle fit disparaître le petit livre pour s'intéresser à son jumeau, consulta l'entrée adéquate, écrivit le menu et l'envoya, d'un mouvement du poignet, en cuisine. Le second carnet volatilisé, elle se leva et s'étira. Un nouveau geste bref, et elle sentit le poids familier du manche, dont la lame effilée et étincelante la réconfortait. Tournant la main en sens inverse, elle congédia le couteau et plaqua ses paumes l'une contre l'autre. Cette nuit, il ne lui en faudrait qu'un seul. Il ne lui posait jamais aucun problème. Par ailleurs, c'était elle – elle sourit en se rappelant cela – qui avait fait son éducation. Il y avait combien de temps ? Douze ans ? Quatorze ?

Elle se doucha rapidement, coiffa ses longs cheveux noirs de manière à pouvoir aisément ôter les épingles, se maquilla et se glissa dans une robe vert doré à l'étoffe très mince, qui dissimulait autant qu'elle révélait les formes. Pour finir, s'armant de résolution devant l'inéluctable, elle s'avança vers le miroir oblong pour regarder le visage et le corps qu'elle avait haïs durant toute son existence.

Elle avait des traits ciselés et de hautes pommettes, un nez à l'arête fine et des yeux vert doré un peu trop grands qui remarquaient tout sans rien dévoiler en retour. Sa silhouette svelte, aux courbes harmonieuses, n'était pas aussi gracile qu'elle le paraissait : elle avait endurci ses muscles au fil des années afin de demeurer en parfaite condition physique pour pratiquer la profession qu'elle avait choisie. C'était sa peau brun clair, baignée de soleil, qui faisait l'objet de sa hargne. Son teint d'Hayllienne. Elle pouvait aisément passer pour telle si elle lâchait ses cheveux et cachait la couleur de ses yeux, qui révélait sa nature de demi-sang, derrière des verres fumés. Les oreilles qui s'incurvaient délicatement aux extrémités pour former une pointe… cela, elle le tenait de Titienne.

Titienne, qui n'appartenait à aucune des espèces qu'Onirie avait pu croiser au fil des nombreux voyages au cours desquels elle avait parcouru Terreille. Titienne, rompue par la hampe de Kartane SaDiablo. Qui s'était échappée et s'était prostituée pour gagner sa vie, afin que Kartane ne puisse pas la retrouver et détruire l'enfant qu'elle portait. Titienne que l'on avait découverte un jour, la gorge tranchée, et que l'on avait enterrée dans une tombe anonyme.

Toutes les cibles de ses assassinats, tous ces hommes qui s'avançaient vers une mort certaine, constituaient la répétition grandeur nature du parricide. Un jour, elle débusquerait Kartane au bon endroit et au bon moment, puis elle lui ferait payer, pour Titienne.

Onirie se détourna du miroir et chassa de force les souvenirs. Entendant frapper, elle se plaça au milieu de la chambre afin que son hôte remarque sa présence dès qu'il entrerait. Elle le verrait aussi, et prévoirait le déroulement de la soirée en conséquence.

Elle ouvrit la porte à l'aide de l'Art avant que le client ait eu le loisir de tourner la poignée, et laissa les effluves séducteurs émaner d'elle tel un parfum exotique. Elle l'accueillit d'un signe amène et sourit lorsque le battant se referma derrière lui.

Il se précipita vers elle, exsudant le désir, et le Gris à son cou brasillait en réponse à son feu intérieur. Onirie posa les mains sur son torse, interrompant son geste d'une unique caresse langoureuse. Il haleta, serrant et desserrant les poings, mais il ne la toucha pas.

Satisfaite, Onirie s'avança avec grâce vers la petite table qui jouxtait les portes vitrées et, d'une pensée, prévint la cuisine. Un instant plus tard, deux verres glacés et une bouteille apparurent. Elle versa le breuvage, tendit l'une des coupes à son hôte et leva la sienne en guise de salut :

— Philippe.

— Onirie, répondit celui-ci d'une voix éraillée, tout au supplice de l'attente.

— Le vin ne vous plaît-il pas ? demanda-t-elle en savourant le sien.

Philippe réagit en avalant la moitié de la boisson d'une traite.

Onirie sourit par-devers elle. Quelle personne inaccessible pouvait-il donc bien convoiter ? Sous les traits de qui l'imaginait-il lorsqu'il tirait les rideaux et éteignait les lumières afin d'assouvir son désir sans pour autant renoncer à ses illusions ?

Elle laissa le dîner se dérouler sans hâte, donnant à Philippe le loisir de la dévorer du regard tout en buvant le vin et en ingérant les mets raffinés. Il lui parla, comme il le faisait toujours, à sa manière digressive et absconse, se dévoilant plus qu'il s'en rendait compte, plus qu'il en avait l'intention.

Philippe Alexandre, prince orné au Gris. Un homme séduisant aux cheveux de sable et dont les yeux gris exprimaient franchise et trouble. Demi-frère de Robert Bénédict, il avait acquis une position de politicien de premier plan depuis qu'il s'était lié à Hayll, à… Kartane. Robert était Orné d'un simple Joyau jaune, rien de plus, mais il était l'enfant légitime, celui qui recevrait le domaine et la fortune du père. Philippe, de quelques années son cadet et dont l'existence n'avait jamais été officiellement reconnue, avait été élevé dans son ombre. Las de jouer au fils bâtard heureux de se voir concéder des miettes, il avait rompu avec sa famille et était devenu le cavalier et le consort d'Alexandra Angelline, la reine de Chaillot.

En l'espace de quelques générations, les Chaillots du Lignage avaient empoisonné les coutumes de manière subtile, dévoyant ainsi la règle matriarcale et arrachant aux reines leur mainmise sur le Territoire, si bien qu'Alexandra n'était rien d'autre qu'une figure fantoche, en dépit de son statut de reine et de son rang : elle portait l'Opale, ce qui était étrange, ou à tout le moins inhabituel. On racontait qu'elle était toujours en relation avec les cénacles du Sablier, alors même que les hommes, en prenant le pouvoir, avaient déclaré les Veuves Noires hors la loi. Sa fille, Lilande, était mariée à Robert Bénédict.

Et tous vivaient réunis au domaine Angelline, à Beldon Mor.

Onirie poursuivit le jeu du dîner autant que possible avant d'amorcer celui des ébats. Un prince orné au Gris qui n'avait pas assouvi son désir pendant un long moment pouvait se montrer involontairement brusque au lit, mais cela ne l'inquiétait pas. Elle aussi, elle portait le Gris. Mais pas, certes, en compagnie d'un client. Dans ce cas, elle arborait son Vert de naissance, ou pas de Joyau du tout, afin de laisser aux hommes le sentiment qu'ils maîtrisaient la situation. Ce soir-là, cependant, elle pensait que cela ne déplairait pas à Philippe de trouver un peu de répondant, et il faisait partie des rares mâles qu'elle fréquentait, dans le cadre de cette profession qu'elle assumait à titre subsidiaire, soucieux de donner du plaisir autant que d'en recevoir.

Oui, Philippe constituait une bonne entrée en matière pour son séjour à Beldon Mor.

Elle tamisa la lueur des bougies, plongeant la chambre dans la brume, la pénombre. Lui ne se montrait plus fébrile. Il touchait, goûtait, savourait. Et elle, en le guidant par des contacts subtils, le laissa faire ce pour quoi il était venu.

L'aube était levée quand Philippe se rhabilla et lui dit au revoir en l'embrassant.

Onirie resta à contempler le voile vaporeux du baldaquin. Il en avait eu pour son argent, et plus encore. Et il l'avait agréablement distraite des souvenirs qui encombraient sa mémoire, ces temps-ci, et qui expliquaient pourquoi elle s'était rendue à Chaillot. Des souvenirs de Titienne, de Tersa… et du Sadique.

Onirie avait dix ans le jour où Titienne avait amené Tersa, un après-midi, et avait couché la sorcière en haillons dans son propre lit. Pendant les quelques jours que la Veuve Noire devenue folle avait passés en leur compagnie, Titienne était restée des heures à écouter ses sornettes entrecoupées de plaisanteries étranges et de devises énigmatiques.

Une semaine après son départ, Tersa était revenue accompagnée de l'homme le plus froid, le plus beau qu'Onirie eût jamais vu. Le premier prince de guerre qu'elle rencontrait. Il avait gardé le silence, laissant Tersa bavarder tout en observant Titienne et en transperçant de son regard de braise la fillette qui tremblait au côté de sa mère.

Tersa s'était finalement tue et avait tiré l'inconnu par la manche :

— L'enfant est du Lignage et elle devrait être formée à l'Art. Elle a le droit de porter les Joyaux si elle est assez forte pour cela. Daimon, s'il te plaît.

L'étranger, après avoir pris sa décision, avait plissé ses yeux dorés. Il avait sorti de la poche intérieure de sa veste un carnet de billets or de cent marks, en avait détaché plusieurs et les avait posés délicatement sur la table. Il avait invoqué une feuille et un stylo et écrit quelques mots avant de placer le papier, ainsi qu'une clé, sur la liasse.

— L'endroit n'est pas particulièrement raffiné, mais c'est propre et il y fait chaud. (Onirie avait ressenti un délicieux frisson en entendant sa voix grave et séduisante.) C'est à quelques pâtés de maisons d'ici, dans un quartier où personne ne pose de questions. J'ai inscrit les noms de quelques tuteurs potentiels pour la fille. Ce sont des gens bien, ils ont juste caressé ceux qui détiennent le pouvoir dans le mauvais sens du poil. Je vous invite à utiliser l'appartement aussi longtemps que vous le souhaitez.

— Et le prix ?

Pas une once de chaleur dans la voix douce de Titienne.

— Que vous laissiez Tersa y entrer chaque fois qu'elle se rend dans cette partie du royaume. Je n'y viendrai pas tant que vous vous y trouverez, mais il faut que Tersa puisse y loger. C'est d'abord pour elle que j'ai acheté ce refuge.

Ainsi en avait-il été décidé, et, quelques jours plus tard, Onirie et Titienne avaient emménagé dans le premier appartement décent que la fillette eut connu. Le propriétaire, un petit trémolo apeuré dans la voix, leur avait dit que le loyer avait été payé. Les billets or de cent marks avaient été consacrés à l'acquisition d'une nourriture digne de ce nom et de vêtements chauds, et

Titienne, reconnaissante, n'avait plus eu besoin de laisser des hommes franchir le seuil de son foyer.

Au printemps suivant, alors qu'Onirie avait commencé à progresser sous la direction de ses tuteurs, Tersa était revenue et l'avait emmenée au sanctuaire le plus proche pour procéder à sa Cérémonie de naissance. À son retour, l'enfant arborait fièrement un Vert non taillé. Les larmes aux yeux, Titienne avait soigneusement enveloppé la précieuse pierre dans une étoffe moelleuse et l'avait remisée dans une curieuse boîte en bois sculpté avant d'en sortir un nouvel objet.

— Un Joyau brut est une rareté, petite Sœur, avait-elle dit. Attends de savoir qui tu es avant de le faire sertir. Il se révélera ainsi être bien davantage qu'un simple réceptacle de ton pouvoir ; il manifestera ta personnalité à part entière. (Elle attacha une chaîne d'argent au cou d'Onirie.) Dans l'intervalle, ceci t'aidera à commencer. Cet objet m'appartenait, autrefois. Tu n'es pas une enfant de la lune ; l'or te conviendrait mieux. Mais c'est ton premier pas sur une longue route.

Onirie avait examiné le bijou : un Joyau vert dont le pendentif d'argent gravé représentait deux cerfs épousant le pourtour de la gemme, leurs bois entrelacés aux extrémités masquant le maillon destiné à la chaîne. Ce faisant, elle avait senti son sang chanter dans ses veines, un appel ténu dont elle n'avait pu identifier l'origine.

— Si jamais tu rencontres les miens, ce Joyau leur indiquera qui tu es.

— Pourquoi on ne peut pas aller les voir ?

Titienne avait fait un geste de dénégation et s'était détournée.

Les deux années qui s'étaient ensuite écoulées s'étaient révélées fructueuses, pour Onirie. Elle passait ses journées en compagnie de ses tuteurs, le premier lui enseignant l'Art, et le second les matières élémentaires qui sont le fondement d'une bonne éducation. La nuit, sa mère prenait le relais, et lui apprenait d'autres compétences : même brisée, elle maniait le couteau d'une main experte. Il émanait d'elle une sensation de malaise croissant, comme si elle attendait qu'un événement se produise, ce qui l'incitait à entraîner sa fille sans relâche.

Un jour, alors qu'elle avait douze ans, Onirie avait trouvé la porte de l'appartement entrebâillée. Titienne gisait dans la salle de séjour, la gorge tranchée, non loin de sa dague à manche de corne. Les murs vibraient de violence et de fureur, l'avertissaient de fuir, fuir, fuir.

Onirie n'avait hésité qu'un instant avant de se ruer dans la chambre pour sortir de sa cachette la boîte contenant son Joyau. Puis, les jambes tremblantes, elle avait attrapé la dague au vol et l'avait fait disparaître en même temps que la boîte, comme on le lui avait appris. Alors seulement avait-elle vraiment pris la fuite, laissant derrière elle sa mère, et la personne qui les avait débusquées.

Titienne venait d'avoir vingt-cinq ans.

Moins d'une semaine plus tard, Onirie avait été brisée par la hampe d'un homme pour la première fois. Luttant sans espoir, elle s'était vue glisser dans un long tunnel sombre qui représentait, dans l'abîme de l'Art, son fil psychique. À la profondeur du Vert, une toile chatoyante barrait le passage. Tandis qu'elle sombrait dans cette direction, tout à la douleur d'être transpercée qui inondait son âme de rouge, Onirie s'était rappelé Tersa, s'était rappelé Titienne. Si elle heurtait cette toile, sa trame intime, elle la romprait et regagnerait le monde réel comme ombre d'elle-même. Pour toujours, elle aurait conscience de la perte de sa magie et pleurerait ce qu'elle aurait pu devenir.

Le souvenir de Titienne lui avait donné la volonté de résister aux assauts qui avaient paru durer une éternité. Chacun l'avait poussée de plus en plus près de sa trame intime. Elle avait tenu bon de tout son cœur. Quand les coups de boutoir avaient cessé… lorsque tout avait enfin été terminé, elle se trouvait à un cheveu de l'anéantissement, pas davantage.

Son esprit était resté recroquevillé là, épuisé. L'agresseur parti, elle s'était obligée à regagner la surface, chancelant sous l'effet de la douleur physique. Son sang imbibait les draps, mais elle avait conservé la part importante de son intégrité. Elle portait toujours les Joyaux. Elle n'avait pas perdu son statut de sorcière.

Un mois ne s'était pas écoulé qu'elle tuait sa première proie.

L'homme avait été comme tous les autres : il l'avait emmenée dans une chambre miteuse pour se servir de son corps en échange d'un mark de cuivre qui lui permettrait à peine de se nourrir frugalement jusqu'au lendemain. Sa haine envers ceux qui l'avaient utilisée – et avaient profité de Titienne avant elle – s'était muée en fureur froide. Aussi, lorsqu'il avait redoublé d'ardeur, arquant le dos, bombant le torse, elle avait invoqué la dague au manche de corne et l'avait poignardé au cœur. La substance virile s'était écoulée en elle tandis qu'il se vidait de son sang.

Onirie avait repoussé le lourd cadavre avec l'aide de l'Art. En voilà un qui n'allait pas la frapper ou refuser de la rémunérer. Cela avait été une sensation grisante.

Pendant trois ans, elle avait erré dans les rues, son corps immature et ses traits peu communs attirant les êtres les plus vils comme un fanal. Mais on n'ignorait pas qu'elle savait jouer du couteau, et il était vite devenu de notoriété publique qu'un homme avisé payait Onirie à l'avance.

Trois ans. Puis, un jour qu'elle se faufilait dans une allée, qu'elle avait déjà explorée mentalement pour s'assurer que l'endroit était désert, elle avait senti une présence derrière elle. Elle avait fait volte-face, dague au poing, et constaté qu'il s'agissait de Daimon Sadi. Il l'observait, adossé au mur. Instinctivement, elle s'était enfuie en courant, mais elle avait heurté une barrière psychique qui l'avait retenue captive ; la main de Daimon s'était refermée sur son poignet. Il n'avait rien dit. Il s'était simplement engagé sur les Vents, l'entraînant à sa suite. Onirie, qui n'avait jamais emprunté les Trames psychiques, s'était accrochée à lui, désorientée.

Une heure plus tard, elle était assise à la table de la cuisine de combles aménagés, dans un autre coin du royaume. Tersa lui tournait autour et l'encourageait à manger. Pendant ce temps, Daimon l'examinait en buvant son vin.

Trop nerveuse pour avaler quoi que ce soit, Onirie lui avait craché :

— Je suis une putain.

— Et tu n'es pas très douée, avait-il calmement répondu.

La jeune fille, piquée au vif, lui avait jeté au visage tous les jurons qu'elle avait appris dans la rue. Lorsqu'elle avait fini par se taire après avoir balbutié, il avait poursuivi en riant :

— Tu vois ce que je veux dire ?

— Je ferai ce que je dois faire.

— Tu es une enfant au sang mêlé. Tu as du sang hayllien. (Il avait joué avec son verre.) Ceux du peuple de ta mère vivent, quoi ? Cent, deux cents ans ? Pour ta part, tu en connaîtras deux mille, voire davantage. Veux-tu les passer à manger des croûtes balancées dans des venelles et à dormir dans des chambres crasseuses ?

Il existe d'autres manières de faire ce que tu fais, pour être mieux logée, mieux nourrie, mieux payée. Tu devras commencer comme apprentie, bien entendu, mais il y a un endroit où l'on te recueillera et où tu seras bien formée.

Daimon avait consacré les minutes suivantes à établir une liste avant de la pousser vers Onirie.

— Une femme qui a reçu une éducation peut être en mesure de passer plus de temps assise sur une chaise qu'allongée sur le dos. Un avantage certain, à mon sens.

Onirie avait étudié attentivement la liste, mal à l'aise. Y figuraient les matières auxquelles elle s'était attendue : la littérature, les langues, l'histoire… et puis, au bas de la page, étaient énumérées des compétences plus adaptées au jeu de la lame qu'à celui du sexe rémunéré.

Tandis que Tersa débarrassait la table, Daimon s'était approché et s'était penché, lui frôlant le dos, son souffle chaud chatouillant son oreille pointue.

— De la subtilité, Onirie, avait-il murmuré. C'est une arme puissante. Tu peux égorger quelqu'un sans pour autant repeindre les murs avec son sang. Si tu continues sur cette voie, on te trouvera, tôt ou tard. Un homme peut mourir de mille façons. (Il gloussa, mais ce son recelait une perversité latente.) Certains meurent d'un manque d'amour, et d'autres… *par* amour. Penses-y.

Onirie s'était présentée dans une demeure de la Lune Rouge. La tenancière et ses femmes lui avaient enseigné les arts de la chambre. Le reste, elle l'avait appris d'elle-même, sans faire de vagues. En l'espace de dix ans, elle était devenue la putain la mieux payée… et des clients avaient également commencé à s'intéresser à ses autres compétences.

Elle avait voyagé en Terreille, offrant ses services aux établissements les plus réputés, dans chaque ville où elle se rendait, acceptant avec circonspection les contrats qui lui étaient proposés dans le cadre de sa seconde profession, celle qui lui paraissait plus stimulante… et plus agréable. Elle transportait une série de clés : maisons, suites, combles… certains situés dans les quartiers les plus coûteux, d'autres dans des ruelles tranquilles et retirées où les gens ne posaient pas de questions. Parfois, elle croisait Tersa, et dans ce cas prenait soin d'elle du mieux qu'elle pouvait.

Parfois, aussi, elle partageait un logis avec Sadi, lorsque ce dernier s'éclipsait d'une cour le temps d'une soirée. Onirie appréciait ces moments. Il était un puits de savoir quand il décidait de se montrer loquace, et si c'était elle qui menait la conversation, les yeux dorés de son interlocuteur reflétaient toujours l'amusement tout en retenue dont aurait pu faire preuve un grand frère.

Durant presque trois cents ans, ils s'étaient rencontrés au gré de leurs allées et venues respectives, à l'aise l'un avec l'autre. Jusqu'à la nuit où, déjà un peu ivre, elle l'avait regardé lire en consommant une bouteille de vin. Il était confortablement étendu sur un siège, la chemise en partie déboutonnée, ses pieds nus reposant sur un pouf et, contrairement à son habitude, ses cheveux noirs étaient décoiffés.

— Je me demandais…, avait dit Onirie avec l'expression de quelqu'un qui a un peu trop bu.

Daimon avait levé les yeux de son livre, un sourcil dressé, une ébauche de sourire au coin des lèvres.

— Tu te demandais… ?

— Simple curiosité professionnelle, vous comprenez. Vous savez, on parle de vous dans les demeures de la Lune Rouge.

— Ah oui ?

Elle n'avait pas remarqué l'atmosphère soudain glaciale de la pièce, les iris dorés qui avaient viré à un jaune dur et figé. Elle n'avait pas reconnu le péril contenu dans son intonation doucereuse. Elle s'était contentée de lui sourire.

— Allons, Sadi, cela apporterait pas mal d'eau au moulin de ma carrière. Pas une putain du royaume ne connaît personnellement ce que cela fait d'être caressée par…

— Prends garde à ce que tu demandes. Tu pourrais bien l'obtenir.

Elle avait ri à gorge déployée et le mince tissu de son chemisier, en se tendant, avait dévoilé le contour de ses tétons. Lorsqu'il avait jailli de son siège avec une vivacité prédatrice et l'avait serrée contre lui, lui emprisonnant les bras derrière le dos, elle avait enfin compris combien il était dangereux de le provoquer. Il l'avait obligée à lever la tête en lui tirant les cheveux au point que les larmes lui étaient montées aux yeux. D'une main, il lui avait comprimé les poignets jusqu'à ce qu'elle pousse un gémissement de douleur. Puis il l'avait embrassée.

Elle s'était attendue à un baiser brutal, aussi avait-elle été encore plus effrayée de la tendresse et de la douceur de ses lèvres taquinant les siennes. Elle n'avait plus su quoi penser, quoi ressentir : ses mains qui la meurtrissaient délibérément, ou bien sa bouche si prodigue, si persuasive. À force de cajoleries, il était parvenu à lui faire entrouvrir les mâchoires, et chaque coup de langue l'avait embrasée de l'intérieur. Lorsqu'elle avait demandé grâce, il l'avait emmenée dans la chambre.

Il l'avait dénudée avec une lenteur affolante, la frôlant de ses longs ongles, comme en un murmure, léchant et embrassant sa peau frémissante tout en la dépouillant graduellement de l'étoffe. Douce torture.

Après l'avoir complètement déshabillée, il l'avait attirée vers le lit. Des cordes psychiques s'étaient nouées à ses poignets, lui immobilisant les bras au-dessus de la tête. Les mêmes liens, passés à ses chevilles, maintenaient ses jambes écartées. Daimon était resté debout près d'elle, et c'est alors qu'elle avait perçu la fureur froide inextinguible qui imprégnait l'atmosphère... ainsi qu'une brise tout en retenue, un vent printanier toujours empreint d'hiver, venu explorer son corps, ses seins et son ventre, remuer la toison noire puis se divisant afin de courir le long de la face interne de ses cuisses, de circuler autour de ses pieds et contre ses côtes, et de contourner son cou, avant de recommencer.

Cela avait continué, encore et encore, au point qu'elle n'avait plus pu supporter son toucher, qu'elle avait désespéré de sentir une caresse capable de lui apporter l'apaisement.

— S'il vous plaît, avait-elle gémi en tentant de se défaire de ce contact implacable.

— « S'il vous plaît », quoi ?

Il avait alors lentement ôté ses vêtements.

Elle l'avait détaillé avec avidité, le regard voilé de désir, prête à voir le sien se manifester. Avec un coup au cœur, elle avait remarqué l'Anneau d'obéissance emprisonnant le membre complètement flasque, et s'était aperçue que la colère qui l'environnait s'était modifiée. Le sourire de Daimon avait changé.

Il s'était allongé à côté d'elle, et son corps chaud était froid au regard du feu qui brûlait en elle. Les doigts réels avaient repris le jeu de la main invisible, et elle avait enfin compris ce qui imprégnait l'air, ce que renvoyait l'expression de Daimon.

Du mépris.

Il jouait avec un sérieux mortel. Chaque fois que ses mains ou sa langue la soulageaient, les voiles vaporeux de la sensualité partaient en lambeaux et elle était contrainte de boire ce dédain jusqu'à la lie. Il avait de nouveau attisé son excitation, et elle avait voulu l'attirer d'un mouvement de hanches tout en l'implorant d'arrêter. Son rire mordant de méchanceté s'était alors mué en un étau l'empêchant de respirer. Au moment où elle avait commencé à dériver vers une douce apothéose dépourvue d'émotion, cela avait cessé.

Tout avait cessé.

Retrouvant ses esprits, Onirie avait entendu l'eau couler dans la salle de bains. Quelques minutes plus tard, Daimon était réapparu tout habillé, s'essuyant le visage avec une serviette. Il y avait une tension lancinante suppliant d'être comblée, rien qu'une fois, entre les jambes d'Onirie. Elle avait mendié ce petit réconfort.

Il lui avait répondu avec son rictus froid et cruel.

— Maintenant, tu sais ce que cela fait de coucher avec la Catin d'Hayll.

Onirie s'était mise à pleurer.

Daimon avait jeté la serviette sur une chaise.

— Je me passerais de godemiché, si j'étais toi, avait-il dit plaisamment. Pendant quelques jours, en tout cas. Cela ne servirait à rien et la situation pourrait même empirer. Fortement empirer.

Il lui avait de nouveau souri avant de quitter l'appartement.

Elle ignorait combien de temps s'était écoulé lorsque les cordes à ses poignets et à ses chevilles avaient fini par disparaître et qu'elle avait enfin pu se tourner, les genoux repliés contre la poitrine, pour sangloter de honte et de rage.

Depuis ce jour-là, il lui faisait peur, elle appréhendait terriblement de sentir sa présence lorsqu'elle ouvrait une porte. Quand ils se croisaient, il lui témoignait une politesse indifférente et parlait peu. Et jamais plus il ne l'avait regardée avec affection.

Onirie contemplait le voile vaporeux du baldaquin. Cela s'était produit cinquante ans auparavant, et il ne lui avait jamais pardonné. Et à présent... Elle frissonna. À présent, à en croire les rumeurs, quelque chose n'allait pas du tout. Aucune cour ne réussissait à le garder plus de quelques semaines. Et trop de membres du Lignage disparaissaient sans laisser de trace, chaque fois qu'il s'emportait.

Il avait eu raison, à l'époque. Un homme pouvait mourir de mille, mille façons. Elle avait beau, pour sa part, être douée, il lui fallait toujours déployer des efforts pour se débarrasser d'un cadavre. Le Sadique, lui, n'abandonnait jamais le moindre signe derrière lui.

Onirie entra dans la douche d'une démarche vacillante et soupira d'aise en sentant ses muscles contractés se détendre sous le jet d'eau brûlante. Au moins, il n'y avait pas grand risque qu'elle le croise durant son séjour à Beldon Mor.

## 4. Enfer

Même les coups sauvagement frappés à la porte ne soutenaient pas la comparaison avec les jurons incontrôlés de Prothvar et les hurlements indignés de Jaenelle.

Sahtan referma le livre posé sur le lutrin. Il y avait eu un temps, encore pas si lointain, où nul n'aurait osé toquer à ce battant, sans parler de le marteler comme pour le réduire en miettes. Il s'assit au coin du bureau de bois noir, prit ses aises et patienta, les bras croisés.

Andulvar fit irruption dans la pièce, un perturbant mélange de crainte et de fureur sur le visage. Prothvar s'engagea immédiatement à sa suite, traînant Jaenelle par l'ourlet de sa robe. Celle-ci tenta de se libérer, alors il l'attrapa par la taille et la souleva.

— Posez-moi, Prothvar !

L'enfant plia un genou et ramena violemment le pied vers l'arrière, heurtant l'intéressé à l'entrejambe. Celui-ci poussa un hurlement de douleur et la lâcha.

Au lieu de tomber, Jaenelle roula proprement sur elle-même et se remit sur ses pieds, à quelques centimètres au-dessus du sol, tout en laissant libre cours à une bordée d'imprécations, en diverses langues que Sahtan ne put toutes identifier.

Celui-ci s'efforça d'adopter un air aussi neutre qu'autoritaire et décida, à contrecœur, que le moment était mal choisi pour parler de l'Étiquette Langagière à Destination des Jeunes Filles.

— Sorcelière, frapper un homme dans les parties peut se révéler efficace pour se faire remarquer, mais une enfant ne devrait pas faire ce genre de chose.

Il tressaillit lorsque Jaenelle reporta son entière attention sur lui.

— Et pourquoi pas ? demanda-t-elle instamment. Un ami m'a dit que c'est ce que je devais faire si un homme essayait de m'attraper par-derrière. J'ai dû promettre.

Sahtan haussa un sourcil.

— Cet ami est un homme ?

Voilà qui était intéressant.

Avant qu'il ait pu davantage explorer le sujet, Andulvar poussa un grondement de mauvais augure.

— Là n'est pas la question, SaDiablo.

— Alors, quelle est-elle ?

Il n'avait pas vraiment envie de le savoir, mais…

— Cette petite… elle… Dis-lui ! s'exclama Prothvar en montrant Jaenelle du doigt.

L'enfant serra les poings et le foudroya du regard.

— C'était votre faute. Vous avez ri et vous avez refusé de m'apprendre. C'est vous qui m'avez fait tomber.

— Moins vite, intervint Sahtan en levant la main. Vous apprendre quoi ?

— Il a refusé de m'apprendre à voler, répondit Jaenelle sur un ton accusateur.

— Tu n'as pas d'ailes ! riposta sèchement Prothvar.

— Je peux voler aussi bien que vous !

— Tu n'as pas été formée !

— Parce que vous refusez de m'apprendre !

— Ça, tu peux en être sûre, bordel !

Jaenelle lança un juron eyrien si grossier que Prothvar n'en crut pas ses oreilles.

Le visage d'Andulvar prit une nuance pourpre alarmante juste avant de désigner la porte.

— DEHORS ! rugit-il.

L'enfant sortit de la pièce d'un air théâtral, suivie de Prothvar, qui boitait.

Sahtan plaqua la main sur sa bouche. Il avait envie de rire. Douce Ténèbre, comme il avait envie de rire ! Mais l'expression du regard d'Andulvar l'avertit que, s'il se permettait ne serait-ce qu'un gloussement, ils allaient s'engager dans une rixe sans foi ni loi.

— Vous trouvez cela amusant, grommela Yaslana en faisant bruire ses ailes.

SaDiablo s'éclaircit la voix à plusieurs reprises.

— Je suppose que Prothvar éprouve des difficultés à perdre la face devant une fillette de sept ans. Je n'avais pas compris que l'*ego* d'un guerrier pouvait se froisser si aisément.

Son interlocuteur conserva sa mine lugubre, et Sahtan s'en agaça.

— Soyez raisonnable, Andulvar. Elle veut apprendre à voler. Eh bien, quoi ? Vous avez constaté son habileté à garder l'équilibre dans les airs.

— J'ai vu bien davantage, répliqua sèchement Yaslana.

Sahtan serra les dents et compta jusqu'à dix. Deux fois.

— Racontez-moi, dans ce cas.

Andulvar croisa ses bras musculeux et regarda le plafond.

— Katrine, l'amie de la sauvageonne, lui montre en ce moment comment voler, mais elle vole comme un papillon et Jaenelle, elle, veut voler comme un faucon, comme un Eyrien. Alors, elle a demandé à Prothvar de lui enseigner cela. Et il a ri, ce qui, je le reconnais, n'était pas très malin, et elle…

— … a renoncé.

— … s'est jetée du haut de la tour du Manoir.

Il y eut un instant de silence, puis Sahtan explosa :

— Quoi ?

— Vous savez de quoi je parle, SaDiablo. Vous avez construit ce satané endroit vous-même. Elle a grimpé sur le rebord et elle a sauté. Vous trouvez toujours cela amusant ?

Sahtan plaqua les paumes contre le bureau. Il tremblait de tout son corps.

— Et donc, Prothvar l'a rattrapée dans sa chute.

— Il a failli la tuer. Il a plongé à sa suite, mais malheureusement elle *flottait* en équilibre, à moins de trois mètres sous le parapet. En s'élançant, il l'a heurtée de plein fouet et ils sont tombés les trois quarts du chemin avant qu'il parvienne à se rétablir.

— Ô Nuit, marmonna Sahtan.

— Et que la Ténèbre soit clémente. Qu'allez-vous faire ?

— Lui parler, répondit Sahtan d'un air sinistre. (D'une pichenette mentale, il ouvrit instantanément la porte, sans à-coup.) Sorcelière.

Jaenelle s'approcha. Elle avait repris son sang-froid et sa colère avait laissé place à une détermination inflexible qu'il ne connaissait désormais que trop bien.

Il la dévisagea un moment en s'efforçant de brider son impulsivité.

— Andulvar m'a raconté ce qui s'est passé. Désirez-vous apporter des précisions ?

— Prothvar n'avait pas à rire de moi. Je ne me moque pas de lui, moi.

— D'ordinaire, il faut des ailes pour voler, sorcelière.

— Vous n'en avez pas besoin pour chevaucher les Vents. Et là, ce n'est pas si différent. Même les Eyriens se servent un peu de l'Art pour voler. Prothvar me l'a dit.

Sahtan ne savait pas ce qui était pire : que Jaenelle commette quelque chose de totalement extravagant, ou bien qu'elle se montre raisonnable.

— Vous lui avez fait peur. Comment était-il censé comprendre que vous n'alliez pas tomber comme une pierre ?

— Je le lui aurais dit, répondit l'enfant, quelque peu contrite.

Il ferma les yeux un instant, plongé dans une intense réflexion.

— Très bien. Andulvar et Prothvar vous apprendront à voler à la manière eyrienne, et en contrepartie vous devez promettre de vous conformer à leurs instructions et de respecter les étapes *normales* de l'entraînement. On ne saute pas du haut des tours, on ne bondit pas d'une falaise sans crier gare… (Les battements de son cœur adoptèrent un rythme très particulier quand il remarqua la mine coupable de la fillette. Il finit d'une voix étranglée :) Et on ne s'essaie pas au Goulet du Sang… ni à aucun autre Goulet, d'ailleurs, tant qu'ils estiment que vous n'êtes pas prête.

Andulvar se détourna en marmonnant plusieurs jurons à la suite.

— D'accord ? demanda Sahtan en retenant son souffle.

Jaenelle acquiesça d'un signe de tête, peu satisfaite, mais résignée.

Comme les Portes, les Goulets existaient dans chacun des trois royaumes. Mais, contrairement à elles, on ne les trouvait que dans le Territoire d'Askavi. En Terreille, ils se présentaient sous la forme de défilés où les rafales, physiques, et les Vents, psychiques, entraient en collision. Les guerriers eyriens s'en servaient comme d'aires d'entraînement afin de mettre à l'épreuve leurs ressources tant mentales que physiologiques. Le Goulet du Sang détenait les fils des Vents clairs : du Blanc à l'Opale. L'autre…

Le Sire déglutit avec difficulté.

— Avez-vous essayé le Goulet du Sang ?

Le visage de l'enfant s'éclaira.

— Oh, oui ! Sahtan, c'est tellement amusant.

Son enthousiasme vacilla lorsqu'elle constata qu'il ne la quittait pas des yeux.

*N'oublie pas de respirer, SaDiablo.*

— Et le Khaldaron ?

Jaenelle baissa les yeux. Andulvar la fit pivoter et la secoua.

— Seule une poignée des meilleurs guerriers eyriens s'y attaquent, une fois par an. C'est l'ultime épreuve d'aptitude, pas un terrain de jeu pour les petites filles qui veulent voleter d'un endroit à un autre.

— Je ne *volette* pas !

— Sorcelière, intervint Sahtan d'un ton sévère.

— J'ai juste essayé un peu, marmonna-t-elle. Et seulement en Enfer.

Andulvar en resta bouche bée.

Sahtan aurait voulu que la douleur aiguë qui vint soudain lui vriller les tempes disparaisse. La situation aurait été bien assez problématique si la fillette s'était engagée dans le Goulet de Khaldaron en Terreille, le royaume le plus éloigné de la Ténèbre et des plus fortes rafales des Vents, mais en Enfer…

— Vous n'emprunterez pas les Goulets tant qu'Andulvar n'aura pas affirmé que vous êtes prête !

Surprise par sa véhémence, Jaenelle dit :

— Je vous ai fait peur.

Sahtan faisait le tour de la pièce, à la recherche d'un objet qu'il pourrait mettre en lambeaux sans que cela ait de conséquences.

— Et comment, que vous m'avez fait peur !

L'enfant ébouriffa ses cheveux en le regardant. Lorsqu'il retourna près du bureau, elle élabora une révérence aussi respectueuse que féminine.

— Mes excuses, Sire. Mes excuses, prince Yaslana.

— Si je dois vous enseigner le vol, grogna Andulvar, je ferais aussi bien de vous apprendre à vous servir des bâtons, de l'arc et du couteau.

— Scéron m'enseigne l'arbalète et Chaosti est en train de me montrer comment utiliser une lame, expliqua spontanément la fillette, dont les yeux pétillèrent.

— Raison de plus pour que vous appreniez également le maniement des armes eyriennes, poursuivit Andulvar avec un rictus lugubre.

Une fois Jaenelle sortie, Sahtan, inquiet, se tourna vers Yaslana.

— Je gage que vous prendrez en considération son âge et son sexe.

— Je vais l'éreinter, SaDiablo. Si je suis amené à l'entraîner, et apparemment je n'ai pas le choix, je procéderai comme pour n'importe quel guerrier eyrien. (Il eut un sourire perfide.) Qui plus est, Prothvar adorera l'affronter, quand elle apprendra à se servir des bâtons.

Après le départ d'Andulvar, Sahtan s'installa dans son fauteuil, au bureau de bois noir, déverrouilla l'un des tiroirs et en tira une feuille de coûteux parchemin blanc partiellement couverte d'une écriture élégante. Il ajouta trois noms à la liste qui allait en s'allongeant : Katrine, Scéron, Chaosti.

Une fois le vélin remisé en sûreté, Sahtan se cala au fond de son siège et se massa les tempes. Cette liste le perturbait, car il en ignorait la signification. Des enfants, oui. Des amis, certainement. Mais tous issus de Kaelir. Elle devait s'absenter durant des heures entières, pour pouvoir parcourir autant de distance, même si elle empruntait le Vent Noir. Que devaient penser les membres de sa famille lorsqu'elle disparaissait ? Que disaient-ils ? Jaenelle ne mentionnait jamais ni Chaillot, ni son foyer, ni ses proches. Elle éludait chaque question qu'il lui posait, quelle que soit la manière dont il l'interrogeait. De quoi avait-elle peur ?

Les yeux de Sahtan se perdirent dans le lointain pendant un long moment. Puis il envoya une pensée le long d'un fil viril gris ébène, d'un homme à un autre.

— Formez-la bien, Andulvar. Formez-la bien.

## 5. Enfer

Sahtan sortit du petit appartement qui jouxtait son bureau en se frictionnant énergiquement les cheveux à l'aide d'une serviette. Instantanément, ses narines captèrent un effluve, et la ligne entre ses sourcils s'accentua. Il examina l'entrée.

La trace psychique laissée par les harpies était très reconnaissable, et celle dont il était question, qui attendait sans se lasser qu'il remarque sa présence, le mettait mal à l'aise.

Il rebroussa chemin jusqu'à sa chambre à coucher, s'habilla rapidement, mais non sans soin. Une fois qu'il se fut assis derrière le bureau de bois noir, il défit les verrous matériels et psychiques qui scellaient la porte, et patienta.

Elle s'avança jusque devant SaDiablo avec une vivacité gracieuse, sans un bruit. De constitution gracile, elle avait la peau claire, d'immenses yeux bleus, des oreilles aux pointes délicates et de longs cheveux fins d'un blond argenté. Elle arborait une tunique et un pantalon vert sapin, avec une ceinture de cuir brun souple ainsi que des bottes montant au mollet. À la ceinture était accroché un fourreau vide. Elle ne portait pas de Joyaux, et la blessure en travers de sa gorge témoignait de la manière dont elle était morte. Elle dévisagea Sahtan comme celui-ci la dévisageait.

La tension devint palpable.

Les harpies étaient des femmes qui avaient péri d'une main masculine. Indépendamment de l'espèce à laquelle elles avaient appartenu de leur vivant, elles se montraient plus versatiles et plus retorses que les autres sorcières démonites, et sortaient rarement de leur territoire, sur lequel même les hommes démonites n'osaient pas s'aventurer. Elle était pourtant venue, et de son propre chef, cette Veuve Noire et Reine parmi les Déa al Mon.

— Je vous en prie, ma dame, asseyez-vous, dit Sahtan en indiquant un siège devant le bureau. (Sans le quitter des yeux, la harpie s'exécuta élégamment.) En quoi puis-je vous aider ?

Elle parla, et sa voix ressemblait au murmure du vent dans une clairière. Mais son timbre recelait aussi des éclairs :

— Êtes-vous à son service ?

Sahtan voulut réprimer le frisson que suscitèrent en lui les paroles de son interlocutrice, mais celle-ci parut le remarquer et sourit. Cela fit remonter à la surface la colère qui bouillait en lui.

— Je suis le Sire, sorcière. Je ne sers personne.

Celle-ci demeura impassible, mais son regard se durcit significativement.

— La Grande Prêtresse d'Enfer pose des questions. Ce n'est pas bon signe. Je vous le redemande donc, *Sire* : êtes-vous à son service ?

— Il n'y a pas de Grande Prêtresse en Enfer.

— Alors, personne n'a informé Hékatah de ce menu détail, répondit la harpie avec un rire lugubre. Puisque vous ne servez pas, êtes-vous ami ou ennemi ?

Sahtan esquissa un rictus :

— Je n'obéis pas à Hékatah et, même si nous avons été mariés autrefois, je doute qu'elle me considère avec sympathie.

Son interlocutrice lui jeta un regard dégoûté.

— Nous parlons d'elle uniquement parce qu'elle menace d'interférer. L'enfant, Sire. Servez-vous l'enfant ? Êtes-vous ami ou ennemi ?

— Quel enfant ? dit-il, tandis qu'une lame glacée lui agaçait l'estomac.

La sorcière se leva dans un brusque mouvement d'humeur et fit rapidement le tour de la pièce. Quand elle revint au bureau, Sahtan constata que sa main droite ne quittait pas le fourreau qu'elle portait, comme si elle cherchait un couteau, qui ne s'y trouvait pas.

— Asseyez-vous, dit-il. (Elle ne bougea pas, alors il tonna :) ASSEYEZ-VOUS !

Les événements récents avaient éveillé les soupçons d'Hékatah, et les rumeurs qui mentionnaient les allées et venues d'une étrange sorcière dans le Sombre Royaume avaient aiguisé sa curiosité. Mais il n'avait personnellement aucune influence sur les déplacements de Jaenelle, ni sur ses fréquentations. Si les harpies avaient eu vent de son existence, qui d'autre encore pouvait bien être au courant ? Combien de temps avant que la fillette suive un fil psychique qui la mènerait droit dans les bras fin prêts d'Hékatah ? Et cette femme, était-elle une alliée ou pas ?

— L'enfant est connue des Déa al Mon, avança-t-il prudemment.

La harpie acquiesça d'un signe de tête.

— Elle est l'amie de Gabrielle, ma parente.

— Et de Chaosti.

Un sourire de contentement cruel passa sur les lèvres de la visiteuse.

— Et de Chaosti. Lui aussi est de ma famille.

— Et vous êtes ?

Le sourire s'évanouit. Les yeux étincelaient de haine incandescente.

— Titienne. (Elle promena son regard sur Sahtan avant de se caler au fond de son siège.) Celui qui m'a rompue… Il porte votre patronyme, mais il n'est pas de votre lignée. J'avais à peine douze ans lorsque l'on m'a trahie et emmenée hors de Kaelir. Il m'a prise par amusement et brisée sur sa hampe. Mais tout a un prix. Je lui ai légué quelque chose, l'unique graine qu'il aura jamais vue fleurir. À la fin, c'est à elle qu'il paiera la dette. Et, quand le moment sera venu, elle se mettra au service de la jeune Reine.

Sahtan souffla lentement.

— Combien sont ceux qui savent, au sujet de l'enfant ?

— Il y en a trop… ou pas assez. Cela dépend du jeu.

— Ce n'est pas un jeu ! (Il se figea alors.) Laissez-moi entrer.

L'aversion déforma les traits de Titienne. Il se pencha vers elle.

— Je comprends votre dégoût à l'idée d'être touchée par un homme. Je ne vous demande pas cela à la légère… ni par intérêt personnel.

Titienne se mordit la lèvre et ses doigts s'enfoncèrent dans les accoudoirs.

— Très bien.

Sahtan se perdit dans la contemplation des flammes et initia le contact psychique. Il toucha la première barrière et perçut un mouvement de recul de la part de Titienne. Il attendit patiemment qu'elle se sente prête à lui ouvrir ses protections. Une fois entré, il évolua doucement à l'intérieur, en hôte bien élevé qu'il était. Il ne lui fallut pas longtemps pour trouver ce qu'il cherchait et, soulagé, il rompit le lien.

Ils ne savaient pas. Titienne se posait des questions, et ses suppositions étaient bien proches de la réalité. Mais personne, hormis ceux qu'il avait mis dans la confidence, n'avait de certitude. Ils voyaient une enfant étrange. Une enfant excentrique. Une enfant mystérieuse, déconcertante. Cela suffirait. Sa sage et prudente enfant. Mais il ne pouvait s'empêcher de se demander ce qu'elle avait pu vivre et qui avait suscité en elle, si jeune, tant de circonspection.

Il reporta son attention sur Titienne.

—Je lui enseigne l'Art. Et je la sers.

—Depuis cet endroit ? s'enquit la harpie en promenant son regard sur la pièce.

—C'est très juste, répondit-il avec un sourire sans chaleur. Je m'en suis lassé. Peut-être est-il temps de rappeler à Enfer qui le gouverne.

—Qui le gouverne par procuration, voulez-vous dire, compléta Titienne avec un rictus carnassier. (Elle laissa les mots en suspens l'espace d'un instant.) Votre préoccupation est une bonne chose, Sire, reconnut-elle avec quelque réticence. Il est souhaitable qu'elle dispose d'un protecteur aussi fort que vous. Elle ne connaît pas la peur, notre petite Sœur. Il est sage de lui enseigner la prudence. Mais ne vous fourvoyez pas. Les enfants savent ce qu'elle est. Pour eux, elle représente autant un secret qu'une amie. Le Lignage chante à l'intention du Lignage, et tout Kaelir lentement se tourne vers l'étreinte d'une étoile sombre unique en son genre.

—Comment êtes-vous au courant, pour les enfants ? demanda Sahtan d'un air soupçonneux.

—Je vous l'ai dit. Gabrielle est ma parente.

—Vous êtes morte, Titienne. Les démonites ne se mêlent pas aux vivants. Ils n'interviennent pas dans les tracas des royaumes des vivants.

—Ah oui, Sire ? Vous et votre famille régnez pourtant toujours sur Dhemlan en Kaelir. (Elle haussa les épaules.) Par ailleurs, les Déa al Mon ne se montrent pas délicats ; ils traitent avec ceux qui évoluent dans le perpétuel demi-jour du Sombre Royaume.

Après un moment d'hésitation, elle ajouta :

— Et notre jeune Sœur ne semble pas comprendre ce qui sépare les vivants et les morts.

— Vous pensez que le fait de me fréquenter l'a désorientée ? demanda SaDiablo en se raidissant.

Titienne secoua la tête.

— Non, elle l'était déjà avant même de connaître l'existence d'Enfer et d'avoir rencontré un Gardien. Elle emprunte une voie peu commune, Sire. Combien de temps faudra-t-il avant qu'elle marche à la lisière du Royaume Perverti ?

— Il n'y a aucune raison de supposer que ce sera un jour le cas, répliqua Sahtan sur un ton un peu forcé.

— Ah non ? Elle suivra cette route étrange là où cela la mènera. Qu'est-ce qui vous incite à croire qu'une enfant qui ne parvient pas à distinguer les vivants des défunts verra la différence entre la santé mentale et la folie du Royaume Perverti ?

— NON ! cria-t-il en bondissant de son siège et en se plaçant devant l'âtre.

Il tenta de ne pas se représenter Jaenelle sombrant dans la folie, incapable de supporter ce qu'elle était, mais l'angoisse s'échappait de lui par vagues entières. De toute l'histoire du Lignage, nul n'avait reçu le Noir comme Joyau de naissance. Personne d'autre n'avait été obligé d'endosser la responsabilité – et l'isolement – qui constitue une partie du prix à payer lorsque l'on porte un Joyau si sombre à un si jeune âge.

Et elle avait déjà vu des choses qu'une enfant ne devrait pas voir, il en avait bien conscience. Il avait lu les secrets et les ombres dans ses yeux.

— N'y a-t-il personne, en Terreille, à qui vous pourriez vous fier pour prendre soin d'elle ?

SaDiablo lâcha un petit rire contraint.

— À qui feriez-vous confiance, Titienne ?

La harpie passa les mains sur son pantalon avec nervosité. Elle venait juste de devenir femme, à sa mort, songea Sahtan avec une tristesse teintée de tendresse. Si frêle en dépit de toute cette force. Comme elles l'étaient toutes.

Titienne s'humecta les lèvres.

— Je connais un prince de guerre orné au Noir qui veille parfois sur ceux qui ont besoin d'aide. Il pourrait…

— Non, décréta Sahtan, en qui la fierté le disputait à la crainte. (Quelle ironie, que Titienne considère Daimon comme un protecteur approprié !) Il appartient à Dorothéa, la marionnette d'Hékatah. Elles peuvent le forcer à obtempérer.

— Je ne crois pas qu'il ferait du mal à une enfant.

— Sans doute pas volontairement, dit Sahtan en retournant derrière le bureau. Mais la souffrance peut inciter un homme à agir contre son gré.

La harpie ouvrit de grands yeux en comprenant ce qu'il sous-entendait.

— Vous ne lui faites pas confiance. (Elle réfléchit, et fit un signe de dénégation.) Vous avez tort. Il est…

— … un miroir. (Il sourit en voyant son interlocutrice réagir.) Oui, Titienne. Il est le sang de mon sang, le fruit de mon corps. Je le connais bien… et pas du tout. Il est une épée à double tranchant capable de couper une main amicale aussi facilement qu'il blesserait un adversaire.

Il reconduisit sa visiteuse à l'entrée.

— Je vous remercie de vos conseils et de votre sollicitude. J'apprécierais que vous me teniez informé, si vous aviez du nouveau.

Sur le seuil, Titienne se retourna et l'examina longuement.

— Et si son sang chante au contact de l'enfant autant que le vôtre ?

— Ma dame.

Sahtan ferma la porte sans bruit et la verrouilla. Regagnant son bureau, il se servit un verre de yarbarah et contempla les flammèches qui dansaient en suspens, réchauffant le vin grenat.

Daimon était un bon prince de guerre, ce qui signifiait un *dangereux* prince de guerre.

Il but d'une traite. Daimon et lui étaient faits du même bois. Croyait-il vraiment que son homonyme représentait une menace pour Jaenelle, ou s'agissait-il de jalousie : celle d'avoir à capituler devant un amant potentiel, tout particulièrement parce que ce rival était son fils ? Il ne parvenait pas à répondre à cette question avec franchise, aussi hésitait-il à ordonner l'assassinat de celui-ci.

À l'heure actuelle, il ne disposait pas encore de motif sérieux d'envoyer Marjong l'Exécuteur. Daimon se trouvait à distance respectable de Chaillot et, pour une raison que Sahtan ignorait, Jaenelle n'allait pas vagabonder en Terreille autant qu'en Kaelir. Peut-être Titienne voyait-elle juste au sujet de Daimon, mais il ne pouvait prendre le risque. Son homonyme était assez rusé pour attirer une enfant dans un piège, et avait la force nécessaire pour l'anéantir.

Mais s'il fallait le tuer pour protéger Jaenelle, ce ne serait pas la main d'un étranger qui le ferait passer de vie à trépas.

Il devait bien cela à son fils.

# Deuxième partie

# Chapitre 3

## 1. Kaelir

Sahtan adressa un sourire peu amène à son reflet. Ses épais cheveux noirs grisonnaient davantage sur ses tempes que cinq ans auparavant, mais les sillons laissés par la maladie et le désespoir s'étaient atténués, tandis que les rides d'expression étaient plus prononcées.

Il se détourna de la glace et longea la galerie du deuxième étage sans se presser. Sa mauvaise jambe se raidissait encore quand il marchait trop longtemps, mais il n'avait plus besoin de cette maudite canne. Il rit tout bas. Jaenelle se révélait être un remontant ravageur à plus d'un titre.

En descendant l'escalier qui s'achevait dans le petit salon, il remarqua une femme grande et svelte qui le regardait, les yeux plissés. Il nota également le trousseau de clés attaché à sa ceinture et fut soulagé de constater qu'il avait été si facile de trouver l'actuelle gouvernante.

— Bonjour, dit-il aimablement. Êtes-vous Hélène ?

— Et quand bien même ?

La femme croisa les bras et commença à taper du pied. *Eh bien, je ne m'attendais pas à un accueil chaleureux, mais tout de même...* Il lui sourit.

— Sachant que le personnel n'a eu aucun maître depuis bien longtemps et a reçu fort peu d'encouragements, vous avez entretenu les lieux de manière tout à fait convenable.

Hélène se redressa brusquement, le regard étincelant de colère.

— Nous prenons soin du Manoir parce qu'il s'agit du Manoir. (Ses yeux s'étrécirent davantage.) Et qui êtes-vous ? demanda-t-elle d'un air autoritaire.

— À votre avis ? s'enquit Sahtan en haussant un sourcil.

— Un intrus, voilà ce que je pense, répliqua sèchement la femme en posant les poings sur les hanches. Un de ceux qui se faufilent ici de temps en temps, comme des voleurs, pour « s'imprégner de l'ambiance », tout ébahis.

SaDiablo rit.

— Ils feraient mieux de ne pas trop s'en imprégner… même si cet endroit a toujours été plus calme que son équivalent terreillien. Je suppose qu'au bout de tant d'années d'absence je suis devenu un intrus, en quelque sorte, mais…

Il leva la main droite. Le Joyau noir serti dans l'anneau étincela brièvement, et les pierres du Manoir SaDiablo grondèrent en réponse. Hélène pâlit et l'examina avec des yeux écarquillés. Il sourit.

— Vous voyez, ma chère, il réagit encore à mon appel. Et je suis sur le point de saccager votre routine, j'en ai bien peur.

— Sire ? bredouilla Hélène en se fendant avec maladresse d'une profonde révérence.

Il s'inclina en retour.

— J'ouvre le Manoir.

— Mais…

Il se raidit.

— Est-ce que cela pose un problème ?

Une lueur passa dans le regard doré d'Hélène, et elle s'essuya vivement les mains sur son grand tablier blanc.

— Un nettoyage de fond en comble ne serait pas superflu, assurément, mais… (elle lança aux tentures une œillade significative) il serait encore plus utile de repenser en partie la décoration.

Sahtan se sentit rasséréné.

— Et cela serait une source de fierté, pour vous, au lieu d'avoir à vous accommoder d'un titre entièrement vidé de son sens ?

Hélène se mordilla la lèvre en rougissant.

Sahtan fit disparaître les étoffes suspendues en dissimulant un sourire et examina longuement la pièce.

— De nouvelles draperies et des voilages s'imposent. Bien cirées, les boiseries continueront à faire l'affaire, à supposer que les sorts de préservation aient tenu et qu'elles soient restées saines. Remplacer les canapés et les sièges. Des plantes près des fenêtres. Quelques tableaux neufs pour habiller les murs. Selon vous, devrais-je changer le papier, ou bien repeindre ?

Il fallut un moment à Hélène pour retrouver contenance.

— Combien de pièces avez-vous l'intention de rénover ?

— Celle-ci, le grand salon de l'autre côté du vestibule, la salle à manger, mon étude, ma suite, quelques chambres d'invités… ainsi qu'une suite spéciale pour ma Dame.

— Alors, peut-être votre Dame désirerait-elle superviser la réfection.

Sahtan fut à la fois amusé et horripilé à cette idée.

— C'est fort probable, oui. Néanmoins, elle aura douze ans dans quatre mois, et je préférerais vraiment qu'elle vive dans des appartements décorés de mon fait, plutôt que dans un Manoir repensé selon ses goûts… quelque peu… éclectiques.

Hélène le dévisagea un instant, mais retint la question qui lui brûlait manifestement les lèvres.

— Je pourrais vous faire apporter des recueils d'échantillons dans lesquels vous aurez tout loisir de faire votre choix.

— Excellente suggestion, ma chère. Croyez-vous pouvoir rendre cet endroit présentable en quatre mois ?

— C'est que le personnel est assez réduit, Sire, répondit la gouvernante, hésitante.

— Alors, embauchez l'aide dont vous avez besoin. (Il se dirigea vers la porte donnant sur le grand vestibule.) Nous nous reverrons à la fin de la semaine. Cela vous laisse-t-il assez de temps ?

— Oui, Sire, dit-elle en exécutant une autre révérence.

Né dans les bas-fonds de Draéga, la capitale d'Hayll, fils d'une putain qui ne prêtait pas attention à lui, Sahtan n'avait jamais voulu que les serviteurs rampent devant lui, et n'aurait pas cru que cela se produirait un jour. Il garda cependant cette réflexion pour lui, car, s'il avait correctement jugé Hélène, il venait d'être témoin de la dernière révérence qu'elle lui adresserait.

Arrivé à l'extrémité du grand vestibule, il hésita un instant avant d'ouvrir la porte de son étude. Puis il arpenta la pièce en frôlant les meubles protégés par des draps, et grimaça un peu en voyant la poussière sur ses doigts.

Il avait autrefois gouverné Kaelir depuis cet endroit. *Je gouverne encore*, rectifia-t-il. Il avait donné Dhemlan Terreille à Méphis lorsque celui-ci était devenu Gardien, mais pas Dhemlan Kaelir, le Territoire jumeau situé dans le Règne d'Ombre.

Ah, Kaelir ! Elle lui avait toujours fait l'effet d'un vin sucré, grâce à la profondeur de sa magie et de ses mystères. Désormais, ses énigmes recommençaient à émerger de la brume ; l'Art y avait conservé sa vigueur. Fil après fil, Jaenelle recousait la toile, les entraînant tous dans la danse.

Il espérait qu'elle serait contente de pouvoir profiter de ce lieu. Qu'elle l'inviterait à sa cour, le jour où elle la créerait. Il voulait voir qui elle choisirait pour former son Premier Cercle, mettre des visages sur les noms de la liste. Chacun connaissait-il l'existence des autres ? Ou son existence à lui ?

Il secoua la tête en souriant.

Qu'elle en ait eu l'intention ou pas, la blonde fille de son âme l'avait renvoyé parmi les vivants, cela ne faisait aucun doute.

## 2. Terreille

Onirie changea son panier à provisions de main et sortit ses clés de la poche de son pantalon tout en gravissant l'escalier menant à l'appartement qu'elle occupait, au troisième étage. En atteignant le palier, elle aperçut une silhouette sombre recroquevillée contre la porte et remplaça instantanément le trousseau par son stylet préféré.

La femme écarta les cheveux noirs tout emmêlés qui dissimulaient son visage et se remit debout d'un geste mal assuré.

— Tersa, murmura Onirie en faisant disparaître le poignard.

Lâchant son panier, elle se précipita vers sa visiteuse qui chancelait et lui passa un bras autour de la taille pour la soutenir.

— Tu dois lui dire, marmonna la Veuve Noire.

Onirie invoqua de nouveau ses clés et, après avoir déverrouillé le battant, traîna Tersa autant qu'elle la porta jusqu'au canapé, en jurant par-devers elle de trouver son amie dans un tel état.

Elle récupéra ensuite son panier et referma la porte, avant de retourner auprès de Tersa, un petit verre d'eau-de-vie à la main.

— Tu dois lui dire, répéta celle-ci en repoussant faiblement le breuvage.

— Buvez cela. Vous vous sentirez mieux. (Elle parlait sur un ton sévère.) Je ne l'ai pas vu depuis des mois. Je ne lui sers plus à grand-chose.

Tersa lui agrippa le poignet et poursuivit d'un air opiniâtre :

— Dis-lui de prendre garde au Grand Prêtre du Sablier. Il n'est pas homme à pardonner aisément lorsque quelqu'un menace ce qui lui appartient. Qu'il se méfie du Prêtre.

En soupirant, Onirie aida son amie à se relever et à se rendre dans la salle de bains à petits pas fatigués.

Lui dire quelque chose ? Elle n'avait même pas la moindre envie de l'*approcher*.

Et qu'allait-elle faire de Tersa ? L'appartement ne comptait que deux lits. Elle savait pertinemment qu'il valait mieux qu'elle garde le sien, et que ce serait donc à Tersa de prendre celui de Sadi. Mais, feu d'Enfer, il était devenu si sensible à une présence féminine dans sa chambre ! Il était capable de déceler la trace d'une nouvelle femme de ménage, même si la personne n'était venue qu'une fois. *Merde !* Il était peu probable qu'il se montre – *douce Ténèbre, qu'il ne se montre pas !* – mais si ce devait être le cas, et qu'il trouvait matière à objecter, il pourrait toujours décider de la mettre dehors, elle, Onirie.

Elle aida son amie à ôter ses haillons.

— Allons, Tersa. Il vous faut un bain chaud, un repas digne de ce nom et une bonne nuit de sommeil.

— Tu dois le lui dire.

Onirie ferma les yeux. Elle lui était redevable. Elle n'oubliait jamais ce qu'elle lui devait.

— Je lui parlerai. D'une manière ou d'une autre, je lui parlerai.

## 3. Terreille

Au bout de plusieurs minutes d'un silence inconfortable, Philippe Alexandre, assis sur le divan, changea de position et se tourna vers sa nièce. Il prit la main molle de l'enfant qui, fuyant le contact, la retira.

Philippe, frustré, passa les doigts dans ses cheveux et essaya, encore une fois, de faire preuve de bon sens.

— Jaenelle, nous ne faisons pas cela par cruauté. Tu es une petite fille malade, et nous voulons t'aider à aller mieux.

— Je ne suis pas malade, répondit celle-ci tout bas, en gardant les yeux rivés droit devant elle.

— Si, tu l'es, répliqua Philippe sans se départir de son ton, doux malgré sa fermeté. Tu ne perçois pas la différence entre l'illusion et la réalité.

— Si.

— Non, insista Philippe. (Il se massa le front.) Ces endroits, ces amis à qui tu rends visite… Ils ne sont pas réels. Ils ne l'ont *jamais* été. La seule raison pour laquelle tu les vois, c'est que tu es souffrante.

Douleur, doute et confusion envahirent le regard bleu de ciel d'été de Jaenelle.

— Mais ils ont l'air tellement réels, murmura-t-elle.

Philippe l'attira contre lui, et fut soulagé qu'elle ne le repousse pas. Il l'étreignit comme si cela pouvait la guérir, alors que des années de traitement n'avaient pas eu d'effet.

— Je sais qu'ils te paraissent réels, ma chérie. Tu ne comprends donc pas que là se situe le problème ? Le docteur Carvet est le médecin en charge de…

— Carvet n'est *pas* un médecin, c'est…, protesta la fillette en se dégageant.

— Jaenelle ! (Il prit une profonde inspiration.) C'est exactement de cela qu'il est question. Inventer de méchantes histoires sur le docteur Carvet ne va te mener à rien. Inventer des histoires au sujet de créatures magiques…

— Je n'en parle plus.

Philippe soupira de dépit. C'était vrai. Elle était guérie, ou bien elle avait passé l'âge de ce genre de fantaisies, mais elle les avait remplacées par des sornettes taillées dans une autre branche du même bois. Une branche bien plus dangereuse.

Il se leva et rajusta sa veste.

— Si tu travailles dur et si tu acceptes le soutien du docteur Carvet, alors peut-être… peut-être que cette fois tu te rétabliras et que tu pourras revenir définitivement à la maison. À temps pour ton anniversaire.

Jaenelle lui jeta un regard qu'il ne put déchiffrer. Il la mena à l'entrée.

— La calèche est dehors. Ton père et ta grand-mère t'accompagneront et t'aideront à t'installer.

En voyant le véhicule disparaître dans la longue allée, Philippe espéra sincèrement que ce serait la dernière fois.

# 4. Kaelir

Sahtan, assis au bureau de bois noir de son étude, un verre de vin à moitié vide à la main, embrassait du regard la pièce réaménagée.

Hélène avait déployé ses aptitudes dans l'Art mineur à bon escient. Non seulement les modifications qu'il avait demandées avaient été effectuées, mais la plupart des salles ouvertes aux invités, ainsi qu'une aile entière d'appartements, avaient aussi été redécorées. Quant au fait qu'elle avait engagé presque tout le village d'Halavet pour y parvenir… eh bien, tous ces gens avaient besoin qu'on leur donne un objectif. Même lui. Surtout lui.

Un coup sec frappé à la porte attira finalement son attention.

— Entrez, dit-il en avalant le reste du vin d'un trait.

Hélène observa l'endroit d'un air satisfait avant de s'approcher du bureau en bombant le torse.

— Mme Bhil aimerait savoir pendant combien de temps encore elle doit garder le dîner au chaud.

— Il ne faudrait pas gâcher cet excellent repas préparé par Mme Bhil. Pourquoi ne profiteriez-vous pas, vous-même et les autres, des efforts qu'elle a fournis ?

— Alors, votre invitée ne vient pas ?

— Apparemment pas.

— Un garçon manqué, voilà ce qu'elle est. (Elle posa les mains sur les hanches.) Ne même pas avoir la politesse de transmettre ses regrets, alors que…

— Vous vous oubliez, madame, gronda tout bas SaDiablo.

La colère sous-jacente, et la menace induite par ses paroles, ne faisait aucun doute. Hélène battit en retraite.

— J-je vous demande pardon, Sire.

Un peu radouci, Sahtan inspira profondément avant de libérer progressivement l'air emmagasiné.

— Si elle n'a pas pu venir, elle a ses raisons. Ne la jugez pas, Hélène. Si vous avez quelque grief lorsqu'elle est ici, faites-m'en part et je ferai mon possible afin de limiter le problème. Mais ne jugez pas. (Il s'avança lentement vers la sortie.) Ayez suffisamment de personnel de manière à être en mesure d'accueillir tout invité qui se présenterait. Et tenez un registre des allées et venues, surtout en ce qui concerne ceux qui poseraient des questions à propos de la Dame. Personne n'entre sans s'être d'abord identifié. Est-ce clair ?

— Oui, Sire, répondit la gouvernante.

— Profitez de votre dîner, ma chère.

Puis il disparut.

Sahtan empruntait le long couloir de pierre menant à son bureau, dans les profondeurs du Manoir du Sombre Royaume. Il avait abandonné le petit appartement attenant et avait regagné sa suite, située plusieurs étages au-dessus, mais à mesure que les jours, puis les semaines, s'étaient écoulés, il s'était surpris à y retourner et y était resté. Au cas où.

Une silhouette fluette sortit de la pénombre près de l'entrée. Du garçon émanaient des flots d'angoisse. Sahtan s'empressa de déverrouiller la porte et lui fit signe de le suivre. Un regard de sa part, et les bougies commencèrent à luire doucement, brouillant les contours de la pièce et amenuisant l'immense aura de pouvoir qui régnait dans cet endroit où il avait résidé pendant si longtemps.

— Voudriez-vous partager le yarbarah avec moi, Char ?

Sans attendre la réponse, il versa le breuvage contenu dans une carafe posée sur le bureau et tiédit le verre à l'aide d'une flammèche avant de le tendre au cildru dyathe.

La main de celui-ci tremblait lorsqu'il prit la coupe, et la peur avait gagné ses traits.

Sahtan, déstabilisé, se servit à son tour avant de prendre place dans le deuxième fauteuil installé près de l'âtre.

Char but rapidement, et un sourire passa momentanément sur son visage lorsqu'il goûta la dernière gorgée. Il regarda subrepticement le Sire qui trahissait si rarement la moindre trace d'émotion, avant de détourner les yeux. Il voulut parler, mais rien ne vint. Il s'éclaircit alors la voix, puis s'enquit dans un murmure éraillé :

— L'avez-vous vue ?

Sahtan savoura son vin avant de répondre.

— Non, Char, pas depuis trois mois. Et vous ?

Le cildru dyathe secoua la tête.

— Non, mais… il se trame quelque chose sur l'île. Des nouveaux venus.

— « Des nouveaux venus » ? Pas des enfants ? demanda Sahtan en se penchant vers l'avant.

— Si, mais… quelque chose se produit quand ils arrivent. Ils ne passent pas par les Portes, ils ne trouvent pas l'île en empruntant les Vents. Ils se présentent en…

Le garçon chercha ses mots. La voix de Sahtan devint une caresse grave et apaisante.

— Me laisserez-vous entrer, Char ? Me laisserez-vous voir ?

Le malaise de SaDiablo s'accrut lorsqu'il remarqua combien le cildru dyathe paraissait soulagé. Il se cala au fond de son siège, toucha l'esprit de Char et constata que les barrières étaient déjà ouvertes. Il suivit son hôte jusqu'au souvenir de ce qui l'avait tant perturbé.

Sahtan poussa un sifflement en reconnaissant ce dont il s'agissait et rompit le lien aussi vite qu'il le pouvait sans meurtrir le garçon.

Quand Jaenelle avait-elle appris à faire *cela* ?

— Qu'est-ce que c'est ? demanda Char.

— Un pont. (Il finit son yarbarah et se resservit, surpris de sentir sa poigne ferme alors même que ses entrailles se liquéfiaient.) On appelle cela un pont.

— C'est très puissant.

— Non, cela n'a pas de pouvoir en soi. (Il croisa le regard troublé de Char et lui dévoila le tumulte qu'il ressentait.) En revanche, la personne qui l'a créé est bel et bien très puissante. (Reposant le verre, il se pencha en avant, les coudes en appui sur les genoux, ses doigts joints lui frôlant le menton.) D'où viennent ces enfants ? En parlent-ils ?

Le cildru dyathe s'humecta les lèvres.

— D'un endroit nommé Boisgenêt. Ils refusent de dire s'il s'agit d'un village ou d'une ville, ou bien d'un Territoire. Ils racontent qu'une amie a mentionné l'île, et qu'elle leur a montré le chemin. (Soudain intimidé, il eut une hésitation, puis :) Accepteriez-vous de vous rendre compte par vous-même ? Peut-être que vous… comprendriez.

— Allons-y sur le champ, voulez-vous ?

Sahtan se leva et tira les manches de sa veste. Char avait les yeux rivés sur le sol.

— Ce doit être un lieu affreux, ce Boisgenêt. (Il redressa la tête, adressant à SaDiablo un regard troublé avide de réconfort.) Pour quelle raison irait-elle dans un endroit pareil ?

Sahtan remit le garçon sur ses pieds, passa un bras autour de ses frêles épaules, plus ébranlé qu'il désirait se l'avouer en constatant que l'enfant s'appuyait contre lui, cherchant son affection. Il verrouilla la porte du bureau et s'imposa une allure lente et régulière, le temps de lui transmettre mentalement, goutte à goutte, de la force et une sensation de sécurité. Quand le cildru dyathe commença à reprendre contenance, il laissa son bras retomber comme si de rien n'était.

Trois mois. Cela faisait trois mois qu'ils n'avaient pas entendu parler d'elle. Et, désormais, des enfants gagnaient l'île des cildru dyathe en franchissant un pont.

Ce nouveau talent que manifestait Jaenelle l'aurait davantage intrigué si l'interrogation suscitée par Char n'était pas en train de s'insinuer dans ses veines, de battre contre ses tempes.

Pour quelle raison fréquenterait-elle un endroit pareil ? Pourquoi, pourquoi, pourquoi ?

Et où se trouvait l'endroit en question ?

## 5. Terreille

Cassandra réchauffa deux verres de yarbarah.

— « Boisgenêt » ? Non, je n'en ai jamais entendu parler. Où cela se trouve-t-il ?

Elle tendit l'une des coupes à Sahtan.

— En Terreille, donc probablement quelque part sur Chaillot. (Il but à petites gorgées le vin grenat.) Peut-être une bourgade ou un village non loin de Beldon Mor. Vous ne disposeriez pas d'une carte de cette maudite île, par hasard ?

Cassandra rougit.

— Eh bien, si. Je me suis rendue sur Chaillot. Mais pas à Beldon Mor, s'empressa-t-elle d'ajouter. Sahtan, je devais y aller, car… eh bien, des événements étranges se produisent. De temps à autre, il y a cette sensation sur les Trames, presque comme si…

Elle eut un mouvement d'humeur.

— … comme si quelqu'un tirait dessus et ensuite entre-tissait les vibrations qui en résultent, compléta SaDiablo sèchement.

Geoffrey et lui avaient passé des heures entières plongés dans les livres d'Art de la bibliothèque du Fort avant de parvenir à cette conclusion. Mais ils n'avaient toujours pas réussi à déterminer *comment* Jaenelle avait procédé.

— Exactement, répondit Cassandra.

— Ce que vous avez senti, c'est un pont construit par Jaenelle, dit Sahtan en la regardant invoquer une carte et la déplier sur la table de la cuisine.

Il attrapa au vol la coupe de yarbarah qui tomba des mains de la sorcière. Posant les deux verres, il la mena à un banc près de l'âtre et, là, lui caressa les cheveux en susurrant des mots chantants. Au bout d'un moment, Cassandra cessa de trembler et retrouva ses moyens.

— On n'élabore pas un pont de cette manière, fit-elle remarquer sur un ton forcé.

— Ce n'est pas ainsi que nous procéderions, vous ou moi, effectivement.

— Seuls les membres du Lignage au sommet de leur Art sont aptes à façonner un pont assez long pour que l'effort en vaille la peine. Je doute qu'il reste un Terreillien en mesure de le faire. (Elle le repoussa et manifesta son agacement en constatant qu'il ne s'écartait pas.) Il faut que vous abordiez le sujet avec elle, Sahtan. C'est impératif.

Elle est trop jeune pour ce genre de sorts. Et pourquoi bâtir un pont alors qu'elle peut emprunter les Vents ?

Sahtan, maintenant la tête de Cassandra contre son épaule, continua à lui caresser les cheveux. Au bout de cinq ans, elle ne comprenait toujours pas à quoi ils avaient affaire ; le fait que Jaenelle n'était pas une jeune Reine destinée à devenir Sorcière, mais qu'elle était *déjà* Sorcière dépassait son entendement. En l'état actuel des choses, cependant, lui non plus n'était pas certain de le comprendre.

— Elle ne passe pas par le pont, dit-il avec circonspection. Elle y envoie autrui. Ceux qui, sans cela, ne seraient pas capables de se déplacer.

La vérité effraierait-elle Cassandra autant que lui ? Probablement pas. Elle n'avait pas vu les enfants en question.

— D'où viennent-ils ?

— De Boisgenêt, où que cela puisse se trouver.

— Et où se rendent-ils ?

Il inspira profondément.

— Sur l'île des cildru dyathe.

Cassandra se dégagea et s'avança maladroitement vers la table. Elle s'arc-bouta au rebord pour garder l'équilibre.

Sahtan fut soulagé de constater que la peur ne lui faisait pas pour autant perdre la raison. Il attendit qu'elle retrouve son calme et perçut l'instant où elle prit le temps de réfléchir, et d'estimer le degré de compétence nécessaire.

— Elle bâtit un pont d'ici *vers* Enfer ?

— Oui.

Cassandra repoussa une mèche de cheveux rebelles, et la ride verticale entre ses sourcils se creusa tandis qu'elle considérait ce qu'il venait de dire. Elle fit un signe de dénégation.

— On ne peut pas relier les royaumes de cette manière.

— Manifestement, avec ce genre d'ouvrage, cela devient possible, objecta Sahtan en avalant d'un trait le verre de yarbarah qu'il venait de récupérer.

Il examina la carte en commençant par l'extrémité sud de l'île et en remontant vers Beldon Mor, section par section. Ce faisant, il tapotait la table de ses longs ongles.

— Le nom ne figure pas ici. Si nous parlons d'un hameau des environs de Beldon Mor, peut-être n'est-il pas assez important pour être mentionné.

— À supposer que nous parlions bien d'un hameau, murmura Cassandra.

Sahtan se figea.

— Comment ?

— Et si c'était juste un lieu-dit ? Beaucoup d'entre eux portent un nom.

— Oui, susurra ce dernier, les yeux perdus dans le lointain.

Mais dans quel endroit agirait-on de la sorte envers des enfants ?

— Elle cache quelque chose derrière cette satanée brume, dit-il avec un grognement de dépit. Voilà pourquoi elle ne laisse aucun hôte du Sombre Royaume aller là-bas. Qui protège-t-elle ?

— Elle-même, peut-être, Sahtan, suggéra timidement la sorcière en posant la main sur son bras.

Le regard du Prêtre vira instantanément à un jaune dur. Il se dégagea et commença à arpenter la pièce.

— Jamais je ne lui ferais de mal. Elle me connaît suffisamment pour le savoir.

— Elle sait plutôt que vous ne lui feriez jamais de mal *intentionnellement*, m'est avis.

Sahtan tourna les talons en un gracieux geste de danseur.

— Dites ce que vous vous apprêtez à dire, Cassandra, et finissons-en.

Il avait eu beau employer un ton mesuré, il y avait de l'emportement, et une fureur croissante, dans sa voix. Cassandra se déplaça progressivement, si bien que la table se retrouva entre eux. Ce n'était pas cela qui allait l'arrêter.

— Vous n'êtes pas le seul concerné, Sahtan. Ne comprenez-vous pas ? (Elle écarta les bras, implorante.) Il y a moi, et Andulvar, et Prothvar, et aussi Méphis.

— Ils ne lui feraient pas de mal, répliqua-t-il froidement. Vous, en revanche…

— Vous m'insultez, rétorqua-t-elle avant d'inspirer profondément pour se maîtriser. Soit. Admettons que vous vous présentiez ce soir devant sa famille, inopinément. Alors, quoi ? Il est peu probable que les siens connaissent votre existence, sans parler de nous autres. Avez-vous mesuré le traumatisme que vous leur infligerez lorsqu'ils découvriront votre relation ? Et s'ils la renient ?

— Elle peut vivre avec moi, gronda-t-il.

— Sahtan, soyez raisonnable ! Désirez-vous qu'elle grandisse en Enfer, qu'elle joue avec de petits morts, au point d'oublier ce que signifie le fait d'évoluer parmi les vivants ? Pourquoi voudriez-vous lui imposer cela ?

— Nous pourrions vivre en Kaelir.

— Pour combien de temps ? Rappelez-vous qui vous êtes, Sahtan. Ses camarades seront-ils enclins à fréquenter la demeure du Sire d'Enfer ?

— Garce, murmura-t-il, un douloureux trémolo dans la voix.

Il se versa une rasade de yarbarah, qu'il ne prit pas la peine de réchauffer, et grimaça au contact du breuvage froid.

Cassandra, trop lasse pour rester debout, se laissa tomber sur une chaise.

— Je suis peut-être une garce, mais votre affection est un luxe qu'elle ne doit pas pouvoir se permettre. Elle nous a tous délibérément tenus à l'écart, elle ne vient plus nous rendre visite. N'est-ce pas éloquent ? Cela fait trois mois que vous ne l'avez pas vue, que *personne* ne l'a vue. (Elle lui adressa un sourire plein de larmes.) Sans doute n'étions-nous qu'une passade.

La mâchoire de Sahtan tressaillit sous l'effet d'un tic nerveux. Il arborait un drôle d'air, un peu absent. Lorsqu'il reprit finalement la parole, ce fut avec une douceur perfide.

— Je ne suis pas une passade, ma dame. Je suis son roc, son épée et son bouclier.

— Vous parlez comme si vous la serviez.

— *En effet*, Cassandra. Comme je vous servais autrefois, ce que j'ai fait comme il se devait. Mais c'est terminé. Je suis un prince de guerre. Je comprends les Lois du Lignage qui s'appliquent à mes semblables, et la première règle consiste à protéger.

— Et si elle ne veut pas de votre protection ?

Sahtan s'assit en face de Cassandra, les mains fermement serrées l'une contre l'autre.

— Lorsqu'elle formera sa cour personnelle, elle pourra m'envoyer promener si c'est ce qu'elle souhaite. D'ici là…

Il n'acheva pas sa phrase.

— Il pourrait y avoir une autre raison de la laisser s'éloigner. Hékatah est venue me trouver, il y a de cela quelques jours. (Elle frémit en entendant le sifflement rageur, mais poursuivit avec effronterie :) Officiellement, pour admirer votre dernier divertissement en date.

SaDiablo ne la quittait pas des yeux. Elle l'invitait à prendre le sujet à la légère, à faire fi de la visite d'Hékatah comme si cela n'importait guère ! Mais elle comprenait le danger que cela présentait. Elle n'avait simplement pas envie d'affronter sa fureur.

— Continuez, dit-il sur un ton doucereux.

Le mélange de peur et de défiance qu'il lisait sur ses traits lui était par trop familier. Il avait vu cette expression chez toutes les femmes avec qui il avait couché, dès lors qu'il avait obtenu le Noir. Même chez Hékatah, qui pourtant lui avait soigneusement caché ces sentiments, afin de satisfaire ses intérêts personnels. Mais Cassandra était Sorcière. Elle portait le Noir comme lui. En cet instant, parce qu'elle le craignait, il la détesta.

— Continuez, répéta-t-il.

— Je ne pense pas que cela l'ait beaucoup impressionnée, s'empressa de répondre Cassandra, et je doute qu'elle connaisse mon identité. Mais elle a été déconcertée de s'apercevoir que j'étais une Gardienne. Toujours est-il qu'elle m'a paru plus intéressée par le fait de savoir si j'avais entendu parler d'une enfant qui aurait attiré votre curiosité ; un « festin juvénile », selon ses propres termes.

Sahtan lâcha une série d'injures et Cassandra eut un mouvement de recul.

— Elle a déployé des trésors d'inventivité afin de mentionner votre intérêt pour la chair fraîche, espérant ainsi, je suppose, me rendre suffisamment jalouse et faire de moi son alliée.

— Et que lui avez-vous dit ?

— Que vous vous préoccupiez de restaurer l'Autel Noir nommé en l'honneur de la Reine que vous serviez autrefois, et que j'avais beau être flattée qu'elle puisse penser que vous pourriez me trouver amusante, je regrettais que ce ne soit pas le cas.

— Peut-être devrais-je vous détromper.

La sorcière lui adressa un sourire aguicheur, mais on lisait de l'affolement dans son regard.

—Je ne batifole pas avec le premier venu, prince. Quelles sont vos références ?

Par pur esprit de contrariété, il contourna la table, releva Cassandra et lui donna un doux et long baiser.

—Les meilleures, ma dame, murmura-t-il après avoir détaché ses lèvres des siennes. (Il mit un terme à l'étreinte, s'éloigna et passa sa pèlerine autour de ses épaules.) Malheureusement, je suis demandé ailleurs.

—Allez-vous l'attendre longtemps ?

Longtemps ? Ces sorcières ténébreuses, ces sorcières fortes et puissantes. Toujours enclines à prendre ce qu'il leur offrait, au lit et en dehors, sans jamais l'apprécier, sans jamais lui faire confiance. Elles avaient toujours eu peur de lui. Et puis il y avait eu Jaenelle. Allait-il attendre longtemps ?

—Autant qu'il le faudra.

## 6. Enfer

Un picotement persistant lui agaçait les nerfs.

Sahtan grogna dans son sommeil, se retourna et remonta ses couvertures.

Le picotement se poursuivit. Une invective. Un appel. Le long du fil noir.

Il s'éveilla dans la chambre plongée dans la nuit et déploya ses sens, tant psychiques que physiques. Un cri perçant plein de rage et de désespoir l'envahit.

—Jaenelle, murmura-t-il.

Il frissonna lorsque ses pieds nus touchèrent le sol froid. Il passa une robe de chambre et s'engagea rapidement dans le couloir, avant de s'arrêter, ne sachant trop où aller. Il mobilisa ses ressources et tonna le long du Noir :

—*Jaenelle !*

Pas de réponse. Rien que ce picotement où se mêlaient de la peur, de l'accablement et de la fureur.

Tandis qu'il parcourait à la hâte les corridors tortueux du Manoir, il garda à l'esprit le fait qu'elle n'avait pas quitté Terreille. Pas le temps de se demander comment elle avait réussi à lui envoyer cette explosion psychique d'un royaume à l'autre. Plus aucune marge de manœuvre. Sa Dame avait des ennuis et il ne pouvait la rejoindre aisément.

Il courut jusqu'au grand vestibule, faisant abstraction de la douleur lancinante dans sa mauvaise jambe. D'une pensée, il arracha les battants du Manoir. Il dévala les larges marches et, contournant à toute allure la demeure, se dirigea vers l'annexe qui abritait l'Autel Noir.

À bout de souffle, il sortit la porte en fer de ses gonds et entra dans la vaste pièce. Ses mains tremblèrent lorsqu'il posa le candélabre d'argent à quatre branches au centre de la pierre noire et lisse. Il prit une profonde inspiration pour se calmer et alluma dans l'ordre adéquat les trois bougies noires qui représentaient les royaumes, afin d'ouvrir une Porte entre Enfer et Terreille. Il embrasa celle qui était placée au cœur du triangle formé par les trois autres, celle qui symbolisait le Moi. Puis il invoqua le pouvoir de la Porte et regarda, fébrile, le mur derrière l'Autel s'effacer lentement pour lui permettre de s'engager dans la brume, d'un royaume au suivant.

En quatre pas, il avait débouché dans les ruines qui abritaient l'Autel Noir en Terreille. En passant devant, il remarqua des restes de chandelles noires insérées dans le candélabre terni et il se demanda pourquoi cette Porte-là servait si fréquemment. Puis il regagna l'extérieur, et il n'eut plus le loisir de s'interroger.

Il rassembla l'énergie des Joyaux noirs et envoya une pensée le long d'un fil psychique bien tendu.

—*Jaenelle!*

En attendant une réponse, il s'efforça de réprimer l'envie pressante de chevaucher le Vent Noir jusqu'à Chaillot. Mais alors, il se trouverait hors d'atteinte pendant plusieurs heures. Il serait peut-être trop tard.

—*Jaenelle!*

—*Sahtan? Sahtan!*

Venue de l'autre bout du royaume, la voix de l'enfant lui parvint tel un murmure brisé.

—*Sorcelière!*

Il déversa toute sa force dans ce lien ténu qui les unissait.

—*Sahtan, je vous en prie, je dois... Il faut...*

—*Luttez, sorcelière, luttez! Vous en êtes capable!*

—*Je dois... sais pas comment... Sahtan, s'il vous plaît.*

Même le Noir connaissait des limites. Il poussa un juron et serra les dents en enfonçant ses longs ongles dans ses paumes, faisant couler le sang. S'il la perdait maintenant... Non. Il *refusait* de la perdre! Peu importait ce que cela exigerait de lui, il trouverait le moyen de lui transmettre ce dont elle avait besoin.

Mais le lien qui les unissait était élimé, si ténu qu'un rien aurait pu le sectionner, et l'attention de Jaenelle était, pour l'essentiel, accaparée ailleurs. Si le contact se rompait, il ne serait pas en mesure d'explorer le royaume tout entier pour la retrouver. Le fait de tenir son extrémité du fil vidait son Joyau noir à une cadence effrénée. Il refusait d'imaginer ce que cela avait dû coûter à l'enfant d'atteindre Enfer pour lui répondre. S'il parvenait à se servir d'une tierce personne comme d'un axe de transfert, s'il pouvait entrelacer sa force à celle d'autrui, ne serait-ce qu'une minute… Cassandra ? Trop loin. S'il détournait la moindre parcelle de ses réserves pour la chercher, il risquait de perdre Jaenelle irrémédiablement.

Mais il lui fallait une deuxième source de vitalité !

Et elle existait. Méfiante, courroucée, déterminée. Un autre esprit présent sur le fil psychique du Noir, tourné vers l'ouest, vers Chaillot.

Un autre mâle.

Sahtan se figea. Il n'y en avait qu'un pour porter le Noir.

— *Qui êtes-vous ?*

Une voix grave et chaude, qui révélait que son possesseur était un homme cultivé, et où perçaient des accents plus durs, de la séduction. La voix d'un être dangereux.

Que dire ? Qu'*oser* dire à ce fils qu'il avait chéri durant quelques courtes années avant d'être contraint de s'éloigner de lui ? Ils n'avaient pas le temps de régler leurs comptes. Pas maintenant. Aussi Sahtan choisit-il d'employer le titre que Terreille n'avait pas utilisé depuis mille sept cents ans.

— *Je suis le Grand Prêtre du Sablier.*

Un tressaillement passa entre les deux interlocuteurs. Une sorte d'identification empreinte de défiance, sans en être tout à fait une. Ce qui signifiait que Daimon avait déjà entendu ce terme quelque part, mais qu'il ne pouvait nommer celui qui le portait.

SaDiablo inspira profondément.

— *J'ai besoin de votre force pour maintenir ce contact.*

Un long silence.

— *Pourquoi ?*

Sahtan serra les dents, n'osant pas laisser ses pensées divaguer.

— *Je ne peux pas lui transmettre les connaissances qui lui sont nécessaires sans amplifier l'Art, et, si elle n'obtient pas ce savoir, elle risque d'être anéantie.*

Même sans être pleinement lié à lui, il sentit que Daimon considérait ses paroles.

Subitement, un afflux de pouvoir noir brut, à peine maîtrisé, déferla sur lui.

— *Prenez ce qu'il vous faut*, dit Daimon.

Sahtan puisa en son fils, absorbant sans vergogne l'énergie de celui-ci tout en envoyant vers Chaillot une pensée acérée comme une lame.

— *Ma Dame!*

— *À l'aide...*

Il percevait un tel désespoir dans ce mot.

— *Prenez ce qu'il vous faut.*

Il exprimait ainsi son acceptation inconditionnelle du Protocole, sa volonté de la servir.

Sahtan leva sans réserve ses barrières internes pour permettre à Jaenelle d'accéder à tout son savoir, à tout ce qu'il était. Il tomba à genoux et se prit la tête entre les mains, persuadé que son crâne allait voler en éclats sous l'effet de la douleur tandis que l'enfant se ruait en lui et fouillait à l'intérieur de son esprit, comme on ouvre des placards et qu'on en jette le contenu au sol, le temps de trouver ce que l'on cherche. Cela ne dura qu'un instant. Pour SaDiablo, cela parut une éternité. Puis elle se retira, et le lien qu'ils partageaient se dissipa.

— *Merci.* (Un faible murmure, déjà presque disparu.) *Merci.*

Le second mot ne s'adressait pas à lui.

Il eut l'impression que des heures, et non des minutes, s'étaient écoulées, lorsqu'il laissa enfin retomber ses mains contre ses cuisses et leva les yeux pour contempler l'aurore factice dans le ciel. Une minute supplémentaire passa avant qu'il prenne conscience qu'il n'était pas seul, qu'une autre âme touchait toujours la sienne de manière infime, empreinte d'un sentiment qui surpassait la simple méfiance.

Sahtan éleva vivement ses barrières.

— *Beau travail, prince. Je vous remercie… par affection pour elle.*

Il entreprit de se retirer petit à petit ; l'issue d'une confrontation avec Daimon aurait été incertaine.

Mais celui-ci battit également en retraite, harassé, et le contact s'évanouit progressivement. Juste avant que Sahtan se retrouve seul avec lui-même, la voix de son fils lui parvint tout bas, chargée d'une menace soyeuse.

— *Ne vous dressez pas en travers de mon chemin, Prêtre.*

Daimon se remit sur ses pieds avec effort en agrippant l'une des colonnes du lit à baldaquin, à l'instant précis où la porte s'ouvrait à la volée. Six gardes méfiants entrèrent dans la chambre.

Leur crainte était d'ordinaire justifiée, mais pas ce soir-là. Même s'il ne s'était pas vidé de ses forces jusqu'à l'épuisement, il ne les aurait pas affrontés. Ce soir-là, quoi qu'il puisse lui arriver, il allait gagner du temps parce que, où qu'elle soit, il fallait lui donner une chance de pouvoir se rétablir.

Les gardes l'encerclèrent et le menèrent à l'extérieur, dans une cour vivement éclairée. En apercevant les deux poteaux et les lanières en cuir fermement arrimées à leur base et en hauteur, il hésita, l'espace d'une seconde.

Dame Cornélia, la dernière reine fantoche en date à avoir acheté ses services à Dorothéa SaDiablo, se tenait debout près des poteaux. Ses yeux pétillaient. Elle exsudait de la fébrilité.

— Déshabillez-le.

Daimon se dégagea avec un mouvement d'humeur. Il avait commencé à enlever ses vêtements lorsqu'une décharge douloureuse dans l'Anneau d'obéissance lui coupa le souffle. Il regarda Cornélia et interrompit ses gestes.

— Déshabillez-le, répéta-t-elle.

On le dénuda sans ménagement et il fut traîné jusqu'aux poteaux, auxquels on l'attacha par les chevilles et les poignets. Puis les gardes tendirent les sangles de sorte qu'il soit maintenu bras et jambes écartés au maximum.

Cornélia lui sourit.

— Un esclave n'est pas autorisé à utiliser les Joyaux. Un esclave n'a pas le droit de pratiquer autre chose que l'Art mineur, comme tu le sais pertinemment.

Il le savait, oui. Tout comme il avait su que Cornélia percevrait la débauche d'énergie sombre et le punirait. La menace de la douleur – surtout celle que l'on pouvait susciter par le biais de l'Anneau d'obéissance – lui suffisait le plus souvent à s'assurer de la docilité des hommes. Mais Daimon avait appris à accueillir l'étreinte de l'agonie comme celle d'une tendre amante et cela alimentait sa haine envers Dorothéa, envers tout et tous ceux qui avaient un rapport avec cette femme, de près ou de loin.

— Le châtiment pour ce genre de transgression est de cinquante coups de fouet, annonça Cornélia. C'est toi qui vas compter. Si tu en oublies un, les suivants seront doublés. Si tu perds le fil, tout recommencera depuis le début.

Daimon se força à demeurer impassible.

— Que dira dame SaDiablo, en constatant que vous maltraitez ce qui lui appartient ?

— En de telles circonstances, je ne pense pas que dame SaDiablo se formalisera, répondit Cornélia d'une voix suave, qui claqua brusquement. Allez-y !

Daimon perçut le chuintement de la lanière avant de sentir sa morsure. Durant un bref moment, le temps que son organisme identifie la sensation douloureuse, un étrange frisson de plaisir le parcourut. Sa respiration devint saccadée.

— Un.

Tout a un prix.

— Deux.

Subissait-il l'une des Lois du Lignage, ou un code d'honneur ?

— Trois.

Avant les avertissements d'Onirie, il n'avait jamais entendu parler du Grand Prêtre du Sablier. Mais quelque chose chez celui-ci lui avait paru vaguement familier.

— Quatre.

Qui pouvait-il bien être ?

— Cinq.

Un prince de guerre…

— Six.

… comme lui…

— Sept.

… et qui portait les Joyaux noirs.

— Huit.

Tout a un prix.

— Neuf.

Qui lui avait appris cela ?

— Dix.

Un homme plus âgé. Plus expérimenté.

— Onze.

À l'est du lieu où il se tenait.

— Douze.

Quant à *elle*, elle se trouvait à l'ouest.

— Treize.

Il ignorait qui elle était. En revanche, il savait parfaitement *ce* qu'elle était.

— Quatorze. Quinze.

Tout a un prix.

Les gardes traînèrent Daimon jusqu'à sa chambre et verrouillèrent la porte.

Il tomba lourdement à quatre pattes. Le front posé contre le sol, il s'employa à atténuer la douleur cuisante de son dos, de ses fesses et de ses cuisses assez longtemps pour se remettre debout. Cinquante coups, dont chacun avait coupé sa chair. Cinquante coups. Mais c'était terminé. Il ne s'était pas trompé une seule fois, en dépit des ondes lancinantes que Cornélia lui avait infligées à travers l'Anneau d'obéissance pour essayer de le distraire.

Il ramena lentement ses jambes sous son corps, réussit à se redresser presque entièrement et se dirigea péniblement vers la salle de bains, incapable d'étouffer les plaintes entrecoupées de sanglots qui accompagnaient chacun de ses pas.

Une fois arrivé, il s'appuya contre le mur d'une main vacillante et tourna les robinets pour faire couler un bain chaud. Sa vue se brouillait par intermittence, et tout son corps tremblait sous l'effet de la souffrance et de la fatigue. Il dut s'y reprendre à trois fois pour invoquer le petit étui en cuir qui contenait son nécessaire curatif. Après l'avoir ouvert, il fut contraint d'attendre d'y voir clair pour trouver le pot qu'il voulait.

Associées à l'eau, les herbes en poudre permettraient de purifier les plaies, d'atténuer la douleur et d'amorcer le processus de guérison, à supposer qu'il parvienne à se concentrer suffisamment et à se retirer assez profondément en lui-même pour rassembler son pouvoir, l'Art dont il aurait besoin pour soigner la chair lacérée.

Ses lèvres se tordirent en un rictus lugubre quand il referma les robinets. S'il lançait un appel le long du Noir, le Prêtre répondrait-il à sa requête ? Peu probable. Il n'était pas un ennemi. Pas encore. Mais Onirie avait bien fait de lui laisser ces notes en guise d'avertissement.

Le pot lui glissa des mains et se brisa sur le sol de la salle de bains. Un cri lui échappa. Il tomba à genoux et protesta en se coupant avec un bout de verre. Il resta immobile, contemplant la poudre, et des larmes de douleur et de dépit lui montaient aux yeux. Il serait quand même capable de soigner ses plaies, dans une certaine mesure, et il pourrait interrompre le saignement, même sans cette substance pour l'y aider… mais il garderait des cicatrices. Et il n'avait pas besoin de miroir pour savoir à quoi il ressemblerait alors.

— *Non !*

Il n'eut pas conscience d'avoir envoyé cette pensée. Il cherchait simplement à soulager sa frustration.

Une minute plus tard, alors qu'il était agenouillé et tremblait, s'efforçant de ne pas laisser libre cours aux sanglots qui naissaient en lui, une main se posa sur son épaule.

Il fit volte-face en montrant les dents, le regard fou.

Il n'y avait personne dans la pièce. La sensation avait disparu. Mais il percevait une présence. Étrangère… sans l'être tout à fait.

Daimon explora les lieux mentalement et ne trouva rien. Mais c'était toujours là, comme lorsque l'on aperçoit quelque chose du coin de l'œil et que cela s'évanouit au moment où l'on se retourne dans sa direction. Le souffle court, il patienta.

Le contact, lorsqu'il se reproduisit, fut hésitant, circonspect. Cela vint gentiment lui tâter le dos, et il frémit. Il frémit parce qu'à l'épuisement et au désarroi qui émanaient de ce toucher bienveillant s'ajoutait une colère éminemment glaciale.

La poudre d'herbes et les tessons de verre se volatilisèrent. Juste après, une boule en cuivre, percée comme celles qui servent à faire infuser le thé, apparut au-dessus du bain et s'y enfonça. De petites mains fantomatiques, à la fois douces et fermes, l'aidèrent à entrer dans l'eau.

Il émit un sifflement de protestation quand ses plaies à vif entrèrent en contact avec le liquide, mais les mains appuyèrent, appuyèrent encore et encore, si bien qu'il se trouva couché sur le dos, immergé jusqu'au menton. Au bout d'un moment, il constata qu'il ne percevait plus la présence. Déconcerté, il crut que le contact avait été rompu et tenta de se redresser, ce qui lui causa des difficultés. Mais il découvrit qu'on le retenait. Il se détendit et, progressivement, prit conscience que sa peau était engourdie à partir du cou, qu'il ne ressentait plus la douleur. Avec un soupir de gratitude, il cala la tête contre le bord de la baignoire et ferma les yeux.

Une délicate et curieuse obscurité le parcourut par vagues. Il gémit, mais de plaisir.

Étrange comme l'esprit pouvait vagabonder… Il parvenait presque à sentir les embruns, la puissance du ressac. Et puis il y avait l'odeur prégnante de la terre fraîchement retournée après une tiède averse printanière. Et la chaleur délectable du soleil par un doux après-midi d'été. La volupté de se glisser, nu, entre des draps propres.

Il finit par rouvrir les paupières, à contrecœur. La trace psychique perdurait, mais *elle* était partie. Il remua un pied dans l'eau refroidie. La boule de cuivre aussi avait disparu.

Il sortit de la baignoire avec précaution, ôta la bonde et vacilla légèrement, ne sachant trop que faire. Il attrapa une serviette pour s'essuyer par petites touches, sans oser la passer sur son dos. Serrant les dents, il se plaça devant la glace et regarda par-dessus son épaule. Mieux valait connaître l'étendue des dégâts.

Il demeura interdit.

Cinquante lignes blanches comme de la craie sur sa peau brun doré. Elles semblaient fragiles, et il devrait se montrer prudent pendant plusieurs jours avant que la chair soit véritablement, fermement ressoudée, mais il était rétabli. Si les plaies ne se rouvraient pas, les marques disparaîtraient. Pas de cicatrices.

Il gagna son lit avec précaution et se coucha sur le ventre avant de ramener peu à peu les bras sous l'oreiller pour soutenir sa tête. Il éprouvait des difficultés à rester éveillé, à chasser l'image d'une prairie, si argentée sous le clair de lune. Difficile…

Lorsque Daimon prit conscience qu'on lui touchait le dos, cela durait depuis un certain temps. Il réprima l'envie d'ouvrir les yeux. Il ne verrait rien, et, si elle se rendait compte qu'il était réveillé, elle risquait de prendre ses distances.

Ses doigts étaient fermes, délicats, connaisseurs. Elle décrivait des cercles lents le long de son échine. C'était frais, apaisant, réconfortant.

Où était-elle ? Pas dans les environs, en tout cas, alors comment pouvait-elle l'atteindre ? Il l'ignorait. Il s'en moquait. Il s'abandonna au plaisir de ce contact spectral, de cette main dont il tiendrait un jour l'équivalent de chair.

Lorsqu'elle le quitta, Daimon tendit un bras par-dessus son épaule et palpa timidement. Il examina l'épaisse couche de baume sur ses doigts, puis les essuya sur le drap. Ses yeux se fermaient. Il ne gagnerait rien à lutter contre le sommeil dont il avait si désespérément besoin.

Mais, juste avant de se laisser aller, il repensa à ce qui s'était passé : quelle sorcière, déjà épuisée par l'épreuve qu'elle avait elle-même subie, viendrait porter secours à un inconnu et guérirait ses blessures ?

— Ne vous dressez pas en travers de mon chemin, Prêtre, marmonna-t-il.

Et il s'endormit.

# Chapitre 4

## 1. Enfer

De rage, Sahtan referma violemment le livre posé sur le bureau.

Un mois avait passé depuis la supplique de Jaenelle. Un mois dans l'attente d'un mot, d'un signe quelconque indiquant qu'elle allait bien. Il avait essayé d'entrer dans Beldon Mor, mais Cassandra avait raison. La brume psychique qui entourait la ville constituait un écran que seuls les défunts percevaient, une barrière qui les tenait tous à distance. L'enfant ne prenait aucun risque avec le secret caché au-delà de la brume, et son manque de confiance lui faisait l'effet d'un coup de poignard au flanc.

Tout occupé à ruminer ses pensées, il ne se rendit compte qu'il y avait quelqu'un d'autre dans la pièce que lorsque l'on répéta son nom.

— Sahtan ? (Il y avait tant de douleur dans la supplique de cette petite voix lasse.) Ne soyez pas fâché contre moi, s'il vous plaît.

Sa vue se brouilla. Il planta ses ongles dans le bois noir du bureau, creusant la matière pourtant dure comme la pierre. Il voulut laisser libre cours à toute la peur et à toute la colère qui avaient enflé au fond de lui depuis sa dernière visite, des mois auparavant. La secouer pour avoir osé lui demander de ravaler sa fureur. Au lieu de cela, il prit une longue inspiration, se composa un masque consensuel aussi convaincant que possible, et se tourna vers l'enfant.

Il eut la nausée en l'apercevant.

Elle n'avait plus que la peau sur les os. Ses yeux saphir étaient profondément enfoncés dans leurs orbites, et se perdaient presque dans les cercles sombres qui les soulignaient. Les cheveux dorés que Sahtan adorait caresser pendaient, ternes et mous, autour de son visage contusionné. Elle portait aux chevilles et aux poignets des marques d'abrasion provoquées par des cordes, et qui avaient saigné.

— Approchez, dit-il d'une voix blanche.

Elle ne fit pas un geste, alors ce fut lui qui avança dans sa direction. Elle tressaillit et recula légèrement. Le timbre de Sahtan se mua en doux grondement de tonnerre.

— Jaenelle, venez ici.

Un pas. Deux. Trois. Elle ne quittait pas le sol des yeux, et tremblait.

Il ne la toucha pas. Il n'avait pas suffisamment confiance en sa propre capacité à maîtriser la jalousie et le dépit qui, à la vue de l'enfant, le consumaient. Celle-ci préférait demeurer auprès de sa famille et être traitée de cette manière au lieu de passer du temps avec lui, lui qui la chérissait de tout son être, mais ne pouvait pas se la voir confier, parce qu'il était l'un des Gardiens, le Sire d'Enfer.

Avec amertume, il songea qu'il vaudrait mieux qu'elle joue avec les morts plutôt que de devenir l'un d'eux. En l'état actuel de la situation, elle n'avait pas la force de lui résister. Il allait la garder au Manoir pendant quelques jours pour lui permettre de se rétablir. Puis il ferait venir son salaud de père, le mettrait à genoux et l'obligerait à renoncer à tous ses droits parentaux. Il…

— Je ne peux pas les laisser, Sahtan.

Elle leva les yeux vers lui, et il sentit son cœur se tordre en apercevant les larmes qui glissaient sur son visage meurtri. Mais ses traits restèrent comme gravés dans la pierre, et il attendit en silence qu'elle poursuive.

— Il n'y a personne d'autre. Vous ne voyez donc pas ?

— Non, je ne vois pas. (Il ne s'était pas départi de son calme et parlait d'une voix égale, mais ses paroles grondèrent à travers la pièce.) Ou peut-être que si. (L'enfant trembla sous son regard froid et intransigeant.) Vous préférez endurer cela et demeurer auprès de votre famille plutôt que de venir vivre avec moi et tout ce que j'ai à offrir.

La fillette cligna des paupières, surprise. Elle perdit momentanément son expression hantée et devint songeuse.

— Vivre avec vous ? Êtes-vous sérieux ?

Sahtan la dévisagea, déconcerté. Lentement, à regret, Jaenelle secoua la tête.

— Je ne peux pas. J'aimerais bien, mais je ne peux pas. Pas encore. Rose ne peut pas y arriver toute seule.

SaDiablo posa un genou à terre et prit les mains frêles, si diaphanes, dans la sienne. L'enfant manifesta une légère résistance, à son contact, mais elle ne se dégagea pas.

— Il ne serait pas nécessaire de vivre en Enfer, sorcelière, dit Sahtan sur un ton apaisant. J'ai rouvert le Manoir de Kaelir. Vous pourriez y loger, fréquenter la même école que vos amis, probablement.

Jaenelle gloussa, et de l'amusement passa fugacement dans ses prunelles.

— *Les* écoles, Sire. Elles existent dans de nombreux endroits.

Il sourit tendrement et courba la tête.

— Les écoles, alors. Ou bien des tuteurs attitrés. Tout ce que vous souhaitez, je peux l'arranger, sorcelière.

Les yeux de la fillette s'emplirent de larmes et elle fit un signe de dénégation.

— Ce serait merveilleux, vraiment, mais… pas encore. Je ne peux pas encore les quitter.

Sahtan ravala ses arguments et poussa un soupir. Elle était venue le trouver pour qu'il la réconforte, pas pour se disputer avec lui. Et puisqu'il ne pouvait entrer officiellement à son service avant qu'elle ait formé une cour, il n'avait pas le droit de se dresser entre elle et ses parents, quels que puissent être ses sentiments à cet égard.

— Très bien. Mais, je vous en prie, rappelez-vous que vous avez un endroit où aller. Vous n'êtes pas contrainte de rester avec eux. Cependant… je serais enclin à prendre les dispositions nécessaires pour que votre famille puisse vous rendre visite ou demeurer près de vous, sous ma houlette, si tel était votre souhait.

— Sous votre houlette ? répéta Jaenelle d'une petite voix, les yeux écarquillés. (Elle émit un rire qui s'égrena en cascade avant d'adopter un air qui se voulait sérieux.) Vous n'obligeriez pas ma sœur à apprendre le maniement du bâton en compagnie de Prothvar, tout de même ?

— Non, je ne lui ferais pas travailler le bâton avec Prothvar, dit-il, tandis que dans sa voix se mêlaient de l'amusement et les larmes qu'il retenait.

Il l'attira contre lui avec précaution et étreignit le petit corps frêle. Des larmes s'échappèrent de ses paupières closes quand l'enfant serra les bras autour de son cou. Il la réchauffa, la réconforta. Lorsqu'elle finit par se dégager, il se redressa rapidement en essuyant ses pleurs. Jaenelle détourna les yeux.

— Je reviendrai dès que possible.

Sahtan acquiesça d'un signe de tête et reporta son attention sur le bureau, incapable de parler. Il ne l'entendit pas bouger, il n'entendit pas la porte s'ouvrir, mais, lorsqu'il se retourna pour lui dire au revoir, la fillette était déjà partie.

## 2. Terreille

Onirie, couchée sous l'homme qui transpirait et ahanait, levait les hanches à l'allure adéquate et poussait un gémissement sensuel chaque fois qu'une paume replète lui pressait les seins. Elle contemplait le plafond tout en laissant courir ses mains le long du dos moite du client avec un empressement pas tout à fait feint.

*Quel porc stupide*, se dit-elle lorsqu'il lui mouilla le cou d'un baiser gluant. Elle aurait dû lui facturer davantage ce contrat ; et elle l'aurait fait si elle avait su combien se retrouver au lit avec lui se révélerait déplaisant. Mais il n'avait payé que pour une passe, et il était sur le point d'atteindre le paroxysme.

Le sort, maintenant. Ah, tisser le sort !

Onirie se retira en elle-même. Depuis le calme niveau du Vert, elle se glissa vers le Gris, encore plus tranquille, profond et silencieux. Elle ourdit sans tarder l'Art létal et l'accorda au rythme des ébats, à la cadence rapide du cœur de l'homme et à la respiration rauque de celui-ci.

L'entraînement lui avait permis d'exceller dans son Art.

Le dernier maillon de la magie était le retardement. Cela ne se produirait pas le lendemain, mais le surlendemain, ou même le jour d'après. À ce moment-là, lorsque les battements du cœur s'accéléreraient, sous l'effet de la colère ou du désir, le sort romprait une artère, la force du Gris terrasserait le cerveau et briserait le Joyau de la victime, ne laissant rien d'autre qu'une charogne.

C'était une remarque faite en passant par Sadi qui l'avait convaincue de faire preuve de méticulosité dans ses meurtres. Daimon étudiait la possibilité que les membres du Lignage, qui n'étaient pas composés que de chair, continuaient à porter les Joyaux par-delà la mort de leur organisme… et pouvaient se rappeler l'identité de la personne qui les avait placés sur la route nébuleuse d'Enfer. Il avait dit : « Peu importe le traitement que tu réserves à la chair, va jusqu'au bout. Après tout, qui veut se retrouver nez à nez, au détour d'une rue, avec un démonite désireux de lui rendre la pareille ? »

Aussi Onirie menait-elle systématiquement ses assassinats à leur terme. Elle ne laissait aucune trace exploitable, rien qui puisse conduire des importuns jusqu'à elle. Les guérisseuses qui exerçaient, ces temps-ci, leurs piètres compétences en Terreille supposeraient que l'homme avait consumé son âme et l'énergie de ses Joyaux en tentant de se soustraire à sa mort physique.

Elle fut tirée de sa rêverie par les grognements et les assauts du client qui s'intensifièrent, l'espace d'un instant. Puis celui-ci se relâcha. Onirie tourna la tête, incommodée par l'odeur prégnante du corps en sueur.

Quand il fut finalement étendu sur le dos, ronflant, Onirie se glissa hors du lit, revêtit un déshabillé en soie et fronça le nez. Elle allait devoir le donner à nettoyer avant de pouvoir le porter de nouveau. Elle ramena ses cheveux derrière ses oreilles, s'avança jusqu'à la fenêtre et ouvrit le rideau.

Il lui faudrait choisir sa destination, maintenant que ce contrat touchait à son terme. Elle aurait dû se décider des jours auparavant, mais elle n'avait cessé d'hésiter, à cause des songes récurrents qui envahissaient ses pensées comme l'écume déferle sur une plage. Des rêves concernant Titienne et le Joyau de celle-ci. Des rêves qui lui indiquaient qu'elle devait se trouver quelque part, que l'on avait *besoin* d'elle dans un endroit précis.

À ceci près que Titienne n'était pas en mesure de lui dire où.

Peut-être cette vieille ville délabrée comptait-elle simplement trop de lumières. Peut-être qu'elle ne parvenait pas à prendre sa décision parce qu'elle n'arrivait pas à distinguer les étoiles.

Les étoiles. Et la mer. Il lui fallait un lieu inaltéré, où elle pourrait flâner, passer des journées à lire ou à marcher le long du rivage.

Elle sourit. Trois ans s'étaient écoulés depuis la dernière fois qu'elle avait fréquenté Dèjie. La côte est de Chaillot abritait quelques belles plages sereines. Par temps clair, on pouvait même apercevoir l'île de Tacéa. Et non loin de là se trouvait un sanctuaire, non ? Ou bien une quelconque ruine ancestrale. Déjeuners sur l'herbe, longues promenades solitaires. Dèjie serait contente de la voir et ne la presserait pas de charger son emploi du temps chaque nuit.

*Oui, Chaillot.*

Onirie se détourna de la fenêtre lorsque l'homme commença à ahaner et à se débattre, couché sur le côté. Le Sadique avait raison. Il y avait tant de manières de tuer efficacement quelqu'un sans repeindre les murs de son sang.

Mais cela ne lui procurait pas autant de plaisir. C'était bien dommage.

## 3. Terreille

Lucivar Yaslana écoutait Zuultah le traîner dans la boue devant un groupe de sorcières nerveuses qui ouvraient des yeux écarquillés, et il se demandait si rompre quelques cous féminins ne pourrait pas donner du relief à ces demi-vérités. Chassant à regret ce plaisant fantasme, il promena son regard sur la salle, à la recherche de quelque distraction.

Daimon Sadi passa près de lui à pas feutrés.

Lucivar inspira entre ses dents en réprimant un sourire et reporta son attention sur le cercle de Zuultah. La dernière fois que les reines avaient fait preuve de négligence et avaient omis de les séparer, Daimon et lui, ils avaient détruit une cour entière, durant une rixe née d'une controverse : le vin servi était-il médiocre, rien de plus, ou bien s'agissait-il vraiment de pisse de cheval colorée ?

Cela s'était produit voilà quarante ans. Suffisamment de temps pour que les jeunes souveraines débauchées appartenant aux races à courte existence aient pu se persuader qu'elles étaient capables de les maîtriser, Daimon et lui, ou mieux : qu'elles avaient la volonté nécessaire pour dompter deux princes de guerre ornés aux Sombres. Eh bien, Lucivar n'était pas apprivoisable, lui ! Ou du moins, il ne le serait pas avant que cinq ans encore se soient écoulés. Et s'agissant du Sadique… il était peu probable qu'un homme qui considérait ses propres prouesses de chambre comme un miel empoisonné accepte la domination d'autrui, à moins de choisir délibérément de s'y soumettre.

La soirée était bien avancée lorsque Lucivar eut l'occasion de s'éclipser dans le jardin à l'arrière de la demeure. Daimon était sorti quelques minutes auparavant, à l'issue d'une altercation soudaine et virulente avec dame Cornélia.

Évoluant avec la prudence d'un chasseur, Lucivar suivit le courant d'air glacé que Daimon avait laissé dans son sillage. Il tourna au coin d'une allée et se figea.

Daimon était debout au milieu du sentier de gravier, le visage orienté vers le ciel nocturne. Une douce brise agitait ses cheveux noirs.

Les gravillons crissèrent de manière infime sous les pieds de Lucivar.

Daimon pivota en direction du bruit.

Yaslana hésita. Il n'ignorait pas ce que signifiait cette expression de torpeur terne dans le regard de son frère, il ne savait que trop ce qui s'était produit dans certaines cours quand Daimon avait affiché ce sourire tendre et meurtrier plus d'un bref instant. Rien ni personne n'était en sécurité lorsque cette humeur le prenait. Mais, feu d'Enfer, c'était pour cela qu'il était si divertissant d'entrer dans la danse du Sadique !

Avec un air de nonchalance arrogante de sa propre composition, Lucivar s'avança et déploya lentement ses ailes sombres à leur envergure maximale avant de les replier tout contre son corps.

— Salut, bâtard.

— Salut, connard, répondit Daimon. (Son sourire fondit comme neige au soleil.) Ça fait un bail.

— Effectivement. Vous avez bu de bons crus récemment ?

— Aucun que vous seriez susceptible d'apprécier. (Il examina les vêtements de Lucivar et haussa un sourcil.) Vous avez décidé d'être un gentil garçon ?

— J'ai décidé que je voulais me nourrir décemment et dormir dans un lit digne de ce nom, pour une fois, tout en passant quelques jours hors de Pruul. Et tout ce que j'aurai à faire, c'est lécher les bottes de Zuultah quand elle reviendra de l'écurie.

— Là se situe peut-être votre problème, connard. Vous n'êtes pas censé lui lécher les bottes, mais lui baiser le cul.

Il se détourna et s'éloigna dans l'allée.

Yaslana, se remémorant la raison pour laquelle il avait voulu parler à Daimon, suivit celui-ci à contrecœur jusqu'à un kiosque relégué dans un coin du jardin où personne, depuis la demeure, ne pourrait les apercevoir. Sadi lui sourit avec une onctuosité glaciale et s'écarta pour qu'il entre en premier.

*Ne jamais laisser un prédateur humer l'odeur de la peur.* Agacé de se sentir si mal à l'aise, Lucivar examina les feuilles luminescentes d'un buisson-ardent, non loin de là. Il se raidit lorsque son frère avança derrière lui et que ses longs ongles vinrent lui taquiner les épaules, lui titiller la peau à la manière d'un amant.

— Avez-vous envie de moi ? demanda Daimon dans un murmure, frôlant de ses lèvres le cou de Yaslana.

Celui-ci grogna et tenta de se dégager, mais la main caressante se mua instantanément en étau.

— Non, répondit-il sans s'émouvoir. J'y ai assez souvent eu droit dans les campements de chasseurs eyriens. (Il se retourna, dévoilant ses dents en un large rictus.) Vous pensez vraiment que mon cœur bat plus fort à votre contact ?

— N'est-ce pas le cas, pourtant ? chuchota Sadi, une étrange lueur dans le regard.

Lucivar l'étudia longuement. La voix de son frère était trop enjôleuse, trop soyeuse, trop chargée de dangereuse torpeur. *Feu d'Enfer ! Mais qu'est-ce qui cloche chez lui ?* se demanda-t-il tandis que les lèvres de Daimon frôlaient les siennes. *Il ne s'amuse pas à cela, d'ordinaire.*

Yaslana recula brusquement. Les ongles de Sadi s'enfoncèrent dans sa nuque. Ceux des pouces, acérés, lui piquèrent la gorge. Les poings serrés contre les cuisses, Lucivar ferma les yeux et se soumit au baiser.

Aucune raison de se sentir humilié et abject. Son corps répondait à la stimulation comme il aurait réagi au froid ou à la faim. Cela n'avait aucun rapport avec les sentiments ou avec le désir. Aucun.

Mais, ô Nuit, Daimon aurait pu embraser une pierre!

— Pourquoi agissez-vous ainsi? Dites-moi au moins pourquoi.

— Pourquoi pas? répliqua Sadi avec amertume. Je dois me prostituer pour tout le monde, alors pourquoi pas pour vous?

— Parce que je n'en ai pas envie. Parce que *vous* n'en avez pas envie. Daimon, c'est de la folie! Pourquoi faites-vous cela?

Sadi appuya son front contre celui de son frère.

— À quoi bon me poser la question, quand vous connaissez déjà la réponse? (Il pétrit les épaules de Lucivar.) Je ne peux plus supporter qu'elles me touchent. Depuis… je ne supporte plus leur contact, leur odeur, leur goût. Elles ont violé tout ce que je suis, si bien que je n'ai plus rien de pur à offrir.

Yaslana referma ses poings autour des poignets de Sadi. Le ressentiment et la honte qui émanaient de la trace psychique de celui-ci trituraient une corde sensible à laquelle il refusait de prêter attention depuis cinq ans. Une fois qu'elle serait assez grande pour comprendre ce que cela signifiait, le petit chat aux yeux saphir leur tiendrait-il rigueur d'avoir été contraints à la servilité? Cela importerait peu. Il lutterait de toutes ses forces pour obtenir une chance de la servir, elle. Et son frère aussi.

— Daimon. (Il inspira profondément.) Daimon, elle est venue.

Sadi se dégagea.

— Je sais. Je l'ai sentie. (Il fourra ses mains tremblantes dans ses poches.) Elle est cernée d'ennuis…

— Quels ennuis? s'enquit vivement Lucivar.

— … et je n'arrête pas de me demander si je peux – si je *vais* – la protéger.

— Qui ? *Daimon !*

Sadi s'effondra en gémissant, les doigts crispés sur son entrejambe.

Marmonnant un juron, Lucivar le serra dans ses bras et attendit. Il n'y avait rien d'autre à faire, quand un homme endurait les décharges de douleur provoquées par l'intermédiaire de l'Anneau d'obéissance.

Lorsque cela s'acheva et que Daimon parvint à se relever, son beau et noble visage s'était durci en un masque froid terni par la souffrance, et son timbre avait perdu toute émotion.

— Dame Cornélia requiert ma présence, dirait-on. (D'une pichenette, il ôta une brindille de la manche de sa veste.) On pourrait croire qu'elle saurait à quoi s'en tenir, depuis le temps. (Il eut une hésitation avant de sortir du kiosque.) Faites attention à vous, connard.

Lucivar resta adossé au mur longtemps après que le son des pas de Daimon eut disparu. Que s'était-il passé entre Sadi et la fillette ? Et qu'entendait-il par : « Faites attention à vous, connard » ? S'agissait-il d'un adieu chaleureux… ou d'un avertissement ?

— Daimon ? murmura-t-il en se remémorant un autre endroit, une autre cour. Daimon, non ! (Il courut vers la demeure.) *Daimon !*

Il se rua entre les portes vitrées et se fraya un chemin en bousculant de petits groupes de femmes occupées à bavarder. Ce faisant, il aperçut fugacement le visage de Zuultah, empourpré par la colère. Il avait partiellement gravi l'escalier menant aux chambres des hôtes lorsqu'une décharge provenant de l'Anneau d'obéissance le mit à genoux. Zuultah se tenait à côté de lui, les traits déformés par la rage. Il voulut se redresser, mais une nouvelle onde lancinante le plia en deux, le front contre les marches.

— Laissez-moi passer, Zuultah, dit-il d'une voix rendue rauque par la douleur.

— Je vais t'apprendre les bonnes manières, espèce d'arrogant…

Yaslana fit volte-face.

— Stupide garce, laissez-moi partir ! siffla-t-il. Laissez-moi y aller avant qu'il soit trop tard.

Une longue minute s'écoula avant que Zuultah comprenne que ce n'était pas elle qu'il craignait, puis une autre avant qu'il parvienne à se relever.

La main crispée sur ses parties génitales, il se hissa jusqu'en haut de l'escalier et, se forçant à accélérer, il tituba vers l'aile des invités. Il n'avait pas le temps de songer à la foule qui se massait derrière lui. La seule chose qui lui importait était d'atteindre les appartements de Cornélia avant…

Daimon en sortit, referma la porte derrière lui, et arrangea calmement les manchettes de sa chemise avant de lancer un coup de poing dans le mur.

Lucivar perçut des vibrations partout dans la demeure lorsque le pouvoir du Noir envahit la pierre.

Des fissures apparurent avant de se propager dans toutes les directions en s'élargissant de plus en plus.

— Daimon ?

Celui-ci rajusta de nouveau ses manchettes. Lorsqu'il consentit enfin à prêter attention à son frère, son regard avait la froideur vitrifiée d'une gemme opaque. Et plus rien d'humain.

Lucivar frémit en le voyant sourire.

— Fuyez, susurra Sadi.

Apercevant la foule qui s'amassait dans le couloir, derrière Lucivar, il tourna les talons sans se presser et partit dans la direction opposée.

La demeure tremblait toujours. Non loin, quelque chose tomba avec fracas.

Yaslana s'humecta les lèvres, puis ouvrit la porte de la chambre de Cornélia. Les yeux rivés sur le lit, sur ce qui s'y trouvait, il dut lutter pour maîtriser les protestations de ses entrailles. Il se détourna et resta sur le seuil, pétrifié.

Il perçut une odeur de fumée, le rugissement des flammes qui consumaient l'une des salles. Des gens hurlaient. Les murs grondaient en continuant à se fendre. Lucivar regarda autour de lui, désorienté, jusqu'au moment où une portion du plafond s'écrasa à quelques pas de lui.

La peur lui rendit ses esprits et il fit ce qui s'imposait. Il fuit.

## 4. Terreille

Dorothéa SaDiablo, Grande Prêtresse d'Hayll, arpentait son boudoir, et le cocon d'étoffe traînante qu'elle portait par-dessus une robe sombre à la coupe simple voletait à chacun de ses pas. Tout en tapotant ses doigts les uns contre les autres, elle nota distraitement qu'Hepsabah s'alarmait de plus en plus, à mesure que la situation se prolongeait.

— Vous n'allez tout de même pas le faire revenir *ici* ? piaula cette dernière avec un affolement croissant, en se trémoussant sur sa chaise.

Elle essayait de maîtriser les gestes qui agitaient convulsivement ses mains, sachant que cette marque de nervosité agaçait sa cousine, mais ses doigts se comportaient comme des oiseaux frétillants aux ailes rognées, posés sur ses genoux.

Dorothéa la foudroya du regard sans cesser ses allées et venues.

— Et où pourrais-je l'envoyer, sinon ? répliqua-t-elle sèchement. Il faudra peut-être des *années* avant que quiconque se montre enclin à acheter ses services. Et à l'allure avec laquelle les ragots se répandent, je ne parviendrai probablement même pas à offrir ce bâtard à quelqu'un. Avec la demeure rendue presque méconnaissable par l'incendie, et la chambre de Cornélia qui est restée intacte... Trop de gens ont vu ce qui se trouvait sur ce lit. Il y a eu trop de bavardages.

— Mais... il n'est ni ici ni là-bas. Où est-il passé ?

— Feu d'Enfer ! Comment le saurais-je ? Dans les parages. Occupé à bouder quelque part. Sans doute en train de réduire quelques autres sorcières en bouillie d'os et de chair.

— Vous pourriez le convoquer grâce à l'Anneau.

Dorothéa interrompit ses allées et venues et observa attentivement sa cousine, les yeux plissés. Leurs mères étaient sœurs et leur branche de la lignée était de bonne qualité. Par ailleurs, le consort qui avait engendré Hepsabah s'était montré prometteur. Comment deux des Cent Familles d'Hayll avaient-elles pu produire cette idiote pleurnicharde ? Sauf si sa chère tante avait pris pour semence des détritus de caniveau. Et dire qu'elle n'avait pas mieux qu'Hepsabah à sa disposition pour tenter de conserver la mainmise sur Daimon. Elle avait commis une erreur. Peut-être aurait-elle dû laisser cette garce dhemlane, cette folle à lier, le garder. Non. Cela aurait causé d'autres problèmes. La Prêtresse Noire l'avait prévenue. Pour ce à quoi cela avait servi...

Elle sourit à Hepsabah et fut satisfaite de voir sa cousine se recroqueviller davantage sur sa chaise.

— Vous pensez donc que je devrais le convoquer ? Utiliser l'Anneau, alors que les ruines de cet endroit fument encore ? Vous proposez-vous de l'accueillir personnellement, si je le fais venir de cette manière ?

Les traits lisses d'Hepsabah, soigneusement maquillés, se déformèrent sous l'effet de la peur.

— Moi ? se lamenta-t-elle. Vous ne m'y obligeriez pas. Vous ne *pouvez* pas m'y obliger. Il ne m'*aime* pas.

— Mais, ma chère, vous êtes sa mère, ronronna Dorothéa.

— Vous savez pourtant que... Vous savez...

— Oui. (Elle recommença à faire les cent pas, mais à une cadence moins effrénée.) Bon. Il se trouve actuellement en Hayll. Il a signé ce matin même le registre de l'un des relais de poste. Il sera là bien assez tôt. Accordons-lui un jour ou deux pour passer sa rage sur quelqu'un d'autre. Pendant ce temps-là, je lui préparerai quelques amusements instructifs. Et il faudra que je songe à ce que je vais faire de lui. La vermine hayllienne et les communs ne comprennent pas sa nature. Ils l'*apprécient*. Ils pensent que les miettes de générosité qu'il leur témoigne sont le reflet de sa personnalité. J'aurais dû conserver l'image des appartements de Cornélia dans un cristal enchanté et leur montrer son vrai visage. Aucune importance. Il ne s'attardera pas. Je trouverai bien quelqu'un d'assez insensé pour le prendre en charge.

Hepsabah se leva, lissa la robe dorée qui épousait les courbes prononcées de son corps charnu et tapota ses cheveux noirs torsadés.

— Bon. Je devrais m'assurer que sa chambre est prête. (Elle gloussa, cachée derrière sa main.) Tel est le rôle d'une mère.

— Ne vous frottez pas trop contre le baldaquin, ma chère. Vous savez combien il déteste l'odeur des sécrétions féminines.

Hepsabah cligna des paupières, déglutit tant bien que mal.

— Jamais je ne…, bredouilla-t-elle avec indignation. (Elle fit instantanément la moue.) C'est tout bonnement injuste.

Dorothéa replaça une mèche rebelle échappée des élégants rouleaux de la coiffure de sa cousine.

— Quand vous commencez à penser à ce genre de choses, ma chère, rappelez-vous Cornélia.

La peau brune d'Hepsabah vira au gris.

— Oui, murmura-t-elle tandis que Dorothéa la reconduisait. Oui, je m'en souviendrai.

## 5. Terreille

Daimon longeait à grandes enjambées le trottoir encombré, sans jamais altérer son allure ; la foule s'écartait vivement sur son passage avant de se refermer derrière lui. Il ne voyait pas les gens, n'entendait pas le murmure des voix. Les mains dans les poches de son pantalon, il fendait la multitude, oublieux des personnes et du bruit, qui ne lui importaient guère.

Il se trouvait à Draéga, la capitale d'Hayll.

Il était chez lui.

Il n'avait jamais aimé Draéga, jamais apprécié les hautes bâtisses en pierre tassées les unes contre les autres, occultant le soleil, ni le bitume des routes et des trottoirs, duquel perçaient des arbres rabougris et poussiéreux plantés dans des portions circulaires de terre taillées à même le béton. Oh, il y avait certes mille choses à faire dans cet endroit ! Le théâtre, les concerts, la visite des musées, les dîners. Toutes les activités dont un peuple inutile et arrogant, voué à une longue existence, avait besoin pour meubler le vide des heures. Mais Draéga… S'il pouvait être certain d'ensevelir deux sorcières bien précises, de les écraser sous les décombres, il aurait anéanti cette cité sans y réfléchir à deux fois.

Il s'engagea sur la chaussée en se faufilant entre les calèches qui s'arrêtèrent tant bien que mal, sans se soucier de leurs conducteurs courroucés. Un ou deux passagers qui avaient glissé la tête par la portière pour l'apostropher vertement se retirèrent tout aussi vite après avoir vu son visage et constaté qui il était, en espérant ne pas s'être fait remarquer.

Depuis son arrivée, le matin même, il suivait la traction d'un fil psychique qui le menait vers une destination inconnue. Le tiraillement ne le perturbait pas. Ses méandres chaotiques lui indiquaient qui se tenait à l'autre extrémité. Il ignorait pourquoi elle était ici, à Draéga, plutôt qu'ailleurs, mais elle avait tant besoin de lui qu'elle avait la force de l'attirer vers elle.

Daimon entra dans le grand parc situé au cœur de la ville, emprunta le sentier orienté vers le sud et ralentit l'allure. Là, parmi les arbres, dans l'herbe, les sons de la rue étaient assourdis, et il respirait plus librement. Il franchit un pont qui enjambait un ruisselet, hésita un instant à l'embranchement puis opta pour la droite, s'enfonçant dans le parc.

Il finit par atteindre une petite trouée de pelouse ovale au fond de laquelle se trouvait un banc de fer ouvragé. À l'arrière-plan, des clochettes des bois disposées en demi-cercle agrémentaient les broussailles de leurs menues fleurs bleues tapissées de blanc. De part et d'autre se dressaient deux hauts arbres vénérables dont les ramilles s'entrelaçaient, loin dans les airs, si bien que la lumière du jour mouchetait le sol.

La traction cessa.

Il se plaça debout dans l'ovale, décrivit un tour complet sur lui-même. Il allait rebrousser chemin lorsqu'il entendit quelqu'un glousser tout bas dans les buissons.

— Combien un triangle a-t-il de côtés ? demanda une femme à la voix rauque.

Daimon soupira en secouant la tête. Des devinettes.

— Combien un triangle a-t-il de côtés ? répéta la voix.

— Trois, répondit Sadi.

Les broussailles s'écartèrent. Tersa remua la guenille qu'était son manteau pour en ôter les feuilles et repoussa les cheveux noirs emmêlés qui lui tombaient en travers du visage.

— Garçon insensé, ne t'a-t-on donc rien appris ?

— Apparemment rien, non, dit-il, amusé, avec un sourire tendre.

— Viens embrasser Tersa.

Daimon plaça les mains sur les frêles épaules et s'exécuta. Il se demanda quand elle avait mangé pour la dernière fois, mais décida de ne pas s'en enquérir. Elle ne se rappelait les contingences matérielles – ou ne s'en souciait – que rarement, et lui poser la question ne ferait que l'attrister.

— Combien un triangle compte-t-il de côtés ?

Daimon, résigné, répondit en soupirant :

— Ma chérie, un triangle a trois côtés.

Tersa se renfrogna.

— Stupide gamin. Donne-moi ta main.

Il obéit et tendit la dextre. La sorcière saisit les longs doigts graciles entre les siens, si maigres et qui paraissaient si fragiles, et l'incita à tourner la paume vers le haut. De l'ongle de son index droit, elle commença à dessiner trois lignes sécantes sur la chair avant de réitérer son geste à plusieurs reprises.

— Un triangle du Lignage comporte quatre côtés, jeune imbécile. Comme le nombre de branches du candélabre d'un Autel Noir. Souviens-t'en.

Elle répéta le procédé jusqu'à ce que les marques, sur la peau brun doré, se muent en un blanc luisant.

— Père, frère, amant. Père, frère, amant. Le père vient en premier.

— C'est habituellement le cas, fit observer Daimon d'un ton sec.

Son interlocutrice ne prit pas en compte son intervention.

— Père, frère, amant. L'amant est le reflet du père. Le frère se tient entre eux.

Elle cessa de tracer les lignes imaginaires et leva les yeux vers Daimon. Il s'agissait de l'une des rares fois où son regard était limpide, présent, alors même qu'elle contemplait un endroit situé sur un plan différent de la réalité.

— Combien un triangle a-t-il de côtés ?

Sadi examina les trois lignes claires sur sa paume.

— Trois.

Tersa eut l'air exaspérée.

— Où se trouve le quatrième ? s'empressa d'ajouter Sadi, espérant s'épargner la question.

La Veuve Noire fit claquer les ongles de son pouce et de son index, puis pressa celui de son majeur au centre du triangle sur la peau de Daimon. Celui-ci émit un sifflement ténu lorsqu'elle l'entailla et amorça un brusque mouvement de recul, mais Tersa le comprimait au point de lui faire mal.

Sadi vit le sang sourdre au creux de sa paume. Sans desserrer sa poigne de fer, Tersa lui fit lever le bras à hauteur de visage. Le monde devint trouble, voilé de brume. Il n'avait plus clairement conscience que de la douleur, d'un triangle blanc, et du liquide rouge vif et luisant.

— Père, frère, amant, chantonna la sorcière. Et le cœur : le quatrième côté, celui qui gouverne les trois autres.

Elle porta la main de Daimon aux lèvres de celui-ci, qui ferma les yeux. L'air était trop chaud, trop proche. Il entrouvrit la bouche. Il lécha le sang sur sa paume.

La substance grésilla sur sa langue, telle une foudre cramoisie. Elle enflamma ses terminaisons nerveuses, crépita en lui avant de se rassembler dans son ventre sous la forme d'un tison chauffé à blanc qui attendait le souffle, le contact qui muerait ce soupçon de masculinité en un brasier. Daimon serra le poing et vacilla, les mâchoires crispées, pour ne pas supplier qu'on le lui accorde.

Quand il rouvrit les paupières, l'ovale d'herbe était désert. Il déplia lentement la main. Les lignes s'effaçaient déjà, la petite coupure avait cicatrisé.

— Tersa ?

La voix de la sorcière lui parvint, s'atténuant dans la distance.

— L'amant est le reflet du père. Le Prêtre… Il sera ton meilleur allié ou bien ton pire ennemi. Mais le choix t'appartiendra.

— Tersa !

Sa voix avait déjà presque disparu.

— Le calice se craquelle.

— *Tersa !*

Il fut pris d'un sursaut de rage, exacerbé par la terreur. Il décocha un crochet à hauteur d'épaules, heurtant l'un des deux arbres. Il ressentit l'onde de choc jusque dans ses talons. Puis il appuya le front contre le tronc, les yeux fermés.

Lorsqu'il rouvrit les paupières, son manteau noir était couvert de cendres gris-vert. Il leva la tête, les sourcils froncés. Il voulut nier ce qu'il voyait, mais la dénégation resta coincée dans sa gorge, l'étranglant. Il s'éloigna à reculons, s'assit sur le banc et enfouit le visage entre ses mains.

Au bout de quelques minutes, il se força à regarder.

L'arbre était mort, consumé de l'intérieur par son courroux. Daimon s'avança vers lui et pressa la paume à plat contre l'écorce. Il ignorait s'il était possible de l'explorer mentalement pour savoir si la sève coulait toujours en son cœur, ou si elle s'était cristallisée sous l'ardeur brûlante de sa fureur.

— Je suis désolé, murmura-t-il.

Une poussière gris-vert, à l'état de feuilles vertes et vivantes encore quelques minutes auparavant, tombait sans discontinuer des plus hautes branches.

— Je suis désolé.

Il inspira profondément puis reprit le chemin par lequel il était venu, les mains dans les poches, courbant l'échine, les épaules voûtées. Juste avant de quitter le parc, il jeta un regard en arrière. Il ne pouvait distinguer l'arbre, mais il sentait sa présence. Il secoua lentement la tête, un sourire lugubre aux lèvres. Il avait enterré plus de membres du Lignage que ses semblables pouvaient l'imaginer, et voilà qu'il déplorait la perte d'un arbre !

Daimon épousseta la cendre de son manteau. Il lui faudrait bientôt – le lendemain, au plus tard – se présenter devant Dorothéa. Il voulait encore se rendre dans deux endroits avant de regagner la cour.

## 6. Terreille

—Ma chérie, mais qu'est-ce que tu t'es fait ? Tu n'as plus que la peau sur les os.

Onirie s'affaissa contre le comptoir, grimaça et inspira entre ses dents.

—Rien, Dèjie. Je suis juste lessivée.

Cette dernière la regarda d'un air rusé.

—Tu as laissé ces hommes te manger toute crue ? Ou alors s'agit-il de ces autres affaires que tu mènes ?

De manière alarmante, les yeux vert doré d'Onirie perdirent toute expression.

—Et de quelles affaires parles-tu, Dèjie ?

—Je ne suis pas idiote, ma chérie, répondit lentement celle-ci. J'ai toujours su que tu n'aimais pas vraiment ce que tu faisais. Il n'en reste pas moins que tu es la meilleure.

—La meilleure *femme*, répliqua Onirie en ramenant d'un geste las ses longs cheveux noirs derrière ses oreilles pointues.

Dèjie posa les mains à plat sur le comptoir et se pencha vers son interlocutrice, soucieuse.

—Personne ne t'a payée pour danser avec... Eh bien, tu sais comme les ragots se propagent rapidement ; on raconte qu'il y a eu du grabuge.

—Je n'y étais pas mêlée, Ténèbre soit louée !

—J'en suis heureuse. (Elle poussa un soupir.) C'est le rejeton d'un démon, celui-là, pour sûr.

—Si ce n'est pas le cas, cela aurait dû l'être.

—Tu connais le Sadique ?

Elle jeta un regard acéré à son amie, qui dit avec réticence :

—Nous sommes en relation.

— Est-il aussi doué qu'on le prétend ? poursuivit Dèjie, après une hésitation.

Onirie frissonna.

— Ne me demande pas.

Dèjie parut très surprise, mais elle recouvra bien vite son professionnalisme.

— Aucune importance. Ce ne sont pas mes oignons, de toute façon. (Elle contourna le comptoir, mit un bras autour des épaules d'Onirie et emmena celle-ci dans le couloir.) Je suggère une chambre avec jardin. Tu pourras y passer la soirée tranquillement, y prendre tes repas si tu le souhaites. Si quelqu'un remarque ta présence et réclame ta compagnie, je prétexterai que tu as tes lunes et que tu as besoin de te reposer. La plupart des clients ne feraient pas la différence.

Onirie adressa à Dèjie un sourire mal assuré.

— J'ai effectivement mes lunes.

Dèjie secoua la tête avec un claquement de langue agacé tout en ouvrant la porte.

— Parfois, tu n'as pas plus de bon sens qu'une gamine d'un an. Tu ne te ménages pas, alors qu'en cette période les Joyaux te vident de ton énergie si tu tentes d'y puiser. (Elle marmonna par-devers elle en tirant l'édredon et en tapotant les oreillers.) Enfile une de ces nuisettes douillettes – pas l'une de ces tenues coquettes – et mets-toi au lit. Ce soir, nous servons une soupe qui tient au corps. C'est ce que tu vas manger. Et la bibliothèque comporte quelques nouveaux romans, de la bonne lecture pour minettes. Je vais t'en apporter quelques-uns, comme ça tu pourras choisir. Et…

— Dèjie, pourquoi tu n'es la mère de personne ? demanda Onirie en riant.

L'intéressée posa les mains sur ses larges hanches et essaya d'avoir l'air offensé.

— Quel compliment, pour quelqu'un de ma profession ! (Elle chassa l'idée en agitant les bras.) Couche-toi, et que je ne t'entende plus. Chérie ? Ma chérie, qu'est-ce qui ne va pas ?

Onirie se laissa tomber sur le lit. Des larmes coulaient en silence sur ses joues.

— Je n'arrive pas à dormir, Dèjie. Je rêve que je suis supposée me trouver quelque part pour faire quelque chose. Mais je ne sais pas où, ni ce dont il s'agit.

Dèjie s'assit à côté d'elle et essuya ses pleurs.

— Ce sont juste des rêves, ma chérie. Oui, rien d'autre. Tu es claquée, c'est tout.

— J'ai peur, Dèjie, murmura Onirie. Quelque chose ne tourne vraiment pas rond chez lui. Je le sens. J'ai commencé à fuir en espérant que je me rendais dans la bonne direction, loin de lui, mais ce fichu continent n'est même pas assez vaste pour ça. Il me faut un endroit inaltéré, où je puisse rester pendant un moment. (Elle regarda son amie de ses grands yeux pleins de fantômes.) J'ai besoin de temps.

Dèjie lui caressa les cheveux.

— Bien sûr, ma chérie, bien sûr. Prends tout le temps nécessaire. Personne ne va te bousculer, chez moi. Bon, couche-toi, à présent. Je t'apporte à manger, ainsi qu'un petit quelque chose pour t'aider à dormir.

Elle sortit de la chambre sans tarder après avoir embrassé brièvement Onirie sur le front.

Celle-ci passa une vieille chemise de nuit moelleuse et se mit au lit. Avoir regagné la demeure de Dèjie, et Chaillot, la rassérénait. À présent, si le Sadique voulait bien garder ses distances, peut-être parviendrait-elle à trouver le sommeil.

## 7. Terreille

Daimon frappa à la porte de la cuisine.

À l'intérieur, la personne qui avait entonné un petit air guilleret cessa de chanter.

En attendant qu'on vienne lui ouvrir, Daimon regarda autour de lui, content de voir que la maisonnette confortable était en bon état. La pelouse et les parterres de fleurs étaient bien entretenus. Les légumes d'été du potager avaient presque tous été récoltés, mais les plants pimpants, à l'une de ses extrémités, promettaient des potirons et des courges d'hiver de belle taille.

Toutefois, il était encore trop tôt pour cela. Daimon poussa un soupir déçu en songeant aux tartes de Mannie, ce qui lui mit l'eau à la bouche. Au fond de la cour se trouvaient deux appentis. Le plus petit contenait certainement des outils. L'autre était l'atelier de Jo. Le vieil homme y était probablement reclus, occupé à confectionner un élégant guéridon à partir d'un morceau de bois, oublieux de tout à l'exception de sa tâche.

La porte de la cuisine restait close. Le silence s'allongeait.

Soucieux, Daimon entrebâilla le battant afin de pouvoir passer la tête et les épaules et regarder à l'intérieur.

Mannie était debout devant son plan de travail, une paume enfarinée pressée contre son sein.

*Fichtre !* Il aurait dû savoir que l'apparition d'un prince de guerre l'effraierait. Il avait changé depuis la dernière fois qu'il l'avait vue, peut-être assez pour qu'elle ne reconnaisse pas sa trace psychique.

Adoptant son plus beau sourire, il dit :

— Ma chère, si tu as l'intention de faire semblant de ne pas être là, tu pourrais au moins fermer les fenêtres. Le fumet de ces biscuits aux noix va attirer les personnages les moins recommandables.

Mannie laissa échapper un petit cri de soulagement et de joie, contourna la table d'une démarche chaloupée et accourut vers lui en traînant les pieds et en agitant gaiement les mains devant elle.

— Daimon !

Celui-ci entra dans la pièce, passa un bras autour de la taille épaisse de la femme et la fit tournoyer. Elle se débattit en riant.

— Pose-moi. Je suis en train de mettre de la farine partout sur ton manteau.

— Je me moque du manteau. (Il l'embrassa sur la joue et la reposa délicatement sur ses pieds. Avec une courbette et un geste grandiloquent du poignet, il lui tendit des fleurs.) Pour ma dame favorite.

La cuisinière pencha la tête pour humer le parfum, les larmes aux yeux.

— Je vais les mettre dans l'eau. (Elle s'affaira d'un côté et de l'autre de la pièce, remplit un vase et consacra quelques minutes à arranger le bouquet.) Toi, va au salon. Je t'apporte quelques biscuits aux noix et du thé.

Mannie et Jo avaient servi à la cour de SaDiablo, à l'époque où Daimon y vivait, étant enfant. Mannie avait pris soin de lui, l'avait pour ainsi dire élevé. Et cette chère âme n'avait jamais arrêté de se soucier de lui.

En dissimulant un sourire, il fourra les mains dans ses poches et racla le sol avec sa chaussure noire cirée. Il regarda son interlocutrice à travers ses longs cils noirs.

— Qu'est-ce que j'ai fait ? demanda-t-il d'une voix de petit garçon, triste et un rien boudeuse. Pourquoi je n'ai plus le droit de venir dans la cuisine ?

— J'ai essayé de t'éduquer correctement, et voilà le résultat. (Elle affectait l'exaspération, mais elle ne put s'empêcher de rire.) Assieds-toi, alors, et tiens-toi tranquille.

Daimon gloussa comme un enfant, le cœur léger, et se laissa tomber sur l'une des chaises avec une grâce nonchalante. Mannie sortit des assiettes et des tasses.

— Mais pourquoi veux-tu rester dans la cuisine ? Ça, mystère !

— C'est là que se trouve la nourriture.

— Il y a des choses dont les garçons ne se lassent pas en grandissant, je suppose. Tiens. (Elle posa un verre devant lui. Daimon contempla l'objet avant de reporter son attention sur elle.) C'est du lait.

— J'avais remarqué, tu sais, répliqua Sadi.

— Bien. Alors, bois. (Elle croisa les bras et tapa du pied.) Pas de lait, pas de biscuits aux noix.

— Tu as toujours été tyrannique, marmonna Daimon.

Il prit son verre, fit la grimace puis but. Il le rendit ensuite à Mannie avec son meilleur sourire juvénile.

— Est-ce que je peux avoir un biscuit, maintenant ?

Mannie secoua la tête en riant.

— Tu es impossible. (Elle mit la bouilloire à chauffer et commença à placer les biscuits sur un plat.) Qu'est-ce qui t'amène ici ?

— Je suis venu te rendre visite.

Daimon croisa les jambes, joignit les paumes et appuya le menton contre le bout de ses doigts. Mannie, levant les yeux, étouffa une exclamation et entreprit d'arranger la disposition des biscuits avec une expression affairée. Surpris par son attitude, Sadi la vit reproduire plusieurs fois les mêmes gestes. Décidant d'aborder un sujet neutre, il dit :

— La maison est en bon état. Cela ne te demande pas trop de travail, de l'entretenir ?

— Les jeunes gens du village donnent un coup de main, répondit Mannie d'un air placide.

— Manques-tu de fonds pour payer un homme à tout faire et une femme de ménage ? s'enquit Daimon en fronçant les sourcils.

— Non, pas du tout, mais pourquoi voudrais-je voir une dame de mon âge clopiner chez moi et m'expliquer comment astiquer mes meubles ? (Elle eut un sourire espiègle.) Par ailleurs, les filles acceptent de m'aider pour les tâches difficiles en échange d'argent de poche, de quelques-unes de mes recettes spéciales et d'une chance de flirter avec les garçons sans que leurs parents restent là à les épier. Et les garçons, eux, participent aux travaux d'extérieur contre de l'argent de poche, de la nourriture et une excuse pour enlever leur chemise et montrer leurs muscles aux filles.

Le rire de Daimon retentit dans la cuisine.

— Mannie, tu es devenue la marieuse du village.

— Jo est justement en train de confectionner un berceau pour l'un des jeunes couples, lui confia-t-elle, une expression satisfaite sur le visage.

— J'espère qu'il y a eu un mariage au préalable.

— Évidemment, protesta Mannie, indignée. (Elle posa bruyamment le plat devant lui.) Taquiner une vieille dame… Tu devrais avoir honte de toi.

— J'ai quand même droit aux biscuits ? demanda Daimon, la mine faussement contrite.

Mannie lui ébouriffa les cheveux et ôta la bouilloire du poêle sans un mot. Sadi, lui, regardait dans le lointain. Tant de questions, et aucune réponse.

— Quelque chose te tourmente, affirma son interlocutrice en remplissant une boule à thé.

— Je suis à la recherche d'informations probablement difficiles à trouver, expliqua Daimon en reprenant contenance. Une amie m'a conseillé de prendre garde au Prêtre.

Mannie introduisit la boule dans la théière et laissa le breuvage infuser.

— Hum. N'importe qui avec un semblant de jugeote se méfie quand le Prêtre est dans les parages.

Daimon l'observa attentivement. Elle connaissait le Prêtre. Les réponses étaient-elles donc si proches ?

— Mannie, assieds-toi un moment.

Celle-ci fit mine de ne pas avoir entendu et, restant à distance respectable de Sadi, s'empressa de faire glisser les tasses sur la table.

— Voilà que le thé est prêt. Je vais appeler Jo…

— Qui est le Prêtre ?

— … il sera content de te voir.

Daimon se dressa de toute sa taille, prit fermement Mannie par le poignet et l'entraîna vers l'autre chaise de la cuisine. Elle regarda son annulaire dépourvu de Joyau, et les longs ongles noirs.

— Qui est le Prêtre ?

— Tu ne dois pas parler de lui. Il ne faut jamais parler de lui.

— Qui est le Prêtre ? répéta-t-il sur un ton dangereusement onctueux.

— Le thé, dit Mannie d'une toute petite voix.

Daimon servit deux tasses. Puis, regagnant sa place, il croisa les jambes et joignit les doigts.

— Bien.

Mannie approcha la tasse de ses lèvres, mais le liquide était brûlant. Elle reposa le récipient, tritura l'anse jusqu'à ce qu'elle soit exactement parallèle au bord de la table. Pour finir, elle laissa les mains retomber sur ses genoux et soupira.

— Elles n'auraient jamais dû te séparer de lui, commença-t-elle tranquillement, tournée vers ses souvenirs. Elles n'auraient jamais dû rompre le contrat. Depuis lors, le cénacle du Sablier d'Hayll périclite, tout juste comme il l'avait prédit. Personne ne peut violer les clauses d'un accord avec le Prêtre et espérer survivre.

» Tu étais censé aller vivre avec lui pour de bon, ce jour-là, le jour où tu as reçu ton Joyau de naissance. Tu étais si fier, sachant qu'il serait présent, même si la Cérémonie devait avoir lieu dans l'après-midi, et non le soir comme cela se fait d'ordinaire. Elles avaient prévu que cela se déroulerait ainsi, elles avaient l'intention de l'obliger à évoluer sous la rude lumière du jour, lorsque ses forces sont au plus mal.

» Après avoir obtenu ton Rouge, tu te tenais à côté de ta mère et de Dorothéa et de toutes les suivantes de celle-ci. Tu guettais le signal qui te permettrait de sortir du cercle cérémoniel pour t'agenouiller devant lui, qui t'attendait, et pour lui prêter fidélité. C'est à ce moment-là que cette femme cruelle et manipulatrice a dit que tu appartenais au Sablier, que la paternité lui était déniée, qu'il ne pouvait être ton géniteur, qu'elle avait fait appel à ses gardes après son passage, pour s'assurer que la sorcière dhemlane était bien engrossée. Il faisait chaud, cet après-midi-là, mais soudain l'atmosphère est devenue glaciale, terriblement glaciale. Dorothéa était venue accompagnée de tous les cénacles du Sablier, des dizaines et des dizaines de Veuves Noires qui l'observaient, à l'affût du moment où il transgresserait le cercle et reviendrait sur sa parole.

» Mais il ne l'a pas fait. Il s'est détourné.

» Tu as failli te libérer. Failli l'atteindre. Tu pleurais et tu lui criais de t'attendre en te démenant contre les deux soldats qui te retenaient, et tu avais les mains crispées sur le Joyau. Il y a eu un éclat de lumière Rouge, et ils ont été projetés en arrière. Tu t'es élancé pour essayer de sortir du cercle. Le Prêtre s'est retourné. L'un des gardes t'a renversé. Tu te trouvais à un pouce du bord à peine. Je pense que si un seul de tes doigts avait franchi la limite, il ne se serait plus soucié de savoir si c'était bon pour toi de vivre avec lui, de vivre sans ton peuple ; il t'aurait ravi à elles.

» Tu n'as pas réussi. Tu étais trop jeune, et ils étaient trop forts.

» Alors, il est parti. Il est allé dans cette maison où tu te rends sans cesse : celle où vous logiez, ta mère et toi, et il a détruit le bureau. Déchiré les livres, réduit les rideaux en lambeaux, cassé chaque meuble. Sa rage ne s'apaisait pas. Lorsque j'ai finalement osé ouvrir la porte, il était agenouillé au milieu de la pièce, pantelant, le regard fou.

» Il a fini par se relever et il m'a fait jurer de veiller sur toi et sur ta mère, d'agir du mieux que je pourrais. Et je le lui ai promis, car elle et toi vous comptiez pour moi, et parce qu'il s'était toujours montré bon envers moi et Jo.

» Après cela, il a disparu. Elles t'ont pris ton Rouge et t'ont imposé l'Anneau d'obéissance, cette nuit-là. Tu refusais de te nourrir. Elles m'ont dit que je devais t'y obliger. Elles avaient des projets pour toi et elles n'avaient pas l'intention que tu dépérisses. Elles ont enfermé Jo dans une boîte en métal et l'ont placé en plein soleil, et elles ont dit qu'on lui permettrait de manger et de boire lorsque je t'aurais fait manger, toi. Elles l'ont libéré une fois que j'ai réussi à t'alimenter deux jours d'affilée.

» J'ai eu beau te supplier, tu n'as rien avalé pendant trois jours. Pendant cette période-là, je pense que tu ne m'entendais même pas. J'étais désespérée. La nuit, quand je sortais pour m'approcher de la boîte autant qu'on m'y autorisait, j'entendais Jo geindre ; sa peau était toute boursouflée à force de toucher le métal brûlant. Alors, je t'ai fait du mal. Un matin, je t'ai traîné là-bas et je t'ai forcé à regarder. Je t'ai dit que tu étais en train de tuer mon homme par méchanceté, qu'on le punissait parce que tu étais un vilain garçon qui refusait de manger, et que s'il mourait je te haïrais pour toute l'éternité.

» J'ignorais que Dorothéa avait chassé ta mère. J'ignorais que j'étais tout ce qui te restait. Mais tu savais. Tu l'avais sentie partir.

» Tu as fait ce que je demandais. Tu as mangé quand je t'ordonnais de te nourrir, tu dormais quand je t'ordonnais de te coucher. Tu ressemblais plus à un fantôme qu'à un enfant. Mais elles ont laissé Jo sortir.

Mannie essuya ses larmes avec le coin de son tablier. Elle avala une petite gorgée de thé désormais froid.

Daimon ferma les yeux. Avant de rendre visite à celle-ci, il s'était rendu à la demeure délabrée et abandonnée dans laquelle il avait vécu autrefois, pour y chercher des réponses, comme chaque fois qu'il fréquentait cette partie du royaume. Lorsqu'il déambulait dans les pièces, les souvenirs d'ordinaire traîtres et fuyants revenaient le tourmenter systématiquement. Mais, ce qui l'attirait le plus, c'était le bureau en ruine, l'endroit où il pouvait presque entendre le timbre grave et puissant de la voix à la douceur caverneuse. Où il parvenait quasiment à déceler l'odeur masculine, piquante et entêtante, l'étreinte robuste des bras qui l'enserraient. Où il pouvait presque croire qu'il avait un jour été en sécurité, choyé et protégé.

Et il savait enfin pourquoi.

Daimon couvrit d'une main celle de Mannie et la pressa gentiment.

— Tu m'as raconté tout cela, alors révèle-moi le reste.

— Elles t'ont fait quelque chose afin que tu l'oublies. Elles ont dit que, si tu venais à découvrir son existence, elles t'exécuteraient. (Elle le regarda d'un air implorant.)

Je ne pouvais pas les laisser te tuer. Tu étais le garçon que Jo et moi ne pouvions pas avoir.

En son for intérieur, Daimon sentit s'entrouvrir une porte dont il avait ignoré jusqu'alors la présence.

— Je ne suis plus un enfant, Mannie, répondit Daimon sur un ton égal, et je ne me laisserai pas tuer si facilement.

Il refit du thé, posa une tasse propre devant son interlocutrice, et reprit place.

— Quel était… *est* son nom ?

— Il en porte beaucoup, murmura Mannie, les yeux rivés sur le breuvage.

— Mannie.

Il s'efforçait de ne pas perdre patience.

— On l'appelle le Séducteur. L'Exécuteur.

Daimon, ne comprenant toujours pas, secoua la tête. Mais le battant s'entrebâilla davantage.

— Il est le Grand Prêtre du Sablier.

Encore un peu plus.

— Tu digresses, dit sèchement Sadi en reposant bruyamment son thé sur la soucoupe. Comment s'appelle mon père ? Tu me dois cela. Tu sais comme j'ai souffert de ma bâtardise. A-t-il jamais signé le registre ?

— Oh oui ! s'empressa de confirmer Mannie. Mais la page a été modifiée. Il était tellement fier de toi et du petit Eyrien. Il ignorait que la fille était eyrienne. Luthevienne, voilà quel était son nom. Elle n'avait pas d'ailes, pas de cicatrices indiquant qu'on les lui aurait ôtées. Il ne l'a appris qu'à la naissance de l'enfant : elle a voulu lui couper les ailes, l'élever comme un Dhemlan, peut-être. Mais il a refusé, arguant du fait que le nourrisson était eyrien d'âme, et que l'empêcher de voler serait plus cruel que de l'étouffer au berceau. Elle a pleuré en entendant cela, elle craignait qu'il le tue vraiment. Je pense qu'il l'aurait fait si elle avait endommagé les ailes de quelque manière que ce soit. Il lui a fait construire une petite maison douillette en Askavi, il a pris soin d'elle et du bébé. Il l'amenait parfois nous rendre visite. Vous jouiez ensemble… ou bien vous vous battiez. Difficile de faire la différence. Puis Luthevienne a pris peur. Elle m'a raconté que Prythienne, la Grande Prêtresse d'Askavi, lui avait dit qu'il voulait juste se repaître du sang frais de l'enfant. Alors, elle a demandé à Prythienne de cacher son fils, et elle s'est enfuie. Quand elle est revenue le chercher, celle-ci a refusé de lui révéler où il était. Elle s'est contentée de lui rire au nez, et…

— Mannie. Pour la dernière fois, qui est mon père ?

— Le Prince de la Ténèbre.

La porte s'entrebâilla un peu plus.

— *Mannie.*

— Le Prêtre et le Sire sont la même personne, tu ne comprends donc pas ?

— Son nom.

— Non.

— Son nom, Mannie.

— Le murmurer signifie l'invoquer.

La porte s'ouvrit à la volée et les souvenirs affluèrent.

Daimon contempla ses mains, ses longs ongles noirs.

*Ô Nuit !*

Déglutissant avec difficulté, il fit un signe de dénégation. Impossible. Il avait beau vouloir le croire à tout prix, ce n'était pas possible.

— Sahtan, énonça-t-il d'une voix neutre. Tu es en train de me dire que mon père est Sahtan ?

— Chut, Daimon, chut.

Sadi bondit sur ses pieds, renversant sa chaise.

— Non, je ne me tairai pas. Il est mort, Mannie. Il est une légende. Un lointain ancêtre.

— Il est ton père.

— *Mort.*

Mannie s'humecta les lèvres, avant de fermer les yeux.

— Il est l'un des morts-vivants. L'un de ceux qu'on nomme « les Gardiens ».

Daimon redressa la chaise et s'assit. Il se sentait mal. Pas étonnant que Dorothéa ait pris l'habitude de le battre lorsqu'il se consolait d'être exclu en prétendant que Sahtan était son père. Il n'avait rien inventé, en définitive.

— Tu en es sûre ? finit-il par demander.

— J'en suis sûre.

— Tu fais erreur, Mannie. (Il eut un rire dur.) Forcément. Je n'arrive pas à imaginer le Sire d'Enfer couchant avec cette garce d'Hepsabah.

Mannie se trémoussa.

Les souvenirs continuaient à affluer, pièces d'un puzzle qui se mettaient en place.

— Pas Hepsabah, reprit-il lentement.

Il eut l'impression d'être broyé par l'ampleur des mensonges qui avaient gouverné son existence. Non, pas Hepsabah. Une sorcière dhemlane… chassée de la cour.

— Tersa. (Il enfouit la tête entre ses mains.) Cela a toujours été Tersa.

Mannie amorça un geste dans sa direction, mais ne le toucha pas.

— Maintenant, tu sais.

Les doigts tremblants, Daimon alluma une cigarette noire. Il regarda les volutes de fumée s'en élever, trop las pour faire quoi que ce soit d'autre.

— Maintenant, je sais. (Puis il ferma les yeux et chuchota :) Mon meilleur allié ou mon pire ennemi. Et le choix m'appartiendra. Douce Ténèbre, pourquoi a-t-il fallu que ce soit lui ?

— Daimon ?

Sadi secoua la tête et adressa à son interlocutrice un sourire qui se voulait réconfortant.

Il demeura encore une heure en compagnie de Mannie, et de Jo qui était enfin sorti de son atelier. Il leur raconta des anecdotes un brin scabreuses concernant les nobles du Lignage qu'il avait servis, de cour en cour, sans rien leur confier, toutefois, au sujet de sa propre existence : cela l'aurait blessé à mort de savoir que Mannie l'imaginait sous les traits de la Catin d'Hayll.

Après les avoir quittés, il déambula pendant des heures. Il ne cessait de trembler. À chaque pas s'accentuait la douleur de toute une vie passée dans le mensonge, si bien que la fureur menaçait de mettre en pièces ce qui restait de son sang-froid.

L'aube se levait lorsqu'il s'engagea sur le Vent Rouge et fit route vers Draéga.

Pour la première fois, il désirait voir Dorothéa.

# Chapitre 5

## 1. Terreille

Kartane SaDiablo sortit de sa suite et se dirigea vers la salle d'audience en se demandant s'il n'avait pas bu un verre d'eau-de-vie de trop pour se donner du cœur à l'ouvrage avant l'entrevue avec sa mère qui devait entériner officiellement son retour à la cour. Si l'alcool n'était pas en cause, alors l'attitude de tous ces satanés courtisans était éminemment suspecte. Les mondaines parcouraient précipitamment les couloirs en petits groupes, serrées les unes contre les autres, sans cesser de regarder devant et derrière elles. Les hommes se comportaient ainsi en temps normal ; ils se houspillaient et échangeaient des bourrades jusqu'à ce que l'un d'entre eux se retrouve hors du rang et tienne lieu de victime expiatoire. Faire l'objet de l'attention de Dorothéa, que celle-ci considère l'intéressé d'un œil favorable ou non, constituait toujours une expérience désagréable. Mais pour que les femmes commencent à agir de cette manière…

Ce fut en voyant un serviteur sourire qu'il comprit enfin.

Il était déjà trop tard.

Il perçut le froid à l'instant où il tournait d'un pas vif au bout d'un corridor, et s'arrêta net, juste devant Daimon. Il avait depuis longtemps renoncé à identifier les sentiments qui l'animaient chaque fois qu'il le croisait : soulagement, crainte, colère, convoitise, honte.

Désormais, il se demandait simplement si Daimon allait enfin se décider à le tuer.

Kartane, faute de mieux, opta pour l'unique parade psychologique qui lui restait. Ses lèvres s'étirèrent en un rictus railleur, et il dit :

— Salut, *cousin*.

— Kartane, répondit l'intéressé de la voix atone, cousue d'ennui, qu'il employait à la cour.

— On vous a donc fait revenir. Tante Hepsabah se sentait seule ?

*Voilà. Rappelle-lui ce qu'il est.*

— Et Dorothéa ?

Kartane s'efforça de conserver son insolence et de ne pas se départir de son rictus, tâchant de ne pas songer à toutes les choses qui ne quittaient pourtant pas son esprit.

— J'allais me présenter devant elle, mais je peux différer l'entretien encore quelques minutes, poursuivit Daimon, affable. Si vous devez la voir, je vous invite à me précéder. Elle n'est jamais de très bonne humeur après m'avoir parlé.

Ces paroles firent à Kartane l'effet d'une gifle. Daimon le haïssait, le haïssait depuis des siècles pour ce qu'il avait dit, pour la manière dont il avait agi. Mais il se souvenait également et, pour cette raison, il continuait à témoigner à son cousin cette marque de courtoisie et de compassion.

N'osant répondre, Kartane acquiesça d'un signe de tête et s'éloigna dans le couloir à pas pressés.

Il ne se rendit pas directement dans la salle d'audience où Dorothéa l'attendait. Au lieu de cela, il se rua dans la première pièce déserte qu'il put trouver. Adossé contre la porte verrouillée, il sentit des larmes brûlantes couler sur ses joues tandis qu'il murmurait :

— Daimon.

Il était le cousin dont la position au sein de la famille n'avait jamais été clairement expliquée à Kartane, quand celui-ci était enfant : il savait seulement que le statut de Daimon était précaire et différent du sien. Lui-même était le fils unique, gâté et privilégié de Dorothéa ; une poignée de serviteurs, de précepteurs et de gouvernantes s'empressaient d'obéir à ses moindres caprices. Il n'était aussi qu'un joyau de plus pour sa mère, un bien dont elle s'enorgueillissait, qu'elle faisait parader, qu'elle exposait.

Ce n'était pas vers elle, ni vers les tuteurs ou les gouvernantes qu'il courait, lorsqu'il s'écorchait le genou et voulait être réconforté, se sentait seul, ou bien s'il lui prenait l'envie de fanfaronner au sujet de ses dernières aventures. Non. C'était invariablement vers Sadi qu'il se tournait.

Daimon, qui avait toujours le temps de parler et, plus important : d'écouter. Daimon, qui lui avait appris l'équitation, l'escrime, la nage et la danse. Daimon, qui lui lisait et lui relisait patiemment le même livre, car il s'agissait de son préféré. Daimon, qui l'emmenait flâner dans de longues promenades. Daimon, qui n'avait jamais manifesté le moindre mécontentement en voyant l'enfant s'attacher à ses pas. Daimon, qui le serrait dans ses bras, le berçait, l'apaisait quand il pleurait. Daimon, qui pillait la cuisine, tard dans la nuit, même si cela était interdit, pour lui apporter des fruits, des petits pains, de la viande froide… tout ce qui pouvait combler l'incessant appétit de Kartane, parce que celui-ci ne pouvait jamais se rassasier, sous l'œil inquisiteur de sa mère. Daimon qui, pris sur le fait, avait été battu, mais n'avait jamais dit à quiconque que la nourriture ne lui était pas destinée.

Daimon, dont il avait trahi la confiance, dont il avait perdu l'amour d'un unique mot.

Kartane était encore un jeune garçon à l'allure gauche lorsque Daimon avait été loué pour la première fois à une autre cour. Il avait souffert de la perte de la seule personne qui le considérait vraiment comme un être vivant et pensant. Mais il n'ignorait pas que des troubles couvaient à la cour de sa mère, et que la question de la position de son cousin dans la hiérarchie du Lignage se trouvait au cœur de cette tourmente. Il savait que Daimon servait Dorothéa et Hepsabah, ainsi que le cénacle de Veuves Noires de la première, même si sa fonction différait de celle des consorts et des autres hommes auxquels ces sorcières faisaient appel. Il connaissait l'existence de l'Anneau d'obéissance et la manière dont il permettait de maîtriser un mâle, même si celui-ci était plus fort et portait des Joyaux plus sombres que la femme qui en était titulaire. Daimon répugnait à être touché par l'une d'elles, et cela rendait Kartane perplexe. Les disputes qui opposaient Sadi et Dorothéa le déconcertaient : des joutes hurlantes qui donnaient l'impression que les murs de pierre avaient la finesse du papier, et qui au fil du temps devenaient de plus en plus hargneuses. Le plus souvent, les altercations tournaient court parce que la Grande Prêtresse infligeait à Daimon une terrible douleur en guise de punition, jusqu'à ce que celui-ci mendie son pardon.

Puis, un jour, Sadi avait refusé d'honorer une sorcière du cénacle de Dorothéa.

Cette dernière avait réuni le Premier, le Deuxième et le Tierce Cercles de la cour. À ses côtés se trouvait son mari, Lanzo SaDiablo. Lanzo, le coureur de jupons aviné dont la seule utilité était d'avoir fourni à son épouse le patronyme de SaDiablo. Puis Dorothéa avait procédé au châtiment.

Caché derrière un rideau, frissonnant de peur, Kartane avait regardé Daimon lutter contre l'Anneau, contre la douleur, contre les gardes qui l'immobilisaient pour l'empêcher d'attaquer la prêtresse. Une heure effroyable avait été nécessaire pour l'obliger à s'agenouiller en sanglotant, puis une demi-heure supplémentaire pour le contraindre à ramper jusqu'à Dorothéa et à implorer sa clémence. Lorsque enfin celle-ci avait mis un terme au supplice infligé par l'objet, elle n'avait pas pour autant laissé Sadi aller dans sa chambre, où Mannie lui aurait administré un sédatif et aurait lavé son corps tremblant, trempé de sueur, pour lui permettre de dormir le temps que la souffrance s'atténue. Elle l'avait fait attacher par les mains et par les pieds à l'une des colonnes, bâillonner pour assourdir ses gémissements torturés et l'avait abandonné là afin de l'humilier, de servir d'exemple aux autres pendant qu'elle gérait ses affaires courantes comme si de rien n'était.

Kartane avait retenu la leçon. Il n'y avait pire asservissement que d'être Entravé. Si Daimon ne pouvait supporter la douleur, comment lui, Kartane, en serait-il capable ? Il était alors devenu très important pour lui de ne fournir à Dorothéa aucun prétexte pour lui imposer l'Anneau.

Cette nuit-là, une fois que Daimon avait obtenu l'autorisation de se reposer un peu, on lui avait ordonné d'honorer la sorcière qu'il avait dédaignée tantôt.

Cette nuit-là, Daimon s'était glacé pour la première fois.

Deux sortes de colère existaient au sein du Lignage. La colère bouillante était celle de l'émotion, de la vie quotidienne. Toute superficielle, elle éclatait entre amis, amants ou à l'intérieur de la famille. La colère froide représentait celle des Joyaux : une rage glaciale, profonde et hors de portée qui naissait au tréfonds de l'être. Implacable, presque impossible à juguler tant qu'elle ne s'était pas tarie d'elle-même, elle ne s'émoussait pas sous l'effet de la douleur physique, de la faim ou de la fatigue. Jaillissant de ces abîmes insondables, elle rendait insignifiant le corps qui l'abritait.

En ce premier soir, nul n'avait perçu le subtil changement dans l'atmosphère, lorsque Daimon était allé trouver la sorcière.

Ce n'avait été que le lendemain matin, quand la femme de chambre avait constaté que les vitres et les miroirs étaient enduits d'une pellicule de glace et avait découvert l'horreur laissée sur le lit, que Dorothéa avait compris que quelque chose, en Daimon, s'était brisé au cours du châtiment, l'avait dépouillé d'une parcelle de son humanité.

Hékatah, Grande Prêtresse d'Enfer autodésignée, aurait reconnu, si elle l'avait vue, l'expression dans le regard de Sadi. Elle aurait su que la pomme était tombée tout près de l'arbre. Il avait fallu un peu plus de temps à Dorothéa. Elle avait fini par se rendre compte que ce que le père de Daimon lui avait transmis était bien plus sombre et dangereux qu'elle l'avait imaginé, et avait offert Sadi à la reine fantoche d'une province du sud d'Hayll.

Dorothéa n'avait rien dit au sujet du meurtre. Aucune loi du Lignage ne proscrivait cette pratique. À propos de la réaction de Daimon et de son refus d'obtempérer, elle s'était contentée de faire l'éloge de ses talents d'esclave sexuel, ajoutant simplement qu'il pouvait se montrer un peu caractériel si on le sollicitait trop souvent.

Avant la fin de la semaine, Sadi avait disparu.

Peu de temps après, Kartane avait constaté que la présence de son cousin l'avait grandement épargné. Dorothéa avait soif de jolis minois, et en cela ses appétits n'étaient pas moins développés que ceux de Lanzo ; seul changeait le sexe de leurs cibles respectives. Elle entretenait un troupeau de jeunes seigneurs de guerre qui devaient minauder devant elle et devant son cénacle. Jusqu'alors, il n'avait été rien de plus que le fils de Dorothéa, beau et trop gâté.

Mais, une nuit, sa mère l'avait convoqué dans sa chambre. Il était allé la trouver, en proie à la nervosité, énumérant en son for intérieur ce qu'il avait fait ce jour-là et songeant à ce qui avait pu lui déplaire. En réalité, elle l'avait rasséréné, cajolé, dorloté. Ses caresses, qui l'avaient toujours rendu mal à l'aise, l'avaient effrayé, en cet instant. Se penchant vers lui, elle lui avait dit que son père s'était montré loyal et qu'elle n'en attendait pas moins de lui. Kartane avait été trop occupé à s'interroger pour reconnaître l'intention de sa mère. En quoi le fait que Lanzo couche chaque soir avec une domestique différente pouvait-il s'apparenter à de la loyauté ? Quand la langue de Dorothéa s'était immiscée dans sa bouche, et seulement alors, il avait compris. Il l'avait repoussée, s'était jeté du canapé et s'était traîné à reculons vers la porte sans oser la quitter des yeux.

Son refus l'avait rendue furieuse. Cela avait valu à Kartane sa première correction.

Lorsqu'elle l'avait convoqué de nouveau, sa peau zébrée était encore endolorie. Cette fois, il était resté assis sans bouger quand elle lui avait caressé les bras et les cuisses tout en lui expliquant d'une voix ronronnante qu'un Anneau pourrait l'aider à se montrer plus réceptif. Mais qu'elle ne croyait pas vraiment que cela se révélerait nécessaire. Si…

Et effectivement. Il s'était soumis. Il s'était exécuté.

Plus tard dans la soirée, couché dans sa propre chambre, Kartane avait pensé à Daimon qui, nuit après nuit, année après année, s'était conduit comme il venait d'être contraint de le faire. Il avait commencé à comprendre l'aversion de son cousin, qui ne touchait une femme que si on l'y obligeait. Et il s'était demandé quel âge avait Sadi la première fois que Dorothéa l'avait pris dans son lit.

Cela s'était reproduit, et ne s'était achevé que des années après, lorsque Dorothéa l'avait envoyé dans une pension privée, au motif qu'il pénétrait les servantes si violemment que Lanzo et ses compères se plaignaient de devoir attendre plusieurs jours avant de les besogner à leur tour.

Fréquenter cette école, dont tous les élèves étaient issus des familles haylliennes les plus réputées, avait mis la dernière touche à son penchant cruel. Les demeures de la Lune Rouge le dégoûtaient et il ne parvenait à assouvir son désir auprès d'une femme expérimentée qu'en faisant souffrir celle-ci. Après avoir été banni de quelques établissements, il avait découvert qu'il était facile d'exercer un ascendant sur des filles plus jeunes, de les effrayer, de les inciter à agir comme il l'entendait.

Progressivement, il avait apprécié à sa juste valeur la délectation que ressentait Dorothéa, celle de tenir autrui en sa possession.

Mais même les toutes jeunes catins étaient restées sorcières à l'issue de leur Première Nuit, et les règles de la demeure les protégeaient. Il ne disposait pas du pouvoir absolu sur les créatures qu'il chevauchait, contrairement à sa mère.

Il avait commencé à chercher ses plaisirs ailleurs et avait trouvé, tout à fait accidentellement, ce qu'il convoitait ardemment.

Ses amis et lui s'étaient rendus dans une auberge, un soir, pour boire, jouer et se gorger du nectar gratuitement :

ils étaient issus des meilleures familles, des lignées qu'un modeste tenancier n'aurait osé approcher. Les autres s'étaient amusés avec les jeunes femmes qui servaient la bière et le dîner, dans la petite salle à manger que la plupart des tavernes réservaient à leurs clients importants. Mais Kartane, pour sa part, s'était senti intrigué par la cadette de l'aubergiste. Le rose aux joues de la féminité naissante, des courbes à peine esquissées. Il s'était emparé d'elle et le père s'était jeté sur lui en s'époumonant. Levant la main, il avait assommé l'homme d'une décharge de pouvoir générée par le Joyau qu'il portait au doigt. Puis il avait traîné la fille dans la pièce privée et avait fermé la porte.

Les tremblements et la peur qui la paralysait lui avaient paru délicieux. Il n'émanait pas encore d'elle le fumet musqué de la femme, la trace psychique des sorcières ayant reçu leur magie. Il s'était vautré dans sa souffrance, dans le plaisir intoxicant de la mener au-delà de sa trame intime, de la briser.

Puis il avait fini par sortir de la chambre avec la sensation, pour la première fois depuis tant d'années, qu'il maîtrisait le cours de son existence. Jetant quelques marks-or sur le comptoir, il avait rassemblé ses amis et quitté les lieux.

Cela avait commencé ainsi.

Dorothéa ne trouvait rien à redire à son jeu de prédilection, du moment qu'il ne gâtait pas trop, lors de ses séjours à la cour, les sorcières qu'elle voulait intégrer à ses Cercles. Durant deux cents ans, il s'était diverti avec les filles du Lignage qui n'appartenaient pas à l'entourage de sa mère. Parfois, il gardait la même pendant plusieurs semaines ou plusieurs mois, jouant avec elle, aiguisant sa peur, poussant de plus en plus loin la dépravation, jusqu'au moment où il fécondait sa proie. Il n'était pas rare qu'une sorcière brisée soit encore en mesure de s'avorter spontanément, et fasse ce choix pour éviter de porter la semence d'un homme haï, même si elle savait qu'elle ne pourrait concevoir de nouveau. Parfois, si la fille n'était pas devenue complètement amorphe et continuait à l'amuser, Kartane dénichait une guérisseuse rendue conciliante par la faim et par une existence difficile, et fournissait lui-même la décoction purgative. La plupart du temps, il se contentait de renvoyer la mère et l'enfant dans leur famille, dans une demeure de la Lune Rouge, ou bien dans le caniveau. Pour lui, toutes les solutions se valaient.

Ainsi, durant ces deux cents années, Kartane avait pratiqué ce jeu. Puis, un jour que l'on avait réclamé sa présence à la cour, il y avait trouvé Daimon qui l'attendait.

Il avait compris depuis longtemps pourquoi celui-ci se nommait Sadi et non SaDiablo, la raison pour laquelle la famille aurait catégoriquement refusé une concession plus importante. Mais, en lisant la colère dans le regard de Daimon, il avait su que, contrairement à Dorothéa, celui-ci ne cautionnerait jamais ses agissements. Il avait laissé son cousin le sermonner vertement au sujet de l'honneur, avant d'attaquer son point faible. De lui dire que lui, Kartane, fils de la Grande Prêtresse, n'avait pas à écouter un bâtard.

Un bâtard.

Un bâtard.

Un bâtard.

Il n'avait jamais oublié l'expression choquée et meurtrie de Sadi. N'avait jamais oublié ce que l'on ressentait quand un être que l'on avait aimé et qui vous avait rendu cette affection reprenait contenance et adoptait l'attitude hautaine de la cour pour s'excuser de son écart de conduite. Il saurait toujours que s'il avait immédiatement rattrapé Daimon pour implorer son pardon, lui expliquer sa souffrance et sa peur, lui demander son soutien… il l'aurait obtenu. Son cousin aurait trouvé un moyen de l'aider.

Mais il ne l'avait pas fait. Il avait laissé le mot en suspens entre eux. Il l'avait enfoncé, encore et encore, si bien que l'écharde s'était muée en abîme et qu'ils n'eurent plus en commun que la fureur noire qu'ils se vouaient mutuellement.

En définitive, Dorothéa avait éloigné Daimon et l'avait perdu pendant cent ans. Lorsque celui-ci était enfin revenu, il avait fait l'Offrande à la Ténèbre. On racontait qu'il avait quitté la cérémonie porteur d'un Joyau noir, mais nul n'en était certain parce que personne ne l'avait vu.

Pour Kartane, peu importait le rang de Joyau de son cousin. Il avait suffisamment peur de ce que Daimon était devenu. Depuis lors, ils avaient fait de leur mieux pour s'éviter.

Kartane sécha ses larmes et rajusta sa veste. Il allait s'entretenir avec Dorothéa et s'éclipserait le plus vite possible. Il fuirait sa mère, la cour… et Daimon.

## 2. Terreille

Daimon regagnait ses appartements en longeant sans bruit les couloirs de la demeure SaDiablo. Se présenter devant Dorothéa s'était révélé aussi déplaisant qu'à l'accoutumée, mais, au moins, l'entrevue avait été brève. La voir l'avait amené au bord de la rupture, et à l'instant présent il se maîtrisait, au mieux, à grand-peine. Il avait besoin d'une heure au calme avant de s'habiller pour le dîner et de passer la soirée à faire le joli cœur pour la Grande Prêtresse et son cénacle.

Il entra dans son salon et ravala un grondement en remarquant la visiteuse qui l'attendait.

Hepsabah se tourna vers lui, affichant un sourire indécis, ses mains frétillantes composant une danse complexe. Il abhorrait l'avidité qu'il lisait dans son regard, ainsi que sa trace psychique capiteuse, mais, conscient qu'il devait jouer le jeu, il lui rendit son sourire et ferma la porte.

— Mère, dit-il avec une ironie à peine voilée.

Il se pencha pour l'embrasser sur la joue. Comme toujours, elle inclina la tête au dernier moment afin que ses lèvres frôlent les siennes. Elle mit les bras autour de son cou, glissa fermement sa langue vorace dans sa bouche en se collant contre lui. En temps normal, il la repoussait, écœuré que sa mère puisse vouloir partager ce genre d'intimité avec lui. Mais, à présent, il demeurait impassible, sans rien prendre ni donner, se contentant d'analyser les mensonges qui avaient façonné son existence.

Hepsabah s'écarta, boudeuse.

— Tu n'es pas heureux de me voir, constata-t-elle, accusatrice.

Daimon s'essuya du revers de la main.

— Pas plus que d'habitude.

Elle se trouvait là, vêtue d'une robe en soie coûteuse alors que Tersa, sa vraie mère, portait un manteau en lambeaux et dormait on ne savait trop où. En dépit des efforts de Dorothéa et d'Hepsabah, Tersa l'avait aimé de son mieux, autant que sa personnalité brisée le lui permettait. D'une manière ou d'une autre, il lui revaudrait cela, tout comme il rendrait aux autres la monnaie de leur pièce.

— Que voulez-vous ?

— Tu serais *gentil* de te montrer un peu plus respectueux envers ta mère.

Elle lissa sa tenue en passant les mains sur ses seins et sur son ventre, en lui décochant un regard tout en cils.

— Je lui voue un respect sans bornes, répliqua Sadi sur un ton mielleux.

Hepsabah parut mal à l'aise et tapota le vide à côté de lui avec une gaieté forcée.

— J'ai préparé ta chambre juste comme il faut. Coquette et douillette. Peut-être qu'après le dîner nous pourrions nous asseoir et bavarder plaisamment, hum ?

Elle se tourna vers l'entrée en balançant les hanches d'un air provocant.

Daimon en fut immédiatement agacé.

— Je devrais me montrer plus conciliant et fourrer la tête entre vos jambes, vous voulez dire. (Il ne tint pas compte du hoquet outré.) Je ne serai pas plus accommodant, *mère*. Pas ce soir. Aucun soir. Ni envers vous, ni envers quiconque à cette cour. Si l'on m'ordonne de m'agenouiller durant mon séjour, je vous promets que ce qui est arrivé à Cornélia ne sera rien en comparaison de ce que je ferai ici. Si vous pensez que l'Anneau peut m'arrêter, mieux vaudrait reconsidérer la question. Je ne suis plus un petit garçon, Hepsabah, et je souhaite votre *mort*.

Hepsabah recula en ouvrant de grands yeux terrifiés. Elle saisit la poignée de la porte et se rua dans le couloir.

Daimon déboucha une bouteille d'eau-de-vie, interrompit son geste le temps de s'assurer qu'elle ne contenait ni sédatifs ni autres vilaines surprises, porta le goulot à ses lèvres et pencha la tête en arrière. Le liquide lui brûla la gorge et lui embrasa l'estomac, mais il continua à boire jusqu'à ressentir le besoin de respirer. La pièce gîta légèrement, mais l'équilibre se rétablit aussitôt que son organisme eut consumé le breuvage, comme cela se produisait pour la nourriture. Les Joyaux sombres présentaient un inconvénient : leur titulaire devait ingérer une quantité massive d'alcool pour être agréablement saoul. Daimon ne voulait pas être agréablement saoul. Il désirait émousser la colère et les souvenirs. Il ne pouvait se permettre d'affronter Dorothéa au grand jour, à l'heure actuelle. Il était en mesure de briser l'Anneau, et la prêtresse par la même occasion : il en avait acquis la conviction au fil des dernières années. En revanche, il n'était pas sûr qu'elle ne le mutilerait pas irrémédiablement, dans l'intervalle de temps dont il aurait besoin pour neutraliser puis ôter l'artefact. Il n'était pas certain de sortir indemne de la confrontation, et risquait de perdre le Noir pour toujours. Or, il y avait cette Dame pour laquelle il voulait rester entier. Une fois qu'il l'aurait trouvée…

Daimon eut un sourire glacial. Le Prêtre lui devait une faveur, et deux Joyaux noirs, même si l'un était Entravé, devraient amplement suffire à régler le cas de l'arrogante Grande Prêtresse ornée au Rouge.

Il se rendit dans sa chambre à coucher en riant et s'habilla pour le dîner.

## 3. Terreille

Kartane s'approcha de Daimon, qui était absorbé dans la contemplation d'une porte fermée, en se mordillant la lèvre inférieure. La veille, au dîner, on ne les avait pas assis côte à côte, et Sadi – au grand soulagement de tous – s'était retiré tôt dans la soirée, aussi était-ce la première fois depuis l'après-midi précédent qu'ils se trouvaient en présence l'un de l'autre sans des dizaines de témoins pour arrondir les angles.

Kartane était de taille respectable, et en dépit de ses excès il était resté svelte et musculeux. Mais, lorsqu'il se tenait à côté de Daimon, il avait le sentiment d'occuper encore le corps d'un petit garçon. Il se sentait fluet, par comparaison. Il ne s'agissait pas tant des quelques centimètres supplémentaires de Sadi que de la largeur de ses épaules, pas tant de son âge que de la maturité que la souffrance avait donnée à son visage. Telle était également la différence entre un jeune individu à l'aube d'une longue existence et un homme dans la fleur de celle-ci.

— Savez-vous ce qui se passe ? s'enquit posément Daimon.

Kartane secoua la tête.

— Elle a simplement requis notre présence à tous deux en vue d'un divertissement.

— Damnation ! dit Sadi en inspirant profondément.

Il ouvrit le battant, puis s'écarta pour laisser entrer Kartane.

Celui-ci fit quelques pas dans la pièce et sentit un courant d'air frais derrière lui quand la porte se referma. Il considéra un instant les traits de Daimon, dont les yeux plissés avaient subitement viré à une nuance jaune dure, et il se demanda, tout en examinant les lieux, ce qui avait pu contrarier son cousin.

La salle, austère, comportait plusieurs rangées de chaises placées en demi-cercle devant deux poteaux plantés dans le sol, au pied et autour desquels était posée une haute pile de draps blancs. À côté se trouvait une longue table recouverte de tissu de la même couleur.

Daimon lâcha à voix basse une bordée de jurons.

— Vous au moins, en tant que fils privilégié, vous pouvez être rassuré : vous ne ferez pas partie du spectacle. Vous n'aurez qu'à le supporter, rien de plus.

— Je ne comprends pas. De quoi s'agit-il ? s'enquit Kartane, captivé par les poteaux.

De la compassion passa brièvement dans le regard de Daimon, puis il retrouva son impassibilité, et la voix atone, ennuyée, qu'il adoptait constamment à la cour.

— C'est la première fois que vous voyez cela ?

— Cela me paraît un peu surjoué, si elle a l'intention de faire fouetter quelqu'un, observa Kartane sur un ton railleur pour tenter de masquer sa frayeur croissante.

— Pas fouetté, non, rectifia Daimon avec amertume. Rasé.

Kartane sentit ses boyaux se liquéfier en apercevant l'expression sur le visage de son cousin. Celui-ci ne reprit la parole que lorsqu'ils eurent atteint la première rangée de sièges.

— Écoutez, Kartane, écoutez attentivement. Ce qui arrivera au pauvre bougre que Dorothéa va attacher à ces poteaux dépendra de votre réaction. Si vous ne bronchez pas, si vous affectez de ne pas vous intéresser à la scène, elle s'en tiendra à ce qui était prévu, mais au moins cela s'achèvera plus vite. Vous endurerez le spectacle moins longtemps. Compris ?

— « Rasé » ? demanda Kartane d'une voix étranglée.

— Personne ne vous a raconté d'où viennent les eunuques ?

Daimon glissa les mains dans ses poches et se détourna.

— Mais... (Kartane se raidit en voyant entrer Dorothéa et les membres de son cénacle.) À quoi cela rime-t-il ? murmura-t-il. Pourquoi tous ces sièges ?

Le regard inquiet de Daimon se perdait dans le vague.

— Parce qu'elles trouvent cela amusant, seigneur Kartane. Voilà bel et bien le divertissement de l'après-midi. Et, si nous avons tous les deux de la chance, nous ne serons que les invités d'honneur.

Kartane observa son cousin à la dérobée avant de s'intéresser aux poteaux. Dorothéa n'allait pas faire cela. Elle ne *pouvait* pas. Était-ce la raison pour laquelle Daimon l'avait mis en garde, parce qu'il ne savait pas vraiment si… Non. Pas Daimon. Pas *Daimon*.

Il donna un coup de pied dans une chaise avant de s'asseoir sur une autre, les bras croisés, les jambes étendues devant lui, avec une mine d'enfant maussade.

— J'ai mieux à faire de mon après-midi, pesta-t-il.

Daimon se tourna vers lui, haussant un sourcil interrogateur. Dorothéa s'avança dans leur direction. Une lueur d'agacement passa dans ses yeux en constatant le comportement de Kartane.

— Eh bien, mon chéri, nous ferons tout notre possible pour vous amuser, ronronna-t-elle.

Elle s'installa en face de son fils, et d'un geste gracieux indiqua à Sadi de s'asseoir à sa gauche.

Kartane se redressa sans se départir de son expression taciturne. Il tressaillit en entendant les arrivantes prendre place sur les sièges derrière lui, ainsi que des voix de femmes qui murmuraient, comme si elles allaient assister à une pièce de théâtre.

La Grande Prêtresse tapa dans ses mains, et le silence se fit. Deux gardes imposants aux traits grossiers s'inclinèrent devant elle et sortirent. Ils revinrent un instant plus tard, précédant un homme fluet.

Daimon décocha à celui-ci un regard blasé, se pencha du côté opposé à Dorothéa et posa le menton sur sa paume.

La Grande Prêtresse siffla tout bas.

Daimon se redressa, croisa les jambes et joignit les doigts.

— Non pas que cela ait une quelconque importance, dit-il d'une voix traînante, mais qu'a-t-il fait ?

— On est curieux ? susurra Dorothéa en laissant courir ses doigts sur sa cuisse. (Sadi arbora une expression d'ennui teintée d'indifférence. Agacée, elle cessa son geste.) Rien du tout. J'avais simplement envie de le raser.

Avec un sourire malveillant, elle adressa un signe de tête aux gardes et les regarda avec un vif intérêt attacher leur victime aux poteaux, bras et jambes écartés.

— C'est un seigneur de guerre, mais valet de profession. Il vient d'une famille qui s'est donnée pour spécialité de servir les membres du Lignage ornés aux Sombres. Néanmoins, après aujourd'hui, je doute qu'il trouve le moindre mâle, dans Hayll tout entière, pour souhaiter l'avoir dans les parages. Qu'en penses-tu ?

De nouveau, Daimon haussa les épaules et reposa le menton dans sa main.

Lorsque l'homme fut fermement ligoté aux poteaux, l'un des gardes ôta le tissu de la table. Il y eut des chuchotements appréciateurs de la part du public quand il dévoila des fouets, des étaux et divers autres outils de torture. Les derniers instruments présentés furent les couteaux d'émasculation.

Kartane se sentait défaillir, mais il n'avait pas perdu espoir. Si l'on montrait tous ces objets, peut-être…

— *Non*, lui dit Daimon par le biais d'un fil viril, d'homme à homme. *Elle va le raser.*

— *Vous n'en êtes pas sûr.*

— *Le divertissement ne doit pas finir trop vite.*

— *Vous n'en êtes pas sûr*, répéta Kartane en déglutissant avec difficulté.

— *Vous verrez bien.*

Dorothéa leva la main. Le garde saisit le premier fouet, posé à l'extrémité de la table.

— Qu'est-ce que ce sera, aujourd'hui, mes Sœurs ? s'écria-t-elle gaiement. Devons-nous le fouetter ?

— Oui, oui, oui ! braillèrent un certain nombre de voix féminines.

— Ou bien…

Des applaudissements et des rires fusèrent lorsque le garde, qui semblait à présent nerveux, indiqua le casse-noix.

— Ou encore…

Dorothéa pointa le doigt, et l'homme leva les couteaux d'émasculation.

Kartane contemplait le sol en s'efforçant de ne pas trembler, de ne pas se ruer vers la porte. Il savait qu'on ne l'autoriserait pas à partir et il se demanda, avec une pointe de ressentiment, comment Daimon pouvait rester assis là, l'air tellement blasé. Peut-être parce que, de toute façon, l'organe concerné ne lui était d'aucune utilité.

— Qu'on le rase, qu'on le rase, qu'on le rase !

Les voix des sorcières emplissaient la pièce.

Kartane avait assisté à des combats de chiens et de coqs, à nombre de spectacles où des bêtes stupides s'affrontaient. Il avait entendu rugir des hommes encourageant leur favori. Mais, dans tous ces endroits, jamais il n'avait été témoin d'autant d'allégresse que celle du cénacle qui clamait sa décision.

Il sursauta lorsque la main de sa mère lui pressa le genou. Son sourire sans chaleur lui faisait savoir que sa peur lui plaisait.

D'un geste, elle demanda le silence. Lorsque le calme fut entièrement revenu, elle ordonna de sa voix la plus mélodieuse :

— Rasez-le. (Elle marqua une longue pause, puis sourit de manière exquise.) En totalité.

Kartane, n'en croyant pas ses oreilles, redressa brusquement la tête. Mais, avant qu'il ait pu dire quoi que ce soit, Daimon lui décocha du coin de l'œil un regard plus effrayant que Dorothéa pourrait jamais l'être, aussi Kartane ravala-t-il ses paroles, et il s'affaissa un peu plus sur sa chaise.

La guérisseuse et le barbier entrèrent et s'avancèrent lentement vers la table. Ce dernier, un individu cadavérique vêtu de robes noires aux manches très resserrées aux poignets, perdait ses cheveux. Ses lèvres se réduisaient à une ligne mince et il avait les yeux d'un jaune sale. Il salua la Grande Prêtresse puis s'inclina devant le cénacle.

La guérisseuse, une femme à l'allure effacée que l'on gardait pour soigner les maux des domestiques, depuis que son Art ne lui permettait plus de servir les sorcières, fit apparaître une bassine d'eau chaude et du savon. Elle tint le récipient pendant que le barbier se lavait les mains.

Ensuite, comme si de rien n'était, celui-ci enduisit de savon les testicules de sa victime.

— *Pourquoi?* demanda Kartane par le fil viril.

— *Pour que cela soit glissant*, répondit Daimon. *Difficile de réussir à trancher net du premier coup.*

Le barbier choisit une courte lame incurvée et la montra à l'assistance. Il se plaça derrière l'homme attaché.

— *Afin que tout le monde voie bien*, expliqua Sadi.

Kartane, les yeux rivés sur le sol, serra les poings.

— Regarde, mon chéri, ou bien il faudra tout recommencer, ronronna Dorothéa.

Kartane leva la tête au moment où le barbier maniait le couteau. L'instant d'après, une petite masse sombre gisait sur les draps qui rougissaient rapidement.

Le prince de guerre poussa un hurlement d'agonie avant de crisper les mâchoires pour étouffer ses cris.

Kartane sentit son estomac protester en entendant les murmures désappointés qui parcoururent la salle. Ô Nuit ! Elles avaient espéré que le barbier s'y reprenne à deux fois !

Le bourreau posa la lame ensanglantée sur un plateau et se lava les mains pendant que la guérisseuse cautérisait les vaisseaux. Lorsqu'elle s'écarta, il choisit un instrument à tranchant droit et se plaça devant l'un des poteaux. Il étira entièrement l'appendice de son sujet, se tourna vers le public en secouant la tête d'un air navré, et dit :

— Il est si petit, ça ne fera pas grande différence.

Les sorcières éclatèrent de rire et applaudirent. Dorothéa sourit.

Kartane pensait que le barbier ferait son office rapidement. Mais il appliqua le couteau contre le membre de la victime et entreprit de le sectionner nonchalamment ; chaque passage était ponctué par un hurlement. Kartane, pourtant, se trouva comme hypnotisé, dans l'incapacité de détourner les yeux.

Elles méritaient qu'il se comporte ainsi avec elles. Elles étaient infâmes, tout juste bonnes à pondre et à accueillir le plaisir du mâle. Il était juste de les rompre tant qu'elles étaient jeunes, il était *bon* de les briser à un âge tendre, avant qu'elles deviennent comme les créatures qui étaient assises là. Toutes les saccager. Toutes les anéantir. Les hommes devaient gouverner le Lignage, il le fallait. Si seulement il parvenait à tuer Dorothéa, Daimon l'aiderait-il à débarrasser Hayll de cette vermine ? Il faudrait toutes les exécuter, évidemment. Puis briser toutes les jeunes et les asservir. C'était le seul moyen. Le seul moyen.

Il cligna des paupières en constatant qu'il n'y avait plus un bruit.

Dorothéa se leva en brandissant un doigt accusateur vers la guérisseuse.

— Je t'ai dit de lui donner quelque chose pour t'assurer qu'il ne s'évanouisse pas. Regarde-le !

Son doigt dévia vers l'homme inerte entre les poteaux, la tête affalée sur la poitrine.

— J'ai fait ce que vous demandiez, Prêtresse, bredouilla la guérisseuse en se tordant les mains. Je le jure par les Joyaux que je porte.

Était-ce le fruit de l'imagination de Kartane, ou bien Daimon avait-il vraiment matière à se réjouir ?

— À cause de votre incompétence, nous ne pouvons plus nous amuser, hurla Dorothéa. (Elle eut un geste d'humeur.) Emmenez-moi ça.

Puis elle sortit de la pièce en coup de vent, les sorcières de son cénacle à sa suite.

— Je lui ai bel et bien donné la potion, se lamentait la guérisseuse en quittant les lieux sur les pas du barbier.

Kartane resta prostré jusqu'au moment où les gardes enveloppèrent la victime, ainsi que l'organe délaissé, dans les draps ensanglantés. Alors, il se précipita dans la salle de bains la plus proche et fut pris de violentes nausées.

## 4. Terreille

Dorothéa arpentait lentement son boudoir. Sa robe flottante bruissait au rythme de ses mouvements de hanches, et le corsage décolleté exposait avantageusement ses petits seins encore fièrement dressés. En passant à côté d'une table, elle ramassa une plume. La plupart des hommes se liquéfiaient lorsqu'elle faisait ce geste.

Daimon, pour sa part, se contenta de continuer à l'observer, sans se départir de son expression blasée.

Elle se chatouilla le menton avec la plume en frôlant la chaise où Sadi était assis.

— Tu as encore été un vilain garçon. Peut-être devrais-je te faire fouetter.

— Oui, répliqua Daimon, affable. Pourquoi pas ? Cornélia pourrait témoigner de l'efficacité de ce procédé.

Dorothéa vacilla, mais ne cessa pas ses allées et venues.

— Ou bien te faire émasculer. (Elle agita la plume dans sa direction.) Aimerais-tu rejoindre la confrérie de la plume ?

— Non.

Dorothéa feignit la surprise :

— Non ?

— Non, je préfère pisser proprement.

Les traits de la Grande Prêtresse se déformèrent sous l'effet de la colère.

— Tu es devenu bien grossier, Daimon.

— Ce doit être mes fréquentations.

Dorothéa, qui avait accéléré l'allure, ralentit seulement lorsqu'elle remarqua la froide lueur d'amusement dans les yeux de son interlocuteur. *Quelle engeance !* songea-t-elle en se tapotant les lèvres avec la plume. Il savait combien il la contrariait, et il en profitait. Elle ne lui faisait pas confiance, et elle ne pouvait plus se fier à sa capacité à le maîtriser. Même l'Anneau ne l'arrêtait plus, quand il se glaçait. Et il restait assis là, si sûr de lui, si insensible.

— Peut-être devrais-je vraiment te faire émasculer. (L'intonation langoureuse habituelle se mua en un grondement. Elle agita la plume en direction de l'entrejambe de Sadi.) Après tout, ce n'est pas comme si tu avais besoin de ton organe.

— Ce serait loin d'arranger vos affaires, cependant, répondit Daimon calmement. Les reines ne vous rémunéreront pas pour mes services s'il n'y a rien à acheter.

— Ce n'est qu'un bout de viande inutile, puisque tu ne peux pas l'utiliser, de toute façon !

— Ah, mais elles le regardent avec tant de délectation !

Dorothéa jeta la plume et la piétina.

— Bâtard !

— Comme vous me l'avez dit et répété maintes fois. (Il eut un geste d'irritation.) Assez de simagrées. Vous ne me ferez pas émasculer. Ni maintenant ni jamais.

— Donne-moi une seule raison de ne pas le faire !

Dans un même mouvement fluide, il s'était levé et l'avait plaquée contre la table. Ses mains se refermèrent douloureusement sur les bras de la prêtresse et il pressa sa bouche contre la sienne, lui meurtrissant les lèvres de ses dents. Il introduisit sa langue avec une sauvagerie si parfaitement contenue que Dorothéa oublia tout à l'exception de son toucher et de la tiède humidité qui naquit soudain entre ses jambes.

Il en allait toujours ainsi, avec lui. Toujours. Ce n'était pas seulement son corps. Pas tout à fait les Joyaux. Et elle n'avait pas non plus vraiment l'impression qu'ils étaient liés. Elle n'avait jamais accès à ses pensées ou à ses sentiments, jamais elle ne l'atteignait. Et pourtant, il émanait de lui tant de pouvoir farouche, absolument maîtrisé, tant de masculinité, et cela gravitait autour de lui. Ses mains, sa langue… catalyseurs de ce flux. Convoyeurs sensoriels.

Au moment où elle n'y tint plus, où elle crut devoir le repousser pour ne pas se noyer dans ses sensations, il l'aguicha d'un mouvement du bassin, roulant des hanches tout près d'elle. Elle se colla contre lui en gémissant. Elle voulait le sentir durcir, elle avait besoin qu'il ait envie d'elle.

À l'instant précis où elle levait les bras pour les passer autour de son cou, Daimon recula en souriant, ses yeux dorés brûlant de colère, et non de désir.

— Voilà pourquoi vous ne me ferez pas émasculer, Dorothéa, dit-il d'une voix soyeuse que le dégoût rendait dure. Il y a toujours une chance, n'est-ce pas, qu'un jour je m'embrase, que l'appétit devienne intolérable et que je rampe jusqu'à vous pour que vous m'accordiez l'assouvissement, d'une manière ou d'une autre.

— Avec moi, tu ne serais jamais en manque, s'écria Dorothéa en amorçant un geste vers lui. Par les Joyaux, je jure…

Tremblant de rage, elle s'obligea à se tenir bien droite. Une fois encore, elle s'était humiliée en le suppliant.

Daimon lui adressa le sourire froid et cruel qu'il arborait chaque fois qu'il avait perverti le jeu d'amour pour blesser une femme au service de laquelle il se trouvait. *C'est si facile*, disait ce sourire. *Vous êtes toutes tellement sottes. Vous pouvez punir le corps autant que vous voulez, autant que vous l'osez, mais vous ne m'atteignez jamais,* moi.

— Bâtard, murmura la prêtresse.

— Vous pouvez toujours me tuer, suggéra doucement Sadi. Cela résoudrait notre problème commun, n'est-ce pas ? (Il fit un pas vers Dorothéa. Celle-ci battit immédiatement en retraite, contre la table, effrayée.) Pourquoi ne souhaitez-vous pas me voir mort, Dorothéa ? Que se passera-t-il le jour où je n'évoluerai plus parmi les vivants ?

— Sors d'ici, répondit-elle sèchement en essayant de dissimuler en partie la faiblesse qu'elle ressentit soudain.

Pourquoi s'exprimait-il ainsi ? Que savait-il ? Il fallait l'éloigner d'Hayll, de cet *endroit*, et vite. Furieuse, elle se jeta sur lui, mais il s'écarta avec grâce et elle tomba lourdement.

— Sors d'ici ! hurla-t-elle en martelant le sol de ses poings.

Daimon quitta la pièce en sifflotant un petit air sans queue ni tête. Un seigneur de guerre ventripotent se dirigeait, tout essoufflé, vers la chambre de Dorothéa. Sadi se tourna légèrement et s'adressa à lui sur un ton guilleret :

— Je n'entrerais pas là-dedans avant qu'elle soit un peu calmée…

Puis il fit un clin d'œil à l'homme surpris avant de poursuivre son chemin en riant.

— Affres de la damnation ! Mais dépêche-toi donc ! s'époumona Kartane à l'intention du valet qui lui était assigné lorsqu'il séjournait à la cour.

Il jeta ses chemises dans l'une des malles et en boucla les sangles. Lorsque ses bagages furent prêts, il balaya la chambre du regard pour voir s'il n'avait rien oublié.

— Seigneur Kartane, haleta le domestique.

— Je m'en charge. Tu peux disposer. Dehors. Dehors !

L'homme fila sans demander son reste.

Kartane enserra la colonne du lit. Il avait désespérément besoin de repos, mais chaque fois qu'il fermait les yeux, il voyait les draps ensanglantés et entendait les hurlements.

Partir loin d'ici. Sans tarder. Avant que Dorothéa le fasse mander, avant qu'il soit pris au piège. Aller quelque part où l'on avait déjà réduit les sorcières au silence. Un lieu dans l'ombre d'Hayll où l'on ramperait devant lui, car il était le fils de la Grande Prêtresse, mais un lieu qui pour autant n'était pas encore entièrement contaminé par la putréfaction du vieux Territoire. Un lieu, non pas vierge, mais suffisamment juvénile pour qu'on n'y ait pas déjà tout appris des profanations haylliennes.

— Chaillot, murmura-t-il.

Et il sourit. L'autre bout du royaume. Hayll y possédait une ambassade, aussi, personne ne s'interrogerait sur les causes de sa présence. Robert Bénédict était un astucieux protégé. Et puis il y avait ce merveilleux endroit qu'il avait aidé à bâtir à Beldon Mor, cet « hôpital » destiné aux jeunes filles nerveuses issues des familles mondaines du Lignage, où des hommes comme le seigneur Bénédict pouvaient prendre part à d'exquises pratiques que toute demeure de la Lune Rouge respectable refuserait d'offrir. Il faudrait peut-être des semaines à Dorothéa pour retrouver sa trace, surtout s'il parvenait à convaincre les membres de l'ambassade qu'il venait effectuer des recherches pour le compte de la Grande Prêtresse. Ils auraient trop peur de ce qu'il pourrait révéler pour signaler sa présence.

Kartane fit disparaître les malles et se rendit discrètement à la trame d'atterrissage. Il s'engagea sur le Vent Rouge et fila vivement vers l'ouest, vers Chaillot.

## 5. Enfer

Hékatah s'engouffra dans le salon, sa robe de soie d'araigne virevoltant autour de son corps menu, et les diamants cousus sur son col montant étincelaient telles des étoiles se détachant sur un ciel rouge sang. Elle s'était préparée avec soin en vue de cette rencontre « fortuite ». En dépit de la galanterie triviale dont il faisait preuve envers toutes les dames, jolies ou non, Sahtan n'en savait pas moins apprécier une femme qui se montrait à son avantage, et Hékatah avait beau avoir laissé sa jeunesse derrière elle, elle ne manquait pas d'hommes pour autant.

Mais Sahtan, ce salaud élevé dans le caniveau, se contenta de lui adresser un bref regard par-dessus les demi-lunes qu'il portait depuis peu, de marquer sa page, de fermer son livre et de faire disparaître ses lunettes, tout cela avant de lui accorder pleinement son attention.

— Hékatah, dit-il avec une lassitude polie.

Ravalant sa fureur, celle-ci parcourut la pièce sans se presser.

— C'est merveilleux de voir le Manoir restauré, fit-elle remarquer de sa voix d'enfant, empreinte de la chaleur enjôleuse qui avait autrefois incité Sahtan à perdre peu à peu de sa réserve lorsqu'il se trouvait en sa compagnie.

— Il était bien temps.

— Une raison en particulier ?

— Je pensais organiser un bal démonite, répliqua sèchement SaDiablo.

Elle baissa le menton et lui décocha une œillade tout en cils, sans s'apercevoir qu'il s'agissait d'une pâle parodie de la jeune sorcière à la moue sensuelle qu'elle avait été des siècles auparavant.

— Vous n'avez pas fait rénover la tour sud.

— Ce n'était pas nécessaire. On l'a vidée et nettoyée. C'est tout.

— Mais j'y ai toujours eu mes appartements, protesta Hékatah.

— Comme je l'ai dit, ce n'était pas nécessaire.

Elle contempla les voilages ivoire qui apparaissaient derrière les tentures de velours rouge écartées.

— Eh bien, je pourrais occuper l'une des chambres de votre aile, je suppose, répondit-elle en affectant d'étudier attentivement la question.

— Non.

— Mais, Sahtan…

— Ma chère, vous avez oublié. Vous n'avez jamais eu d'appartements dans le Manoir de ce royaume. Vous ne vivez plus dans aucune de mes propriétés depuis que j'ai divorcé de vous, et ce ne sera plus jamais le cas.

Hékatah s'agenouilla près de son siège, satisfaite de la manière dont les plis de la robe tombaient autour d'elle, et elle drapa les genoux de Sahtan de l'une de ses manches chatoyantes.

— Je sais que nous avons eu nos différends par le passé, mais, Sahtan, il vous faut une femme ici, désormais.

Elle aurait pu pousser une exclamation triomphale en le voyant dresser un sourcil interrogateur ; une lueur d'intérêt véritable brillait dans ses yeux.

SaDiablo caressa les longs cheveux encore noirs qui cascadaient librement dans le dos de la prêtresse.

— Pour quelle raison, Hékatah ? demanda-t-il d'une voix douce et légèrement éraillée.

De sa voix d'amant. Celle qui mettait invariablement Hékatah hors d'elle, tant cela exprimait de faiblesse et de sollicitude. Pas l'intonation d'un homme. *Pas celle de mon père*, songea-t-elle. *Mon père n'aurait jamais essayé de m'amadouer. Il ne m'aurait jamais permis de me refuser à lui. Mais lui, il était un prince de l'une des Cent Familles d'Hayll, aussi fier et arrogant que n'importe quel mâle du Lignage. Pas comme ce…*

Elle baissa les yeux, espérant que Sahtan n'avait pas surpris, comme cela s'était déjà produit, ce qu'elle pensait vraiment de lui. Toute cette puissance. Ils auraient pu régner sur Terreille tout entière, et sur Kaelir également, s'il avait fait preuve ne serait-ce que d'une once d'ambition. À supposer qu'il se soit alors montré trop paresseux, elle aurait pu agir personnellement. Qui aurait osé la défier, si elle avait bénéficié du soutien du Noir ? Même cela, il le lui avait refusé. Il ne lui avait même pas apporté son appui en Dhemlan, qui appartenait pourtant aux SaDiablo. Il l'avait enchaînée à Enfer, et elle n'avait dû qu'à l'influence de sa propre famille le titre de Grande Prêtresse. Tout ce pouvoir gâché pour une *créature* qui avait dû s'attribuer son nom parce que son géniteur estimait sa semence indigne d'être reconnue. Mais Terreille pouvait encore tomber entre ses mains, même si pour y parvenir elle devait se servir d'une piètre et insignifiante marionnette comme Dorothéa.

La voix de Sahtan, qui avait perdu un peu de sa douceur, la ramena à la réalité.

— Pour quelle raison ai-je désormais besoin d'une femme ?

— Pour l'enfant, bien entendu, répondit-elle en tournant la tête pour déposer un baiser sur sa paume.

— L'enfant ? L'un de nos fils est devenu démonite il y a cinquante mille ans et vous, ma chère, savez probablement mieux que quiconque où se trouve l'autre.

Hékatah retint un instant sa respiration avant d'expirer en souriant.

— La fillette, Sire. Votre petit animal.

— Je n'ai pas d'animaux, Prêtresse.

Celle-ci plaça les mains sur ses genoux pour dissimuler le fait qu'elle serrait les poings.

— Tout le monde sait que vous préparez une fillette à entrer à votre service. Tout ce que je veux vous dire, c'est qu'il faut qu'elle soit guidée par une femme, afin d'être en mesure de satisfaire vos besoins.

— Et de quels besoins pourrait-il bien s'agir ?

Hékatah frappa l'accoudoir du plat de la main.

— Ne jouez pas sur les mots avec moi. Si elle montre un quelconque talent pour l'Art, alors elle devrait être instruite par ses Sœurs. Ce que vous faites d'elle en dehors de cela ne concerne que vous, mais permettez-moi au moins de l'entraîner, qu'elle ne soit pas une source d'embarras.

Sahtan se leva en douceur, s'approcha de la baie vitrée et écarta les voilages, révélant le perpétuel demi-jour du paysage d'Enfer.

— Cela n'est pas votre affaire, Hékatah, répliqua-t-il lentement, comme le tonnerre qui couve. Il est vrai que j'ai accepté de devenir le tuteur d'une jeune sorcière. Je m'ennuie. Elle m'amuse. Si elle est une gêne pour quelqu'un, peu m'importe. (Il se détourna de la fenêtre pour regarder son interlocutrice en face.) Et cela vaut également pour vous. Laissez les choses telles qu'elles sont. Car si vous persistez à vous soucier de son cas, je me pencherai sur un grand nombre de faits que j'ai négligés par le passé.

Il lâcha le coin du rideau, en rajusta les plis par un léger mouvement puis sortit de la pièce.

Hékatah se releva en prenant appui sur le fauteuil, gagna nonchalamment la baie vitrée et examina les voilages. Elle leva lentement les bras.

*Quel salaud égoïste !* Il existait des manières de passer outre à son veto. Pensait-il qu'après tout ce temps elle ignorait son point faible ? Cela s'était avéré si amusant d'observer les réactions torturées de ce Sire pompeux entravé par son honneur, pendant que l'on maltraitait, année après année, siècle après siècle, les deux fils qu'elle avait créés, conjointement avec Dorothéa. *Ils vous détestent, Sire. Quel bâtard ne déteste pas le géniteur qui se refuse à le légitimer ?*

Le demi-sang était venu en supplément. Qui aurait pu prévoir que Sahtan manifesterait encore tant de fougue et d'appétit ? De beaux jeunes gens costauds, et aucun pour se comporter avec virilité. Au moins Lucivar parvenait-il à dresser son organe ; personne ne pouvait en dire autant de l'autre.

Avec l'aide d'Hékatah, Dorothéa avait obtenu que la robuste lignée des sombres SaDiablo regagne Hayll. Il avait été risqué d'attendre la Cérémonie de naissance de Daimon pour rompre le contrat, mais ce jour marquait le moment où la paternité était officiellement reconnue ou déniée. Avant cette date, un homme pouvait revendiquer un descendant et se conduire envers lui comme n'importe quel père agirait envers sa progéniture, mais sans disposer d'aucun droit légal. Une fois la parenté formellement attestée, en revanche, un garçon appartenait à son père.

Voilà ce qui avait posé problème. Dorothéa et elle avaient voulu le sang de SaDiablo, mais pas l'individu lui-même. Ayant vu Sahtan élever deux fils, Hékatah avait su dès le début qu'un enfant qui grandirait sous la houlette de celui-ci ne pourrait être remodelé en un mâle dont la force servirait ses ambitions personnelles. Elle s'était dit que, puisque SaDiablo ne rendait visite à chacun de ses rejetons que quelques heures par semaine, il n'exercerait sur eux qu'une influence minime, que sa marque ne deviendrait indélébile que le jour où il aurait pleinement clamé sa paternité et entrepris sérieusement leur formation.

Elle s'était trompée. Sahtan avait déjà implanté son code d'honneur dans l'esprit des garçons, et lorsqu'elle en avait pris conscience, il était trop tard pour les guider sur un autre chemin. Sans qu'elle comprenne pourquoi, ils avaient opposé une résistance à tout ce qui ne se conformait pas à ces règles de conduite, jusqu'au moment où cette lutte et la douleur infligée par les punitions avaient contribué, elles aussi, à forger leur caractère.

Et désormais, il y avait la fillette.

Cinq ans auparavant, elle avait perçu une sombre, étrange puissance sur l'île des cildru dyathe. Depuis lors, elle avait suivi des bribes de conversation, des pistes qui se fondaient dans le néant. Les toiles emmêlées qu'elle avait créées ne lui avaient rien révélé d'autre qu'un pouvoir obscur dans un corps de femme ; le genre de pouvoir qui, s'il pouvait être façonné et canalisé comme il se devait, permettrait aisément de dominer un royaume.

Il lui avait fallu cinq ans pour découvrir que Sahtan entraînait l'enfant, ce qui l'avait rendue furieuse. La fille aurait dû lui appartenir dès le début, aurait dû être l'instrument malléable qui lui aurait donné l'occasion de réaliser pleinement ses rêves et ses ambitions. Avec une telle magie à sa portée, rien – ni personne – n'aurait pu l'arrêter.

Mais, encore une fois, elle arrivait trop tard.

Si Sahtan s'était montré enclin à partager son influence sur l'enfant, elle aurait probablement caressé cette éventualité. Mais, puisque ce n'était pas le cas, elle n'allait pas laisser la fillette grandir et menacer ses projets. Elle utiliserait l'arme la plus puissante dont elle disposait : Daimon Sadi.

Celui-ci ne ressentirait aucune affection pour son père. On pouvait lui offrir dix ans de liberté surveillée : toujours Entravé, bien évidemment, mais sans qu'il soit obligé de servir dans une cour. Dix ans – non, cent – sans qu'il doive s'agenouiller devant quelque sorcière que ce soit. Que représenterait, au regard de cela, l'élimination d'une enfant, d'une inconnue devant laquelle son père, l'homme même qui l'avait abandonné, faisait le joli cœur ? Et si l'on ajoutait le demi-sang dans la balance, pour faire bonne mesure ? Sadi était en mesure de défier le Sire en personne. Il manifestait la ruse et la cruauté requises pour attirer la fillette dans sa nasse et la détruire. Mais comment l'amener suffisamment près d'elle pour frapper tout à loisir ? Il faudrait y songer. Quelque part, loin à l'ouest d'Hayll. Elle avait suivi la piste de la petite sorcière jusque-là, puis plus rien… hormis cette curieuse brume impénétrable, sur la fameuse île.

Oh, comme Sahtan hurlerait et se tordrait de douleur, toujours empêtré dans son honneur, lorsque Sadi anéantirait son petit singe savant !

Hékatah abaissa les bras et sourit en voyant les lambeaux d'étoffe encore accrochés à la tringle. Elle fit la moue en extrayant une bribe de tissu restée prise à l'un de ses ongles, puis sortit du salon en coup de vent, impatiente de quitter le Manoir pour fomenter son stratagème.

Sahtan scella la porte au Noir avant de se diriger vers le guéridon d'angle où étaient posées des coupes ainsi qu'une carafe de yarbarah. Ses lèvres se crispèrent en un sourire moqueur lorsqu'il constata que ses mains étaient agitées de soubresauts. Ne tenant pas compte du vin grenat, il sortit une bouteille d'eau-de-vie du placard inférieur de la petite table, s'en versa un verre et but à longs traits. Il eut un hoquet en sentant la brûlure peu familière du liquide. Cela faisait des siècles qu'il n'avait pas consommé d'alcool pur. Il s'installa dans un fauteuil, tenant délicatement son breuvage entre ses doigts tremblants.

Hékatah serait enchantée si elle apprenait l'ampleur de la frayeur qu'elle lui avait causée. Si son ambition et son avidité à broyer ses semblables et à gouverner venaient à corrompre Jaenelle… Non, pas Jaenelle. Il fallait arrimer l'enfant au Lignage avec tact et douceur, afin qu'elle accepte le joug du Protocole et de la Loi, les seules règles qui les empêchaient, tous autant qu'ils étaient, de s'entr'égorger. Car bientôt, trop tôt, elle commencerait à arpenter des chemins qu'aucun membre du Lignage n'avait jamais empruntés auparavant, et elle deviendrait aussi étrangère à leurs yeux qu'eux-mêmes l'étaient à ceux des communs. Et la puissance. Ô Nuit ! qui pourrait l'arrêter ?

Qui le *voudrait* ?

Sahtan remplit de nouveau son verre et ferma les paupières. Il ne pouvait nier ce que son cœur ne savait que trop bien. Il se mettrait au service de sa blonde Dame. Quoi qu'il advienne, il la servirait.

À l'époque où il gouvernait Dhemlan en Kaelir et Dhemlan en Terreille, il n'avait jamais hésité à faire ployer l'ambition d'Hékatah. Il croyait alors, et était toujours convaincu qu'user de force pour dominer une autre espèce était répréhensible. Mais si Jaenelle désirait régner… cela lui coûterait son honneur, sans parler de son âme. Il forcerait néanmoins Terreille à courber l'échine si tel était le bon plaisir de sa Reine.

La seule manière de protéger les royaumes était de préserver Jaenelle de l'influence d'Hékatah et de ses pions humains.

Quel qu'en soit le prix.

## 6. Terreille

Daimon regagna sa chambre très tard, cette nuit-là. Le vin et l'eau-de-vie qu'il avait ingérés au cours de la soirée l'avaient assez hébété pour que cela émousse son tempérament, en dépit des insinuations et des galanteries incisives qu'il lui avait fallu subir au dîner, et malgré le contact des corps qui l'avaient « accidentellement » frôlé durant toute la réception.

Mais son esprit n'était pas assez engourdi pour occulter la présence féminine qu'il perçut à son entrée dans la pièce. La trace psychique le prit à la gorge dès l'instant où il poussa la porte. Il regimba en son for intérieur tout en levant la main. Immédiatement, les bougies posées à côté de sa couche commencèrent à rougeoyer faiblement.

La jeune sorcière hayllienne était étendue au milieu du lit, ses longs cheveux noirs étalés de manière aguicheuse sur les oreillers, le drap remonté jusque sous son menton pointu par feinte pudeur. C'était une apprentie du cénacle du Sablier, récemment arrivée à la cour de Dorothéa. Elle l'avait observé toute la soirée sans pour autant l'aborder.

Elle lui sourit en entrouvrant sa bouche menue au pli mutin, et se pourlécha la lèvre supérieure du bout de la langue. Elle ôta progressivement le drap et s'étira, toute nue, avant d'écarter les jambes avec indolence.

Daimon sourit.

Il sourit tout en ramassant les vêtements que la fille avait éparpillés sur le sol et en les jetant dehors par la porte encore ouverte. Il sourit en enlevant le drap et les couvertures et en leur réservant le même sort qu'aux habits. Il souriait toujours lorsqu'il souleva l'intruse et la projeta avec tant de force qu'elle heurta le mur opposé du couloir, avec un bruit mat d'os qui se rompent. Le matelas vint ensuite ; il ne manqua la sorcière que parce que celle-ci s'était affaissée sur le côté à l'instant où elle avait commencé à hurler.

Dorothéa longea les couloirs, guidée par les bruits de pas effrénés. Les murs de la demeure vibraient de violence difficilement contenue. Elle joua des coudes pour se frayer un chemin entre les gardes qui maugréaient jusqu'aux demoiselles de compagnie et autres sorcières de son cénacle, dont les pépiements inquiets étaient noyés sous des hurlements haut perchés d'intensité croissante.

— Par Enfer, que se passe-t-il ici ? cria-t-elle d'une voix qui tenait plus de la chatte en chaleur que de son habituel ronron mélodieux.

Daimon sortit de sa chambre en rajustant ses manchettes sans se presser. Les parois du vestibule se couvrirent instantanément d'une pellicule de glace.

Dorothéa étudia son expression. Tout bien considéré, elle ne l'avait jamais vu en proie aux affres de la colère froide ; elle n'avait assisté qu'aux derniers tressaillements de la crise. Elle sentit cependant qu'il se trouvait dans l'œil du cyclone, qu'un élément aussi insignifiant qu'un unique mot prononcé sur un ton qui lui déplairait suffirait à déclencher une déflagration brutale, réduisant sa cour à néant.

Elle plissa les paupières en s'efforçant de ne pas frémir.

Il ne s'agissait pas simplement de fureur glaciale, cette fois. C'était bien davantage.

Ses traits étaient à ce point dépourvus d'animation qu'ils auraient pu être sculptés dans une pièce de bois précieux. Et pourtant, *quelque chose* les saturait. Daimon affichait un calme rien moins que naturel, mais ses yeux dorés, figés comme les murs gelés, la dévisageaient avec une ardeur prédatrice.

Un événement l'avait propulsé jusqu'au point de rupture émotionnelle, et il avait fini par exploser.

Les esclaves sexuels issus des espèces à courte existence devenaient instables au bout de quelques années. Chez les individus dotés de longue vie, le processus nécessitait des décennies, mais les aphrodisiaques couplés à l'état d'excitation permanente dans lequel on les laissait, sans aucun exutoire, finissaient par produire le même effet : quelque chose, en ces hommes, se flétrissait. Après cela, à condition de les traiter avec soin, ils pouvaient encore montrer quelque utilité, mais plus pour les ébats.

Daimon avait servi dans les jeux d'amour pendant la majeure partie de son existence. Il avait frôlé la rupture à plusieurs reprises par le passé, mais était toujours parvenu à ne pas sombrer. Cette fois, on ne pouvait plus rebrousser chemin.

Sadi parla alors, d'une voix neutre où couvait néanmoins la foudre.

— Lorsque vous aurez complètement effacé la puanteur de ma chambre, je reviendrai. Ne m'appelez pas avant que ce soit fait.

Il s'éloigna sans bruit et disparut.

Dorothéa attendit, égrenant les secondes. Plusieurs minutes s'écoulèrent avant qu'elle entende la porte d'entrée claquer si fort que la demeure en fut ébranlée. Partout, les vitres volèrent en éclats.

La Grande Prêtresse reporta son attention sur la jeune créature qui avait témoigné d'une perversité prometteuse et qui, à présent pudiquement dissimulée sous un drap, geignait en guise de protestation bravache contre le cruel traitement qu'on lui avait réservé. Dorothéa eut envie de lacérer ce joli minois à coups de griffes.

Il n'était plus possible de maîtriser Sadi, pas après ce qui venait de se passer. La douleur et les punitions ne faisaient que l'irriter davantage. Il fallait l'éloigner d'Hayll, l'envoyer dans un endroit qu'il pourrait saccager sans que cela prête à conséquence. La Prêtresse Noire n'avait pas tari de suggestions, à la naissance de Daimon puis lorsqu'elle et les siennes avaient rompu le contrat afin de garder le garçon pour le Sablier d'Hayll. Eh bien, la garce pourrait bien trouver une nouvelle idée, à présent qu'il s'était glacé et se tenait, peut-être, sur la pente du Royaume Perverti !

Tirant le col de sa robe de chambre, elle adressa un dernier regard à la sorcière.

— Cette traînée est exclue du Sablier et je la renvoie de ma cour. Je veux qu'elle et tout ce qui lui est associé aient déguerpi dans l'heure.

Elle prit le bras du jeune seigneur de guerre qui avait entrepris de réchauffer son lit au moment où les hurlements avaient commencé, et regagna son aile privée. Elle sourit en entendant les lamentations désespérées s'élever dans le couloir derrière elle.

## 7. Terreille

Dorothéa avançait à pas vifs le long du large sentier menant au sanctuaire, les doigts serrés sur sa cape que le vent tentait de lui arracher. La vieille prêtresse voûtée par l'âge, qui n'avait plus toute sa tête, ouvrit la lourde porte devant elle, et dut ensuite lutter contre les bourrasques pour la refermer.

Dorothéa adressa à la vieille femme un infime signe de tête et passa à côté d'elle sans ralentir l'allure, très désireuse d'arriver enfin au lieu du rendez-vous.

La salle intérieure était déserte à l'exception de deux chaises fatiguées et d'une table basse placées devant une bonne flambée. Rejetant le pan de sa cape d'une main, elle posa délicatement la bouteille qu'elle serrait contre elle sur la table et se laissa tomber sur l'un des sièges en gémissant.

Deux petites journées auparavant, elle s'était sentie insolente d'avoir sollicité l'assistance de la Prêtresse Noire, avait rechigné à se procurer l'offrande requise auprès de sa cour et du cénacle du Sablier. Cependant, elle était désormais prête à la supplier.

Durant deux jours, Sadi avait rôdé dans Draéga sans faiblir, cherchant opiniâtrement à atténuer sa fureur.

Pendant cette période, il avait tué un jeune seigneur de guerre issu de l'une des Cent Familles, un adolescent plein de fougue qui avait simplement voulu coucher avec la fille d'un aubergiste, lequel avait osé protester parce que son enfant était vierge et Ornée. Le seigneur avait réglé son compte au père – sans que l'issue soit fatale – et entraînait la demoiselle vers une chambre confortable lorsque Sadi était apparu, s'était ému de ses cris apeurés et avait sauvagement tué son congénère, brisant ses Joyaux et réduisant son cerveau à l'état de poussière grise.

Le tavernier reconnaissant avait gratifié Sadi d'un bon repas et d'un verre qui ne désemplirait jamais. Le matin venu, l'histoire avait fait le tour de la ville, et il n'y avait plus un seul tenancier, membre du Lignage ou commun, qui ne tienne à sa disposition un mets chaud, une chope bien pleine et un lit, pour le cas où il viendrait à passer devant leur établissement.

Dorothéa n'était pas certaine que l'Anneau l'arrêterait, cette fois, qu'il n'allait pas retourner sa rage contre elle si elle tentait de le maîtriser. Et s'il parvenait à endurer la douleur assez longtemps…

Elle enfouit son visage dans ses mains et poussa un nouveau gémissement. Elle n'entendit pas la porte s'ouvrir et se refermer.

— Quelque chose vous trouble, ma Sœur, dit la voix enfantine et enjôleuse.

Dorothéa, levant les yeux, en trembla de soulagement. Elle tomba à genoux et courba la tête.

— J'ai besoin de votre aide, Prêtresse Noire.

Hékatah sourit et lorgna avec convoitise le contenu de la bouteille. Tout en gardant sa capuche bien en place pour dissimuler son visage, elle s'assit sur l'autre chaise et, d'un geste élégant, attira le breuvage à elle.

— Un cadeau ? demanda-t-elle, feignant un étonnement ravi. Comme c'est généreux de votre part, ma Sœur, de vous être souvenue de moi.

D'une autre pichenette, elle fit apparaître une coupe en verre-freux, se servit et but longuement. Elle poussa un soupir d'aise.

— Quelle douceur que le sang. Une sorcière jeune, forte. Mais… une seule voix pour tant de sang donné.

Dorothéa regagna son siège avec obséquiosité, puis lissa sa robe. Un sourire rusé naquit sur ses lèvres.

— Elle a insisté pour être la seule, Prêtresse. Elle voulait que vous ayez le meilleur d'elle-même.

C'était le moins que pouvait faire cette petite traînée, après avoir causé tant d'ennuis.

— Vous avez demandé à me voir, remarqua Hékatah avec impatience, avant de retrouver son timbre onctueux et apaisant. En quoi puis-je vous aider, ma Sœur ?

Dorothéa bondit de sa chaise et commença à faire des allées et venues.

— Sadi est devenu fou. Je ne peux plus le maîtriser. S'il reste en Hayll plus longtemps, il va nous réduire en miettes.

Hékatah se resservit et savoura le sang chaud.

— Pouvez-vous utiliser le demi-sang pour lui faire entendre raison ?

Dorothéa eut un rire amer.

— Je crois que plus rien ne peut lui faire entendre raison.

— Hum. Alors, vous devez l'éloigner.

Dorothéa fit volte-face, les poings fermés le long du corps. Un rictus découvrait ses dents serrées.

— Où cela ? Personne ne voudra de lui. Toutes les reines à qui je pourrais l'envoyer mourraient.

— Plus il sera loin, mieux cela vaudra, murmura Hékatah. Pruul ?

— Zuultah détient le demi-sang, et vous n'ignorez pas que nous ne pouvons pas mettre ces deux-là à la même cour. Par ailleurs, elle a réussi à le brider efficacement, si étonnant que cela puisse paraître, et Prythienne ne consent pas à le déplacer.

— Depuis quand vous souciez-vous des désirs de cette vache affublée d'ailes ? répliqua sèchement Hékatah. Pruul se trouve à l'ouest, bien à l'ouest d'Hayll, et est pratiquement déserte. L'endroit idéal.

— Nous avons trop besoin de Zuultah pour nos projets, répondit Dorothéa en secouant la tête.

— Ah !

— Nous travaillons toujours à amadouer les Territoires occidentaux, et notre influence n'y est pas encore assez étendue.

— Mais elle n'est pas insignifiante pour autant. Hayll doit bien avoir avancé ses pions *quelque part*, dans un lieu où *toutes* les reines n'ont pas autant de valeur. N'y en a-t-il aucune, ma Sœur, qui représente un obstacle ? Personne à qui il *vous* serait utile d'offrir Sadi ?

Dorothéa se cala au fond de sa chaise et se tapota les dents avec l'ongle de l'index, qu'elle portait long.

— Il existe bien une possibilité, dit-elle sur un ton égal. La garce s'oppose à moi en toute occasion. Il a fallu trois de leurs générations pour que nous parvenions à diluer leur coutume et à constituer un conseil d'hommes assez fort pour refondre la législation. Ceux que nous avons aidés à se hisser à cette position étriperaient leurs semblables pour gouverner sans partage, et, une fois qu'ils auront réussi, ce Territoire sera prêt à être cueilli. Mais elle, elle n'a de cesse de les combattre, elle essaie toujours de faire fermer mon ambassade et d'amenuiser mon influence. (Elle se redressa, les yeux brillants.) Sadi serait le présent rêvé, pour elle.

— Et si son tempérament se déchaîne…

Les deux femmes rirent en chœur.

— Mais comment l'envoyer là-bas ? s'enquit Dorothéa.

— Donnez-le en cadeau.

— Elle ne l'accepterait pas. (Elle marqua une pause.) Mais son beau-fils est le compagnon de Kartane et l'une des figures majeures du conseil… par la grâce d'Hayll. Si ce geste se faisait en *sa* faveur, comment pourrait-il refuser ?

— Cet endroit. Se trouve-t-il à l'ouest ? demanda Hékatah en jouant avec son verre.

Dorothéa sourit.

— Oui. Encore plus loin que Pruul. Un lieu suffisamment reculé pour que cela le fasse grincer des dents. (Elle prit sa cape.) Si vous voulez bien m'excuser, Prêtresse. Certaines choses réclament mon attention. Plus tôt nous serons débarrassées de lui, mieux cela vaudra.

— Bien entendu, ma Sœur, répondit Hékatah sur un ton affectueux. Puisse la Ténèbre hâter votre voyage.

Hékatah contempla le feu d'un air rêveur durant quelques minutes. Elle vida la bouteille, admira le liquide sombre dans la coupe de verre noir fumé puis la leva en un petit salut.

— Plus tôt vous serez débarrassée de lui, mieux cela vaudra. Et d'autant plus s'il gagne l'ouest incessamment.

## 8. Enfer

— SaDiablo, il y a quelque chose que vous devriez savoir.

Silence.

— L'avez-vous vue ?

— Non. (Une longue pause.) Sahtan, Dorothéa vient d'envoyer Daimon Sadi sur Chaillot.

# Troisième partie

# Chapitre 6

## 1. Terreille

Instantanément réveillée, Onirie explora mentalement la chambre plongée dans l'obscurité et les couloirs, cherchant ce qui avait troublé son repos.

Des voix d'hommes, de femmes, des rires étouffés.

Aucune sensation de danger. Pourtant…

Une onde sombre et froide, venue de l'est, passa sur Chaillot.

Onirie s'enfouit au fond du lit en serrant les couvertures autour d'elle. L'air était frais et le lit, chaud. La potion que Dèjie lui avait donnée pour l'aider à dormir l'attira doucement vers le sommeil sans rêves dont elle profitait depuis quelques nuits.

Quoi que cela ait pu être, ce n'était pas elle qui était visée.

Kartane claqua la porte de sa suite et la scella en levant la main plus brutalement qu'il était nécessaire. Durant une heure, il arpenta ses appartements en jurant tout bas.

Il avait vécu une nuit exquise en compagnie d'une fille apeurée au teint de porcelaine, qui avait été proprement révoltée par tout ce qu'elle avait dû faire… et tout ce qu'il lui avait infligé. Il avait quitté ce terrain de jeu intime détendu et rassasié, mais Robert Bénédict l'avait arrêté à l'entrée pour lui confier combien sa famille était ravie, *honorée* de recevoir un présent de cette valeur de la part de dame SaDiablo. Bien entendu, c'était le frère illégitime de celui-ci, Philippe, qui occupait la fonction de consort de dame Angelline, et cette dernière n'allait probablement pas décider de l'écarter *radicalement* au profit d'un esclave sexuel, si réputé soit-il. Mais c'était un *honneur.*

Kartane poussa un nouveau juron. Il avait tissé sa toile de mensonges auprès de l'ambassade hayllienne à points suffisamment serrés pour s'assurer que Dorothéa, même si elle retrouvait rapidement sa trace, ne pourrait pas le rappeler sans perdre la face. En contrepartie, cela signifiait qu'il ne pouvait pas prendre ses jambes à son cou sans répondre à quelques questions difficiles et très malvenues. Par ailleurs, cet endroit était devenu son terrain de jeu préféré, et il avait prévu d'y demeurer quelque temps.

Il se déshabilla et se coucha, abattu.

Il avait le temps. Il avait le temps. Daimon n'était pas arrivé.

Pas encore.

Cassandra se tenait sous l'arche du sanctuaire et regardait l'aube se lever, incapable d'identifier précisément la raison de sa nervosité. Quoi que cela puisse être, cela venait de l'horizon en compagnie du soleil.

Elle ferma les paupières et respira lentement, à pleins poumons, avant de descendre à la profondeur du Noir et d'effectuer le pas mental latéral pour lequel les Veuves Noires étaient entraînées. Elle se trouva alors à la lisière du Royaume Perverti. À travers le prisme du paysage onirique suscité par les visions, elle contempla l'astre diurne qui s'élevait dans le ciel.

Elle ne le quitta pas des yeux pendant un long moment, puis secoua énergiquement la tête afin de retrouver sa vue normale et s'arc-bouta contre la pierre pour se soutenir.

Quand elle fut certaine d'avoir regagné la réalité, elle entra dans le sanctuaire, tournant le dos au soleil.

Elle se rendit dans la cuisine à pas mal assurés, s'empressa de tirer les rideaux et s'assit sur le banc près de l'âtre, accueillant avec soulagement l'obscurité.

À l'orée du Royaume Perverti, une Veuve Noire était apte à distinguer le vrai visage derrière les masques de toute nature qu'une personne pouvait arborer ; elle pouvait drainer des souvenirs contenus dans le bois ou dans la pierre, et apprendre ce qui s'était produit en un lieu précis ; elle était capable de lire des avertissements au sujet d'événements encore à venir.

Dans le paysage onirique des visions, l'astre solaire avait eu l'apparence d'un orbe sanglant et déchiqueté.

Alexandra Angelline examina la pièce d'un œil critique. Le parquet étincelait, les tentures venaient d'être nettoyées, les carreaux brillaient, les draps neufs crissaient encore et l'on avait rempli l'armoire de vêtements tout juste nettoyés et repassés, suspendus en une rangée nette au-dessus des souliers cirés. Elle inspira profondément et huma l'air automnal, l'enduit parfumé au citron.

Et autre chose aussi.

Elle secoua la tête avec un soupir exaspéré et se tourna vers sa gouvernante.

— C'est toujours là. Ténu, mais toujours là. Lavez encore une fois.

Lucivar scrutait le ciel sans nuages. Des ondes de chaleur faisaient déjà chatoyer le désert d'Arava, en Pruul, mais il frémit, transi jusqu'aux os. Ses sens superficiels ne lui révélant rien, il se tourna en lui-même. Il perçut immédiatement une fureur noire. Il s'humecta anxieusement les lèvres et envoya une pensée le long d'un fil viril gris ébène, à l'intention d'un seul et unique esprit.

— *Bâtard ?*

L'être qui survolait Pruul sur les Vents passa à côté de lui sans s'arrêter et poursuivit sa route vers l'ouest.

— *Bâtard ?*

Il n'obtint en réponse qu'un silence glacial.

Sahtan était assis à son bureau de bois noir des profondeurs du Manoir d'Enfer, les yeux rivés sur la peinture accrochée au mur du fond, un tableau qu'il parvenait à peine à discerner dans la pénombre. Cela faisait des heures qu'il restait là à contempler l'effigie de Cassandra, essayant de ressentir quelque chose : amour, rage... n'importe quel sentiment susceptible d'apaiser la douleur qui lui serrait la poitrine.

Il ne ressentait rien d'autre qu'amertume et regret.

Il vit Méphis ouvrir la porte et la refermer derrière lui. Il observa son fils aîné durant un long moment, comme si celui-ci était un étranger, avant de reporter son attention sur le portrait.

— Prince SaDiablo, dit Sahtan d'une voix où grondait doucement le tonnerre.

— Sire ?

Quelques minutes passèrent encore. Il soupira, le cœur gros.

— Envoyez-moi Marjong l'Exécuteur.

Daimon Sadi était assis en face de deux ambassadeurs haylliens nerveux, dans le compartiment privé d'une diligence de la Trame jaune. Il contenait sa fureur derrière un beau masque d'impassibilité froide et peu naturelle, mais elle n'avait pas perdu d'ardeur. Durant tout le trajet, il n'avait pas adressé la parole à ses accompagnateurs. En fait, il avait à peine bougé depuis qu'ils avaient quitté Hayll.

À l'instant présent, il gardait les yeux rivés sur le mur vide, sourd aux hommes qui discutaient à voix basse. De la main droite, il ne cessait de frotter doucement sa paume gauche, d'avant en arrière, comme s'il ressentait le besoin de s'assurer que la cicatrice offerte par Tersa se trouvait toujours là.

## 2. Terreille

Daimon regardait par la fenêtre de la calèche engagée sur la route en bon état menant au domaine Angelline, conscient que l'homme qui l'accompagnait, Philippe Alexandre, l'observait subrepticement. Il avait été soulagé lorsque ce dernier avait renoncé à lui vanter les beautés de Beldon Mor qui jalonnaient leur itinéraire, ce qu'il avait fait avec quelque défiance. Sadi comprenait l'attitude de son hôte : les ambassadeurs hoaylliens se rengorgeaient de leur aptitude à rabaisser sans en avoir l'air l'héritage culturel des villes qui les accueillaient. Mais il était trop intrigué par l'énigme fuyante qui avait commencé à lui taquiner l'esprit, peu après son arrivée, pour pouvoir répondre à son interlocuteur autrement que par monosyllabes polies.

Quelques dizaines d'années auparavant, la capitale de Chaillot avait dû être une somptueuse cité. Elle était encore plaisante, mais Daimon y avait reconnu l'influence corruptrice d'Hayll. En quelques générations, Beldon Mor deviendrait une copie, plus récente et plus exiguë, de Draéga.

Mais, derrière le chancre familier, il décelait une onde sous-jacente, un élément subtil qui échappait à toute identification, comme une brume que l'on parvient presque à toucher sans la distinguer pour autant. Il en avait progressivement acquis la certitude, au fil des heures qu'il avait passées à l'ambassade hayllienne. Il n'avait jamais ressenti ce genre de chose, et l'impression lui était pourtant connue, d'une certaine manière.

Philippe rompit le silence :

— Tout ceci fait partie du domaine Angelline. Vous apercevrez la demeure au détour du prochain virage.

Chassant l'énigme de son esprit, Sadi se força à manifester un intérêt envers l'endroit où il serait amené à résider.

Il s'agissait d'un spacieux manoir de belles proportions qui se fondait gracieusement dans son environnement naturel. Il espéra que la décoration intérieure démontrerait autant d'élégance discrète que l'extérieur. Ce serait un soulagement de vivre dans un lieu qui ne le ferait pas grincer des dents en toutes circonstances.

— C'est ravissant, dit Daimon lorsqu'ils furent arrivés devant la maison.

Philippe eut un sourire las.

— Oui, n'est-ce pas ?

Ils descendirent du véhicule et gravirent les marches du perron. C'est alors que ses nerfs le picotèrent. Daimon déploya ses sens intimes. À l'instant où il franchit le seuil, il s'arrêta net, comme pétrifié.

La trace psychique avait presque entièrement disparu, mais il la reconnut. Une senteur ténébreuse. Un fumet puissant, terrifiant et merveilleux.

Il inspira à pleins poumons, et l'appétit qui l'avait habité durant toute son existence s'intensifia.

Elle était ici. Elle était *ici* !

Il voulut pousser un cri triomphal, mais la méfiance teintée de perplexité qu'il lut dans les yeux gris de Philippe aiguisa ses instincts de prédateur. Le temps de revenir à la hauteur du prince orné au Gris, il avait déjà imaginé une demi-douzaine de possibilités permettant de le supprimer discrètement.

Sadi sourit, et fut satisfait de voir son hôte incapable de réprimer un frisson avant d'annoncer sur un ton laconique :

— Par ici. (Il tourna les talons et se dirigea vers l'arrière de la demeure.) Dame Angelline attend.

Daimon glissa les mains dans ses poches, adopta l'expression ennuyée qu'il arborait à la cour et emboîta le pas à Philippe avec une indifférence consommée. Il avait beau être impatient de rencontrer les sorcières de la famille et de trouver celle qu'il cherchait, il serait inapproprié de s'attirer la défiance de Philippe, de le mettre mal à l'aise.

Ils allaient atteindre leur destination lorsqu'un homme sortit de la pièce vers laquelle ils se dirigeaient. L'arrivant était gras, rougeaud et, en résumé, dépourvu d'attraits, mais il ressemblait suffisamment à Philippe pour que l'on puisse affirmer qu'ils étaient frères.

— Voilà donc Daimon Sadi, dit le nouveau venu avec un rictus témoignant d'un mépris sans borne. Les filles sont tout excitées par votre présence. Tout excitées. (Les yeux perdus sous ses paupières bouffies de graisse, il adressa à son cadet un sourire mauvais avant de s'intéresser de nouveau à Daimon.) Lilande a passé la matinée entière à s'habiller pour l'occasion. Philippe est désormais l'intendant, comme qui dirait, alors il n'aura pas le temps de veiller au confort des dames à la manière dont vous le ferez. (Il se frotta les mains avec une allégresse malveillante.) Si vous voulez bien m'excuser, le devoir m'appelle.

Daimon et Philippe s'écartèrent de son chemin, puis restèrent immobiles devant la porte fermée, en silence.

Sous son bronzage estival, le prince avait pâli. Il respirait entre ses dents serrées avec un petit chuintement et tremblait sous l'effort qu'il devait fournir pour maîtriser une forte émotion dont Sadi ignorait la teneur.

— Elles attendent, dit-il sur un ton égal.

Philippe le dévisagea, brûlant de haine à l'état pur, et il lui rendit posément la pareille ; un prince de guerre orné au Noir n'avait rien à craindre d'un homologue portant le Gris. Même en proie aux pires accès d'emportement, Alexandre n'aurait pu rivaliser avec Sadi, même si celui-ci était d'humeur angélique, et tous deux en avaient conscience.

— Par ici, répliqua sèchement Philippe.

Daimon, tâchant de dissimuler son empressement, le suivit dans la pièce ensoleillée qui surplombait une étendue d'herbe verte et des jardins aux haies soigneusement taillées. Il était persuadé qu'il la reconnaîtrait dès qu'il la verrait.

Quelques secondes plus tard, il lui fallut ravaler un cri de rage.

Devant lui se trouvaient deux femmes et une adolescente d'environ quatorze ans, mais celle qu'il cherchait n'était pas là.

Alexandra Angelline, matriarche de la famille éponyme et reine de Chaillot, avait un physique avenant : ses longs cheveux noirs commençaient tout juste à se teinter d'argent, l'ovale de son visage soulignait la finesse de ses traits et ses yeux étaient du pourpre vespéral des Joyaux. Elle portait une robe sobre mais coûteuse. L'Opale du Lignage suspendu à son cou était serti dans un pendentif en or de facture simple. Elle se tenait bien droite sur une chaise à haut dossier, svelte et fière, et examinait Sadi.

Celui-ci lui retourna la politesse. Elle n'était pas une Veuve Noire innée, mais elle lui donnait l'impression d'avoir passé quelque temps auprès d'un des cénacles du Sablier. Quant à savoir pour quelle raison elle aurait entamé son apprentissage pour l'abandonner en cours de route... Sauf si, à cette époque, Dorothéa avait déjà entrepris de purger les cénacles présents sur Chaillot. Elle agissait ainsi sans tarder lorsqu'elle voulait amadouer un Territoire : en éliminant d'éventuelles rivales. Et les Veuves Noires étaient des concurrentes beaucoup plus dangereuses que les autres reines, car elles pratiquaient la même magie qu'elle. Il ne fallait pas grand-chose, rien que quelques histoires chuchotées dans la nuit, pour que la méfiance naturelle que tout un chacun ressentait envers les Veuves Noires se mue en peur, et, quand cette crainte s'installait, les tueries commençaient. Les survivantes se terraient, et dès lors seules les sorcières nées au sein du Sablier accédaient à l'enseignement de l'Art.

Héritière sans partage de l'une des plus grosses fortunes de Chaillot et reine la plus puissante de l'île, Alexandra aurait menacé, par sa présence au Sablier, toutes les Veuves affiliées à Dorothéa.

Lilande Bénédict, fille unique d'Alexandra et épouse de Robert, ressemblait à sa mère, dans une version frivole et fade. Les fanfreluches du col et des manches de sa robe ne seyaient pas à sa silhouette, et sa coiffure, trop recherchée pour cette heure de la journée, la faisait paraître plus âgée qu'Alexandra. Daimon fut particulièrement irrité par son expression d'humble curiosité. Les femmes qui se présentaient sous ce jour avaient tendance à devenir les plus cruelles et les plus vindicatives, une fois qu'elles avaient compris quel plaisir il pouvait leur procurer. Il éprouvait malgré tout de la compassion à son égard. Il sentait presque un feu couver au fond d'elle : elle aspirait à quelque chose de plus pur, de plus enrichissant que le succédané de liberté dont elle disposait. Mais, à cet instant précis, elle le regarda en battant des cils, et il eut envie de la frapper.

Venait enfin Wilhelmina, la seule enfant issue du premier mariage de Robert. Contrairement à son père au teint rubicond et aux cheveux de sable, elle était très jolie avec sa chevelure aile-de-corbeau, le rose saisissant de ses joues et ses yeux bleu-gris. Oui, elle était belle, et le deviendrait davantage à mesure que son corps s'étofferait et commencerait à s'arrondir. Car là se situait son seul défaut, de l'avis de Daimon : elle était maigre au point de paraître maladive. Il se demanda – comme il s'était posé la question tant de fois, en d'autres lieux – si ces gens, qui étaient du Lignage comme lui-même l'était, avaient la moindre idée de ce qu'impliquait le fait d'être Orné. Il ne s'agissait pas simplement des plaisirs liés à la puissance qu'engendraient les Joyaux, mais des épreuves physiques et émotionnelles qui les accompagnaient. Si la fille portait des Joyaux plus sombres que les autres femmes de la famille, alors peut-être ces dernières ne voyaient-elles pas ce qui lui sautait aux yeux.

Les Ornés, surtout les jeunes individus, bénéficiaient d'un métabolisme plus actif que la moyenne. Il arrivait que les sorcières, plus souvent que leurs homologues mâles à cause de la fatigue suscitée par les lunes, consument leur énergie en l'espace de quelques jours tout au plus, si elles ne se nourrissaient pas assez.

Réglant le petit tesson de Joyau rouge dissimulé parmi les rubis de ses boutons de manchette, afin qu'il s'imprègne des sons, Daimon laissa son esprit vagabonder tandis qu'Alexandra lui expliquait le fonctionnement de la maisonnée et la nature de ses « devoirs ». L'éclat de Joyau retiendrait le contenu de la conversation jusqu'à ce qu'il soit prêt à en prendre connaissance. Pour le moment, quelque chose de plus important requérait son attention.

Où était-elle ? *Qui* était-elle ? Une parente venue en visite ? Une invitée qui avait séjourné là quelques jours et était partie récemment ? Il ne pouvait aborder le sujet avec personne. Si les Angelline ne soupçonnaient pas encore la présence de Sorcière parmi eux, ses questions, si innocentes puissent-elles paraître, risquaient de la mettre en danger. Déjà, Dorothéa avait enfoncé ses tentacules dans la société chaillotte. Si elle s'apercevait que l'empreinte de cette Autre avait touché l'île… Non. Impossible de demander. Il ferait tout ce qui se révélerait nécessaire pour satisfaire ces femmes et ne pas éveiller leur suspicion, jusqu'à ce qu'elle revienne. Mais quand elle serait là…

Puis on lui montra enfin sa chambre, située juste en dessous des appartements d'Alexandra et à proximité d'un escalier de service, puisqu'il se trouvait là principalement pour le bon plaisir de celle-ci : Lilande avait seulement besoin d'une escorte lorsque Robert n'était pas disponible, et Wilhelmina était trop jeune. C'était une pièce sans apprêt qui contenait une chaise, une lampe, un bureau, un lit à une place, une commode au-dessus de laquelle était suspendu un miroir, ainsi qu'une armoire et – au grand contentement de Daimon – une salle de bains attenante disposant du confort moderne.

Comme il l'avait prévu, la conversation, au cours du dîner, se révéla laborieuse. Alexandra discourut à propos des activités culturelles que l'on pouvait entreprendre à Beldon Mor et Daimon, en retour, l'interrogea comme il se devait. Un bavardage rigoureusement impersonnel. Lilande, en revanche, se montrait nerveuse, incapable de tenir en place, et elle était par trop encline à poser à

Sadi des questions orientées, qui la faisaient rougir en dépit des trésors de tact que celui-ci déployait... quand il prenait la peine de répondre. Robert, revenu inopinément à temps pour souper, semblait éminemment satisfait de la tournure des événements. Il passa tout le repas à lancer des remarques sournoises, ne manquant jamais une occasion de toucher Lilande pour bien signifier qu'elle lui appartenait. Daimon ne s'intéressa pas à lui ; il estimait que la détresse de Philippe et sa colère contre son frère, qui allait en s'amplifiant, étaient beaucoup plus captivantes.

Le dîner s'étira en longueur, et Daimon songea qu'il aurait aimé que Wilhelmina, la personne qui attisait le plus sa curiosité, celle à qui il serait le plus aisé de soutirer des informations, soit présente. Mais on la considérait comme encore trop jeune pour manger si tard, et en compagnie des adultes.

Lorsqu'il fut enfin autorisé à se retirer, il décrivit des allées et venues dans sa chambre, incapable de trouver le sommeil. Le lendemain, il commencerait à fouiller la demeure. L'endroit où elle dormait habituellement aurait sûrement conservé son parfum psychique prégnant, même si le ménage avait été fait. Il n'avait pas de temps à perdre, mais il ne pouvait pas se permettre d'être surpris à rôder au petit matin dès sa première nuit sur les lieux. Pas maintenant. Pas alors qu'il était peut-être sur le point de la voir, de l'entendre, de toucher ce qui avait douloureusement manqué à son âme durant toute son existence. La Loi ne lui était rien. Le Lignage ne signifiait rien. Elle appartiendrait au Lignage tout en étant Autre : une créature étrangère et pourtant parente. Elle serait d'une magnificence terrifiante.

Tout en arpentant la pièce, il se déshabilla lentement, en un effeuillage qui ne profitait à personne, et tenta de se la représenter. Une native de Chaillot ? Plutôt probable. Qui vivait à Beldon Mor ? Cela expliquerait l'élément subtil qu'il avait perçu. Et, si elle ne quittait jamais physiquement l'île, cela justifierait qu'il n'ait senti sa présence nulle part ailleurs ces dernières années. Il l'imaginait sage. Et prudente, certainement, pour avoir su se faire discrète pendant si longtemps.

Il se faufila sous les draps, éteignit la lumière… et poussa un grognement lorsque l'image d'une vieille femme maigrichonne et avisée lui vint à l'esprit.

Il supplia la nuit sereine. *Non. Douce Ténèbre, entends la prière de l'un de tes fils. À présent qu'elle est si proche, fasse qu'elle soit assez jeune pour vouloir de moi. Qu'elle soit assez jeune pour avoir besoin de moi.*

La nuit ne lui répondit pas, et le ciel gris annonçait l'arrivée de l'aurore quand il parvint finalement à s'endormir.

## 3. Terreille

Pendant deux jours, Daimon avait joué au suivant poli et attentionné pour le bénéfice de Lilande qui, dans un perpétuel état d'agitation, multipliait les rendez-vous avec ses amis pour se pavaner en compagnie du cadeau de dame SaDiablo. Pendant deux nuits, il avait rôdé dans la demeure, mettant à rude épreuve son tempérament, à cause du manque de sommeil et de la frustration. Il avait fait le tour de chacune des pièces ouvertes aux visiteurs, exploré mentalement chaque chambre d'invité, il avait gagné accès aux quartiers des domestiques à force de flatteries et de cajoleries… et n'avait rien trouvé.

Ce n'était pas tout à fait exact. Il venait de dénicher la bibliothèque coincée au deuxième étage de l'aile de la nursery. Il ne s'agissait pas de celle que l'on présentait aux hôtes, ni même de celle que fréquentait la famille. C'était une petite salle contenant des volumes relatifs à l'Art et, comme tant d'autres qu'il avait pu voir au fil des dernières décennies, elle donnait l'impression d'être presque abandonnée.

Presque.

Il referma la porte sans bruit et se dirigea sans anicroche vers une table, au fond de la bibliothèque encombrée et plongée dans la pénombre. Il alluma d'un geste le cristal qui y était posé, puis le caressa pour en atténuer l'éclat, avant de s'adosser aux étagères encastrées dans les murs, la tête appuyée contre l'une des tablettes.

Dans cet endroit, la marque était puissante.

Il ferma les yeux, inspira à pleins poumons et fronça les sourcils. En dépit de la propreté des lieux, la bibliothèque était imprégnée de l'odeur de poussière un peu âcre que l'on associait aux vieux livres, mais cela ne pouvait ternir une trace psychique. Le sombre parfum… Il émanait de la trace psychique d'une sorcière des effluves capiteux capables d'exciter un mâle du Lignage autant, voire davantage, que ceux du corps. En s'ouvrant à cet élément olfactif qui surpassait l'attrait physique, il s'aperçut que la noire et tendre senteur de sa Dame était totalement dépourvue de ce musc. Cela lui fit froid dans le dos et le perturba profondément.

Puis, se redressant, Daimon éteignit la bougie et attendit que ses yeux s'accoutument à l'obscurité avant de sortir. Sa Dame avait bel et bien passé beaucoup de temps dans cette bibliothèque, mais elle avait *séjourné* ailleurs. La nursery à proprement parler – ces pièces du troisième étage où Wilhelmina et sa gouvernante, dame Graff, se trouvaient le plus souvent – était le seul lieu qu'il n'avait pas encore fouillé, et auquel Philippe lui avait expressément interdit l'accès puisque personne, là-haut, n'avait besoin de ses services.

Daimon longea silencieusement le couloir, se repérant mentalement en chemin : les salles de classe, de musique et de jeu, le boudoir de dame Graff et la chambre attenante (de laquelle Daimon se détourna sur-le-champ, les lèvres retroussées en un rictus, lorsqu'il perçut la trace effilochée d'un rêve érotique), les salles de bains, les quelques pièces destinées aux invités, et la chambre de Wilhelmina. Ainsi que celle qui faisait l'angle et donnait sur les jardins à l'arrière de la demeure.

Sadi hésita. Subitement, il répugnait à s'immiscer davantage dans la vie privée des enfants. Comme il en avait l'habitude, il avait glané des informations succinctes avant d'entrer au service des Angelline. L'ambassadeur hayllien, agacé par l'interrogatoire, était devenu loquace du tout au tout en remarquant le regard glacial que lui adressait son interlocuteur. Mais l'homme n'avait pas révélé grand-chose d'intéressant, hormis le fait que la famille comptait deux filles. Daimon avait rencontré Wilhelmina.

Il ne restait à présent plus qu'une chambre.

Sa main frémit lorsqu'il tourna la poignée et se faufila dans la pièce.

La douce ténèbre déferla sur lui, mais même en ce lieu sa présence demeurait subtile, comme si quelqu'un s'était échiné à l'effacer. Daimon s'adossa au battant et demanda pardon en silence pour ce qu'il s'apprêtait à faire. Il était homme, il était un intrus et, comme celle de sa Dame, sa marque sombre imprégnerait l'atmosphère en l'espace de quelques minutes seulement ; il ne passerait pas inaperçu.

D'un geste mesuré, il embrasa une bougie posée près du lit d'une lueur suffisamment vive pour qu'elle l'aide à s'orienter sans pour autant, espérait-il, qu'elle soit visible par l'interstice sous la porte, dans l'hypothèse où quelqu'un viendrait à circuler dans le couloir. Il regarda ensuite autour de lui, un pli perplexe au front.

Il s'agissait d'une chambre d'enfant : commode et armoire blanches, baldaquin et couvre-lit, blancs également et décorés de petites fleurs roses, parquet lustré parsemé de charmants tapis.

Cela n'allait pas du tout.

Il ouvrit chacun des tiroirs de la commode et y trouva des vêtements de fille, mais, en les palpant, il eut l'impression de toucher une minuscule étincelle de foudre. Il ressentit la même chose en frôlant la courtepointe : une légère décharge qui courut le long de ses nerfs. Quant aux poupées et aux animaux en peluche, ils étaient imprégnés de la trace uniquement parce qu'ils étaient posés dans la pièce. Si l'un de ces jouets avait absorbé la ténèbre déconcertante de sa Dame, il l'aurait emporté et l'aurait serré dans ses bras toute la nuit. Il finit par s'intéresser à l'armoire.

Les habits étaient ceux d'une enfant, et les chaussures étaient destinées à des pieds menus. Cela faisait un certain temps qu'ils n'avaient pas été portés ; là aussi, il ne percevait que des effluves fugaces. Sur l'armoire elle-même, en revanche...

Daimon l'explora pouce par pouce, sans rien laisser au hasard, devenant de plus en plus agité et optimiste à chaque objet qu'il éliminait. Ses vérifications achevées, il fit courir ses doigts fiévreux le long des parois intérieures de la penderie, usant de son toucher comme d'un intermédiaire pour ses sens intimes.

Puis il s'agenouilla, terrassé par la déception, et tendit la main vers le coin le plus éloigné du meuble.

Une onde de choc le traversa, au point qu'il crut que son sang allait bouillir dans ses veines.

Intrigué, il invoqua une petite boule de lumière entre ses paumes. Il étudia la zone, annula le sort et s'assit sur ses talons, encore plus perplexe.

Il n'y avait rien… et pourtant il y avait quelque chose. Que ses sens physiques n'étaient pas capables de détecter, mais que sa perception magique, elle, désignait avec insistance.

Alors qu'il explorait de nouveau, il commença à frissonner.

Un froid intense venait de gagner les lieux.

L'esprit engourdi par la fatigue, il lui fallut une minute entière pour comprendre ce que cela signifiait.

— Pardonnez-moi, murmura-t-il en retirant délicatement sa main. Je n'avais pas l'intention d'envahir votre intimité. Je jure par les Joyaux que cela ne se reproduira pas.

Avec des gestes fébriles, il rangea les vêtements et les souliers à leur exact emplacement initial, éteignit la bougie et sortit sans le moindre bruit. Une fois de retour dans sa chambre, il alla chercher la bouteille d'eau-de-vie dissimulée dans sa propre garde-robe et but une grande gorgée.

Ce n'était pas logique. Il lui paraissait normal d'avoir décelé sa trace psychique dans la bibliothèque, mais dans la chambre ? Pas sur les jouets, mais sur les habits et sur la literie qu'une adulte, si elle prenait soin de la fillette, avait pu manipuler. Lorsqu'il avait mentionné l'existence de l'autre enfant de la maison, incidemment, on lui avait répondu sur un ton mordant que celle-ci était absente, qu'elle était souffrante.

Sa Dame occupait-elle la fonction de guérisseuse ? Avait-elle dormi auprès de l'enfant ? Et où se trouvait-elle, à présent ?

Daimon rangea l'alcool, se dévêtit et se mit au lit. L'avertissement de Tersa concernant le calice qui se craquelait le tourmentait, mais il avait les mains liées. Il ne pouvait pas suivre sa piste comme il l'avait fait ailleurs. Elle n'était pas loin, et le risque d'être renvoyé était trop important.

Il donna un coup de poing dans son oreiller et soupira. Lorsque l'enfant reviendrait, sa Dame reviendrait.

Et il serait là à l'attendre.

## 4. Terreille

Onirie pencha la tête en arrière et sourit en sentant la chaleur du soleil sur son visage, l'odeur pure des embruns. Ses lunes étaient passées ; le soir venu, elle commencerait à travailler pour payer sa place dans l'établissement de Dèjie et remercier celle-ci de sa bonté. Mais la journée lui appartenait et, tout en suivant les méandres du sentier menant à l'Autel de Cassandra, elle se délectait des reliefs déchiquetés, des rayons qui lui chauffaient le dos et de l'air vivifiant de l'automne qui taquinait sa chevelure noire.

Au détour d'une courbe, elle aperçut le sanctuaire et fronça le nez en soupirant. Elle avait parcouru tout ce chemin pour voir une ruine. Elle débutait à peine une existence qui se révélerait peut-être longue, très longue, et elle avait pourtant connu assez d'années, déjà, pour constater qu'en regagnant certains lieux dans lesquels elle s'était rendue auparavant, ceux-ci s'étaient changés en décombres. Ce qui, pour tant de gens, relevait de l'histoire ancienne vivait encore dans sa mémoire. Cette pensée la déprimait.

Écartant les mèches qui lui tombaient en travers du visage, elle franchit l'arche ouverte et étudia ce qui l'entourait, remarquant que des pierres manquaient aux murs et qu'il y avait des trous dans le plafond. Il lui parut plus attrayant de s'asseoir à l'extérieur, en ce jour ensoleillé, que d'errer dans des salles nues et froides, aussi tourna-t-elle les talons. Mais, lorsqu'elle atteignit le seuil, elle entendit des bruits de pas derrière elle.

La femme qui sortit des pièces intérieures portait une tunique et un pantalon confectionnés dans une matière d'un noir fumé chatoyant. Un fin cercle d'argent, ajusté autour de sa tête, retenait les cheveux roux qui cascadaient sur ses épaules. Un Joyau rouge reposait juste au-dessus de ses seins. Elle souriait aimablement sans pour autant manifester une bienveillance sans bornes.

— En quoi puis-je vous servir, ma Sœur ? s'enquit-elle posément.

Le roux terni de sa chevelure, qui avait dû être flamboyant autrefois, et ses rides témoignaient du passage des ans, mais les yeux émeraude et le port altier indiquaient qu'il valait mieux ne pas plaisanter avec elle.

— Mes excuses, dame, répliqua Onirie en soutenant le regard de son interlocutrice. Je suis venue voir l'Autel. J'ignorais que quelqu'un y vivait.

— Voir, ou demander ?

Onirie secoua la tête, déconcertée.

— Lorsqu'une personne se met en quête d'un Autel Noir, elle cherche habituellement à obtenir une aide qu'elle ne peut trouver ailleurs, ou bien des réponses aux questions du cœur.

Onirie haussa les épaules. Elle ne s'était pas sentie si embarrassée depuis le rendez-vous avec son premier client, dans la demeure de la Lune Rouge où elle avait débuté : le moment où elle s'était rendu compte que toutes les petites chambres crasseuses qu'elle avait fréquentées ne lui avaient pas enseigné grand-chose.

— Je suis venue pour… (Elle comprit enfin pleinement les paroles de la femme. « *Les questions du cœur.* ») J'aimerais savoir quel était le peuple de ma mère.

Elle perçut soudain un murmure, quelque chose qui avait été présent depuis le commencement, une obscurité, une force à laquelle elle n'était pas accordée. Observant de nouveau le sanctuaire, elle s'aperçut que ce qui était bâti autour n'importait aucunement. C'était l'endroit même, et lui seul, qui détenait la puissance.

Pendant tout ce temps, son interlocutrice ne la quitta pas des yeux. Puis elle dit, sur un ton égal :

— Tout a un prix. Êtes-vous prête à payer pour votre requête ?

Onirie plongea la main dans sa poche et lui tendit une poignée de sous d'or. La femme lui adressa en réponse un signe de tête négatif et se tourna vers la porte par laquelle elle était arrivée.

— On ne paie pas mes semblables avec ce genre de monnaie. Venez. Je vais faire du thé et nous parlerons. Peut-être pouvons-nous nous entraider.

Elle disparut dans le passage, laissant à Onirie le choix de partir ou bien de la suivre. Celle-ci hésita un instant avant de rempocher l'argent et de lui emboîter le pas, en partie à cause de la crainte révérencielle que le sanctuaire lui inspira soudain, en partie par curiosité (elle se demanda quel genre de prix la sorcière pourrait bien exiger d'elle en échange de l'information) et parce qu'elle espérait aussi recevoir, enfin, la réponse à une interrogation qui la hantait depuis l'époque où elle avait compris combien Titienne était différente des autres. Par ailleurs, elle savait manier le couteau et portait le

Gris ; l'endroit lui faisait forte impression, mais pas son occupante.

La cuisine était accueillante et bien rangée. Onirie sourit en constatant que l'atmosphère de cette pièce ne ressemblait pas du tout à celle qui régnait ailleurs dans le sanctuaire. Et, ici, la femme avait l'allure d'une inoffensive sorcière de l'Art mineur plutôt que d'une prêtresse ; elle fredonnait gaiement tandis que l'eau chauffait. Onirie s'assit sur une chaise, cala les coudes sur la table en pin, et tout en gardant le silence elle vit, amusée, son hôtesse poser devant elle une assiette de biscuits aux noix, un petit pot de beurre frais ainsi qu'une chope destinée au thé.

Lorsque le breuvage fut prêt, la femme se joignit à elle, un verre de vin à la main. Prise de soupçons, Onirie lança un coup d'œil lourd de sens à la nourriture.

La prêtresse rit.

— À mon âge, mon régime alimentaire m'interdit malheureusement ce genre de choses. Mais éprouvez-les, si cela vous perturbe. Je n'en serai pas offensée. Mieux vaut que vous sachiez que je ne vous veux aucun mal. Sans quoi, comment discuter avec franchise ?

Onirie explora mentalement les mets et n'y trouva que ce qu'ils étaient bien supposés contenir. Elle choisit un biscuit, le cassa nettement en deux, le beurra et commença à manger. Pendant ce temps, la femme aborda des sujets généraux, lui parla des Autels Noirs, disant qu'il existait treize de ces sombres lieux de pouvoir dispersés à travers le royaume.

Elle avait fini son verre de vin et Onirie avait savouré sa deuxième tasse de thé lorsqu'elle ajouta :

— Bon. Vous désirez connaître le peuple de votre mère. C'est cela ?

Elle se leva et se pencha, les mains tendues pour toucher le visage d'Onirie. Celle-ci, que des années de méfiance avaient laissée sur ses gardes, eut un mouvement de recul.

— Chut, murmura la prêtresse pour l'apaiser. Je veux seulement observer.

Onirie se força à rester tranquille pendant que les mains suivaient les contours de sa tête, de son cou, de ses épaules, soulevait ses longs cheveux et traçait la courbe d'une de ses oreilles jusqu'à sa pointe délicate. Lorsqu'elle eut terminé, la prêtresse se resservit du vin et se tut l'espace d'un moment, l'air songeur, les yeux dans le vague.

— Je n'ai pas de certitude, mais je puis vous dire ce que je pense.

Onirie se pencha vers elle, essayant de ne pas paraître trop empressée mais incapable de ne pas retenir son souffle. La femme, qui commença à jouer avec son verre, la dévisageait avec une constance déstabilisante.

— Se pose néanmoins la question du prix. Il est coutume de le déterminer d'un commun accord avant que l'aide soit procurée. Des contrats de cette nature ne sont jamais rompus, car, s'ils venaient à l'être, alors le dû serait payé par le sang. Comprenez-vous, ma Sœur ?

— Quel est le vôtre ?

— Je veux d'abord que vous compreniez que je ne vous demande pas de vous mettre en danger. Je ne vous demande pas de prendre le moindre risque.

— Très bien.

La prêtresse fit rouler le pied de la coupe entre ses paumes.

— Un prince de guerre est arrivé récemment sur Chaillot, à Beldon Mor ou bien dans un village des environs immédiats. Je dois connaître sa localisation exacte, et l'identité de la personne qu'il sert.

Onirie mourait d'envie d'invoquer sa dague, mais ses traits conservèrent une parfaite neutralité.

— A-t-il un nom, ce prince ?

— Daimon Sadi.

— Non ! (Onirie se leva d'un bond et commença à décrire des allées et venues.) Vous êtes folle ? On ne plaisante pas avec le Sadique, si on tient à rester de ce côté-ci de la tombe. (Elle interrompit son mouvement et agrippa le dossier de sa chaise si fort que l'objet vibra de tension.) Pas de contrat sur Sadi. Oubliez ça.

— Je vous prie de le repérer, pas davantage.

— Pour que vous envoyiez ensuite quelqu'un d'autre faire le travail ? Oubliez ça. Pourquoi ne le trouvez-vous pas vous-même ?

— Pour des motifs qui m'appartiennent, je ne peux me rendre à Beldon Mor.

— Et vous venez de me donner une bonne raison de ne pas m'impliquer.

La femme se leva et se plaça face à Onirie.

— C'est très important.

— Pourquoi ?

Entre elles, le silence se fit, s'étira, sapant leur énergie. La prêtresse finit par soupirer et dit :

— Parce qu'il a peut-être été envoyé pour anéantir une enfant très spéciale.

— Vous avez quelque chose à boire, par ici, en dehors du thé et du vin ?

— De l'eau-de-vie vous conviendrait-elle ? demanda la femme d'un air à la fois peiné et amusé.

— Soit, répliqua sèchement Onirie en se laissant tomber sur sa chaise. Amenez la bouteille et une tasse propre.

La prêtresse s'exécuta, et Onirie ingéra un tiers du breuvage à grandes gorgées.

— Écoutez un peu, mon chou, reprit-elle sans s'embarrasser de formules de politesse. Sadi a probablement beaucoup à se reprocher et la Ténèbre seule connaît tous ses agissements, mais il n'a jamais, *jamais* fait de mal à un enfant. Le simple fait de suggérer qu…

— Et s'il y est obligé ? intervint la prêtresse avec véhémence.

— « Obligé » ? piailla Onirie. *Obligé* ? Feu d'Enfer ! qui serait assez fou pour contraindre le Sadique à faire quelque chose ? Savez-vous ce qu'il inflige aux gens qui essaient de lui forcer la main ? (Elle avala l'alcool d'une traite et se resservit.) Et d'ailleurs, qui voudrait détruire cette enfant ?

— Dorothéa SaDiablo.

Onirie lâcha une bordée de jurons qui restèrent en apesanteur dans la pièce, telle de la fumée. Elle s'arrêta finalement en remarquant l'expression de stupéfaction amusée de son interlocutrice. Elle se servit un autre verre, lança de nouvelles imprécations parce que, de colère, son organisme consumait si vite l'alcool qu'elle n'en sentait même pas la chaleur. Puis elle reposa la tasse, qui heurta la table avec un bruit sourd, avant de se passer la main dans les cheveux.

— Dame, vous en connaissez un rayon, en matière de couteaux plantés dans le dos, non ?

Elle foudroya la prêtresse du regard. Si celle-ci lui avait rendu la pareille sans sourciller, Onirie l'aurait certainement poignardée. Mais en voyant les larmes et la douleur – ainsi que la peur – dans ces yeux émeraude…

Titienne qui gisait sur le sol, la gorge tranchée, et les murs qui ordonnaient de fuir, fuir, fuir.

— Écoutez, j'ai une dette envers lui. Il a pris soin de ma mère, et il s'est occupé de moi. Il n'était pas obligé de le faire, mais il l'a fait, voilà. Je le trouverai. Après cela, nous aviserons. (Elle se leva.) Merci pour le thé.

— Et au sujet du peuple de votre mère ? demanda la femme, apparemment troublée.

Leurs regards se croisèrent.

— Si je reviens, nous échangerons des informations. Mais je vais déjà vous donner un conseil sans rien exiger en retour. Ne jouez pas avec le Sadique. Il a la mémoire très longue et un tempérament vicieux. Si vous lui donnez une raison de le faire, il vous réduira en poussière. Je trouverai la sortie.

Onirie quitta le sanctuaire, s'engagea sur l'un des Vents et survola Chaillot, à la poursuite du soleil qui se couchait dans l'océan, loin à l'horizon, jusqu'à ce qu'elle se sente assez lasse pour regagner l'établissement de Dèjie et faire preuve de courtoisie envers l'homme qu'elle devrait satisfaire cette nuit-là.

## 5. Enfer

Sahtan triturait le coupe-papier au manche d'argent, dos à l'homme qui se tenait debout juste à l'entrée de la pièce.

— Est-ce fait ?

— Pardonnez-moi, Sire, murmura en réponse la voix éraillée. Je n'ai pu agir.

L'espace d'un infime instant, avant de se tourner vers Marjong l'Exécuteur, Sahtan se demanda si cela l'agaçait ou s'il se sentait soulagé. S'appuyant contre le bureau de bois noir, il examina le géant, dont il ne pouvait distinguer les traits à cause du capuchon noir qui couvrait la tête et les épaules de celui-ci en toutes circonstances.

—Il se trouve dans cette cité embrumée, Sire, s'excusa l'Exécuteur en changeant son énorme hache à double tranchant de main. Je n'ai pu l'atteindre et mener à bien votre requête.

Daimon était donc à Beldon Mor.

—Je puis attendre, Sire. S'il s'aventure hors de la ville embrumée, je...

—Non, répondit SaDiablo en inspirant posément pour retrouver contenance. Non. Temporisez tant que je ne vous aurai pas spécifié le contraire. Compris ?

Marjong s'inclina et prit congé.

Sahtan se laissa tomber dans son fauteuil en poussant un soupir las, et fit lentement pivoter le coupe-papier, dans un sens et dans l'autre. Puis il ramassa l'objet et examina la mince lame de verre-freux au beau manche d'argent sculpté.

—Un instrument efficace, dit-il tranquillement en le tenant en équilibre. Élégant, sûr. Mais si l'on n'y prend pas garde...

Il pressa un doigt sur la pointe et regarda une goutte de sang se former sur la chair.

—Comme vous, homonyme. Comme vous. La danse nous appartient, désormais. Exclusivement.

## 6. Terreille

Une routine quotidienne s'établit. Chaque jour, Daimon se levait tôt, faisait de l'exercice, se douchait puis petit-déjeunait dans la cuisine avec Cordon-bleu, la cuisinière des Angelline. Il appréciait cette femme brusque et chaleureuse qui lui rappelait Mannie et qui avait réagi comme l'aurait fait cette dernière : en se montrant scandalisée lorsqu'il lui avait demandé la permission de prendre le premier repas de la journée dans la cuisine, plutôt que dans la salle à manger en compagnie de la famille. Elle avait capitulé en comprenant qu'il devait gérer le flot interminable de requêtes que lui soumettait la fiévreuse Lilande tout en étant affamé. Il se joignait de toute façon au petit déjeuner des Angelline, un peu plus tard dans la matinée. Il avait ainsi pu constater, non sans ironie, que les mets qu'on lui servait étaient meilleurs, en temps normal, que ceux destinés aux maîtres.

Après cela, il retrouvait Philippe dans son bureau d'intendant, et celui-ci lui tendait, à contrecœur, la liste des occupations prévues. Ensuite, il se promenait dans les jardins pendant une demi-heure en compagnie de Wilhelmina.

En effet, Alexandra avait décidé que la jeune fille avait besoin d'un soupçon d'activité physique avant de suivre les leçons d'Art prodiguées par dame Graff, une femme à la rudesse indicible qui avait immédiatement déplu à Sadi... sentiment d'ailleurs réciproque, uniquement motivé par le fait qu'il avait négligé les avances de la préceptrice. Toujours était-il que Lilande avait proposé que Sadi escorte Wilhelmina : celle-ci craignait les hommes, et la fréquentation d'un Entravé, par essence inoffensif, pouvait l'inciter à surmonter cette frayeur. Aussi, lorsque le temps le permettait, Daimon accompagnait-il Wilhelmina à travers le domaine.

Les premiers jours, il avait essayé d'engager la conversation et de découvrir les centres d'intérêt de sa protégée, mais l'adolescente, sans jamais se départir de ses bonnes manières, s'était montrée rétive à toute tentative d'approche. Un matin, alors qu'un silence plus long et plus embarrassé qu'à l'accoutumée les séparait, il était venu à l'esprit de Sadi qu'il s'agissait probablement de l'un des rares instants de la journée durant lesquels Wilhelmina pouvait s'évader tout à loisir. Passant le plus clair de son temps en la présence de l'inflexible Graff, elle ne pouvait se permettre d'être « dans la lune », une expression que Daimon avait entendue, une fois, dans la bouche de la préceptrice, sur un ton qui suggérait que la réprimande était récurrente. Il s'était donc tu et avait laissé la demoiselle profiter de sa demi-heure de solitude. Pour sa part, il s'était respectueusement placé à sa gauche, les mains dans les poches, appréciant un luxe identique : celui de se consacrer à ses propres pensées.

Wilhelmina savait toujours où elle voulait se rendre, même si elle semblait ne jamais atteindre sa destination. Ils pouvaient bien emprunter n'importe quel chemin, ils aboutissaient invariablement à cette portion de l'étroit sentier qui menait à un renfoncement envahi de végétation. Le pas de la jeune fille perdait alors son allant, puis elle s'empressait de dépasser l'embranchement, hors d'haleine comme si elle avait longtemps couru. Daimon se demandait s'il lui était arrivé quelque chose à cet endroit précis, quelque chose qui l'aurait effrayée, rebutée, sans cesser pour autant de l'attirer.

Un matin qu'il était plongé dans ses rêveries, complètement accaparé par l'énigme que sa Dame lui avait laissée, il s'aperçut soudain qu'ils s'étaient arrêtés et que Wilhelmina l'observait, depuis déjà un long moment. Ils se trouvaient sur l'étroit sentier.

— Je veux aller là-dedans, annonça l'adolescente d'un air de défi, les poings serrés le long du corps.

Sadi se mordit l'intérieur de la lèvre pour ne pas se départir de son impassibilité. C'était la première fois qu'elle manifestait une étincelle de vitalité, et il ne voulait pas l'étouffer par une gaieté malvenue qu'elle pourrait interpréter comme une marque de condescendance.

— Très bien.

Elle le dévisagea avec étonnement. Manifestement, elle avait cru qu'il lui faudrait faire valoir ses arguments. Elle s'avança le long du sentier en adressant à Daimon un sourire réservé, et passa sous la voûte d'un treillage.

Le petit jardin au cœur du parc était entièrement délimité par de hauts ifs qui semblaient n'avoir pas été taillés depuis plusieurs années. Un érable dominait l'un des côtés, ceinturé par un banc en demi-cercle qui avait dû être blanc, autrefois, mais dont la peinture s'écaillait désormais affreusement. Des massifs de fleurs entremêlés, émaillés de mauvaises herbes et laissés à l'abandon, bordaient les ifs. C'est en voyant un parterre de sanguine, dans le recoin le plus éloigné, que Daimon eut le souffle coupé et sentit les battements de son cœur s'accélérer, s'intensifier.

Noble plante ou mauvaise herbe ? La sanguine était en tout cas belle, létale et – à en croire la légende – indestructible. Les fleurs rouge sang au pistil noir déployaient leurs pétales, également rehaussés de noir aux extrémités. Elles demeuraient en effet écloses du premier souffle printanier au dernier soupir d'agonie de l'automne.

Wilhelmina leur faisait face, les bras serrés contre elle, et elle frissonnait.

Daimon s'approcha d'elle, essayant de comprendre la douleur et l'espoir qu'il lisait sur son visage. D'ordinaire, la sanguine poussait exclusivement là où avait coulé le sang d'une sorcière ayant péri de mort violente, ou bien à l'endroit où ladite femme était enterrée.

Il eut un mouvement de recul, pris de vertige.

En dépit de la fraîcheur de l'air et des diverses senteurs végétales, il percevait intensément la sombre trace psychique. Douce Ténèbre, comme ce lieu en était imprégné !

— C'est ma sœur qui les a plantées, décréta Wilhelmina, un trémolo dans la voix. Une pour chacune. En souvenir.

Elle se mordit la lèvre sans quitter les fleurs de ses yeux bleus, écarquillés de peur.

— Tout va bien, répondit Daimon pour la rasséréner, tout en s'efforçant de contenir l'accès de panique qui montait en lui. Je sais ce que représente la sanguine. (Il chercha les mots susceptibles de les réconforter tous les deux.) Elle donne à cet endroit sa spécificité.

— Les jardiniers refusent de venir ici. Ils disent que c'est hanté. Pensez-vous que ce soit hanté ? Moi, je l'espère.

Sadi ébaucha soigneusement sa réponse.

— Où se trouve votre sœur ?

Wilhelmina se mit à pleurer.

— Boisgenêt. Ils l'ont envoyée à Boisgenêt, gémit-elle, avant que ses sanglots se muent en lamentations à fendre le cœur.

Daimon la serra dans ses bras et lui caressa la tête en murmurant les mots du chagrin doux-amer dans le Parler ancien, la langue de Sorcière. Au bout d'une minute, la jeune fille s'écarta en reniflant. Il lui tendit son mouchoir puis le récupéra, une fois qu'elle s'en fut servie, en constatant qu'elle ne savait pas trop quoi en faire.

— Elle parle de cette manière, parfois, dit-elle. Nous devrions rentrer.

Elle quitta le jardin clos et reprit le sentier en pressant l'allure.

Sadi, encore sous le choc, la suivit jusqu'à la demeure.

En entrant dans la cuisine, il adressa son plus beau sourire à Cordon-bleu.

— Pourrais-je avoir un café, par hasard ?

La cuisinière lui décocha un regard courroucé.

— Si cela vous chante.

Désorienté par cette soudaine manifestation d'humeur, il ôta négligemment son manteau et prit place à table. Il réfléchissait à ce qu'il avait bien pu faire pour la contrarier, lorsqu'elle posa violemment une tasse devant lui et dit :

— Mlle Wilhelmina pleurait en revenant de sa promenade.

Daimon dédaigna le café, plus intéressé par la réaction de son interlocutrice.

— Elle a voulu visiter cette partie du jardin, celle qui est cernée d'ifs.

Cordon-bleu perdit sur-le-champ son expression sévère au profit d'un air doux et attristé.

— Ah ! eh bien…

Elle coupa deux généreuses tranches de pain frais et les fourra de viande de bœuf froide avant de les déposer devant Sadi, en guise d'excuse muette. Celui-ci prit une profonde inspiration.

— Cordon-bleu, qu'est-ce que Boisgenêt ?

— Un endroit infâme, si vous voulez mon avis. Mais personne ne le partage, ici, répliqua sèchement l'intéressée avant d'atténuer immédiatement l'aigreur de sa réponse par un petit sourire à l'adresse de Daimon.

— De quoi s'agit-il ?

Avec un soupir, la cuisinière approcha sa propre tasse de café et s'assit en face de Sadi.

— Vous ne mangez pas, constata-t-elle d'un air absent tout en savourant la boisson.

Il croqua obligeamment dans le sandwich puis patienta.

— C'est un hôpital qui accueille des enfants émotionnellement perturbés. Apparemment, beaucoup de jeunes sorcières de bonne famille deviennent brusquement très nerveuses quand elles commencent à entrer dans l'adolescence, si vous voyez à quoi je fais allusion. Mais Mlle Jaenelle y séjourne régulièrement depuis ses cinq ans pour l'unique raison, à ma connaissance, qu'elle avait l'habitude de dire des sornettes concernant des licornes, des Dragons ou autres. (Du menton, elle désigna le reste de la demeure.) *Ils* prétendent qu'elle est instable, car elle est la seule de la maisonnée à ne pas porter de Joyaux, qu'elle essaie de se faire remarquer parce qu'elle est incapable de suivre les leçons d'Art. Si vous voulez mon avis, la dernière chose dont a envie Mlle Jaenelle, c'est d'attirer l'attention. Elle est simplement… différente. Voilà ce qui est curieux, chez elle : même si elle divague, même si elle invente des histoires saugrenues, forcément fausses… malgré tout, on finit par se poser des questions, vous voyez ?

Daimon termina son sandwich et son café.

— Depuis combien de temps est-elle partie ?

— Depuis le début du printemps. Cette fois-ci, elle a mis un *gros* coup de pied dans la fourmilière. C'est pourquoi ils la laissent là-bas si longtemps.

— Que peut bien raconter une enfant, pour qu'on l'enferme ainsi à double tour ? demanda Sadi avec une moue de dégoût.

— Elle a déclaré…, commença Cordon-bleu, manifestement tracassée et chagrinée. Elle a déclaré que Robert Bénédict n'était pas son père. Que le prince Philippe…

Daimon fut abasourdi. Ayant été témoin des comportements familiaux, il pouvait effectivement affirmer que ce genre de déclaration avait dû les rendre tous fous de rage. Mais, tout de même...

La cuisinière le dévisagea longuement tandis qu'elle resservait du café.

— Je vais vous dire une chose au sujet de Mlle Jaenelle.

» Il y a deux ans, le seigneur de guerre au service duquel se trouvait ma fille a décidé qu'il voulait une plus jolie soubrette et les a donc renvoyées, elle et l'enfant qu'elle avait eue de lui. Elles sont venues à moi, n'ayant nulle part où loger, et dame Alexandra leur a permis de rester. N'ayant pas le sou, ma fille effectuait quelques menues tâches d'intérieur et m'aidait en cuisine. Ma petite-fille Lucie – belle à croquer comme vous n'avez jamais vu ça – ne me quittait que rarement, même si Mlle Jaenelle l'invitait, chaque fois qu'elle jouait dehors avec sa sœur. Lucie n'aimait pas sortir toute seule. Elle avait peur des limiers de maître Bénédict et les valets du chenil, sachant cela, la tourmentaient ; ils excitaient les bêtes et les lâchaient contre elle.

» Un jour, c'est allé trop loin. Une chasse se préparait, alors les mâtins avaient reçu de maigres rations, et ils étaient encore plus agressifs que d'habitude. Les valets les ont rendus fous. Le chef de meute leur a échappé, a poursuivi Lucie jusqu'à la sellerie. Elle a trébuché et il s'est jeté sur elle. En entendant les cris, nous sommes accourues, ma fille et moi. André, l'un des palefreniers – un bon garçon, vraiment – nous a rejointes.

» Lucie hurlait et hurlait, couchée par terre, avec le chien qui lui déchiquetait le bras. Et puis, tout à coup, Mlle Jaenelle est apparue. Elle a dit quelques mots étranges à l'animal. Il a immédiatement lâché ma petite-fille et a filé discrètement, la queue basse.

» Le bras de Lucie était dans un tel état… tout écharpé, avec l'os qui pointait à l'endroit où la bête l'avait brisé. Mlle Jaenelle a demandé à André de vite aller chercher un seau d'eau et elle s'est agenouillée à côté de ma petite-fille. Elle a commencé à lui parler calmement, et Lucie s'est tue. Quand André est revenu, Mlle Jaenelle a sorti d'on ne sait trop où une grande cuvette ovale. André l'a remplie et Mlle Jaenelle l'a tenue pendant une minute ; elle l'a tenue, rien d'autre, et l'eau s'est mise à bouillir, comme sur le feu. Ensuite, elle a plongé le bras de Lucie dedans, a ajouté quelques feuilles, ainsi que des poudres, et l'a maintenu immergé tout en chantant doucement. Nous sommes juste restés là. Aucun intérêt d'amener la fillette à une guérisseuse, même si nous avions réussi à grappiller de quoi en payer une bonne. Je le savais. La mutilation était trop étendue. Même une bonne guérisseuse n'aurait pu faire mieux que l'amputer. Alors, nous avons regardé, ma fille, André et moi. On ne voyait pas grand-chose, comme l'eau était toute pleine de sang.

» Au bout d'un moment, Mlle Jaenelle s'est reculée et a soulevé le bras de Lucie. Il y avait une profonde entaille du coude jusqu'au poignet… et rien d'autre. Elle a regardé chacun de nous dans les yeux. Cela se passait de mots. Nous n'avions pas l'intention de la dénoncer. Puis elle m'a tendu un pot d'onguent ; ma fille se faisait trop de mouron pour pouvoir être d'une grande utilité. « Appliquez ce baume trois fois par jour et protégez la plaie par un bandage pas trop serré pendant une semaine. Si vous le faites, elle n'aura pas de cicatrice. »

» Ensuite, elle s'est tournée vers Lucie et lui a dit : « Ne t'inquiète pas. Je vais leur parler. Ils ne t'ennuieront plus. »

» En apprenant que Lucie avait été blessée à cause des chiens, le prince Philippe a vertement réprimandé les valets. Mais, le même après-midi, j'ai vu le seigneur

Bénédict leur donner une piécette en riant et en leur disant qu'il était satisfait que ses bêtes soient en si grande forme.

» Toujours est-il que, l'été d'après, ma fille a épousé un jeune homme fiable et de bonne famille. Ils vivent dans un petit village à environ quarante kilomètres d'ici, et je leur rends visite chaque fois que je peux prendre quelques jours de congé.

Daimon scrutait le fond de sa tasse vide.

— Pensez-vous que Mlle Jaenelle a effectivement parlé aux valets ?

— Fort probablement, répondit Cordon-bleu d'un air absent.

— Alors, ils ont arrêté de tourmenter Lucie, insista Sadi.

— Oh, non. Cela a immédiatement recommencé. Car ils n'ont pas été punis, hum ? Les chiens, en revanche… À compter de ce jour, rien n'y a fait ; les garçons n'ont plus réussi à les lâcher sur Lucie.

Tard dans la nuit, Daimon, incapable de trouver le sommeil, retourna dans le jardin clos. Il alluma une cigarette noire et contempla la sanguine à travers la fumée.

*« Elle est venue. »*

Il avait passé la soirée à ressasser les éléments à sa disposition, les tournant et les retournant sans cesse, comme si cela allait pouvoir les modifier. Cela n'avait pas été le cas, et il n'aimait pas la conclusion à laquelle il était arrivé.

*« C'est ma sœur qui les a plantées. En souvenir. »*

Une enfant. Sorcière n'était qu'une enfant.

Non. Il avait dû mal interpréter quelque chose. Forcément. Sorcière portait les Noirs.

Peut-être avait-il confondu les informations. Peut-être que Wilhelmina était la sœur cadette. Le jour de son arrivée à l'ambassade hayllienne de Beldon Mor, il n'était pas encore remis de ses émotions. Il aurait été plus logique que Jaenelle soit presque en âge de procéder à l'Offrande à la Ténèbre. Cela aurait signifié qu'elle s'ouvrirait très prochainement à la force de sa maturité, représentée par les Joyaux noirs.

Mais la chambre, les vêtements. Quel rapport existait-il entre ces éléments et la puissance qu'il avait ressentie quand sa Dame avait soigné son dos meurtri par le fouet de Cornélia ?

*« Elle parle de cette manière, parfois. »*

Les personnes encore capables de prononcer quelques phrases dans le Parler vrai du Lignage se comptaient sur les dix doigts. Qui le lui avait donc enseigné ?

Il refusa de considérer les diverses possibilités.

*« C'est un hôpital qui accueille des enfants émotionnellement perturbés. »*

Une enfant était-elle seulement en mesure de porter un Joyau tel que le Noir sans subir un déséquilibre émotionnel et psychologique ? À sa connaissance, personne n'avait jamais reçu un Joyau de naissance plus sombre que le Rouge.

*« Le calice se craquelle. »*

Il interrompit sa réflexion, laissa son esprit s'apaiser. Les éléments prirent tournure de leur propre chef, aboutissant à l'inévitable conclusion.

Mais il fallut à Daimon quelques jours encore avant de parvenir à l'accepter.

## 7. Terreille

Après avoir pris congé de Wilhelmina, Sadi passa sa tenue d'équitation et prit la direction de l'écurie. Pour la première fois depuis son arrivée au domaine Angelline, il pouvait disposer de la matinée à sa guise, et Alexandra l'avait autorisé à promener l'une des montures.

Guinness, le responsable des lieux, lui adressa un bref salut de la main sans cesser de parler à l'un des palefreniers, à qui il donnait des instructions. Quand Daimon s'approcha de lui, l'homme lui demanda, d'un ton bourru atténué par un mince sourire :

— Vous allez faire un tour, ce matin ?

— Si cela ne vous cause pas de dérangement, répliqua Sadi en souriant lui aussi.

Dans cet endroit, comme cela avait été le cas dans beaucoup d'autres, il s'entendait bien avec le personnel. C'étaient les sorcières au service desquelles il était supposé être qu'il supportait difficilement.

— Ouaich.

Guinness l'examina lentement, des bottes à la tête.

— Bien bâti, robuste, solidement campé sur ses jambes. Les épaules puissantes. (Daimon se demanda si le maître de l'écurie allait demander à voir sa dentition.) Vous tenez en selle ?

— Je me défends plutôt pas mal, répondit l'intéressé, un peu sur ses gardes.

Il n'était pas certain d'aimer la lueur d'intérêt qu'il vit s'allumer dans le regard de son interlocuteur.

— Ça fait quelques jours que l'étalon n'a pas été sorti, expliqua Guinness avec un petit bruit de bouche. André est le seul à pouvoir le monter, et il s'est fait mal à la cuisse. On ne peut pas le laisser aller avec une patte folle. Ça vous tente d'essayer ? (Daimon, encore soupçonneux, accepta la proposition.) André ! Selle Démon.

Sadi dressa les sourcils.

— « Démon » ?

Guinness, refusant de prendre en considération son expression offusquée, réitéra le petit bruit de bouche.

— Y s'appelle Danse Funeste, mais ici, quand on est hors de portée d'oreille… (il jeta un regard lourd de sens en direction de la demeure) on le nomme pour ce qu'il est.

— Feu d'Enfer…, marmonna Daimon.

Traversant la cour, il s'avança vers le palefrenier qui préparait un grand étalon bai.

— Tu as quelque chose à me dire ? demanda-t-il.

André parut un peu inquiet, puis il haussa les épaules.

— Il est sensible au mors et il a la caboche dure. Il est trop futé pour la majorité des gens : il vous mènera droit dans les arbres si vous le laissez faire. Restez dans les champs, c'est encore le mieux. Mais prenez garde au fossé de drainage qui se trouve tout au bout. Il est trop large pour la plupart des chevaux, mais, lui, il s'y engagerait, quitte à se réceptionner de l'autre côté sans son cavalier sur le dos.

— Merci, grommela Sadi.

Le jeune homme lui adressa un sourire de guingois en lui tendant les rênes.

— Je vais le tenir pendant que vous vous installez.

— Lâche-le, dit Daimon après s'être mis en selle.

L'animal quitta l'écurie à une allure relativement tranquille. Il mâchonnait son mors et prenait la mesure de son cavalier. Si l'on exceptait son irritation de se voir imposer le pas, il se comporta correctement… jusqu'au moment où ils atteignirent une petite butte, au sommet de laquelle le sentier menant au champ s'incurvait vers la gauche.

À cet instant, l'étalon remua les oreilles et s'élança vers la droite, vers un vieux chêne solitaire, manquant de désarçonner Daimon par la même occasion.

La bataille s'engagea.

Pour quelque raison perverse qui n'appartenait qu'à lui, Démon était fermement décidé à arriver jusqu'au chêne. Sadi, lui, était tout aussi déterminé à se rendre dans le champ. L'animal chercha à bondir en avant, rua, se contorsionna dans tous les sens, tourna sur lui-même en tirant la bride et le mors. Le cavalier réprimait suffisamment ses réactions pour ne pas vider les étriers, mais l'étalon grignotait petit à petit la distance et progressait vers l'arbre.

Quinze minutes plus tard, le cheval capitula. Il vacillait sur ses jambes, pantelant, la tête basse et les flancs écumant de sueur. Daimon, pour sa part, transpirait copieusement et tremblait de fatigue, quelque peu éberlué de constater que ses bras ne s'étaient pas démis.

Lorsqu'il réunit les rênes, Démon coucha les oreilles en arrière, prêt à disputer la revanche. Sadi, curieux de voir ce qui se produirait, le dirigea vers le chêne.

Les oreilles de Danse Funeste commencèrent immédiatement à frétiller et, l'encolure fièrement dressée, il adopta une allure fringante.

Daimon renonça à le guider et lui laissa la bride sur le cou. L'étalon tourna autour de l'arbre à de multiples reprises en reniflant, à l'affût des bruits… À mesure que le temps passait, il paraissait de plus en plus contrarié. Pour finir, il poussa un hennissement retentissant et s'élança sur le sentier qui menait au champ.

Sadi ne reprit l'initiative que lorsque Démon s'engagea dans la direction du fossé. L'homme gagna – de justesse – cette bataille-là, et quand l'animal consentit enfin à ralentir, trop harassé pour continuer à résister, ils rebroussèrent chemin en direction de l'écurie.

Les palefreniers, éberlués, ne purent quitter Daimon des yeux. André s'empressa de venir l'accueillir en clopinant. Guinness l'imita en secouant la tête, attrapa Sadi par le bras lorsque celui-ci se laissa glisser à terre avec lassitude, et l'emmena dans le petit bureau qui jouxtait la sellerie.

Il sortit des verres et une bouteille, versa deux doigts d'alcool fort dans l'un d'eux et le tendit à Sadi avant de se servir à son tour.

— Tenez, dit-il de sa voix bourrue.

Daimon accepta avec reconnaissance et savoura le breuvage tout en se massant l'épaule. Guinness, constatant que sa chemise était trempée de sueur, frotta son menton piqué de barbe à l'aide de ses doigts repliés.

— Il vous en a fait baver, non ?

— Ce fut réciproque.

— Eh bien, au moins, il vous respectera encore demain matin.

Sadi s'étrangla. Lorsqu'il eut repris son souffle, il faillit mentionner le chêne, puis se ravisa. C'était André qui montait Démon.

Guinness partit vérifier les rations des bêtes, et Daimon alla trouver le jeune homme, qui bouchonnait l'étalon.

— Vous n'êtes pas tombé, dit le palefrenier en lui décochant un sourire admiratif.

— Je ne suis pas tombé, confirma Sadi en contemplant les gestes souples et réguliers d'André. Mais il m'a causé des ennuis, non loin d'un certain arbre.

André parut mortifié. La main qui brossait Danse Funeste perdit un instant la cadence. Les yeux de Daimon s'étrécirent et, lorsqu'il reprit la parole, ce fut avec une intonation dangereusement soyeuse.

— Qu'a-t-il d'extraordinaire, cet arbre, André ?

— C'est juste un arbre. (Il tressaillit en croisant le regard de Sadi, et remua d'un pied sur l'autre, mal à l'aise.) Derrière la butte, vous savez. Le premier endroit hors de vue de la demeure.

— Et donc ?

— Eh bien… (Il observa Daimon d'un air implorant.) Vous ne direz rien, n'est-ce pas ? (Du menton, il désigna brièvement le manoir.) Ça pourrait faire un vrai tollé, là-bas, si on apprenait cela.

Sadi s'efforça de juguler son énervement.

— « Apprenait » quoi ?

— Au sujet de Mlle Jaenelle.

Daimon changea de position, en un mouvement prédateur si fluide que le jeune homme battit immédiatement en retraite, tout près de l'étalon, comme pour bénéficier de sa protection.

— Quoi donc ? susurra le seigneur de guerre.

— À l'arbre…, souffla André en se mordillant la lèvre avec ardeur. Nous…

Sadi lâcha un sifflement exaspéré. Le palefrenier blêmit, puis devint écarlate. Il serra les poings, et ses yeux étincelèrent de colère.

— V-vous pensez que je…

— Qu'est-ce que vous y faites, alors ?

— Nous échangeons.

— Vous échangez ? répéta Daimon en fronçant les sourcils.

— Nous échangeons les montures. Je suis fluet. Le poney peut me porter.

— Et elle, elle monte… ?

André posa timidement la main contre l'encolure de l'étalon. Sadi explosa.

— Petit fils de pute, tu mets une enfant *là-dessus* ?

L'étalon broncha devant cette manifestation d'humeur.

Le bon sens et les sabots dansants de l'animal eurent raison de l'impulsion qui dictait à Sadi d'étrangler le palefrenier. Celui-ci, coincé entre le cheval et le prince de guerre irascible, n'en ébaucha pas moins un sourire désabusé.

— Si vous la voyiez monter… Il prend soin d'elle, vous savez.

Daimon, sa colère passée, se détourna.

— Ô Nuit, maugréa-t-il en secouant la tête, tandis qu'il regagnait la demeure où l'attendait une douche brûlante. Ô Nuit…

# Chapitre 7

## 1. Terreille

— Je viens de vous le dire, assena Philippe. Nous n'avons pas besoin de vous aujourd'hui.

— J'ai entendu ce que…

La mâchoire de Philippe tressaillit.

— La journée vous appartient. J'ai conscience que, pour les Haylliens, nous sommes des êtres frustes, mais nous disposons de musées, de galeries d'art et de théâtres. Il doit bien y avoir de quoi vous occuper sans que vous vous sentiez rabaissé.

Daimon plissa les yeux. Au petit déjeuner, Lilande s'était comportée de manière lunatique et avait peu parlé, contrairement à son habitude. Alexandra, elle, avait fait preuve d'une raideur inexplicable. Robert, pour sa part, ne s'était même pas montré. Et voilà que Philippe se fâchait sans raison apparente et tentait de l'envoyer loin de la demeure pour la journée, quitte à lui forcer la main.

— Très bien.

Acceptant le congé qu'on lui signifiait de cette façon peu civile, il requit une calèche afin de se rendre dans le quartier commerçant de Beldon Mor, puis alla trouver Cordon-bleu en cuisine pour savoir si celle-ci avait eu vent de ce qui se préparait. Mais il constata que la dame en question était également de fort méchante humeur. Il grimaça lorsqu'elle abattit une lourde poêle à frire sur le plan de travail, et battit en retraite avant qu'elle l'aperçoive.

Il passa la matinée à flâner dans les librairies et à glaner divers romans composés par des écrivains chaillots, tout en se demandant ce qui avait pu provoquer une telle effervescence. Quelle que puisse en être la raison, il n'obtiendrait pas de réponse en ville.

Il regagna le domaine Angelline à l'heure du déjeuner, et ce fut pour apprendre que la famille entière s'était absentée.

Agacé d'être tenu à l'écart, Daimon posa les livres sur l'écritoire, se changea et se rendit à l'écurie où, là aussi, régnait une tension palpable. Guinness tançait les palefreniers qui s'évertuaient à contenir les chevaux poussés à bout.

— Je peux sortir l'étalon, si vous voulez, proposa Sadi.

— Vous n'avez plus goût à la vie ? rétorqua le maître. (Puis il retrouva son calme, et se laissa fléchir.) Ce ne serait pas du luxe si on pouvait l'éloigner pendant un moment, celui-là.

— Il y a de la nervosité, par ici.

— Ouaich.

Guinness n'ajoutant rien, Daimon s'approcha de la stalle de l'étalon et attendit qu'André, à gestes hasardeux, ait vérifié le serrage de la sangle ventrale. Las de ne pas comprendre cette agitation, Daimon prit la direction du champ.

Sitôt qu'ils eurent quitté l'écurie, Danse Funeste se montra fringant et alerte, prompt à répondre aux signes de son cavalier. Il ressentait la tension qui régnait chez les humains, mais cela semblait contenter son esprit de cheval.

Daimon, voulant éviter un affrontement, le poussa vers l'arbre. Là, l'étalon s'arrêta et patienta sagement en regardant la butte par laquelle ils étaient venus. Il demeura immobile pendant dix minutes avant que sa fébrilité se transforme en abattement. Quand Sadi voulut reprendre le sentier, Démon ne lui opposa aucune résistance et adopta un petit galop.

Une heure plus tard, Sadi rendit les rênes à André et regagna la demeure par l'entrée de service. Il sentit sa présence dès qu'il eut franchi le seuil, et une colère noire déferla sur lui telle une vague.

Il s'engagea à toute allure dans les couloirs, claqua la porte de sa chambre, se doucha et se rhabilla à la hâte. S'il avait croisé Philippe pendant le trajet, il l'aurait tué.

Comment cet imbécile orné au Gris osait-il le tenir à distance ? Comment *osait*-il ?

Daimon savait que ses yeux avaient pris la nuance mate de la fureur, mais il s'en moquait. Il quitta la pièce en coup de vent et se lança à la poursuite des Angelline.

Au détour d'un passage, il s'arrêta net et manqua de trébucher.

Wilhelmina était pâle mais paraissait soulagée. Graff avait la mine renfrognée. Lilande et Alexandra regardèrent longuement Sadi, nerveuses et stupéfaites. Philippe, pour sa part, redressa les épaules en un signe de défi manifeste.

Daimon vit tout cela en l'espace d'une seconde et n'en tint pas compte. La seconde fille accaparait son attention.

Elle semblait très amaigrie ; ses membres n'étaient guère plus que des brindilles. Elle baissait la tête, aussi des mèches d'or terne dissimulaient-elles en bonne partie ses traits.

— Avez-vous donc oublié vos manières ? demanda Graff, dont les doigts osseux pianotèrent durement sur l'épaule de l'enfant.

À ce contact, la fille releva brusquement le menton et ses yeux, ces *yeux*, se braquèrent sur ceux de Daimon durant un court instant, avant qu'elle baisse de nouveau la tête pour élaborer une révérence hésitante.

— Prince, murmura-t-elle.

Daimon sentait son cœur battre la chamade, et il avait l'eau à la bouche. Sachant qu'il avait perdu toute maîtrise de lui-même, il s'inclina brièvement et répondit avec raideur :

— Ma Dame.

Puis, après avoir adressé un signe de tête à Philippe et aux autres, il tourna les talons et, une fois hors de vue, se rua vers la bibliothèque, dont il verrouilla la porte derrière lui.

Sa respiration était entrecoupée de sanglots, ses mains tremblaient et, que la Ténèbre lui vienne en aide ! il se consumait.

*Non*, songea-t-il farouchement tout en arpentant rageusement la pièce, à la recherche d'une explication, d'une forme d'échappatoire. NON ! Il n'était pas comme Kartane. *Jamais* il n'avait désiré une chair enfantine. Il ne ressemblait *pas* à Kartane !

Il se laissa tomber contre l'étagère puis se força à porter une main hésitante à la bosse logée entre ses jambes… et pleura de soulagement en constatant que les quelques centimètres de l'appendice demeuraient flasques… Le reste de son organisme, en revanche, brûlait d'une faim redoutable.

Il se redressa et, s'approchant de la fenêtre, appuya son front contre la vitre froide. *Réfléchis, nom d'un chien, réfléchis.*

Il ferma les paupières et se représenta la fille, bribe par bribe. Lorsqu'il se concentra sur sa silhouette, le feu intérieur s'apaisa. Jusqu'au moment où il revit ces yeux saphir rivés sur les siens.

Il rit sans pouvoir se maîtriser, et les larmes coulaient sur son visage.

Il avait accepté le fait que Sorcière était une enfant, mais il n'avait pas anticipé ce qu'il ressentirait en la contemplant pour la première fois. Il pouvait se réconforter en se disant que le corps de la fillette ne l'intéressait pas, mais son avidité pour ce qui vivait *au-dedans* l'effrayait. Et il craignait plus encore d'être envoyé dans une autre cour et de ne plus la voir.

Mais cela faisait des décennies qu'il n'avait pas servi auprès de la même cour durant plus d'une année. Comment allait-il parvenir à rester dans la danse le temps nécessaire pour qu'elle grandisse et entérine son renoncement ?

Et comment survivrait-il s'il devait partir ?

## 2. Terreille

Tôt le lendemain matin, Daimon se dirigea vers la cuisine d'un pas hasardeux, les yeux rougis et encore bouffis de n'avoir su trouver le sommeil ; son estomac criait famine. La veille, dans l'après-midi, après s'être rendu dans la bibliothèque, il était retourné dans sa chambre et ne l'avait plus quittée, peu désireux de dîner en compagnie de la famille ou de croiser quelqu'un en descendant chercher quelque chose à manger.

Les gloussements étouffés se turent dès qu'il entra et deux paires d'yeux d'un bleu très différent le regardèrent. La cuisinière, qu'il n'avait jamais vue de si belle humeur, l'accueillit chaleureusement et lui dit que le café serait bientôt prêt.

Il s'avança avec précaution, comme lorsqu'on s'approche d'un jeune animal sauvage, et s'assit en bout de table, à gauche de Jaenelle. Il fut vivement dépité en apercevant les reliefs d'un copieux petit déjeuner, et l'unique biscuit aux noix encore disponible.

Il y eut un moment de silence embarrassé, puis Jaenelle se pencha pour murmurer à l'oreille de son aînée, qui lui répondit sur le même ton, et les rires reprirent.

Daimon fit mine d'attraper le biscuit, mais à cet instant précis Jaenelle, qui regardait ailleurs, s'en saisit. Elle était sur le point de croquer dedans quand Cordon-bleu plaça la tasse de Sadi sur la table et eut un hoquet de stupeur.

— Mais qu'est-ce que le prince va bien pouvoir manger ? Je vous le demande..., dit-elle d'une voix menaçante qui masquait mal le fait qu'elle rayonnait de fierté devant les assiettes vides.

Jaenelle lorgna le biscuit, le reposa à contrecœur et poussa le plat vers Daimon.

— Cela ne fait rien, intervint ce dernier, conciliant, en s'adressant directement à Cordon-bleu. Je n'ai vraiment pas faim.

La cuisinière ouvrit grand la bouche de stupeur, puis la referma avec un claquement de dents et retourna devant son plan de travail en secouant la tête.

Sadi, pour sa part, sentit ses joues s'échauffer, un peu honteux de ce menu mensonge. Alors, afin d'éviter ces yeux saphir qui l'examinaient, il accorda toute son attention à son café.

Jaenelle partagea le biscuit et lui en tendit la moitié avec une autorité qui, si elle se passait de mots, ne faisait néanmoins aucun doute. Puis elle commença à manger l'autre moitié.

— Il ne faut pas vous bourrer comme cela durant la journée, vous savez, dit Cordon-bleu tout en s'affairant. Nous avons du jarret, au dîner.

Le demi-biscuit de Jaenelle heurta la table et Daimon, surpris, leva la tête. Il n'avait jamais vu une personne devenir si mortellement pâle. Les yeux de la jeune fille, immenses mares qui ne cillaient pas, regardaient droit devant. Elle semblait avoir le cœur au bord des lèvres.

Sadi se redressa, prêt à l'escorter jusqu'à l'évier au cas où elle aurait besoin de vomir.

— Vous n'aimez pas l'agneau, ma Dame ? demanda-t-il doucement.

Elle se tourna lentement vers lui. Ses tripes se nouèrent et il eut envie de hurler en lisant tant de souffrance et d'horreur sur ses traits. Jaenelle cligna des paupières, luttant pour se maîtriser.

— « L-l'agneau » ?

Daimon posa gentiment sa main sur la sienne. Elle l'étreignit en retour avec une vigueur surprenante qui le fit grimacer de douleur, et soutint son regard avec franchise. À ce contact, il se sentit complètement vulnérable. Point de faux-semblants, point de mensonges, si véniels fussent-ils.

— De l'agneau, rien de plus, répéta-t-il pour la rassurer.

Il émit un petit soupir de soulagement quand Jaenelle le lâcha et se détourna.

— As-tu le temps de marcher un peu dans le jardin avant d'aller retrouver Graff ? demanda l'enfant à Wilhelmina.

— Oui. Je me promène presque tous les matins, répondit celle-ci en adressant un coup d'œil à Sadi.

Jaenelle s'était levée, couverte et était sortie de la cuisine avant même que sa sœur ait pu repousser sa chaise.

— J'arrive dans une minute, annonça Daimon sur un ton égal.

Wilhelmina enfila son manteau et courut rejoindre sa cadette.

— Je ne comprends pas. Mlle Jaenelle a toujours aimé l'agneau, remarqua la cuisinière d'un air navré.

*Mais vous n'avez pas dit « agneau », vous avez dit « jarret »*, songea Sadi en passant sa redingote d'un geste désinvolte. Qu'est-ce que ce terme pouvait bien avoir de si horrifiant pour une jeune fille sortant de l'hôpital ? Cordon-bleu lui tendit une autre tasse de café, ainsi que trois pommes.

— Tenez. Au moins, cela vous aidera à entamer la journée. Rangez les fruits… et veillez à en garder un pour vous.

Daimon fourra les pommes dans sa poche.

— Vous êtes un amour, répondit-il en déposant un léger baiser sur sa joue.

Puis il se détourna pour dissimuler son sourire, et pour que Cordon-bleu puisse prétendre – et sincèrement croire – qu'il n'avait pas remarqué qu'elle avait rougi de plaisir.

Les filles avaient disparu. Sadi se promena dans les allées en savourant son café, insouciant. Il savait où les trouver.

Elles étaient assises sur le banc de fer, dans le jardin cerné d'ifs.

Wilhelmina bavardait à bâtons rompus avec de grands gestes qui contrastaient étonnamment avec le comportement de l'adolescente calme, un peu léthargique, qu'il avait l'habitude de côtoyer. À son approche, la conversation s'interrompit et deux paires d'yeux le détaillèrent.

Daimon essuya deux des pommes avec la manche de sa redingote et les distribua solennellement. Il s'éloigna ensuite à l'autre extrémité du jardin clos. Il ne put se résoudre à tourner le dos aux deux sœurs, à renoncer totalement à observer la scène, mais il parvint néanmoins à se composer un masque neutre avant de croquer dans le troisième fruit. Au bout d'un moment, les filles l'imitèrent.

Deux paires d'yeux. Ceux de Wilhelmina exprimaient de l'incertitude, de la réserve, une hésitation. Ceux de sa cadette, en revanche... Lorsqu'il les avait rejointes, ceux de Jaenelle lui avaient signifié qu'elle avait déjà pris une décision à son sujet. Il en ignorait la teneur, et cela le déstabilisait.

Et le son de sa voix ! Il se tenait à distance respectable, aussi ne percevait-il pas les mots qu'elle prononçait tout bas, mais les modulations de son timbre étaient charmantes, comme l'est l'écume qui murmure à la plage, au coucher du soleil. Il s'en trouva déconcerté. Et puis il y avait son accent. Le Parler ancien du Lignage avait presque sombré dans l'oubli mais ses membres, à l'instar des autres espèces, disposaient malgré tout d'une langue propre. Les habitants de chaque territoire, lorsqu'ils s'exprimaient dans le langage du Lignage, le faisaient avec des intonations diverses. Et celle de Jaenelle était encore différente de celle des autres Chaillots. L'on aurait dit une sorte de tourbillon, comme si l'enfant avait réuni des termes entendus en de multiples endroits et en avait mêlé les sonorités pour constituer une mélodie sans pareille. Une voix exquise. Une voix qui pouvait balayer les sens d'un homme et guérir les plaies profondes du cœur.

Le silence qui s'installa soudain le prit au dépourvu. Il haussa un sourcil interrogateur. Wilhelmina observait sa sœur, qui elle-même regardait attentivement dans la direction de la demeure.

— Graff te cherche. Tu devrais te dépêcher.

L'aînée se releva d'un bond et s'éloigna en courant sur le sentier, le pas léger. Jaenelle, restée assise, changea de position pour examiner le parterre de sanguine.

— Saviez-vous que si vous chantez à leur intention de la manière qui convient, elles vous dévoileront le nom des disparues ?

Elle dévisagea Daimon, qui s'avança alors lentement vers elle.

— Non, je l'ignorais.

— Oui, elles le peuvent. (Un sourire amer passa sur ses lèvres, et Sadi vit son visage, un bref instant, prendre une expression farouche.) Tant que Chaillot surplombera la mer, celles pour qui la sanguine fut plantée ne tomberont pas dans l'oubli. Et un jour, par le sang versé, la dette sera intégralement payée.

Puis Jaenelle redevint enfant, et Sadi se persuada de son mieux que la voix sépulcrale, nocturne, qu'il venait d'entendre résultait du léger vertige induit par le manque de sommeil et de nourriture.

— Venez, dit Jaenelle.

Elle attendait qu'il lui emboîte le pas. Ils remontèrent les allées menant à la demeure sans se presser.

— Et vous, vous ne suivez pas les leçons de dame Graff?

Une aura d'affliction et de résignation lugubre balaya l'atmosphère autour de la fillette.

— Non, répondit Jaenelle sur un ton de prudente neutralité. Graff dit que je n'ai aucune disposition pour l'Art et qu'il ne sert à rien de retarder les progrès de Wilhelmina, puisque apparemment je ne suis même pas capable d'exécuter des exercices élémentaires.

Sadi lui adressa un regard en coin, les paupières mi-closes, et resta silencieux un moment. Puis :

— Alors, que faites-vous durant les cours de votre sœur ?

— Oh, je… m'occupe. (Elle s'arrêta net, la tête penchée de côté, tendant l'oreille.) Lilande vous réclame.

Daimon lâcha une exclamation obscène et fut récompensé par un petit rire stupéfait. La main frêle et pâle de Jaenelle lui agrippa le bras, et elle l'entraîna à sa suite. Son cœur cognait à une cadence effrénée. Ils jouèrent ainsi tout le long du chemin. Elle le tirait par la manche, il protestait. Elle parvint en définitive à l'amener jusque dans la cuisine, où ils ne prirent pas garde à la réaction abasourdie de Cordon-bleu.

À deux pas de la porte donnant sur le couloir, Daimon freina des quatre fers. Lilande pouvait bien finir en Enfer, peu lui importait. Il voulait rester auprès de Jaenelle.

Mais l'enfant le poussa dans le dos et le projeta vers sa destination.

Il se retrouva de l'autre côté de l'ouverture. Faisant volte-face, il constata que Jaenelle n'avait matériellement pas eu le temps de manipuler le battant. Et, à présent qu'il y pensait, il ne se rappelait pas l'existence d'une issue à cet endroit-là.

Il s'attarda un instant. Ses yeux avaient pris la couleur de l'or en fusion, et ses lèvres tentaient malgré lui de dessiner un large sourire. Il lâcha un nouveau juron, au bénéfice de la personne qui était peut-être en train d'écouter à la porte, se délesta de sa redingote et alla trouver Lilande pour savoir de quoi il retournait.

## 3. Terreille

Daimon dénoua sa cravate en soie et desserra son col. Après la promenade matinale, il avait accompagné Lilande au cours de ses emplettes. Jusqu'alors, il ne s'était pas soucié de ce qu'elle portait, hormis pour reconnaître, par-devers lui, que ses fanfreluches et sa personnalité frivole l'irritaient. Désormais, il la voyait en tant que mère de Jaenelle. Aussi, à force de cajoleries persuasives, l'avait-il convaincue d'acquérir une robe de soie bleue dont la coupe simple seyait à sa silhouette mince. Après cela, le comportement de Lilande avait changé, elle avait semblé plus à l'aise en sa compagnie. Même sa voix ne lui écorchait plus les oreilles.

Une fois les achats terminés, Sadi avait pu disposer de son après-midi. Auprès d'une autre cour, il aurait mis cette oisiveté à profit et aurait passé en revue les papiers que son homme de main lui envoyait en ville, à poste restante.

*Ils seraient tous ébahis, s'ils savaient que je détiens une bonne partie de leur petite île*, avait-il songé avec un sourire glacial.

Il investissait comme il respirait ; c'était un exercice mental dans lequel il excellait. Grâce aux revenus annuels qu'il tirait des quatre coins du royaume, il aurait pu acquérir jusqu'à la dernière planche, jusqu'au moindre clou de Beldon Mor… sans puiser dans la demi-douzaine de comptes haylliens dont Dorothéa avait connaissance et qu'elle pillait parfois, lorsque son train de vie dépassait le montant de ses rentes personnelles. Sadi les alimentait toujours en suffisance, afin de la persuader qu'ils représentaient la totalité de ses avoirs. En ce qui le concernait, en revanche… Privé de la liberté de mener son existence comme il l'entendait, ses dépenses d'agrément se résumaient aux vêtements et aux livres, sachant que, de ces deux postes, celui des livres était le plus intime. Après tout, il utilisait les habits comme son corps : pour manipuler celles qu'il servait.

Oui. Auprès de n'importe quelle autre cour, il aurait employé cet après-midi dépourvu d'obligations à bon escient. Ce jour-là, cependant, il s'était ennuyé à n'en plus finir, excédé de se voir interdire l'accès à l'aile de la nursery et à tout ce qui s'y déroulait.

La soirée avait été consacrée à un dîner suivi d'une pièce de théâtre. Au dernier moment, Robert avait brusquement décidé de se joindre à eux, et la tension émanant de Philippe et de son frère, qui s'étaient disputé les sièges de la loge privée, lui avait paru plus édifiante que le spectacle.

La journée touchait à sa fin et il était incapable de cesser ses errances. Il s'arrêta devant la bibliothèque d'Art, attiré par une faible lueur visible sous la porte.

La lumière s'éteignit au moment précis où il poussait le battant.

Il se faufila à l'intérieur et, d'un geste de la main, embrasa la bougie posée au fond de la pièce encombrée. La chandelle ne diffusa guère plus qu'un rougeoiement, mais cela lui suffisait.

Il se fraya un chemin jusqu'aux étagères. Là, il observa la tête blonde qui scrutait le sol d'un air inspiré, et ses yeux dorés brillèrent de satisfaction. Les pieds nus de l'enfant pointaient sous la chemise de nuit.

— Il est tard, petite. Ne devriez-vous pas être au lit ?

Il se tança silencieusement en percevant l'aura de séduction qui émanait de l'intonation onctueuse de sa voix, mais il ne pouvait rien faire pour y remédier.

Jaenelle leva le menton. Il reçut sa méfiance comme une gifle en plein visage. Le matin même, il avait été le témoin de ses jeux. Pourquoi devenait-il soudain un étranger éveillant le soupçon ?

Alors qu'il se demandait quoi répondre, il remarqua un volume qui dépassait de l'étagère supérieure. Songeant instinctivement que cela devait avoir un rapport avec le brusque changement d'attitude de Jaenelle, il s'en saisit et lut le titre. Il haussa les sourcils, surpris. Si c'était là son idée du livre de chevet, il ne fallait pas s'étonner qu'elle se passe des leçons d'Art de Graff. Il le lui tendit en silence et frôla les tranches des autres ouvrages, faisant en sorte que personne ne serait en mesure de déceler l'absence de celui-là, à moins d'y regarder à deux fois.

*Eh bien?* Il ne prononça pas ces mots à voix haute. Il ne les lui envoya pas par la pensée. La question n'en était pas moins formulée, et il attendait sa réponse.

Les lèvres de Jaenelle tressaillirent. Elle était partagée entre la défiance et l'amusement. Et derrière ces émotions… peut-être y avait-il une infime touche de confiance.

— Merci, prince, dit-elle, un rire dans la voix.

— C'est tout naturel. (Il eut une hésitation.) Je m'appelle Daimon.

— Il serait malpoli de m'adresser à vous ainsi. Vous êtes mon aîné.

Sadi poussa un grognement de frustration. L'enfant effectua une révérence insolente et sortit de la bibliothèque en riant franchement.

— Quelle gamine énervante, gronda Daimon en regagnant sa chambre.

Mais un doux sourire empreint d'espérance ne cessait de le taquiner.

Alexandra était assise sur son lit, les genoux repliés contre la poitrine. De chaque côté de sa couche pendait un cordon. Tirer celui de gauche appellerait sa domestique. Celui de droite sonnerait dans la chambre située en dessous de la sienne.

Elle enfouit la tête entre ses bras et soupira.

Fichtre, quelle élégance dans cette tenue de soirée dont la coupe exquise épousait parfaitement son corps magnifique et mettait en valeur ses traits harmonieux ! Sa voix, lorsqu'il lui avait adressé la parole, lui avait donné l'impression d'être une caresse sensuelle et elle avait senti quelque chose naître au creux de son estomac... Aucun homme n'avait jamais suscité cela chez elle. Cette voix et ce corps lui faisaient perdre l'esprit parce que celui à qui ils appartenaient paraissait ne pas avoir le moins du monde conscience de l'effet qu'il produisait. Au théâtre, les lorgnettes avaient été braquées sur lui plutôt que sur la scène.

Il fallait tenir compte de sa réputation. Elle n'avait néanmoins rien trouvé à redire à son comportement, même s'il se contentait d'une politesse distante. Il se présentait aux convocations, accompagnait les dames avec grâce et intuitivité, se montrait courtois en toutes circonstances sans pour autant recourir à la flatterie... et il émanait de lui tant de séduction que toutes les femmes présentes au théâtre ce soir-là allaient certainement rechercher la compagnie d'un consort ou d'un amant pour la nuit.

*Et là se situe le problème, n'est-ce pas ?*

Alexandra n'avait pas eu d'amant attitré depuis qu'elle avait prié Philippe de prendre soin de la Première Nuit de Lilande. Elle avait toujours su qu'il était profondément amoureux de celle-ci. Après cela, il aurait été injuste, envers eux, d'exiger la présence de Philippe dans son lit.

Une part d'elle-même désapprouvait le fait que l'on puisse se servir des hommes à seule fin d'assouvir une envie sexuelle, mais cela ne l'empêchait pas de désirer qu'on la touche. La plupart du temps, elle satisfaisait cet impérieux besoin lorsqu'elle séjournait à la cour d'une reine de moindre importance qu'elle, ou bien pendant les escapades qu'elle partageait, une ou deux nuits durant, avec quelques Veuves Noires de ses amies, au cours desquelles elles festoyaient en compagnie – et sur la personne – des mâles dévoués au cénacle.

Et voilà que dans la chambre en dessous de la sienne logeait un prince de guerre devant qui son sang ne faisait qu'un tour, un prince de guerre qui dispensait l'extase depuis des siècles, un prince de guerre qu'il lui appartenait de commander.

Si elle l'osait.

Alexandra tira le cordon de droite. Elle attendit une minute et répéta son geste. Comment devait-on se comporter envers un esclave sexuel ? Ils ne faisaient pas partie de la catégorie des consorts et des amants, elle savait au moins cela. Mais que faire ? Que dire ?

Elle se recoiffa avec les doigts. Elle allait improviser. Il le fallait. Si elle ne trouvait pas l'apaisement cette nuit, elle allait devenir folle.

En dépit de sa frustration, elle était sur le point d'abandonner et d'éteindre la lumière, presque soulagée qu'il n'ait pas obéi, lorsque l'on frappa discrètement à la porte.

— Entrez.

Elle se redressa, se raccrochant à un semblant de dignité. Elle avait les mains moites à cause de la nervosité. Elle rougit en le voyant s'adosser au battant après l'avoir refermé. Il ne s'était pas changé, mais ses cheveux étaient légèrement ébouriffés, et sa chemise en partie déboutonnée laissait entrapercevoir son torse lisse et musclé.

En sa présence, son corps réagit instantanément et elle fut incapable de penser, incapable de prononcer un mot. Depuis l'arrivée de cet homme, elle avait tenu bon. Mais, à présent, elle voulait voir quel effet cela ferait de l'avoir dans son lit.

Pendant un long moment, il ne dit rien. Ne fit rien. Il se contenta de rester appuyé contre la porte, sans la quitter des yeux.

Et une lueur dangereuse dansait dans ses iris dorés.

Alexandra patienta, peu encline à le congédier, trop effrayée pour exiger ses services.

À la fin, il vint à elle et lui montra ce dont un esclave sexuel était capable.

## 4. Enfer

Lorsque l'on frappa timidement à la porte, Sahtan n'en tint pas compte ; rien n'avait eu d'importance, ces dernières semaines. Il vit la poignée pivoter, mais l'entrée était scellée au Noir, alors celui ou celle qui se trouvait de l'autre côté allait y demeurer.

La poignée tourna de nouveau, et le battant s'ouvrit.

Courroucé de l'impudence de cette intrusion, il contourna le bureau en boitant et se figea en apercevant Jaenelle qui se faufilait dans la pièce. Elle resta debout, immobile, comme intimidée, appréhendant l'accueil qui lui serait réservé.

— Jaenelle, chuchota-t-il. Jaenelle !

Répondant à son invitation, elle se jeta contre lui et serra ses bras minces autour de son cou, tel un étau.

SaDiablo sentit sa mauvaise jambe protester, et il chancela. Cela ne l'empêcha pas de porter l'enfant jusqu'à un fauteuil, près du feu. Il enfouit son visage dans ses cheveux, sans relâcher son étreinte. Et pendant tout ce temps, il murmura : « Jaenelle », encore et encore, en l'embrassant sur le front, en l'embrassant sur les joues.

— Jaenelle. Où étiez-vous donc ?

Au bout d'un moment, celle-ci s'écarta en prenant appui sur les épaules de Sahtan. Elle le dévisagea et se rembrunit.

— Vous avez recommencé à boiter, constata-t-elle, peinée.

— C'est ma patte folle, expliqua-t-il sans s'attarder sur la question.

Il la vit alors dégrafer le haut de son chemisier et tirer le col.

— Non, dit-il avec fermeté.

— Vous avez besoin du sang. Vous avez recommencé à boiter.

— Non. Vous avez été malade.

— Pas du tout, protesta l'enfant avec véhémence, avant de vite détourner les yeux.

Les iris de Sahtan virèrent au jaune dur et il manifesta son exaspération.

*Si vous n'avez pas été souffrante, sorcelière, cela signifie que ce qu'a subi votre corps a été provoqué délibérément. Je n'ai pas oublié la fois précédente. Cette soi-disant famille a beaucoup de comptes à rendre.*

— Pas vraiment malade, rectifia Jaenelle.

Comme si elle le suppliait de se rallier à sa version de l'histoire. Mais, feu d'Enfer ! Comment l'accepter, en la voyant dans cet état ?

— Le sang est puissant, Sahtan. (Elle l'implorait bel et bien.) Et vous en avez besoin.

— Vous ne pouvez vous passer de la moindre goutte, gronda Sahtan.

Il fit mine de bouger, mais Jaenelle était assise à califourchon sur lui et l'entravait efficacement. Il soupira. Il ne connaissait que trop cette expression déterminée. Elle n'allait pas le laisser partir tant qu'il n'aurait pas obtempéré.

Il se dit qu'elle avait peut-être d'autres raisons de vouloir lui donner son sang, en dehors du fait de lui en faire profiter. Elle paraissait plus fragile… et pas seulement physiquement. Il eut l'impression que rejeter son offre conforterait une peur profondément ancrée en elle et qu'elle tentait ardemment de maîtriser.

Cela emporta sa décision. Sa bouche se referma doucement sur le cou de la fillette.

Il prit tout son temps pour avaler une quantité minime de la substance, savourant le contact et espérant que Jaenelle serait dupe. Lorsqu'il eut terminé et eut guéri la plaie d'une pression du doigt, il vit qu'elle était dubitative. *Eh bien, nous sommes deux à pouvoir jouer.*

— Où étiez-vous, sorcelière ? demanda-t-il avec tant de tendresse que la question claqua comme une exigence.

Cela étouffa efficacement toute protestation. L'enfant l'observa avec une innocence confondante.

— Sahtan, y aurait-il de quoi manger ?

Égalité. Il avait su que cela finirait ainsi.

— Oui, répondit-il sèchement. Je pense que nous devons pouvoir trouver quelque chose.

Jaenelle se leva à reculons et constata qu'il s'efforçait de l'imiter. Sans un mot, elle alla chercher la canne posée contre le bureau de bois noir et la lui tendit.

SaDiablo fit la grimace, mais il prit l'objet et s'appuya légèrement sur les épaules de la fillette. Ils traversèrent les passages inférieurs, grossièrement taillés, arpentèrent le labyrinthe des corridors situés à l'étage avant d'atteindre enfin l'entrée monumentale. Puis ils contournèrent le Manoir et gagnèrent le sanctuaire qui abritait l'Autel Noir.

— Il y a un Autel Noir juste à côté d'ici ? demanda Jaenelle en observant les alentours avec intérêt.

Sahtan rit doucement en allumant les quatre bougies dans l'ordre approprié.

— En réalité, sorcelière, le Manoir est venu après l'Autel.

L'enfant écarquilla les yeux lorsque le mur de pierre se mua en brume.

— Oooh…, chuchota-t-elle. (Il ne l'avait jamais vue si admirative.) Pourquoi fait-il cela ?

— Il s'agit d'une Porte, répliqua Sahtan, perplexe.

— « Une Porte » ?

Il dut se résoudre à étoffer son explication :

— Une Porte entre les royaumes.

— Oooh !

Sahtan eut l'impression de perdre pied. Elle voyageait librement depuis des années à présent, aussi avait-il toujours cru qu'elle savait ouvrir les Portes. Mais elle ne connaissait même pas leur existence, alors comment avait-elle fait, durant tout ce temps, pour se rendre en Kaelir et en Enfer ?

Il ne pouvait pas lui poser la question. Il n'allait pas lui poser la question. S'il le faisait, elle lui répondrait, et il ne lui resterait plus qu'à l'étrangler.

Il tendit la main vers elle.

— Avancez dans la brume. Le temps de compter lentement jusqu'à quatre, nous aurons traversé.

Lorsqu'ils furent arrivés de l'autre côté, ils contournèrent le Manoir et y entrèrent.

— Où sommes-nous ? demanda Jaenelle en examinant les prismes formés par l'arche de verre décoratif qui surmontait les vantaux.

— Dans le Manoir SaDiablo, répliqua-t-il posément.

— Ce n'est pas le même endroit.

— Et pourtant, sorcelière… Nous venons de franchir une Porte, vous rappelez-vous ? Voici le Manoir situé dans le Règne d'Ombre. Nous nous trouvons en Kaelir.

— Alors, il existe bel et bien un Règne d'Ombre, murmura-t-elle en entrant brièvement dans une pièce pour regarder.

Certain qu'elle n'avait pas eu l'intention de s'exprimer à voix haute, Sahtan ne réagit pas. Il se contenta d'ajouter l'information aux questions perturbantes qu'il se posait encore. Mais il fut d'autant plus soulagé d'avoir décidé de lui montrer la demeure de Kaelir.

Avant même sa longue disparition, il avait voulu la soustraire à Enfer. Il savait qu'elle continuerait à rendre visite à Char et aux autres cildru dyathe, ainsi qu'à Titienne, mais la présence d'Hékatah était trop manifeste, ces temps-ci ; elle fomentait quelque méfait avec la complicité d'un petit groupe de sorcières, des démones qu'elle appelait son « cénacle », et qui avait pour objectif de le distraire, d'attirer son attention. En réalité, les sourires empreints de suffisance et les excuses exagérément contrites de son ancienne épouse l'emplissaient d'un effroi qui, lentement, se cristallisait en une fureur glaciale. Chaque journée que Jaenelle passait loin d'Hékatah était un jour supplémentaire où tous étaient en sécurité.

Jaenelle acheva sa brève visite des salles sur lesquelles donnait le grand vestibule et revint vers lui en sautillant. Ses yeux brillaient.

— C'est merveilleux, Sahtan.

Il passa un bras autour de ses épaules et l'embrassa au sommet du crâne.

— Et quelque part au milieu de tous ces corridors, il existe une cuisine et une excellente cuisinière : Mme Bhil.

Tous deux levèrent la tête en entendant, en provenance du couloir de service qui débouchait à l'autre extrémité du hall, le « clic-clic » de souliers dont le propriétaire se dirigeait vers eux d'un pas décidé. Sahtan sourit en reconnaissant ce son caractéristique. Il émanait d'Hélène, venue voir qui, au juste, se trouvait dans « sa » demeure. Il allait annoncer l'identité de l'arrivante à Jaenelle, mais la stupéfaction le laissa sans voix.

Le visage de l'enfant était un masque de malveillance, le plus froid et le plus lisse qu'il lui ait été donné de contempler. Le tumulte régnait dans ses yeux saphir. Le pouvoir qu'elle renfermait ne se manifestait pas sous la forme des cercles concentriques de plus en plus larges qui tenaient lieu d'avertissement, comme cela se serait produit chez d'autres sorcières en proie à la colère. Non, cela s'amassait au fond d'elle, descendait en spirale jusqu'au tréfonds de son être. Elle allait orienter cette puissance vers le monde extérieur, provoquant ainsi des dégâts considérables. Elle se glaçait de plus en plus, et il était incapable de l'arrêter, de combler la distance qui, inexplicablement, était soudain venue les séparer. Jaenelle se dégagea d'un petit mouvement d'épaules et, avec une grâce prédatrice que tout fauve lui aurait enviée, s'avança sans bruit.

D'une seconde à l'autre, Hélène entrerait dans le vestibule… et mourrait. Sahtan concentra toute la magie de ses Joyaux, rassembla ses forces. Tout était suspendu au fil d'un unique mot.

Il brandit la main droite où le Joyau noir étincelait de tous ses feux, et Jaenelle se figea.

— Dame, dit-il avec autorité.

Elle le regarda. Il frémit mais maintint son geste.

— En vertu du Protocole, lorsqu'un prince de guerre présente une requête à sa Reine, celle-ci la lui accorde obligeamment, à moins qu'elle décide de se passer de lui.

Je vous demande de vous fier à mon jugement en ce qui concerne le choix des domestiques du Manoir. Je demande la permission de vous présenter à la gouvernante, qui fera tout son possible pour vous servir comme il se doit. Je vous demande de venir vous sustenter en ma compagnie dans la salle à manger.

Il ne lui avait jamais enseigné le Protocole, le subtil équilibre des jeux de pouvoir au sein du Lignage. Il était parti du principe qu'elle en avait acquis les rudiments au jour le jour, à force d'observation. Il avait pensé qu'il aurait le temps de lui apprendre la finesse des interactions entre les Reines et les hommes ornés aux Sombres. Et tel était le seul recours dont il disposait. Si elle n'accueillait pas sa sollicitation comme il convenait…

— Je vous en prie, sorcelière, murmura-t-il à l'instant précis où Hélène s'arrêtait à l'entrée du hall.

La Ténèbre virevoltait autour de lui. Ô Nuit ! jamais il n'avait ressenti cela auparavant.

Jaenelle contempla pendant un long moment la main tendue, puis y plaça lentement sa propre paume. Sahtan entraperçut la vérité avant que l'enfant se ferme doucement à lui, et il frissonna sans parvenir à se maîtriser.

— Voici Hélène, ma gouvernante, dit-il sans jamais quitter sa Dame des yeux. Hélène, je vous présente la demoiselle…, commença-t-il avant de s'interrompre, désemparé : « demoiselle Jaenelle » suggérait trop de familiarité.

Celle-ci tourna son regard tumultueux vers la femme, qui se crispa mais, faisant preuve de l'instinct du petit animal traqué, demeura immobile.

— Angelline, roucoula l'enfant, de sa voix de minuit.

— Angelline, répéta Sahtan. (Faisant appel à toute sa volonté, il adjura mentalement Hélène de rester calme.)

Ma chère, voudriez-vous bien vous enquérir de ce que Mme Bhil pourrait nous préparer, aujourd'hui ?

La gouvernante, consciente de son statut, fit la révérence.

— Bien entendu, Sire, répliqua-t-elle dignement.

Elle se détourna, sortit du vestibule à pas mesurés et SaDiablo la félicita silencieusement de son aplomb. Jaenelle, pour sa part, recula, l'air abattu.

— Sorcelière ? appela-t-il gentiment.

Elle lui adressa un regard peiné, hanté, et endeuillé qui lui tordit le cœur, car il en ignorait la cause… ou, peut-être, parce qu'il en connaissait la raison.

Sa réaction n'était pas due au fait que lorsqu'elle l'avait touché, il avait contemplé un pouvoir qui plongeait dans les abîmes de l'Art : lui-même était fort éloigné du Blanc. Non, il ne s'était pas écarté d'*elle* : il avait tremblé d'horreur en lisant en elle. Durant ses mois d'absence, elle avait retenu la seule leçon qu'il avait voulu qu'elle n'apprenne jamais.

Celle de la haine.

Il devait à présent la convaincre qu'il ne s'était pas détourné à cause d'elle, il devait obturer le fossé qui les désunissait, trouver un moyen de la ramener. Il avait besoin de comprendre.

— Sorcelière, pourquoi vouliez-vous attaquer Hélène ? demanda-t-il sur un ton égal, prudent.

— C'est une étrangère.

Sahtan fut ébranlé par cette réaction, et sa mauvaise jambe céda. Instantanément, les bras de Jaenelle l'enveloppèrent à la taille, et il ne sentit pas du tout la chute. Quelque peu déconcerté, il baissa les yeux et remua le bout de son soulier. Il flottait à quelques millimètres au-dessus du sol. À supposer qu'il se déplace normalement, il aurait fallu un œil exercé pour remarquer qu'il ne touchait pas terre. L'absence de son l'aurait aussi dénoncé.

— Cela va vous aider, expliqua Jaenelle.

Elle exprimait tant de remords et d'inquiétude qu'au lieu de laisser son bras autour des épaules de l'enfant il la serra contre lui avec fougue.

Ils se dirigèrent vers la salle à manger, et Sahtan prit prétexte de sa jambe faible pour avancer à petits pas et s'accorder le temps de la réflexion. Il devait comprendre ce qui avait généré tant de férocité.

Hélène était effectivement une étrangère. Mais il conservait une liste démesurée de noms dans le tiroir de son bureau, et tous avaient été des inconnus, autrefois. Le fait qu'Hélène soit une adulte ? Non. C'était également le cas de Cassandra. Et celui de Titienne, de Prothvar, d'Andulvar et de Méphis. Tout comme le sien. Le fait qu'Hélène était en vie ? Non, là ne se trouvait pas non plus l'explication.

De dépit, il rejoua en son for intérieur les dernières minutes qui venaient de s'écouler en se forçant à prendre de la hauteur. Les bruits de pas, le changement de comportement subit, la grâce prédatrice… qui l'avaient amené à s'interposer.

Il se figea, stupéfait, mais Jaenelle le traîna quelques mètres encore avant de se rendre compte qu'il ne mettait plus un pied devant l'autre.

Il s'était demandé comment elle réagirait en sa compagnie, lorsqu'ils se rendraient en Kaelir, hors du royaume sur lequel il régnait, et il en avait le cœur net à présent. Elle faisait attention à lui. Elle était prête à le protéger parce que – de son point de vue, du moins – sa jambe malade le rendait vulnérable devant un adversaire.

Sahtan sourit, pressa l'épaule de Jaenelle et reprit son chemin.

Geoffrey avait eu raison. Le Protocole ne constituait pas le meilleur atout pour maîtriser l'enfant. Malheureusement, celui dont il bénéficiait opérait dans les deux sens. À partir de cet instant, il lui faudrait donc faire preuve d'une extrême prudence.

SaDiablo contemplait la nourriture amassée sur la table, de plus en plus désemparé. En sus de la cassolette de ragoût accompagnée de madeleines de maïs, on leur proposait des fruits, du fromage, des biscuits aux noix, du jambon et du bœuf froids, un poulet entier rôti, une assiettée de légumes, du pain frais, du beurre au miel ainsi qu'un pichet de lait. Le défilé des victuailles s'était interrompu uniquement parce qu'il avait refusé que le domestique apporte un ultime plateau lourdement chargé. La quantité à ingérer aurait découragé un adulte affamé, sans parler d'une petite fille.

Jaenelle avait les yeux rivés sur la vaisselle placée en arc de cercle sur la table, devant elle.

— Allons, mangez votre ragoût tant qu'il est chaud, suggéra Sahtan avec tact, en savourant un verre de yarbarah.

Jaenelle s'exécuta, mais elle reposa sa cuiller dès la première bouchée. Réserve et incertitude avaient refait surface.

Sahtan se mit à parler de tout et de rien. Il se comporta comme s'il n'avait rien d'autre à faire, comme s'il n'avait nulle part où se rendre et allait par conséquent rester assis là pendant un bon bout de temps. Jaenelle recommença alors à manger. Il remarqua qu'elle s'interrompait dès qu'il se taisait, comme si elle ne voulait pas que le fait qu'elle se restaure l'empêche de se consacrer à ses affaires. Il poursuivit donc son bavardage, évoquant Méphis, Prothvar, Andulvar, Geoffrey et Draca, mais son monologue se tarit bien vite. *Les morts ne sont pas très occupés*, songea-t-il avec humeur tout en se lançant dans une longue tirade au sujet du livre qu'il était en train de lire, sans s'assurer le moins du monde que la petite y comprenait quelque chose.

Ses idées menaçaient de s'étioler lorsque Jaenelle se cala au fond de son siège, les mains croisées sur son estomac rebondi, et lui adressa le sourire placide et un peu léthargique de l'enfant repu. Sahtan porta son verre à ses lèvres pour dissimuler son amusement et accorda un bref regard aux reliefs du repas exposés devant lui. Il avait probablement été trop vite en besogne, en renvoyant le dernier plateau en cuisine.

— J'ai une surprise pour vous, dit-il.

En la voyant déployer de gros efforts pour se redresser, il dut se mordre l'intérieur de la joue pour ne pas trahir son amusement.

Il l'emmena au deuxième étage de l'aile dans laquelle il résidait. Les portes de droite menaient à ses appartements personnels. Il ouvrit l'une de celles situées du côté gauche.

Il avait longuement réfléchi à l'agencement de ces pièces. La chambre à coucher ressemblait à un paysage océanique avec son tissu mural coquillage, la nuance ocre pâle des tapis moelleux, qui évoquait le sable, la riche teinte bleu marine de la courtepointe posée sur le lit immense, les meubles d'un brun chaud et les oreillers épars couleur d'oyat. Le boudoir attenant, pour sa part, était dédié à la terre. L'ensemble manquait encore d'une touche féminine, que Sahtan s'était bien gardé d'imposer.

Jaenelle examina les lieux en poussant des exclamations admiratives. En voyant la salle de bains, elle s'écria :

— Je pourrais nager, dans cette baignoire !

Quand elle revint finalement près de lui, il demanda :

— Cela vous plaît-il ? (L'enfant opina du chef en souriant.) J'en suis heureux, car ce sont vos appartements. (Il ne tint pas compte du petit cri de joie étouffé et poursuivit :) Évidemment, vous devrez y apporter votre contribution, ainsi que tout l'attirail propre à une dame, afin de leur conférer leur caractère. Et j'ai laissé les murs vierges : il vous appartiendra de choisir les tableaux.

— Mes appartements ?

— Chaque fois que vous le souhaiterez, que je sois présent ou non. Un endroit tranquille, à votre seule intention.

Il la regarda avec délectation explorer de nouveau les lieux, les yeux brillant d'une possessivité toute neuve. Il ne cessa de sourire qu'au moment où Jaenelle essaya d'ouvrir la porte du fond. La trouvant fermée à clé, elle s'en désintéressa sans poser de questions.

Elle retourna dans la salle de bains pour réfléchir aux diverses possibilités qu'offrait la baignoire.

Sahtan la chérissait, mais il n'était pas un imbécile. Le battant cachait des pièces supplémentaires, de taille plus réduite mais décorées avec autant de soin. Un jour, elle viendrait séjourner en Kaelir accompagnée d'un consort, qui logerait dans cette suite. Pour le moment, ou du moins tant qu'elle ne l'interrogerait pas, il n'avait aucune raison de lui expliquer la situation et le rôle que jouerait cet homme.

— Sahtan ?

Tiré de ses rêveries sinistres, il constata que Jaenelle était revenue à côté de lui ; de gaieté, ses joues avaient repris des couleurs.

— Pensez-vous que nous puissions poursuivre mes leçons ?

— Cela va de soi. (Il resta un instant songeur.) Savez-vous créer de la lumière par la magie ?

L'enfant fit un signe de dénégation.

— Alors, c'est un point de départ. (Il ménagea une pause, puis ajouta avec naturel :) Que diriez-vous de travailler ici ?

— « Ici » ?

— Ici, oui. Ainsi…

— Mais, dans ce cas, je ne verrai plus Andulvar, et Prothvar et Méphis, protesta Jaenelle.

L'espace d'une seconde, Sahtan eut l'honnêteté de reconnaître qu'il était jaloux de ne pas être l'objet exclusif de son affection.

— Bien entendu que vous pourrez les voir, répondit-il de bonne grâce. (Mais il s'efforçait de ne pas grincer des dents.) Rien ne les empêche de venir ici.

— Je croyais que les démons ne sortaient pas d'Enfer.

— En général, il est plus agréable pour les défunts de demeurer parmi leurs semblables, et c'est aussi la situation dont s'accommodent le mieux les vivants. Mais cela fait tant d'années que nous ne sommes plus en vie… (Il haussa les épaules.) Par ailleurs, même si Méphis n'est pas venu en Kaelir depuis fort longtemps, ce ne serait pas la première fois qu'il s'y rendrait, et il y gère toujours un certain nombre de mes affaires courantes. Je pense qu'il serait désireux de trouver un prétexte pour quitter momentanément le Sombre Royaume… et qu'Andulvar et Prothvar partageraient son avis. (Il espéra qu'il n'allait pas gâcher le stratagème en péchant par excès de perspicacité.) Et, à l'issue de vos leçons, vous auriez la possibilité de faire un saut ici, afin de voir vos amis kaeliriens plus aisément.

— C'est vrai, répliqua lentement Jaenelle, songeuse. De cette façon, je n'aurai à sauter d'une Trame à l'autre qu'une fois au lieu de deux. (Son regard s'éclaira et elle claqua des doigts.) Je pourrai même emprunter les Portes, si vous me montrez comment les ouvrir.

Sahtan ne perdit pas pied. Il effectua un vol plané mental en bonne et due forme et s'affaissa lourdement. Il voulut déglutir, mais il avait la bouche aride, un véritable désert.

— Tout à fait, parvint-il enfin à articuler.

Il allait bel et bien devoir l'étrangler, sans quoi il finirait par se blesser à force d'opérer des acrobaties mentales pour tenter de convertir l'impossible en des faits que l'on pouvait considérer, sans trop d'efforts, comme du domaine de l'acceptable.

— Vos leçons, croassa-t-il. (Il espérait, de manière un tantinet hystérique, que ce sujet-là se révélerait inoffensif. Jaenelle arborant une mine rayonnante, il déclara forfait en soupirant :) Quand souhaiteriez-vous les reprendre ?

L'enfant étudia la question.

— Il se fait tard, aujourd'hui. On me cherchera si je ne suis pas revenue pour le déjeuner. (Elle fronça le nez.) Je devrais aller voir Lorn, demain. Je ne l'ai pas vu depuis un bon moment et il va s'inquiéter.

*Et* moi, *alors ?* protesta Sahtan en silence.

— Après-demain ? Wilhelmina suit ses cours le matin, et personne ne se préoccupera de mon sort avant l'heure du déjeuner.

— Entendu.

Il l'embrassa sur le sommet du crâne, la reconduisit à l'entrée du Manoir et la regarda agiter la main dans sa direction avant de disparaître. Il s'attarda en Kaelir suffisamment longtemps pour s'assurer qu'Hélène s'était remise de ses émotions et afin de lui communiquer des instructions claires au sujet du comportement à adopter, dans l'hypothèse où Jaenelle viendrait. Surtout si elle arrivait sans lui. Puis il regagna son bureau du Sombre Royaume.

C'est là qu'Andulvar le trouva un peu plus tard, occupé à se servir une bonne rasade d'eau-de-vie. L'Eyrien plissa les yeux en remarquant que ses mains tremblaient.

— Que faites-vous ?

— Je m'enivre copieusement, répondit SaDiablo sur un ton posé, en avalant une grande gorgée. Cela vous dirait de vous joindre à moi ?

— Les démons ne consomment pas d'alcool à l'état pur, et les Gardiens non plus, tant que nous y sommes. (Il insista en voyant Sahtan vider un deuxième verre :) Par ailleurs, pourquoi vouloir vous enivrer ?

— Parce que, sans cela, je vais l'étrangler.

— La gamine est de retour et vous ne nous avez pas avertis ? gronda Andulvar en se raidissant, les poings sur les hanches. Pourquoi avez-vous envie de l'étrangler ?

Sahtan se resservit pour la deuxième fois. Pour quelle raison avait-il renoncé à l'eau-de-vie ? Quelle boisson délectable, pourtant ! Comme le fait de verser de l'eau sur un brasier mental. Ou s'agissait-il d'y verser de l'huile ? Aucune importance.

— Saviez-vous qu'elle saute de Trame en Trame ?

Cela ne parut pas émouvoir Andulvar, qui haussa les épaules.

— La moitié des Ornés du Lignage est capable de passer de Vent en Vent.

— Elle ne saute pas d'un Vent à l'autre, mon cher, mais de royaume en royaume.

Andulvar en eut le souffle coupé et fut heureux de voir Sahtan remplir un second verre.

— Ce n'est pas possible, dit-il, la gorge serrée.

— C'est ce que j'ai toujours pensé. Et je refuse catégoriquement de songer au péril que cela représente tant que je n'aurai pas perdu toute ma lucidité. Au fait, c'est cela qui lui a permis de se promener à droite et à gauche, durant toutes ces années. Jusqu'à aujourd'hui, elle ignorait l'existence des Portes.

Andulvar lorgna la bouteille d'eau-de-vie.

— Il n'y en a pas assez pour que nous soyons saouls tous les deux… même à supposer que cela soit encore *faisable*.

— J'ai des réserves.

— Oh, dans ce cas…

Ils s'installèrent devant l'âtre et se consacrèrent à leur tâche.

## 5. Enfer

— Les Gardiens ne devraient pas boire, vous savez, dit Geoffrey, trop amusé pour manifester de la compassion.

Sahtan lui adressa un regard haineux avant de fermer les paupières, en espérant que ses yeux allaient tomber de leurs orbites, pour qu'au moins une partie de sa tête cesse de le faire souffrir. Il se crispa lorsque la chaise du bibliothécaire crissa sur le sol.

— Encore des noms ? demanda ce dernier en s'asseyant, sans hausser le ton.

— Un patronyme : « Angelline », probablement d'origine chaillotte, et « Wilhelmina ».

— Un nom de famille et un point de départ. Vous êtes trop bon, Sahtan.

— Je souhaite votre mort, rétorqua celui-ci en tressaillant au son de sa propre voix.

— Accordé, commenta gaiement l'intéressé en partant chercher le registre adéquat.

La porte de la bibliothèque s'ouvrit. Draca, sénéchale du Fort, s'avança sans bruit jusqu'à la table et déposa une tasse devant SaDiablo.

— Ssessi va vous aider. Même ssi vous ne le méritez pas.

Sahtan goûta le breuvage fumant, fit la grimace mais en ingéra la moitié. Il se cala au fond de son siège en tenant nonchalamment la tasse, et écouta le son ténu des pages que Geoffrey tournait. Lorsqu'il eut terminé la décoction, le bibliothécaire avait cessé de feuilleter l'ouvrage.

Les sourcils noirs de celui-ci formaient un « V » sous son front dégarni. Il pinça ses lèvres rouge sang charnues.

— Bien. J'ai trouvé une dénommée Alexandra Angelline, reine de Chaillot. Elle porte l'Opale du Lignage. Sa fille Lilande a reçu le Rose et est mariée à un seigneur de guerre orné au Jaune : Robert Bénédict. Personne du nom de Wilhelmina Angelline. En revanche, j'ai une Wilhelmina Bénédict, âgée de quatorze ans, native de Chaillot et portant le Pourpre vespéral.

Sahtan n'esquissa pas un geste.

— D'autres liens familiaux ? demanda-t-il sur un ton doucereux.

— Un seul qui soit digne d'intérêt, répondit Geoffrey en levant vivement la tête. Philippe Alexandre, un prince orné au Gris issu de la même lignée paternelle que Robert Bénédict, et qui est au service d'Alexandra Angelline. Il n'est pas inhabituel pour un fils illégitime dont l'ascendance n'a pas été officiellement reconnue d'adopter un patronyme reflétant l'identité de sa reine.

— Je le sais pertinemment. Et concernant Jaenelle ?

— Elle ne figure pas sur la liste.

Sahtan joignit les doigts.

— Elle a dit s'appeler Angelline, ce qui tendrait à indiquer qu'elle-même, sinon les autres, perpétue l'antique tradition calicienne de la parenté matriarcale. Elle peut venir les matinées durant lesquelles Wilhelmina suit ses leçons. Même famille ?

— Probablement, répondit Geoffrey en refermant le registre. Terreille ne tient plus rigoureusement les listes du Lignage. Mais si les Angelline ont déclaré l'une des enfants, pourquoi pas sa sœur ?

— Parce qu'ils ont une fille ornée au Pourpre vespéral. (Il eut un sourire froid.) Ils n'ont même pas songé que la seconde pouvait être Ornée.

— Ce devrait pourtant être difficile de ne pas le remarquer, connaissant notre Dame blonde.

— Au contraire. Elle n'a jamais porté les Joyaux qu'elle a reçus, et les sorts les plus élémentaires la dépassent. Si elle n'a jamais montré la créativité dont elle peut faire preuve, ils n'ont eu aucun moyen de savoir qu'elle avait du talent.

Il sentit un poids froid s'appesantir entre ses omoplates.

— À moins qu'ils ne l'aient pas crue, reprit-il doucement en se remémorant ce que Jaenelle avait raconté au sujet du Règne d'Ombre. (Il remisa cette pensée, avec l'intention d'y réfléchir ultérieurement, et contempla la tasse vide.) Ce machin-là a un goût infâme, mais ma tête s'en félicite. Il n'en resterait pas, par hasard ?

— Il y a toujours une chance, répliqua Geoffrey en tirant le cordon de la sonnette. (L'amusement transparaissait dans sa voix.) Surtout si vous me dites que c'est infâme.

Sahtan se frotta le menton du bout des doigts.

— Geoffrey, vous êtes le bibliothécaire du Fort depuis bien, bien longtemps, et vous en savez probablement plus que nous tous réunis. Avez-vous jamais entendu parler de quelqu'un qui serait descendu en vrille à la profondeur de ses Joyaux ?

— « En vrille » ? Non, mais cela ne signifie pas que cela ne puisse pas se produire, répondit Geoffrey en secouant la tête, après avoir réfléchi un moment. Demandez à Draca. À son aune, vous êtes encore au berceau et moi, je ne suis qu'un jouvenceau. (Il fronça les sourcils, un pli soucieux à la commissure des lèvres.) J'ai cependant lu quelque chose, il y a longtemps. Un extrait de poème, me semble-t-il, au sujet des grands Dragons de la légende. Voyons voir… « Ils descendent en vrille dans l'ébène…

— … ssaisisssant les asstres avec leur queue. »

Draca posa une tasse pleine devant Sahtan et l'autre récipient se volatilisa.

— C'est cela, confirma Geoffrey. Sahtan demandait s'il était possible qu'un membre du Lignage descende en vrille jusqu'au tréfonds de son être.

Draca se tourna lentement vers Sahtan, délicatement, en un geste qui témoignait de son grand âge plus que d'une forme de grâce, et riva ses yeux anciens de reptile sur Sahtan.

— Vous ssouhaitez donc comprendre ssessi ?

SaDiablo lui rendit son regard et hocha la tête avec réticence.

— Faites dissparaître l'ouvrage, dit Draca à l'intention du bibliothécaire. (Elle attendit d'avoir toute leur attention, puis ajouta :) Il ne ss'agit pas du Lignage.

Une boîte cubique, d'arête égale à la longueur du bras de Sahtan et remplie d'eau, apparut sur la table. Draca tendit lentement les mains, en partie dissimulées par les longues manches de ses robes. Elle ouvrit la première au-dessus de l'eau. Des paillettes, semblables à celles que les femmes cousent sur les vêtements pour que la lumière s'y reflète, y tombèrent et flottèrent. Elles avaient la couleur des Joyaux.

De l'autre main, Draca tenait une pierre lisse oblongue, attachée à une cordelette en soie.

— Je vais vous montrer comment les membres du Lignage atteignent la trame intime, le noyau du Moi.

Elle immergea la pierre tout en douceur, si bien que l'objet demeura en suspens, non loin du fond du récipient. Elle avait procédé avec tant de souplesse qu'elle n'avait provoqué aucun remous. Les paillettes dérivaient placidement à la surface.

— Lorssque l'on dessend ou que l'on remonte lentement de l'abîme, il ss'agit d'une affaire privée, d'une communion avec le Moi. Ssela ne perturbe point autrui. Quand la colère, la peur ou un besoin presssant nécesssitent de plonger dans les profondeurs à vive allure afin de ssollissiter le pouvoir puis de regagner la ssurfasse…

Elle immergea de nouveau la pierre. La cordelette se déroula et l'objet s'arrêta à quelques millimètres du fond. Sahtan et Geoffrey virent les ondulations se propager jusqu'aux bords de la boîte, et les paillettes danser à leur rythme.

Draca tira la cordelette d'un coup sec. La pierre jaillit, entraînant à sa suite un petit jet d'eau. Chahutées par les vaguelettes, certaines des paillettes – celles de couleur claire – sombrèrent.

Draca laissa Sahtan et Geoffrey assimiler la signification de la scène, puis dit :

— Une sspirale.

La pierre tournait en rond au-dessus du récipient, décélérant et se rapprochant progressivement de la surface. Lorsque le contact eut lieu, le liquide commença à tournoyer, tournoyer, tournoyer sous l'effet du mouvement, et les paillettes furent irrésistiblement attirées dans son sillage. Quand la pierre s'immobilisa tout près du fond, elles virevoltaient toutes, prisonnières du flux.

— Des remous, murmura Geoffrey.

Mal à l'aise, il regarda subrepticement Sahtan qui, les lèvres pincées, observait la scène en labourant la table avec ses longs ongles.

— Non.

Draca tira la pierre verticalement, entraînant l'eau qui déborda et éclaboussa la table. Les paillettes, expulsées en même temps que l'eau, gisaient tels de minuscules poissons morts.

— Un tourbillon.

— Vous avez dit que les membres du Lignage n'étaient pas sujets au vertige, objecta Sahtan en se détournant.

Draca le contraignit à la regarder en posant la main sur son bras.

— Elle est pluss que le Lignage. Elle est Ssorcière.

— Peu importe. Elle fait partie du Lignage.

— Tout en étant Autre.

— Non. Elle est toujours du Lignage. Elle est toujours l'une des nôtres. Il le faut.

Et elle demeurait sa douce et curieuse Jaenelle, sa fille de cœur. Rien de ce que l'on pourrait dire ne changerait cela.

Mais quelqu'un lui avait appris à haïr.

— Elle est Ssorcière, poursuivit Draca avec une gentillesse dont elle n'avait encore jamais fait preuve envers Sahtan. Elle ssera à jamais ssujette au vertige, Ssire. Vous ne pouvez pas contrarier ssa nature. Vous ne pouvez empêcher les menues vrilles, les acssès de colère. Vous ne pouvez éviter qu'elle plonge vers les profondeurs, jussqu'au tréfonds de sson être. Touss ceux du Lignage en ont besoin de temps à autre. Mais le tourbillon… (Elle glissa les mains dans les manches de ses robes.)

Protégez-la, Ssahtan, par votre forsse et par votre amour, et peut-être ssela n'adviendra-t-il jamais.

— Et dans le cas contraire ? demanda-t-il d'une voix enrouée.

— Sse sera la fin du Lignage.

# Chapitre 8

## 1. Terreille

Daimon, qui battait les cartes, vit Lilande jeter un coup d'œil à la pendule. De nouveau. Ils jouaient depuis bientôt deux heures, et, si elle respectait sa routine, elle le laisserait partir soit dix minutes plus tard, soit à l'issue d'une manche supplémentaire, selon ce qui se produirait en premier.

C'était la troisième fois, cette semaine, qu'il devait la distraire lorsqu'elle se retirait. Les parties de cartes ne le dérangeaient pas. En revanche, cela l'énervait qu'elle insiste pour jouer dans son boudoir plutôt que dans le salon, au rez-de-chaussée. Et ses minauderies durant le petit déjeuner l'agaçaient plus encore.

La première fois que Lilande s'était vantée d'avoir été fort bien divertie, Robert s'était empourpré et n'avait pas caché sa colère. Mais ensuite, il avait remarqué que Philippe était fou de rage. Étant par ailleurs conscient qu'un esclave sexuel n'était pas considéré comme un homme « à part entière » et ne pouvait donc devenir un rival, Robert avait tapoté la main de son épouse avec allégresse en lui disant combien il était content que Sadi se montre de si bonne compagnie, puisque lui-même devait passer tant de soirées à travailler.

Philippe, pour sa part, se comportait depuis lors avec une grossièreté sans bornes. Il lui jetait le programme de la journée au visage en aboyant des instructions. Désormais, il accompagnait lui aussi Jaenelle et Wilhelmina dans leur promenade matinale et se plaçait entre elles, ce qui obligeait Sadi à rester en retrait.

De ces deux réactions, aucune ne satisfaisait Daimon, d'autant que Lilande affectait de ne pas remarquer la tension croissante. Elle n'était pas aussi frivole et écervelée qu'il l'avait d'abord cru. Quand ils jouaient aux cartes en privé et qu'elle se concentrait sur la partie, il décelait chez elle une ruse discrète, un talent pour les faux-semblants qui lui permettait, du moins en apparence, de se fondre dans le cercle d'amis qu'entretenait son mari.

Rien de cela n'expliquait pourquoi elle se servait de lui pour provoquer son monde. Philippe était déjà bien assez jaloux de son frère, lui qui avait le droit de se prélasser dans le lit de dame Bénédict. Elle n'avait pas besoin de se pavaner en compagnie d'un autre homme.

Daimon brida son impatience et se focalisa sur le jeu. Lilande avait beau surveiller l'heure, cela ne le concernait pas. Il avait ses propres motifs de vouloir voir la soirée s'achever.

Enfin congédié, il se dirigea vers la bibliothèque d'Art. Elle était vide, et il dut tuer dans l'œuf l'impulsion qui lui dictait, par dépit, de saccager les lieux.

Voilà ce qui l'irritait le plus depuis que Lilande, inopinément, avait décidé de s'intéresser à lui. Jaenelle faisait toujours une escapade nocturne, aux alentours de minuit, qui l'amenait invariablement à la bibliothèque, et il l'y retrouvait habituellement plongée dans l'un des vieux ouvrages de l'Art. Il ne s'imposait que brièvement, ne lui demandait jamais pour quelle raison elle rôdait dans la demeure à cette heure tardive, et recevait en récompense des bribes de conversation tout aussi brèves, quoique parfois sidérantes.

Elle y mêlait, de manière troublante, innocence et obscure intuitivité, ignorance et sagesse, et cela fascinait Sadi. Si, au fil de leur discussion, il parvenait à distinguer le titre du livre et le chapitre qu'elle était en train de consulter, il réussissait parfois, à force de travail, à débrouiller partiellement l'écheveau de ce qu'elle avait dit. D'autres fois, il gardait l'impression de détenir une poignée de pièces provenant d'un puzzle grand comme Chaillot tout entière. C'était exaspérant… et en même temps merveilleux.

Daimon allait partir lorsque le battant s'ouvrit subitement et que Jaenelle apparut. Il pivota des hanches sur son passage pour éviter qu'elle frôle la partie basse de son anatomie – il faisait très attention à cela, ne sachant pas comment son corps pourrait réagir – et posa la main sur son épaule pour ne pas qu'elle s'enfuie en courant quand elle comprendrait qu'elle n'était pas seule.

Il fut heureux, de manière un peu futile, de constater qu'elle avait déjà perçu sa présence. Il referma la porte derrière elle et alluma la bougie pour dispenser une faible lueur. Pendant ce temps, Jaenelle s'ébouriffait les cheveux, geste qui accompagnait ses réflexions.

— Aimez-vous jouer aux cartes ? demanda-t-elle une fois qu'ils furent installés sur le canapé de cuir brun foncé, à distance respectueuse l'un de l'autre.

— Oui, répondit Daimon, sur ses gardes.

N'ignorait-elle donc rien de ce qui se tramait dans cette demeure ? Il n'appréciait guère cette idée. Si elle avait appris qu'il jouait aux cartes avec Lilande, alors que savait-elle – ou comprenait-elle – de ses visites forcées dans la chambre d'Alexandra ?

— S'il pleut un matin et que nous ne pouvons pas aller nous promener, sans doute pourriez-vous jouer aux cartes avec Wilhelmina et moi, suggéra Jaenelle en s'ébouriffant de nouveau les cheveux.

Daimon se détendit un peu.

— J'en serais très heureux.

— Pourquoi Lilande ne dit-elle pas que c'est ce que vous faites ensemble ? Pourquoi donne-t-elle l'impression qu'il s'agit d'un secret ? Parce qu'elle perd tout le temps ?

— Non, elle ne perd pas tout le temps, répondit-il en essayant de ne pas laisser transparaître son agitation.

*Pourquoi m'embarrasse-t-elle systématiquement avec ses fichues questions ?*

— Je pense que les dames aiment faire des mystères.

— Ou peut-être qu'elles savent des choses qui doivent être tues.

Sadi oublia un instant de respirer. Sa main droite comprima le coussin du canapé et il fit la grimace. *Merde !* Il s'était montré négligent. Il devait purger la dent de serpent, et il n'avait pas trouvé l'occasion de chercher un poison qu'il pourrait se procurer facilement et qui conviendrait à son organisme.

Son geste n'avait pas échappé à Jaenelle.

Mal à l'aise, Daimon changea discrètement de position. Il avait gardé le secret de la dent de serpent pendant des siècles, et n'avait pas l'intention de se trahir devant une gamine de douze ans.

Mais c'était compter sans la ténacité et la robustesse de celle-ci. La main de Jaenelle se referma sur son poignet et tira. Il serra le poing pour cacher ses ongles et essaya de se dégager, de lui faire lâcher prise. Constatant qu'il n'y parvenait pas, il gronda de colère. Des hommes pleins d'assurance avaient déjà battu en retraite en entendant ce son, et des reines avaient réfléchi à deux fois avant de lui donner un ordre.

Jaenelle, elle, se contenta de le regarder droit dans les yeux. Daimon détourna les siens, puis se laissa examiner en tremblant un peu.

Son toucher avait la douceur légère d'une plume, et de la sagacité. Elle étudia ses doigts les uns après les autres, semblant éprouver un intérêt spécifique pour la longueur des ongles, avant de se concentrer durablement sur le majeur.

— Celui-ci est plus chaud, remarqua-t-elle sans vraiment s'adresser à lui. Et il y a quelque chose en dessous.

Daimon fit un bond, entraînant Jaenelle à sa suite, si bien qu'elle se résigna à lui lâcher le poignet.

— Laissez donc cela, ma Dame, dit-il sur un ton forcé en mettant délicatement les mains dans ses poches.

Du coin de l'œil, il la vit se rasseoir sur le canapé, absorbée dans la contemplation de ses propres mains. L'on aurait dit qu'elle essayait de se résoudre à avouer quelque chose, et il eut une révélation : comme lui, elle évaluait l'importance de ce qui pourrait être dévoilé par inadvertance si elle venait à parler.

— Je connais des rudiments de Soin, finit-elle par annoncer timidement.

— Je ne suis pas malade, répondit Daimon en regardant droit devant lui.

— Mais vous ne vous portez pas bien pour autant.

L'intonation de Jaenelle la vieillit soudain de plusieurs années.

— Rien d'anormal, Dame, affirma Sadi. Je vous remercie de votre sollicitude, mais il n'y a rien d'anormal.

— Les femmes ne sont pas les seules à aimer faire des mystères, apparemment, répliqua sèchement la fillette en se dirigeant vers l'entrée. Toujours est-il que quelque chose ne va pas, au sujet de votre doigt, prince. Il y a de la douleur, à cet endroit.

Daimon se sentit acculé. Si n'importe qui d'autre avait découvert la dent de serpent, il aurait immédiatement commencé à creuser une tombe paisible.

Mais il s'agissait de Jaenelle... Il se tourna vers elle en poussant un soupir. À cette distance, à laquelle venait s'ajouter la pénombre, il distinguait une petite personne très frêle et banale, plutôt sympathique mais pas particulièrement brillante. À cette distance. Lorsque l'on s'approchait assez pour voir ses yeux bleus de ciel d'été se muer en saphir, il était difficile de se souvenir que l'on avait affaire à une enfant, difficile de ne pas ressentir un frisson d'appréhension en captant l'intelligence vive et féroce qui, tapie juste sous la surface, contemplait le monde et en tirait ses conclusions.

— Ce ne serait pas la première fois que je vous aide, dit-elle sur un ton égal, le mettant au défi de nier cette réalité.

Trop stupéfait pour réagir, Daimon se contenta de la regarder bien en face. Depuis combien de temps avait-elle compris qu'il était celui qui avait prêté ses forces au Prêtre la nuit où elle avait appelé au secours, la nuit où Cornélia l'avait fait fouetter ? Il obtint la réponse de lui-même, et aurait pu se donner des gifles pour avoir fait preuve de tant de bêtise. Depuis combien de temps ? Depuis ce fameux matin dans le jardin clos, lorsqu'elle avait pris une décision à son sujet.

— Je le sais, répliqua-t-il respectueusement. J'étais, et je demeure, reconnaissant. Mais il ne s'agit pas, ici, de blessure ou de maladie. C'est en moi. Il n'y a rien que vous puissiez faire.

Il frémit sous l'intensité de son regard scrutateur.

Puis elle haussa les épaules et se faufila hors de la pièce.

Daimon étouffa la lumière de la bougie et resta là, dans l'obscurité poussiéreuse et réconfortante, durant quelques minutes avant de regagner sa chambre. Son secret se trouvait désormais entre les mains de Jaenelle.

Il ne ferait rien pour se protéger, quoi qu'elle puisse dire ou entreprendre.

À l'issue de ces quelques minutes, la cloche d'Alexandra commença à sonner.

## 2. Kaelir

Sahtan lisait à voix haute. Lorsqu'il leva la tête, il dut réprimer un frisson. Cela faisait une demi-heure que Jaenelle avait les yeux rivés sur la couverture, avec ce regard vague qui signifiait qu'elle assimilait la leçon, mais aussi qu'elle étudiait les informations dispensées d'une manière entièrement différente de celle qu'il avait prévue. Il ne s'interrompit pas, mais il ne parvenait plus à se focaliser sur les mots.

Quelques minutes plus tard, il capitula puis reposa l'ouvrage et ses demi-lunes sur la table. Jaenelle ne suivit pas son geste comme il s'y serait attendu : elle observait attentivement sa main droite, fronçant les sourcils sous l'effet de la concentration tout en ébouriffant ses cheveux.

Ah ! il était certes difficile de se prononcer avant la survenue de la puberté, mais l'enfant montrait de fortes prédispositions : elle deviendrait certainement une Veuve Noire. Les manifestations physiques de cet état n'apparaîtraient pas avant quelques années, mais mieux valait, dans son propre intérêt, commencer sa formation dès à présent.

— Voudriez-vous l'examiner de plus près, ma Dame ? s'enquit Sahtan, amusé.

Jaenelle sourit distraitement et étudia sa main sous toutes les coutures pour finalement s'arrêter sur l'ongle du majeur.

— Pourquoi les portez-vous longs ? demanda-t-elle tout bas en scrutant les ongles noirs.

— Préférence personnelle, répondit SaDiablo avec naturel, attendant de voir ce qu'elle serait capable de détecter sans son aide.

Jaenelle le regarda longuement, puis frôla l'ongle du majeur.

— Il y a quelque chose sous celui-là.

— Je suis une Veuve Noire.

Il lui présenta sa paume pour qu'elle puisse apercevoir la face interne de l'ongle, plia le doigt et vit l'enfant ouvrir de grands yeux en remarquant le crochet rétractile.

— Ceci est une dent de serpent. La petite poche à laquelle elle est attachée se trouve sous l'ongle. (Jaenelle fit mine de vouloir toucher le minuscule appendice.) Attention, la prévint-il. Mon venin n'est peut-être plus ce qu'il était, mais il n'en demeure pas moins puissant.

Jaenelle resta un moment songeuse.

— Votre doigt n'est pas chaud. Qu'est-ce que cela signifie, lorsqu'il le devient ?

Tout son amusement le déserta. Ce n'était pas de la simple curiosité, en définitive.

— Des ennuis, sorcelière. Si la toxine ne sert pas, il faut purger la dent de serpent à intervalles réguliers, sans quoi elle s'épaissit et peut même se cristalliser. Le procédé est alors, au mieux, cuisant, à supposer que l'on parvienne à extraire la substance durcie. (Il haussa les épaules tristement.) Dans le cas contraire, le seul moyen d'enrayer la douleur consiste à extraire la dent de serpent et la poche.

— Pour quelle raison quelqu'un omettrait-il de la vider ?

SaDiablo eut un nouveau haussement d'épaules.

— Le venin appelle le venin. Une fois la poche remplie, l'organisme d'une Veuve Noire a soif de poison. Mais il convient de prendre garde à ce que l'on ingère. Si l'on choisit la mauvaise substance, elle peut se révéler aussi mortelle que l'est généralement n'importe quelle toxine pour les autres membres du Lignage. Le mieux est d'utiliser son propre venin. D'ordinaire, les Veuves Noires purgent le crochet juste avant leurs lunes. Elles doivent se reposer durant cette période et leur corps, stimulé par quelques gouttes de leur venin personnel, en produit de nouveau progressivement, sans aucune contrainte.

— Et s'il est épais ?

— Il est inexploitable. L'organisme le rejetterait. (Sahtan reprit possession de sa main et joignit les doigts.) Sorcelière…

— Existe-t-il un poison que l'on puisse avaler sans danger, si on ne peut pas se servir du sien ?

— Il en existe, oui, répondit Sahtan, sur ses gardes.

— Pourrais-je en avoir ?

— Pourquoi ?

— Parce que je connais quelqu'un qui en a besoin, avoua l'enfant avec une soudaine hésitation, avant de reculer un peu.

Sahtan sentit ses côtes le comprimer. Il s'efforça de neutraliser l'envie impérieuse de dépecer quelque chose.

— Homme ou femme ? demanda-t-il d'une voix suave.

— Cela fait-il une différence ?

— Effectivement, sorcelière. Si l'on distille les toxines sans tenir compte de l'identité du destinataire, cela peut engendrer des effets déplaisants.

— C'est un homme, répondit Jaenelle, troublée.

Pendant un long moment, SaDiablo ne fit pas un seul geste.

— Je peux vous donner quelque chose. Pourquoi n'iriez-vous pas voir si Mme Bhil peut vous proposer à manger ? Je n'en ai que pour quelques minutes.

Sitôt l'enfant distraite par la perspective de goûter les friandises de Mme Bhil, Sahtan se rendit dans son bureau d'Enfer. Il s'y enferma et fouilla les pièces attenantes avant d'ouvrir le panneau secret dissimulé près de l'âtre. Il scellait son atelier au Gris, une précaution qui tombait sous le sens puisqu'elle lui permettait de tenir Hékatah à distance tout en autorisant Méphis et Andulvar à le contacter. D'une pensée, il embrasa les bougies placées à l'extrémité du couloir étroit et gagna son antre de Veuve.

L'endroit où il élaborait ses potions et tissait ses toiles emmêlées de songes et de visions. Il s'avança vers le plan de travail qui occupait tout un pan de mur, invoqua une petite clé et déverrouilla les robustes battants de l'un des grands placards en bois accrochés en surplomb.

Les poisons étaient soigneusement alignés dans leurs récipients de verre et étiquetés dans le Parler ancien. Encore une simple mesure de prudence, puisque Hékatah n'était jamais parvenue à maîtriser la langue propre au Lignage.

Il prit une fiole et l'éleva à la lumière avant d'ôter le bouchon et de renifler. Puis il trempa le doigt et le porta à sa bouche. Il s'agissait de la décoction dont il se servait personnellement. N'étant pas né Veuve Noire, son corps n'avait pas la faculté de produire le venin. Il reboucha la fiole, scruta de nouveau l'intérieur du placard et sortit un flacon rempli de minuscules flocons rouge sang.

Rien qu'un ou deux d'entre eux, ajoutés au mélange, et la douleur que ressentait actuellement Daimon ressemblerait à une tendre caresse au regard de ce que serait son agonie, son ultime expérience parmi les vivants. Certains s'étaient planté une lame dans le ventre pour soulager leur souffrance. Ou cette autre potion, pourquoi pas ? Un trépas doux, mais tout aussi inéluctable. Car il avait désormais la certitude que Daimon était trop proche de Jaenelle. L'enfant prenait l'initiative de lui venir en aide, mais comment allait-il la remercier de sa bonté ?

Quand bien même… Sahtan hésitait.

De son vivant, il avait élevé deux fils, Méphis et Peyton. Ils avaient formé un trio de voix diverses mais harmonieuses. Lucivar, lui, avait apporté à ce chœur une note différente, le plus souvent discordante. La première fois qu'il l'avait vu se mettre debout laborieusement en remuant ses petites ailes pour garder l'équilibre, puis se ruer dans le vaste monde en traitant tout ce qui l'entourait, dans le ciel et sur terre, avec une arrogance tout eyrienne, Sahtan avait immédiatement su que ce fils-là serait une calamité.

Mais Daimon… Du moment où il l'avait tenu dans ses bras, il avait senti instinctivement, quelque part tout au fond de lui, que la Ténèbre chanterait pour Daimon comme elle chantait pour lui, qu'il serait son reflet. C'est pourquoi il lui avait légué un fardeau qu'il n'avait jamais sciemment donné à ses autres enfants.

Son nom.

Il avait voulu lui inculquer les notions d'honneur et de responsabilité qui accompagnaient le port de Joyaux aussi dévastateurs que les Noirs. Mais cet honneur l'avait empêché d'être présent. Parce qu'il accordait foi aux Lois et au Protocole, il avait accepté le mensonge qui avait permis à Dorothéa de le priver de ses droits parentaux. Et, à cause de cela, Daimon avait vécu l'existence d'un bâtard et d'un esclave, d'un réprouvé qui n'avait pas sa place au sein du Lignage.

Comment le condamner à mort, en sachant que l'échec d'un père qui n'avait pas réussi à le protéger avait contribué à façonner l'homme qu'il était devenu ? Mais comment renoncer à le tuer, alors même que la vie de Jaenelle était peut-être en jeu ?

Il remisa la sanguine séchée et verrouilla le placard.

À maintes reprises au cours de sa longue, si longue existence, il lui avait fallu faire des choix déchirants. Cette fois aussi, il pesa sa décision comme il l'avait toujours fait.

Daimon avait consacré ses forces à aider Jaenelle, lorsque celle-ci en avait eu besoin.

Il ne pouvait apurer cette dette avec un flacon de mort.

L'honneur l'interdisait.

Il regagna le Manoir de Kaelir, donna la décoction à Jaenelle et lui répéta ses instructions à plusieurs reprises, jusqu'à ce qu'il soit certain qu'elle les maîtrisait à la perfection.

## 3. Terreille

Assis au bord du lit, Daimon berçait sa main droite endolorie, délicatement posée sur ses genoux. Il avait de la fièvre, et sa chemise trempée de sueur lui collait à la peau.

Il avait tenté de purger la dent de serpent, ce matin-là, mais le venin s'était épaissi plus vite qu'il l'aurait cru et il n'avait réussi qu'à meurtrir la chair déjà sensible. Il avait traversé les obligations de la journée tant bien que mal puis, après le repas, avait prié qu'on l'excuse en affirmant, à juste titre, qu'il était souffrant. Puisque Philippe, parti dîner dehors, n'était pas encore de retour et que Robert vaquait à ses activités nocturnes coutumières, Alexandra et Lilande s'étaient montrées assez généreuses pour ne pas l'accabler outre mesure.

Minuit approchait désormais, et la douleur courait tel un fil aigu de son doigt à son coude, remontant inexorablement vers son épaule. Sadi se demanda comment réagiraient Lilande et Alexandra lorsqu'elles le découvriraient. Il perdrait peut-être son doigt ou sa main, voire son bras, étant donné la tournure des événements. À supposer qu'on lui donne le choix, il préférerait mourir ainsi plutôt que de subir de ce que Dorothéa lui infligerait en apprenant l'existence de la dent de serpent ; il se trouverait bien en peine de se défendre contre elle.

La porte de sa chambre s'ouvrit et se referma.

— Montrez-moi votre main, dit Jaenelle en lui tendant la sienne, debout devant lui, calme et solennelle.

Daimon refusa d'un signe de tête et ferma les paupières.

Jaenelle fit courir ses doigts le long de la ligne douloureuse, de l'épaule au coude, du coude au poignet, du poignet à l'ongle, sans jamais dévier de sa trajectoire.

Sadi rouvrit lentement les yeux. Il ne sentait pas l'enfant lui tenir la main, ne sentait plus du tout son bras. Il voulut parler, mais le regard noir qu'elle lui adressa le réduisit au silence. Jaenelle plaça sous la dent de serpent le petit bol servant à recueillir le venin, et entreprit de le masser, des phalanges au bout de l'ongle. La douleur avait disparu ; seule subsistait une pression à l'extrémité de son majeur.

Puis il y eut un bruit ténu, comme si l'on avait laissé tomber un grain de sel dans le récipient. Puis un deuxième, et un troisième, et encore un autre avant que Jaenelle parvienne enfin à extraire du crochet un mince fil ininterrompu de substance blanche pâteuse.

— Puis-je réciter la leçon que j'ai apprise aujourd'hui ? demanda Jaenelle d'une voix posée, tout en continuant à le masser. Cela m'aidera à la retenir.

— Si vous voulez, ânonna Daimon.

Il éprouvait des difficultés à penser, à se concentrer ; il gardait les yeux rivés sur le petit amas solide au fond du bol, les cristaux qui l'avaient tant fait souffrir.

Cependant, lorsque Jaenelle prit la parole, il retrouva suffisamment ses esprits pour l'écouter et comprendre ce qu'elle disait. Elle lui parla de la dent de serpent et du venin ; de la manière dont une Veuve Noire mélangeait quatre gouttes de sa propre toxine à un breuvage chaud afin de rétablir l'équilibre dont son corps avait besoin après avoir purgé la poche ; du danger qu'il y a à laisser le venin s'épaissir, et d'autres choses encore… Elle lui avait fourni plus d'informations qu'il avait réussi à en réunir au bout de siècles de recherches. Il ne fut pas surpris de constater que ces éléments contredisaient la majeure partie de ce qu'il avait appris personnellement : Dorothéa et les membres de son cénacle déployaient des efforts pour éduquer les Sœurs originaires d'autres Territoires, leur enseigner un protocole auquel, Daimon le savait, elles ne souscrivaient pas elles-mêmes. Cela expliquait pourquoi tant de rivales potentielles mouraient dans d'atroces souffrances.

Et puis ce fut terminé.

— Voilà, déclara Jaenelle, satisfaite. Vous devriez vous allonger et vous reposer, maintenant.

Elle retapa les oreillers et fronça les sourcils en voyant l'état de la chemise de Daimon qui, pris de vertige, ne se rendit pas immédiatement compte qu'elle la lui ôtait. Lorsqu'il amorça un geste hésitant pour lui faciliter la tâche, elle l'avait déjà à moitié déshabillé. Jaenelle plissa le nez et fit disparaître le tissu détrempé qu'elle tenait du bout des doigts. Elle emporta le bol dans la salle de bains, revint avec une serviette, frotta vigoureusement Sadi et le cala contre les oreillers.

Il ferma les yeux. Il se sentait léger, vidé jusqu'à la moelle et la tête lui tournait un peu. Il ressentait aussi le manque criant du poison, au point qu'il aurait presque accueilli la douleur avec soulagement.

Il entendit l'eau couler, puis plus rien. Rouvrant les paupières, il trouva Jaenelle debout près du lit, avec l'une des chopes de Cordon-bleu.

— Buvez cela.

Il attrapa maladroitement la tasse de la main gauche et, obéissant, avala une petite gorgée. Son corps fut parcouru de fourmillements. Il ingéra le reste de la décoction, apaisé de sentir refluer la sensation de manque.

— Qu'est-ce que c'est ? finit-il par demander.

— Un mélange de poisons distillés que vous pouvez boire en toute sécurité.

— Où avez…

— Buvez ! lui enjoignit-elle avant de filer de nouveau dans la salle de bains.

Lorsqu'il eut fini la potion, elle n'était pas encore revenue. Ensuite, elle posa le bol nettoyé sur la table de chevet, prit la coupe vide et la fit disparaître.

— Il faut dormir, maintenant, dit-elle en lui retirant ses chaussures avant de passer à la ceinture.

— Je peux me dévêtir moi-même, gronda Sadi, qui eut honte de sa rudesse, après l'aide précieuse qu'elle venait de lui apporter.

Jaenelle recula d'un pas.

— Vous êtes gêné.

Daimon la dévisagea et décida que sa réaction n'était pas feinte.

— Je ne me déshabille pas devant les jeunes filles.

— Très bien, répondit-elle en lui adressant un regard étrange, songeur. La dent de serpent ne s'est pas encore complètement rétractée, alors prenez garde de ne pas vous blesser.

Elle se détourna et se dirigea vers la sortie.

— Ma Dame, appela-t-il doucement, peiné de ce ton formel et impersonnel. (Elle revint auprès de lui, et il déposa un baiser léger sur sa main.) Merci. Si jamais vous voulez réciter une autre leçon pour mieux la retenir, j'écouterai avec grand plaisir.

Elle lui sourit. Avant même qu'elle sorte de la chambre, il s'était endormi.

## 4. Terreille

Onirie essaya de remuer les hanches pour trouver une position plus confortable, mais le bras se resserra autour d'elle comme un étau.

Philippe Alexandre avait réservé cette soirée avec elle tôt le matin même. En cela uniquement, il s'était montré prévisible. Pour le reste, il n'y avait eu ni dîner paisible, ni conversation, ni pénombre, ni doux préliminaires avant le passage à l'acte. Il l'avait prise violemment, en pleine lumière, si bien qu'il n'avait pu se leurrer sur l'identité de sa partenaire. Après cela, il avait roulé de côté, mangé les mets froids, bu une bonne partie du vin, et l'avait pénétrée de nouveau. Et voilà qu'il restait les yeux rivés sur le baldaquin, les doigts mordant dans le bras déjà contusionné d'Onirie.

Elle aurait pu l'arrêter, Gris contre Gris. Son Joyau vert l'avait protégée partiellement, mais pas suffisamment pour éviter toute atteinte. Le Gris constituait son arme surprise, et elle ne voulait pas abandonner cet atout majeur en l'absence d'absolue nécessité. À présent qu'il avait fini, il ne faisait rien d'autre que la tenir serrée contre lui, mais elle percevait la colère qui l'habitait et voyait ses Joyaux en absorber l'énergie.

— Je tuerais ce salaud si je le pouvais, dit Philippe entre ses dents. Il agit comme si de rien n'était, alors qu'elle…

— Qui ? s'enquit Onirie en essayant de se redresser un peu. Qui est un salaud ?

Si elle disposait ne serait-ce que du *moindre* indice expliquant son comportement, elle parviendrait peut-être à supporter le reste de la soirée.

— Ce « cadeau » que Dorothéa SaDiablo a envoyé à Alexandra. Un glacier serait plus chaleureux que lui, et pourtant Lilande…

Onirie sentit l'odeur du sang. Elle tourna imperceptiblement la tête. De rage, Philippe s'était mordu la langue.

Elle avait déjà deviné que c'était la fille, plutôt que la mère, qui justifiait l'attachement de Philippe à la cour des Angelline. N'était-ce pas à cela que rimait la chambre plongée dans l'obscurité : pouvoir prétendre faire tendrement l'amour à Lilande ? Partageaient-ils des étreintes hâtives quand Robert était absent, des étreintes gâchées par la peur d'être découverts, si bien qu'ils n'y prenaient aucun plaisir ? À présent, Sadi était là, et Lilande pouvait bénéficier de ses attentions viriles sous l'œil inquisiteur d'un Robert consentant.

Onirie frémit. Elle ne se rappelait que trop ce que l'on ressentait, lorsqu'on était l'objet des attentions du Sadique.

— Vous avez froid ? demanda Philippe, dont la voix avait partiellement retrouvé sa douceur coutumière.

Onirie se laissa emmitoufler dans l'édredon. À présent qu'elle savait où chercher, il ne lui serait pas difficile d'entrer en contact avec Sadi ; si elle en décidait ainsi.

Après tout, elle lui devait une faveur. Et puis il y avait cette sorcière rousse, à l'Autel de Cassandra, qui se posait des questions à son sujet.

Repoussant la main de Philippe qui la maintenait contre le lit, elle se redressa sur un coude. Elle écarta les cheveux qui lui étaient tombés en travers du visage, et le long rideau noir lui drapa l'épaule et le dos.

— Philippe, pour quelle raison croyez-vous que Sadi honore dame Bénédict ?

— Elle le fait venir dans sa chambre sans en faire mystère, pour que toute la famille et une bonne partie du personnel sachent qu'il est avec elle, gronda-t-il. (La colère rendait le gris de ses yeux froid et terne.) Et à table, au petit déjeuner, elle ne cesse de raconter combien il a su la divertir.

— Elle emploie vraiment ce mot-là : « divertir » ?

Elle éclata de rire. *Fichtre !* Lilande était plus maligne qu'elle l'aurait pensé. Philippe se jeta sur elle et la cloua au lit.

— Ça vous amuse ? cracha-t-il. Vous trouvez que c'est drôle ?

— Ah, mon cœur…, répondit Onirie en réprimant son amusement. À ma connaissance, Sadi peut être *très* divertissant hors du lit, mais rarement *dedans*.

Philippe desserra un peu sa prise et, perplexe, fronça les sourcils.

— Elle n'est pas la première, vous savez, ajouta Onirie en souriant.

— La première quoi ?

— La première femme à crier sur tous les toits qu'elle emploie un esclave sexuel.

Elle s'efforça de conserver son sérieux ; il ne comprenait toujours pas.

— Pourquoi…

— Les gens finissent par s'habituer et les femmes de chambre arrêtent vite de jaser en voyant les draps froissés parce que le couplet a perdu l'attrait de la nouveauté. L'intéressée peut alors congédier discrètement l'esclave et son amant peut prendre du bon temps en sa compagnie pendant quelques heures sans que personne ne s'en doute. (Elle regarda Philippe droit dans les yeux.) Et dame Bénédict a bien un amant, n'est-ce pas ?

Alexandre soutint son regard un moment. Il ébaucha un sourire qui tirailla sa lèvre fendue, et il fit la moue.

Onirie le repoussa par des gestes joueurs, roula de côté et se rendit dans la salle de bains. Allumant la lumière, elle examina son reflet dans la glace. Ses épaules et ses bras portaient la marque des paumes de Philippe, dont les dents lui avaient aussi meurtri le cou. Elle grimaça sous la douleur de sa chair intime irritée. Dèjie allait devoir se passer d'elle durant quelques jours.

Quand elle regagna la chambre, Philippe avait remis de l'ordre dans le lit et était allongé confortablement, les mains croisées sous la tête. Le Joyau gris luit doucement lorsqu'il écarta les draps pour laisser Onirie reprendre place. Il considéra les contusions, les frôla affectueusement.

— Je vous ai blessée. Je suis désolé.

— Les risques du métier, répondit Onirie avec une tendre malveillance.

*Qu'on lui glisse un poignard entre les côtes, voilà ce qu'il mérite !*

Philippe l'attira contre lui et ils se blottirent de nouveau sous les couvertures. Elle comprenait qu'il essayait de retrouver le terrain qui leur était coutumier, d'ôter la douleur qu'il avait infligée. Elle ne fit rien pour rompre le silence tendu qui s'installa, ne lui facilita pas la tâche. Elle s'était faite putain, car il s'agissait de la meilleure manière d'approcher les hommes, de se familiariser avec leurs habitudes avant de les assassiner. Philippe ne figurait que dans un seul de ses deux carnets, et ne serait probablement jamais inscrit dans le second, alors elle se moquait de savoir si elle le reverrait.

Pour Sadi, en revanche, le problème se posait en termes différents. Elle devait trouver un moyen de lui parler sans éveiller les soupçons. Pas avant, néanmoins, d'avoir dormi un peu.

— Vous n'avez rien eu à manger, fit posément remarquer Philippe.

Onirie patienta l'espace de quelques instants avant d'accepter l'offre de réconciliation.

— C'est vrai. D'ailleurs, je meurs de faim.

Elle commanda à la cuisine deux noix d'entrecôte somptueusement agrémentées ainsi qu'une autre bouteille de vin. Philippe serait déconcerté devant la note salée que lui présenterait Dèjie, mais cela soulagerait également ses remords.

— À votre place, je ne me soucierais pas de Sadi, reprit-elle en se glissant hors du lit et en enveloppant d'une robe de chambre son corps svelte. Même si… (comme était douce la lueur d'inquiétude qui s'alluma instantanément dans le regard de Philippe) un amant serait bien avisé de comprendre que Sadi garde en mémoire les marques de politesse autant que les brimades.

L'obélisque posé sur la table tinta et le repas pour deux apparut. Elle sourit. *Laissons-le donc ressasser ça*, songea-t-elle en entamant son entrecôte.

## 5. Terreille

Daimon s'arrêta sans un bruit à l'entrée de la salle à manger en constatant que Lilande et Philippe discutaient tout bas, oublieux de ce qui les entourait. Philippe, le dos tourné à la porte, caressait tendrement le bras de Lilande tout en parlant, et celle-ci l'écoutait avec les œillades ardentes d'une femme amoureuse.

Elle portait une tenue d'équitation et elle avait ramené ses cheveux en arrière de manière simple et avenante. Oui. Derrière les fanfreluches et les falbalas qu'elle revêtait en société battait le cœur d'une sorcière.

Elle sourit en réaction à quelque chose que Philippe venait de dire et, ce faisant, leva les yeux et aperçut Daimon. Son regard devint glacial. Elle s'écarta et alla remplir son assiette au buffet.

Son interlocuteur eut la même réaction en remarquant Sadi, mais il improvisa un sourire et le salua cordialement.

*Voyez-vous cela*, songea Daimon en allant se servir à son tour. Il était censé se joindre à la promenade de Lilande, ce matin-là, mais Philippe aussi s'était habillé dans cette perspective.

À l'issue du petit déjeuner, Lilande se rendit à l'écurie, et alors seulement le prince Alexandre s'adressa à Sadi, sur le ton de l'hôte affable qui doit traiter avec un invité un brin importun.

— Vous n'avez aucune raison de venir, à moins que vous en ayez envie, bien évidemment, déclara-t-il. J'avais prévu de sortir mon cheval ce matin, alors dame Bénédict n'a pas besoin d'accompagnateur.

*Ni de chaperon*, se dit Daimon en buvant son breuvage à petites gorgées. Le comportement de Philippe à son égard avait évolué du jour au lendemain : naguère grossier et jaloux, l'homme se confondait à présent en politesses. Pourquoi ? Non pas que cela ait une importance... Il savait exactement à quoi il consacrerait une matinée libre. Car c'était bien ce dont il s'agirait, puisque Lilande et Philippe allaient s'absenter, qu'Alexandra rendait visite à une amie et ne serait pas de retour avant le début de l'après-midi et que Robert, comme d'habitude accaparé par ses « affaires », passait le moins de temps possible au domaine.

De fait, à présent que la délicieuse et sombre trace psychique avait recommencé à imprégner les murs du manoir Angelline, Robert semblait de plus en plus mal à l'aise à l'idée d'y rester, ne serait-ce qu'un instant. À tel point que Sadi ne pouvait ignorer sa présence : il avait conscience que le seigneur Bénédict était rentré sans même l'avoir croisé, car dans le vestibule et dans l'escalier menant aux appartements de la famille flottait un subtil relent de crainte.

Daimon se versa une autre tasse de café et répondit à la suggestion de son interlocuteur par un haussement d'épaules.

— Ne pas monter à cheval ce matin ne me dérange pas, dit-il avec l'air d'ennui qu'il arborait toujours en ce genre de circonstances. Vous êtes certainement un cavalier plus enthousiaste que moi, et donc de compagnie plus adéquate.

Philippe plissa les yeux, mais rien dans la voix onctueuse et traînante de Sadi n'indiquait un quelconque sous-entendu.

Celui-ci attrapa une nouvelle tranche de pain grillé en souriant :

— Vous ne devriez pas faire attendre la dame, prince Alexandre.

Sur le pas de la porte, Philippe hésita. Daimon beurrait son pain grillé à gestes lents et sensuels, sachant que ce dernier le regardait sans pouvoir s'empêcher d'imaginer qu'il tenait autre chose qu'un toast. S'il croyait qu'un prince de guerre orné au Noir pouvait être attiré par quelqu'un comme Lilande, eh bien, l'imbécile méritait bien d'avoir quelques sueurs froides !

Dès le départ de Philippe, Daimon regagna sa chambre pour se changer rapidement. Wilhelmina suivait les leçons de Graff ; Cordon-bleu savourait une tasse de thé dans la cuisine tout en commençant à préparer le menu du déjeuner, et les domestiques vaquaient à leurs diverses tâches quotidiennes. Il ne restait plus qu'une seule personne.

Sadi se rendit dans le jardin clos en sifflotant un petit air guilleret, prêt à passer une agréable matinée en compagnie de sa Dame.

Il avait rôdé dans les jardins, dans la demeure, s'était faufilé dans l'écurie avant de prendre discrètement congé, il avait vérifié dans la bibliothèque d'Art, et voilà qu'il se tenait dans la nursery, frustré et inquiet. Jaenelle était tout simplement introuvable. Il avait même doucement frappé à la porte de sa chambre, songeant qu'elle se reposait peut-être ou avait envie de rester seule. N'obtenant pas de réponse, il s'était introduit dans la pièce pour se livrer à un bref examen.

Sadi se mordilla la lèvre inférieure en écoutant Graff gourmander Wilhelmina. Il s'était demandé pour quelle raison cette femme rude dont l'éducation laissait à désirer enseignait l'Art à une jeune sorcière issue d'une puissante famille, jusqu'au moment où il avait appris que Robert Bénédict était celui qui l'avait embauchée. Puisque l'adolescente n'avait aucun lien direct de parenté avec Lilande et avec Alexandra, le choix de Robert avait naturellement prévalu, même si celles-ci avaient voulu émettre des objections. Daimon devait reconnaître que Graff était la personne adéquate, à supposer qu'un homme ait l'intention de rogner la sensibilité, le talent pour la magie et le caractère d'une jeune fille, tant et si bien que jamais celle-ci n'éprouverait de plaisir à pratiquer l'Art, et qu'elle demeurerait incapable d'apprécier à leur juste valeur ses aptitudes personnelles. Oui, la préceptrice constituait une excellente candidate s'il s'agissait de meurtrir l'amour-propre d'une enfant et de la rendre perméable, en grandissant, à une forme de brutalité plus intime.

Daimon s'approcha de la salle de classe, pensant que Jaenelle y avait peut-être accompagné sa sœur, au moment où Graff s'époumonait :

— Vous n'arrivez à rien, ce matin. À rien du tout. Vous appelez cela de l'Art ? Allez. Fin de la leçon. Allez faire quelque chose d'inutile de vos dix doigts ! *Cela*, vous devriez y parvenir. PARTEZ !

Wilhelmina sortit en coup de vent et le heurta de plein fouet. Daimon la retint par les épaules en plaquant la plante des pieds au sol pour qu'ils ne perdent pas tous les deux l'équilibre. Elle le remercia d'un sourire mal assuré.

— Ainsi, vous voilà libre, dit-il en lui rendant son sourire. Où…

— Oh, vous êtes là, parfait, répliqua la jeune fille avec autorité, un ton plus haut qu'il était nécessaire. Aidez-moi à travailler mon duo.

Elle se dirigea vers la salle de musique.

— Dites-moi d'abord où…

Wilhelmina rebroussa chemin et lui écrasa les orteils d'un coup de talon bien senti. Fort. Sadi grogna de douleur mais ne réagit pas outre mesure, car Graff était apparue sur le pas de la porte et les observait attentivement.

L'adolescente s'écarta.

— Oh, je suis désolée ! Vous ai-je fait mal ? (Sans attendre la réponse, elle l'entraîna vers la salle de musique.) Venez, je veux m'exercer.

Lorsqu'ils furent arrivés à destination, la jeune fille s'assit au piano et fourragea dans les diverses partitions, à la recherche du duo qu'elle étudiait.

— Vous jouerez les graves, indiqua-t-elle en plaçant les mains sur le clavier.

Daimon boitilla jusqu'au banc et s'y installa.

— Mademoiselle Wil…

Celle-ci frappa les touches, et la voix de Daimon se perdit dans le son. Elle exécuta quelques mesures avant de se tourner vers lui :

— Vous ne jouez pas, constata-t-elle, accusatrice.

Elle imitait les réprimandes de Graff avec une telle perfection que Sadi esquissa un rictus. Mais il lut la supplique dans son regard, ses yeux ternis par la peur. Il obtempéra en serrant les dents.

— Un, deux, trois, quatre, dit-il.

Ils commencèrent à jouer à l'unisson. Elle avait affreusement peur, et cela avait quelque chose à voir avec lui. Tandis qu'ils exécutaient péniblement le morceau, Sadi remarqua la présence de Graff, debout sur le seuil. Elle écoutait, à l'affût, elle espionnait. À la fin de l'exercice, ils reprirent depuis le début. Plus ils jouaient et plus la préceptrice s'attardait, et plus Wilhelmina perdait contenance, au point que Daimon en vint à se demander s'ils travaillaient bien le même air. Assurément, la partition ne correspondait pas le moins du monde aux sons qui sortaient de l'instrument, et il grimaça plus d'une fois.

Lorsque Wilhelmina recommença laborieusement le duo pour la troisième fois Graff capitula avec une mimique de dégoût et Daimon, un peu amer, l'envia d'avoir le loisir de se retirer. Aussitôt après, néanmoins, la musique de Wilhelmina gagna en délicatesse et en subtilité.

— Vous ne devez jamais poser de questions au sujet de Jaenelle, dit-elle si bas que Sadi dut se pencher vers elle pour l'entendre. Si vous ne parvenez pas à la trouver, ne demandez jamais à personne où elle est.

— Pour quelle raison ?

Wilhelmina regardait droit devant elle, et sa gorge remuait convulsivement comme si les mots l'étouffaient.

— Parce que, si on le découvre, cela pourrait lui causer des ennuis, et je ne le veux pas. Je ne veux pas qu'elle retourne à Boisgenêt. (Elle cessa de jouer et le regarda, les yeux brouillés de larmes.) Pas vous ?

Il lui dégagea le visage et lui frôla la joue.

— Non, je ne le souhaite pas. Wilhelmina… Où est-elle ?

La jeune fille recommença à jouer, sans toutefois marteler les touches.

— Le matin, elle suit des leçons, maintenant. Parfois, elle va voir des amis.

— Dans ce cas, votre père, ou Alexandra, ou même Lilande, a dû prendre des arrangements…, remarqua Daimon en fronçant les sourcils, perplexe.

— Non.

— Mais une domestique doit bien l'accompagner et…

— Non.

Sadi, comprenant progressivement ce que cela impliquait, serra les poings.

— Elle part seule ? suggéra-t-il enfin, avec une neutralité prudente.

— Oui.

— Et votre famille ne sait même pas qu'elle s'absente ?

— Non, et elle ne doit pas l'apprendre.

— Et vous ignorez où elle se rend et l'identité de son professeur ?

— Oui.

— Mais si votre famille était au courant, elle pourrait la renvoyer à l'hôpital.

— Oui, répondit Wilhelmina, le menton tremblotant.

— Je vois.

*Oh, que oui ! Prends garde au Prêtre. Elle lui appartient.* Il avait fait preuve de négligence quant à l'existence de ce redoutable rival. Mais Jaenelle avait innocemment l'art d'ensorceler autrui. Et il avait oublié le Prêtre. Se trouvait-elle avec lui, à cet instant précis ? Qu'est-ce que Sahtan, ce non-mort, pouvait bien avoir à lui offrir de plus que lui-même, qui était bel et bien en vie ? Mais elle n'était pas prête à recevoir ce qu'un *adulte* avait à offrir. Sahtan tenterait-il de l'éloigner de lui ? Si les Angelline venaient à découvrir qu'elle fréquentait le Sire...

Trop de lames de fond agitaient cette famille, trop de secrets. Alexandra se tenait en équilibre sur le fil du rasoir, essayant de garder la mainmise sur Chaillot alors même que le conseil des hommes, au sein duquel Robert occupait une place prééminente, s'opposait à sa politique. Cela amoindrissait la confiance dont elle aurait dû pouvoir bénéficier de la part des autres reines chaillottes. Par ailleurs, la rivalité entre Robert et Philippe n'était un mystère pour aucun des courtisans du Lignage de Beldon Mor, et l'incapacité d'Alexandra à discipliner sa propre parentèle semait le doute quant à son aptitude à gouverner le Territoire. Il fallait aussi ajouter à cela cet embarras social : une petite-fille qui entrait et sortait périodiquement d'un établissement pour enfants perturbés depuis l'âge de cinq ans.

Sans compter que la fillette en question pourrait révéler le fait que le Sire d'Enfer, le Prince de la Ténèbre, le plus puissant et le plus dangereux prince de guerre de l'histoire du Lignage, lui enseignait l'Art.

Même si on attribuait cela à son imagination débordante, on l'enfermerait pour éviter que l'information parvienne à une oreille attentive. Mais si, une fois n'étant pas coutume, on accordait foi à ses dires, de quelles autres mesures déciderait-on afin de soustraire Jaenelle à l'influence du Sire et d'assurer la sécurité de la lignée ? Car il se tramait des choses à Beldon Mor, Daimon en était persuadé. Des événements dont Sahtan refuserait de faire abstraction et qu'il ne serait pas enclin à pardonner.

Levant les yeux, Daimon émit un soupir de soulagement.

Jaenelle, en tenue d'équitation sur le pas de la porte, avait tressé ses cheveux blonds et un chapeau de chasse était perché avec désinvolture au sommet de son crâne.

— Je sors me promener. Des volontaires ?

— Oh, oui ! s'exclama joyeusement Wilhelmina. J'en ai fini avec les exercices.

Sadi, un goût amer dans la bouche, vit la jeune fille filer à toute allure. Les cendres des rêves. Après tout, il était la Catin d'Hayll, un esclave sexuel destiné à divertir les dames de tous âges, un passe-temps. Il referma la partition et affecta d'en harmoniser la pile. Pourquoi espérer que Jaenelle ressente quelque chose pour lui ? Pourquoi se sentait-il blessé, à la manière d'un enfant exclu du jeu de ses camarades ?

Il se retourna. Debout à côté du piano, Jaenelle le dévisageait, les sourcils froncés par la perplexité.

— Ne montez-vous pas à cheval, prince ?

— Si.

— Oh ! (Elle ménagea une pause.) Ne voulez-vous pas venir avec nous ?

Il cligna des paupières, soutint le regard cristallin de ces beaux yeux saphir. Elle n'avait jamais eu l'intention de le laisser. Il lui sourit et tira gentiment sa tresse pour la taquiner.

— Si, cela me plairait.

Elle continua à l'examiner, puis demanda :

— N'avez-vous pas autre chose à vous mettre ?

Sadi s'étrangla.

— Je vous demande pardon ?

— Vous êtes toujours habillé comme ça.

Daimon considéra son costume noir à la coupe impeccable et sa chemise de soie blanche, totalement pris au dépourvu.

— Où se situe le problème ?

— Il n'y en a pas. Mais, si vous gardez ces vêtements sur le dos, vous allez être tout froissé.

Daimon fut victime d'une quinte de toux et se frappa la poitrine pour se donner le temps de ravaler un éclat de rire.

— J'ai bien une tenue d'équitation, souffla-t-il.

— Oh, parfait ! répliqua Jaenelle, les yeux pétillants d'amusement.

*Petite coquine ! Tu sais pourquoi je manque de m'étouffer, n'est-ce pas ? Quelle impitoyable petite créature, qui moque la vanité d'un homme !*

— Hâtez-vous, prince, dit-elle en trottinant vers la sortie. Nous vous retrouvons à l'écurie.

— Je m'appelle Daimon, grogna-t-il à voix basse.

L'enfant fit volte-face, lui adressa une révérence insolente et un large sourire avant de disparaître en courant dans le couloir.

Sadi regagna sa chambre aussi vite que ses orteils encore endoloris le lui permettaient.

— Je m'appelle Daimon, pas « prince », grommela-t-il par-devers lui tout en se changeant. Il avait toujours l'impression qu'elle sifflait un foutu chien, même si force lui était d'admettre qu'elle se conformait au Protocole. Le fait qu'elle le désigne par son nom n'aurait pas prêté à conséquence, mais elle s'y refusait, car il était son aîné.

Alors qu'il enfilait ses bottes, il interrompit son geste et se mit à rire. Elle le considérait, à juste titre, comme son aîné. Que devait-elle donc penser du Prêtre ?

Lorsqu'il arriva à l'écurie, deux poneys, une jument grise et Danse Funeste étaient sellés. Ne sachant trop quelle monture lui était destinée, il s'approcha d'André, qui lui décocha un sourire mi-figue mi-raisin avant de retourner vérifier la sangle de l'étalon.

— Prenez garde, dit le palefrenier sur un ton égal. Il est nerveux, aujourd'hui.

— Plus que d'habitude ? s'enquit Sadi sèchement.

Les épaules du jeune homme se voûtèrent. Plissant les yeux, Daimon ajouta :

— Y a-t-il une raison particulière à cela ?

André s'affaissa davantage. Sadi, percevant la tension qui imprégnait les lieux, observa les alentours. Jaenelle parlait à l'un des poneys à voix basse. Non loin, Wilhelmina attendait qu'on l'aide à se mettre en selle. L'air vif de l'automne et la perspective de la promenade lui avaient mis le rose aux joues, mais elle ne cessait d'adresser à Sadi des coups d'œil nerveux et affectait de ne pas le remarquer.

— Ô Nuit…, marmonna-t-il.

Il alla lui prêter main-forte puis se tourna vers Jaenelle, mais celle-ci avait déjà enfourché son poney et lui décocha un sourire radieux.

— Nous ferions mieux de nous mettre en route, si vous êtes toujours décidées, intervint André, qui ne semblait pas tranquille.

Sadi, sur le point d'acquiescer, jeta un regard en arrière. Tous les palefreniers l'observaient, parfaitement immobiles. *Ils savent tous*, songea-t-il en se hissant sur Danse Funeste. Jaenelle était leur secret chéri.

Guinness sortit de son bureau, la tête basse et les épaules voûtées, comme s'il subissait les effets d'une rafale de vent. Il se suçota l'intérieur de la joue pendant une minute, s'éclaircit la voix une paire de fois en examinant le groupe sans vraiment le voir. Puis il se racla la gorge.

— Bien. Cela fait un moment que vous n'avez pas monté, mesdemoiselles, alors je veux que vous repreniez en douceur. On ne quitte pas les sentiers, on ne tente pas de sauts intempestifs et on ne galope pas ventre à terre. Et Dé… Danse Funeste n'est pas beaucoup sorti non plus (il lança un coup d'œil à Daimon, comme pour s'excuser), alors je ne veux pas que vous lui laissiez la bride sur le cou ; il pourrait se blesser. Compris ?

— Nous comprenons, Guinness, répondit posément Jaenelle, avec un sérieux que démentaient le tressaillement de ses lèvres et son regard pétillant.

— Dame Bénédict et le prince Alexandre ne sont pas encore rentrés, donc faites attention à eux, vu ? (Il adressa aux deux filles un geste de la main et ajouta d'une voix bourrue :) Allez-y, maintenant.

Les deux sœurs partirent en tête, suivies de Daimon et d'André, et les poneys s'engagèrent sur le chemin à une allure placide.

— Je ne me rappelle pas avoir jamais entendu Guinness appeler l'étalon par son nom, fit remarquer Sadi.

— Mlle Jaenelle n'aime pas qu'on l'appelle Démon, expliqua le palefrenier, accompagnant son sourire d'un haussement d'épaules. Elle dit que ça le rend triste.

— Tu sais, André, si elle se rompt le cou à cause de ce cheval, je te ferai subir le même sort.

Le jeune homme gloussa, ce qui lui valut la surprise de son interlocuteur.

— Attendez de les voir ensemble. Cela vaut le détour, dit-il. Quand nous arriverons à l'arbre, vous prendrez la jument. Je ne pense pas que le poney puisse vous porter.

— Ta sollicitude me touche, répliqua Daimon un peu sèchement.

Ils restèrent au pas jusqu'à l'arbre. À l'arrivée d'André et de Sadi, Jaenelle avait déjà mis pied à terre et patientait. Daimon sentit son cœur s'emballer en l'apercevant, puis eut l'impression qu'on le lui broyait lorsqu'il se rendit compte qu'elle s'intéressait non pas à lui mais à l'étalon, qui hennit tout bas en tirant les rênes.

— Salut, ma Danse, susurra-t-elle tendrement.

*Douce Ténèbre, je donnerais mon âme pour qu'elle me parle sur ce ton*, songea Daimon en descendant de sa monture. Il ajusta les étriers pour Jaenelle et proposa :

— Un coup de main ?

André tourna brusquement la tête vers lui, comme si sa suggestion était déplacée, et peut-être était-ce effectivement le cas. Sadi avait l'impression que Jaenelle n'avait pas besoin de son aide, mais il n'aurait avoué à personne son intention : il voulait, il aspirait à la toucher en toute innocence, même si la sensation se limitait à celle d'un petit pied botté entre ses paumes jointes.

Jaenelle chercha son regard et le retint. Sadi sombra au fond de ces mares de saphir, et il sut qu'elle avait remarqué ce qu'il refusait d'admettre.

— Merci… Daimon.

Sa voix le frôla telle une plume, courut le long de son échine comme un feu apaisant. Pris d'un léger vertige, il se pencha. La fillette hésita un très bref instant avant de répondre à l'invitation et de se jucher d'un bond sur le dos de Danse Funeste.

L'espace d'une seconde, avant de se redresser lentement, Sadi contempla ses mains vides. Il vit que Jaenelle avait l'air amusé, mais son expression n'était pas celle d'une enfant.

— Allons-y, voulez-vous ?

Sadi se remit en selle pendant que Jaenelle faisait disparaître son chapeau et dénouait sa natte. Ses cheveux s'égayèrent dans le vent en une vague blonde. Ils partirent en direction du champ, Danse Funeste ouvrant la marche. La brise convoyait la voix de Jaenelle qui murmurait quelque chose à sa monture.

Daimon, soulagé de constater l'absence de Lilande et de Philippe, ne s'aperçut pas immédiatement que l'étalon galopait loin en tête, dévorant la distance à longues foulées.

— Ils se dirigent vers le fossé ! s'écria-t-il.

André le retint par le bras au moment où il allait s'élancer pour les intercepter.

— Observez, dit le palefrenier.

Sadi obéit en serrant les dents.

Le fossé se rapprochait à toute allure. Les crins noirs de Danse Funeste et les cheveux dorés de l'enfant flottaient derrière eux à la manière d'oriflammes. Arrivé tout près, l'étalon ralentit et décrivit une large courbe pour regagner le centre du champ. Il franchit les menus obstacles qui y étaient installés comme s'il s'agissait de murets, avec aisance et ostentation, avant de rebrousser chemin vers le groupe au petit galop. Daimon entendit le rire pur et velouté de Jaenelle.

Il se plaça à côté d'elle et ils longèrent le champ au petit trot, suivis d'André et de Wilhelmina. Au bout d'un tour complet, Jaenelle mit l'étalon au pas.

— N'est-il pas merveilleux ? demanda-t-elle en flattant l'encolure baignée de sueur.

— Avec moi, il a fait preuve d'un peu plus d'ambition, répliqua Sadi, comme piqué au vif.

— Ah oui ? demanda l'enfant en fronçant les sourcils.

— Hum. Il voulait m'apprendre à voler.

Elle éclata de rire, et Daimon sentit son sang chanter dans ses veines en réponse. Mais derrière son air enjoué, le visage de la fillette exprimait une tristesse insidieuse.

— Peut-être vous apprécierait-il davantage si vous lui parliez… et si vous l'écoutiez.

Daimon caressa l'idée de lancer une remarque insouciante et spirituelle pour la dérider, mais quelque chose, dans la manière dont l'étalon pointa les oreilles vers l'avant, comme pour surprendre leur conversation, le rendit mal à l'aise.

— Les gens s'adressent à lui tout le temps, dit-il. Il connaît probablement mieux les secrets des palefreniers que n'importe qui d'autre.

— Oui, mais ils ne l'*écoutent* pas, n'est-ce pas ?

Sadi garda le silence et s'attacha à maîtriser sa respiration.

— Il fait partie du Lignage, Daimon, mais juste un peu. Pas assez pour être notre parent, mais trop pour…

D'un infime geste de la main, elle désigna la jument et les poneys. Sadi s'humecta les lèvres, sans grand succès ; il avait la bouche trop sèche. Le récit de Cordon-bleu au sujet des mâtins lui revint en mémoire.

— Qu'entendez-vous par « parent » ?

— Je veux dire qu'il est comme nous sans nous ressembler. Qu'il est du Lignage sans pour autant être humain. La parentèle… c'est être pareil tout en ne l'étant pas.

Sadi leva les yeux vers le ciel automnal. Une poignée de nuages duveteux dérivaient dans le bleu profond, et le soleil dardait les vestiges de sa chaleur. Non, le paysage n'avait pas changé. Ce n'était pas cela qui le faisait frissonner.

—C'est un sang-mêlé, dit-il enfin, encore réticent à l'idée d'admettre cette vérité. Mi-Lignager, mi-commun, pour toujours pris entre deux feux.

—Oui.

—Mais vous, vous le comprenez, vous lui parlez ?

—Je l'entends.

Elle poussa l'étalon au trot. Daimon les regarda évoluer autour du champ.

—Merde !

Quelle tristesse ! Danse Funeste était un Frère. En avoir conscience le blessait davantage que de songer aux sang-mêlé humains qu'il avait rencontrés au fil des ans : ces êtres qui brûlaient, sans espoir d'y échapper, d'un besoin douloureux, impérieux, et n'étaient en mesure ni de s'adapter à l'existence des communs, ni de franchir l'abîme psychique qui les séparait des plus faibles membres du Lignage, car la force leur manquait. Mais les humains pouvaient au moins s'entretenir avec leurs semblables. *Ce Frère à quatre pieds, lui, qui a-t-il ? Personne. Pas étonnant que Jaenelle lui soit si précieuse.*

Il vit soudain Jaenelle foncer vers André, qui se jeta à bas du poney et raccourcit frénétiquement les étriers. Daimon enfonça les talons dans les flancs de la jument et les rejoignit.

—André...

—Vite ! Rallongez les étriers de Danse !

Sadi lâcha les rênes de la jument et s'affaira autour de l'étalon en lui flattant l'encolure.

—Tout doux, Danse.

—Mademoiselle Jaenelle, appela André. (Il la saisit par la taille et la percha sur le poney sans ménagement. Puis il tourna sur lui-même pour observer les alentours.) Votre chapeau ! Merde ! votre chapeau.

—Il est là, dit l'enfant en reposant le couvre-chef sur sa tête.

Sa chevelure, emmêlée par la chevauchée, cascadait toujours librement dans son dos. Wilhelmina, le visage livide, examina brièvement sa sœur.

—Graff va devenir folle, en voyant tes cheveux.

—Graff est une garce, décréta Jaenelle d'un ton sans réplique, les yeux rivés sur le chemin qui disparaissait entre les arbres, au détour d'une courbe.

Tout en ajustant les étriers, Sadi songea que les poneys devaient être en réalité des ponettes. Tous les mâles présents avaient tressailli en entendant le tranchant de cette dernière remarque.

André passa sous l'encolure de l'étalon.

—Voilà. Vous gardez la jument. Pas le temps de faire mieux.

Il se remit lui-même en selle, raccourcit les rênes et donna le signal du départ. L'étalon manifesta sa contrariété, mais ne chercha pas à s'écarter de la trajectoire imposée. Wilhelmina lui emboîta le pas.

Daimon, qui allait les suivre, interrompit son geste. Jaenelle, parfaitement immobile, scrutait l'extrémité du sentier, en proie à la colère et à la souffrance. C'était une blessure si profonde qu'aucune magie, il le savait, ne pourrait l'apaiser. Sous les traits juvéniles transparaissait un visage ancestral qui le consumait, le glaçait, enserrait son cœur dans des chaînes soyeuses.

D'un clignement de paupières, il chassa les larmes qui lui montaient aux yeux, et Mlle Jaenelle, l'enfant au regard placide d'un bleu de ciel d'été, réapparut. Elle lui adressa un sourire de petite fille et poussa le poney au trot à l'instant précis où Philippe et Lilande se figeaient au détour du virage.

L'attention de Philippe se braqua, d'abord sur Daimon, puis sur Jaenelle. Il ne dit mot lorsque ceux-ci rejoignirent le groupe, mais il prit soin de placer sa monture de manière à effectuer le trajet du retour à côté de l'enfant.

Daimon attacha ses boutons de manchette sertis de rubis et prit son veston. Il n'avait pas eu un moment à lui depuis le matin, après avoir quitté l'écurie. Il lui avait fallu accompagner Lilande dans une tournée complète des boutiques qui ne s'était conclue par aucun achat, puis Alexandra avait brusquement eu envie de visiter une galerie d'art. Pour finir, Philippe avait insisté pour passer en revue toutes les invitations, une à une, afin de lui préciser pour quelle sorte d'événements il serait susceptible de devoir escorter l'une ou l'autre des deux femmes.

Quelque chose dans le champ, ce matin-là, les avait tous rendus nerveux, un élément qui était venu tout balayer sur son passage, comme la foudre crépitante s'abat à travers la brume. Ils voulaient le blâmer, lui, ils voulaient croire qu'il avait contrarié les filles, que les réminiscences de violence contenue étaient d'origine masculine, et non féminine. Plus encore : ils désiraient se persuader qu'ils n'étaient pas responsables. Et le seul moyen de s'en convaincre consistait à l'accuser lui, Sadi.

*« Les dames aiment faire des mystères. »*

Pas demoiselle Jaenelle Bénédict. Elle ne se comportait pas de cette manière, elle se contentait d'exister. Elle cheminait en pleine lumière, drapée dans une brume nocturne virevoltant autour d'elle, à la fois couvrante et transparente, délectable, effrayante. Peut-être cela valait-il mieux ainsi. Elle faisait appel aux faux-semblants, comprenant – du moins en partie – comment réagirait sa famille en apprenant certaines vérités la concernant. Son masque d'apparences demeurait pourtant imparfait, car tout lui tenait trop à cœur.

*Combien de personnes connaissent la vérité à son sujet?* se demanda-t-il en se brossant les cheveux. *Combien de personnes la considèrent comme un secret qu'il leur appartient de garder?*

Tous les palefreniers, ainsi que Guinness, savaient qu'elle montait Danse Funeste.

Mais pas Philippe, ni Alexandra, ni Lilande, ni Robert, ni Graff.

Cordon-bleu avait été témoin de son don de guérison. À l'instar d'André. Et d'une petite servante à qui un valet, d'une gifle, avait fendu la lèvre lorsqu'elle avait refusé ses propositions galantes. Daimon avait vu la jeune femme saigner, le matin en question. Une heure plus tard, il l'avait croisée dans le vestibule, la bouche encore légèrement tuméfiée mais sans trace de plaie, une expression d'étonnement ravi sur le visage. L'un des vieux jardiniers était également au fait de cette compétence. Et il y avait lui-même, Sadi.

Mais pas Philippe, ni Alexandra, ni Lilande, ni Robert, ni Graff.

Wilhelmina savait que sa sœur se volatilisait des heures d'affilée pour rendre visite à des amis sans nom et à un mentor inconnu, elle savait pour quelle raison la sanguine poussait dans le jardin clos.

Sadi était au courant de ses escapades nocturnes, du fait qu'elle lisait en secret des textes anciens relatifs à l'Art, il avait conscience que quelque chose de terrifiant et de beau se cachait dans ce cocon d'enfance et que, lorsque cela finirait par en émerger, le jour venu, elle ne serait alors plus en mesure de vivre parmi ces gens.

Mais Philippe, Alexandra, Lilande, Robert et Graff l'ignoraient. Ils ne voyaient qu'une fillette incapable d'apprendre des sorts élémentaires, qu'ils considéraient comme excentrique, étrange, fantasque ; une fillette encline à proférer des vérités abruptes que les adultes refusaient d'énoncer à voix haute et dont ils ne voulaient pas entendre parler ; une fillette qu'ils n'aimaient pas assez pour pouvoir accepter sa personnalité. Elle jouait le rôle de l'épingle cachée dans une étoffe, qui égratigne incessamment la peau et que l'on ne parvient cependant pas à trouver.

Combien de personnes, hors de Chaillot, connaissaient sa nature ?

Philippe, Alexandra, Lilande, Robert et Graff l'ignoraient, pour leur part. Eux qui auraient dû la protéger, assurer sa sécurité. Elle n'était pourtant pas à l'abri en leur compagnie. Ils étaient ceux qui avaient le pouvoir de lui faire du mal, de l'enfermer au loin, de la détruire. Eux, les gens qui auraient dû la garder hors de danger, étaient ses ennemis.

*Et, par voie de conséquence, ils sont les miens également.*

Il étudia une dernière fois son froid reflet pour s'assurer que tout était en ordre, puis alla rejoindre la famille pour le dîner.

## 6. Terreille

Lilande eut un sourire nerveux en jetant un coup d'œil à l'horloge de son boudoir vivement éclairé. En lieu et place du jeu de cartes, une bouteille de vin frais et deux verres étaient posés sur la table. La porte de la chambre à coucher était entrebâillée, et il en émanait une lumière douce.

L'estomac de Daimon se noua, et il accueillit favorablement la sensation familière venue lui glacer le sang.

— Vous m'avez fait demander, dame Bénédict.

Le sourire de Lilande se fana.

— Hum… oui, bon… Vous paraissez las. Je veux dire, nous ne vous avons pas laissé en paix une minute, ces jours-ci, et… peut-être devriez-vous prendre une bonne nuit de sommeil. Oui, c'est bien cela, vous semblez fatigué. Pourquoi ne pas rentrer ? Vous vous *contenterez* de retourner dans votre chambre, n'est-ce pas ? Je veux dire…

Daimon sourit. Lilande, elle, pâlit et regarda subrepticement en direction de la chambre à coucher.

— C'est juste que… je ne me sens pas tout à fait dans mon assiette, ce soir, expliqua-t-elle. Je n'ai vraiment pas envie de jouer aux cartes.

— Moi non plus.

Il voulut attraper la bouteille de vin et le tire-bouchon.

— Ce n'est pas nécessaire ! se récria Lilande.

Daimon l'observa en plissant les paupières, et elle se précipita derrière une chaise. Il reposa la bouteille et le tire-bouchon puis mit les mains dans ses poches.

— Vous avez parfaitement raison, ma dame. Je suis las. Avec votre aimable permission, je vais me retirer.

*Mais pas dans la chambre. Pas tout de suite.*

Lilande sourit timidement sans quitter le rempart de la chaise.

Daimon sortit de la pièce, tourna au bout du couloir. Ensuite, il compta jusqu'à dix avant de reculer de deux pas.

Philippe, debout à l'entrée des appartements de Lilande, se figea en le voyant apparaître au détour du corridor. Ils se dévisagèrent pendant quelques secondes, puis Daimon lui adressa un signe de tête poli et disparut. Mais il s'arrêta pour tendre l'oreille. Au bout d'un long moment, il entendit la porte s'ouvrir et se refermer sans bruit, et il sentit qu'on la verrouillait.

Il sourit.

Tel était donc leur petit jeu. Quel dommage qu'ils ne l'aient pas engagé plus tôt ! Cela lui aurait épargné les interminables parties de cartes en compagnie de Lilande. Cela étant dit, il n'était pas hostile à la perspective de mettre à profit les renseignements glanés au sujet de ses maîtres, et il venait de trouver le moyen rêvé d'exercer une pression discrète sur Philippe afin de le tenir à distance. Oh, il allait être un partenaire exemplaire ! Il avait toujours été le troisième larron idéal : compatissant et tellement serviable... à condition qu'on ne le contrarie pas. Auquel cas... eh bien, ce n'était pas pour rien qu'on le surnommait le Sadique.

Il se sentit curieusement flatté, après s'être faufilé dans la bibliothèque et avoir verrouillé la porte, de constater qu'elle ne levait pas la tête. Assise en tailleur sur le canapé, elle était captivée par un ouvrage calé sur ses genoux. De la main, elle s'ébouriffait les cheveux tout en lisant.

Il contourna sans bruit les meubles, et à chaque pas le sourire qu'il arborait devenait plus chaleureux. Il s'inclina conformément aux convenances.

— Dame Bénédict.

— Angelline, rectifia l'intéressée d'un air absent.

Daimon ne répondit rien. Il avait découvert que s'il parlait tout bas, sur un ton neutre, pendant que l'attention de Jaenelle se focalisait sur autre chose, celle-ci s'exprimait avec une honnêteté brutale et sans détour qui lui laissait toujours la sensation que le sol s'effritait sous ses pieds.

—Sorcière suit la lignée maternelle. (Elle tourna la page.) Par ailleurs, oncle Bobby n'est pas mon père.

—Qui l'est, alors?

—Philippe. Mais il refuse de me reconnaître. (Elle tourna une autre page.) Il est également le père de Wilhelmina, mais il était prisonnier d'une trame onirique quand elle a été conçue, alors il n'est pas au courant.

Daimon prit place sur le canapé, si près de l'enfant qu'il la frôlait.

—Comment savez-vous cela?

—Adria me l'a dit.

Encore une autre page.

—Qui est-ce?

—La mère de Wilhelmina. C'est elle qui me l'a dit.

Sadi pesa soigneusement ce qui allait suivre.

—J'avais compris qu'elle était morte alors que votre sœur était encore nourrisson.

—Oui, c'est bien cela.

Ce qui signifiait qu'Adria était démonite.

—C'était une Veuve Noire. On l'a rompue avant qu'elle ait achevé son entraînement, poursuivit Jaenelle. Mais elle savait déjà comment tisser la toile d'un songe, et elle n'entendait pas recevoir la semence de Bobby.

Sadi inspira et expira profondément par saccades. Non sans effort, il fit abstraction de ces informations. Il n'était pas venu parler d'Adria.

—Comment s'est déroulée votre leçon de ce matin?

Jaenelle devint parfaitement immobile.

Daimon, lui, ferma un instant les yeux. Il craignait sa réponse, mais plus encore ce qui pourrait se produire si elle gardait le silence. Si elle l'excluait maintenant...

—Bien, dit l'enfant avec hésitation.

—Avez-vous appris quoi que ce soit d'intéressant? (Il posa le bras sur le dossier du canapé, en une attitude qui se voulait détendue et nonchalante. Mais, au fond de lui, il avait l'impression d'avoir avalé des tessons de verre.) J'ai reçu une éducation regrettablement… épisodique. Je vous envie ce mentor si érudit.

Jaenelle referma le livre et regarda un point loin devant elle. La gorge de Sadi se serra, mais il poursuivit :

— Pourquoi vos leçons n'ont-elles pas lieu ici ? Il est d'usage que le précepteur vienne à l'élève, et non l'inverse.

Elle ne fut pas dupe, et il en avait conscience.

— Il ne peut pas venir ici, répondit-elle lentement. Il ne le doit pas. Il ne faut pas qu'il découvre que…

Elle pinça les lèvres

— Pour quelle raison ?

*Incite-la à parler, incite-la à parler.* Si elle l'excluait maintenant, ce serait peut-être pour toujours.

— Son âme tient de la nuit.

Sadi déploya des trésors d'efforts pour conserver son flegme et ne pas trop manifester sa curiosité.

— Et je ne pense pas qu'il serait d'accord, reprit Jaenelle après avoir marqué une pause.

— Philippe désapprouverait le fait qu'il vous donne des leçons, vous voulez dire ?

— Non. *Il* n'approuverait pas Philippe. (Elle secoua la tête.) Il n'approuverait pas du tout.

*Tout comme moi, ma Dame, tout comme moi.* Il se remémora le peu qu'il savait des Gardiens et les histoires qu'il avait lues ou entendues concernant le Sire d'Enfer. C'est alors qu'il s'aperçut que Jaenelle n'était pas tranquille, et sa gorge se serra. Des Gardiens. Des morts-vivants. Qui buvaient…

— Il ne vous fait pas de mal, n'est-ce pas ? s'enquit-il, pour aussitôt regretter ses paroles.

L'enfant se tourna brusquement vers lui. Une colère froide frôlait ses traits. Sadi battit en retraite sur-le-champ, essayant de nuancer le sens de son propos.

— Je signifie par là : vous réprimande-t-il lorsque vous ne comprenez pas quelque chose ? Agit-il comme Graff ?

— Non, il ne se fâche pas. (Sa colère l'avait abandonnée, mais pas sa méfiance.) Enfin… la plupart du temps. Ce n'est vraiment arrivé qu'une fois, en fait, mais c'était parce que je lui avais fait peur, et puis c'était la faute de Prothvar, parce que je lui avais demandé de m'apprendre quelque chose, et il avait refusé en me riant au nez et en affirmant que je n'en étais pas capable, mais moi je savais que je pouvais, alors je lui ai montré, mais, comme il ignorait que je savais le faire, il a pris peur, il s'est mis en colère et c'est à ce moment-là que j'ai été grondée. Mais, en réalité, c'était bien la faute de Prothvar.

Elle l'implorait silencieusement d'être d'accord avec elle. Daimon, pris de vertige en entendant cette explication, se raccrocha au seul élément tangible :

— Qui est Prothvar ?

— Le petit-fils d'Andulvar.

Sadi sentait poindre un mal de tête. Il avait passé trop de nuits en houleuses quoique amicales discussions avec Lucivar à essayer de déterminer qui était le plus puissant prince de guerre de l'histoire du Lignage, pour ignorer qui était Andulvar. *Ô Nuit*, songea-t-il en frottant subrepticement sa tempe douloureuse, *combien de défunts connaît-elle donc ?*

— J'approuve, déclara-t-il résolument. Je pense que c'était la faute de Prothvar.

Jaenelle cligna des paupières. Fit un grand sourire.

— C'est aussi mon avis. (Elle fronça le nez.) Mais pas celui de Prothvar. Toujours pas.

— C'est un Eyrien, répliqua Sadi avec un geste d'indifférence. Les Eyriens sont têtus.

L'enfant eut un petit rire et vint se lover contre lui. Il passa le bras autour d'elle, si bien qu'il lui caressait légèrement l'épaule, et soupira d'aise.

Il faudrait bien qu'il se réconcilie avec le Prêtre. Il refusait de s'effacer, mais ne souhaitait pas pour autant que Jaenelle se trouve prise entre les feux de ce genre de rivalité. Par ailleurs, le Sire n'était qu'un concurrent, pas un ennemi. Elle pouvait avoir besoin de leur aide à tous les deux.

— Votre mentor répond au nom de Prêtre, n'est-ce pas ? demanda-t-il d'une voix suave où guettait le sommeil.

La fillette se raidit, mais ne fit pas mine de se dégager. Elle finit par opiner du chef.

— La prochaine fois que vous le verrez, voudriez-vous bien lui transmettre mes sincères salutations ?

Jaenelle redressa si brusquement la tête que les mâchoires de Daimon s'entrechoquèrent, manquant de peu sa langue.

— Vous connaissez le Prêtre ?

— Nous nous sommes brièvement fréquentés… il y a longtemps de cela, expliqua Sadi en mêlant ses doigts à ses cheveux.

Jaenelle se blottit tout contre lui en camouflant un énorme bâillement avec ses deux mains.

— Je m'en souviendrai, promit-elle, à moitié endormie.

Daimon l'embrassa sur le sommet du crâne, la remit sur ses pieds à contrecœur et replaça le livre sur l'étagère. Puis ils sortirent de la bibliothèque. Désignant les marches menant à la chambre de l'enfant, à l'étage supérieur, il dit :

— Allez vous coucher. Et dormez.

Il avait voulu faire preuve de sévérité, mais même à ses oreilles il s'agissait plutôt d'une remarque affectueuse mâtinée d'exaspération.

— Vous vous exprimez comme lui, parfois, grommela Jaenelle avant de disparaître dans l'escalier.

Daimon ferma les yeux. *Imposteur ! Animal de cour qui enrobe ses mensonges de soie !* Il n'avait pas pour objectif d'apaiser une rivalité. Telle n'était pas le motif de son message. Il avait voulu – par l'intermédiaire de Jaenelle et l'espace d'un instant, pas davantage – forcer Sahtan à reconnaître l'existence de son fils.

Mais quelle serait, en substance, la réaction du Prêtre ? À supposer que celui-ci daigne répondre.

## 7. Terreille

Grîr se trouvait en présence des deux femmes assises devant l'âtre, les mains derrière le dos. Il était le plus dévoué serviteur de la Grande Prêtresse d'Hayll, son assassin préféré, celui qui se chargeait de régler les détails épineux et salissants. La mission actuelle venait récompenser de manière exquise sa loyauté.

— Vous savez ce que l'on attend de vous ?

Grîr se tourna légèrement vers celle que l'on appelait la Prêtresse Noire. Jusqu'à ce soir-là, il s'était demandé pour quelle raison sa puissante maîtresse faisait preuve de tels égards envers cette mystérieuse « conseillère ». Il ne se posait plus la question. Une odeur de cimetière flottait autour d'elle, et l'intense malveillance qui émanait d'elle l'effrayait et l'excitait tout à la fois. Il comprenait également que le « vin » qu'elle buvait provenait d'une vigne d'un genre particulier.

— Je le sais et je suis honoré que vous m'ayez désigné pour remplir ces attributions.

Dorothéa avait certes décidé de le choisir, lui plutôt qu'un autre, mais il était vite devenu évident que c'était à la Prêtresse Noire qu'il devait l'existence même de la mission. Il garderait cela à l'esprit.

— Et il ne va pas regimber en voyant que vous êtes celui qui lui expliquera les termes de l'accord ? demanda Dorothéa en regardant brièvement le bras droit de Grîr. Vous lui déplaisez considérablement.

Grîr lui adressa un sourire onctueux avant de prêter toute son attention à la Prêtresse Noire. Ainsi donc, ce n'était même pas Dorothéa qui l'avait choisi.

— Raison de plus pour qu'il écoute… d'autant que je laisserai transparaître mon mécontentement à l'idée de devoir lui proposer une offre aussi généreuse. Par ailleurs, s'il lui prenait l'envie de mentir, je serais probablement le mieux placé pour m'en apercevoir. Beaucoup mieux, en tout cas, que n'importe lequel de ces ambassadeurs, qui bien que très compétents dans leur domaine habituel éprouvent, je suis au regret de l'avouer (il porta la main à sa poitrine en signe de sincérité), de la réticence à traiter avec Sadi autrement que de manière tout à fait superficielle.

— Vous ne le craignez donc pas ? demanda la Prêtresse Noire.

Son timbre enfantin agaçait Grîr, car il contrastait fortement avec le fait qu'elle dissimulait délibérément son visage et se donnait des airs de puissante et ténébreuse sorcière. Aucune importance. Ce soir, il avait enfin découvert qui exerçait vraiment la mainmise sur Hayll.

— Je n'ai pas peur de lui, répondit-il en souriant, et je prendrai grand plaisir à le voir se salir les mains du sang d'une fillette.

*Grand plaisir, oui.*

— Très bien. Quand pouvez-vous vous mettre en route ?

— Demain. Je voyagerai sans me presser, afin de passer inaperçu. Je profiterai de mon séjour là-bas pour flâner dans leur pittoresque petite ville. Qui sait ce que je suis susceptible d'y dénicher ? Peut-être quelque chose qui sera digne de votre intérêt, mes dames.

— Kartane se trouve à Beldon Mor, précisa Dorothéa. Il vous épargnera très certainement une bonne partie du travail préliminaire. Contactez-le.

Grîr se composa un nouveau sourire mielleux, s'inclina devant ses deux interlocutrices et prit congé.

— Ce choix ne semble pas vous satisfaire, ma Sœur, remarqua Hékatah, qui vida son verre et se leva pour partir.

— C'est de vous qu'il émane, répliqua Dorothéa en haussant les épaules. Souvenez-vous-en si les choses tournent mal.

Elle ne leva pas la tête lorsque la Prêtresse Noire repoussa sa capuche.

— Regardez-moi, siffla celle-ci. Rappelez-vous ce que je suis.

Dorothéa fut, comme toujours, stupéfaite de constater que les démonites étaient en tous points semblables aux vivants. Seule les en distinguait une légère odeur de viande près de s'avarier.

— Je ne l'oublie jamais, répondit-elle en souriant. (Les yeux d'Hékatah étincelèrent de colère, mais elle ne s'en émut pas.) Et, pour votre part, vous devriez garder à l'esprit que c'est à moi qu'appartient Sadi, que ce sont ma générosité et mon influence sur Prythienne qui ont rendu possible votre petit stratagème vengeur.

Hékatah ramena brusquement la capuche sur sa tête et fit un grand geste de la main. La porte s'ouvrit à la volée, et la poignée en cuivre s'encastra dans le mur de pierre. Un autre sifflement rageur, et elle disparut.

Dorothéa se resservit de vin. Elle avait noté le rictus discret, le changement dans le regard de Grîr lorsque celui-ci avait rencontré la Prêtresse Noire. Mais qu'était-elle, en définitive ? Un sac d'os qui n'avait pas le bon goût de tomber en poussière. Une liche. Une petite harpie conspiratrice qui tentait de rendre la monnaie de sa pièce à un homme qui se moquait éperdument de Terreille, s'en souciait comme d'une guigne. Elle n'était pas certaine de devoir croire cette histoire selon laquelle le Prêtre se serait entiché d'une enfant, et, même si c'était le cas, elle ne voyait pas vraiment quelle différence cela pouvait faire. Qu'il garde donc son jouet ! Pour sa part, elle avait jeté assez de jouvenceaux en pâture dans le repaire d'Hékatah. Cette charogne ambulante voulait à présent qu'elle renonce à ses droits sur Sadi pendant cent ans et, de surcroît, dévoyait Grîr, son meilleur serviteur, au point qu'elle ne pouvait plus se fier à lui. Telle était la seule marque de gratitude qu'on lui offrait pour avoir accepté de bonne grâce cet arrangement.

Très bien. Que Grîr fasse donc le joli cœur ! Un jour viendrait où il se rendrait compte de son erreur… et la paierait.

Assis dans un recoin sombre, Grîr savourait sa deuxième chope de bière en observant les hommes aux traits tirés installés aux tables adjacentes. Il aurait pu se rendre dans une autre taverne, où il aurait mieux dîné et où l'alcool aurait été dépourvu de cet arrière-goût d'eau de vaisselle, mais il lui aurait alors fallu sourire et courber l'échine devant les courtisans du Lignage qui peuplaient ce genre d'endroits. Là, au contraire, parce qu'il était redouté, il disposait d'un emplacement de choix, des meilleures pièces de viande, et nul ne le dérangeait.

Il vida sa chope d'un trait et leva un doigt à l'intention de la serveuse, qui s'empressa de le resservir en se faufilant entre les clients aux mains baladeuses. Il sourit. Cela aussi, il lui aurait suffi de le demander pour l'obtenir.

Après avoir regardé autour de lui pour s'assurer que personne ne lui prêtait attention, il posa la main droite sur la table.

Il ignorait toujours la raison pour laquelle Sadi avait agi ainsi, ce qui avait incité le Sadique à le mutiler de manière si parfaitement calculée. Il se trouvait à l'époque dans une auberge pas si différente de celle-là, occupé à explorer les glorieux atouts d'une donzelle, lorsque Sadi s'était avancé vers lui et lui avait présenté sa dextre, sans mot dire, sans se départir de son inexpressivité teintée d'ennui. Grîr, croyant qu'il était venu quémander quelque faveur, avait imité son geste. Au moment où la poigne de Sadi s'était refermée, tout avait changé. Il y avait d'abord eu la pression énergique d'une poignée de main. L'instant d'après, il avait senti ses os broyés, ses doigts qui se brisaient, il était prisonnier d'un étau mental qui ne lui laissait même pas le loisir de s'évanouir pour échapper à la douleur. Puis l'étau l'avait enfin autorisé à fuir…

En revenant à lui, la première chose à laquelle il avait pensé avait été de se rendre sur-le-champ chez une guérisseuse, chez quelqu'un capable de remodeler l'amas de chair qui était naguère un instrument essentiel. Mais on l'avait précédé. Quelqu'un avait transformé amoureusement sa main en une pince tordue et ressoudé les os : une guérisseuse aurait dû les fracturer de nouveau pour parvenir à les redresser. Et Grîr n'ignorait pas qu'elle n'aurait guère obtenu de résultat plus satisfaisant. Cette pince torse ne redeviendrait jamais une main valide.

Sadi l'avait soigné en connaissance de cause. Sadi, qui n'avait jamais manqué une occasion, par la suite, de le saluer avec une politesse moqueuse, haineuse, chaque fois qu'ils se trouvaient simultanément à la cour de Dorothéa. Sadi, qui allait massacrer une enfant en échange d'une liberté illusoire.

Grîr ingéra le reste de sa bière et jeta quelques pièces sur la table. Une diligence de Trame partirait pour l'ouest une heure plus tard. Il avait voulu patienter, agir sans empressement, mais en vérité il mourait d'envie d'accomplir sa mission.

# Chapitre 9

## 1. Kaelir

Sahtan était assis en tailleur dans un fauteuil confortable de ce qui était devenu la pièce « familiale » du Manoir de Kaelir, le menton appuyé sur ses doigts joints. Il regardait Jaenelle pousser avec entrain des rubans aux couleurs gaies à travers une mince tablette en bois.

Il ne lui donnait plus ses leçons en privé, et cela ne plaisait guère à SaDiablo de passer si peu de temps en tête à tête avec l'enfant, mais celle-ci se comportait comme une source vive de feu sorcier, qui attirait à elle les hommes de la demeure. Et lui, qui ne comprenait que trop cette attraction, ne pouvait se résoudre à exclure ceux-ci de sa présence.

Ce jour-là, Prothvar et Méphis jouaient aux échecs sans grande conviction tandis qu'Andulvar se reposait dans un fauteuil, les yeux mi-clos. Jaenelle était assise par terre devant Sahtan, des bâtonnets colorés, des cartes à jouer et des rubans éparpillés autour d'elle.

En regardant la fillette passer un autre ruban à travers le bois, SaDiablo songea que les leçons se déroulaient de mieux en mieux. Tout ce qu'il devait faire, c'était se remémorer qu'il fallait commencer par la fin et achever son enseignement par le début.

Ce jour-là, Jaenelle était supposée apprendre à passer un objet à travers un autre. Le principe était le suivant : une fois qu'elle maîtriserait cette compétence, elle pourrait faire de même avec de la matière vive, et donc franchir une porte ou bien une muraille. Telle était l'idée, en tout cas.

Il lui avait expliqué le procédé de toutes les façons imaginables, le lui avait montré à de multiples reprises. Elle ne comprenait pas, voilà tout. Finalement, au bout d'une heure d'efforts infructueux, il lui demanda inopinément :

— Si vous vouliez passer votre bras à travers ce morceau de bois, que feriez-vous ?

Jaenelle considéra la question l'espace d'une seconde, exécuta le mouvement et agita les doigts de l'autre côté du bout de bois.

— Comme ceci ?

Andulvar marmonna quelque chose qui ressemblait à « Ô Nuit... » Méphis et Prothvar, de surprise, avaient renversé toutes les pièces de leur plateau d'échecs. Sahtan, quant à lui, contemplait les petits appendices remuants, le regard un peu vitreux.

— Oui, exactement, finit-il par ânonner, abasourdi.

Partir des compétences qu'elle maîtrisait déjà et agir à rebours le perturbait un peu ; il n'avait jamais oublié le jeune seigneur de guerre qui avait joué au fier-à-bras avant la leçon puis avait paniqué au milieu de l'exercice. Mais il n'avait fallu à Jaenelle que quelques minutes pour passer de l'étape finale à l'étape initiale, et Sahtan avait été tellement heureux de voir briller ses yeux. Il avait presque pu entendre le « clic » des morceaux du puzzle qui se mettaient en place dans l'esprit de l'enfant.

À l'instant présent, donc, Jaenelle s'amusait à passer des rubans dans un bout de bois avec une aisance que beaucoup de femmes, en la voyant, lui auraient enviée.

— Oh, j'allais oublier ! dit Jaenelle en prenant un autre ruban. Le prince m'a demandé de vous transmettre ses sincères salutations.

Andulvar écarquilla brusquement les paupières avant de les refermer aussitôt. La main de Méphis s'immobilisa au-dessus de la pièce qu'il s'apprêtait à avancer. Prothvar tourna brièvement la tête avant de reporter son attention sur la partie. Seul Sahtan, assis face à la fillette, demeura de marbre.

— Le prince ? répéta-t-il négligemment.

— Hum. Un seigneur de guerre hayllien vit avec nous, désormais. Il sert de compagnon de jeux à Lilande et à Alexandra, pourrait-on dire. (Elle interrompit son geste et fronça les sourcils.) Cela ne lui plaît pas beaucoup, à mon avis. Il n'a pas l'air content quand il est avec elles. Mais cela ne le dérange pas de s'occuper de Wilhelmina et moi.

— C'est-à-dire ? demanda doucement Sahtan.

Il remarqua le regard éloquent que lui adressa Andulvar, mais n'en tint pas compte. *Daimon ne se trouve pas simplement à Beldon Mor, merde, il vit dans la même demeure !*

Le visage de Jaenelle s'éclaira.

— Nous faisons des tas de choses. Nous nous promenons, et c'est un bon cavalier. Il connaît plein d'histoires, et il joue du piano avec Wilhelmina, et il lit pour nous, et il n'est pas du tout comme les autres adultes, qui pensent que nos jeux sont bêtes. (Elle ramassa deux rubans et les entrelaça dans le bois.) Il agit souvent comme vous. (Elle le dévisagea en penchant la tête de côté.) Et il vous ressemble aussi physiquement, sur certains points.

Sahtan sentait le sang cogner contre ses tempes. D'une main, il se massa l'estomac.

— Qu'entendez-vous par là, sorcelière ?

— Oh, c'est cette lueur étrange qui passe parfois dans vos yeux, comme si vous aviez mal au ventre et que vous aviez envie de rire tout en sachant que cela allait aggraver la douleur. (Elle remarqua son geste, constata qu'il appliquait à présent le poing contre son estomac.) Quelque chose cloche, avec le vôtre ?

— Pas encore, non.

Andulvar parut subitement très intéressé par le plafond. Prothvar et Méphis, eux, avaient les yeux rivés sur Jaenelle, qui leur tournait le dos. Sahtan serra les dents.

— Il est vraiment très gentil, Sahtan, précisa l'enfant, déconcertée par ce flux d'émotions peu commun. Un jour qu'il pleuvait, nous avons joué au berceau, Wilhelmina, lui et moi, pendant des heures et des heures.

— « Au berceau » ? demanda Sahtan d'une voix étranglée.

Jaenelle planta la reine de cœur dans le bois.

— C'est un jeu de cartes dont les règles sont assez complexes. Le prince n'arrête pas d'en oublier certaines, et donc il perd.

— Ah oui ? repartit Sahtan en se mordant l'intérieur de la joue.

*Ce n'est pas son genre.*

— Hum. Je ne voulais pas qu'il soit vexé, alors… eh bien, au moment de distribuer, je l'ai aidé à remporter une manche.

Andulvar devait estimer que le plafond était *fort* digne d'intérêt. Méphis, nerveux, toussota. Prothvar, pour sa part, était captivé par la texture des rideaux.

Sahtan s'éclaircit la voix et accentua la pression de son poing sur son estomac.

— Le prince a-t-il… dit quoi que ce soit ?

— Il a dit qu'il se ferait un plaisir de m'apprendre le poker s'il n'était pas obligé de parier contre moi, répliqua Jaenelle en fronçant le nez. Qu'est-ce que cela signifie, Sahtan ?

D'un même élan, Méphis et Prothvar se penchèrent sur l'échiquier, et se cognèrent. Andulvar commença à tressauter et s'accrocha aux accoudoirs de son siège comme s'ils étaient son dernier lien avec le monde terrestre.

Sahtan était sûr que ses entrailles allaient se liquéfier s'il ne pouvait bientôt s'esclaffer tout son saoul.

— Je pense que… ce qu'il voulait dire… c'était qu'il aurait préféré gagner… sans votre aide.

— Non, je ne crois pas que ce soit cela, répondit Jaenelle après réflexion, avec un signe de dénégation.

Prothvar laissa échapper bien malgré lui un « hu-hu-hu » étouffé qui fit office de catalyseur, et aucun des quatre hommes ne put s'empêcher d'éclater de rire.

Sahtan, perdant tous ses moyens, glissa du fauteuil, s'affaissa avec un son mat et bascula de côté en hurlant de rire. Jaenelle les regarda tous en souriant, encline à se joindre à eux à supposer que quelqu'un daigne lui expliquer l'objet de leur amusement. Au bout d'une minute, elle se leva, lissa ses jupes avec la placide et digne fierté d'une Reine en devenir, enjamba SaDiablo et s'éloigna.

Celui-ci retrouva instantanément son sérieux. Il se redressa sur un coude :

— Sorcelière ? Où allez-vous ?

Les trois autres se turent, guettant la réponse. L'enfant se tourna vers Sahtan.

— Je vais au petit coin, et ensuite demander à Mme Bhil si elle a quelque chose à manger.

Elle se dirigea avec raideur vers la sortie. La dernière chose qu'ils l'entendirent marmonner avant que la porte se referme derrière elle fut :

— Ah, les hommes !

Le silence subsista encore un moment, puis les rires reprirent de plus belle jusqu'à ce que les quatre hommes n'en puissent plus.

— Heureusement que je suis déjà mort, dit Andulvar en essuyant ses larmes.

— Pourquoi donc ? s'enquit Sahtan.

— Parce que sans cela elle *causerait* ma mort.

— Ah, mais quelle fin glorieuse ce serait, Andulvar !

— Qu'allez-vous faire, à présent ? demanda celui-ci plus sérieusement. Il a pris la peine de vous indiquer où il se trouvait. Par défi ?

— Le croyez-vous si imprudent ?

— Assez arrogant, qui sait ?

— Non, répliqua Sahtan après avoir réfléchi. Je ne pense pas qu'il s'agisse d'arrogance, mais bien d'un défi. (Il se tourna vers son ami.) Qui m'est destiné. Peut-être se fie-t-il à mes intentions autant que moi aux siennes. Peut-être que nous avons tous les deux besoin de nous faire un peu... confiance.

— Qu'allez-vous faire, alors ?

Sahtan poussa un soupir.

— Lui envoyer à mon tour mes sincères salutations.

## 2. Terreille

Alors qu'il contemplait la ville de Beldon Mor par les fenêtres de l'ambassade, Grîr entendit le battant s'ouvrir et se refermer. Il explora mentalement la partie de la pièce à laquelle il tournait le dos, s'attendant à sentir la présence de quelque fonctionnaire à la poigne dévastatrice, venu lui annoncer que l'entrevue devait être reportée. En réalité, il ne perçut rien d'autre qu'un léger froid. Les imbéciles qui travaillaient là recevaient de généreuses dotations. Ils auraient au moins pu chauffer les lieux. Peut-être que le petit pleurnicheur était entré, l'avait vu et s'était empressé de filer sans prononcer un mot.

Grîr se détourna de la fenêtre avec un rictus et, instinctivement, recula d'un pas.

Daimon Sadi, les mains dans les poches de son pantalon, se tenait devant le battant clos, arborant le masque d'ennui qui lui était coutumier.

— Seigneur Grîr, susurra-t-il avec onctuosité.

— Sadi, répliqua l'intéressé sur un ton méprisant. La Grande Prêtresse m'envoie vous faire une offre.

— Oh ? repartit Daimon en haussant un sourcil. Depuis quand Dorothéa mandate-t-elle son favori pour jouer au coursier ?

— L'idée n'était pas de moi, assena Grîr, en se hâtant de changer de sujet. J'agis ainsi qu'on me l'ordonne, tout comme vous. Je vous en prie. (De la main gauche, il désigna deux chaises.) Installons-nous confortablement, au moins.

Sadi s'approcha à pas feutrés et prit place avec grâce sur l'un des sièges. Sur son passage, Grîr s'était raidi. La démarche de son interlocuteur le hérissait. Quelque chose de félin, d'inconcevable chez un homme, émanait de ses gestes. Grîr s'assit à son tour, dos au soleil afin de pouvoir scruter le visage de Daimon.

— J'ai une offre à vous faire, répéta-t-il. Il me déplaît d'être celui qui doit vous la communiquer.

— Comme vous l'avez déjà dit.

Grîr pinça les lèvres. *Même pas une once d'intérêt dans le regard du bâtard*, pensa-t-il.

— La voici : cent ans pendant lesquels vous serez dispensé de service à la cour, durant lesquels vous pourrez vivre où bon vous semblera et agir à votre guise, fréquenter qui vous amuse. (Il marqua une pause afin de ménager son effet.) Et cela vaut en des termes identiques pour le demi-sang eyrien. Excusez-moi : votre *frère*.

— L'Eyrien est Entravé par la Grande Prêtresse d'Askavi. Dorothéa n'a pas son mot à dire le concernant.

C'était un mensonge, et Sadi le savait pertinemment, mais Grîr fut agacé de constater que rien, dans sa voix ou dans son expression, n'indiquait une perte de sang-froid. La situation avait-elle pu évoluer ? Ne se souciait-il donc plus de Yaslana ?

— C'est une généreuse proposition, fit-il remarquer en s'efforçant de réprimer sa folle envie de déclencher les hostilités, de provoquer Sadi.

— Indiscutablement, oui.

La main gauche de Grîr se crispa sur l'accoudoir, et il inspira profondément pour retrouver son calme. Sadi l'avait doublé et ne lui avait pas laissé le temps de recourir au sarcasme.

— Et quelle est la contrepartie rattachée à cette « généreuse proposition » ? demanda Daimon avec un sourire carnassier.

Grîr frissonna. La peste soit de ces petits insensés ! Lorsqu'il en aurait fini avec eux, ils sauraient comment chauffer une pièce. Il lui fallait formuler son offre de la manière la plus convaincante possible, et le froid l'empêchait de réfléchir correctement.

— Une bonne amie de la prêtresse a découvert que son compagnon fréquentait une jeune sorcière et s'était même complètement entiché d'elle. Elle aimerait remédier à cette situation, mais ne peut agir personnellement, par crainte des incidences politiques.

— Hum. M'est avis que si elle désire éliminer discrètement son consort, vous êtes plus qualifié que moi à cette fin.

— Ce n'est pas son consort qu'elle souhaite enterrer.

Feu d'Enfer, comme il faisait froid !

— Ah, je vois !

Sadi croisa les jambes et joignit les doigts, ses longs ongles posés sous le menton.

— Cependant, comme vous devez le savoir, ma marge de manœuvre est extrêmement limitée ; je suis tributaire des désirs de la reine que je sers. Improviser une escapade se révélerait ardu.

— Et superflu. Voilà justement pourquoi elle a songé à vous.

— Oh ?

— L'amie de la Grande Prêtresse a toutes les raisons de penser que sa concurrente se trouve ici même.

Grîr ne sentait plus ses pieds. Il aurait voulu se frictionner les mains, mais Sadi ne semblait pas souffrir de la température, et il n'avait pas la moindre envie de dévoiler sa faiblesse.

Sadi fronça les sourcils, manifestant pour la première fois depuis le début de l'entrevue un changement d'humeur.

— Et quel âge a donc cette rivale ? À quoi ressemble-t-elle ?

— Difficile à dire, au juste. Vous savez comme il est malaisé d'évaluer les individus de ces espèces dont l'existence s'écoule à la vitesse de l'éclair. Mais elle est jeune, oui, du moins en apparence. Des cheveux blonds. C'est le seul trait caractéristique. Cela, et probablement une étrange aura…

Sadi rit. C'était un son perturbant. Quelque chose paraissait beaucoup le divertir, mais une lueur malsaine brasillait dans ses prunelles.

— Mon cher Grîr, votre signalement doit bien correspondre à la moitié de la gent féminine de ce tas de cailloux. « Une étrange aura » ? Par rapport à quoi ? Il y a une véritable épidémie d'excentricité et d'hystérie parmi les filles prépubères. Vous ne trouverez pas une famille du Lignage, sur cette maudite île, qui n'en compte pas au moins une dotée d'une « étrange aura ». Qu'attendez-vous de moi ? Que j'approche chacune d'entre elles pendant que son chaperon aura le dos tourné et que je lui demande si elle baise un Hayllien issu de l'une des Cent Familles ?

Il recommença à rire.

— Vous refusez donc ? demanda Grîr, les mâchoires serrées.

— Non, Grîr, je vous explique simplement que, sans un supplément d'informations, le consort de l'amie en question continuera à tripoter son jouet pendant très longtemps. Alors, à moins que vous soyez en mesure de m'en apprendre davantage, le jeu n'en vaut pas la chandelle. (Il se leva et rajusta sa veste de manière à laisser dépasser ses manchettes.) Cela étant dit, la proposition m'intrigue, et si je devais croiser par hasard une jeune fille blonde ayant un faible pour les Haylliens, je l'observerais avec la plus grande attention. À présent, si vous voulez bien m'excuser, je suis déjà en retard chez mon tailleur, qui attend mon opinion avisée.

Il s'inclina en une parodie de révérence et partit.

Grîr compta jusqu'à dix avant de se dresser d'un bond pour regagner l'entrée sur ses pieds engourdis. Le bouton de la porte était tellement gelé qu'il adhérait à la peau, si bien qu'il dut s'y reprendre à deux fois pour parvenir à le tourner. Quand enfin il put quitter la pièce, il s'affaissa contre le mur.

Le vestibule était une vraie fournaise.

Daimon contemplait le parterre de sanguine. Incapable de trouver le sommeil, il était sorti se promener et ses pas l'avaient guidé jusqu'au jardin clos. L'air nocturne était frais et il avait oublié sa redingote, mais cela le réconfortait de ressentir un froid qui n'émanait pas de lui.

Dorothéa cherchait Jaenelle. Peu importait que ses motifs soient personnels ou qu'elle agisse sur l'injonction d'autrui : elle essayait systématiquement de détruire les jeunes sorcières susceptibles de devenir, en grandissant, ses rivales. Lorsqu'elle aurait découvert l'identité de l'enfant et l'endroit où elle résidait, elle mettrait en œuvre toutes les armes dont elle disposait afin de l'éliminer.

Grîr fouinait pour déterrer des informations, ce qui signifiait que Dorothéa n'était pas certaine que Jaenelle vivait bien à Beldon Mor. Mais rien ne disait que Grîr n'allait pas s'attarder sur Chaillot. S'il restait assez longtemps, il finirait tôt ou tard par entendre parler de la blonde et excentrique fille de Lilande Bénédict. Et que se passerait-il, alors ?

*Lui avez-vous appris à tuer, Prêtre ? Pouvez-vous seulement lui enseigner un tel comportement ? Elle est tellement sage dans son innocence, et si innocente dans sa sagesse.*

Il aurait dû achever Grîr au lieu de se contenter de mutiler la main qui avait égorgé Titienne. Mais le moment d'agir n'était pas encore venu ; Dorothéa l'aurait soupçonné, même en l'absence de preuves. Et il ne pouvait toujours pas réparer cette erreur, sans quoi il attirerait l'attention sur les Angelline. Aucun endroit ne serait assez sûr pour y dissimuler Jaenelle, à cause de sa propension à flâner, et il n'était pas encore prêt à la confier au Prêtre, même si l'enfant acceptait de se cacher auprès de ce dernier. Pas tout de suite.

Il secoua la tête. La nuit poursuivait sa course fuyante. Depuis le début, il avait su ce qu'il fallait faire. Si l'offre l'avait concerné lui, et lui seul, la réponse aurait été évidente. Mais le sort d'un autre était également en suspens. Il inspira à pleins poumons puis envoya une pensée le long d'un fil gris ébène.

— *Connard ? Connard, vous m'entendez ?*

Il perçut une prise de conscience subite, comme lorsque l'on tire quelqu'un d'un sommeil léger.

— *Bâtard ?* (Mouvement, concentration.) *Bâtard, que…*

— *Écoutez-moi. Le temps me manque. Grîr est venu me faire une proposition, aujourd'hui.*

— *Grîr ?* (Il perçut une méfiance intense.) *Pourquoi ?*

— *Une amie de Dorothéa demande une faveur. Cent ans de liberté… pour nous deux… si je tue une enfant.*

La réaction de Lucivar se propagea dans l'esprit de Daimon avec une douceur vénéneuse.

— *N'importe quelle enfant ? Ou quelqu'un en particulier ?*

Daimon baissa les yeux. De la main droite, il frotta la cicatrice à son poignet gauche.

— *Une enfant très spéciale. Extraordinaire.*

— *Et vous avez répondu… ?*

— *Je vous l'ai dit. La décision ne me…*

— *Où êtes-vous ?*

— *Sur Chaillot.*

Un sifflement de rage.

— *Écoutez-moi, espèce de fils de catin ! Si vous acceptez par affection pour moi, je vous tuerai avant toute chose.*

*Et, avant toute chose, je vous laisserai faire*, ajouta silencieusement Sadi qui, tremblant de soulagement, tomba à genoux.

— *Merci.*

— *Quoi ?*

Le flux de colère transmis par le fil psychique cessa.

— *Merci. Je… J'avais espéré que vous réagiriez ainsi, mais je devais vous poser la question. Il y a autre chose que vous…*

— *La garce est levée. Pas le temps. Prenez soin d'elle, bâtard. Saignez tout le monde à blanc si nécessaire, mais prenez soin d'elle.*

Lucivar était parti.

Sadi se releva lentement. Il avait couru d'énormes risques en contactant son frère. Si on les avait surpris, les coups de fouet auraient été le cadet de leurs soucis. Il ne s'inquiétait pas de son propre sort. Il était trop loin d'Hayll pour que Dorothéa détecte leur conversation par l'intermédiaire de l'Anneau de domptage, et il avait confiance en sa propre aptitude à manœuvrer autour d'Alexandra, qui portait l'Anneau de domptage subsidiaire. Mais Zuultah n'était pas Alexandra, et Lucivar ne prenait pas systématiquement toutes les précautions qui s'imposaient.

*Soyez prudent, connard*, songea Daimon en regagnant la demeure sans se hâter. *Soyez prudent.* Encore quelques années, et Jaenelle aurait atteint l'âge requis. Alors, ils pourraient servir la Reine dont ils avaient toujours rêvé.

Il aurait pu suivre le fil gris ébène jusqu'à son frère afin de savoir si Zuultah avait surpris leur discussion, mais il ne souhaitait pas en avoir le cœur net, ni découvrir que Zuultah utilisait l'Anneau, que Lucivar souffrait.

Il leva les yeux vers les fenêtres de l'aile de la nursery. Pas un seul rai de lumière. Il voulait se faufiler à l'étage, se glisser dans le petit lit et se lover contre elle, rasséréné par la certitude qu'elle était en vie et en sûreté. Parce que, si Lucivar souffrait, cela signifiait…

Daimon rentra dans la demeure et regagna sa chambre. Il se déshabilla promptement et se coucha. La pièce était peuplée d'ombres et, tandis que le ciel nocturne annonçait progressivement la venue de l'aube, il ne cessa de se demander de quoi le soleil de Pruul pouvait bien être témoin.

## 3. Terreille

Onirie suivait les méandres pentus des jardins publics, cette partie de leur domaine que les Angelline ouvraient aux Chaillots. Elle déboutonna son manteau. Ces jardins constituaient l'un des rares espaces où les habitants de Beldon Mor pouvaient encore marcher dans l'herbe ou s'asseoir sous un arbre, et l'on aurait dit que tous les membres du Lignage s'étaient réunis là pour profiter des derniers jours cléments de l'automne.

Vingt ans auparavant, lorsque Onirie était venue dans cette ville pour la première fois, à l'occasion de l'inauguration de la demeure de la Lune Rouge de Dèjie, la végétation ne manquait pas. Désormais, Beldon Mor n'était rien d'autre qu'une copie plus récente et moins dévoyée de Draéga, car les ambassadeurs haylliens avaient déployé des trésors d'inventivité afin d'avilir le conseil et de pomper, telles des sangsues, les forces du Lignage.

Ses membres, plus que les communs, avaient besoin de rester en contact avec la terre. Sans cela, ils oubliaient aisément les légendes immémoriales, selon lesquelles le Lignage était destiné à veiller sur les royaumes. Sans cela, ils se laissaient trop facilement abuser par leur propre vanité.

Onirie s'amusait des réactions que suscitait sa présence. De jeunes gens qui se pavanaient l'observaient avec un intérêt calculé ; d'autres lui décochaient des œillades, puis rougissaient lorsque leurs compagnes les entraînaient dans la direction opposée ; des hommes désireux de se montrer en société regardaient droit devant eux quand ils la croisaient, et leurs épouses dévisageaient Onirie, reportaient leur attention sur des maris blêmes et stoïques avant d'étudier encore cette jeune femme qui, au grand soulagement des intéressés, affectait de ne remarquer personne. Pas tout le temps, à vrai dire. Elle adressa bien un sourire ingénu et un petit signe de la main à un seigneur de guerre – qui avait rudoyé, il y avait quelques nuits de cela, une catin encore débutante –, puis s'éloigna rapidement en gloussant, regrettant de ne pas pouvoir entendre le goujat se confondre en explications.

Mais assez de ces enfantillages. Elle avait du travail.

Elle poursuivit vers la barrière en fer forgé qui séparait jardins privés et jardins publics. Sous son chemisier, elle portait le Joyau gris monté sur un pendentif en or, l'exacte réplique du Vert de Titienne. Elle explorait mentalement les alentours depuis qu'elle était arrivée, espérant ne pas recevoir de réponse, même fugace, car cela signifierait que Philippe se trouvait à proximité. Et ce n'était pas lui qu'elle cherchait.

Devant la barrière, elle émit le signal secret que Daimon lui avait appris tant d'années auparavant, celui qu'elle devait utiliser pour lui demander de l'aide. Après cela, elle rebroussa chemin et alla flâner sur les sentiers de traverse.

Peut-être était-il absent. Ou peut-être se trouvait-il chez les Angelline mais que, dans l'impossibilité de sortir, il ne réagirait pas à son appel. Elle n'avait pas osé le solliciter depuis la nuit où, après l'avoir poussé dans ses retranchements, elle avait eu affaire à la Catin d'Hayll.

Elle perçut sa présence avant de l'apercevoir ; il remontait le chemin derrière elle. Elle se dirigea vers lui en s'arrêtant de temps à autre pour admirer un bourgeon éclos tardivement. Il y avait peu de chance que quelqu'un les surprenne dans cet endroit peu fréquenté, mais Onirie n'avait pas l'intention de prendre le moindre risque. Lorsqu'ils se croisèrent, elle fit semblant de trébucher et de se tordre la cheville.

— Merde ! fit-elle alors que Daimon la retenait par le bras. Restez tranquille une minute, vous voulez bien, mon chou ? (Elle s'appuya sur son épaule et tritura sa chaussure.) Quelqu'un vous cherche.

Elle le sentit se raidir, et une petite couronne de gel se forma à ses pieds.

— Oh ! Pour quelle raison ?

Onirie, feignant toujours d'examiner son soulier, ne pouvait voir son visage, mais elle savait qu'elle n'y lirait rien d'autre qu'un léger ennui et de l'affectation, en dépit de l'intonation onctueuse et glaciale qu'il employait.

— Cette femme pense que vous vous intéressez à une enfant qui vit dans les environs. Apparemment, elle s'y intéresse aussi beaucoup. Quant à Dorothéa, elle entend écarter la fillette de son chemin. Si j'étais vous, je surveillerais mes arrières. Elle ne m'a pas embauchée, mais cela ne signifie pas que d'autres ne sont pas chargés de s'en prendre à vous.

Elle posa le pied par terre et remua la cheville comme pour s'assurer qu'elle pouvait supporter son poids.

— Connais-tu son identité ?

— C'est une sorcière qui réside à l'Autel de Cassandra. Pas moyen de savoir depuis combien de temps elle s'y trouve. Quelques chambres ont été remises en état. C'est à peu près tout. J'ai logé dans de pires endroits.

— Merci de m'avoir averti. (Il refusait toujours de croiser son regard.) Maintenant, tu m'ex…

— Prince ? Prince, vous devez venir voir cela.

Onirie se tourna en direction de cette voix dont la tessiture lui donnait l'impression de toucher de la soie. Une enfant blonde et fluette surgit au détour d'une courbe et s'arrêta juste à côté d'eux en souriant chaleureusement. Ses yeux, dont la couleur paraissait changer au gré de la lumière qui s'immisçait à travers le feuillage, indiquaient de la curiosité et une grande vivacité d'esprit.

— Salut, dit l'arrivante en dévisageant Onirie.

— Mademoiselle, répondit celle-ci sur un ton qui se voulait respectueux et empreint de dignité.

Mais Daimon poussa un soupir exaspéré, et cela lui donna envie de rire.

— Nous devrions rentrer, ma Dame, déclara celui-ci en se plaçant à côté de Jaenelle pour l'inviter à reprendre le chemin des jardins privés.

Onirie, qui allait s'éclipser, se figea. Elle n'avait jamais entendu Daimon s'exprimer ainsi, à la fois implorant et enjôleur. Elle constata que la fillette refusait catégoriquement de bouger.

— Jaenelle, ajouta Sadi, quelque peu désespéré.

L'enfant, les yeux rivés sur la poitrine d'Onirie, ne tint pas compte de sa supplique. C'est à cet instant que la jeune femme s'aperçut que son Gris s'était échappé de son chemisier lorsqu'elle s'était penchée pour examiner son soulier. Elle croisa le regard de Daimon, lui demandant en silence ce qu'il convenait de faire.

Celui-ci pressa gentiment l'épaule de Jaenelle pour attirer son attention, mais :

— Êtes-vous Onirie ? (N'obtenant pas de réponse, elle s'adressa à son compagnon :) Est-ce elle ?

Daimon, sur la réserve, donnait l'impression d'être pris au piège. Il inspira profondément puis exhala, lentement.

— Oui, c'est Onirie.

Jaenelle plaqua ses paumes l'une contre l'autre et décocha un sourire radieux à l'intéressée.

— J'ai un message pour vous.

Onirie cligna des paupières, interloquée.

— « Un message » ?

— Ma Dame, contentez-vous de le lui confier, dit Daimon avec conviction. Nous devons y aller.

Jaenelle fronça les sourcils, apparemment intriguée par son comportement un peu cavalier, mais obéit :

— Titienne vous fait part de son affection.

Onirie sentit ses jambes se dérober à l'instant précis où Sadi la rattrapait.

— Vous aimez ce genre de plaisanterie ? murmura-t-elle avec fougue en enfouissant son visage contre la poitrine de Daimon.

— Ténèbre miséricordieuse, elle ne plaisante pas ! intervint celui-ci.

Onirie leva les yeux. La peur n'était pas non plus un sentiment qu'elle avait l'habitude de détecter chez lui. Reprenant ses moyens, elle s'écarta de lui.

— Titienne est morte, déclara-t-elle sur un ton forcé.

Jaenelle parut encore plus déconcertée.

— Oui, je sais.

— Comment la connaissez-vous ? demanda Sadi sans hausser le ton, mais sa voix vibrait de tension contenue.

Il frissonna, et Onirie savait que la petite brise frisquette qui venait de se lever n'y était pour rien.

— Elle est la reine des harpies. Elle m'a raconté que sa fille s'appelait Onirie, elle me l'a décrite, et m'a confié que le pendentif dans lequel était serti son Joyau ressemblait peut-être au blason familial. Les Déa al Mon le portent en argent, d'ordinaire, mais l'or vous va bien.

Jaenelle était contente d'avoir pu livrer son message, mais elle ne s'expliquait manifestement pas la réaction de ses interlocuteurs.

Onirie aurait voulu fuir, s'échapper tout en fondant ses espoirs sur cette fillette qui ne semblait pas trouver saugrenue l'idée qu'il existait une passerelle entre les vivants et les défunts. Elle voulut dire quelque chose, n'importe quoi, mais elle ne parvint qu'à articuler un son informe, alors elle se tourna vers Daimon. Mais ce fut pour constater que lui aussi avait perdu ses repères.

Il se ressaisit finalement, passa un bras autour des épaules de Jaenelle et l'entraîna en direction des jardins privés.

— Attendez ! s'écria Onirie, des sanglots dans la voix, les yeux brouillés de larmes. Si vous deviez revoir Titienne, transmettez-lui également toute mon affection.

Elle distingua le bon sourire compréhensif de l'enfant à travers ses pleurs.

— Je n'y manquerai pas, Onirie.

Et puis plus rien.

Onirie s'accrocha à un arbre pour ne pas trébucher, les larmes ruisselant sur ses joues. Les Déa al Mon. Un patronyme ? Le nom du peuple de Titienne ? Mystère. Toujours était-il qu'elle n'avait encore jamais eu d'autant d'informations en sa possession. Elle ressentait un profond déchirement et pourtant, pour la première fois depuis qu'elle avait découvert le corps sans vie de sa mère, elle n'avait plus l'impression d'être seule.

## 4. Terreille

Lorsqu'elle ouvrit le placard contenant la vaisselle, Cassandra sentit une sombre présence masculine sur le pas de la porte, une trace Noire reconnaissable entre mille. Sans se retourner, elle saisit l'un des verres à vin et dit :

— Je ne vous attendais pas si tôt.

— Je m'étonne même que ma venue ne vous surprenne pas.

Le verre manqua de lui échapper. Un seul homme pouvait émettre une trace psychique si proche de celle de Sahtan. Pour gagner du temps pendant qu'elle congédiait son Joyau rouge et en appelait au Noir, elle sortit deux coupes et les posa sur le plan de travail avant de faire face à l'arrivant.

Celui-ci était adossé au chambranle, les mains dans les poches.

*Ah, Sahtan ! Voyez ce que vous avez engendré.* Cassandra admira la silhouette et les traits presque trop harmonieux du visage. S'il avait émané de lui la moindre once de séduction, son vieux cœur aurait peut-être battu la chamade. Mais elle ne ressentait qu'un froid à vous glacer les os, et elle ne pouvait se résoudre à le regarder droit dans les yeux.

*Réfléchis, femme, réfléchis.* Elle était l'un des Gardiens, l'un des morts-vivants, mais son visiteur l'ignorait. S'il endommageait son corps, elle pouvait se changer instantanément en démon et continuer à se défendre. Elle ne le croyait pas capable de l'anéantir complètement. Noir contre Noir. Elle pouvait lui tenir tête.

Elle croisa son regard et comprit, avec une acuité choquante, qu'elle se trompait. Il était venu pour tuer, et il savait parfaitement qui et ce qu'elle était.

— Vous me décevez, Cassandra. Les légendes ne vous dépeignaient pas ainsi, dit-il avec une douceur pétrie de malveillance.

— Je ne suis qu'une prêtresse affectée à cet Autel, répliqua-t-elle en s'efforçant de garder son calme. Vous vous fourvoyez, si vous pensez que…

Il eut un petit rire. Elle manifesta un mouvement de recul et se retrouva acculée contre le plan de travail.

— Me croyez-vous vraiment inapte à différencier une prêtresse d'une Reine ? Et les Joyaux, ma chère, vous désignent sans doute possible.

— Je suis bien Cassandra, reconnut-elle en accompagnant sa réponse d'un infime signe de tête. Que voulez-vous, prince ?

Il se redressa en souplesse et s'avança lentement vers elle.

— Par souci d'exactitude, ma *dame* (il accentua ce dernier mot avec méchanceté) : quel est *votre* objectif ?

— Je ne comprends pas.

Son statut exigeait d'elle qu'elle tienne ses positions. Mais son instinct lui hurlait de prendre la fuite. Il avançait toujours et souriait de la voir manœuvrer pour que la table demeure entre eux. C'était un sourire de séducteur, doux et presque tendre, à ceci près qu'il paraissait sculpté dans la glace.

— Qui attendez-vous ? demanda-t-il.

Il sortit les mains de ses poches, et cela attira l'attention de Cassandra. Son soulagement momentané de ne remarquer aucun anneau à ses doigts fut de courte durée : elle constata bien vite qu'il portait les ongles très longs. Ô Nuit, il était bel et bien le fils de son père ! Elle continua à longer les bords de la table. Si elle parvenait à atteindre l'entrée… Daimon lui bloqua l'issue.

— Qui ? répéta-t-il.

— Un ami. (Sadi secoua la tête avec une tristesse feinte, et elle se figea.) Puis-je vous servir du vin ?

*Il est dangereux, dangereux, dangereux.*

— Non. (Il ménagea une pause.) Vous pensez que je ne suis pas en mesure de creuser une tombe assez grande pour vous accueillir, c'est cela ? s'enquit-il en étudiant les ongles de sa dextre.

Son timbre était enjôleur, soyeux, presque traînant. Terrifiant. Et familier. Une voix très grave dont les modulations différaient quelque peu de celle de son géniteur, mais bel et bien empreinte de la même rage susurrée.

— Pour votre gouverne, au cas où vous auriez envisagé cette possibilité, je vous *affirme* que *vous* ne pouvez pas en creuser une assez profonde pour m'y loger, moi.

La prêtresse leva le menton et soutint son regard. Elle avait mis à profit les instants précédents pour durcir ses ongles et les rendre aussi tranchants que des dagues.

— C'est bien possible, mais je vais essayer malgré tout.

— Pourquoi ? demanda-t-il sur un ton doucereux, en haussant les sourcils.

Cassandra laissa libre cours à sa colère.

— Parce que vous êtes dangereux et cruel. Vous servez de marionnette à Hékatah, de joujou à Dorothéa, et on vous a envoyé détruire une sorcière exceptionnelle. Je ne vous laisserai pas faire. Certainement pas. Vous m'enterrerez peut-être pour de bon, mais je ne me rendrai pas sans combattre.

Elle se rua sur lui, prête à frapper, Joyau noir rutilant. Il la saisit par les poignets et la retint avec une aisance qui lui arracha un hurlement de dépit. Il heurta de plein fouet ses barrières intimes scellées au Noir, si bien qu'elle dut produire de gros efforts pour les maintenir closes. Et cela ne suffirait pas à la protéger indéfiniment. Elle puisait à profusion dans l'énergie de ses Joyaux alors que Daimon ne ressentait même pas le besoin de recourir aux siens. Quand son Noir serait drainé, elle n'aurait plus aucun moyen de l'empêcher de réduire son âme en poussière.

Elle se débattit pour tenter de se dégager, pour éliminer la menace physique immédiate et se focaliser sur ses barrières mentales. Mais la dent de serpent vint lui piquer la peau, et elle se figea. Le venin n'était probablement pas létal pour une Gardienne, mais, s'il lui injectait la totalité de la toxine, la paralysie que cela induirait lui laisserait tout le temps de la mettre en lambeaux.

Elle le provoqua du regard, prête à lutter jusqu'à la mort. Mais elle resta interdite en voyant son expression changer. Elle lut de la défiance dans ses yeux. Et de l'espoir ?

— Vous n'aimez pas Dorothéa, dit-il lentement, comme accaparé par la résolution d'un problème.

— Et j'apprécie encore moins Hékatah, cracha Cassandra.

— Hékatah.

Il la lâcha, jura tout bas et commença à décrire des allées et venues.

— Hékatah est toujours de ce monde ? Comme vous ?

— Pas comme moi, non. (Elle renifla avec mépris.) Je suis une Gardienne. Elle est une démone.

— J'implore votre pardon, déclara sèchement Daimon tout en arpentant la pièce.

— Êtes-vous en train de dire qu'on ne vous a pas envoyé ici pour tuer la fillette ? demanda Cassandra en massant ses poignets endoloris.

Sadi s'immobilisa.

— Je prendrais volontiers du vin, si votre offre tient encore.

Cassandra sortit les verres, une bouteille de rouge et la carafe de yarbarah. Elle servit une coupe à chacun, et tendit le breuvage approprié à son hôte qui le goûta du bout des lèvres, le respira puis avala une pleine gorgée. Il dressa les sourcils d'un air appréciateur.

— Vos goûts en la matière sont excellents, ma dame.

— Ce ne sont pas les miens, expliqua son interlocutrice en haussant les épaules. Ce vin est un cadeau. Est-ce là la raison de votre présence ? s'enquit-elle pour l'inciter à parler.

Sadi prit son temps avant de répondre.

— Peut-être bien, dit-il enfin. (Il lui adressa un sourire désabusé.) J'étais d'avis que l'on m'avait envoyé sur Chaillot parce que je me suis montré un peu trop encombrant, ces derniers temps. Aucune autre cour ne m'aurait accepté ; en tout cas Dorothéa voulait me mater, et la seule reine qu'elle soit prête à sacrifier pour y parvenir se trouvait ici. (Il savoura le breuvage en connaisseur.) Néanmoins, si ce que vous affirmez est vrai – et, au vu des récents événements, je suis enclin à abonder dans votre sens –, alors elle a commis une grave erreur.

Il rit doucement, mais cela cachait une brutalité à faire frémir.

— En quoi s'agit-il d'une erreur ? Si elle vous a proposé une généreuse contrepartie…

— Ma liberté, par exemple ? (Il avait retrouvé sa méfiance.) Un siècle sans avoir à me prosterner et à servir une maîtresse ?

Cassandra pinça les lèvres. Elle n'aimait pas la tournure que prenait la conversation, et, s'il lui témoignait de nouveau de l'agressivité, elle ne s'en sortirait pas à si bon compte, cette fois-ci.

— La fillette est tout pour nous, prince, et elle ne représente rien pour vous.

— « Rien » ? répéta-t-il avec un sourire amer. Pensez-vous que quelqu'un comme moi, ayant vécu ce que j'ai vécu, étant ce que je suis, voudrait anéantir le seul être qu'il a recherché toute sa vie durant ? Me croyez-vous si insensé que je ne sache pas reconnaître sa nature, ses promesses ? Elle est la magie, Cassandra. Une fleur sans pareille qui s'épanouit dans un désert infini.

— Vous l'aimez, affirma la prêtresse en soutenant son regard. (Tirant les conclusions qui s'imposaient, elle fut prise de colère.) Ce n'est qu'une enfant !

— Cela ne m'a pas échappé, répliqua-t-il sur un ton abrupt, en se resservant du vin. « Nous ». À qui faites-vous référence ?

— Comment ?

— Vous avez dit : « La fillette est tout pour nous. » Qui est ce « nous » ?

— Moi et... (elle hésita, inspira profondément) le Prêtre.

Un mélange d'affliction et de soulagement passa sur les traits de Daimon. Il s'humecta les lèvres.

— Croit-il... Me croit-il capable de lui faire du mal ? (Il secoua la tête.) Aucune importance. Je me suis posé la même question à son sujet.

Cassandra retint une exclamation offusquée.

— Comment pouvez...

Mais elle s'interrompit. Si Sahtan et elle avaient douté des intentions de Daimon, alors pourquoi la situation inverse serait-elle inconcevable ? Elle s'assit à la table de la cuisine. Sadi hésita avant de prendre place en face d'elle.

— Écoutez-moi, reprit-elle avec grand sérieux. Je peux comprendre que vous ressentiez de l'amertume à son égard, mais il en éprouve bien plus encore. Il n'a jamais eu l'intention de vous abandonner, néanmoins il n'a pas eu d'autre choix. Peu importe ce que vous pensez de lui, au regard de ce que vous avez vécu, il n'en demeure pas moins vrai qu'il l'adore. De toutes les fibres de son être, il est en adoration devant elle.

— N'est-il pas un peu âgé pour cela ? demanda Daimon en jouant avec sa coupe.

— Je dirais qu'il est expérimenté, rétorqua vertement la prêtresse. Elle deviendra une Reine puissante, et il lui faudra un Intendant aguerri et d'âge mûr.

— « Un Intendant » ? répéta Sadi, l'air amusé.

— Évidemment. (Elle le dévisagea.) Avez-vous l'ambition de porter l'anneau de l'Intendant ?

Daimon fit un signe de dénégation. Ses lèvres tressaillirent.

— Non, je n'ai pas la moindre ambition en ce sens.

— Très bien, alors. (Elle écarquilla les yeux. À présent que le frimas qui émanait de lui avait disparu, et qu'il était un peu plus détendu...) Décidément, vous êtes le fils de votre père, reprit-elle avec brusquerie.

Elle fut stupéfaite de l'entendre rire chaleureusement.

— Vous croyiez que... Mais, c'est indécent !

— Ah oui ? (Les iris dorés caressèrent Cassandra avec une ardeur confondante.) Peut-être que ça l'est, effectivement.

La prêtresse sourit. Lorsqu'il se départissait de sa colère glaciale, il se montrait vraiment tout à fait exquis.

— Que pense-t-elle de vous ?

— Comment, par Enfer, voudriez-vous que je le sache ? gronda-t-il.

Il plissa les yeux en constatant que cela faisait rire son interlocutrice.

— Met-elle votre patience à rude épreuve ? Vous exaspère-t-elle au point que vous avez envie de hurler ? Vous donne-t-elle le sentiment de ne pas savoir si votre prochain pas vous mènera sur la terre ferme ou vous précipitera dans un abîme insondable ?

Il la regarda avec intérêt.

— Et vous, telle est votre impression ?

— Oh non ! répliqua la prêtresse sur un ton léger. Mais je ne suis pas un homme, moi. (Daimon lui répondit par un grognement.) Voilà bien un son familier.

Elle aimait à le taquiner, car, en dépit de sa force, il ne l'effrayait pas, contrairement à Sahtan.

— Le Prêtre et vous avez plus en commun que vous le croyez, s'agissant de l'enfant.

Il rit de nouveau, et elle comprit que c'était l'évocation d'un Sahtan aussi déconcerté que lui qui l'amusait, le consolait. Que cela les liait l'un à l'autre.

Sadi finit de boire son vin et se leva.

— Je suis… heureux… de vous avoir rencontrée, Cassandra. J'espère que ce n'est pas la dernière fois que nous nous voyons.

Bras dessus bras dessous, elle le raccompagna à l'entrée du sanctuaire.

— Vous êtes toujours le bienvenu, prince.

Daimon porta la main de Cassandra à ses lèvres et y déposa un baiser léger. Elle le regarda disparaître avant de regagner la cuisine pour laver les verres.

Il ne lui restait plus qu'à s'occuper de ce délicat petit détail : expliquer au père son entretien avec le fils.

## 5. Terreille

*Il est des choses que le corps n'oublie jamais*, songea Sahtan, désabusé, lorsque Cassandra se lova contre lui, laissant sa main courir en petits cercles anxieux sur son torse. Avant ce soir-là, il avait poliment refusé de demeurer en sa compagnie, par méfiance. Peut-être désirait-elle davantage que ce qu'il serait enclin à – ou capable de – lui donner. Mais elle aussi faisait partie des Gardiens, et l'amour physique n'occupait plus le cours de son existence. La mi-vie comportait bien quelques désavantages, en définitive. Cela n'empêcha pas Sahtan d'apprécier le contact de leurs peaux, de caresser les courbes de cette femme. Si seulement elle daignait en venir au fait et cessait ces maudits petits gestes ! Car il ne se rappelait que trop leur signification.

Il s'empara de la main de Cassandra et la posa contre sa poitrine.

— Alors ?

Il l'embrassa sur les cheveux et sentit qu'elle fronçait les sourcils. Il pinça les lèvres, agacé. Avait-elle donc oublié combien il lui était facile de déchiffrer le langage corporel d'une femme, de détecter ses plus subtils changements d'humeur ? Allait-elle nier ce que tous ses sens lui avaient hurlé, au moment où il était entré dans la cuisine ?

— Alors ? répliqua-t-elle en déposant un baiser léger, taquin, sur son torse.

SaDiablo prit une profonde inspiration. Sa patience s'effritait.

— Alors, quand allez-vous vous résoudre à me dire ce qui s'est produit cet après-midi ?

— « Cet après-midi » ? De quoi parlez-vous ? demanda son interlocutrice en se raidissant.

— Les murs se souviennent, Cassandra. Moi aussi, je suis une Veuve Noire. Voulez-vous que je leur extirpe l'information et que je rejoue la scène, ou allez-vous me le dire vous-même ?

— Ce n'est pas grand-chose, vraiment…

— Pas grand-chose ! (SaDiablo roula de côté en poussant un juron et s'adossa contre l'appuie-tête.) Le passage des siècles a-t-il affecté votre jugement, femme ?

— Ne…

— Je vous effraie, constata-t-il avec amertume en la regardant dans les yeux. Je ne vous ai jamais fait le moindre mal, je ne vous ai jamais touchée sous le coup de la colère, et rarement, même, ai-je levé la voix devant vous. Je vous ai aimée, je vous ai bien servie, et durant toutes ces années de désolation j'ai usé de mes forces pour tenir une promesse que je vous avais faite. Et je vous effraie. Depuis le jour où je suis revenu orné au Noir, je vous fais peur. (Il se cala de nouveau contre la structure du lit et contempla le plafond.) Vous avez peur de moi, et vous avez pourtant l'audace de provoquer chez *mon* fils une crise de rage meurtrière, puis de prétendre qu'il ne s'est rien passé. Ce que je ne comprends pas, c'est pourquoi cet endroit est toujours debout, pourquoi je ne suis pas en train de chercher votre dépouille parmi les décombres, pourquoi il ne se trouvait pas sur le pas de la porte à m'attendre. Lui avez-vous parlé de moi ? Étais-je votre joker, destiné à le faire douter assez longtemps pour vous donner l'occasion de défendre votre vie ?

— Il ne s'est rien passé de tel ! protesta Cassandra en ramenant les draps autour d'elle.

— Alors, quoi ?

Il essayait de juguler son emportement, et cela se ressentait dans son intonation.

— Il est venu parce qu'il pensait que je… que *nous* avions dans l'idée de faire du mal à Jaenelle.

— Vous, peut-être, déclara Sahtan en secouant la tête. Pas moi. Il connaissait déjà mes intentions.

Il détourna les yeux. Il ne voulait pas la voir désorientée, refusait de se demander ce qu'il pourrait advenir si le lien ténu qu'ils partageaient, Daimon et lui, volait en éclats.

— Sahtan… écoutez-moi, poursuivit la prêtresse en lui tendant la main.

Il hésita l'espace d'un instant avant d'imiter son geste et de la laisser s'appuyer contre son épaule. Il l'écouta raconter sa confrontation avec Daimon sans l'interrompre, même s'il la soupçonna d'édulcorer certains passages, de lui donner l'ossature des faits sans rien de la moelle qui devait l'accompagner.

— Vous avez eu beaucoup de chance, fit-il remarquer à la fin du récit.

— J'ai bien conscience qu'il porte le Noir.

— Il existe un large spectre de forces au sein de chaque couleur de Joyau, pesta SaDiablo. Vous le savez aussi bien que moi.

— Il n'a même pas vraiment été formé.

— Ne confondez pas compétence et raffinement. Peut-être qu'il n'arrive pas au bout de ce qu'il entreprend avec la finesse nécessaire, mais cela ne signifie pas qu'il n'est pas capable d'atteindre son objectif.

La prêtresse s'agita, agacée de constater qu'avoir confié à Sahtan le déroulement de l'entrevue ne l'avait pas apaisé. Mais il y avait toute cette moelle qu'elle lui taisait encore.

— À vous entendre, l'on dirait que vous avez peur de lui, déclara-t-elle avec mauvaise humeur.

— C'est le cas.

Cassandra étouffa un petit cri offusqué.

SaDiablo, pour sa part, se sentit soudain bien las. Las de Cassandra, las d'Hékatah, las de toutes les sorcières qu'il avait connues et qui, indépendamment de leurs sentiments à son égard, n'avaient d'yeux que pour ses Joyaux et voyaient en lui un moyen de parvenir à leurs fins personnelles. Seule l'enfant au regard saphir le considérait comme Sahtan. Rien que Sahtan.

— Pour quelle raison ? demanda Cassandra en le dévisageant avec intensité.

Sahtan ferma les paupières. Tant de lassitude. Et il y avait cet autre homme, un homme bien plus désespéré que lui, qui n'avait vécu que dix-sept siècles et éprouvait pourtant déjà tout autant cet accablement.

— Parce qu'il est plus fort que moi, Cassandra. Et pas seulement parce qu'il est encore en vie. Il est plus puissant que je l'étais dans la fleur de l'âge, et il ne ressent... aucune clémence.

La prêtresse se mordit la lèvre.

— Il sait, pour Jaenelle. J'ai eu l'impression qu'il savait où elle se trouvait.

— Oh, je l'imagine sans peine ! confirma-t-il avec un bref éclat de rire. Sa chambre n'est probablement pas si éloignée de celle de Jaenelle...

— *Comment ?*

— Il est au service de sa famille, Cassandra. Il loge dans la même demeure. (Il se pencha vers elle et lui prit le menton.) Commencez-vous à comprendre, maintenant ? Il connaît mon existence parce que Jaenelle lui a parlé de moi, sans se douter le moins du monde, j'en suis persuadé, que cela allait le faire sortir de ses gonds. Et je suis au courant de sa présence parce qu'il m'a envoyé un message par l'intermédiaire de l'enfant. Un message m'avertissant poliment, en résumé, de rester hors de son territoire.

— Il n'a pas envie d'être Intendant de la cour.

Sahtan éclata d'un rire franc et authentique.

— Non, je ne pense pas, effectivement. Il est en vie, viril, dans la force de l'âge, et parfaitement formé au jeu de la séduction. Ce corps juvénile doit lui faire perdre la tête.

Cassandra eut une hésitation.

—Il croyait que vous vouliez être son consort.

—Que lui avez-vous répondu ? s'enquit Sahtan en lui adressant un regard en coin.

—Que ce dont elle avait besoin, c'était d'un Intendant plus âgé et plus expérimenté.

—Très gentil de votre part.

—Vous me tenez encore rigueur de lui avoir parlé, soupira la prêtresse.

—Non, aucunement. J'aurais seulement voulu…

*Le voir, lui parler, sentir sa poigne robuste, entendre le son de sa voix. Que nous puissions nous jauger en toute franchise. Nous sommes contraints de nous fier l'un à l'autre parce que Jaenelle nous le demande, parce qu'elle a confiance.*

Il caressa les cheveux de Cassandra.

—Promettez-moi de vous montrer prudente. Hékatah cherche l'enfant. Si Dorothéa la soutient dans cette entreprise, Daimon saura que c'est d'elles qu'il devra se méfier en priorité. Il ne nous appellera à l'aide que s'il se fie à nous. Il me faut cette confiance, Cassandra, et pas uniquement pour le bien de Jaenelle. Vous me devez bien cela.

# Chapitre 10

## 1. Terreille

*Pourquoi m'embarrasse-t-elle si souvent avec ses fichues questions ?* songea Daimon en serrant les dents et en regardant droit devant lui. Ils se promenaient côte à côte dans le jardin. Il en venait presque à regretter l'absence de Wilhelmina, qui avait pris froid et était alitée. Au moins, lorsque sa sœur était là, Jaenelle ne le faisait pas rougir avec ses questions.

— Vous n'allez pas répondre, n'est-ce pas ?

— Non.

— Ne connaissez-vous donc pas la réponse ?

— Il ne s'agit pas de cela. Ce n'est pas un sujet dont un homme discute avec une jeune fille.

— Mais vous connaissez la réponse. (Daimon émit un grognement.) Vous me le diriez, si j'étais plus âgée ? insista-t-elle.

Il avait peut-être encore un moyen de se sortir de ce faux pas.

— Si vous étiez plus âgée, oui.

— Quel âge ?

— Comment ?

— Quel âge faudrait-il que j'aie ?

— Dix-neuf ans, répliqua Sadi sans hésiter.

Il commença à se détendre. Qui pouvait savoir le genre d'interrogations qui l'occuperaient, sept ans plus tard ? Mais quoi qu'il en soit, il éluderait au moins cette question-là.

— Dix-neuf ? répéta-t-elle avec une satisfaction qui le rendit éminemment mal à l'aise.

Une sensation désagréable papillonna au creux de son estomac, et il accéléra un peu l'allure.

— Le Prêtre a dit qu'il ne me l'expliquerait pas avant mes vingt-cinq ans, reprit gaiement l'enfant. Mais, avec vous, ce sera six ans plus tôt.

Daimon se figea net. Les paupières plissées, il scruta le visage mutin levé vers lui et les yeux de saphir limpide.

— Vous avez demandé au Prêtre ?

Jaenelle parut un peu gênée, et il se sentit partiellement rasséréné.

— À vrai dire… oui.

Daimon tenta de se représenter Sahtan aux prises avec la même question et eut brusquement envie de rire. Il s'éclaircit la voix et essaya de se composer une expression sévère.

— Vous me posez systématiquement les mêmes questions qu'à lui ?

— Cela dépend si j'obtiens une réponse ou pas.

Sadi serra les dents pour retenir une réplique merveilleusement mordante.

— Je vois, parvint-il à articuler.

Il poursuivit son chemin, et Jaenelle le devança en trottinant pour examiner des feuilles.

— Parfois, je pose la même question à des tas de personnes.

Sadi s'aperçut qu'il avait mal à la tête.

— Et que faites-vous si les informations ne concordent pas ?

— Réfléchissez.

— Ô Nuit…, marmonna-t-il.

Jaenelle, qui ramassait certaines des feuilles, se rembrunit.

— Il y a certaines questions que je n'ai plus le droit de poser avant d'avoir cent ans. Je ne trouve pas cela juste. Et vous ?

*Si !*

— Je veux dire, poursuivit la fillette, comment suis-je censée apprendre quoi que ce soit si les gens ne m'expliquent pas ?

— Mais il faut être assez mûr pour apprécier les réponses à leur juste valeur.

Jaenelle lui tira la langue. Il l'imita.

— Pas besoin d'être si tyrannique, sous prétexte que vous êtes un petit peu plus vieux que moi, se plaignit l'enfant.

Sadi regarda par-dessus son épaule pour s'assurer qu'ils étaient seuls. C'était bien le cas. C'était donc à lui qu'elle faisait référence. Quand était-il passé du statut d'aîné à celui d'« *un petit peu* plus vieux… et tyrannique » ?

Quelle gamine impertinente ! Elle était infernale, elle le rendait fou… Comment le Prêtre réussissait-il à la supporter ? Comment… Il afficha son plus beau sourire, ce qui n'était pas aisé, étant donné qu'il ne parvenait pas à desserrer les dents, et demanda :

— Voyez-vous le Prêtre, aujourd'hui ?

— Oui, répondit l'enfant, la mine soupçonneuse.

— Accepteriez-vous de lui porter un message ?

— C'est d'accord, dit-elle sans grand enthousiasme.

— Venez, le papier se trouve dans ma chambre.

Daimon formula sa question et scella l'enveloppe pendant que Jaenelle l'attendait dehors. Elle lorgna la lettre, haussa les épaules et la glissa dans la poche de son manteau. C'est alors qu'ils se séparèrent, lui pour escorter Alexandra durant ses visites matinales, elle pour suivre ses leçons.

Sahtan leva les yeux de son livre.

— N'êtes-vous pas censée être avec Andulvar ? demanda-t-il en voyant Jaenelle entrer dans le bureau avec allant.

Yaslana et lui s'étaient partagé la tâche : sous couvert d'étudier les armes eyriennes, Andulvar enseignerait à la fillette comment parer une attaque physique, tandis que lui-même s'attacherait à lui apprendre à se défendre en se servant de l'Art.

— Oui, mais je voulais d'abord vous donner ceci. (Elle lui tendit une banale enveloppe blanche.) Est-ce que Prothvar participera à ma leçon ?

— Oui, j'imagine, répondit SaDiablo, intrigué par la missive.

— Les garçons aiment jouer à la bagarre, n'est-ce pas ? s'enquit l'enfant en fronçant le nez.

*Il vous pousse dans vos retranchements parce qu'il a peur pour vous, sorcelière.*

— Oui, je suppose que l'on peut dire cela. Allez, maintenant.

Elle le serra à l'étouffer.

— Vous verrai-je, après ?

— Essayez donc un peu de partir sans me dire au revoir…, la taquina-t-il en l'embrassant sur la joue.

Elle lui adressa un grand sourire et s'éloigna d'un pas guilleret.

Sahtan tourna et retourna l'enveloppe à de multiples reprises avant de l'ouvrir avec circonspection. Il en ôta l'unique feuille de papier, la lut, la relut… et se mit à rire.

Une fois qu'elle fut revenue et eut dévoré les biscuits et les sandwichs à sa disposition, il lui tendit la lettre en question, qu'il avait scellée de nouveau, à la cire noire. L'enfant la fourra dans sa poche, démontrant par là avec tact qu'elle respectait le caractère privé de l'échange entre les deux hommes.

Après son départ, SaDiablo s'assit dans son fauteuil, un sourire au coin des lèvres, et se demanda quelle serait la réaction du fringant jeune prince.

Daimon aidait Alexandra à mettre son manteau lorsque Jaenelle apparut comme par enchantement dans le vestibule. Il avait passé la journée tiraillé entre la curiosité et l'appréhension, regrettant son impulsivité. Maintenant, dame Angelline et lui s'apprêtaient à se rendre au théâtre, et ce n'était ni le lieu ni le moment de parler du message avec la fillette.

— Vous êtes splendide, Alexandra, dit celle-ci en coulant à la robe élégante un regard admiratif.

L'intéressée lui sourit, mais elle portait au front un léger pli de contrariété. Cela l'avait toujours agacée de voir que Jaenelle persistait à appeler tout le monde par son prénom. Sauf Sadi.

— Merci, ma chérie, répondit-elle avec quelque raideur. Ne devriez-vous pas être couchée, à cette heure ?

— Je voulais juste souhaiter bonne nuit, expliqua poliment Jaenelle.

Sadi remarqua cependant un subtil changement d'humeur chez elle, de la tristesse derrière les traits enfantins. Il nota également qu'elle ne lui adressa pas une fois la parole.

Alexandra et lui allaient sortir lorsqu'il sentit soudain un objet dans la poche de son veston. Il y glissa les doigts, rencontra le bord de l'enveloppe. Sa gorge se noua.

Il passa toute la soirée à tâter discrètement la lettre, désireux de trouver un prétexte pour être seul un moment afin de prendre connaissance de son contenu. Des années de sang-froid et de discipline eurent néanmoins l'ascendant, et ce ne fut que lorsque Alexandra sombra dans un sommeil satisfait et qu'il eut regagné sa propre chambre qu'il s'autorisa à la manipuler.

Il scruta la cire noire. Le Prêtre l'avait donc ouverte. Il s'humecta les lèvres, inspira à pleins poumons et rompit le sceau.

C'était une écriture d'homme, tracée d'une main ferme et dont les caractères bien formés arboraient des fioritures archaïsantes. Il déchiffra la réponse, recommença… et éclata de rire.

Il avait écrit : « Que faites-vous lorsqu'elle pose une question à laquelle aucun adulte ne se résoudrait à répondre ? »

Sahtan disait en substance : « J'espère que vous aurez l'obligeance de m'éclairer sur ce point. Cela étant dit, si vous vous retrouvez acculé, envoyez-la-moi. J'ai pris l'habitude d'être scandalisé. »

Sadi secoua la tête, un sourire jusqu'aux oreilles, et dissimula la missive au milieu de ses papiers personnels. Cette nuit-là, ainsi que les suivantes, il s'endormit le baume au cœur.

## 2. Terreille

Debout au pied de l'érable, Daimon fronça les sourcils. Il avait vu Jaenelle entrer dans le jardin clos quelques minutes auparavant, et il percevait sa présence tout près de là, mais il ne la trouvait pas. Où…

Au-dessus de lui, une branche frémit. Sadi leva les yeux et eut toutes les peines du monde à empêcher son cœur de bondir hors de sa gorge. Il déglutit une fois, réitéra ce geste… dans l'espoir de ravaler la volée de bois vert verbale qui lui brûlait les papilles et menaçait de lui échapper. Tout cela lui donnait mal à la tête. Il haleta, et son souffle embua l'air froid. C'est alors que le rire cristallin et velouté de l'enfant lui arriva aux oreilles.

— Les Dragons sont capables de cela même s'il ne fait pas froid, dit-elle gaiement, perchée sur la plus basse branche, à deux bons mètres d'altitude.

Elle se tenait accroupie, les genoux entre les mains, et sans garde-fou apparent si jamais elle venait à perdre l'équilibre.

Les Dragons étaient le cadet des soucis de Sadi ; son cœur ne tentait plus de bondir hors de sa poitrine : au lieu de cela, il essayait de ramper jusque dans son estomac pour s'y cacher.

— Auriez-vous l'amabilité de descendre de là, ma Dame ? demanda-t-il. (Il fut stupéfait de s'entendre parler avec tant de désinvolture.) Je suis un peu sujet au vertige.

— Vraiment ?

Haussant les épaules, elle se releva et sauta. Daimon s'élança pour la rattraper, se retint juste à temps, et cela lui valut un muscle froissé, au bas du dos. Les yeux écarquillés, il la vit se rapprocher du sol avec autant de grâce que les feuilles qui virevoltaient autour d'elle et se poser dans l'herbe à quelques pas de lui.

Il se redressa, grimaça sous l'effet de la douleur, et observa longuement l'arbre. *Reste calme. Si tu lui cries après, elle refusera de dire quoi que ce soit.* Il prit une profonde inspiration puis exhala en gonflant les joues.

— Comment êtes-vous arrivée là-haut ?

— De la même façon que je suis descendue, répondit Jaenelle en lui décochant un sourire aussi joueur qu'incertain.

Daimon poussa un soupir et s'assit sur le banc de fer qui entourait l'arbre.

— Ô Nuit…, grommela-t-il en s'adossant au tronc et en fermant les paupières.

Le silence s'éternisa. Il savait qu'elle le regardait en s'ébouriffant les cheveux et en se demandant, perplexe, ce qui pouvait bien justifier un tel comportement.

— Ignorez-vous comment flotter au-dessus du sol, prince ? s'enquit-elle enfin avec hésitation, comme si elle voulait éviter de l'offenser.

Daimon ouvrit un œil. Il vit ses genoux, ainsi que les pieds de l'enfant. Il se pencha en avant et examina les pieds en question, fermement campés dans le vide.

— J'ai manqué cette leçon-là, manifestement, répondit-il sèchement. Pourriez-vous me montrer ? (Jaenelle marqua un temps d'arrêt, prise d'une soudaine timidité.) S'il vous plaît ?

Il détesta la nostalgie que trahissait sa voix. Il détestait se sentir si vulnérable. Il constata qu'elle avait été sur le point de s'excuser mais qu'elle s'était ravisée en entendant son intonation. Elle le dévisageait désormais avec attention. Il n'avait pas la moindre idée de ce qu'elle lisait sur ses traits. Tout ce qu'il savait, c'était qu'il se sentait à nu, grossier et impuissant sous le regard franc de ces yeux saphir.

Elle lui sourit.

— Je pourrais essayer, je suppose. Je n'ai encore jamais essayé d'apprendre quelque chose à un adulte.

— Les adultes sont comme les enfants, en plus grand, répondit-il avec bonne humeur en se levant d'un bond.

Elle laissa échapper une sorte de soupir amusé, signe de capitulation :

— Montez. (Elle grimpa sur le banc, et Sadi l'imita.) Sentez-vous le banc sous vos pieds ?

Tel était le cas. Le frimas de la journée annonçait de la neige pour le lendemain matin, et le froid émanant du fer s'insinuait dans les semelles de ses chaussures.

— Oui.

— Vous devez *vraiment* le sentir.

— Le doute n'est pas permis, ma Dame.

— Eh bien alors, tout ce que vous avez à faire, c'est prolonger le banc sur toute la largeur du jardin. Vous avancez d'un pas… (elle joignit le geste à la parole, donnant l'impression d'arpenter un sol invisible) et vous continuez à percevoir la matière. Comme ceci.

Elle avança l'autre jambe, si bien qu'elle se tenait en apesanteur, à l'exacte hauteur du banc. Elle regarda par-dessus son épaule. Sadi souffla en gonflant les joues.

— D'accord.

Il prolongea le banc en pensée, leva un pied, le posa dans le vide et bascula en avant puisqu'il n'y avait rien pour le retenir. Le choc se répercuta dans tout son corps, jusqu'à l'oreille.

Il reprit pied sur la terre ferme et remua la cheville délicatement. Elle lui ferait mal pendant un moment, mais ce n'était rien de grave. Il resta le dos à demi tourné, attendant le gloussement insolent que lui valait d'ordinaire, dans les autres cours, le fait de s'être couvert de ridicule. Il était furieux d'avoir échoué, furieux du soudain désespoir qu'il ressentit en songeant que, désormais, elle le jugerait indigne d'être son compagnon.

Il avait oublié que Jaenelle était Jaenelle.

— Je suis navrée, Daimon, murmura-t-elle d'une petite voix tremblotante. Je suis navrée. Êtes-vous blessé ?

— Question d'orgueil, rien de plus, répondit-il avec un sourire désabusé. Ma Dame ? (Puis, alarmé :) Ma Dame ! Jaenelle, non, ma douce, ne pleurez pas. (Il la prit dans ses bras. Elle sanglotait en silence, les épaules secouées de soubresauts.) Ne pleurez pas. (Il la berça en lui caressant les cheveux.) Je vous en prie, ne pleurez pas. Je vais bien, je vous assure.

Elle était lovée contre sa poitrine, aussi s'autorisa-t-il un petit rictus peiné.

— Je dois être trop vieux pour apprendre la magie, voilà tout.

— Non, pas du tout, répliqua l'enfant en s'écartant. (Elle essuya ses larmes du dos de la main.) C'est simplement la première fois que je tente d'expliquer à quelqu'un comment faire.

— Eh bien, vous voyez…, dit-il avec une gaieté forcée. Si vous n'avez encore jamais montré…

— Oh, si ! À beaucoup de mes autres amis, se récria Jaenelle. Mais ce n'est pas pareil qu'expliquer.

— Comment avez-vous procédé ?

Il la sentit instantanément s'éloigner de lui. Non pas physiquement – elle n'avait pas bougé – mais au-dedans de lui. Jaenelle lui décocha un regard nerveux avant de se retrancher derrière ses longs cheveux.

— Je les ai… touchés… pour qu'ils puissent comprendre.

Les braises qui couvaient dans ses reins et le réchauffaient depuis la toute première fois qu'il avait posé les yeux sur elle s'attisèrent brièvement avant de perdre leur ardeur. La toucher, d'âme à âme, s'immiscer dans les ombres… Jamais il n'aurait osé suggérer cette possibilité, il n'aurait jamais pris cette initiative, pas avant qu'elle soit beaucoup, beaucoup plus âgée. Mais… le simple fait d'établir un lien avec elle, même brièvement, de contempler ce qui se trouvait derrière la première barrière… Ah ! la toucher…

Il en eut l'eau à la bouche.

Il y avait un risque, bien sûr, même si c'était l'enfant qui initiait le contact ; il était peut-être encore trop tôt. Il ne pouvait aller contre sa nature. Dès la première barrière mentale, elle verrait la rage bouillonnante et la ruse prédatrice du prince de guerre répondant au nom de Daimon Sadi. Un homme dans la pleine force de l'âge : cela aussi lui apparaîtrait comme une évidence.

— Si vous craignez que je souffre, je…

— Non, s'empressa de le détromper Jaenelle. C'est juste que je suis… différente… et certaines personnes, une fois que je les ai touchées…

Elle laissa sa phrase en suspens, mais Sadi comprit.

— Ce n'est pas parce que quelques-uns croient que vous êtes différente que…

— Non, Daimon, dit gentiment l'enfant. (Il lut de la hantise et de la nostalgie dans son regard ancestral.) *Tout le monde* le sait. Seulement, cela importe peu à certains… et énormément à d'autres. (Une larme roula le long de sa joue.) Pourquoi ne suis-je pas comme les autres ?

Sadi détourna les yeux. *Oh, fillette ! Comment t'expliquer que tu es les rêves faits chair ? Que tu fais chanter le sang dans les veines de certains ? Que tu représentes une magie que le Lignage n'a plus connue depuis fort, fort longtemps ?*

— Le Prêtre, qu'en pense-t-il ?

— Selon lui, cela demande beaucoup d'efforts, de grandir, répondit Jaenelle en reniflant.

Daimon lui adressa un sourire compatissant.

— Il y a de cela.

— Il dit que chaque être vivant, dès le jour où il émerge de son cocon ou de sa coquille, doit lutter pour devenir ce à quoi il est destiné. Il dit que danser à la gloire de Sorcière célèbre la vie. Il dit qu'il est bon que nous soyons tous différents, sans quoi Enfer serait affreusement ennuyeux.

Daimon rit, mais il n'avait pas l'intention de la laisser changer de sujet.

— Apprenez-moi.

L'arrogance dont il faisait preuve en lui donnant un ordre était tempérée par la douceur de son intonation.

Tout à coup, elle fut là. Mais d'une manière que Daimon n'avait jamais expérimentée auparavant. Jaenelle capta son désarroi, et cette réaction la mit au désespoir. Il leva la main.

— Attendez, lâcha-t-il. Attendez.

Jaenelle n'avait pas rompu le lien, et son cœur battait à un rythme effréné, elle avait le souffle court. Avec circonspection, il explora mentalement ce qui l'environnait.

Pour le moment, elle n'avait pas franchi la première barrière, et ne pouvait donc encore scruter ses pensées et ses sentiments, mais cela allait pourtant plus loin que le banal contact utilisé d'ordinaire par les membres du Lignage. Il ne s'agissait pas simplement de lire le langage du corps, comme il le faisait quand il honorait une sorcière. Ils partageaient bel et bien l'expérience, de manière physique. Les cheveux blonds frôlant la joue de l'enfant, la texture de la robe contre sa peau… Sadi avait l'impression de vivre personnellement ces sensations.

Oh, les possibilités infinies qu'offrirait un tel lien pendant…

Il se sentit rougir sous le regard inquisiteur de la fillette.

— D'accord, dit-il au bout d'un moment, je pense que j'ai compris le principe. Et maintenant, quoi ?

— Maintenant, nous marchons dans les airs, finit par répondre Jaenelle.

Quelle étrange sensation que ces jambes à la fois longues et courtes ! Il fallut à Sadi quelques tentatives, mais il parvint à grimper de nouveau sur le banc. La perplexité de Jaenelle l'amusa. Naturellement, tous ses autres amis devaient être des enfants, à peu près du même âge et de la même taille qu'elle. Et du même sexe ? Il chassa l'idée avant d'avoir pu éprouver de la jalousie.

Une fois cette étape franchie, les choses se révélèrent incroyablement simples, et il se délecta de l'exercice. Il apprit en ressentant les mouvements de Jaenelle : il s'agissait de faire flotter un objet, à ceci près que l'on était soi-même l'objet en question. Ils s'entraînèrent à suivre le périmètre du jardin clos. Puis à monter et à descendre. Faire semblant de gravir les marches d'un escalier nécessita davantage de temps, puisque la hauteur des degrés imaginaires correspondait mal à la longueur de jambes de Sadi et qu'il ne cessait de trébucher.

Le lien se dissipa alors, et il se retrouva seul au-dessus du sol sous l'œil évaluateur de Jaenelle, qui rayonnait de plaisir et de fierté. Lorsqu'il regagna la terre ferme avec une gracieuse pirouette, elle battit des mains d'un air ravi. Puis, à son invitation, elle se jeta dans ses bras et passa les siens autour de son cou. Il la serra fort et enfouit son visage dans ses cheveux.

— Merci, dit-il avec émotion. Merci.

— Je vous en prie, Daimon.

La voix de Jaenelle avait la sensualité d'une adorable caresse. Elle était si près de lui qu'il lui frôlait le cou des lèvres. Il ne voulait pas mettre un terme à l'étreinte, mais la prudence finit par l'emporter sur le désir. Il ne repoussa pas Jaenelle pour autant : il recula d'un pas en la tenant délicatement à bout de bras.

— Nous ferions mieux de rentrer avant que quelqu'un vienne à notre recherche.

L'aura de gaieté qui entourait la fillette se ternit, et elle se laissa glisser au sol sans plus de cérémonie.

— Oui, dit-elle en contemplant le parterre de sanguine. Oui.

Et elle quitta le jardin clos sans attendre Daimon, qui s'attarda pendant une minute encore. Mieux valait ne pas regagner la demeure en même temps qu'elle. Mieux valait se montrer discret. Pour la protéger, il devait faire preuve de vigilance. Il se rua vers le sentier quand ses yeux se posèrent sur la sanguine. Puis, en remontant vers le manoir à pas feutrés, il composa son masque de froideur habituel. La joie qu'il avait ressentie tantôt aiguisait la lame de son humeur, la rendait si tranchante qu'il aurait pu faire saigner l'air ambiant.

*« Si vous chantez à leur intention de la manière qui convient, elles vous dévoileront le nom des disparues. »*

Tout a un prix, si élevé fût-il.

Il s'assurerait qu'aucune de ces fleurs ne représenterait Jaenelle, même s'il devait faire l'impossible pour y parvenir.

## 3. Terreille

Daimon revêtit le chandail au rouge intense et ajusta le col de sa chemise à carreaux or et blanc. Il examina son reflet avec satisfaction. Ses yeux dorés pétillaient d'humour et de bonne humeur ; ils avaient pris la nuance du beurre frais, et un sourire chaleureux et détendu d'adolescent altérait subtilement ses traits. Ce changement d'apparence le surprit, mais il chassa vite cette pensée pour s'intéresser à sa coiffure.

Jaenelle. Voilà où se situait la différence. De mille manières, elle l'inquiétait, l'intriguait, le fascinait, le ravissait ; il se consumait en la voyant. Et, plus que tout, elle lui redonnait – à lui, le Sadique las et blasé – une enfance. Elle rehaussait ses journées de magie et d'émerveillement, et grâce à elle il contemplait d'un œil neuf tous ces éléments auxquels il avait cessé de prêter attention.

Il décocha un large sourire à son reflet. Il avait l'impression d'avoir douze ans. Non. Non, pas douze. Il avait au moins atteint l'âge canonique de quatorze ans. Encore suffisamment jeune pour jouer avec une fille en toute amitié, tout en imaginant déjà le jour où il lui déroberait son premier baiser.

Il endossa sa redingote d'un geste désinvolte, se rendit dans la cuisine, chipa quelques pommes dans une corbeille, adressa un clin d'œil enthousiaste à Cordon-bleu et s'apprêta à passer la matinée en compagnie de Jaenelle.

Les jardins étaient tapis sous plusieurs centimètres de poudreuse qui s'amassait autour de ses chevilles comme de la farine. Il suivit les menues empreintes de pieds qui cheminaient, sautillaient, glissaient et bondissaient le long du sentier. Au détour de la courbe douce qui le soustrairait à la curiosité importune des occupants de l'étage supérieur du manoir, les marques se volatilisèrent.

Sadi scruta immédiatement les arbres environnants et laissa échapper un gros soupir de soulagement en constatant qu'elle ne s'y cachait pas. Était-elle revenue en arrière pour guetter son arrivée ?

Il modela une boule de neige entre ses doigts gantés, mais la neige n'était pas assez dense. Quand il se releva, quelque chose de moelleux le frappa à la nuque. Il piaula en sentant la substance froide lui couler dans le dos.

Il fit volte-face, un tressaillement au coin des lèvres. Jaenelle se tenait à quelques pas de lui, toute fière de son méfait, prête à l'attaquer de nouveau. Sadi mit les poings sur les hanches. L'enfant baissa le bras en lui jetant un regard faussement contrit qui se voulait solennel, et attendit la réprimande.

Elle ne fut pas déçue.

— C'est complètement injuste de déclencher une bataille de boules de neige si un seul des combattants est capable d'en fabriquer, dit Daimon sur son ton le plus sévère, heureux de voir les yeux de la fillette briller de plaisir. Eh bien ?

Elle initia le contact et, sans même avoir à lire dans ses pensées, il put affirmer qu'elle riait de tout son être. Il se pencha, fit un petit tas de neige et apprit à confectionner des boules à partir d'une neige trop fine. Cette fois aussi, l'enseignement de Jaenelle ressembla à une leçon d'Art élémentaire, comme celle qui consistait à invoquer du feu sorcier. Cela exigeait cependant une maîtrise innée et subtile de l'Art dont il n'avait jamais été témoin de la part d'autrui.

— Est-ce le Prêtre qui vous a montré comment faire ? demanda-t-il en se redressant, ravi comme un gamin, une boule de neige impeccable à la main.

Jaenelle le regarda avec des yeux ronds, faussement écœurée. Puis elle se mit à rire.

— Noooon, pas du tout !

Elle arma son tir et le frappa en plein milieu du torse. Les quelques minutes qui suivirent donnèrent lieu à une guerre totale où chacun assaillait l'autre aussi vite qu'il parvenait à renouveler sa réserve de projectiles. À l'issue de la bataille, Sadi était parsemé de petits amas blancs. Il s'accroupit, les avant-bras sur les cuisses.

— Je vous laisse le champ libre, ma Dame, haleta-t-il.

— Et vous faites bien, répondit celle-ci avec une feinte acrimonie.

Daimon leva les yeux au ciel.

Jaenelle fit une mimique et partit en courant vers le jardin clos.

Il se lança à sa poursuite, mais s'arrêta au bout de quelques enjambées pour étudier les alentours. Posant un genou au sol, il ne repéra qu'une série d'empreintes : les siennes. Ce n'était pas tout à fait exact : il discernait malgré tout d'infimes dentelures qui s'éloignaient en direction du jardin clos. Daimon rit. *Maligne petite sorcière !* Levant un pied, il se concentra jusqu'au moment où il eut l'impression de toucher la terre ferme. Puis il avança l'autre pied. Petit pas, petit pas, petit pas. Se retournant, il vit avec satisfaction que lui non plus ne laissait pas de traces. Il se mit à courir.

Jaenelle s'efforçait de pousser la base d'un bonhomme de neige au centre du jardin. Daimon alla lui prêter main-forte. Ensuite, il entreprit de façonner la partie intermédiaire tandis que Jaenelle, flottant au-dessus du sol, fabriquait la tête. Ils s'affairèrent en silence, chacun à l'aise en la compagnie de l'autre.

Quand ils eurent fini, Jaenelle recula un peu pour contempler leur œuvre. Daimon l'imita, fut pris d'une quinte de toux, grogna, et tous les deux éclatèrent de rire. En dépit de leur talent limité, la tête perchée sur le corps cylindrique informe était clairement reconnaissable.

— Vous savez…, fit remarquer Sadi, sur le point de s'étrangler. Si l'un des jardiniers l'aperçoit et que cela arrive aux oreilles de Graff, nous aurons de sérieux ennuis.

L'enfant lui décocha un regard oblique, pétillant de malice, et il cessa de se soucier des conséquences de leur acte. Il sortit les pommes de sa poche et lui en tendit une. Jaenelle croqua dedans, mâcha d'un air pensif et soupira :

— Il ne va pas durer, vous savez.

— Ils ne durent jamais, répondit Daimon, un peu surpris. (Le soleil pointait derrière les nuages.) Cette neige va fondre rapidement, je crois ; le temps se réchauffe, apparemment.

— Ce n'est pas ce que je veux dire. (Elle secoua la tête et avala une nouvelle bouchée.) Il aura disparu avant que la neige fonde. Je ne peux pas le maintenir très longtemps. (Elle observa la Graff de neige en s'ébouriffant les cheveux.) Il y manque quelque chose. J'ignore encore ce dont il s'agit, mais cela permettrait de le faire durer…

*Beaucoup ne parviendraient même pas à ce résultat, ma Dame.*

— … le tisser, peut-être…

Sadi frémit. Il jeta son trognon de pomme dans les buissons, à l'intention des oiseaux.

— N'y pensez même pas, intervint-il sans se soucier de la rudesse de son intonation. (L'enfant parut interloquée.) Ne pensez même pas à tisser un songe sans avoir suivi l'enseignement de quelqu'un d'expérimenté. Tisser une trame onirique peut se révéler très périlleux. Les Veuves Noires ne commencent cet apprentissage qu'au deuxième stade de leur formation, tellement il est facile de se trouver pris au piège de sa propre toile. (Il la tint à bout de bras et plongea son regard dans le sien.) Je vous en prie, promettez-moi de ne pas vous y essayer seule. Que vous demanderez aux plus qualifiés, et à eux exclusivement, de vous instruire.

*Car je ne pourrais endurer d'aimer une simple coquille vide aux yeux morts, en vous sachant perdue quelque part, hors de portée, sans aucun espoir de retour.*

Il prit peur devant la mine songeuse de l'enfant, et accentua la pression de son geste.

— Oui, dit-elle enfin. Vous avez évidemment raison. Si je veux apprendre, autant m'adresser à ceux pour qui c'est un talent inné. (Elle examina la Graff de neige, qui commençait à s'affaisser, formant une pile à demi fondue au milieu du jardin.) Vous voyez ? Il s'en va déjà.

Ensemble, ils regagnèrent le sentier principal en marchant dans les airs. Jaenelle se posa alors et, pataugeant dans la poudreuse, revint quelques mètres en arrière avant de rejoindre Sadi en faisant voleter la neige, abandonnant derrière elle une trace manifeste. Daimon se demanda ce qui se passerait si les autres découvraient que Jaenelle pouvait se déplacer sans laisser d'empreintes. Il se posa à son tour et tous les deux reprirent le chemin de la demeure par les moyens conventionnels.

## 4. Terreille

Daimon entra en coup de vent dans ses appartements, claqua la porte derrière lui, se déshabilla sans ménagement et se doucha avant de regagner la chambre à coucher, toujours aussi furieux.

*La salope. Quelle salope pleurnicharde et écervelée ! Comment ose-t-elle ? Comment ose-t-elle ?*

Les paroles de Lilande traçaient un sillon brûlant au fond de lui. « *Nous allons nous réunir en petit comité ce soir, quelques amies et moi-même. Vous nous servirez, bien évidemment, alors j'entends que vous portiez une tenue appropriée.* »

La vague de froid le balaya, l'enveloppant de calme glacial. Il sourit.

Si la garce voulait une catin, il allait lui en donner une.

D'un geste de la main, il fit apparaître ses deux malles personnelles. Où qu'il se rende, les bagages consacrés à ses habits et à ses « effets » étaient susceptibles d'être à tout moment fouillés par une reine ou un intendant. Ces deux autres malles, il en taisait l'existence, car elles recelaient les possessions qui, en quelque sorte, avaient de la valeur à ses yeux.

L'une, presque vide, contenait des souvenirs intimes, témoins du dépouillement de son existence. Y étaient aussi rangés les étuis verrouillés, garnis de velours, qui abritaient ses Joyaux : son Rouge de Naissance, et le Noir, froid et glorieux. La seconde servait à remiser plusieurs tenues, ses « tenues de putain », comme il les appelait : des costumes empruntés à une dizaine de traditions vestimentaires différentes et destinés à aguicher les sens féminins.

Ce fut celle-là qu'il ouvrit. Il réfléchit. Oui, cet accoutrement-là ferait parfaitement l'affaire.

Il passa un pantalon de cuir noir, si souple et coupé avec tant de précision qu'il lui allait comme une seconde peau, et l'ajusta à l'entrejambe de façon à paraître à son avantage. Ensuite vinrent les bottines à talons hauts, de cuir noir également. L'exquise chemise de soie blanche était fendue jusqu'au nombril, où deux boutons de perle la retenaient, et ses manches bouffantes se resserraient aux poignets. Après s'être habillé, il prit ses fioles de maquillage et rehaussa ses pommettes, ses yeux et ses lèvres de couleurs subtiles, avec une cruelle détermination et tant de savoir-faire que cela lui donnait l'air à la fois androgyne et résolument, sauvagement viril. Un cru perturbant. Il rangea les cosmétiques, sortit de sa boîte un petit anneau d'or qu'il attacha au lobe de son oreille. Il se brossa les cheveux et, à l'aide de l'Art, opta pour une coiffure au négligé désinvolte. En dernier lieu vint un chapeau en feutre noir bordé d'une bande de cuir de la même couleur, sur lequel était fiché un long plumet blanc. Campé devant le grand miroir inclinable, il positionna soigneusement le couvre-chef avant de contempler le résultat.

Anticipant la réaction de Lilande, il sourit. C'est à ce moment précis que quelqu'un frappa quelques coups rapides à la porte et entra.

Dans le miroir, il la vit. L'espace d'une seconde, la honte menaça de fendre la pellicule de glace qui l'avait recouvert, mais il tint bon. Elle faisait partie, après tout, de la gent féminine. Il se retourna et son sourire sensuel et cruel s'épanouit sur ses lèvres.

Jaenelle, bouche bée, ne le quitta pas des yeux. Daimon ne fit rien, ne dit rien. Il attendit simplement la fin de l'inspection, les paroles qui le condamneraient.

L'enfant, partant des pieds, remonta lentement le long de son corps. Lorsqu'elle atteignit les hanches, il retint son souffle, croyant qu'elle allait lui poser l'inévitable question relative à ce qui lui pendait entre les jambes, ou du moins qu'il allait être témoin du rougissement fugace habituel, généralement accompagné d'une fuite en avant du regard. Mais Jaenelle ne parut rien remarquer. Elle ne s'attarda pas sur son entrejambe et étudia la chemise, la boucle d'oreille, ses traits maquillés, pour finir par le chapeau. Puis elle réitéra l'examen de haut en bas.

Sadi patienta.

Jaenelle ouvrit la bouche, la referma, et se résolut à demander timidement :

— Pensez-vous que je pourrai porter une tenue comme celle-là, lorsque je serai grande ?

Daimon se mordit l'intérieur de la joue. Il ne savait pas s'il devait rire ou pleurer.

— Eh bien, dit-il pour se donner le temps de la réflexion, il faudrait modifier quelque peu le haut pour l'adapter à un buste féminin, mais, en dehors de cela, je ne vois pas ce qui vous en empêcherait.

Le visage de Jaenelle s'éclaira.

— Daimon, c'est vraiment un splendide chapeau ! s'exclama-t-elle.

Il lui fallut un moment pour reconnaître qu'il était piqué au vif. Il était à sa disposition, elle pouvait le regarder sous toutes les coutures, et, ce qui la fascinait le plus, c'était son *couvre-chef*.

*Tu sais t'y prendre pour froisser l'orgueil d'un homme, n'est-ce pas, petite ?* songea-t-il avec un peu d'aigreur, mais il répondit :

— Voudriez-vous l'essayer ?

Jaenelle sautilla jusqu'au miroir en le frôlant au passage. Une vague de chaleur, associée à un agréable tressautement et à l'intense désir de la serrer contre lui, lui fit l'effet d'un coup de tonnerre, et il s'écarta d'un bond. Puis, de ses mains tremblantes, il jucha le chapeau sur le sommet du crâne de l'enfant. L'instant d'après, il éclatait de rire : l'objet lui était tombé sur le bout du nez et, de son visage, on ne voyait plus que le menton.

— Il va d'abord falloir que vous grandissiez un peu, ma Dame.

Grâce à l'Art, il arrima le chapeau à l'emplacement approprié. Et il regretta immédiatement son geste.

Il comprit, quand leurs regards se croisèrent dans la glace, qu'elle serait à se damner. Il enfonça les ongles dans ses paumes.

Il venait d'entrapercevoir le visage que lui donnerait la maturité, dans quelques années, lorsque ses traits pointus trouveraient leur harmonie. Cils et sourcils. Étaient-ils d'or sombre teinté de suie, ou noirs et saupoudrés d'or ? Les yeux, sans plus se dissimuler derrière des expressions enfantines, l'invitaient à s'engager sur une voie ténébreuse dont il n'avait jusqu'à présent jamais soupçonné l'existence, et il brûlait d'envie de l'emprunter.

Pour la première fois de sa vie, Sadi sentit un appétit s'éveiller entre ses jambes. Il ferma les paupières et fit appel à toute sa volonté, ses ongles creusant des sillons plus profonds dans ses mains.

*Non !* implora-t-il en silence. *Pas maintenant. Pas encore.* Il ne devait pas se laisser aller à cela. Personne ne devait découvrir qu'il en était capable. Ils seraient condamnés, tous les deux, si quelqu'un venait à percevoir sa réaction par le biais de l'Anneau. *Pitié, pitié, pitié !*

— Daimon ?

Il rouvrit les yeux. La fillette Jaenelle le dévisageait avec inquiétude. Il lui adressa un sourire hésitant tout en desserrant lentement les poings, et récupéra son chapeau.

— Les invitées de Lilande vont arriver d'une minute à l'autre, et je dois encore me préparer, alors déguerpissez !

Il y avait une lueur étrange dans le regard qu'elle lui décocha, mais il ne put en identifier la raison. Quand elle fut partie, il s'affaissa sur le lit, en face de la malle béante. Au bout d'une minute, il ôta chemise, pantalon et bottines, et les y rangea en compagnie du chapeau. Il fit disparaître les deux bagages en prenant le temps de s'assurer qu'ils étaient remisés en sécurité, avant de revêtir sa tenue de soirée.

Lilande devrait se contenter du maquillage et de la boucle d'oreille. Désormais, une seule femme aurait le plaisir de le voir porter ces habits-là.

## 5. Terreille

Daimon se réveilla en sursaut. Quelque chose n'allait pas. Ses nerfs vibraient d'un avertissement. Couché sur le dos, il écouta les gouttes froides marteler les vitres. Il rejeta les couvertures, même s'il frissonnait, passa sa robe de chambre et écarta vivement les rideaux.

Rien que la pluie, au-dehors. Et pourtant…

Il inspira à pleins poumons pour s'adjurer au calme, et s'immergea lentement dans l'abîme, goûtant chaque rang de Joyau, guettant le frémissement qui lui répondrait.

En deçà du Rouge, rien. À la profondeur du Rouge, rien. Le Gris, le Gris ébène. Toujours aucun signe. Mais, lorsqu'il atteignit le Noir, un flot de souffrance l'assaillit et une complainte funèbre emplie de colère, de douleur et de chagrin résonna dans son esprit. La voix était ferme et son timbre, pur… et familier.

Il ferma les yeux et appuya le front contre le verre tout en amorçant sa remontée vers le Rouge. Personne d'autre ne serait en mesure de l'entendre. Personne d'autre ne saurait.

La première fois qu'il l'avait rencontrée, il avait immédiatement compris qu'elle était Sorcière. Et Sorcière portait les Joyaux noirs. En dépit de cela, il s'était volontairement induit en erreur et s'était persuadé qu'elle les obtiendrait une fois la maturité venue, qu'elle ne les avait *pas encore* revêtus. Dans toute l'histoire du Lignage, seules quelques rares sorcières avaient été ornées au Noir, et à l'issue de l'Offrande à la Ténèbre, pas avant. Personne ne s'était jamais vu donner le Noir à la Cérémonie de *naissance*.

Quel aveuglement insensé, alors que toutes les preuves se trouvaient sous son nez ! Aucun membre du Lignage ne pouvait déployer ne serait-ce qu'une once de son talent, même en rêve. Elle avait fait du Sire d'Enfer son mentor. Par certaines facettes de sa personnalité, elle pouvait lui couper le souffle et le terroriser.

Le Noir. Elle portait déjà le Noir. Douce Ténèbre! Qu'adviendrait-il d'elle lorsqu'elle procéderait à l'Offrande?

Rouvrant les yeux, il distingua une petite silhouette blanche qui cheminait lentement dans le jardin. Il ouvrit la fenêtre et fut immédiatement trempé jusqu'aux os, mais il ne le remarqua même pas. Il siffla une unique note, à la fois douce et perçante, et la transmit à sa destinataire le long d'un fil psychique.

La silhouette se tourna dans sa direction et, résignée, s'approcha.

Jaenelle s'éleva dans les airs et il se pencha pour l'attraper sous les aisselles et la tirer à l'abri. Puis il la lâcha, ferma et scella la fenêtre avant de rabattre les rideaux. Alors, il regarda l'enfant et la peine lui broya le cœur.

Elle tremblait comme une feuille, hébétée et en proie à un profond chagrin. L'eau gouttait sur le tapis. Ses pieds nus, ses mains et sa chemise de nuit étaient maculés de boue.

Il la porta jusqu'à la salle de bains et ouvrit le robinet d'eau chaude. Elle s'était montrée anormalement silencieuse, durant toute la journée, et il avait eu peur qu'elle soit tombée malade. À présent, il craignait même qu'elle soit en état de choc. Ses yeux étaient cernés de marques sombres, et elle paraissait totalement désorientée.

Elle se débattit quand Sadi voulut lui ôter sa chemise de nuit.

— Non, protesta-t-elle faiblement.

— Je sais à quoi ressemblent les filles, répliqua-t-il sèchement en la posant dans la baignoire. Mettez-vous là.

L'enfant renonça à réagir. Daimon alla chercher l'eau-de-vie qu'il gardait au fond du dernier tiroir de la table de chevet. Puis il s'assit sur le rebord de la baignoire et versa une généreuse dose d'alcool dans un verre qu'il tendit à Jaenelle.

— Buvez cela.

Il la vit goûter le breuvage du bout des lèvres et grimacer tandis que lui-même portait la bouteille à ses lèvres. Elle fit mine de lui rendre le verre, et il s'énerva :

— Buvez !

— Je n'aime pas ça.

Elle ne lui avait jamais paru si jeune et vulnérable. Cela lui donna envie de hurler.

— Que…

Mais il comprit. Subitement, la vérité lui apparut, fulgurante. La boue, la complainte, les entailles aux mains à force de creuser le sol dur, la terre sous les ongles. Il savait. Il avala une grande gorgée d'eau-de-vie et demanda :

— Qui ?

— Rose, répondit Jaenelle d'une voix morte. Il a tué mon amie Rose. (Ses yeux étincelèrent alors d'une lueur farouche, et ses lèvres s'incurvèrent en un petit sourire amer.) Il l'a égorgée parce qu'elle refusait de lécher la sucette. (Son regard dévia vers l'entrejambe de Daimon, puis elle le dévisagea.) Est-ce ainsi que vous l'appelez, prince ?

Sadi sentit sa gorge se contracter. Le sang charrié par ses veines le martelait, comme le ressac fulminant s'abat sur les rochers. Il crut véritablement qu'il allait étouffer, tant il peinait à respirer.

La voix sépulcrale. La voix rageuse et ancestrale à l'écho caverneux, teintée de nuit et d'une pointe de folie. Cela n'avait pas été le fruit de son imagination, cette fois-là. Ce n'était pas une illusion.

Ornée au Noir de naissance.

Sorcière.

Elle voulait le tuer parce qu'il était un homme. Acceptant cette idée, il recouvra son calme.

— On appelle cela un pénis, ma Dame. Les euphémismes sont superflus. (Il se tut un instant.) Qui l'a tuée ?

Jaenelle but une petite gorgée d'eau-de-vie.

— Oncle Bobby, murmura-t-elle en se balançant d'avant en arrière, les joues baignées de larmes. Oncle Bobby.

Daimon lui prit le verre. Peu importait si elle le tuait, si elle se mettait à le détester parce qu'il l'avait touchée. Il la souleva de la baignoire et la berça, jusqu'à ce que ses pleurs se tarissent.

Lorsque sa respiration redevint régulière, et qu'il comprit qu'elle s'assoupissait, il l'enveloppa dans une serviette, la porta à sa chambre, dénicha une chemise de nuit propre et la coucha dans son lit. Il la surveilla durant quelques minutes, le temps de s'assurer qu'elle s'était vraiment endormie, puis regagna sa chambre.

Là, il décrivit des allées et venues en avalant des rasades d'eau-de-vie, sentant les murs se refermer sur lui.

Oncle Bobby. Rose. Sucette. Comment savait-elle ? Elle avait dû apprendre la nouvelle en début de journée, et avait probablement attendu la tombée du soir pour semer son *memento mori* vivace. Et, toute la journée, Robert Bénédict avait si ostensiblement rôdé dans la demeure…

*« Si vous chantez à leur intention de la manière qui convient, elles vous dévoileront le nom des disparues. »*

Il laissa échapper un doux feulement, ralentit le pas à mesure que la colère froide l'envahissait.

Cet endroit était perverti. Un maléfice y régnait. Chaillot débordait de secrets. Sans compter que Dorothéa et Hékatah traquaient Jaenelle, et que Grîr furetait toujours dans Beldon Mor.

Tersa avait dit que le Prêtre serait son meilleur allié ou son pire ennemi.

Il devrait trancher la question d'ici peu, avant qu'il soit trop tard.

Pour finir, épuisé, il enleva sa robe de chambre et s'effondra sur le lit. Et rêva de calices brisés.

# Chapitre 11

## 1. Terreille

Hormis le seau rempli à ras bord, la cellule ne comptait qu'une table de dimensions réduites sur laquelle se trouvaient une assiette pleine et un pichet d'eau en métal.

Lucivar serrait et desserrait les poings, les yeux rivés sur la cruche. Les chaînes qui le retenaient au mur par les poignets et les chevilles étaient assez longues pour lui permettre d'atteindre la nourriture, mais pas assez pour déchiqueter la gorge du garde qui la lui apportait.

Il devait manger. Il mourait de soif. Les fours minuscules que Zuultah nommait ses « salles d'éblouissement » connaissaient la voracité du soleil du désert d'Arava. En milieu de journée, la chaleur était telle que Lucivar voyait fumer ses déjections.

Les trois premiers jours de sa captivité, les gardes l'avaient alimenté, abreuvé et ils avaient vidé le seau qui servait de latrines. Les deux premiers jours, il avait consommé ce qu'on lui donnait. Le troisième jour, le repas était imprégné de safframate, un aphrodisiaque pernicieux qui assurait une érection durable et un appétit suffisant pour honorer un cénacle entier. Mais cette substance menait aussi l'homme concerné au bord de la folie, car, si elle faisait de lui un amant endurant, elle l'empêchait également de se libérer de sa tension sexuelle.

Il avait perçu le poison avant d'avaler quoi que ce soit. S'il avait été moins vigilant, il n'aurait rien remarqué, mais, ayant déjà eu affaire à la safframate, il n'avait pas l'intention de renouveler l'expérience pour divertir Zuultah.

Il humecta ses lèvres gercées sans quitter des yeux le pichet, passa sa langue sur les menues entailles, se badigeonnant la bouche de son propre sang.

Ce fameux troisième jour, sa réaction avait consisté à fracasser assiette et pichet contre le mur. Les rats-vipères, de gros rongeurs venimeux capables de s'adapter à n'importe quel milieu, avaient surgi des recoins obscurs et s'étaient rués sur la nourriture. Lucivar avait passé la fin de la journée à les regarder s'accoupler frénétiquement et à se dépecer mutuellement.

Les deux jours qui avaient suivi, nul ne s'était présenté. On ne lui avait fourni ni repas ni eau. Le seau s'était progressivement rempli. Il ne restait rien d'autre que la vermine et la chaleur.

Une heure auparavant, un garde était enfin venu. Lucivar avait déployé ses ailes sombres dont les extrémités touchaient les murs de la cellule et rugi. L'homme avait filé avec moins de dignité que les rats.

Il s'avança vers la table en vacillant sur ses jambes. Soulevant le pichet, il en lécha les parois pour recueillir quelques gouttes.

C'était loin d'être suffisant.

Il s'intéressa à l'assiette. La puanteur émanant du seau le disputait au fumet de la nourriture, mais son estomac criait famine, et il y avait cette soif intense. Et l'eau était tellement, tellement proche.

Tenant le récipient à deux mains afin de ne pas risquer de le lâcher, il avala une gorgée.

La safframate, feu glacé, s'infiltra dans son organisme.

Ses lèvres se tordirent en un rictus. Les gerçures se rouvrirent et se mirent à saigner de plus belle.

Une seule raison l'incitait à se sustenter, à ployer l'échine devant ce qui l'attendait, et il ne s'agissait pas du fait de rester en vie. Il chérissait ardemment l'existence, mais il était un Eyrien, un chasseur, un guerrier. Il avait grandi en compagnie de la mort et cela avait atténué sa peur du trépas ; une part de lui-même se délectait même de l'idée de devenir un démon.

Une unique raison. Une raison aux yeux saphir.

Lucivar continua à s'abreuver au pichet.

## 2. Terreille

Les mâchoires de Lucivar se crispèrent et il ferma les yeux de toutes ses forces. Comme tous les Eyriens, il détestait être allongé sur le dos, car cela immobilisait ses ailes. Telle était la posture d'ultime soumission. Mais, ligoté comme il l'était au « lit des ébats », il n'avait d'autre choix que de supporter la situation.

L'une des sorcières de Zuultah le chevauchait, tout à son plaisir, et il poussait silencieusement les jurons les plus odieux qui lui venaient à l'esprit. Il comprimait les barres de cuivre de la tête de lit, il n'avait pas desserré les poings une seule fois durant la nuit, si bien que la forme de ses doigts devait y être imprimée.

Elles se succédaient sans interruption. À chaque passage, la douleur s'intensifiait. Il les haïssait à cause de cette souffrance, du plaisir qu'elles prenaient à ses dépens, de leurs rires. Parce qu'elles le tourmentaient, cherchaient à l'amener à les supplier pour obtenir eau et nourriture.

Il était Lucivar Yaslana, prince de guerre eyrien. Il ne les implorerait pas. Jamais. Hors de question.

Lorsqu'il rouvrit les yeux, le silence régnait. Au pied du lit et sur l'un des côtés, les rideaux étaient tirés, aussi ne distinguait-il pas la pièce. Il voulut changer de position pour délasser ses muscles raides, mais on l'avait ligoté, bras et jambes écartés, et il ne disposait d'aucune liberté de mouvement.

Il s'humecta les lèvres. Il avait tellement soif, il était si fatigué. Comme il était facile de s'évader, loin de la souffrance et des souvenirs.

Dans le couloir, il entendit des hommes murmurer. Des gens qui se déplaçaient dans la salle, dissimulés derrière les tentures. Et enfin Zuultah, qui dit :

— Amenez-le.

La pièce était grise, un doux gris brumeux où la lumière dansait à travers des tessons de verre et où les voix semblaient provenir du fond de l'eau.

Les gardes le détachèrent puis lui lièrent les mains derrière le dos. Lucivar gronda, mais son grognement lui parut très lointain, dépourvu d'importance. Absolument insignifiant.

Lorsqu'il aperçut la dame de marbre, il retrouva ses esprits pendant un instant et ses jambes se dérobèrent sous l'effet de la douleur. Les gardes le traînèrent jusqu'à la statue, le forcèrent à s'agenouiller et le ligotèrent au sol à l'aide de sangles en cuir, aux chevilles et aux genoux. Puis ils placèrent le cylindre de marbre percé d'orifices lisses devant lui, l'obligeant à s'y introduire. Ils le maintinrent ensuite dans cette position en nouant une autre lanière sous ses fesses, si bien qu'il pouvait s'enfoncer dans le trou, mais pas se retirer.

Le gris. Le tendre gris qui se tord dans tous les sens.

— Ce sera tout, déclara Zuultah d'une voix hautaine.

Elle chassa les gardes en agitant sa cravache et scella l'issue quand ils furent sortis.

Le sol dur lui faisait mal aux genoux. Souffrance. Suave souffrance.

La cravache lui cingla les fesses. Le sang goutta de la lanière en cuir. De la soie imprégnée de parfum lui frôla le cou et le visage.

— As-tu soif, Yasi ? roucoula Zuultah en s'asseyant à califourchon sur la face plane de la dame de marbre. Tu veux du dessert ?

Elle ouvrit son déshabillé et écarta les cuisses, révélant le triangle de poils noirs. La lanière s'abattit sur l'épaule de Lucivar.

— Voilà ta récompense, Yasi. Voilà de quoi t'assouvir.

Des zébrures rouges dans le gris. Des zébrures rouges et un triangle sombre.

— Enfonce-la, salopard.

La cravache s'abattit, l'entaillant à la jonction de l'aile et de l'omoplate.

Coup de reins, coup de boutoir à l'assaut du gris. Ses lèvres contre la moiteur intime. Langue obéissante. Nouveau coup de boutoir. Plus loin dans la douleur, dans la moiteur, noir, noir, noir, la douleur se tordit et devint douceur, tessons de verre, convulsion, la moiteur, le noir, le noir zébré de rouge, la faim, la douleur, le feu rouge couve et grandit, le gris ébène s'embrase et croît, la faim, la faim, canines, plaisir, douleur, gémissements, gémissements, canines, plaisir qui croît, s'embrase, douleur, plaisir, gémissements, faim, canines, gémissements, canines, hurlements, hurlements, hurlements, le rouge, le rouge, le rouge chaud et suave qui s'échappe à gros bouillons, libre.

Lucivar, désorienté, oscillait d'avant en arrière. Couchée sur le sol, Zuultah se contorsionnait en poussant des cris incessants. Il voulut se lécher les lèvres, mais quelque chose l'en empêcha. Il tourna la tête et cracha.

Pendant un long moment, les gardes tambourinèrent à la porte verrouillée tandis que Zuultah n'arrêtait pas de hurler. Lucivar contempla le petit bout de chair que ses dents avaient trouvé pour apaiser sa faim. Il ne reconnut tout d'abord pas ce dont il s'agissait. Lorsque son membre flasque glissa hors de l'orifice et qu'il comprit ce qu'était le rouge, il rejeta la tête en arrière et éclata d'un rire sauvage et strident.

## 3. Terreille

— Vous avez un visiteur, annonça Philippe d'un air revêche tout en organisant des liasses de papiers en piles nettes, un geste qu'il faisait quand quelque chose le contrariait.

— Oh ? s'étonna Daimon, un sourcil dressé.

Philippe le regarda brièvement sans vraiment le voir.

— Dans le boudoir doré. Faites vite, dans la mesure du possible. Vous avez un emploi du temps chargé, aujourd'hui.

Daimon se rendit au petit salon. La trace psychique lui emplit les narines avant même qu'il ait touché la porte. Il composa son masque d'hermétisme, scella les élans de son cœur et entra.

— Seigneur Kartane, dit-il sur un ton d'ennui en refermant le battant derrière lui pour s'y adosser, les mains dans les poches.

— Sadi, répliqua l'intéressé.

La lueur de jubilation perfide qui dansait dans ses yeux ne l'empêcha pas de reculer d'un pas, un peu nerveux. Daimon attendit en observant Kartane qui arpentait un côté de la pièce.

— Personne n'a sans doute songé à vous en faire part, alors j'ai pris l'initiative de venir vous informer.

— À quel propos ?

— Yasi.

L'avidité impatiente qu'il lisait sur les traits de Kartane lui serra la gorge et il eut soudain la bouche sèche.

— La dernière fois que j'ai eu de ses nouvelles, il servait Zuultah, la reine de Pruul, non ? demanda-t-il, l'air indifférent.

— Apparemment, il a fait preuve d'un excès de zèle, répondit Kartane avec malfaisance.

*Viens-en au fait, petit enfoiré.*

— L'histoire est un brin confuse, vous comprenez, poursuivit Kartane sans cesser ses allées et venues. Mais il semblerait que, sous l'influence d'une dose massive de safframate, Yasi ait été pris de folie furieuse et ait mordu Zuultah.

Il laissa échapper un rire crispé et haut perché. Sadi soupira. Le tempérament exécrable de Lucivar était légendaire. Dans le meilleur des cas, il pouvait se montrer violent et imprévisible au lit. Et sous l'emprise de la safframate…

— Bon, il l'a mordue. Elle ne serait pas la première.

Kartane recommença à rire. Il s'agissait presque d'un gloussement irrépressible.

— À vrai dire, il serait plus juste de parler de « castration ». Elle ne chevauchera plus grand-chose pour son propre plaisir.

*Non, Lucivar, non. Par la Ténèbre, non !*

— Ils l'ont tué, déclara Sadi sans s'émouvoir.

— Il n'a pas eu cette chance. C'est ce que Zuultah a voulu, une fois qu'elle a recouvré ses esprits et compris ce qu'il avait fait. En revanche, il a effectivement tué dix de ses meilleurs gardes, qui tentaient de le maîtriser.

(Il essuya la sueur qui perlait sur son front.) Prythienne est intervenue dès qu'elle a appris ce qui s'était passé. Pour quelque motif insensé, elle pense qu'il reste possible de le dompter et d'utiliser sa semence. Quoi qu'il en soit, Zuultah n'allait pas le laisser s'en tirer sans aucune forme de punition. (Il ménagea une pause, mais Sadi ne mordit pas à l'hameçon.) Elle l'a envoyé dans les mines de sel.

— Alors, elle l'a tué, répondit Daimon en ouvrant la porte. Vous aviez raison, ajouta-t-il avec une douceur trompeuse en regardant Kartane par-dessus son épaule. Personne d'autre n'aurait osé m'en parler.

Il referma le battant derrière lui dans un silence qui fit trembler le manoir tout entier.

À présent que les larmes s'étaient taries, Daimon se sentait aussi sec et vide que le désert d'Arava. Lucivar était un Eyrien. Jamais il ne survivrait dans les mines de sel de Pruul, dans ces tunnels perclus de chaleur et de corrosion où il ne pourrait pas étendre ses ailes, où la sueur lui collerait à la peau en permanence. Il existait une dizaine de champignons capables d'infecter et de ronger la délicate membrane. Et sans ailes, un guerrier eyrien n'était rien. Lucivar lui avait un jour confié qu'il préférerait être émasculé plutôt que de les perdre, et il avait parlé sérieusement.

*Oh, Lucivar, mon frère ! Mon brave, arrogant et insensé Lucivar !* S'il avait accepté la proposition, celui-ci serait en train de filer dans le ciel d'Askavi, au crépuscule, à l'affût de sa proie. Mais tous deux savaient qu'ils pourraient être confrontés à de telles extrémités. Le plus sage serait que Lucivar mette rapidement un terme à son existence, tant que ses forces étaient encore intactes. Le Sombre Royaume l'accueillerait à bras ouverts. Il en était certain.

*Elle ne s'en tirera pas comme ça, je vous le promets. Peu importe le temps que cela prendra, je veillerai soigneusement à ce qu'elle paie pour tout ce qu'elle a commis.*

— Lucivar, murmura-t-il. Lucivar.

— Tout le monde vous cherche.

Il ne l'avait pas entendue approcher, ce qui n'était guère surprenant, en dépit du fait qu'il avait scellé la bibliothèque avec l'Art.

Assis sur le canapé, il lui tendit la main, et l'enfant entrelaça ses petits doigts aux siens. Ce geste tendre et tellement compréhensif lui fut une torture.

— Que lui est-il arrivé ?

— À qui ?

— À Lucivar, précisa Jaenelle avec une patience sans faille.

Sadi identifia aisément le changement étrange, déstabilisant, qui affectait les traits et la voix de la fillette : Sorcière venait de dresser l'oreille. Il hésita un moment avant de la prendre dans ses bras. Il avait besoin de la serrer contre lui, de sentir sa chaleur toute proche, de s'assurer que le sacrifice consenti en valait la peine. Les larmes recommencèrent à couler, sans qu'il sache trop quand, ni comment, cela se produisit.

— Il est mon ami, mon frère, chuchota-t-il, le visage enfoui contre son épaule. Il se meurt.

— Daimon. (Elle lui caressa gentiment les cheveux.) Daimon, nous devons l'aider. Je pourrais…

— Non ! *(Ne me donnez pas cet espoir tentateur. Ne m'incitez pas à courir ce genre de risque.)* Vous ne pouvez pas l'aider. Il est hors d'atteinte, maintenant.

Jaenelle voulut s'écarter et le regarder bien en face, mais il ne la laissa pas faire.

— Je sais que je lui ai promis de ne plus venir me promener aux alentours de Terreille, mais…

Sadi essuya une larme.

— Vous l'avez rencontré ? Il vous a déjà vue ?

— Une fois, oui. (Elle se tut un instant.) Daimon, je serais peut-être en mesure de…

— *Non*, gémit-il tout contre son cou. Il ne souhaiterait pas que vous alliez là-bas, et, s'il vous arrivait malheur, il ne me le pardonnerait jamais. Jamais !

Sorcière demanda :

— En êtes-vous certain, prince ?

Et le prince de guerre répondit :

— J'en suis certain, ma Dame.

Jaenelle entonna bientôt un hymne mortuaire dans le Parler ancien. Il ne s'agissait pas de la complainte rageuse qu'elle avait chantée pour Rose, mais d'une douce mélopée sorcière relatant l'amour et la peine. Sa voix s'immisça derrière les défenses de Daimon, célébrant l'idée de la douleur et entérinant le deuil en puisant aux puits profonds que, sans elle, il aurait laissés fermés.

Une fois le silence revenu, il essuya ses pleurs. Il ne résista pas quand Jaenelle le reconduisit à sa chambre pour le débarbouiller et l'inciter, à force de cajoleries, à boire un verre d'eau-de-vie. Elle ne dit rien. Les mots étaient superflus. Sa généreuse présence et son empathie suffisaient amplement.

*Lucivar aurait été fier de la servir*, songea Daimon en se coiffant. *Il aurait été fier d'elle.*

Il respira un grand coup, des sanglots encore au fond de la gorge, et alla trouver Alexandra et Philippe.

Tout a un prix.

# Chapitre 12

## 1. Terreille

Solhiv, la fête majeure du Lignage, approchait à grands pas. Durant ces treize journées, les plus brèves de l'hiver, on célébrait la Ténèbre, et Sorcière.

Daimon déambulait dans les couloirs désertés. Les domestiques s'étaient vu accorder une demi-journée de congé et ne s'étaient pas fait prier pour aller commencer achats et préparatifs festifs. Alexandra, Lilande et Philippe vaquaient à leurs occupations à l'extérieur. Robert, comme à son habitude, était absent. Même Graff était sortie, abandonnant ses élèves à la garde de Cordon-bleu. Quant à lui… eh bien, ce n'était pas par pure bonté d'âme qu'on l'avait laissé tranquille. La dernière fois qu'il avait accompagné Alexandra à une soirée, il s'était montré hargneux et prompt aux réparties cinglantes. Dame Angelline s'était empressée de partir lorsqu'il avait confié à une jeune femme frivole que, s'il était vrai que les filles d'une demeure de la Lune Rouge lui auraient envié sa robe, on n'aurait pu en dire autant du contenu de son décolleté.

Il se rendit à l'étage, dans l'aile de la nursery. Seule la compagnie de Jaenelle parvenait à apaiser son mal, depuis que Kartane lui avait fait part du sort de Lucivar.

La salle de musique était ouverte.

— Non, Wilhelmina, pas comme ça, entendit-il Jaenelle dire, à la fois amusée et accablée.

Au moins n'était-il pas le seul à susciter ce genre de réaction chez elle. Il regarda la scène en souriant. Les deux sœurs étaient debout au milieu de la pièce. L'aînée paraissait un peu renfrognée tandis que l'autre arborait une mine où la patience le disputait à l'exaspération. Le visage de cette dernière s'éclaira quand elle l'aperçut.

Il réprima un soupir. Cette expression-là non plus ne lui était pas inconnue. Les ennuis le guettaient.

Jaenelle le saisit par le poignet et le tira à l'intérieur.

— Nous allons participer à l'un des bals de Solhiv, et j'essaie d'enseigner la valse à Wilhelmina, mais je n'arrive pas à lui expliquer correctement parce que je ne sais pas vraiment comment il faut guider. Mais vous, vous savez, parce que les garçons…

*Les garçons ?*

— … mènent la danse. Alors, vous pourriez apprendre à ma sœur comment faire, n'est-ce pas ?

*Comme si j'avais le choix !* Il regarda Wilhelmina. Jaenelle se tenait un peu en retrait, les mains l'une contre l'autre, et souriait, attendant sa réaction.

— Effectivement, répliqua-t-il sèchement. Les *hommes* (il insista sur ce terme) dirigent leur partenaire.

Wilhelmina, qui comprit sur-le-champ la distinction, rougit. Jaenelle, pour sa part, parut sceptique :

— Les hommes. Les garçons. Quelle différence ? Ce sont tous des mâles.

Sadi, opportuniste, songea que, dans quelques années, il serait à même de la lui montrer, cette différence. Il sourit à Wilhelmina et lui expliqua patiemment les pas de danse. Puis il demanda à Jaenelle :

— Un peu de musique, ma Dame ?

Celle-ci, d'un geste de la main, fit étinceler un cristal musical sphérique posé sur un trépied en cuivre, et une mélodie pompeuse emplit la pièce.

En valsant avec Wilhelmina, Daimon constata que la décontraction, puis le plaisir, remplaçait progressivement sa concentration initiale. Ses joues avaient rosi sous l'effort et ses yeux bleus pétillaient. Le sourire qu'il lui adressa était sincère. Danser était tout ce qu'il aimait partager avec une femme, et il regrettait que cette activité soit passée de mode dans les cours.

*« Si tu veux coucher avec une femme, la chambre s'impose. Si tu veux la séduire, danse avec elle. »*

Il éprouvait des difficultés à se représenter le Prêtre confiant cela à un petit garçon, mais, comme pour tant d'autres scènes qui lui étaient revenues au fil des ans, en ces moments où l'éveil se confond avec le sommeil, il avait cessé de mettre en doute l'identité du titulaire de cette voix qui venait murmurer au fond de son être, une voix dont il avait toujours su qu'elle n'était pas la sienne.

Quand la musique s'acheva, Daimon adressa une élégante et solennelle révérence à Wilhelmina. Puis il reporta son attention sur Jaenelle, dont l'expression fit bondir son cœur dans sa poitrine. Sous son regard, le vernis policé qui régentait son existence, toutes les règles et les codes, se craquela. Son fumet psychique l'accaparait. Cela affûta sa perception, et il se tourna en lui-même pour se délecter de la conscience aiguë qu'il avait de son organisme, de la grâce féline avec laquelle il se mouvait.

L'air recommença, et Jaenelle leva la main. Sadi l'imita. Un pas dans la direction de l'autre, et leurs doigts entrèrent en contact. La valse reprit.

Il n'avait pas besoin de songer aux gestes. Ils lui venaient naturellement, avec sensualité. La musique le caressait, restreignait la portée de ses sens au corps dont les mouvements suivaient les siens, et à lui seul. Doigts entremêlés, paume contre paume, rien de plus. En lui, le Noir chantait, désirant plus, tellement, tellement plus.

Et pourtant, Daimon appréciait d'être sollicité ainsi, de se sentir si vivant, si masculin.

La mélodie achevée, Jaenelle recula, rompant le sortilège. Elle trottina jusqu'au trépied, changea de sphère musicale et entreprit une danse folklorique enlevée, les mains sur les hanches, les pieds remuant à toute allure.

Daimon et Wilhelmina applaudissaient quand Cordon-bleu entra, chargée d'un plateau.

— J'ai pensé que vous aimeriez quelques sandwichs…

Elle perdit le fil de sa phrase quand Daimon, en lui décochant un sourire resplendissant, lui prit son fardeau et le posa sur la table avant de la mener au centre de la salle. Il la salua, et elle se fendit d'une révérence avec un plaisir évident. Il l'entraîna dans une valse chaillotte dont il avait entendu l'air en maintes occasions. Ils virevoltèrent autour de la pièce, imités par les deux sœurs, à qui il sourit également.

C'est alors que Cordon-bleu oublia la cadence et, les yeux rivés vers l'entrée, laissa échapper un petit gémissement.

— Que signifie donc tout cela ? intervint méchamment la préceptrice. (Elle cloua Cordon-bleu d'un regard.) Les filles vous ont été confiées pour quelques courtes heures, et je vous trouve impliquée dans un divertissement peu recommandable.

Elle reporta brusquement son attention sur Sadi, qui tenait toujours la cuisinière par la taille, et renifla avec une satisfaction malsaine.

— Il ne s'est rien passé, Graff.

Daimon frissonna en sentant la fureur qui couvait dans le ton excessivement calme de Jaenelle.

— Bien, bien, c'est ce que nous allons voir, mam'zelle.

— Graff.

Sadi frémit en détectant la malveillance contenue dans ce murmure assourdissant. Tous ses instincts lui criaient de se préserver en faisant appel au Noir.

À l'instant où la préceptrice était apparue, il avait eu l'impression d'être entraîné dans une spirale et avait perçu un curieux tourbillon. N'ayant jamais éprouvé cela auparavant, il n'avait pas immédiatement compris qu'il s'agissait de Jaenelle qui plongeait dans l'abîme. Mais voilà que de loin, très loin en dessous de lui, jaillissait un être en proie à une rage incommensurable.

La gouvernante se tourna lentement vers l'enfant, les yeux écarquillés, vides de toute expression.

— Il ne s'est rien passé, Graff, susurra Jaenelle tout bas, sur un ton glacial qui fit hurler tous les nerfs de Sadi. Wilhelmina et moi-même, nous pratiquions nos pas de danse dans la salle de musique. Cordon-bleu allait partir après nous avoir apporté des sandwichs, au moment où vous êtes arrivée. Vous n'avez pas vu le prince, parce qu'il n'était pas là. Compris ?

— Non, je…

— Baissez les yeux, Graff. Baissez les yeux. Vous voyez ? (La préceptrice geignit.) Si vous ne gardez pas à l'esprit ce que je vous ai dit, voilà ce que vous verrez… pour toujours. Compris ?

— Compris, murmura Graff, de la salive lui coulant sur le menton.

— Vous pouvez disposer, Graff. Allez dans votre chambre.

Ils entendirent une porte se fermer, quelque part dans le couloir. Alors, Daimon aida Cordon-bleu à s'asseoir. Jaenelle n'ajouta pas un mot, mais elle regarda les autres d'un air triste et douloureux avant de regagner sa propre chambre. Wilhelmina avait fait sous elle. Sadi la nettoya, essuya le sol et rapporta le plateau en cuisine. Puis il servit une généreuse rasade d'eau-de-vie à Cordon-bleu.

— C'est une enfant étrange, dit celle-ci après le deuxième verre, mais il y a plus de bon que de mauvais en elle.

Daimon apporta calmement les réponses que l'on attendait de lui en permettant à son interlocutrice de se forger une opinion au sujet de la scène dont ils avaient été témoins. Wilhelmina, malgré la gêne qu'elle éprouvait à son égard, réagit de la même manière : elle transforma la confrontation en un événement que son esprit était en mesure d'accepter. Lui seul, assis là, le regard dans le vide, se montrait peu enclin à se départir de cette crainte révérencielle. Lui seul était capable d'apprécier la redoutable beauté consistant à toucher autrui sans l'intermédiaire du corps. Lui seul ressentait un désir cuisant.

## 2. Terreille

Daimon était assis au bord du lit, une moue attristée à la commissure des lèvres. En dépit des sorts de conservation, les couleurs de l'image commençaient à s'affadir, et l'usure menaçait aux coins. Pour autant, rien ne parvenait à ternir le sourire ravageur et la lueur espiègle dans les yeux de Lucivar. C'était le seul portrait de son frère dont il disposait, réalisé des siècles auparavant, quand Lucivar irradiait encore cette aura d'espoir juvénile, avant que les années passées de cour en cour le changent en un roc digne des montagnes askaviennes qu'il chérissait tant : un homme à la beauté brutale, de qui émanait un soupçon d'ombre même en plein soleil.

On frappa timidement à la porte et Jaenelle se faufila dans la pièce.

— Salut, dit-elle, ne sachant pas quel accueil lui serait réservé.

Sadi la saisit par la taille lorsqu'elle arriva à sa portée, et Jaenelle, posant les deux mains sur ses épaules, se laissa aller contre lui. Elle avait de grosses marques sombres sous les yeux et elle tremblait un peu.

— Avez-vous froid ? s'enquit-il en fronçant les sourcils.

Jaenelle fit « non » de la tête, et il l'attira plus près de lui. Aucune source de chaleur physique ne pourrait faire fondre ce qui la glaçait au cœur, mais au bout d'un moment, entre ses bras, elle cessa de frissonner.

Il se demanda si elle avait raconté à Sahtan l'incident de la salle de musique. Il la regarda de nouveau et n'eut pas besoin de formuler la question : elle ne s'en était pas ouverte au Prêtre. Cela faisait trois jours qu'elle n'était pas partie se promener. Elle était restée enfermée toute seule dans son accablement, à s'interroger : existait-il ne serait-ce qu'une personne au monde à qui elle n'inspirait aucune crainte ? Lui-même avait obtenu le Noir dans sa jeunesse, mais il avait eu la maturité requise, il avait été prêt. Même ainsi, vivre aussi près de la Ténèbre s'était révélé perturbant. Et que dire d'une fillette qui n'avait rien connu d'autre ? Qui arpentait des voies étranges et solitaires depuis qu'elle était en âge de penser, qui s'efforçait tant d'aller vers ses semblables en réprimant sa personnalité… Mais elle ne pouvait en faire abstraction. L'illusion se briserait systématiquement en cas de menace, et elle dévoilerait alors ce qu'elle cachait au-dedans.

Daimon scruta le visage de l'enfant qui, elle, étudiait le portrait qu'il n'avait pas lâché. C'est alors, enfin, qu'il comprit. Il portait le Noir, mais Jaenelle *était* le Noir. Avec elle, cependant, ce Joyau ne représentait pas uniquement une puissance sombre et dévastatrice : il y avait aussi les rires et les bêtises, la compassion, la guérison… et les boules de neige.

Il l'embrassa sur les cheveux en observant le portrait.

— Vous vous seriez bien entendue avec lui. Il était toujours prêt à s'attirer des ennuis.

Un sourire spectral vint récompenser sa remarque. Puis :

— Attendez une minute. Vous avez dit qu'il était votre frère.

— Il l'était.

*L'est. Ne cessera jamais de l'être.*

— Mais c'est un Eyrien.

— Nous n'avions pas la même mère.

Une étrange lueur s'alluma dans les yeux de Jaenelle :

— Mais le même père, affirma-t-elle.

Il la vit tourner les pièces du casse-tête dans tous les sens et perçut l'instant où toutes trouvèrent leur place.

— Cela élucide beaucoup de choses, murmura l'enfant en ébouriffant ses cheveux. Il n'est pas mort, vous savez. Le Gris ébène n'a pas disparu de Terreille.

— Que…, bredouilla Daimon en clignant des paupières. Comment le savez-vous ?

— J'ai regardé. Je ne suis allée nulle part, s'empressa-t-elle d'ajouter. Je n'ai pas trahi ma promesse.

— Alors, comment… Oubliez ça.

— Ce n'est pas comme si j'essayais de retrouver, à distance, une personne précise parmi les nombreux Rouges et les Opales. (Elle lui adressa sa fameuse expression à la fois amusée et consternée.) Daimon, seul Andulvar porte également le Gris ébène, et il ne vit plus en Terreille. De qui d'autre pourrait-il s'agir ?

Sadi poussa un soupir. Il ne comprenait pas la manière dont elle avait procédé, mais il était soulagé d'en avoir le cœur net.

— Puis-je avoir une copie de ce portrait ? demanda Jaenelle.

— Pourquoi ? (Il grimaça devant la mine réprobatrice de l'enfant.) D'accord.

— Et aussi un portrait de vous ?

— Je n'en ai pas.

— Nous pourrions en obtenir un.

— Que… Aucune importance. Y a-t-il une raison particulière ?

— Évidemment.

— Et vous ne me l'expliquerez pas, je suppose ?

Jaenelle haussa un sourcil. Elle l'imitait à la perfection, au point qu'il dut se retenir de rire. *Bien fait pour moi !* songea-t-il, un brin désabusé. Il secoua la tête d'un air faussement navré.

— J'accepte.

— L'aurai-je bientôt ?

— Oui, ma Dame, bientôt.

Jaenelle déposa un baiser léger sur sa joue, s'éloigna d'un pas gracile et se retourna avant de disparaître. Daimon contempla la porte fermée. Regarda le portrait.

— Quel vrai connard, dit-il affectueusement. Ah, Lucivar, comme vous vous seriez amusé, avec elle !

## 3. Enfer

Sahtan se laissa aller contre le dossier de son fauteuil et joignit les doigts.

— Pourquoi ?

— Parce que j'aimerais en avoir un.

— Vous l'avez déjà dit. Mais pour quelle raison ?

Jaenelle plaqua ses paumes l'une contre l'autre, leva les yeux vers le plafond et décréta sur un ton autoritaire et quelque peu guindé :

— Ces questions ne sont point de saison.

SaDiablo manqua de s'étouffer. Lorsqu'il eut retrouvé ses moyens, il répliqua :

— Très bien, sorcelière. Vous aurez un portrait.

— Deux ?

Il lui lança un long regard lourd de sens. Elle lui décocha son sourire aussi joueur qu'incertain. Il soupira. Telle était l'incontestable réalité au sujet de Jaenelle : parfois, mieux valait ne pas savoir.

— Deux, oui.

Elle approcha une chaise. Puis, les coudes posés sur le bureau de bois noir lustré, le menton dans les mains, elle déclara d'un air dramatique :

— Je veux acheter deux cadres, mais j'ignore où m'adresser.

— De quelle sorte ?

— De jolis cadres, de ceux qui s'ouvrent comme un livre.

— Des diptyques ?

— Quelque chose qui puisse contenir deux portraits, expliqua l'enfant en haussant les épaules.

— Je vous les procurerai. Autre chose ?

— J'aimerais les acheter moi-même, précisa-t-elle avec tout autant d'emphase, mais je ne sais pas combien cela peut coûter.

— Sorcelière, ce n'est pas un souci…

Jaenelle fouilla dans sa poche puis ouvrit le poing sur la table.

— Pensez-vous que vendre ceci suffirait à les payer ?

Sahtan déglutit, mais sa main ne trembla pas en élevant la pierre à la lumière.

— Comment avez-vous obtenu cela, sorcelière ? demanda-t-il calmement, presque d'un air distrait.

Jaenelle ramena les mains sur ses genoux et ne quitta plus le bureau des yeux.

— Eh bien, voyez-vous… Nous traversions ce village, une amie et moi, et des cailloux sont tombés sur la route. Une petite fille s'est coincé le pied sous l'un d'eux. (Ses épaules s'affaissèrent.) Elle était blessée – au pied, j'entends – à cause de la pierre, et je… l'ai soignée ; son père m'a donné cela pour me remercier. (Puis elle s'empressa d'ajouter, un peu hésitante :) Mais il n'a pas dit que je devais le garder. Pensez-vous que cela permettrait d'acheter le cadre ?

— Oh oui, indubitablement, déclara-t-il sur un ton coupant. (Jaenelle, déconcertée, lui sourit.) Dites-moi, sorcelière, avez-vous reçu d'autres présents de ce genre, de la part de parents reconnaissants ? poursuivit-il en s'efforçant de conserver son calme.

— Oui, oui. Draca les garde à ma place parce que je ne savais pas quoi en faire. (Son visage s'éclaira.) Elle m'a attribué une des chambres du Fort, tout juste comme celle que vous m'avez préparée au Manoir.

— Oui, elle m'en a parlé. (L'enfant fut manifestement soulagée de constater qu'il n'était pas contrarié, et cela l'amusa.) J'aurai les portraits et le cadre d'ici la fin de la semaine. Cela vous agrée-t-il ?

Jaenelle contourna le bureau par petits bonds, lui sauta au cou au point de l'étouffer et l'embrassa sur la joue.

— Merci, Sahtan.

— Je vous en prie, sorcelière. Ouste, maintenant !

En sortant, Jaenelle entra en collision avec Méphis.

— Salut, dit-elle.

Puis elle se rendit à sa destination, quelle qu'elle puisse être. Sahtan sourit devant l'expression de tendresse déroutée qu'arborait son fils aîné, d'ordinaire si compassé et si solennel. Même lui était conquis.

— Venez voir cela, et dites-moi ce que vous en pensez.

Méphis leva le diamant à la lumière et émit un petit sifflement admiratif.

— Où avez-vous eu cela ?

— Un parent, plein de gratitude, l'a offert à Jaenelle.

Méphis éprouva subitement l'envie de s'asseoir.

— Vous plaisantez, dit-il, rivant des yeux incrédules sur le joyau.

— Non, Méphis, aucunement, répondit SaDiablo en reprenant le diamant, entre le pouce et l'index. Apparemment, une petite fille s'est coincé le pied sous un caillou et s'est fait mal. Jaenelle l'a soignée, et le père reconnaissant lui a offert ceci. Et ce n'est manifestement pas la première fois qu'elle se voit accorder des cadeaux aussi généreux pour le même genre de service.

Il examina la gemme de belle taille, vierge d'impuretés.

— Mais… Comment… ? bredouilla Méphis.

— Elle a le don de guérir. Cela lui est instinctif.

— Oui, mais…

— Mais la vraie question est de savoir ce qui s'est réellement passé, compléta Sahtan en plissant ses yeux dorés.

— Qu'entendez-vous par là ? demanda Méphis, perplexe.

— Je veux dire que, dans la bouche de Jaenelle, l'incident a semblé sans importance. Mais si la blessure avait vraiment été bénigne, provoquée par un simple caillou, le père n'aurait pas témoigné une telle gratitude, pas au point de renoncer à ce trésor.

## 4. Kaelir

— Sorcelière, vous ne pouvez envisager d'offrir un cadeau de Solhiv à chacun de vos amis : ils sont si nombreux que la liste serait interminable. Ce n'est pas ce que l'on attend de vous. Ce n'est d'ailleurs pas ce que vous espérez de leur part, n'est-ce pas ?

— Bien sûr que non, répondit Jaenelle avec ardeur. (Elle s'affaissa sur son siège.) Mais ce sont mes amis, Sahtan.

*Et vous êtes ce qui pourrait leur arriver de mieux, même s'ils devaient vivre des centaines de vies.*

— Solhiv célèbre Sorcière, elle est la commémoration de ce que représente le Lignage. Les cadeaux jouent le rôle des épices parfumant la viande, pas davantage.

L'enfant lui décocha une œillade sceptique... et il l'avait bien méritée. Combien de fois, ces jours derniers, s'était-il pris à rêver qu'il fêtait Solhiv en sa compagnie ? Qu'il était à son côté, le crépuscule venu, lors de l'ouverture des cadeaux ? Qu'ils partageaient la minuscule coupe de rhum cramoisi ? Qu'ils dansaient à la gloire de Sorcière comme jamais ? Ces songes éveillés étaient teintés d'amertume. Il arpentait les couloirs du Manoir de Kaelir et regardait le personnel décorer les lieux en riant et en se chuchotant des secrets ; Méphis et lui établissaient la liste des domestiques et des villageois qui, parce qu'ils participaient de près ou de loin à l'entretien du Manoir, recevraient une gratification ; bref, il agissait en bon prince pour le peuple qui le servait. Et, pendant tout ce temps, une seule pensée le rongeait, encore et toujours : *elle* allait passer cette journée si particulière en Terreille avec sa famille, loin de ceux qui lui étaient vraiment attachés.

Une petite source de réconfort, cependant : cela signifiait également que Daimon serait avec elle.

— Que me conseillez-vous de faire ?

La question de Jaenelle le ramena à la réalité. De ses doigts joints, il se frôla les lèvres.

— Je pense que vous devriez choisir un ou deux de vos amis qui, pour quelque raison que ce soit, pourraient se trouver exclus des festivités et des cérémonies, et leur offrir quelque chose. Cette délicate attention à l'adresse de quelqu'un qui, sans cela, resterait démuni, comptera bien davantage à ses yeux qu'à ceux d'une personne couverte de cadeaux.

— Oui, dit tout bas l'enfant en s'ébouriffant les cheveux. (Puis elle sourit.) Je sais exactement qui en aurait le plus besoin.

— Voilà qui est réglé, alors. (Un paquet enveloppé s'éleva du coin du bureau et vint se poser devant Jaenelle.) Et voici ce que vous avez demandé.

Jaenelle afficha une mine radieuse en défaisant avec précaution l'emballage. Pour SaDiablo, des siècles et des siècles de solitude fondirent lorsqu'il remarqua que son regard s'illuminait doucement.

— Vous êtes splendide, Sahtan.

— Je fais de mon mieux pour vous servir, ma Dame, répondit celui-ci en lui rendant tendrement son sourire. Au fait, la gemme que vous m'avez confiée en vue de la vendre…

— Y avait-il assez ? s'enquit Jaenelle, anxieuse. Dans le cas contraire…

— Amplement, sorcelière.

Se remémorant l'expression du joaillier à qui il avait présenté le diamant, il éprouva des difficultés à ne pas rire de l'inquiétude de l'enfant.

— En fait, il restait même un bon nombre de marks-or. J'ai pris la liberté d'ouvrir un compte à votre nom avec cette somme. Alors, chaque fois que vous voudrez acheter quelque chose en Kaelir, il vous suffira d'apposer votre signature pour l'obtenir et de demander au créditeur d'envoyer la facture au Manoir, afin que je déduise l'achat de vos avoirs. Cela vous paraît-il juste ?

En voyant le sourire ravi de Jaenelle, il regretta de ne pas avoir tenu sa langue. La Ténèbre seule savait ce qu'elle pourrait avoir envie d'acquérir ! Oh, bien… elle allait donner le tournis aux commerçants autant qu'à lui… et cela ne le dérangeait pas : cette perspective ne l'amusait que trop.

— Si vous cherchiez vraiment un présent hors du commun, vous pourriez toujours offrir quelques pierres à sel aux Licornes, je suppose, la taquina-t-il.

L'humeur de l'enfant changea du tout au tout, au point qu'il en demeura pétrifié.

— Non, murmura-t-elle, le visage blême, le regard hanté. Pas de sel, non.

Longtemps après le départ de Jaenelle, il resta assis, les yeux dans le vague, à se demander ce qui l'avait tant perturbée au sujet du sel.

## 5. Kaelir

Draca s'écarta pour laisser Sahtan entrer.

— Qu'en penssez-vous ?

Il poussa un petit sifflement. Comme toutes les chambres du Fort, celle-ci était de belle taille, et sculptée dans le flanc de la montagne. En revanche, les murs avaient été travaillés et polis, si bien qu'ils luisaient tel du verre-freux : un traitement dont les appartements de Cassandra en personne n'avaient pas bénéficié, du temps où elle était en vie. Le parquet apparaissait par intermittence entre les immenses et épais tapis aux motifs rouge et crème, qui ne pouvaient provenir que du Territoire kaelirien de Dharo, réputé pour ses étoffes et ses tisserands. Le lit de bois noir à baldaquin aurait pu aisément accueillir quatre dormeurs. Le reste du mobilier : tables et guéridons, bibliothèques, rangements... avait été confectionné dans un matériau identique. L'endroit comportait une vaste garde-robe truffée d'armoires et de placards en cèdre, ainsi qu'une salle de bains privative dotée d'une baignoire en marbre – noir veiné de rouge – à laquelle l'on accédait par quelques marches, d'une large cabine de douche, de deux lavabos et d'une chaise percée logée dans un renfoncement clos. À l'autre extrémité de la chambre à coucher, une porte ouvrait sur un boudoir.

— C'est magnifique, Draca, répondit l'intéressé en dévorant des yeux le bric-à-brac éparpillé sur les tables, les menus trésors d'une enfant.

Soulevant le couvercle d'une boîte marquetée d'un motif complexe réalisé à l'aide d'essences rares, il secoua la tête, mi-amusé, mi-stupéfait. D'un doigt désinvolte, il en remua le contenu, déplaça les petits coquillages qui provenaient manifestement de plages lointaines, les diamants, les rubis et les émeraudes qui, pour une fillette, ne représentaient rien de plus que de jolis cailloux. Refermant la boîte, il se retourna vers Draca, l'air amusé. Celle-ci ébaucha un infime haussement d'épaules et dit :

— Voudriez-vous qu'il en aille autrement ?

— Non. (Il embrassa la pièce du regard.) Cela lui plaira. C'est bien un sombre sanctuaire, en vérité, un endroit qui, les années passant, lui deviendra de plus en plus nécessaire.

— Tous les ssanctuaires ne ssont pas ssombres, Ssire. La chambre que vous lui avez attribuée lui plaît également. (Pour la première fois depuis toutes ces années, depuis que Sahtan la connaissait, elle sourit.) Dois-je vous la décrire ? Je l'ai à maintes reprises entendue menssionner.

SaDiablo, cherchant à lui dissimuler sa satisfaction, se détourna.

— Je voulais vous montrer le cadeau de Ssolhiv que j'ai prévu à sson intenssion, poursuivit la sénéchale.

Elle se rendit dans la garde-robe et en revint chargée d'une matière noire vaporeuse qu'elle étala sur le couvre-lit satiné.

— Qu'en dites-vous ?

Sahtan ne pouvait détacher ses yeux de la longue robe. Il avait une boule dans la gorge qui résistait à toute tentative de déglutition et la pièce dans laquelle il se tenait lui apparaissait à travers un voile brumeux. Il toucha la soie d'araigne.

— Ses premiers atours de Veuve, dit-il d'une voix enrouée par l'émotion. Voilà ce qu'elle devrait porter durant Solhiv. Elle devrait être à nos côtés.

— Oui, elle devrait sse trouver avec ssa famille.

— Ce sera le cas, fit remarquer Sahtan avec amertume. (Il rit, et ce rire aussi était amer.) Avec sa grand-mère, sa mère… et son père.

— Non, répondit Draca avec bonté. Pas avec sson père. Désormais, elle en a enfin trouvé un.

— Dans tous les royaumes, il n'y a jamais eu plus beau salaud au cœur de pierre que moi. Que s'est-il passé ?

— Vous êtes tombé amoureux… de la fille de votre âme. Et votre cœur n'a jamais été ausssi dur que vous le penssez, Ssahtan. Vous n'avez jamais été le ssalaud que vous prétendiez incarner.

— Vous pourriez quand même épargner mon orgueil en me laissant mes illusions.

— Et à quelle fin ? Est-sse qu'*elle* vous autorise à vous comporter en ssalaud ?

— Elle me laisse mes illusions, au moins, répliqua SaDiablo, qui retrouvait son animation, diverti par cette joute amicale. Cela étant dit, ajouta-t-il sur un ton désabusé, elle ne me permet pas grand-chose d'autre.

Il soupira d'un air à la fois peiné et amusé.

— Je dois partir. J'ai à parler avec quelques commerçants en détresse.

Draca le raccompagna.

— Ssela faisait bien longtemps que vous n'aviez pas ssélébré Ssolhiv. Ssette année, lorssque les bougies noires ss'allumeront, vous boirez le rhum cramoisi et dansserez à la gloire de Ssorcière.

— Oui, cette année je danserai, répondit Sahtan avec douceur, en songeant à la robe en soie d'araigne.

## 6. Enfer

Sahtan passa sa pèlerine. Six caisses remplies des cadeaux enveloppés de papier, qu'il destinait aux cildru dyathe, étaient posées par terre dans son bureau. Les enfants de l'île se montraient si farouches en présence des adultes qu'il ignorait leur nombre exact. La meilleure méthode consistait à prévoir une boîte de présents par tranche d'âge et à s'en remettre à Char pour présider à la distribution. Il y avait des livres et des jouets, des jeux de société et des casse-tête, qu'il s'était procurés aux quatre coins des Territoires kaeliriens auxquels il avait accès. S'il avait laissé libre cours à sa générosité, cette année-là, c'était pour combler la béance de son cœur, pour se racheter de ne pouvoir offrir tout ce qu'il désirait à Jaenelle. Il ne fallait pas laisser la moindre trace de son existence à Beldon Mor, le moindre cadeau susceptible de susciter des interrogations. La connaissance : voilà tout ce qu'il serait en mesure de lui transmettre sans qu'elle doive l'abandonner lorsqu'elle regagnerait Terreille.

Il fit disparaître les caisses une à une, sortit de son bureau et emprunta le Vent Noir vers l'île des cildru dyathe.

Même à l'aune des paysages d'Enfer, c'était un endroit morne, composé de pierres, de sable et de champs stériles. Un lieu où même la faune et la flore endémiques ne prospéraient pas. Sahtan s'était toujours demandé pour quelle raison Char l'avait choisi, parmi tant d'autres emplacements moins lugubres. Et puis Jaenelle lui avait involontairement fourni la réponse à sa question : l'île, dans son austérité, dans son irrémédiable désolation, n'offrait nulle illusion, nulle fourberie. Les poisons ne s'y cachaient pas derrière des friandises, la brutalité ne se dissimulait pas sous la dentelle ou sous la soie. Elle ne laissait aucune place à la cruauté.

Il se dirigea sans se hâter vers l'amas rocheux qui servait d'abri de fortune aux enfants. Au détour de l'ultime courbe du sentier, il se prépara à les voir décamper à son approche, mais ce fut des rires, manifestations d'innocence ravie, qu'il perçut. Il serra sa pèlerine contre lui, espérant se fondre dans le décor et continuer à passer inaperçu. Les entendre rire ainsi…

Il contourna le dernier rocher et resta interdit.

Au milieu de l'espace en plein air où les cildru dyathe se réunissaient s'élevait un majestueux résineux dont les nuances n'avaient pas cédé devant le perpétuel demi-jour d'Enfer. Partout, entre ses aiguilles, perçaient de minuscules points colorés qui s'illuminaient par intermittence, comme si un arc-en-ciel de lucioles dansait une joyeuse sarabande. Char et les autres enfants suspendaient des glaçons – de véritables glaçons – aux branches. Des clochettes argent et or tintaient lorsqu'ils les frôlaient au passage. Ils s'affairaient en riant, avec une animation et une vivacité que Sahtan n'avait jamais vues sur ces traits juvéniles.

C'est alors que tous l'aperçurent. Ils se figèrent, tels de petits animaux captivés par une source lumineuse. Un instant encore, et ils auraient détalé, mais Char se retourna, et ses yeux brillaient. Il s'avança, les mains tendues en un geste de bienvenue ancestral.

— Sire, dit-il d'une voix vibrante de fierté. Venez voir notre arbre.

Sahtan s'approcha lentement et prit les mains de Char dans les siennes. Il contempla le résineux. Une unique larme roula sur sa joue, et ses lèvres se mirent à trembler.

— Ah, les enfants, commença-t-il avec émotion, quel arbre splendide ! Et quelles *merveilleuses* décorations !

Les cildru dyathe ébauchèrent des sourires timides.

Instinctivement, SaDiablo passa un bras autour des épaules de Char et le serra contre lui. Le garçon eut un brusque mouvement de recul, avant de se raviser, après quelque hésitation.

— Vous savez qui nous l'a offert, n'est-ce pas ? demanda-t-il.

— Oui, je le sais.

— Je n'avais jamais... La plupart d'entre nous n'avaient jamais...

— J'en suis conscient, Char. (Il s'éclaircit la voix.) Cela semblera probablement un peu... terne... par comparaison, mais voici des cadeaux à poser au pied de l'arbre.

Le cildru dyathe se passa la main sur le visage.

— Elle a dit que cela ne durerait que les treize jours de Solhiv, mais cela ne subsiste jamais plus longtemps, n'est-ce pas ?

— Non, jamais.

— Sire… Comment… ?

— Je l'ignore, répondit Sahtan en souriant tendrement au garçon. Elle est la magie. Je ne suis qu'un prince de guerre. Je ne suis pas qualifié pour vous l'expliquer.

Char lui rendit son sourire, d'homme à homme cette fois.

— Je laisse ceci à vos bons soins, poursuivit Sahtan en faisant apparaître les six caisses. (Il caressa doucement la joue calcinée.) Joyeuse Solhiv, seigneur de guerre.

Il se détourna et s'éloigna sans ajouter un mot. Lorsqu'il disparut derrière la première courbe, il entendit quelques voix s'élever. Puis tous les enfants reprirent en chœur :

— Joyeuse Solhiv, Sire !

Réprimant un sanglot, SaDiablo s'empressa de regagner le Manoir.

## 7. Enfer

Jaenelle laissa courir ses doigts nerveux le long du bureau de Sahtan.

— Vous m'avez bien dit d'offrir un cadeau de Solhiv à quelqu'un qui risquait de ne pas en avoir, alors… eh bien…

— Venez par ici, sorcelière. (Il la serra dans ses bras avec douceur, puis lui murmura à l'oreille :) Je n'avais jamais vu si belle magie à l'œuvre. Je suis tellement, tellement fier de vous.

— Vraiment ? chuchota l'enfant en retour.

— Vraiment. (Il la tint à bout de bras pour pouvoir la dévisager.) Partageriez-vous un secret avec moi ? demanda-t-il sur le même ton légèrement taquin. Accepteriez-vous d'expliquer à un vieux prince de guerre comment vous avez procédé ?

Le regard de Jaenelle fut attiré par le Joyau rouge suspendu au cou du Sire à une chaîne en or.

— C'est que… j'ai promis au prince, à vrai dire.

— Comment cela, « à vrai dire » ? s'enquit-il d'une voix égale, mais sentant son estomac protester.

— Je lui ai promis que si je voulais tisser le moindre songe, j'apprendrais auprès du plus qualifié.

*Et ce n'est pas à moi que vous vous êtes adressée ?*

— Qui vous a enseigné cela, alors, sorcelière ?

Jaenelle s'humecta les lèvres.

— Les Araigniens, répondit-elle d'une petite voix.

La pièce se brouilla et commença à tournoyer sous les yeux de Sahtan. Lorsque sa vision revint à la normale, et pas avant, il constata qu'il était toujours assis à sa place.

— Arachna est un Territoire fermé, dit-il, les mâchoires crispées.

— Je sais. Mais c'est le cas de beaucoup d'endroits où j'ai des amis. Cela ne les dérange pas, Sahtan, vraiment pas.

Il la lâcha et plaqua ses paumes l'une contre l'autre. Arachna. Elle s'était rendue sur Arachna. *Gare à l'araignée dorée qui tisse une toile emmêlée.* Aucune Veuve Noire du Lignage n'avait jamais tissé les songes avec autant de talent que les Araigniens. Le rivage de leur île était entièrement jonché de ces trames qui pouvaient capturer les esprits, même bien entraînés, ne laissant plus qu'une coquille de chair bonne à être dévorée. Et Jaenelle avait gaillardement franchi cette ligne de défense…

— La reine araignienne, reprit-il en réprimant l'envie de hurler contre l'enfant. Qui a-t-elle chargé de votre apprentissage ?

— C'est elle-même qui est intervenue. (Un petit sourire tracassé.) Nous avons commencé par des toiles sans difficulté, du tissage de tous les jours. Après cela…

Elle haussa les épaules.

— Simple curiosité : combien mesure-t-elle, cette reine ?

— Hum, son corps est à peu près gros comme cela, répondit Jaenelle en désignant le poing de Sahtan.

La pièce gîta imperceptiblement. Arachna demeurait une énigme, et à juste titre puisque seule une poignée de ceux qui avaient eu la témérité d'y entrer en étaient ressortis indemnes. Une certitude, cependant : plus grande l'araignée, plus puissantes et létales les trames qu'elle tissait.

— Est-ce le prince qui vous a suggéré de vous rendre là-bas ? demanda encore SaDiablo, en s'efforçant ardemment de ne pas pousser un rugissement rageur.

Jaenelle cilla et eut le bon goût de rougir.

— Non. Je pense qu'il ne serait pas très content s'il l'apprenait.

*Ce qui est fait est fait*, songea Sahtan en fermant les yeux.

— Vous veillerez à ne pas manquer au Protocole et à la courtoisie lorsque vous leur rendrez visite, n'est-ce pas ?

— Oui, Sire.

Cette soumission soudaine éveilla les soupçons de Sahtan, qui entrouvrit les paupières. Les yeux saphir de Jaenelle pétillaient. Il capitula. Feu d'Enfer ! Si une fillette de douze ans parvenait à le manipuler ainsi, qu'adviendrait-il de lui, douce Ténèbre, lorsqu'elle serait devenue adulte ?

— Sahtan ?

— Jaenelle.

Elle lui tendit un paquet maladroitement emballé en lui adressant une révérence un brin éloignée des convenances.

— Joyeuse Solhiv, Sahtan.

Sa main tremblait légèrement lorsqu'il posa le cadeau sur le bureau.

— Sorcelière, je…

L'enfant passa les bras autour de son cou et le serra fort.

— Draca a dit que j'avais le droit de l'ouvrir avant Solhiv, parce que je ne pourrai la porter qu'au Fort. Oh, Sahtan, merci ! Merci. C'est la plus merveilleuse robe que j'aie jamais vue. Et elle est *noire*. (Elle le dévisagea.) Je n'étais pas censée vous dire que je l'avais déjà ?

Il étreignit farouchement la fillette. *Vous non plus, Draca. Vous non plus, vous n'êtes pas aussi dure que vous prétendez l'être.*

— Je suis content qu'elle vous plaise, sorcelière. Bien.

Il s'intéressa au paquet.

— Non, objecta Jaenelle avec appréhension. Vous devriez attendre Solhiv.

— Vous n'avez pas attendu, vous, la taquina-t-il. Par ailleurs, vous ne serez pas là à Solhiv, alors…

— Non, Sahtan. S'il vous plaît.

L'insistance de l'enfant piquait sa curiosité. Mais Solhiv aurait lieu le lendemain, et il ne voulait pas que leur séparation leur laisse un goût amer. Aussi orienta-t-il habilement la conversation vers les monceaux de nourriture destinés au Manoir, en sous-entendant sans finesse qu'Hélène et Mme Bhil pourraient bien se montrer enclines à lui en donner un peu. Puis ils se dirent au revoir, et SaDiablo s'affaissa dans son fauteuil en soupirant.

Le paquet captait son attention.

Il scella la porte au Noir avant d'ôter délicatement l'emballage. Son cœur dansa une petite gigue cocasse lorsqu'il remarqua le dos de l'un des cadres qu'il avait achetés pour elle. Il l'ouvrit en retenant son souffle.

À gauche se trouvait la copie d'un vieux portrait dépeignant un jeune homme qui ébauchait un sourire ravageur, avec une lueur dans le regard dénotant un penchant pour l'espièglerie. Les traits avaient dû se modifier, depuis lors, atteindre la maturité et se durcir. Mais malgré tout…

— Lucivar, murmura-t-il en clignant des paupières pour refouler ses larmes. (Il secoua la tête.) Vous aviez déjà cette expression à l'âge de cinq ans. Certaines choses ne changent pas au fil des années, dirait-on. Où êtes-vous, à présent, mon prince eyrien ?

Reportant son attention sur le portrait de droite, il reposa instantanément le cadre sur le bureau, se rencogna dans son fauteuil et se couvrit les yeux.

— Ce n'est pas étonnant, chuchota-t-il. Par la Ténèbre et par tous les Joyaux, ce n'est pas étonnant !

Car si Lucivar était un après-midi d'été, Daimon, lui, représentait la nuit d'hiver la plus glaciale. Sahtan laissa ses mains retomber et se força à détailler la physionomie de son homonyme, de son véritable héritier.

Le portrait, solennel, avait été réalisé sur un fond de velours rouge. À première vue, ce rejeton ne reflétait pas le visage de son père : l'harmonie de ses traits ciselés surpassait en beauté celui de son géniteur. Mais sous la surface figurait bien l'obscurité pétrifiante et si reconnaissable, le caractère impitoyable qui, Sahtan le comprit instinctivement, avait été poli par des années de traitements cruels.

— Dorothéa, vous avez recréé les pires facettes de ma personnalité.

Et cependant…

Il se pencha pour étudier de plus près les yeux dorés qui ressemblaient tant aux siens, des yeux qui paraissaient le transpercer. Profondément soulagé, il sourit. Rien ne pourrait gommer ce que Dorothéa avait infligé à Daimon, ne pourrait effacer ce que celui-ci était devenu par sa faute, mais il tournoyait dans ce regard d'or un mélange de résignation, d'amusement, d'irritation et de ravissement… un tourbillon d'émotions par trop familier. Il n'existait qu'une explication possible : Jaenelle avait manœuvré pour que Daimon fasse confectionner ce portrait, et l'avait même probablement accompagné afin de s'assurer qu'il serait conforme à ses désirs.

— Eh bien, homonyme, dit-il en posant le cadre au coin de son bureau. Tout espoir n'est pas perdu, si vous avez accepté la laisse qu'elle vous a passée autour du cou.

## 8. Terreille

Pour Daimon, Solhiv représentait le jour le plus accablant de l'année, un cuisant rappel de son enfance à la cour de Dorothéa et de ce qui se produisait, une fois que les danses avaient échauffé l'humeur de cette dernière et d'Hékatah.

Son estomac se noua. Son tempérament déjà sollicité à l'extrême s'aiguisait à cette pierre : le fait de savoir que la seule sorcière avec qui il aurait souhaité danser – la seule devant laquelle il se serait soumis avec joie et à qui il aurait accordé tout ce qu'elle demandait – était trop jeune pour lui ; pour n'importe quel homme.

Il célébrait Solhiv, car c'était ce que l'on attendait de lui. Chaque année, il envoyait un panier de mets délicats à Onirie. Chaque année, il offrait des présents à Mannie et à Jo… et à Tersa, lorsqu'il parvenait à la localiser. Chaque année, il déboursait de fortes sommes en cadeaux pour les sorcières qu'il servait. Chaque année, il ne recevait rien en retour, pas même un « merci ».

Mais tout avait changé, cette fois. Il était pris dans une tornade, aussi implacable qu'inéluctable, répondant au nom de Jaenelle Angelline, pour qui il avait fait office de complice au cours d'une multitude de stratagèmes qui, en dépit de leur plus parfaite innocence, ne s'en étaient pas moins révélés passionnants. Lorsqu'il voulait freiner des quatre fers et se soustraire à l'une de ces aventures, elle l'y entraînait malgré tout, comme un jouet chéri. Elle avait battu en brèche ses défenses, mis son caractère en sourdine avant de le faire céder sous les coups de boutoir de l'affection. Sa froideur, elle, avait été réduite en lambeaux par l'espièglerie de l'enfant, au point qu'il avait même pensé appeler le Prêtre à la rescousse. Jusqu'au moment où il s'était rendu compte, avec un désarroi qui le disputait à l'amusement, que le Sire d'Enfer ne se serait probablement pas mieux tiré d'affaire.

À cet instant précis, pourtant, il songea au genre de péripéties auxquelles Alexandra, Lilande et leurs amies lui ordonneraient de participer. Alors, la glace s'infiltra derechef dans ses veines, pernicieuse, et il fut pris d'un regain de mauvaise humeur qui ne le quitta plus.

Après une légère collation qui leur permettrait de patienter jusqu'au plantureux festin du soir, tous se réunirent dans le salon pour ouvrir les présents. Cordon-bleu, le teint rougi à force de s'être affairée en cuisine au point de ne plus savoir où donner de la tête, apporta un plateau chargé d'un bol en argent contenant le traditionnel rhum cramoisi. On remplit les petits verres assortis.

Robert but dans la même coupe que Lilande, qui s'efforça d'éviter Philippe, ce dernier buvant en compagnie de Wilhelmina tandis que Graff partageait le rhum avec Cordon-bleu, un rictus railleur sur les lèvres. Et Daimon, lui, n'eut d'autre choix que de s'associer à Alexandra.

Jaenelle, elle, n'avait personne.

Sadi sentit son cœur se tordre. Il avait trop souvent passé Solhiv seul, lui, l'exclu, celui dont on ne voulait pas. Il aurait volontiers jeté aux orties la coutume qui dictait de ne consommer le breuvage qu'une fois. Mais il vit la lueur familière, étrange et perturbante, passer fugacement dans le regard de l'enfant, juste avant que celle-ci lève sa coupe en guise de salut et boive à son tour.

Wilhelmina rompit inopinément le silence nerveux qui menaçait de s'éterniser en demandant, avec un sourire de façade :

— Pouvons-nous ouvrir les cadeaux, maintenant ?

Daimon parvint à s'approcher de Jaenelle pendant que l'on regroupait les coupes sur le plateau.

— Ma Dame…

— Comme c'est approprié, ne trouvez-vous pas, que je doive boire seule ? s'enquit-elle en un murmure ténébreux. (Sadi lisait dans ses yeux une douleur atroce.) Après tout, je n'appartiens pas vraiment au Lignage.

*Vous êtes ma Reine*, clama-t-il en son for intérieur. Il partageait physiquement sa souffrance. Oui, elle était sa Reine. Mais ils étaient entourés de sa famille, on les observait, et il n'y avait rien qu'il puisse dire ou faire pour l'aider.

Durant l'heure qui suivit, Jaenelle joua le rôle que l'on attendait d'elle : celui de l'enfant un peu absente, s'extasiant devant des objets si étrangers à sa personnalité que Daimon aurait bien badigeonné les murs de sang.

Nul ne remarqua qu'elle déployait de plus en plus d'efforts pour respirer, à mesure qu'elle déficelait ses présents, au point que le papier aux couleurs vives et les nœuds semblaient devenir des poings qui frappaient son petit corps. Elle tressaillit et son visage prit une pâleur mortelle lorsqu'elle le vit déballer le cadeau qu'elle avait été contrainte de lui offrir : des mouchoirs en tissu. Elle bondit sur ses pieds en étouffant une exclamation et s'enfuit, oublieuse des protestations d'Alexandra et de Lilande.

Sans se soucier de la réaction des autres, Daimon sortit à son tour, irradiant un flux de colère froide, et se rendit à la bibliothèque. Elle s'y trouvait effectivement. Haletante, elle essayait, sans succès, d'ouvrir la fenêtre. Sadi scella l'entrée, franchit à grandes enjambées la distance qui les séparait et tourna brutalement la poignée, si bien que la vitre vibra de part en part. L'enfant se pencha et respira à pleins poumons l'air hivernal.

— Cela me fait tellement mal de vivre ici, Daimon, gémit-elle. Cela fait tellement mal, parfois.

Il la berça en lui caressant les cheveux.

— Chuu… Chuut…

Il referma la fenêtre sitôt que Jaenelle eut retrouvé son calme et s'adossa au mur, une jambe en appui sur l'étroit rebord. Puis il l'attira contre lui et crocheta son pied libre derrière le genou étendu, enfermant efficacement la fillette dans un triangle.

Quelle folie, de la tenir ainsi, d'éprouver tant de plaisir au contact des petites paumes contre ses cuisses ! De ne pas empêcher son aura de séduction psychique de se déployer.

— Je suis navré de n'avoir pas pu partager la coupe avec vous.

— Cela n'a pas d'importance, murmura Jaenelle.

— Cela en a pour moi, répliqua-t-il sur un ton sans appel, de sa voix grave et soyeuse, un peu plus éraillée que d'ordinaire.

Il vit que son comportement commençait à affecter Jaenelle : elle semblait un peu désorientée. Il amenuisa un peu son aura séductrice.

— Daimon. (Elle hésita.) Votre cadeau…

Sadi eut un roulement de gorge : son rire de chambre, à ceci près qu'il y avait instillé du feu plutôt que de la glace, et que son regard avait conservé sa nuance d'or en fusion.

— Vous ne l'avez pas plus choisi que moi votre palette de maquillage. (Il haussa un sourcil.) J'avais bien songé à vous offrir une selle qui convienne à Danse Funeste autant qu'à vous…

Jaenelle ouvrit de grands yeux et éclata de rire.

— … mais cela n'aurait pas été commode.

Il fit courir nonchalamment l'un de ses longs ongles sur le bras de l'enfant. Il savait pertinemment qu'il aurait dû mettre un terme à ce tête-à-tête. Sur-le-champ. À l'instant précis où il était parvenu à la faire rire. Mais la douleur de Jaenelle avait crispé quelque chose en lui, et il n'avait pas l'intention de lui laisser croire qu'elle était la seule à ressentir cela. Une autre interrogation lui vint alors à l'esprit.

— Jaenelle, poursuivit-il prudemment. Le Prêtre vous a-t-il… ?

Si Sahtan ne lui avait rien offert pour Solhiv, lui poser la question l'attristerait-elle davantage ?

— Oh, Daimon, elle est tellement merveilleuse ! Évidemment, je ne peux pas la porter ici.

Sadi commença à se détendre.

— Porter quoi ?

— Ma robe. (Elle se tortilla avec ardeur, si bien qu'elle manqua de l'envoyer heurter le mur.) Elle traîne par terre, elle est en soie d'araigne et elle est noire, Daimon. *Noire.*

Sadi se concentra sur sa respiration. Lorsqu'il fut certain que son cœur avait repris sa cadence habituelle, il sortit de la poche intérieure de son veston une petite boîte carrée.

— Alors, ceci, je pense, constituera un complément idéal.

— De quoi s'agit-il ?

— De votre cadeau de Solhiv. Le vrai.

Jaenelle défit l'emballage en souriant timidement, et étouffa un hoquet de surprise. La gorge de Daimon se serra. Il était totalement inadéquat, pour un homme, d'offrir ce genre d'objet à une enfant, mais il s'en moquait. Tout ce qui lui importait, c'était de savoir s'il lui plairait ou non.

— Oh, Daimon, murmura Jaenelle.

Elle sortit le bracelet manchette en argent martelé de son écrin et le passa à son poignet gauche.

— Il ira parfaitement avec ma robe, dit-elle.

Elle allait l'enlacer, mais elle se figea. Sadi perçut le tourbillon d'émotions qui l'affectait, évoluant trop rapidement pour qu'il puisse identifier chacune d'elles séparément. Au lieu de l'étreindre, elle se pencha et déposa un baiser sur ses lèvres, enfant s'aventurant dans les eaux profondes de la féminité. Il posa les mains sur elle, juste assez pour la retenir contre lui. Quand elle s'écarta, il entraperçut la femme qu'elle deviendrait.

Et voyant cela, il ne put se résoudre à en rester là.

Il lui rendit la pareille en prenant son visage entre ses mains en coupe. Le contact ne fut guère plus qu'un frôlement de lèvres closes, mais ce baiser-là n'était ni innocent ni chaste. Lorsqu'il releva la tête, il savait qu'il menait un jeu dangereux. La réaction de Jaenelle l'attestait. Elle oscillait un peu, les paumes appuyées sur ses cuisses pour garder l'équilibre. Elle se passa la langue sur les lèvres et le dévisagea, le regard un peu flou.

— Tous… tous les garçons embrassent-ils de cette manière ?

— Absolument pas, ma Dame, répondit-il sérieusement. La plupart des hommes non plus, d'ailleurs. Mais je ne suis pas comme eux.

Il masqua lentement son aura séductrice. Il en avait déjà bien assez fait pour ce soir ; aller plus loin se révélerait préjudiciable. Au matin, il serait redevenu le compagnon qu'il avait été pour elle la veille et l'avant-veille. Mais elle comparerait tous les baisers à venir à l'aune du souvenir du sien.

Peu importait combien de jeunes Chaillots velléitaires l'embrasseraient. Telle était leur nature, après tout. Mais les ébats… Quand le moment serait venu, c'est avec lui qu'elle les partagerait.

Il lui enleva le bracelet et le replaça dans l'écrin.

— Faites-moi disparaître cela, dit-il tranquillement tout en se débarrassant du ruban et de l'emballage.

Une fois qu'elle eut obéi, il la reconduisit au salon. Graff ordonna alors immédiatement aux deux sœurs de filer se coucher.

Philippe le foudroyait du regard. Robert arborait un sourire suffisant. Lilande, blême, était en proie à l'agitation. Ce fut cependant la jalousie accusatrice d'Alexandra, qui se leva pour lui demander des comptes, qui le mit hors de lui. Mais, à cet instant précis, les premiers hôtes arrivèrent, marquant le début des festivités qui dureraient toute la nuit.

Ce soir-là, Daimon n'attendit pas qu'Alexandra lui « demande » d'accorder ses faveurs à une invitée en particulier. Il aguicha l'une après l'autre toutes les femmes présentes, à commencer par Lilande. Il dansait avec elles de manière provocante, leur prodiguant un intense plaisir, et les regardait se mordre la lèvre jusqu'au sang pour se retenir de crier en public. Ou alors, il en entraînait une dans un renfoncement et, après avoir délivré le premier baiser, glacial brasier, il s'adossait négligemment au mur, les mains dans les poches, pour l'émoustiller sans vergogne par son toucher psychique, si bien que la victime pantelante, étendue sur le sol, finissait par implorer une véritable caresse. Alors, l'infime chatouille de ses ongles au creux d'une cuisse, ou bien une caresse fugace à l'endroit adéquat, sur l'étoffe du sous-vêtement, ferrait la femme saturée de sensations… tout en la privant d'extase libératoire.

Après cela, il n'en avait pas encore fini pour autant.

Il avait volontairement évité Alexandra, l'avait excitée en séduisant ouvertement toutes les autres femmes. Sa tension était à son comble. Avant même que la porte se referme derrière le dernier invité, il la souleva, l'emmena à l'étage et verrouilla la chambre à coucher. Il se fit pardonner pour tout. Elle connut tout le plaisir dont il pouvait gratifier une sorcière lorsque l'inspiration le prenait. Il lui montra pourquoi on le surnommait le Sadique.

Quand il regagna ses appartements, bien après l'aube, il ne manqua pas de remarquer que quelqu'un s'y était introduit. Il sonda avec rage le paquet glissé sous l'oreiller. Il tira les couvertures prudemment, poussa l'oreiller, et il aperçut le cadeau maladroitement enveloppé, ainsi que la note pliée retenue par le ruban. Il sourit tendrement et se laissa tomber sur le lit, soulagé et heureux.

Elle devait l'avoir déposé aussitôt après son départ.

Le mot disait : « Je ne pouvais pas vous offrir ce que j'avais prévu, car les autres n'auraient pas compris. Joyeuse Solhiv, Daimon. »

Il défit l'emballage et ouvrit le rabat d'un cadre. À gauche, l'emplacement vide attendait le portrait de Lucivar. À droite…

— C'est drôle, dit-il tout bas en regardant l'image. J'avais toujours pensé que vous auriez l'air plus solennel, plus… distant. Mais, en dépit de toute votre splendeur, de votre Art et de votre puissance, vous ne seriez pas du genre à refuser de boire une chope de bière, les pieds posés sur la table, n'est-ce pas ? Je n'avais jamais soupçonné combien Lucivar tenait de vous. Ni combien je vous ressemblais. Ah, Prêtre… (Il referma le cadre.) Joyeuse Solhiv, père.

# Chapitre 13

## 1. Terreille

— Nous aurions dû faire venir les autres, dit Cassandra en serrant le bras de Sahtan, qui posa une main sur la sienne et la pressa gentiment.

— Il n'a pas demandé à les voir. Il voulait me voir, moi.

— Il n'a pas « demandé », répliqua sèchement la prêtresse. (Elle jeta un regard nerveux en direction du sanctuaire et baissa d'un ton.) Il n'a pas demandé, Sire : il a *exigé* de vous voir.

— Et me voilà.

— Oui, vous voilà, répéta Cassandra, la colère transparaissant dans sa voix.

*Parfois, vous ne m'aidez pas à me rappeler pourquoi je vous ai chérie plus que tout durant tant d'années.*

— Il est mon fils, Cassandra. (Il fit un sourire lugubre.) Ses manières vous offensent-elles par égard pour moi, ou parce qu'il ne s'est pas montré assez obséquieux devant vous, et que cela a piqué votre vanité ?

La prêtresse ôta vivement sa main.

— Il est charmant, quand il le veut bien, cracha-t-elle. Et je n'émets aucun doute sur ses compétences au lit : elles doivent être impeccables, puisqu'il a eu tant de temps pour les peaufiner…

Elle laissa sa phrase en suspens en remarquant le regard glacial que lui adressait Sahtan.

— Si ses manières laissent à désirer, ma dame, je vous remercierai de bien vouloir vous rappeler à quelle cour il a été formé.

— Vous m'en tenez pour responsable, n'est-ce pas ? demanda-t-elle en redressant le menton.

— Non, répondit SaDiablo avec une douceur teintée d'amertume. Je connaissais le prix de ma transformation. La responsabilité pèse sur moi, et moi seul. Mais je ne permets à personne, *personne*, de le condamner pour ce qu'il est devenu. (Il inspira à pleins poumons pour tenter de recoller les morceaux de son humeur, soumise à rude épreuve.) Pourquoi ne pas regagner votre chambre ? Il vaut mieux que nous nous rencontrions en privé.

— Non, dit vivement Cassandra. Nous portons tous les deux le Noir. Ensemble, nous pouvons…

— Je ne suis pas venu l'affronter.

— Mais lui, oui !

— Vous n'en savez rien.

— Ce n'est pas vous qu'il a cloué contre le mur pour formuler ses exigences !

— Je le giflerai. Cela vous apaisera-t-il ? gronda Sahtan, sarcastique, en pénétrant d'un pas décidé dans les ruines du sanctuaire.

Vers la cuisine, et une nouvelle confrontation. Mais à mi-chemin, il ralentit l'allure. Il avait tenu sa promesse envers Draca. À Solhiv, il avait dansé à la gloire de Sorcière. Grâce à Jaenelle, qui avait insisté pour lui donner le sang, il n'avait plus besoin de sa canne et n'était désormais affligé que d'une claudication minime. Mais l'effort avait meurtri sa mauvaise jambe, l'obligeant à raccourcir sa foulée d'ordinaire souple. Il regrettait de laisser transparaître sa vieillesse et son infirmité lors de cette première entrevue avec son fils depuis maintes, maintes années.

Des ondes furieuses irradiaient de la cuisine. Ainsi, Cassandra n'avait pas exagéré, au moins sur ce point-là. Et il s'agissait d'une colère bouillante : peut-être parviendraient-ils donc à s'adresser la parole.

Daimon arpentait la pièce avec la grâce d'une panthère en cage, les mains dans les poches de son pantalon, le corps tendu à se rompre, saturé de rage contenue. Il foudroya la porte du regard, et remarqua alors Sahtan. Sans modifier sa cadence, il pivota sur les talons et se dirigea droit vers le Sire.

SaDiablo, attendant de voir si le sang allait couler, songea que le portrait ne dévoilait que partiellement la vérité. Sadi s'arrêta à moins de un mètre, les narines palpitantes, des poignards à la place des yeux. Il ne dit pas un mot.

— Prince, le salua Sahtan sans se départir de son calme.

Il constata que Daimon s'efforçait de se maîtriser, luttant contre la rage incandescente qui l'habitait afin de saluer à son tour.

— Sire, articula-t-il, les mâchoires crispées.

Sahtan, conscient que Sadi ne le quittait pas des yeux, ôta sa pèlerine et la posa en travers d'une chaise.

— Buvons un verre de vin, puis nous parlerons.

— Je n'en veux pas.

— Moi, oui, répliqua SaDiablo.

Joignant le geste à la parole, il s'assit, ouvrit une bouteille, les servit, son fils et lui, puis patienta. Daimon plaça les mains sur la table avec circonspection. Sahtan, en dégustant le breuvage, réfléchit : Dorothéa était aveugle si elle n'était pas capable de distinguer de quel bois Daimon était fait. Il s'était attendu à le voir porter les ongles longs. En revanche, il constata avec surprise que ses doigts étaient dépourvus d'anneaux.

S'il pouvait se révéler si redoutable sans même un Joyau pour l'aider à canaliser sa puissance…

Pas étonnant qu'il ait terrifié Cassandra. Joyaux Noirs ou pas, elle ne faisait pas le poids face à lui.

— Savez-vous où elle est ? demanda Sadi, déployant manifestement des efforts pour ne pas hurler.

*De la peur*, songea Sahtan en plissant les paupières. Toute cette colère masquait une incommensurable frayeur.

— Qui ?

Daimon bondit sur ses pieds en poussant un juron. Le torrent d'injures ne montrant aucun signe d'épuisement, Sahtan annonça abruptement :

— Homonyme, vous rendez-vous compte que, par votre faute, l'atmosphère est invivable ?

— *Quoi ?!*

— Bridez votre fureur, prince. Vous m'avez envoyé chercher, et me voilà. (Il regarda la fenêtre par-dessus son épaule.) Cela étant dit, seules quelques courtes heures nous séparent de l'aube, et il ne vous est pas loisible de demeurer bien longtemps, n'est-ce pas ?

Sadi se laissa tomber sur une chaise en face de Sahtan, qui lui tendit la coupe. Il la vida, et son père le resservit. Au bout du troisième verre, SaDiablo déclara sans chaleur :

— L'expérience m'a enseigné que l'ivresse ne dissipait pas la peur. En revanche, le retour de la sobriété vous torture avec une merveilleuse efficacité et altère votre jugement.

Une expression de désarroi mâtiné d'humour passa sur les traits de Sadi.

— Pour parler sans détour, mon fringant jeune prince, je présume que c'est la première fois que notre blonde Dame vous fiche vraiment la frousse.

Sadi se rembrunit en constatant que la bouteille était vide, en trouva une nouvelle dans le placard et les resservit, SaDiablo et lui.

— Ce n'est pas la première fois, grogna-t-il.

— Mais c'est une question de degrés, non ? suggéra Sahtan avec un petit rire.

— Oui, dit-il en souriant, apparemment un peu à contrecœur, mais pas sans chaleur.

— Et ce n'est vraiment pas le bon moment.

— Effectivement.

Sahtan poussa un soupir.

— Commencez par le commencement, et voyons si nous pouvons démêler tout cela.

— Elle ne se trouve pas au domaine Angelline.

— Mais c'est Solhiv. Sa famille (il buta sur ce mot) n'aurait-elle pas pu… l'envoyer en visite chez des amis ?

— Il y a bien une *présence*, mais il ne s'agit pas de Jaenelle. Cela lui ressemble, cela parle comme elle et cela joue à l'enfant modèle. Mais ce qui fait que Jaenelle est Jaenelle a disparu. (Il eut un petit rire dédaigneux.) Sa famille s'est félicitée de son comportement irréprochable : elle n'est plus une source d'embarras lorsque les filles sont présentées à des invités. (Il tritura son verre.) Je crains qu'il lui soit arrivé quelque chose.

— Peu probable.

Fasciné, Sahtan vit la colère déserter les traits de son fils. Ce qu'il entrevoyait désormais lui plut.

— Comment pouvez-vous en être certain ? s'enquit Sadi, plein d'espoir. Avez-vous déjà vu un cas semblable ?

— Pas exactement, non.

— Alors, comment…

— Homonyme, ce que vous décrivez s'appelle « une ombre ». De tous les royaumes, personne – moi inclus – ne maîtrise suffisamment l'Art pour susciter une ombre si réaliste. Hormis Jaenelle.

Sadi savoura son vin l'espace d'une minute en ressassant ces paroles. Puis :

— De quoi s'agit-il, au juste ?

— Pour faire court, une ombre est une illusion, une reproduction de la forme physique d'un objet. (Il jeta à son fils un regard appuyé, et celui-ci se recroquevilla un peu sur sa chaise.) Cela est avéré chez certains enfants : grâce à une ombre, ils donnent l'impression d'être endormis et partent à l'aventure sans risquer d'être découverts, ce qui les empêcherait de s'asseoir pendant une semaine. (Il vit que cela éveillait un souvenir fugace, et l'esquisse d'un sourire ironique, chez Daimon.) On qualifie cela d'« ombre élémentaire » : elle ne peut simuler le mouvement. Une ombre un peu plus évoluée peut se déplacer, mais il faut la manœuvrer, à l'instar d'une marionnette. Ce type d'ombre a l'apparence de la matérialité, mais on ne peut pas la toucher et elle n'est pas capable de manipuler des objets. À son troisième stade de développement, la forme la plus avancée dont j'aie jamais entendu parler, l'ombre peut toucher, mais pas être touchée. Par ailleurs, elle non plus n'est pas autonome.

— Dans notre cas, cela va plus loin, affirma Sadi après réflexion.

— Oui, beaucoup, beaucoup plus loin. Cette ombre a été façonnée si soigneusement qu'elle est en mesure d'agir en toute indépendance dans le cadre d'occupations routinières. Je doute que sa conversation soit bien passionnante… (Sadi pouffa de rire) mais une chose est sûre : cela signifie que sa conceptrice est libre de se consacrer à tout autre chose.

— Par exemple ?

— Ah ! *Voilà* la question intéressante.

— Pour quelle raison agirait-elle ainsi ? demanda Daimon, les yeux étincelants de colère, sans pour autant dissimuler son soulagement.

— Comme je l'ai dit, *voilà* la question intéressante.

— Et c'est tout ? Nous nous contentons d'attendre ?

— Pour le moment. Mais le premier de nous deux qui met la main sur elle en profite pour lui infliger une bonne correction. Deux fois d'affilée.

Un sourire naquit lentement sur les lèvres de Sadi.

— Vous êtes inquiet.

— Et comment, que je suis inquiet ! répliqua sèchement SaDiablo. (À présent qu'il avait réussi à apaiser Daimon, il se sentait le droit de laisser libre cours à son humeur.) Qui sait ce qu'elle a encore bien pu inventer ?

Il s'affaissa sur sa chaise en grognant tandis que son fils, pour sa part, se calait contre le dossier de la sienne en riant.

— Il n'y a vraiment pas de quoi rire, gamin. Vous aussi, vous méritez un sacré coup de pied aux fesses.

— Moi ?

Interloqué, il cligna des paupières.

— Oui, vous, répéta SaDiablo en se penchant en avant. La prochaine fois que vous lui suggérerez d'entreprendre un apprentissage adéquat avant de prendre une initiative quelconque, merde ! vous feriez bien de vous souvenir d'ajouter que *je* suis celui à qui elle doit se référer.

— Que…

— Les toiles oniriques. Tisser les songes, vous vous rappelez, homonyme ?

— Oui, mais…, répondit-il en pâlissant.

— … vous lui avez conseillé de rechercher l'instruction des meilleurs. Elle vous a écouté.

— Alors, que…

— Avez-vous jamais entendu parler d'Arachna ?

Cette fois, Sadi blêmit.

— C'est une légende, murmura-t-il.

— Presque tout Kaelir est une légende, gamin ! rugit SaDiablo. Cela ne l'a pas empêchée de rencontrer un échantillon d'individus *hautement* intéressants.

Ils se foudroyèrent mutuellement du regard. Puis, sur un ton posé, mais lourd de menace, Daimon finit par dire :

— Comme vous ?

*Diable, comme ce garçon est amusant !*

— Je l'étais autrefois, répondit Sahtan en soupirant d'un air dramatique et faussement peiné. J'étais respecté, et même craint. Mon bureau était un sanctuaire où nul n'entrait de son plein gré. Mais mes canines se sont émoussées… (Daimon, le prenant au mot, jeta un coup d'œil à sa dentition) et voilà que des démons tambourinent à ma porte, certains contrariés parce qu'elle ne leur a pas rendu visite et d'autres pour le motif exactement inverse. Ma cuisinière m'accule à la moindre occasion pour savoir si la Dame viendra, afin de lui mitonner sa tourte préférée. Et par-dessus le marché, des commerçants obséquieux s'agglutinent pour me demander audience et déverser leurs griefs, et ma présence les *soulage*.

Daimon, que ce récit amusait de plus en plus, fronça légèrement les sourcils.

— Les démons et la cuisinière, admettons. Mais d'où sortent les commerçants ?

Sahtan émit un nouveau soupir théâtral, mais ses yeux pétillaient d'humour à ses propres dépens.

— Je lui ai ouvert une épargne en Kaelir.

— Vous voulez dire…, commença Daimon avec un petit sifflement.

— Oui.

— Ô Nuit…

— C'est le terme le plus clément qu'on ait employé devant moi à ce sujet. (Fort diverti par le tour que prenait la conversation, il poursuivit :) Et cela ne fera qu'empirer, vous en avez conscience, n'est-ce pas ?

— « Empirer » ? répéta Daimon, l'air soupçonneux. Pourquoi donc ?

— Elle n'a que douze ans, homonyme.

— Je sais, répondit Sadi, en gémissant presque.

— Imaginez seulement les ennuis qu'elle pourrait s'attirer quand elle aura dix-sept ans, et sa propre cour.

— Elle peut avoir sa cour personnelle à dix-sept ans ? grogna Daimon, en adressant à Sahtan un regard appuyé où se lisait l'espérance. Une cour complète ?

*Ah, homonyme...* SaDiablo se tut un moment, en cherchant une tournure diplomatique capable d'exprimer le fond de sa pensée.

— La plupart des fonctions pourront être attribuées à ce moment-là, oui.

Il fut pétrifié par l'ampleur du ressentiment émanant de son fils.

— Bien entendu. Vous voulez qu'elle trouve mieux qu'une catin qui a honoré presque toutes les reines de Terreille.

— Ce n'est pas ce que je sous-entendais, rectifia Sahtan en songeant que tout ce qu'il pourrait ajouter serait une bien piètre justification.

— Alors, quoi ? rétorqua Sadi.

— Et si, à dix-sept ans, elle n'était pas encore prête à prendre un consort ? objecta SaDiablo avec douceur. Et s'il lui faut quelques années supplémentaires avant de connaître les ébats ? Occuperez-vous un office vide de sens, deviendrez-vous une présence familière et rassurante pendant que des individus de moindre valeur, de nouveaux visages, éveilleront son intérêt ? Le temps recèle des trésors, homonyme, pour celui qui sait mener le jeu.

— Vous parlez comme si la décision était déjà prise, remarqua posément Daimon.

Dans sa voix, on ne décelait rien de plus qu'un arrière-goût amer.

— Elle l'est… pour autant que je sois concerné.

Le regard de pure gratitude que Sadi lui adressa fut une torture pour Sahtan.

Un silence confortable s'installa durant quelques minutes, puis Daimon demanda :

— Vous ne cessez de m'appeler votre « homonyme ». Pour quelle raison ?

— Parce que c'est ce que vous êtes. Je n'avais jamais eu l'intention d'attribuer ce nom à l'un de mes fils. Je n'ignorais pas ma nature : il était déjà assez difficile pour eux de m'avoir pour père. Mais, du jour où je vous ai tenu dans mes bras, j'ai su que ce nom était fait pour vous. Je vous ai donc appelé Sahtan Daimon SaDiablo.

Les larmes perlèrent aux paupières de Sadi.

— Alors, vous avez vraiment reconnu votre paternité ? Mannie a dit qu'en Hayll le registre du Lignage avait été modifié, mais j'avais des doutes.

— Je ne suis pas responsable des mensonges proférés par Dorothéa, prince, répondit SaDiablo avec amertume. Ou de ce qu'indiquent – ou n'indiquent pas – les registres haylliens. Toujours est-il que, dans celui qui est conservé à Ébènaskavi, vous – ainsi que Lucivar – êtes dûment référencés.

— Alors, vous m'avez prénommé Daimon.

Sahtan se rendait bien compte que Sadi aurait voulu lui poser des myriades d'autres questions, et il lui fut reconnaissant de lui donner cette preuve de réserve, d'essayer d'insuffler de la légèreté au peu de temps qu'il leur restait pour discuter.

—Non, déclara-t-il abruptement. Moi, je ne vous ai jamais appelé que « Sahtan ». Mannie et Tersa : ce sont elles qui… (il s'interrompit, ignorant ce que son fils savait de cette dernière, mais Sadi ne manifesta aucune surprise) qui vous appelaient « Daimon ». Un jour que je lui faisais remarquer son erreur, Mannie m'a informé que si je pensais qu'elle allait se camper sur le pas de la porte et beugler ce nom-là pour que le petit garçon daigne rentrer dîner, je me trompais lourdement.

—Voyons, Mannie est un amour, objecta Daimon, amusé.

—Avec *vous*, peut-être, répliqua Sahtan sur le même mode. Pour ma part, j'ai toujours cru qu'elle désirait simplement éviter de nous faire venir tous les deux en même temps.

—Et auriez-vous répondu, dans ce cas ?

—Considérant le ton qu'elle employait, m'est avis que je n'aurais pas osé refuser.

Ils rirent en chœur.

Lorsque arriva le moment de se séparer, la situation devint embarrassante. Sahtan voulut serrer Daimon dans ses bras, mais celui-ci se raidit, parut presque fuyant. Le père se demanda donc si, après toutes ces années passées à la cour de Dorothéa, le fils avait fini par concevoir une aversion pour le contact physique.

Et puis il y avait Lucivar. Il avait eu l'intention de s'enquérir de son sort, mais la hantise qu'il avait décelée dans les yeux de Daimon, en entendant mentionner le nom de son frère, l'avait incité à se taire. Il désirait apprendre à connaître ses fils. À cette fin, il lui faudrait faire preuve de la patience nécessaire, et les laisser prendre l'initiative du rapprochement.

## 2. Terreille

Il se rongea les sangs pendant une journée et demie avant que Jaenelle réapparaisse.

Cela se produisit à l'issue d'un turbulent après-midi de visites en compagnie d'Alexandra. Daimon rôdait dans les couloirs, trop agité pour s'allonger et prendre le repos dont il avait pourtant cruellement besoin, lorsqu'il aperçut les deux sœurs qui venaient de se promener dans le jardin.

— Mais tu dois bien t'en souvenir : c'était tellement cocasse, disait Wilhelmina, apparemment décontenancée. Cela s'est passé pas plus tard qu'hier.

— Ah oui ? s'enquit Jaenelle d'un air absent. Oh, oui ! Cela me revient, maintenant.

— Mes dames, les salua Daimon en s'inclinant exagérément bas.

Wilhelmina gloussa. Jaenelle leva la tête dans sa direction. La méfiance qu'il lut sur ses traits lui déplut, comme lui déplut l'ancienneté qu'il décela dans ses yeux, même si ceux-ci arboraient leur bleu trompeur de ciel d'été. Néanmoins, il ne cilla pas.

— Ma Dame, un mot, je vous prie ?

— Comme vous voudrez, répondit l'enfant en réprimant à grand-peine un soupir.

Ils montèrent dans l'aile de la nursery en compagnie de Wilhelmina, puis se rendirent dans la bibliothèque. Sadi scella la porte. Mais, avant qu'il ait pu se résoudre à dire quoi que ce soit, Jaenelle grommela :

— Ne rouspétez pas, prince.

Sadi sentit ses poils se hérisser, mais il fourra les poings dans ses poches et s'avança nonchalamment vers elle.

— Je n'ai pas prononcé un mot.

— J'ai déjà été réprimandée une fois, aujourd'hui, expliqua Jaenelle après avoir enlevé son manteau et son chapeau, et s'être affaissée à côté d'eux sur le canapé.

Le Prêtre lui avait donc mis la main dessus en premier. C'était tout aussi bien. Tout ce dont il avait envie, c'était de la serrer dans ses bras. Il prit place à côté d'elle, désireux, de manière un peu perverse, de soulager la morsure des reproches qu'il avait encore voulu lui administrer l'instant d'avant.

— Vous a-t-il grondée très fort ? demanda-t-il avec sollicitude.

— Je ne me serais pas fait gronder du tout si vous ne lui aviez rien raconté, répliqua l'enfant en se renfrognant. Pourquoi avez-vous fait cela ?

— J'avais peur. Je pensais qu'il vous était arrivé quelque chose.

— Oh ! laissa échapper Jaenelle, instantanément contrite. Mais j'ai déployé tant d'efforts pour créer cette ombre et que personne ne se fasse de souci, qu'il n'y ait aucun changement. Personne n'a remarqué de différence.

*Ils l'ont remarquée, ma Dame. Et ils étaient bien contents.* Cela l'amusait – un brin – de constater que l'échec tout relatif de son Art la préoccupait davantage que l'inquiétude qu'elle avait pu causer.

— Sans le Noir, je n'y aurais vu que du feu, et il m'a tout de même fallu une journée entière pour en avoir le cœur net.

— Vraiment ? demanda Jaenelle en retrouvant son entrain.

— Vraiment. (Il essaya de sourire, mais n'y parvint pas tout à fait.) Ne pensez-vous pas que j'ai droit à une explication ?

L'enfant se réfugia derrière le voile de ses cheveux blonds.

— J'allais vous en parler. J'ai promis que je le ferais. Et j'ai aussi dû tout raconter au Prêtre, parce qu'il devait procéder à certains arrangements.

— Promis à qui ?

— À Tersa.

Sadi compta jusqu'à dix en son for intérieur.

— Comment l'avez-vous connue ?

— L'heure était venue, Daimon, poursuivit Jaenelle en faisant abstraction de la question.

Il recommença à compter, puis dit :

— Tersa représente beaucoup pour moi.

— Je sais, répondit posément la fillette. Mais vous êtes grand, maintenant. Vous n'avez plus vraiment besoin d'elle. Et il était temps qu'elle quitte le Royaume Perverti… Mais cela faisait si longtemps qu'elle s'y trouvait qu'elle ne parvenait plus à retrouver la sortie.

La température de la pièce avait fortement chuté. Ce n'était cependant pas le fruit de la colère glaciale, mais de la peur. Sadi prit les mains de Jaenelle dans les siennes, mais il éprouva peu de réconfort à percevoir leur tiédeur. Il ne voulait pas comprendre. Vraiment pas. Et pourtant…

— Vous êtes allée là-bas, n'est-ce pas ? demanda-t-il en s'efforçant désespérément de conserver son calme. Vous avez emprunté les voies de la folie pour la trouver et l'aider à recouvrer sa santé mentale.

— Oui.

— N'avez-vous pas… (Sa voix se brisa.) N'avez-vous pas songé que cela pouvait être dangereux ?

— « Dangereux » ? répéta Jaenelle, perplexe. (Elle secoua la tête.) Non. Il s'agit juste d'une manière différente de voir les choses, Daimon.

*N'a-t-elle donc peur de rien ? Pas même de la folie ?*

— Par ailleurs, je m'étais déjà rendue aussi loin, alors je connaissais le chemin du retour. (Sadi sentit le goût du sang dans sa bouche ; il s'était mordu la langue.) Mais il m'a fallu un long moment pour la dénicher, et autant de temps pour la persuader que l'heure était venue de partir, qu'elle n'avait pas besoin de rester en permanence à l'intérieur des visions. (Elle serra brièvement les mains de Daimon entre les siennes.) Le Prêtre va lui acheter une petite maison, dans un hameau non loin du Manoir de Kaelir. Il y aura des gens pour prendre soin d'elle, un jardin à entretenir ainsi que des Veuves Noires à qui parler.

— Vous l'avez convaincue d'aller vivre là-bas ? murmura-t-il. (Il l'étreignit et ne la lâcha plus.) Dans un endroit décent, où elle portera des vêtements dignes de ce nom, se nourrira correctement et fréquentera des personnes qui la comprendront ? (Jaenelle opina du chef.) Alors, je ne regrette pas de m'être inquiété. Cela en valait cent fois la peine.

— C'est ce qu'a reconnu le Prêtre… après m'avoir réprimandée.

— A-t-il dit autre chose ?

— Des tas, grommela la fillette. Notamment concernant le fait de ne pas pouvoir s'asseoir pendant une semaine, mais je n'ai pas bien saisi, et il a refusé de répéter.

Sadi toussota, mal à l'aise, et Jaenelle, levant la tête, l'observa d'un air soupçonneux. Il se composa une expression neutre, mais cela ne fit qu'attiser les doutes de l'enfant.

Il se retourna en entendant des bruits de pas et se raidit, les yeux rivés sur l'entrée.

— Vous feriez mieux de rejoindre votre sœur.

Il lui tendit son manteau et son chapeau puis, avant d'ouvrir la porte, il ajouta :

— Merci.

Ce simple terme ne rendait pas justice au fond de sa pensée, mais ce fut tout ce qui lui vint à l'esprit. Jaenelle accepta ses remerciements d'un signe de tête et se faufila dehors.

## 3. Terreille

Daimon finissait tout juste de se coiffer, au commencement de cette nouvelle journée de festivités de Solhiv, lorsque Jaenelle frappa discrètement à la porte et entra en trottinant. Il ne savait pas exactement quand sa chambre avait cessé d'être *sa* chambre à part entière. Toujours était-il que désormais, il prévoyait bien plus soigneusement ses phases d'habillage et de déshabillage.

L'enfant le dévisageait intensément. Il sourit.

— Est-ce que je corresponds à vos attentes ?

— Votre visage est lisse, constata-t-elle en lui frôlant la joue, et elle se rembrunit.

Sadi se retourna pour vérifier la tenue de son col dans le miroir.

— Les Haylliens sont imberbes. (Il s'interrompit.) C'est aussi le cas des Dhemlans et des Eyriens, d'ailleurs.

— Je ne comprends pas, avoua Jaenelle, toujours contrariée.

— Simple différence entre espèces.

— Non, ce n'est pas ce que je veux dire. Si vous n'avez pas à éliminer vos poils comme Philippe, alors pour quelle raison Graff a-t-elle dit que vous serviriez mieux si vous étiez rasé ? Philippe fait cela lui-m…

Le poing de Sadi s'abattit sur la commode et le bois se fendit de part en part. Il agrippa les coins du meuble, luttant pour se maîtriser. La garce ! *La sale garce ! Suggérer ce genre de chose !*

— Le sens m'échappe, n'est-ce pas ? reprit Jaenelle de sa voix ténébreuse.

— Ce n'est rien, gronda Sadi, les dents serrées.

— Qu'est-ce que cela signifie ?

— Ne vous en mêlez pas, Jaenelle.

— Prince.

Daimon frappa de nouveau du poing sur la commode.

— Demandez donc à votre satané mentor, si vous êtes tellement curieuse ! (Il s'efforça de se ressaisir. Au bout d'un moment, il se retourna :) Jaenelle, je suis désolé.

Elle était déjà partie.

## 4. Enfer

Sahtan et Andulvar, assis au bureau de bois noir, buvaient le yarbarah en attendant Jaenelle. SaDiablo avait regagné son étude située dans les profondeurs du Manoir pour pouvoir s'entretenir en privé et au calme avec Jaenelle, dans le cadre de leurs leçons. Il avait en effet constaté que *tout* le personnel kaelirien montrait une fâcheuse tendance à entrer et à sortir du bureau officiel sous des prétextes divers, afin de dire bonjour à l'enfant.

— Sur quoi portera la leçon d'aujourd'hui ? demanda Yaslana.

— Comment pourrais-je le savoir ? répliqua Sahtan avec brusquerie.

— C'est vous qui représentez l'autorité.

— Je suis enchanté que quelqu'un soit de cet avis.

— Ah ! fit Andulvar en se resservant puis en réchauffant le vin grenat. Cette histoire avec Tersa vous contrarie toujours ?

SaDiablo, absorbé dans la contemplation de sa coupe en argent, se laissa aller contre le dossier de son fauteuil.

— Cela ? Non. Mais, feu d'Enfer, Andulvar ! Comment réussir à suivre ses progrès fulgurants ? Les choses qu'elle accomplit requièrent une telle débauche de pouvoir brut… Je veux qu'elle ait une enfance à part entière. Je veux qu'elle fasse toutes ces choses un peu niaises qui occupent les enfants, peu importe ce dont il s'agit. Je la souhaite jeune et insouciante.

— Jamais elle ne grandira normalement, SaDiablo. Elle nous fréquente : nous, les cildru dyathe, Geoffrey et Draca… et Lorn, où qu'il soit et quelle que puisse être son identité. En mille ans, personne d'autre qu'elle n'a mieux appris à connaître Kaelir. Comment pouvez-vous espérer qu'elle mène une enfance sans histoire ?

— Tout ce que vous mentionnez, je le considère comme naturel, Andulvar, objecta Sahtan sur un ton empreint de lassitude, sans tenir compte du grognement désapprobateur de son ami. Souhaiteriez-vous donc ne l'avoir jamais rencontrée ? Ne prenez pas cet air courroucé avec moi ; je connais la réponse. (Il se pencha, posa ses mains croisées sur le bureau.) Je veux dire : cette fillette joue avec les Licornes de Sceval. Elle rend visite à des amis de Scelt, de Philane, de Glacia, de Dharo, de Narkhava, ainsi qu'aux Déa al Mon et aux hôtes d'Enfer. Et nul ne sait combien d'autres endroits encore elle fréquente. J'ai écouté ses histoires, innocentes quoique crispantes, au sujet de jeunes et puissantes sorcières qui, en grandissant, apprennent l'Art. Où qu'elle se trouve, elle demeure une enfant.

— Quel est le problème, alors ?

— Le seul lieu qu'elle ne mentionne jamais comme cadre de ses aventures est Beldon Mor. Elle ne dit jamais un mot au sujet de sa famille.

Andulvar considéra ces paroles, puis répondit :

— SaDiablo, vous vous montrez déjà fort jaloux. Avez-vous vraiment envie de savoir que ces gens qui ont plus de droits sur elle l'adorent autant que vous ? Estimez-vous étonnant qu'une fillette si sensible aux émotions d'autrui vous taise cette partie de sa vie ?

— Jaloux ? siffla Sahtan. Vous pensez que c'est la jalousie qui m'invite à les tailler en pièces ?

Yaslana le dévisagea avec aplomb avant de répondre prudemment :

— C'est bien cela.

SaDiablo eut un geste d'énervement, fit mine de se lever, mais interrompit son mouvement à mi-course.

— Il ne s'agit pas de jalousie, mais de peur. Je ne cesse de me demander ce qui se produit lorsqu'elle retourne là-bas. Je ne cesse de me poser des questions à propos de ce qu'elle m'a prié de lui enseigner : pour quelle raison une enfant voudrait-elle savoir certaines choses ? Pourquoi, parfois, perçois-je du désespoir dans sa voix, ou pire, une colère à vous glacer le sang ? (Il regarda Andulvar.) Nous avons survécu à la brutalité de notre jeunesse et sommes restés fidèles au Lignage en raison de notre nature même. Mais elle… Oh, Andulvar, dans quelques petites années, elle procédera à l'Offrande et elle se trouvera hors d'atteinte ! Si elle ne se sent pas proche de nous… Tenez-vous vraiment à ce qu'elle règne depuis le Royaume Perverti, dans toute sa gloire ténébreuse ?

— Non, répondit calmement Yaslana, un léger trémolo dans la voix. Non, je ne tiens pas à voir notre sauvageonne sombrer dans le Royaume Perverti.

— Alors…

On frappa discrètement à la porte. SaDiablo et Yaslana échangèrent un regard. Andulvar se rembrunit. Sahtan, lui, adopta une expression neutre.

— Entrez.

Tous deux se raidirent en apercevant Jaenelle : sa posture leur indiquait tout ce qu'ils avaient besoin de savoir.

— Sire. Prince Yaslana, les salua-t-elle avec un royal hochement de la tête.

— Nous sommes bien solennels, sauvageonne, ne trouvez-vous pas ? lui fit remarquer Andulvar sur un ton bourru empreint de fantaisie.

Sahtan, aussi désemparé que soulagé, pinça les lèvres. *Fiez-vous à un Eyrien pour déclencher ouvertement les hostilités.* Mais Jaenelle ne réagit pas, et cela accrut sa méfiance. Elle tourna vers lui ses yeux saphir, le clouant à son siège.

— Sire, je veux vous poser une question et je ne veux pas qu'on me dise que je suis trop jeune pour entendre la réponse.

Il sentit Andulvar se figer et rassembler ses forces au cas où il deviendrait nécessaire d'y recourir.

— De quoi s'agit-il, ma Dame ?

— Que signifie « raser » quelqu'un ?

Andulvar étouffa une exclamation, et Sahtan eut l'impression de chuter dans un abîme insondable. Il s'humecta les lèvres avant de répondre posément :

— Cela signifie priver un homme de ses parties génitales.

Durant un bref instant, la pièce se mua en ciel d'orage traversé d'éclairs. Sahtan n'osa pas quitter la fillette des yeux, de peur de manquer un indice.

Cela le rendit malade.

Il décela chez l'enfant une colère passagère, puis la vit réfléchir, jauger ses propos et parvenir à une décision. Il comprit quelle allait être sa réaction, ce qui ne l'empêcha pas de la redouter.

— Apprenez-moi comment faire.

— Une petite minute, sauvageonne !

Celle-ci leva la main, leur imposant à tous les deux un silence que même le Prince des Démons n'aurait rompu pour rien au monde.

— Sire ?

*Voilà donc ce que c'est que d'avoir l'impression d'être une coquille vide*, songea Sahtan.

— Il existe deux procédés, expliqua-t-il avec raideur. Le premier, et le plus simple, nécessite de manier le couteau avec dextérité. Cela requiert également un contact physique. Le deuxième est plus subtil, mais il est impératif de connaître l'anatomie masculine. Auquel va votre préférence ?

— Aux deux.

— Me laisserez-vous jusqu'à demain pour me préparer ?

Jaenelle acquiesça d'un signe de la tête.

— Sire. Prince Yaslana.

Elle partit et ils restèrent cois pendant un moment. Aucun des deux n'était enclin à croiser le regard de l'autre.

— Vous allez le faire, n'est-ce pas ? finit par demander Yaslana sur un ton forcé.

Sahtan se cala au fond de son fauteuil et, fermant les yeux, se massa les tempes pour soulager un mal lancinant.

— Oui.

— Vous êtes fou ! rugit Andulvar en se levant d'un bond. Elle n'a que douze ans, Sahtan. Comment pourrait-elle saisir les implications ?

SaDiablo rouvrit lentement les paupières.

— Vous n'avez pas vu comment elle m'a dévisagé. Elle a déjà compris de quoi il retourne, et c'est la raison pour laquelle elle tient à apprendre comment faire.

— Et qui sera la première victime ? gronda Yaslana.

Sahtan secoua la tête.

— La question, mon ami, est plutôt de savoir *pourquoi* il y en aura une. Et où ?

## 5. Terreille

Lorsque Onirie comprit à quel genre de soirée elle allait assister, elle fut presque tentée de dire à son cavalier, un jeune seigneur de guerre, qu'elle ne désirait pas rester. Mais, dans un contexte hautement divertissant, propice aux tentatives de persuasion, elle avait réussi à lui extorquer la promesse de l'emmener fêter Solhiv, et elle n'avait pas l'intention de lui fournir un prétexte pour se défiler. En d'autres circonstances, cela l'aurait amusée de le voir se pavaner avec une feinte nonchalance, affectant de ne pas remarquer l'attention qu'elle suscitait, elle dont aucune famille soucieuse de sa réputation n'aurait osé prononcer le nom… du moins en présence des femmes. Mais ce genre de réunions… Cela la démangeait d'invoquer son stylet et de le planter juste sous les côtes de certaines personnes.

La fête était donnée en l'honneur des enfants, des filles. Et les oncles étaient venus en force. Ils lorgnaient les promesses de la soirée, et il ne manquait pas grand-chose pour que la bave leur coule sur le menton.

Pis encore, Sadi était là, arborant comme à son habitude un masque d'ennui. Mais son expression légèrement absente et ses gestes à la lenteur paresseuse la rendaient mal à l'aise. Tout en savourant du vin pétillant et en caressant le bras de son compagnon, au point que celui-ci rougissait jusqu'aux oreilles, elle ne quittait pas Daimon des yeux. Elle finit par remarquer que lui aussi surveillait discrètement quelqu'un. Elle examina l'ensemble de la pièce, captant l'attention des hommes, le temps de les embarrasser, avant de revenir au groupe de filles réunies dans un coin, qui échangeaient des murmures ponctués de petits rires.

À une exception près.

Pendant un moment, elle se retrouva captive de ce regard de saphir méfiant. Lorsqu'elle parvint à détourner les yeux, libérée, elle constata que Sadi l'observait.

— J'ai besoin d'air, dit-elle à son cavalier.

Elle s'éclipsa. *Trouver une terrasse, une fenêtre ouverte, n'importe quoi…*

La terrasse en question était déserte. Onirie invoqua une épaisse étole et s'en enveloppa. Elle aurait mieux fait de retourner à l'intérieur, mais la lubricité ambiante lui était insoutenable.

— Onirie.

Elle se figea. Elle ne l'avait pas entendu approcher, n'avait même pas perçu le crissement ténu des semelles sur la pierre. Elle scruta le jardin plongé dans la pénombre, ne distingua rien. Elle patienta.

— Cigarette ? proposa Sadi en lui présentant l'étui.

Onirie en accepta une et attendit que Daimon invoque une flammèche sorcière pour l'allumer. Ils fumèrent pendant un moment en silence.

— Ton cavalier ne sait pas trop quoi faire de ses dix doigts, ce soir, remarqua Sadi, avec une touche d'humour sans joie.

— C'est un imbécile. (Elle jeta sa cigarette dans le jardin.) Par ailleurs, si j'avais su de quel genre de soirée il s'agirait, je ne serais pas venue.

— À savoir ?

Onirie émit un grognement bien peu digne d'une dame.

— Avec tous les pontes de Boisgenêt rassemblés ici ? À votre avis ?

La nuit était calme et froide. Et voilà que quelque chose était venu accentuer ces sensations.

— Que sais-tu de Boisgenêt, Onirie ? susurra Sadi.

Celle-ci tressaillit lorsqu'il amorça un pas vers elle.

— Rien de plus que tous ceux qui travaillent dans une demeure de la Lune Rouge, répliqua-t-elle, sur la défensive.

— À savoir ?

— Pourquoi cette question ? répondit-elle avec mordant, regrettant de ne pas oser faire apparaître son couteau. Vous voilà donc devenu un oncle, Sadi ?

— Et qu'est-ce que cela veut dire ?

L'intonation s'était faite sirupeuse. Onirie ne le quittait pas des yeux, pétrifiée par ce qu'elle y décelait, et elle ne perçut le danger que lorsque la main de Sadi se fut refermée sur son poignet.

La colère. La colère comme seule défense.

— Un oncle est un homme qui aime s'amuser avec les petites filles, expliqua-t-elle avec une douceur perfide.

— Quel rapport avec Boisgenêt ? demanda Sadi sans s'émouvoir.

— Kartane a contribué à bâtir cet endroit, ajouta-t-elle sèchement. Cela vous éclaire-t-il ? (Elle se dégagea brutalement, et s'étonna presque que Daimon lâche prise plutôt que de lui briser le poignet.) Aucune demeure de la Lune Rouge digne de ce nom ne ferait travailler des filles si jeunes, et on ne les laisserait pas... (Elle se massa le poignet.) Les catins de Chaillot l'appellent l'« aire de jeu. » Les filles « émotionnellement instables » des bonnes familles finissent par être renvoyées chez elles, et on les marie. Quant aux autres… Les établissements de bas étage sont pleins de ces gamines qui ont passé l'âge d'amuser les oncles.

— Cela explique tellement, tellement de choses, murmura Daimon en tremblant.

— Sadi ?

Il l'attira contre lui. Elle résista, effrayée par cette proximité soudaine qui lui interdisait de jauger les réactions de Daimon. Il la serra plus fort.

— Onirie, lui chuchota-t-il à l'oreille. Laisse-moi te serrer dans mes bras. S'il te plaît. Juste un instant.

Elle s'efforça de se détendre, ce qui desserra légèrement l'étreinte et lui permit de respirer plus librement. Elle posa la tête contre son épaule et tenta de réfléchir. Pourquoi parler de Boisgenêt le contrariait-il autant ? Ce n'était pas la première fois que Kartane participait à ce type de projet. Connaissait-il quelqu'un dans cet établissement ? Lui-même avait-il…

— Non. (Elle secoua farouchement la tête, déniant ce qu'elle avait lu, sans le comprendre, dans les yeux saphir.) Non.

Elle s'accrocha aux revers du veston de Sadi.

— Pas celle-là, poursuivit-elle sans cesser de secouer la tête. Pas elle.

— Elle y séjourne régulièrement depuis ses cinq ans, dit Daimon d'une voix mal assurée.

— Noon…

Elle enfouit son visage contre la poitrine de Sadi, réconfortée, cette fois, par l'étreinte. Puis elle s'écarta brusquement et essuya ses larmes. Ses yeux vert doré ressemblaient à des éclats de pierre.

— Vous devez la sortir de là. Vous devez l'éloigner d'eux.

— Je sais, dit Daimon en rajustant son veston. Je sais. Viens, rentrons.

— Vous ne vous rendez pas compte de ce qu'ils vont lui faire ? Que… (Elle se passa les mains dans les cheveux, sans remarquer les peignes qui se brisaient en tombant par terre sur la terrasse.) Ils n'ont pas pu aller jusqu'au bout, pas encore. Elle ne se comporte pas comme celles qui ont été rompues. (Elle l'attrapa par le bras pour le secouer. Cela n'eut pas plus d'effet que si elle avait tenté de déplacer la demeure dans laquelle ils se trouvaient.) Vous devez absolument l'éloigner d'ici. Elle est spéciale, Sadi. Elle…

— Chuut, répondit-il en lui frôlant les lèvres du bout des doigts. (Puis il redonna à ses cheveux leur coiffure habituelle.) Calme-toi, Onirie.

— Comment…

— Calme-toi.

Elle le fréquentait depuis si longtemps qu'elle savait reconnaître un ordre quand il lui en donnait un. Se calmer. Oui. Les invités n'étaient pas supposés avoir connaissance des petites réjouissances privées qui se préparaient.

Sadi la raccompagna dans le grand hall, la main posée sur son épaule.

— Dis à ton seigneur de guerre que tu as mal à la tête. Excès de chaleur, abus de vin pétillant. N'importe quel prétexte.

— Ce ne sera pas bien difficile.

Depuis l'endroit où elle se trouvait, au seuil de la salle de réception, elle embrassa la foule du regard, à la recherche de son jeune cavalier. À la place, elle remarqua un seigneur de guerre hayllien debout au milieu de quelques-uns de ses semblables, devisant tranquillement tout en observant certaines des adolescentes qui participaient officiellement à un bal pour la première fois.

— Qui est-ce ? demanda-t-elle en indiquant l'Hayllien d'un mouvement du menton.

La poigne de Sadi sur son épaule se raffermit.

— Cet homme, ma chère Onirie, est Kartane SaDiablo.

Le couteau fut dans sa main avant même que Daimon ait fini sa phrase. Kartane ! Enfin, voir Kartane ! Elle allait se frayer discrètement un chemin à travers la foule et mener à bien son entreprise, mais Sadi la maintenait dans un étau dont elle ne pouvait s'extraire.

— Non, Onirie, dit-il sans élever la voix.

— Il doit payer pour Titienne, siffla-t-elle entre ses dents serrées.

— Pas ici. Pas à Beldon Mor.

— *Il a une dette envers moi, Sadi.*

La douleur s'accentua.

— Si tu le tues maintenant, Dorothéa commencera à poser des questions. Je ne veux plus de cela. Est-ce que tu comprends ?

Onirie fit disparaître la lame. Cela lui déplaisait, mais elle comprenait. Et cela ne l'empêcherait pas pour autant d'étudier sa proie.

— Va, maintenant, Onirie.

— Je pense que je v…

— Va.

Une fois encore, il s'agissait d'un ordre. Onirie partit en sentant les yeux de Daimon braqués sur son dos. Elle ne croisa pas son cavalier. À l'heure qu'il était, l'homme était probablement trop ivre pour identifier ce avec quoi il finirait la nuit.

*Chaillot recèle trop de secrets*, songea Daimon tandis qu'il observait la fête. Et celui-là en particulier était vicieux et pervers.

Pourquoi Sahtan n'avait-il rien fait, concernant Boisgenêt ? Pourquoi avoir laissé Jaenelle courir un tel danger ?

Il se figea lorsque les paroles qu'avait prononcées l'enfant, la première fois qu'il avait mentionné le Prêtre, lui revinrent à l'esprit avec toute leur acuité. *« Il ne doit pas venir ici. Il ne doit pas savoir, pour… »*

Sahtan ignorait jusqu'à l'existence de Boisgenêt.

Cela expliquait également pourquoi Cassandra n'était jamais venue à Beldon Mor. Jaenelle avait fait en sorte de les tenir à distance, pour éviter que le Sire entende parler de Boisgenêt.

Pourquoi ? *Pourquoi* ? Pensait-elle qu'il allait la rejeter pour cette seule raison ? Ou craignait-elle qu'il se venge sur les Angelline en découvrant qu'ils avaient sciemment enfermé une enfant dans cet endroit ?

Non, impossible qu'Alexandra ait été au courant. De même que Philippe et Lilande. Robert ?

Rose. Sucette. *Oncle* Bobby.

Oui, Robert Bénédict savait ce qu'était Boisgenêt et cela ne l'avait pas empêché d'y placer sa propre fille.

Il devait s'entretenir avec Alexandra. Si elle apprenait la vérité au sujet de Jaenelle et de Boisgenêt, elle l'aiderait, afin de protéger sa petite-fille. Elle luttait pour sauver son peuple du traquenard tendu par Hayll. Elle comprendrait la situation et chérirait une Reine qui serait en mesure de se dresser contre Dorothéa.

Dame Angelline conversait avec plusieurs sorcières, près d'une arche fermée par un rideau. Il la contourna afin de se faufiler derrière le petit groupe puis revint sur ses pas. Il allait soulever la tenture, lorsqu'il entendit la voix d'Alexandra :

— Sorcière n'est qu'un symbole du Lignage. Un idéal que nous célébrons, un mythe.

— Mais elle gouvernait les royaumes, autrefois, il y a fort longtemps, intervint quelqu'un que Daimon ne parvint pas à identifier. Je me rappelle avoir entendu parler de Cassandra, une Reine ornée au Noir. On l'appelait Sorcière.

— Je m'en souviens également, répondit Alexandra. Mais ce ne sont effectivement que des contes altérés au fil du temps et outrageusement romantiques, au sujet d'une femme qui n'a probablement jamais existé. Dans le cas contraire, croyez-vous vraiment qu'elle régnait avec bienveillance et générosité, si sa puissance était telle qu'on la vante ? Peu plausible. Elle aurait été un monstre pire que Dorothéa SaDiablo.

— Brr, fit une troisième dame en s'autorisant un frisson éminemment théâtral.

— Mais, et si Sorcière apparaissait réellement ? insista la première intervenante.

— Alors, j'espérerais pour notre bien à tous que quelqu'un ait le courage de l'étrangler à la naissance, décréta Alexandra.

Ses paroles le blessèrent. Tranchèrent dans le vif, encore et encore. Il retourna sur la terrasse et respira l'air froid à pleins poumons pour ravaler un hurlement de rage et de désespoir. Pourquoi s'était-il bercé de l'illusion qu'Alexandra pourrait lui venir en aide ?

Parce qu'il n'y avait personne d'autre. Il était Entravé, et on pouvait le réduire à l'inaction. Il serait en mesure de résister, mais peu de temps, en définitive. Même s'il parvenait à ôter l'Anneau, il deviendrait un renégat, et jamais il ne pourrait garder Jaenelle en lieu sûr. La seule solution consistait à l'amener auprès de Sahtan, puis à la convaincre de ne jamais rentrer sur Chaillot.

*Mais je dois d'abord l'emmener loin d'ici.*

L'occasion se présenta lorsque l'enfant quitta la salle de bal pour se rendre aux toilettes. Sadi se drapa d'invisibilité, la suivit de près et patienta. Quand la porte se rouvrit, il repoussa Jaenelle et les enferma tous deux à l'intérieur. Puis il réapparut.

La fillette, essayant de trouver la situation cocasse, haussa un sourcil interrogateur. Sadi s'agenouilla et prit ses mains entre les siennes.

— Écoutez-moi, Jaenelle. Vous courez un grave danger, ici.

— Ce n'est pas nouveau, Daimon, lui répondit-elle avec la voix de Sorcière.

— Encore plus à l'heure actuelle. Vous ne comprenez pas ce qui se trame.

— Ah non ? répliqua-t-elle en un murmure ténébreux.

— Jaenelle...

Fermant les yeux, il laissa sa tête reposer contre la trop frêle poitrine de l'enfant. Il sentit battre le petit cœur. Cela le mit au désespoir. Il savait désormais qu'il ferait l'impossible pour qu'il ne s'arrête pas de battre.

— Jaenelle, s'il vous plaît. Le Prêtre... le Prêtre accepterait que vous logiez chez lui, n'est-ce pas ? Je veux dire : vous ne seriez pas obligée de vivre dans le Sombre Royaume. Il trouverait un autre endroit, comme celui qu'il a trouvé pour Tersa, non ? Jaenelle, ma douce, vous ne pouvez plus rester là.

— Il le faut, Daimon, répondit-elle avec tact, en entrelaçant ses doigts à ses cheveux.

— Pourquoi ? s'écria-t-il. (Il l'implora du regard.) Je sais que votre famille compte...

— Ma « famille » ? (Elle eut un petit rire amer.) Ma famille réside en Enfer, prince.

— Alors, pourquoi refuser de partir ? Si vous pensez vraiment que le Prêtre ne vous accueillera pas, allez au moins voir Cassandra. Un sanctuaire peut vous offrir un semblant de protection.

— Non.

— Pourquoi ?

— Le Prêtre m'a demandé de vivre avec lui, et je lui ai promis que je le ferai. Mais je ne peux pas encore.

Il allait se montrer brutal, recourir au chantage, mais elle ne lui laissait pas le choix.

— Je suis au courant, pour Boisgenêt.

Jaenelle frissonna.

— Vous savez donc pourquoi je dois encore rester un peu.

— Non, je l'ignore. (Il la secoua sans ménagement.) Si je lui dis…

— Je vous en prie, Daimon, ne lui dites rien, murmura-t-elle avec de grands yeux horrifiés. S'il vous plaît.

— Pourquoi ? demanda-t-il sèchement. Il ne va pas se détourner de vous sous prétexte que l'on vous maltraite. Pensez-vous sincèrement qu'il ne vous aimera plus s'il découvre ce qui s'est passé ?

— Cela pourrait arriver.

Sadi demeura interdit. Lui-même n'en aurait jamais tenu rigueur à la fillette : cela n'aurait fait que l'inciter davantage à la protéger. Il avait ainsi supposé que Sahtan réagirait de la même manière. Avait-il vraiment pu se fourvoyer ?

— Daimon, le supplia Jaenelle. S'il apprend que j'ai été… malade… S'il estime que je ne suis pas assez douée pour l'Art…

— Comment cela, « malade » ?

Mais la question était rhétorique. Un hôpital pour enfants « émotionnellement perturbés ». Une enfant qui racontait des histoires peuplées de Licornes et de Dragons, qui rendait visite à des amis, évidemment invisibles : où qu'ils puissent se trouver, ce n'était en tout cas pas en Terreille. Boisgenêt avait faussé sa perception de la réalité durant maintes années, si bien qu'elle ne savait plus que croire ni à qui se fier.

Il lui caressa les cheveux et, sentant ses larmes contre son cou, eut le cœur brisé. Elle n'avait que douze ans. En dépit de l'Art, de toute cette magie, de tout ce pouvoir, il n'en demeurait pas moins qu'elle n'avait que douze ans. Elle accordait foi à tous les mensonges dont on l'avait gavée, même si elle s'efforçait de résister, de mettre en doute les paroles qu'on lui enfonçait dans le crâne depuis son plus jeune âge. Elle les croyait. Et, à cause de cela, elle craignait plus de perdre son mentor et ami que sa propre vie.

Il l'embrassa sur la joue.

— Si je jure de ne rien dire, me promettrez-vous en retour de partir… et de ne jamais revenir ?

— Impossible, chuchota-t-elle.

Sadi perdit patience. Le temps leur était compté.

— Pourquoi ?

— Wilhelmina, expliqua Jaenelle d'une voix éteinte. Elle est puissante, Daimon, plus qu'elle le soupçonne. Assez pour obtenir le Saphir, si on ne la brise pas. Je dois l'assister jusqu'à ce qu'elle procède à l'Offrande. Elle deviendra plus forte que la plupart des Chaillots, et ils ne pourront pas la briser. Alors seulement, j'irai vivre avec le Prêtre.

Sadi détourna la tête. *Quatre ans au moins, avant la Cérémonie de Wilhelmina. Si Jaenelle reste à Beldon Mor, elle mourra bien avant.*

On frappa sèchement à la porte, et une voix de femme s'éleva :

— Tout va bien là-dedans, mam'zelle ? Dépêchez-vous, maintenant. Les filles sont en train de choisir leur partenaire de bal.

Daimon se redressa, accablé, vieilli. S'il parvenait à la protéger jusqu'au lendemain, peut-être le Prêtre disposerait-il d'un arsenal plus persuasif. Il se glissa derrière Jaenelle après s'être camouflé. La domestique attrapa fermement celle-ci par le bras et la raccompagna dans la salle de réception.

Maintenant l'invisibilité, Sadi traversa la pièce sans un bruit, en rasant les murs. Comme il était aisé d'interrompre les battements d'un cœur, de s'immiscer au-dedans et d'égratigner une artère. Existait-il un seul homme, lui-même compris, dont on ne puisse se dispenser ? Non. Pas quand la glace venait murmurer dans ses veines, pas quand il avait dégainé la lame à double tranchant de la colère froide. Il s'avança tout près de son cousin, et l'entendit dire :

— Celle-là ? Une petite garce pâle comme la craie. Je préfère la sœur.

Daimon sourit. Toujours dissimulé par l'Art, il frôla de ses longs ongles l'épaule de l'homme, qui se laissa aller contre lui, réceptif à la sensualité de cette caresse. Alors, Sadi fit de sa main droite un étau malveillant, transperçant le veston et la chemise de Kartane. Il se délecta de sentir les frissons de plaisir se muer en tressaillements effrayés.

— Mon cousin, chuchota-t-il à l'oreille de sa proie. Accompagnez-moi jusqu'à la terrasse.

— Lâchez-moi, gronda celui-ci tout bas en essayant de se dégager. J'ai à faire ici.

*Quelle bêtise! Le gamin tente de négocier, alors même qu'il pue la peur*, songea Daimon sans cesser de sourire.

— Vous m'accordez la priorité, décréta-t-il en pivotant lente3ment, entraînant Kartane.

— Bâtard, dit celui-ci à voix basse, en se décidant à marcher pour sauver les apparences.

— De naissance et de tempérament, oui, confirma Sadi avec une froide affabilité.

Une fois sur la terrasse, Daimon abandonna l'écran qui le dissimulait. L'air lui parut doux au regard du brasier glacial qui couvait au fond de lui. Comme son cousin ne quittait pas le jardin des yeux et ne daignait pas lui faire face, il passa le temps en laissant courir ses doigts sur les branches d'un arbuste en pot. Elles se couvrirent immédiatement d'une pellicule de glace. Il ne s'arrêta pas avant que la plante soit entièrement gelée. Puis il sortit l'étui d'or de sa poche d'un geste désinvolte, alluma une cigarette et patienta. Il barrait l'issue ; Kartane n'irait nulle part tant qu'il n'en aurait pas fini avec lui. Celui-ci, pris de violents tremblements, se retourna enfin.

— La petite garce pâle comme la craie, ronronna Sadi, que des volutes de fumée entouraient.

— Eh bien, quoi ?

— Ne vous approchez pas d'elle.

— Pourquoi ? (Un rictus nerveux.) Vous la voulez ?

— Oui.

La vérité, enfin. Il la voulait. Déjà, d'une manière qui dépassait l'entendement de Kartane et de ses congénères, il était son amant.

— Il y en a de bien plus jolies, si vous voulez goûter, suggéra Kartane sur un ton enjôleur.

— La chair n'a rien à voir avec ça. Mon appétit se situe à un autre niveau. (D'une pichenette, il jeta la cigarette, qui frôla la joue de Kartane avant de finir sa course dans le jardin.) Mais, mon cousin, si d'aventure vous deviez mentionner mon... écart de conduite... ou bien l'objet de mon choix...

Il laissa la menace faire son chemin.

— Vous me tueriez ? *Moi*, le fils de Dorothéa ? demanda Kartane avec un rire incrédule.

— Que j'anéantisse votre enveloppe physique serait le cadet de vos soucis. Vous vous rappelez Cornélia ? J'ai eu droit à sa gratitude quand j'ai fini par m'en prendre à son corps.

En un instant, il avait franchi les barrières intimes de Kartane pour semer en celui-ci, avec la délicatesse d'un flocon de neige, le souvenir de la chambre de Cornélia, telle qu'il l'avait laissée. Il attendit patiemment que son cousin reprenne contenance.

— Maintenant...

Il fut interrompu par un hurlement perçant et un bruit de verre qui se brise, provenant de l'une des chambres surplombant la salle de réception. Il chancela. Pourquoi le sol... Non, ce n'était pas le sol... Pourquoi *lui-même* tournoyait-il, entraîné dans une spirale descendante, vers un inconnu à faire frémir ?

Une vrille.

La dernière fois qu'il avait ressenti cela...

Il traversa la salle de bal en courant, se précipita dans le vestibule et gravit les marches quatre à quatre. En voyant Alexandra, Philippe, Lilande et Robert, ainsi qu'un attroupement de gens devant l'une des chambres, il eut une hésitation, mais un nouveau cri et des bruits de lutte le décidèrent. Il enfonça la porte et se rua à l'intérieur.

Seule la lumière du couloir éclairait l'endroit, plongé dans l'obscurité. Les lampes avaient volé en éclats. Un petit cadre de lit en cuivre, qui ne passait pas inaperçu dans cette pièce manifestement destinée à servir de boudoir, était à peine reconnaissable tant il était déformé. Des fragments de vases brisés crissèrent sous ses pas. Quelques hommes, pâles comme la mort, ne quittaient pas des yeux la scène qui se déroulait dans un coin.

Daimon suivit leur regard.

Wilhelmina, recroquevillée, geignait et tremblait de tous ses membres. Sa robe, partiellement ouverte, avait glissé, révélant la rondeur d'une épaule juvénile. Jaenelle, debout devant sa sœur, brandissait un goulot de bouteille cassée avec une aisance dénotant la dextérité à manier une lame. Ses yeux saphir consumaient de leurs feux les hommes assemblés.

Daimon s'approcha en prenant garde de ne pas s'interposer entre Jaenelle et ses cibles. Il s'arrêta à moins de un mètre d'elle. Si elle passait à l'attaque, elle pouvait bien l'éventrer. Il ne lui vint pas à l'esprit d'éprouver de la peur. La voix occulte sur laquelle il avait enfin réussi à mettre un nom lui murmurait, depuis les profondeurs de son être : « Protocole, Protocole, Protocole. »

Jaenelle prit la parole.

Philippe, Alexandra et les autres pénétrèrent successivement dans la pièce. Tous parurent choqués par l'étendue des dégâts. Sadi se demanda s'ils l'auraient été tout autant à l'évocation de ce qui venait, en toute vraisemblance, de se produire. Philippe et Alexandra écoutaient Jaenelle, et Sadi savait ce qu'ils entendaient : un inintelligible galimatias. Lui-même ne maîtrisait pas assez le Parler ancien pour traduire fidèlement la mortelle beauté de ses propos.

— Docteur Carvet ? appela Philippe sans quitter Jaenelle des yeux.

Le directeur de Boisgenêt se détacha du groupe, observa Jaenelle et secoua la tête.

— Je crains que l'enfant n'ait été affectée par toute cette agitation, dit-il avec sollicitude.

Daimon s'adressa à celle-ci par le biais du fil noir psychique. Le Protocole.

— *Ma Dame. Ma Dame, ils ne vous comprennent pas.*

Jaenelle se tut. Elle s'efforça de retrouver l'usage de la langue commune tandis que Philippe et Alexandra s'entretenaient avec le médecin. Ce dernier s'approcha alors d'elle.

— Jaenelle, commença-t-il sur un ton doucereux. Venez avec le docteur Carvet, ma chérie. Vous êtes contrariée. Vous devez prendre votre remède.

— N'avancez pas, gronda Daimon en se plaçant en face de lui.

Il sentit immédiatement la morsure entre ses jambes. Alexandra, l'air effrayé mais déterminé, utilisait l'Anneau contre lui. À présent, alors que Jaenelle avait besoin de lui, elle menaçait de le faire ployer. Il serra les dents pour résister à la douleur et attendit.

— Venez, Jaenelle, répéta le médecin.

— Vous ne pouvez pas avoir ma sœur, finit par déclarer l'enfant rageusement.

Tous les hommes présents frémirent au son de sa voix.

— Nous ne voulons pas votre sœur. Nous voulons que vous alliez m...

Jaenelle haussa le ton

— Je vous réserve les affres de la damnation. Vous servirez de pâture aux Harpies nées par votre propre faute. Je vous raserai si jamais vous touchez à ma sœur. Je vous raserai tous !

Alexandra s'avança, les yeux étincelants de colère.

— Jaenelle ! Vous déshonorez votre famille par votre comportement. Posez cela, dit-elle en désignant la bouteille cassée.

Le cœur au bord des lèvres, Daimon vit l'enfant baisser le bras et lâcher son arme. Alexandra la saisit sans ménagement par l'épaule. Il allait leur emboîter le pas, mais Alexandra fit volte-face et pointa le doigt dans sa direction.

— Vous, restez avec le prince Alexandre et veillez sur Lilande et Wilhelmina, cracha-t-elle.

*Garce!* Elle agissait par jalousie. Il était sur le point de contester sa décision, de lui demander de ramener sur-le-champ les deux sœurs au domaine, lorsqu'une nouvelle onde douloureuse lui coupa le souffle. Dans l'immédiat, protester ne ferait qu'empirer la situation.

Alexandra, le docteur Carvet et Robert Bénédict escortèrent Jaenelle, si frêle, si vulnérable, hors de la chambre. Il irait lui parler après s'être occupé de Wilhelmina, et l'emmènerait à l'Autel de Cassandra, de force si nécessaire. Sahtan devait bien avoir une influence suffisante sur elle pour l'empêcher de regagner Chaillot.

Sahtan. Une fois qu'il l'aurait éloignée de Beldon Mor, il ne serait plus le seul à pouvoir lui venir en aide.

Le temps que les effets de l'Anneau s'apaisent et qu'il puisse recommencer à bouger, Philippe avait déjà relevé Wilhelmina et essayait, sans grand succès, de rajuster sa tenue. Daimon intervint : il lui recouvrit les épaules, la fit pivoter et reboutonna la robe dans le dos avec dextérité. La jeune fille tremblait, de peur plus que de froid, et son regard terne se perdait dans le vague, comme si elle était droguée.

— Wilhelmina, dit Philippe.

Lorsqu'il la toucha, l'adolescente agita les bras en hurlant et recula à l'aveuglette dans le recoin.

Sadi écarta fermement Philippe, se plaça devant Wilhelmina et claqua rapidement des doigts à deux reprises. Celle-ci suivit des yeux la main qui remontait, et leurs regards se croisèrent. Alors, il s'adressa à elle sur un ton respectueux et distancié.

— Venez, dame Bénédict. Le prince Alexandre et moi-même allons vous raccompagner.

Il lui tendit la main, lui laissant le temps de décider d'accepter ou non son aide. En réponse, elle se jeta contre lui et ne le lâcha plus.

Au bout du compte, et en dépit des regards assassins de Philippe, il parvint à porter Wilhelmina jusqu'à la calèche qui la reconduirait au domaine où, espérait-il vivement, quelqu'un saurait prendre soin d'elle.

# Chapitre 14

## 1. Terreille

Tout en arpentant sa chambre à coucher, Alexandra triturait avec nervosité l'Anneau de domptage subsidiaire qu'elle portait à la main droite. Elle avait fait ce qu'elle devait. L'enfant était manifestement devenue incontrôlable. Selon le docteur Carvet, Jaenelle était probablement en proie à une tension excessive depuis un certain temps, mais de là à menacer des membres du conseil chaillot avec une bouteille cassée en proférant des insanités !

Elle savait qui tenir pour responsable. Elle avait d'abord refusé de croire les insinuations de Robert, refusé de croire que Sadi ait pu avoir des vues rien moins qu'innocentes sur les deux sœurs, refusé d'admettre qu'il avait vraiment pu… et avec Jaenelle, de surcroît ! Connaissant l'ampleur des perversions dont il était capable, elle ne s'étonnait plus que la fillette se soit méprise sur les intentions des hommes qui avaient emmené Wilhelmina à l'étage, afin que celle-ci puisse se reposer après avoir abusé du vin pétillant qu'on l'avait, pour la première fois, autorisée à goûter. Mais elle avait menacé le conseil, mis tous les Angelline en péril en la présence du seigneur Kartane qui, cela ne faisait aucun doute, s'empresserait de colporter la nouvelle jusqu'en Hayll ! La Grande Prêtresse se ferait évidemment une joie d'envoyer des renforts pour réduire Chaillot à la condition de marionnette dansant sous les doigts de Dorothéa.

Sadi. Elle allait devoir le renvoyer à…

Le pêne du battant cliqueta et le loquet se rabattit. Alexandra fit volte-face, brandissant la main droite, mais avant même d'avoir pu se servir de l'Anneau de domptage, elle se retrouva étendue sur le sol. Tout un côté de son visage lui cuisait, victime d'un poing fantôme.

Elle se redressa tant bien que mal en position assise et son regard rencontra Daimon, nonchalamment adossé au chambranle.

— Ma chère, si jamais vous utilisez de nouveau l'Anneau contre moi, je décorerai les murs avec votre cervelle, dit-il avec une douceur empreinte d'une fureur meurtrière qui terrifia davantage Alexandra que s'il avait crié à pleins poumons.

— L'Anneau…

Daimon se mit à rire. C'était un son lugubre et creux, d'une froide malveillance.

— Je puis supporter une douleur intense. Qu'en est-il de vous ? (Il afficha un sourire brutal.) Éprouvons mes dires. Dressez votre force contre la mienne et votre capacité à endurer ce que je ferai subir à votre corps – sans même parler de votre âme – pendant que vous essaierez de me repousser à l'aide de ce pitoyable bout de métal. (Il s'avança vers elle.) Les femmes vouent à l'Anneau une confiance sans bornes. C'est un grand tort. Les histoires qui courent à mon sujet ne vous ont-elles donc même pas enseigné cela ?

— Que voulez-vous ?

Alexandra tenta de se sauver, mais Daimon posa le pied sur sa robe, l'empêchant de bouger.

— Ce que je veux depuis mon arrivée. Ce que j'ai toujours voulu. Et vous allez me la ramener. Ce soir.

— J'ignore ce que…

— Vous l'avez de nouveau enfermée dans cet… endroit, n'est-ce pas, Alexandra ? Vous l'avez renvoyée dans ce cauchemar.

— Elle est malade ! protesta-t-elle. Elle…

— Elle n'est pas malade, gronda Sadi. Elle ne l'a jamais été. Et vous le savez. Maintenant, vous allez la sortir de là. (Il sourit.) Si vous ne la ramenez pas, je le ferai. Mais, si cela s'avère nécessaire, les rues de Beldon Mor baigneront dans le sang avant que j'en aie fini et vous, ma chère, serez l'un des cadavres charriés par les égouts. Sortez-la de Boisgenêt, Alexandra. Après cela, elle ne vous embarrassera plus. Je prendrai soin d'elle.

— Prendre soin d'elle ? cracha dame Angelline. La pervertir, vous voulez dire, vous servir d'elle pour assouvir vos besoins tordus. Est-ce la raison pour laquelle vous l'emmenez se promener dans les coins les plus reculés des jardins ? Pour la lutiner tout à loisir… (Elle perdait ses moyens, mais cela n'empêcha pas les paroles de continuer à se déverser.) Vous en êtes réduit à forcer des enfants…

— Avant de m'accuser, commencez par mettre de l'ordre dans votre maisonnée, ma dame.

Il la releva sans ménagement et, tout en lui emprisonnant les poignets derrière le dos d'une main, il passa l'autre dans les cheveux de sa proie, l'obligeant à redresser la tête.

— Ramenez-la, Alexandra, reprit-il sur un ton doucereux. Ramenez-la avant le lever du soleil.

— Je ne peux pas ! se récria celle-ci. Le docteur Carvet dirige l'établissement. Il faudra qu'il signe les papiers de sortie. De même que Robert.

— C'est vous qui l'avez fait admettre là-bas.

— Avec Robert ! Par ailleurs, elle était tellement perturbée qu'on a dû lui administrer de forts sédatifs. Il ne faut pas la déplacer.

— Quand ? demanda sèchement Daimon en la laissant retomber sur le sol.

— De quoi parlez-vous ? répliqua Alexandra, qui se sentait faible et impuissante devant cet homme qui la dominait de toute sa taille.

— Quand pourrez-vous la faire revenir ici ?

*Du temps. Je dois gagner un peu de temps.*

— Demain après-midi.

Le silence s'étira en longueur, si bien qu'Alexandra se résigna à lever les yeux. Mais elle les détourna aussi vite, et tressaillit lorsque Sadi s'accroupit à côté d'elle.

— Écoutez-moi, Alexandra, écoutez-moi attentivement. Si Jaenelle n'est pas de retour d'ici demain après-midi, indemne, vous vivrez assez longtemps, ma chère, pour regretter de m'avoir dupé.

Elle s'affaissa de tout son long et se couvrit la tête de ses mains. Son regard ne la quittait pas ; elle allait devenir folle si elle ne parvenait pas à l'occulter. Même lorsqu'elle l'entendit traverser la pièce et ouvrir la porte, qu'elle perçut le cliquetis du battant qui se refermait tranquillement, sa peur lui interdit de bouger.

Il faisait si sombre.

Alexandra se réveilla, ouvrit lentement les paupières. Elle était couchée sur le dos, dans un lit froid et humide, grumeleux.

Quelque chose lui démangeait le front.

Elle leva la main pour repousser ses cheveux vers l'arrière, et toucha un élément solide à quelques centimètres au-dessus de sa tête.

De la boue coulait, s'écrasait sur son cou et ses épaules.

Elle appuya l'autre main sur le lit… et rencontra de la terre.

Elle tendit brusquement les bras. La même sensation.

Elle tendit un peu les jambes, et ses orteils touchèrent de nouveau de la terre.

*Non, c'est un rêve, un mauvais rêve*, songea-t-elle en luttant contre l'affolement. On ne pouvait pas l'avoir… enterrée. Impossible.

Elle ferma les yeux pour les protéger de l'humus et explora à l'aveuglette ce qui l'entourait.

Elle se trouvait dans un endroit parfaitement rectangulaire. Une tombe savamment élaborée. S'il s'agissait bien de cela, alors la terre qui la recouvrait devait être encore meuble. Celui ou celle qui l'avait inhumée avait forcément dû creuser au préalable.

Pantelante, au bord des larmes, Alexandra racla la matière. Lorsque ses doigts rencontrèrent des racines, elle interrompit son geste, interdite.

Ce n'était pas logique. Il aurait fallu que la personne creuse autour des racines.

Elle recommença à gratter. La terre était compacte, gelée.

*Réfléchis. Réfléchis.* Une sorcière était en mesure de passer à travers des obstacles physiques. C'était dangereux, oui, mais elle pouvait y parvenir, à supposer qu'elle ne cède pas à la panique.

Elle s'astreignit à se concentrer en respirant lentement et calmement. Elle s'immisça progressivement dans l'humus et commença à s'élever.

Ses doigts fendaient la matière, la tiraient vers la liberté.

Elle laissa échapper un petit rire soulagé.

C'est alors que ses paumes heurtèrent une substance plus dense.

En tâtonnant, elle ne sentit rien, mais il y avait pourtant bien *quelque chose*.

Elle rassembla toute son énergie et poussa le néant. Son Opale étincelait sous l'effort, elle puisait dans ses réserves, toute son attention rivée sur son objectif. Elle attira la magie de son Joyau entre ses mains et poussa encore.

Une onde irrésistible et sombre vint crépiter le long de ses doigts et de ses bras, insidieuse. Alexandra fut violemment rejetée en arrière et se cogna la tête.

Elle avait épuisé ses forces. Le Joyau pendait à son cou, terne et vide. Si elle avait poursuivi sa tentative encore un instant, il aurait volé en éclats et son esprit se serait probablement brisé sous l'impact par la même occasion.

— Non, gémit-elle. Non.

Elle martela le fond de son cercueil de terre. Elle éprouvait un léger vertige. L'air. L'air commençait à manquer. Ramenant ses jambes contre son torse du mieux qu'elle put, Alexandra les projeta vers le haut pour essayer de se libérer.

— NON !

Le menton d'Alexandra heurta l'extrémité du lit. Couchée à plat ventre, elle haletait et frissonnait.

*Un rêve. Rien d'autre qu'un rêve, en définitive.*

Un doux rire glacial envahit son esprit.

— *Pas un rêve, ma chère*, dit la voix de Daimon dans sa tête, comme un roulement de tonnerre animé d'une conscience. *Un avant-goût. Je suis un fossoyeur accompli et éminemment discret. Rappelez-vous, Alexandra : si Jaenelle n'est pas de retour demain après-midi, indemne, je vous donnerai en pâture aux vers.*

Puis plus rien.

Alexandra roula sur le dos. C'était un mauvais tour, un songe. Impossible que cela se soit *vraiment* produit.

En tremblant, elle se protégea les yeux de la faible lueur de la chandelle.

Un songe. *Un songe maléfique.*

Elle se redressa sur un coude… et aperçut ses mains aux ongles cassés, pleines d'égratignures. Sa chemise de nuit était tachée et déchirée. Un flux tiède s'épancha soudain le long de ses jambes. Elle contempla le liquide qui se propageait pendant une bonne minute avant de comprendre qu'elle avait uriné sous elle.

Il lui fallut presque une heure pour se résoudre à quitter le lit, à se laver et à revêtir une chemise de nuit propre. Puis elle se blottit sur une chaise, enfouie dans l'édredon et attendit, désespérée, que l'aube se lève en regardant par la fenêtre.

## 2. Terreille

Kartane introduisit une clé dans la serrure de la petite porte discrète dissimulée par une rangée d'arbustes. Les parents qui se présentaient à Boisgenêt durant les heures de visites ne soupçonnaient pas l'existence de cette entrée… sauf ceux qui faisaient également partie des membres triés sur le volet. Ils ne connaissaient ni ces couloirs à la lumière tamisée, couverts d'épais tapis qui étouffaient les bruits, ni la salle de jeux, ni le salon, ni même les cellules insonorisées tout juste assez grandes pour accueillir une chaise, un lit et quelques accessoires amusants. Les larmes et les cris de douleur leur étaient inconnus. De même que les « traitements » spéciaux.

Il y avait tant de choses qu'ils ignoraient.

Kartane, avide de distractions, se dirigea vers l'« aire de jeu ». Il était furieux que Sadi et la petite garce aient gâché les festivités. Il était déjà bien assez ardu de faire venir des filles. Oh ! ils pouvaient acheter la présence de celles issues des basses castes du Lignage : trop d'alcool, une partie de cartes, et le tour était joué : un homme misait sa jolie progéniture. Mais il était beaucoup plus difficile de se procurer les demoiselles raffinées, celles qui avaient reçu la meilleure éducation et se révélaient les plus divertissantes. Cela nécessitait d'ordinaire d'appâter le père... sauf durant Solhiv. À cette période-là, il suffisait de verser un peu de safframate dans le vin pétillant. Alors, on pouvait déflorer la fille puis la rendre de nouveau présentable et la ramener à ses parents naïfs. Le lendemain, quand l'hystérie se manifestait, le docteur Carvet prenait contact avec eux, comme par coïncidence, et leur expliquait qu'un nombre croissant d'adolescentes déclaraient ce genre de syndrome. La famille angoissée, faisant preuve de louables intentions, envoyait par conséquent l'intéressée séjourner à Boisgenêt, où elle demeurait pendant un mois ou deux – voire un an ou deux – avant de regagner son foyer. On finissait par la marier, et elle passait le reste de son existence dans une sorte d'état second, sans jamais comprendre la déception qu'elle suscitait chez son époux, sans jamais se rappeler la poupée mutine qu'elle avait été autrefois.

Bien entendu, l'établissement accueillait également quelques filles qui relevaient vraiment de l'hôpital. Cette mijaurée de Rose, entre autres. Et aussi la petite chienne au teint pâlichon de Sadi.

Kartane commença à trembler de froid en entrant dans l'« aire de jeu », la pièce placée sous surveillance où l'on rassemblait les filles choisies pour la soirée pour qu'elles y attendent, dans leurs chemises de nuit de dentelle, la venue des oncles. Elles ne semblaient pas affectées par la température ambiante, contrairement à l'employé, qui voûtait les épaules et se frictionnait les mains pour les réchauffer. Cela se produisait, parfois. Pas systématiquement, mais certaines fois.

Kartane interrompit net son examen en croisant un inflexible regard saphir. L'employé, remarquant sur qui Kartane avait jeté son dévolu, frémit et détourna les yeux.

— On l'a gavée de médicaments à son arrivée, mais il s'est passé quelque chose de bizarre. Elle devrait se frotter à tout ce qui bouge en gémissant, mais elle est restée parfaitement impassible, expliqua l'homme avec un geste négligent.

Kartane songea qu'elle n'avait rien d'exceptionnel. Qu'est-ce qui, chez elle, intriguait tant Sadi ? Qu'avait-elle de si particulier, pour que cela l'incite à risquer des représailles de la part de Dorothéa ?

Il désigna Jaenelle du menton.

— Je la veux dans ma chambre dans dix minutes.

L'employé tressaillit, mais acquiesça d'un signe de la tête.

En attendant, Kartane se ragaillardit en buvant un verre d'eau-de-vie. Il éprouvait de la curiosité, voilà tout. Si Daimon avait enseigné le jeu des ébats à cette fillette, elle devait connaître quelques tours amusants. Il n'allait cependant pas jouer avec elle ; le Sadique l'avait mis en garde. Et les gens avaient parfois tendance à disparaître mystérieusement après l'avoir approché. Et l'état de la chambre de Cornélia…

Il sentit l'eau-de-vie que brassait son estomac. Rien que de la curiosité, pas autre chose. Il voulait passer quelques minutes seul avec elle afin de voir s'il parvenait à comprendre l'attirance que ressentait Daimon. Il ne ferait rien qui serait susceptible de provoquer la colère du Sadique.

Les verrous, dans le couloir comme dans les cellules, étaient situés en hauteur. Cela empêchait les gamines en proie à l'anxiété de s'échapper au mauvais moment. Kartane entra dans la pièce. Une fois à l'intérieur, il ne put s'arrêter de frissonner.

Elle était assise sur le lit, les yeux rivés sur le mur comme une poupée raide à qui l'on a tenté de donner une pose réaliste. Kartane prit place sur la chaise. Après avoir longuement examiné l'enfant, il dit sèchement :

— Regarde-moi.

Jaenelle obéit.

— Je crois savoir que tu es amie avec Sadi, reprit Kartane après s'être humecté les lèvres.

Pas de réponse.

— T'a-t-il montré comment être une gentille fille ?

Pas de réponse.

Kartane fronça les sourcils. Lui avait-on administré une autre substance, en plus de la safframate ? Après avoir reçu cet aphrodisiaque, même les filles les plus timorées et les plus angoissées venaient se frotter contre lui, suppliantes, prêtes à faire tout ce qu'il pourrait leur demander. Elle ne devrait normalement pas rester assise sur le lit de cette manière. Elle ne devrait pas être en mesure de rester immobile.

Son expression contrariée céda la place à un sourire. Il avait décidé de ne pas la toucher, mais cela lui laissait une possibilité. Il portait le Rouge. L'enfant, pour sa part, n'avait aucun Joyau.

D'une pensée, il chercha à forcer, au moins, la première barrière afin de découvrir ce qui éveillait l'intérêt de Sadi. Elle capitula sitôt qu'il eut initié le contact, et…

Rien.

Rien d'autre qu'une brume noire chargée d'éclairs. Il eut la sensation qu'il se tenait au bord d'un gouffre profond, sans savoir si le fait d'avancer ou de reculer allait l'y précipiter. Il demeura là, dubitatif, tandis que les volutes s'enroulaient autour de lui, serpentaient vers son âme le long du lien psychique qu'il avait établi.

La brume n'était pas vide.

Loin, loin en dessous de lui, il perçut une sombre entité, sauvage et terrifiante, qui lentement se tournait dans sa direction, attirée par sa présence. Il était captif de la tanière d'une bête et réduit à l'impuissance, ne sachant pas si l'assaut viendrait de devant ou de derrière lui. Quoi que cela puisse être, cela s'élevait progressivement de la brume en décrivant des cercles. S'il posait les yeux sur cette créature, il…

Kartane rompit le lien psychique. Il constata qu'il avait tendu les mains, comme pour tenir à distance une menace invisible. Sa chemise était trempée de sueur et il avait le souffle court. Il s'obligea à baisser les bras.

Jaenelle sourit.

Kartane bondit de sa chaise et se plaqua contre le mur, trop effrayé pour parvenir à se rappeler comment déverrouiller la porte.

— Vous êtes des nôtres, dit l'enfant avec une satisfaction atone. Voilà pourquoi vous nous détestez tant. Vous êtes des nôtres.

— Pas du tout !

Il ne pouvait déverrouiller le battant sans tourner le dos à la fillette, et cela, il ne l'osait pas.

— Vous nous infligez ce que vous avez subi. Dorothéa vous permet d'être son instrument. Aujourd'hui encore, vous la servez, même si vous la craignez autant que vous la haïssez.

— NON !

— Son sang est le seul à pouvoir apurer cette dette. Mais *votre* dette est plus lourde encore ; vous avez lésé tant de gens. Vous finirez par payer intégralement.

— Mais qu'est-ce que tu es ? hurla Kartane.

L'enfant l'observa longuement puis répondit posément, d'une voix où chantait la Ténèbre :

— Ce que je suis.

La porte scellée s'ouvrit.

Kartane se rua dans le couloir.

La porte se referma.

Tremblant, Kartane s'adossa au mur. Démoniaque petite garce ! La petite putain du Sadique. Si elle s'associait avec lui…

Il rajusta sa tenue et sourit. Il n'allait pas s'avilir à apprendre à cette petite chienne à rester à sa place. Grîr, en revanche… Grîr avait grandement apprécié sa visite à Boisgenêt.

*Il m'a demandé si j'avais remarqué des filles sortant de l'ordinaire. Il devrait trouver celle-ci tout à fait à son goût.*

## 3. Terreille

Onirie s'accroupit près d'un arbre, en bordure de la pelouse enneigée de Boisgenêt. Elle avait regardé Kartane disparaître derrière des arbustes et, ne l'ayant pas vu ressortir, avait acquis la certitude qu'il avait emprunté une entrée privée.

Elle fronça les sourcils. La vaste étendue herbeuse ne permettait pas de se cacher, et, si quelqu'un surgissait au détour de la bâtisse plutôt que de la porte en question, on découvrirait prématurément sa présence. À droite se trouvaient les vestiges d'un potager de très belle taille, mais qui n'offrait aucun abri non plus. Elle aurait pu se dissimuler à l'aide de l'Art, mais elle avait toujours éprouvé des difficultés à invoquer un écran et à le maintenir tout en se déplaçant. Le vent se leva et elle serra son manteau contre elle en frissonnant.

Quelque chose lui toucha délicatement l'épaule.

Elle fit volte-face et explora mentalement les arbustes derrière elle, mais n'obtint aucun résultat. Avant de reporter son attention sur l'issue secrète, elle observa un instant l'arbre auprès duquel elle était postée.

Celui-ci avait une branche idéale. Avec toutes les fillettes enfermées là, les oncles auraient au moins pu installer une balançoire.

Le vent mourut. Dans le calme de l'air nocturne, Onirie entendit le cliquetis d'un battant qui se fermait. Elle se raidit. La lueur de la lune, suffisamment généreuse, la laissa apercevoir Kartane, qui s'adossa pendant un moment à la façade de l'établissement avant de s'éloigner à la hâte.

Onirie ne désirait rien tant que le prendre en chasse, l'acculer dans un coin obscur puis contempler le sang qui jaillirait de sa gorge. Sadi se montrait déraisonnable. Il…

L'air crépita. L'herbe enneigée et Boisgenêt semblèrent se couvrir d'un voile de gaze, et Onirie éprouva une étrange sensation de vertige.

Quelque chose lui frôla l'épaule.

Elle leva la tête et plaqua les mains sur sa bouche, les yeux écarquillés.

Au bout d'une corde attachée à la fameuse branche se balançait une fillette qui, de ses orbites vides, rendit à Onirie son regard. L'enfant, tout autant que la corde, était transparente, fantomatique, mais le doute n'était pas permis : elle était bel et bien présente, de même que les noires coulées qui lui maculaient les joues et les taches sombres sur sa robe.

— Salut, Onirie, murmura une voix ténébreuse. Voici Marjane. Elle a un jour dit à un oncle qu'il l'insupportait, alors on lui a badigeonné les yeux de miel et on l'a suspendue ici. Elle n'était pas censée mourir, mais elle s'est tellement débattue quand les corneilles sont venues lui picorer les yeux que le nœud a glissé et l'a étranglée.

— Ne… ne pouvez-vous pas la faire descendre ? chuchota Onirie, qui ne parvenait toujours pas à se résoudre à se retourner et à affronter la scène.

— Oh, cela fait des années que son corps a disparu ! Marjane n'est rien de plus qu'un fantôme, à présent. Mais, tant que je suis là, elle conserve une partie de ses forces. Les filles sont en sécurité près de cet arbre. Les oncles n'aiment pas recevoir des coups de pied.

Onirie se retourna et étouffa un cri.

— Chut, dit Jaenelle avec un sourire d'une douce sauvagerie.

Aussi transparente que Marjane, elle portait une chemise de nuit ornée de dentelle qui ne remuait pas sous l'effet du vent. Seuls les yeux saphir paraissaient doués de vie.

Onirie se détourna. Ces iris l'attiraient, et elle savait d'instinct que tout ce qu'ils captaient se perdait sans espoir pour toujours.

— La dette n'est pas vôtre, affirma Jaenelle de sa voix sépulcrale. Son sang ne vous appartient pas.

— Mais celles qu'il a lésées ne peuvent réclamer leur dû, siffla Onirie tout bas.

L'enfant rit. On aurait dit le rire d'une bourrasque hivernale.

— Ah non ? Il y a mort et mort, Onirie.

— Il doit payer pour Titienne.

— Et il devra payer son dû à Titienne. Le moment venu, c'est à elle qu'il réglera sa dette.

— Il l'a tuée.

— Non, il l'a rompue et imprégnée de sa semence. C'est un homme à la solde de Dorothéa, répondant au nom de Grîr, qui l'a tuée.

Onirie essuya les larmes qui coulaient sur ses joues.

— Vous êtes morte, n'est-ce pas ? demanda-t-elle d'un ton empreint de lassitude.

— Non, mon corps se trouve toujours là-bas, répliqua la fillette en désignant Boisgenêt, les sourcils froncés. Les oncles m'ont administré leur « traitement » spécial, celui qui est supposé rendre les filles malléables, mais quelque chose a mal tourné. Je ne peux pas trancher le lien qui me rattache à mon enveloppe et l'abandonner. Mais la brume est très agréable. La voyez-vous, Onirie ?

Celle-ci fit un signe de dénégation.

— Quand je suis dans la brume, je les vois toutes. (Elle tendit une main translucide à son interlocutrice.) Venez, Onirie. Laissez-moi vous montrer Boisgenêt.

Celle-ci se releva et chassa la neige qui lui recouvrait les genoux. Jaenelle rit tout bas. Onirie n'avait jamais rien entendu de si terrifiant, de si lancinant.

— Boisgenêt est un poison exquis, dit l'enfant avec douceur. On ne peut guérir de Boisgenêt. Gare à l'araignée dorée qui tisse une toile emmêlée.

Elle toucha le bras d'Onirie pour l'inviter à la suivre.

— Rose a dit que je devrais tendre un piège, quelque chose qui se refermerait instantanément si l'on versait mon sang. C'est ce que j'ai fait. Si quelqu'un le déclenche, alors il souhaitera mourir, mais son vœu ne sera pas exaucé de sitôt.

Les ombres, dans le jardin, commencèrent à prendre forme, et Onirie voulut s'arrêter, tourner les talons et prendre la fuite. Mais ses jambes refusaient de lui obéir.

— *Vous* n'en serez pas moins morte, objecta-t-elle d'une voix éraillée.

Cela ne suscita que de l'indifférence chez Jaenelle.

— Je fréquente les cildru dyathe. Enfer ne m'effraie pas.

— Elle est trop âgée pour être des nôtres, intervint quelqu'un.

Onirie identifia l'accent comme étant celui des bas-fonds de Beldon Mor. Elle se retourna. Encore quelques minutes auparavant, voir une enfant s'avancer dans une robe ensanglantée, la gorge tranchée, l'aurait profondément perturbée. Désormais, son cerveau engourdi se réduisait à lui donner l'information suivante : les choses se déroulaient de cette manière, à Boisgenêt.

— Voici Rose. Elle est démonite.

— Je ne suis pas si mal lotie, expliqua l'arrivante en haussant les épaules. Sauf que maintenant je ne peux plus semer la pagaille qu'après le coucher du soleil. (Elle rit. C'était un son épouvantable.) Et, lorsque je taquine une sucette, ils font une drôle de tête.

— Venez, que je vous présente certaines de mes amies, dit Jaenelle.

Elle tira Onirie par la manche avec un sourire d'une douceur perverse, et celle-ci lui emboîta le pas, soulagée de constater que Rose s'était volatilisée. L'enfant eut un gloussement où l'on sentait poindre la folie.

— Voilà les plants de carottes.

Deux petites filles rousses à la robe imbibée de sang y étaient assises côte à côte.

— C'est ici qu'on enterre les rouquines.

— Elles n'ont pas de mains, fit posément observer Onirie, prise d'un léger vertige, fiévreuse.

— Le comportement de Myrol n'a pas plu à l'un des oncles, et il lui a fait du mal. Rebecca l'a frappé pour qu'il cesse, et, lorsqu'il s'en est pris à elle, Myrol est intervenue à son tour. (Elle se tut un instant.) Personne n'a ne serait-ce qu'essayé d'arrêter l'hémorragie. Elles venaient d'une famille pauvre, toutes les deux, voyez-vous. Leurs parents n'espéraient même pas les retrouver un jour, alors cela ne faisait aucune différence. (Elle désigna l'ensemble des silhouettes vaporeuses qui peuplaient le jardin.) Personne ne s'est soucié de savoir ce qu'elles étaient devenues. On a considéré qu'elles s'étaient « enfuies » ou qu'elles avaient « disparu », sans chercher plus loin.

Elles se rendirent au fond du jardin.

— Pourquoi certaines d'entre elles paraissent-elles tellement matérielles et d'autres tellement floues ? demanda Onirie, perplexe.

— Tout dépend du temps qu'elles ont passé ici, et de leur vigueur le jour de leur mort. Parmi les filles qui étaient en mesure de devenir cildru dyathe, Rose est la seule à avoir voulu demeurer ici. Les autres ont gagné le Sombre Royaume. Char veillera sur elles. Celles que vous voyez, en revanche, sont restées des fantômes : trop robustes pour se fondre dans la nuit perpétuelle, mais pas assez pour s'éloigner de leur sépulture.

Du menton, elle indiqua la petite défunte qui se trouvait tout au bout du jardin. De l'avis d'Onirie, cette enfant était plus vivante, plus « réelle » que Jaenelle, qui dit d'une voix où perçait la douleur :

— C'est Dannie. Un soir, on a servi sa jambe au dîner.

Onirie se rua vers les buissons tout proches et vomit. Elle s'aperçut ensuite que les lieux étaient redevenus déserts. Une bourrasque passant à ras de terre balaya la neige, occultant les empreintes qu'elle avait laissées. Lorsque les traces eurent entièrement disparu, il ne resta plus que la bâtisse, la pelouse vide et les secrets du jardin.

## 4. Terreille

Daimon Sadi regarda le soleil se lever.

Toute la nuit durant, il avait écouté les fils noirs quadrillant la trame psychique qu'il avait tissée autour de Beldon Mor, à la recherche d'éventuelles perturbations, d'un signe que Jaenelle courait peut-être un danger. Maintenir cette trame avait constitué pour lui une véritable gageure, car il n'avait pas voulu puiser dans ses Joyaux noirs. Mais, telle une araignée besogneuse, il était demeuré au cœur de la toile, à l'affût de la plus infime vibration.

Il avait parié gros, et à contrecœur, en laissant l'enfant à Boisgenêt. Il ne faisait pas confiance à Alexandra, mais si Jaenelle avait été droguée, surtout avec une substance comme la safframate, il serait plus sûr pour elle de retrouver ses esprits dans l'endroit où elle avait perdu contact avec la réalité. Il avait vu trop de jeunes sorcières fuir vers le Royaume Perverti après s'être réveillées dans un lieu inconnu, incapables de se rendre compte qu'elles étaient en sécurité. Il lui était insupportable d'imaginer Jaenelle sombrant dans la folie, aussi en avait-il été réduit à espérer que les oncles, en la trouvant amorphe, se désintéresseraient d'elle. Dans le cas contraire…

Sans Jaenelle, il n'aurait aucune raison de rester en compagnie des vivants. Mais, si cela devait finir ainsi, il se promettait qu'il ne serait pas le seul à aller saluer le Sire d'Enfer.

Daimon se déshabilla, se doucha et revêtit sa tenue d'équitation avant de se faufiler discrètement jusqu'à la cuisine. Il mit une bouilloire à chauffer pour le café et prépara le petit déjeuner. Quand Jaenelle reviendrait, ils devraient partir sans tarder pour ne pas donner à Philippe et à Alexandra l'occasion de se dresser en travers de leur route. Il faudrait se passer d'au revoir. Ce n'était pas la première fois qu'il manquait de temps pour prendre congé. D'ailleurs, il n'avait pas laissé un souvenir impérissable à la majorité des gens qu'il avait croisés. Mais il y avait quelqu'un qui méritait de savoir que la Dame s'en allait à jamais.

Il lava la vaisselle puis, alors qu'il buvait sa deuxième tasse de café, Cordon-bleu entra dans la cuisine d'une démarche mal assurée et s'affaissa lourdement sur l'une des chaises. Il lui servit du café et elle l'observa avec tristesse.

— Elle est retournée à l'hôpital, n'est-ce pas ? demanda-t-elle en se frottant les yeux.

— Oui, répondit Daimon sur un ton égal, en s'asseyant à côté d'elle. (Il prit ses mains entre les siennes et les caressa doucement.) Mais cela ne va pas durer. Elle sera sortie cet après-midi.

— Vous croyez ? (Elle lui adressa un sourire de gratitude hésitant.) Dans ce cas, je peux…

— Non. Elle aura quitté Boisgenêt, mais elle ne reviendra pas.

Cordon-bleu se dégagea. Ses lèvres frémissaient.

— Vous l'emmenez, c'est cela ?

— Il existe un endroit dans lequel elle pourra vivre en sécurité, entourée d'attention.

— Ici, on prend soin d'elle, protesta abruptement la cuisinière.

Sadi fut peiné de voir ses yeux s'emplir de larmes.

— Mais elle n'est pas en sécurité. Si cela continue, elle sombrera dans la folie, ou elle mourra. Je vous le promets, elle sera en lieu sûr, et plus personne ne l'enfermera. Jamais.

Cordon-bleu s'essuya délicatement les yeux avec son tablier.

— Ce sont des gens bien, que vous lui avez trouvés ? Ils ne… critiqueront pas ses manières… bizarres ?

— Pour eux, ce ne sont pas des « manières bizarres ».

Il but une petite gorgée de café. Il s'apprêtait de nouveau à jouer gros.

— Néanmoins, je vous serais reconnaissant de ne pas en parler à qui que ce soit, jusqu'à ce que nous soyons partis. Certaines personnes, ici, veulent lui faire du mal et ne reculeraient devant rien pour nous intercepter si elles se rendent compte que je vais l'emmener et qu'elles ne pourront plus l'atteindre.

Cordon-bleu réfléchit à ce qu'il venait de dire, opina du chef en reniflant et se leva brusquement.

— Dans ce cas, vous devez manger.

— C'est fait, merci, répondit Sadi.

Il laissa sa tasse sur le plan de travail puis, plaçant les mains sur les épaules de son interlocutrice pour l'inciter à se tourner vers lui, déposa un baiser léger sur les lèvres de celle-ci.

— Vous êtes un amour, ajouta-t-il avec émotion.

L'instant d'après, il était déjà sorti par la porte de service et avait pris la direction de l'écurie, où régnait l'effervescence, en dépit de l'heure matinale. Les palefreniers l'accueillirent par des regards mauvais. Guinness, campé au milieu de la cour, une bouteille fourrée sous le bras, aboyait des instructions tout en jurant par-devers lui. En apercevant Daimon, ses épais sourcils formèrent au-dessus de ses yeux larmoyants une ligne farouche.

— Et qu'est-ce que peut bien vouloir le grand et puissant seigneur à cette heure ? demanda-t-il sèchement avant de porter le goulot à sa bouche et d'avaler une rasade d'alcool.

*Ils savent*, songea Daimon en prenant la bouteille des mains de Guinness. Quoi que Jaenelle ait pu apporter à ce lieu, son bénéfice s'atténuait déjà, et ils le savaient. Rendant la boisson à son propriétaire après avoir bu à son tour, il énonça d'une voix neutre :

— Sellez Danse Funeste.

— Vous avez reçu un coup sur la tête, ou quoi ? cria Guinness en le foudroyant du regard. Cette nuit, il a essayé de tout casser et de réduire André en bouillie. (Celui-ci, debout contre la stalle de l'étalon, cherchait à ménager l'une de ses jambes.) Oubliez vos perspectives de bonne promenade vivifiante, si c'est ce que vous espériez.

— Je m'en occupe, dit Daimon.

Il passa tout près des palefreniers sans tenir compte des marmonnements contrariés du maître d'écurie. Lorsqu'il fit mine de pousser le loquet, André l'arrêta d'une main tremblante.

— Il a des envies de meurtre, murmura le jeune homme.

— Moi aussi, répliqua Sadi en ouvrant la moitié supérieure du battant.

Le cheval s'élança vers l'entrée.

— Tout doux, mon Frère, tout doux. Nous avons à parler, vous et moi.

Il tira la partie inférieure de la porte puis laissa courir ses doigts sur l'encolure de Danse Funeste. Lorsque l'étalon frémissant, en mal de réconfort, pencha la tête vers lui, il regretta d'avoir estompé l'odeur de Jaenelle en se lavant.

Ils se rendirent près de l'arbre.

Sadi mit pied à terre et s'appuya contre le tronc, tourné vers la demeure. Le cheval fit tinter le mors, lui rappelant qu'il n'était pas seul.

— Je suis venu dire au revoir, lui confia-t-il sans hausser le ton.

Pour la première fois, il lut vraiment l'intelligence – et l'esseulement – dans les yeux de l'animal. Alors, il perdit malgré lui ses moyens, tandis qu'il tentait d'expliquer à l'étalon pourquoi Jaenelle ne viendrait plus à l'arbre, pourquoi il n'y aurait plus de chevauchées, plus de caresses, plus de discussions. L'espace d'un instant, quelque chose d'ondulant se présenta à l'intérieur de son esprit. Il eut la sensation étrange que c'était à lui que l'on s'adressait, et non l'inverse : ses paroles lui étaient renvoyées, tel un écho, et lui lacéraient le cœur. Se retrouver de nouveau seul. Ne jamais plus voir les petits bras saluer son arrivée. Ne plus entendre cette voix prononcer son nom. Ne...

Une exclamation lui échappa quand Danse Funeste lui arracha les rênes et s'élança vers le champ au grand galop. Des larmes de chagrin lui brûlèrent les paupières. L'intelligence de l'étalon n'était peut-être pas aussi développée que celle des humains, mais la profondeur de ses sentiments n'avait rien à envier à la leur.

Il contempla un long moment l'étendue déserte avant de la traverser et de s'approcher à pas lents du large fossé.

Aurait-il mieux valu ne rien dire ? Le laisser attendre au fil de journées solitaires qui se seraient muées en semaines, puis en mois ? Ou pire : lui promettre de revenir le chercher et ne pas être en mesure de respecter la parole donnée ?

*Non*, songea Daimon au moment où il atteignait le fossé. Danse Funeste considérait Jaenelle comme sa Reine. Il méritait que l'on fasse preuve de franchise. Il méritait d'avoir le droit de choisir.

Il se laissa glisser au fond du creux où agonisait l'étalon, brisé, s'assit auprès de lui et plaça la tête sur ses genoux. Il lui caressa l'encolure en prononçant tout bas les mots du chagrin dans le Parler ancien.

Achever la proie. Les forces de Danse Funeste s'amenuisaient. La simple fulgurance d'un contact psychique pratiqué à bon escient, et c'en serait fini. Il prit une profonde inspiration… et ne put se résoudre à agir.

Si les défunts du Lignage arpentaient Enfer lorsque leur corps périssait, mais que leur Moi demeurait trop puissant pour se fondre dans la nuit perpétuelle, en allait-il de même pour ceux de la « parentèle », comme les appelait Jaenelle ? Y trouvait-on un troupeau de chevaux démonites, lancés au galop au milieu de ce paysage de désolation ?

— Ah…, murmura Sadi sans cesser de caresser l'encolure de Danse Funeste.

Il ne servirait à rien de lier son esprit à celui de l'animal. En revanche…

Il regarda son poignet. Le sang. À en croire les légendes, les démonites subsistaient grâce à celui des vivants. Telle était la raison pour laquelle on pratiquait une offrande de sang lorsque l'on recherchait l'aide du Sombre Royaume.

Il changea légèrement de position. Après avoir remonté sa manche, il tendit le bras puis, rassemblant ses forces pour donner ce qu'il avait de meilleur, il entailla une veine avec l'un de ses longs ongles et vit le fluide s'écouler dans la bouche de l'étalon. Il compta jusqu'à quatre avant de presser son pouce contre la plaie et de la guérir à l'aide de l'Art.

Il ne lui restait plus qu'à patienter en compagnie de son Frère à quatre jambes.

Les yeux de Danse Funeste devinrent vitreux et, pendant un certain temps, rien ne se produisit. Puis Daimon ressentit un picotement, quelque chose qui fit osciller et chatoyer la terre. Il ne distinguait plus le fossé, il ne sentait plus ni le froid, ni l'humidité émanant du sol enneigé. Devant lui s'élevait un immense portail de fer forgé. De l'autre côté, une brume chargée d'éclairs. Il vit les vantaux s'ouvrir dans un silence à glacer le sang. Puis un son ténu, étouffé, se rapprocha. Danse Funeste s'élança, la tête fièrement dressée, les crins flottant derrière lui, pour se fondre immédiatement dans la brume. Et le portail se referma en pivotant sur ses gonds.

Sadi baissa les yeux. Ceux de l'étalon ne cillaient plus. Il reposa doucement la tête de l'animal, regagna le sentier et retourna à l'écurie d'un pas lourd.

Tous accoururent à sa rencontre en constatant l'absence de Danse Funeste. Daimon regarda André et lui seul, et lorsqu'il eut réussi à maîtriser en grande partie son émotion, il dit :

— Il est dans le fossé.

Puis il se détourna sans rien ajouter et rentra à la demeure.

## 5. Terreille

— Je conçois la difficulté de votre position, dame Angelline, mais vous devez comprendre que ni l'ambassadeur ni moi-même n'avons autorité pour vous enlever Sadi sans le consentement de la Grande Prêtresse.

Appuyé contre le bureau, Grîr affectait une mine compatissante.

— Peut-être que si vous redoubliez d'efforts pour le discipliner..., suggéra-t-il.

— N'avez-vous donc rien écouté de ce que j'ai dit ? rétorqua Alexandra avec colère. La nuit dernière, il a menacé de me tuer. Il est devenu incontrôlable.

— L'Anneau de domptage…

— … ne fonctionne pas, intervint sèchement Alexandra.

Grîr la dévisagea. Elle était pâle, et ses yeux étaient cernés de noir. Sadi lui avait flanqué une sacrée frousse. Il avait fait profil bas pendant des mois, s'était montré presque accommodant. Comment avait-elle déclenché une telle explosion ?

— L'Anneau de domptage, dame Angelline, fait son œuvre s'il est utilisé sans tarder et avec la vigueur nécessaire. Même lui ne peut passer outre la douleur qu'il inflige.

— Est-ce pour cela que tant de reines qu'il a servies sont mortes ? objecta vivement Alexandra. (Elle se massa les tempes du bout des doigts.) Je ne suis pas en cause : c'est lui qui est détraqué, perverti.

*Oh ?*

— Vous ne devriez pas l'autoriser à exercer des fonctions qui ne sont pas à votre goût, ma dame, railla Grîr avec grand sérieux.

Alexandra le foudroya du regard.

— Et comment suis-je censée l'empêcher d'exercer sur mes petites-filles ce genre de fonctions ?

— Mais ce sont encore des enfants, se récria Grîr.

— Des enfants, exactement, bredouilla Alexandra sur un ton forcé qui obligea son interlocuteur à dissimuler un sourire. Il n'y a pas d'ambiguïté avec l'aînée. Avec la cadette, en revanche…

Feignant de prendre une décision difficile, Grîr reprit avec lenteur :

— Je vais envoyer un message à la Grande Prêtresse pour lui demander la permission d'éloigner Sadi de Chaillot le plus tôt possible. C'est le mieux que je puisse faire. (Il dressa sa main valide pour prévenir une protestation d'Alexandra.)

Cela étant dit, je conçois combien il peut être éprouvant de le garder dans votre maisonnée, tout particulièrement s'il découvrait malencontreusement que vous êtes venue nous trouver. Par conséquent, je viendrai le chercher cet après-midi avec une escorte armée pour le détenir à l'ambassade jusqu'à ce que la Grande Prêtresse consente à le rappeler en Hayll. J'aurai évidemment besoin de votre Anneau de domptage afin de le neutraliser rapidement et d'assurer ainsi votre sécurité.

Il retint son souffle en voyant Alexandra hésiter. Celle-ci finit par ôter le bijou et le déposa sur la paume de Grîr. Ce dernier adressa alors un signe de tête à l'ambassadeur qui, durant la conversation, était resté posté près de l'entrée. L'homme s'empressa de s'approcher et raccompagna dame Angelline en ânonnant des paroles aussi apaisantes que trompeuses.

Grîr attendit que la porte se soit refermée derrière eux avant de passer l'Anneau à son auriculaire gauche, après quelques tâtonnements. Il leva la main pour admirer le cercle d'or.

*Ça y est, je te tiens, salopard!* songea-t-il avec allégresse. D'abord Kartane, presque fou de peur, qui l'invitait à participer à la « soirée spéciale » de Boisgenêt, et à présent cette reine qui venait pérorer sur le fait que Sadi s'intéressait de trop près à ses petites-filles. Pendant tout le temps qu'il avait passé à chercher la proie de la Prêtresse Noire, le Sadique avait été occupé à jouer avec la jeune gourgandine, alors que l'Eyrien suait sang et eau en Pruul. *Et si nous lui parlions de l'offre que tu as dédaigneusement déclinée, avant de t'attacher à deux poteaux et de lui tendre le fouet? Te resterait-il un seul lambeau de peau, une fois qu'il serait trop fatigué pour frapper? Et qu'est-ce qui manquerait à ton anatomie lorsqu'il en aurait fini avec toi, à ton avis?*

Grîr se força à recouvrer ses esprits. Ces perspectives alléchantes devraient attendre. L'occasion qu'il avait tant guettée, la chance de blesser Sadi au cœur tout en satisfaisant la Prêtresse Noire par-dessus le marché, se présentait enfin.

Quelle folie de la part d'Alexandra que d'avoir renoncé à son unique moyen de défense contre le Sadique ! Si elle avait voulu utiliser l'Anneau avec la brutalité dont lui-même entendait faire preuve, elle aurait pu faire plier Sadi, le vider de ses forces de manière à atténuer la menace qu'il représentait. Car il fallait réduire cette menace.

Il n'avait aucune intention de laisser Daimon Sadi en état d'aller où que ce soit.

## 6. Terreille

Daimon parcourut brièvement la pièce des yeux. Il avait préparé ses malles et les avait fait disparaître pour qu'elles puissent l'accompagner dans son voyage. Il s'était même faufilé dans l'aile de la nursery et avait rassemblé quelques affaires pour Jaenelle. La perspective d'avoir omis des objets chers à l'enfant le perturbait. Le coin froid, dans l'armoire, abritait probablement ses possessions les plus intimes, mais il n'avait ni le temps ni l'énergie nécessaires pour tenter de venir à bout des sceaux qu'elle avait pu leur apposer. Il espérait que, une fois qu'elle serait saine et sauve, loin de Beldon Mor, Sahtan et lui seraient en mesure de revenir les chercher.

Il ouvrit la porte, ce qui fit sursauter Cordon-bleu ; le poing levé, elle s'apprêtait apparemment à frapper.

— On vous demande dans le vestibule, dit-elle d'un air soucieux.

Sadi plissa les yeux. Pourquoi envoyer la cuisinière lui transmettre le message ?

— Jaenelle est-elle de retour ?

— Aucune idée. Dame Angelline s'est absentée une bonne partie de la matinée, mais, à son retour, dame Bénédict et elles sont restées dans la nursery avec Mlle Wilhelmina et avec Graff. Je ne pense pas que le seigneur Bénédict soit là, mais, en ce qui concerne le prince Alexandre, il a passé la journée dans le bureau de l'intendant.

Daimon s'ouvrit aux traces psychiques environnantes. De l'inquiétude. De la peur. Rien d'étonnant. Du soulagement ? Ses iris dorés se durcirent et il sortit sans bruit, en frôlant son interlocutrice. Si Alexandra manigançait quelque petit jeu…

En entrant dans le vestibule, il vit Grîr et vingt gardes hayllиens en armes. Immédiatement, ses jambes manquèrent de se dérober sous l'effet de l'Anneau. Il lutta pour rester debout tout en foudroyant du regard Alexandra, qui se tenait un peu à l'écart, flanquée de Lilande et de Philippe.

— Non, Sadi, dit Grîr d'une voix onctueuse. C'est à moi que vous rendez des comptes, à présent.

Il leva l'Anneau, et l'or capta la lumière.

— Garce, susurra Sadi sans quitter Grîr des yeux. Je vous ai promis quelque chose, dame Angelline, et je tiens toujours mes promesses.

— Pas cette fois, répliqua Grîr, qui brandit le poing.

L'Anneau lança un éclair.

Daimon recula en chancelant et dut s'appuyer contre le mur tandis que la douleur s'intensifiait.

— Pas cette fois, répéta Grîr en s'avançant.

Se glacer. Céder à la douceur de la colère froide.

Daimon compta jusqu'à trois et, tendant le bras droit en direction de Grîr en un geste brusque, libéra une décharge d'énergie noire. Philippe, qui portait son Gris, réagit au même instant. Les deux forces s'entrechoquèrent et le chandelier explosa sous l'impact, les meubles furent réduits à l'état de petit bois. Trois des gardes s'abattirent, agités de soubresauts. Grîr poussa un grondement haineux. Lilande et Alexandra hurlèrent. Philippe maintint sa pression pour essayer d'interrompre l'assaut de Sadi, mais le Noir déborda le Gris, et les murs commencèrent à crépiter et à se craqueler.

Sadi s'arc-bouta contre la paroi. Grîr lui infligeait une douleur de plus en plus intense en déversant son pouvoir dans l'Anneau. Mieux valait mourir que céder devant cet homme, mais il lui restait une chance. À supposer qu'il soit encore en mesure d'accomplir ce qu'il voulait faire, une fois arrivé à l'endroit prévu.

Il projeta une grosse boule de feu sorcier sur le Gris, tablant sur le fait que Philippe allait contrecarrer sa tentative. Le feu heurta les défenses de celui-ci et se mua en un mur de flammes.

D'une poussée, Daimon se redressa et courut vers l'arrière de la demeure, empruntant les couloirs menant à la cuisine. À chaque pas, la douleur à son entrejambe empirait. Il aperçut trop tard la petite bonne agenouillée et la mare d'eau savonneuse. Il parvint à éviter la fille d'un bond, mais il se réceptionna au bord de la flaque et glissa, heurtant la table de la cuisine à hauteur de hanches et basculant vers l'avant.

Il était à l'agonie.

Serrant les dents, il puisa dans sa colère, car il n'osait solliciter le pouvoir de ses Joyaux. Pas encore.

Deux paires de bras l'attrapèrent aux épaules et à la taille. Il se débattit en grondant de rage, mais il recouvra ses esprits en entendant Cordon-bleu qui disait : « Allons, dépêchons » et comprit qu'il s'agissait de Wilhelmina et de la cuisinière, et qu'elles essayaient de l'aider. La jeune servante, blême, les lèvres pincées, courut leur ouvrir la porte.

— Je vais bien, haleta-t-il en agrippant le chambranle. Je vais bien. Sortez d'ici. Tous autant que vous êtes.

— Faites vite, répondit Cordon-bleu en lui assenant une bourrade qui manqua de le faire tomber à la renverse.

Il se retourna tant bien que mal et la dernière chose qu'il vit avant que le battant se referme derrière lui, ce fut Cordon-bleu qui se saisissait du seau et répandait toute l'eau savonneuse sur le sol de la cuisine.

Une nouvelle décharge de l'Anneau le contraignit à se mettre à genoux. Réprimant un cri, il se releva brusquement et, à force de vaciller, prit assez d'élan pour se diriger à petites foulées vers l'écurie et le sentier qui le mènerait au champ.

La souffrance. La souffrance.

À chaque pas, des coups de poignard le transperçaient à l'entrejambe, signe que Grîr continuait à déverser son pouvoir dans l'Anneau d'obéissance par l'intermédiaire de celui de domptage.

Courant le long de la piste cavalière, il passa devant l'écurie, vaguement conscient que Guinness et les palefreniers se rassemblaient dans la cour pour constituer un mur de haine concrète dans son dos. Il suivit le chemin enneigé jusqu'au moment où il fut terrassé par un autre afflux de magie, et où il sentit ses jambes se dérober sous son corps. Entraîné par son élan, il heurta rudement le sol.

En pleurant, il tenta de s'agenouiller. Entendant derrière lui un bruit étouffé, il tourna la tête, les yeux brouillés de larmes de douleur. Il n'y avait rien, mais le son s'approcha de lui, inexorablement, puis s'éteignit une fois arrivé à sa hauteur. Sadi tendit le bras pour retrouver l'équilibre.

Sa main entra en contact avec une jambe.

Il ne voyait rien. En revanche…

— Danse Funeste ? murmura-t-il en passant la paume sur l'entité.

On lui souffla quelque chose de chaud au visage.

Sadi se remit sur ses pieds en serrant les dents. Le temps commençait à manquer. Il trouva à tâtons le garrot invisible et se hissa d'un bond sur le dos de l'étalon fantôme. Étendu contre l'encolure, les doigts crispés sur la crinière pour conserver son assiette, il donna un petit coup de talon.

— L'arbre, mon Frère, grogna-t-il. Mène-moi à l'arbre à bride abattue.

Il faillit tomber lorsque Danse Funeste s'élança, mais il tint bon, fermement déterminé à profiter de son ultime recours.

Lorsqu'ils atteignirent leur destination, il glissa à terre en se rappelant le jour où Jaenelle lui avait appris à marcher dans les airs. Il resta couché sur le côté pendant un moment, à quelques centimètres au-dessus du sol, les genoux repliés contre la poitrine, pour reprendre des forces tout en luttant contre la douleur.

Profondément enfouie sous l'arbre se trouvait une zone rectangulaire aux contours nets, déjà protégée au Noir. Cela tiendrait à distance ses poursuivants autant que cela avait retenu Alexandra prisonnière.

Sadi se retourna. Les démons ne laissaient apparemment pas d'empreinte. Et lui, par bonheur, n'avait marqué la neige d'aucune trace compromettante. Tout ce dont il avait besoin, c'était de quelques instants de tranquillité pour se frayer un chemin.

S'adjurant à la patience, il attendit le nouveau sursaut lancinant infligé par l'Anneau. Une fois la crise passée, il serait en mesure de s'immiscer dans l'humus. Derrière lui montaient des cris, des bruits de lutte. Ses forces le quittaient insidieusement à mesure que le froid et la douleur faisaient leur œuvre.

À l'instant où il décidait d'agir, la souffrance afflua avec une vigueur renouvelée. Il se débattit et roula sur lui-même pour essayer d'y échapper. Mais, cette fois, il n'y eut pas de répit. Grîr envoyait un flux continu d'énergie par le biais de l'Anneau subsidiaire.

Sadi rampa au-dessus du sol jusqu'à l'emplacement de la cachette. Il était à court de temps. Serrant les poings si fort que les ongles mordaient dans sa chair, il inspira à pleins poumons, de manière saccadée, et plongea dans la terre.

Dès qu'il sentit le vide remplacer la matière, il déplaça ses pieds vers l'avant afin qu'ils ne restent pas prisonniers du sol gelé, ce qui aurait bloqué son avancée. Les jambes de son pantalon s'accrochèrent aux mottes dures, et il s'égratigna les genoux en traversant la dernière couche de terre, avant de tomber à plat dos au fond du trou. Il lui fallut un moment pour reprendre son souffle.

C'était là tout le temps dont il disposait. Ses poursuivants avaient beau ne pas être en mesure de l'atteindre physiquement, l'Anneau n'en continuait pas moins à exercer son supplice. Même le Noir ne pouvait l'en protéger.

Il défit sa ceinture et déboutonna son pantalon tant bien que mal, referma la main droite sur son membre et sur l'Anneau d'obéissance. Il hurla en touchant par mégarde ses testicules, Avec des halètements entrecoupés de sanglots, il assura sa prise et fit appel à ses Noirs.

Il n'avait pas ressenti l'effet d'un Joyau à son cou ou à son doigt depuis si longtemps... Les Noirs vibraient à l'unisson des battements de son cœur tandis qu'il puisait dans la magie qu'ils avaient emmagasinée. Il avait toujours été conscient du risque qu'il encourait à agir ainsi. Son intégrité physique n'était plus la priorité. Il se tourna en lui-même et plongea vers le Noir.

La chute vertigineuse le projeta souplement dans la Ténèbre, vers la toile sombre et chatoyante qui représentait sa personnalité, s'accélérant à mesure qu'il libérait sa fureur. Il poursuivit sa course alors même que sa trame paraissait se précipiter à sa rencontre. Pas le temps de maîtriser ses gestes. S'il manquait le virage et se fracassait contre elle, il aurait de la chance de finir brisé, privé de ses Noirs et, peut-être, de son Rouge de naissance. S'il ne parvenait pas à interrompre la descente et continuait à fondre vers l'abîme, il mourrait ou bien deviendrait fou.

Sadi redoubla cependant d'ardeur, guettant l'instant où il pourrait virer de bord et ainsi tirer le meilleur de lui-même. Loin, très loin de là, il percevait ses talons et les muscles de son cou tendus à se rompre, dans son corps ravagé par la souffrance. Cela ne l'arrêta pas. Au dernier moment, au ras de la toile, il fit volte-face, rassembla toute l'énergie de ses Noirs et se propulsa vers la surface, flot de rage froide incommensurable, flèche noire filant vers le cœur d'un cercle d'or.

Durant toute la remontée, il jugula ses forces affûtées comme une rapière, mais sitôt qu'il se planta au beau milieu de sa cible, il déchaîna toute la puissance de ses Joyaux. L'explosion de magie propagea le cercle jusqu'au moment où Sadi vola en éclats sous l'effort.

Daimon ouvrit lentement les paupières. Il tremblait d'épuisement et de froid. Le moindre mouvement, même le simple fait de respirer, provoquait une douleur cuisante. Il tâtonna de la main gauche. Lorsqu'il ramena les bras contre sa poitrine, il serrait une moitié de l'Anneau d'obéissance dans chaque poing.

Il était libre.

Il fit disparaître ses Noirs, entièrement vidés de leur énergie, et en appela à son Rouge de naissance pour accomplir une dernière chose.

Si Dorothéa ou Grîr avaient survécu à la destruction de l'instrument de torture, l'Anneau de domptage subsistant pouvait toujours les conduire jusqu'à sa cachette.

Fermant les yeux, il se concentra sur un endroit qu'il connaissait bien et y dissimula les deux morceaux de l'objet.

Là-bas, dans un lieu clos, les deux moitiés de l'artefact flottèrent au-dessus du sol pendant un instant avant de s'enfoncer dans un parterre de sanguine enneigée.

Il eut encore la présence d'esprit d'invoquer une couverture, d'y apposer un sort de chaleur et de s'en envelopper de son mieux. La trame psychique qu'il avait suscitée s'était dissipée. Il n'y avait aucun moyen de savoir si Jaenelle était indemne. Il n'était pas en mesure de lui venir en aide pour le moment. Et il en allait de même pour sa propre personne. Tant qu'il ne se serait pas reposé, il n'aurait pas la force de sortir de sa tombe.

## 7. Terreille

Cassandra faisait les cent pas.

La brume qui entourait Beldon Mor tenait les Gardiens et les démonites à distance ; elle ne retenait pas pour autant ce qui voulait en sortir.

Par bonheur, elle portait le Noir, et non son Rouge de naissance, lorsque l'onde de choc que Sadi avait précipitée vers la Ténèbre l'avait heurtée. En dépit de cette protection, elle avait senti tout son corps vibrer intensément sous la sensation de chute que cela avait induit.

Se relevant tant bien que mal, elle s'était demandé combien de membres du Lignage avaient été anéantis ou, du moins, avaient été violemment ramenés à la profondeur de leur Joyau de naissance. En effet, nombre d'entre eux n'avaient reçu qu'une formation imparfaite qui ne leur permettait pas de savoir qu'il fallait accompagner les déferlantes psychiques au lieu de tenter de s'en prémunir. Et Jaenelle ? Sadi s'était-il retourné contre elle ? L'affrontait-elle pour défendre sa vie ?

Sans interrompre ses allées et venues, elle secoua la tête. Non, il chérissait l'enfant. Alors pourquoi cette chute vertigineuse ? Elle craignait désormais Daimon comme elle avait craint le père de celui-ci. Ne comprenait-il pas qu'elle lutterait à son côté pour protéger Jaenelle ?

Elle descendit jusqu'au Noir en fermant les yeux, et, ouvrant son esprit, porta son attention vers l'ouest, le long d'un fil noir. Le signal se planta dans la brume de manière infime, l'espace d'un instant, avant de disparaître.

Il n'en fallait pas davantage.

Durant l'heure qui suivit, elle nettoya l'Autel et polit le candélabre à quatre branches, extrayant des décombres les bougies noires en partie fondues et les remplaçant par de nouvelles. Une fois cela effectué, l'Autel fut prêt à retrouver sa vocation, à redevenir ce qu'il n'avait plus été depuis des siècles.

Une Porte.

Cassandra s'immergea dans un bain chaud et parfumé, se lava et se coiffa. Elle revêtit une simple robe de soie d'araigne noire qui épousait ses formes. Le pendentif ancien au Joyau noir habilla sa gorge dénudée. Elle passa l'anneau serti au Noir, d'une féminité trompeuse, qui convenait parfaitement à son doigt. Deux manchettes en argent ornées d'un sablier, au centre duquel étaient enchâssés des éclats de son Rouge, trouvèrent leur place par-dessus l'étoffe de la robe, resserrée aux poignets. Pour finir vinrent les escarpins noirs, confectionnés par des artisans tombés dans l'oubli et qui ne trahissaient pas le moindre bruit de pas.

Elle était prête. La nuit aurait beau convoyer des tempêtes, elle était prête.

Une expression d'attention songeuse sur le visage, Cassandra patienta, son regard émeraude perdu dans le lointain.

## 8. Terreille

Lorsque les esclaves des mines regagnèrent la surface, Lucivar se tourna vers l'ouest. Le sel et la sueur attisaient la morsure des plaies nouvelles qu'il avait reçues au dos. Les fers lourds qui enchaînaient ses poignets à sa taille sollicitaient ses bras déjà endoloris. Il n'en demeurait pas moins immobile, respirant la fraîcheur de l'air vespéral tout en regardant le dernier rai de soleil disparaître derrière l'horizon.

Il avait chevauché les sombres ondes de choc qui avaient déferlé sur Pruul avec la fougue d'un amant passionné, en recourant à son Joyau gris ébène afin de les propager un peu plus loin vers l'est. Son seul regret avait été de ne pas pouvoir se joindre à la curée. Non pas que le Sadique ait eu besoin de son aide… Et puis il n'aurait pas fait bon se retrouver dans la même ville que Sadi, pendant que celui-ci était en proie à cette rage incommensurable.

Un garde effrayé fit claquer son fouet, marquant le départ pour les cellules infectes, plongées dans l'obscurité, où logeaient les esclaves.

— Envoyez-les en Enfer, bâtard. Envoyez-les tous en Enfer, murmura Lucivar en souriant.

## 9. Terreille

Philippe Alexandre, la tête entre les mains, contemplait les débris de son Joyau gris.

Combien de temps avait-il fallu ? Une minute ? À peine une minute pour causer tant de dégâts ? Quelques gardes avaient d'abord perçu ce frémissement, cette impression d'affronter une bourrasque dont l'intensité allait en s'amplifiant. Puis Lilande. Puis Alexandra. Lui-même était demeuré interdit, se demandant pour quelle raison ils étaient tous si pâles et si figés. Lorsque la force avait franchi le niveau du Gris, il n'avait eu qu'un court instant, pas davantage, pour comprendre ce dont il s'agissait, entraîner Lilande et Alexandra à terre et essayer de dresser autour d'eux trois ses défenses. Un instant seulement.

Et puis son monde avait explosé.

Il avait tenu bon l'espace d'une minute avant que la phénoménale décharge du Noir fasse voler son Gris en éclats et le balaie, tel un fétu de paille emporté par une vague puis est violemment rejeté sur le sable. Il avait senti Alexandra tenter de le retenir et lâcher prise à son tour.

Une minute.

À la fin, lorsqu'il avait réussi à recouvrer ses esprits…

Tous les gardes haylliens demeurés dans le vestibule étaient morts ou avaient perdu la tête, à l'exception de deux d'entre eux. Lilande et Alexandra, protégées du premier impact, étaient indemnes quoique en état de choc. Quant à lui, il avait été brutalement renvoyé à la profondeur du Vert, son Joyau de naissance.

Tous trois, encore ébranlés, avaient quitté le hall à pas mal assurés. Ils avaient découvert Graff dans l'aile de la nursery, son regard vide rivé sur le plafond, presque méconnaissable tant son corps avait subi d'indignités.

La plupart des membres du personnel en avaient réchappé. Effrayés, tous avaient trouvé refuge dans la cuisine, où Cordon-bleu leur servait, de ses mains tremblantes, de généreuses quantités d'eau-de-vie.

Wilhelmina leur avait fait peur. Ils l'avaient trouvée assise dans la cuisine, le rouge aux joues, les yeux étincelants. Lorsque Philippe lui avait demandé si elle allait bien, l'adolescente avait répondu en lui souriant :

— Elle a dit de chevaucher la vague, alors je l'ai fait. Elle a dit de chevaucher la vague.

Juste avant que le monde explose, il avait bel et bien entendu une voix féminine, juvénile et pleine d'autorité, crier : « Chevauche la vague, chevauche-la », mais il n'avait pas compris. Il ne comprenait toujours pas. Plus affolant encore, Wilhelmina était désormais ornée au Saphir. D'une manière ou d'une autre, au milieu de tout ce chaos, et en dépit de sa jeunesse, elle avait procédé à l'Offrande. Voilà que cette enfant inexpérimentée devenait plus puissante que n'importe quel adulte de la famille.

Mais le pire était la trahison de Guinness et des palefreniers, André en tête. Ils avaient combattu les gardes haylliens et les avaient retardés. Sans leur intervention,

Sadi aurait peut-être été capturé, et Beldon Mor… Qu'à cela ne tienne ! N'ayant aucune raison de garder des traîtres, tout particulièrement des traîtres qui disaient… qui le traitaient de… il avait renvoyé Guinness, André et les autres survivants. Et dire qu'ils avaient pris le parti de Sadi *contre* les Angelline !

Philippe, fermant les yeux, massa ses tempes douloureuses. Qui aurait cru qu'un seul homme puisse porter la responsabilité de tels ravages ? À Beldon Mor, la moitié des membres du Lignage étaient morts, étaient devenus fous ou avaient été brisés.

Un soupir, presque un sanglot, lui échappa. Son corps avait à peine la force d'endurer le poids du Vert, mais il se rétablirait. Il récupérerait au moins l'usage de ce Joyau-là, à défaut du Gris.

La moitié du Lignage. Si Sadi avait frappé de nouveau…

Mais, lorsque les ondes de choc avaient enfin cessé de se propager, Daimon Sadi avait disparu sans laisser de trace.

Et nul ne connaissait le sort réservé à Grîr.

## 10. Terreille

Onirie, adossée à la tête de lit, tétait de petites gorgées à la bouteille de liqueur serrée contre sa poitrine. Ces dernières heures, Dèjie et elle s'étaient occupées des filles, administrant des sédatifs à celles qui en avaient besoin tout en autorisant les autres à s'enivrer sans retenue. Dèjie, le teint plombé, harassée, n'avait pas insisté et avait laissé Onirie prendre soin des corps qui, fort heureusement, étaient peu nombreux : les jours suivant Solhiv, les demeures de la Lune Rouge étaient d'ordinaire peu fréquentées. Malgré cela, elle avait dû envelopper les défunts dans des couvertures avant que les domestiques de Dèjie, même les plus robustes d'entre eux, acceptent de venir évacuer les cadavres.

Tout le monde puait la peur, et Onirie ne s'excluait pas du lot.

Mais ils avaient eu affaire au Sadique, après tout.

*Cela aurait pu être pire*, songea-t-elle en continuant à savourer la liqueur. *Bien pire, si Jaenelle ne nous avait pas mis en garde.* C'était curieux. La moindre sorcière Ornée présente dans l'établissement de Dèjie avait perçu l'alerte et en avait compris, ne serait-ce qu'instinctivement, la signification. Les hommes, eux… Jaenelle n'avait pas eu le temps d'affiner son avertissement. Certains l'avaient entendue et pas d'autres, voilà tout. Ceux qui appartenaient à la deuxième catégorie étaient morts.

Qu'est-ce qui avait bien pu provoquer une telle fureur ? Quel péril avait pu engendrer une réaction de cette ampleur ?

La vraie question consistait peut-être plutôt à se demander *qui* était en danger.

Sentant la colère la gagner à son tour, Onirie, paradoxalement, retrouva sa sérénité. Elle reposa la bouteille sur la table de chevet et invoqua une petite poche en cuir rectangulaire. Elle dormirait un peu dès qu'elle en aurait terminé. Il était peu probable que la situation évolue avant la tombée de la nuit ; le Sadique y avait veillé, intentionnellement ou pas.

Fredonnant tout bas, un infime sourire aux lèvres, Onirie sortit de l'étui la pierre à aiguiser et entreprit de fourbir ses couteaux.

## 11. Terreille

Dorothéa contemplait les flammes qui dansaient dans l'âtre. Cette garce de Prêtresse Noire allait arriver au vieux sanctuaire d'une minute à l'autre. Il serait alors temps de lui remettre le message et de s'en retourner.

Qui aurait cru qu'il parviendrait à briser un Anneau d'obéissance ? Qui aurait cru, alors même qu'il se trouvait à l'autre bout du royaume, que cela aurait pour conséquence de… ?

Fort heureusement, elle avait entrepris de confier l'Anneau de domptage à chacune des jeunes sorcières de son cénacle, à tour de rôle, afin que chacune puisse comprendre, l'espace d'une journée, « ce que cela faisait » de maîtriser un mâle puissant, même si ce dernier était si loin que les sensations, en réalité, étaient presque inexistantes. Fort malheureusement, sa préférée, la petite perle *tellement* prometteuse, avait été précisément celle qui portait l'artefact ce jour-là.

Son enveloppe, désormais complètement vide, vivait encore, aussi faudrait-il la conserver assez longtemps pour éviter que les autres filles se rendent compte combien elles étaient négligeables. Un mois ou deux y suffiraient. Puis on enterrerait la jeune femme avec les honneurs évidemment dus à son rang de Joyau et à son statut.

Dorothéa frémit. Sadi se trouvait quelque part, hors de contrôle. Il restait la possibilité de l'attirer en se servant du demi-sang eyrien, mais il serait très dommage de sortir Yasi de son nid douillet des mines de sel pruuliennes, avant de l'avoir brisé physiquement et moralement. Par ailleurs, elle doutait qu'il puisse constituer un appât assez attractif, cette fois.

La porte du boudoir s'ouvrit devant la silhouette encapuchonnée.

— Vous m'avez fait mander, ma Sœur ? demanda Hékatah sans faire mystère de son agacement. (Elle jeta un regard appuyé en direction du guéridon, dépourvu de la carafe de sang qui l'y attendait d'ordinaire.) Ce doit être important, si vous avez omis un élément aussi dérisoire que les rafraîchissements.

— Effectivement.

*Sac d'os ! Parasite ! Hayll tout entière est en danger, maintenant.* Je *suis en danger !* Dorothéa, prenant garde de ne pas laisser transparaître ces pensées, joua avec la missive qu'elle tenait avant de la présenter à son interlocutrice.

— De la part de Grîr.

— Ah ! lança Hékatah en réprimant à grand-peine sa fébrilité. Il a du nouveau ?

— Mieux, répondit Dorothéa d'une voix traînante. Il dit qu'il a trouvé un moyen de régler votre petit souci.

## 12. Terreille

Grîr, assis sur le lit aux draps blancs de l'une des chambres privées de Boisgenêt, berçait ce qui restait de sa main valide.

Il aurait pu s'en tirer plus mal. Si ce morveux de palefrenier, avec sa patte folle, n'avait pas tenté de l'amputer de l'auriculaire, jamais il n'aurait réussi à enlever l'Anneau subsidiaire à temps lorsque Sadi avait brisé l'Anneau d'obéissance. À l'instant précis où l'onde de choc émanait du Noir, il avait arraché le lambeau de peau qui retenait son doigt et l'avait lancé au loin. Un garde qui se trouvait là avait, par réflexe, attrapé l'appendice au vol, saisissant par la même occasion l'artefact.

*Quel insensé ! Insensé, insensé…*

Désormais privé de son moyen de pression et ignorant si Sadi avait été blessé, Grîr avait accouru à Boisgenêt, où il savait qu'on le soignerait sans poser de questions. C'était aussi le seul endroit où Daimon ne frapperait pas à l'aveugle. Ici, on conservait une certaine latitude pour influer sur le cours des événements… du moins pour quelques heures encore. Passé ce délai, lui-même regagnerait Hayll sans tarder pour se fondre dans la multitude, au sein de la cour de Dorothéa. Boisgenêt et ses clients, pour leur part, seraient encore là pour étancher la soif de vengeance du Sadique.

Grîr, étendu sur le lit, laissa les antalgiques l'entraîner vers un repos fort nécessaire. D'ici quelques heures, le petit problème de la Prêtresse Noire serait de l'histoire ancienne. Quant à Sadi…

*Qu'il hurle donc, le salaud !*

## 13. Enfer

Sahtan fit encore une fois le tour de son bureau privé.

Il scruta le portrait de Cassandra.

Il scruta la toile emmêlée qu'il venait d'achever, l'avertissement qui arrivait peut-être trop tard.

Il secoua lentement la tête comme pour récuser la vision dont la toile lui avait fait part.

Une trame intime encore indemne. Les éclats d'un calice de cristal. Et du sang. Tant de sang.

Jamais il n'avait envahi l'intimité de Jaenelle. Il avait fait fi de son propre jugement, de tout son instinct, et s'était toujours refusé à intervenir. Mais maintenant…

— Non, dit-il avec une douceur malfaisante. Personne ne prendra ma Reine. Personne ne prendra ma fille.

Un seul point d'approche lui permettrait de franchir la brume. Un seul endroit où il serait en mesure d'amplifier ses forces pour sortir des limites du royaume. Une seule sorcière disposait du savoir nécessaire pour l'y aider.

Jetant sa pèlerine sur ses épaules, il arracha la porte de ses gonds d'un simple regard et longea les couloirs des profondeurs du Manoir à pas feutrés. Les pierres grossièrement taillées se couvraient d'une pellicule de glace sur son passage. Il croisa Méphis et Prothvar sans les voir, sans rien voir d'autre que la toile.

— Où allez-vous, SaDiablo ? lui demanda Andulvar en s'avançant pour l'intercepter.

Sahtan feula doucement.

La demeure trembla.

Andulvar hésita très brièvement avant de s'interposer entre le Sire d'Enfer et sa destination.

— Yaslana.

La fureur de Sahtan s'était faite paisible, extrêmement paisible. Telle était la raison pour laquelle tous le redoutaient.

— Vous pouvez me dire où vous allez, ou bien me passer sur le corps, décréta calmement Andulvar, dont un infime tressaillement nerveux de la mâchoire trahissait l'émotion.

Sahtan leva la main droite en une caresse d'amant et sourit. Puis, se rappelant que cet homme-là était son ami et que lui aussi chérissait Jaenelle, il rétracta la dent de serpent et pressa gentiment l'épaule d'Andulvar.

— Ébènaskavi, murmura-t-il tout en s'engageant sur le Vent Noir.

Il disparut.

# Chapitre 15

## 1. Terreille

Onirie rêvait.

Titienne et elle marchaient à travers bois. Titienne essayait de l'avertir de quelque chose, mais elle ne l'entendait pas. Les bois, Titienne, tout était réduit au silence par un tambourinement sonore et régulier.

Lorsqu'elles atteignirent l'orée de la forêt, Onirie remarqua un arbre doté d'une branche parfaite. Une sève rouge sombre en suintait.

Titienne passa à côté de l'arbre et s'engagea sur une pelouse chargée de hautes fleurs argentées. Elle en ramassa quelques-unes au passage, qui se changeaient alors en couteaux aiguisés et brillants. En souriant, elle offrit le bouquet à Onirie.

Le tambourinement s'amplifia et s'intensifia.

Quelqu'un hurlait.

Titienne poursuivit son chemin en direction d'une vaste surface rectangulaire emplie de brume, en pointant le doigt, de temps à autre, dans diverses directions. À chaque geste, la brume se rétractait. Deux fillettes rousses. Une enfant énucléée. Une enfant à la gorge tranchée dont les yeux flamboyaient de fureur impuissante. Une fillette avec une seule jambe.

À l'extrémité la plus éloignée du rectangle se trouvait un monticule de terre fraîchement retournée.

La cadence du tambourinement s'accéléra.

Quelqu'un poussait des cris perçants de rage et de douleur.

Onirie s'approcha du monticule, attirée par quelque chose qui gisait sur l'humus. Alors, de la sanguine sortit de terre et fleurit, formant une couronne autour de longs cheveux blonds.

— Non ! hurla Onirie en se ruant hors du lit.

Le tambourinement cognait comme un cœur contre ses côtes.

Le hurlement dans sa tête ne cessa pas.

## 2. Enfer

— Vous allez m'aider, dit Sahtan en se tournant vers Draca.

— À quelle fin, Ssire ? demanda celle-ci.

Ses yeux reptiliens qui ne cillaient pas ne laissaient rien transparaître.

— M'immiscer dans la brume qui entoure Beldon Mor.

Ses yeux dorés capturèrent ceux de son interlocutrice, lui enjoignant de plier.

— Il y a danger ? demanda Draca après l'avoir longuement observé.

— Je le crois.

— Vous revenez ssur votre promessse.

— Qu'elle me haïsse plutôt que nous la perdions tous, répliqua Sahtan sur un ton incisif.

Draca considéra ses paroles.

— Même le Noir ne ssaurait porter ssi loin. Du moins, pas le Noir qui est le vôtre, Ssire. Toute l'aide que je puis vous apporter sse résume à ssavoir sse qui sse trouve derrière la brume. À voir, mais pas à agir. Pour agir, il vous faudrait vous lier à autrui, hampe à hampe.

Sahtan s'humecta les lèvres, prit une profonde inspiration.

— Il y en a un, ici, susceptible de m'assister, de me laisser me servir de lui.

— Venez.

Draca le guida dans les couloirs d'Ébènaskavi, vers un large escalier qui descendait au cœur de la montagne.

Au moment où ils arrivèrent devant les marches, Sahtan perçut un bruit de pas pressés et réagit en faisant volte-face.

Geoffrey apparut au détour d'un passage, suivi d'Andulvar, de Prothvar et de Méphis. Andulvar et Prothvar étaient vêtus pour la bataille. La colère de Méphis irradiait de son Joyau gris.

Sahtan leur adressa à tous trois un regard tranchant comme une dague avant de tourner son attention, et sa colère, vers Andulvar, et lui seul.

— Que faites-vous ici, Yaslana ? demanda-t-il sur un ton doucereux, dangereux.

Andulvar serra les poings.

— La toile, dans votre bureau.

— Ah, vous êtes donc maintenant en mesure de lire les toiles du Sablier !

— Je pourrais vous briser comme une brindille !

— Il vous faudrait déjà m'atteindre.

Un sourire naquit lentement sur le visage d'Andulvar, découvrant ses dents. Puis le sourire s'évanouit.

— La sauvageonne a des ennuis, n'est-ce pas ? C'est de cela que la toile vous a averti.

— Cela ne vous concerne pas.

— Elle n'est pas votre propriété exclusive, Sire ! rugit Andulvar.

Sahtan ferma les paupières. *Douce Ténèbre, donne-moi la force.*

— Non, elle n'est pas ma propriété exclusive, concéda-t-il, dévoilant ainsi à Andulvar sa propre souffrance. Mais je suis le seul à être assez fort pour faire ce qu'il faut et... (D'un geste, il prévint les protestations, les yeux rivés sur Andulvar.) Si quelqu'un doit prendre la responsabilité de ce qui va se produire, si quelqu'un doit devenir l'objet de sa haine, alors faisons en sorte qu'il ne s'agisse que de l'un de nous, afin que les autres puissent continuer à la chérir. Et à la servir.

— Sahtan, ah, Sahtan ! répondit Andulvar avec émotion. Avons-nous donc les mains liées ?

Ce dernier battit rapidement des cils.

— Souhaitez-moi le meilleur.

— Venez, le pressa Draca. La Ténèbre... Il faut nous hâter.

Sahtan la suivit en bas de l'escalier, jusqu'à une porte fermée qu'elle déverrouilla à l'aide d'une grande clé.

Une immense toile bordée d'argent était inscrite dans le sol de l'énorme caverne. Au centre, à l'intersection de tous les fils, se trouvait un Joyau irisé gros comme le poing de Sahtan, un Joyau dans lequel se mélangeaient les couleurs de tous les autres. Chaque fil d'argent comportait, à son extrémité, un éclat précieux de la taille de l'ongle de son pouce.

Sahtan et Draca longèrent le pourtour de la toile, et les Joyaux se mirent à luire. Un fredonnement grave s'en échappa et s'éleva, toujours plus haut, si bien que la caverne entière palpitait sous l'effet du son.

— Draca, quel est cet endroit ? murmura Sahtan.

— Il est le nulle part et le partout. (Elle désigna ses pieds.) Vous devez être pieds nus. La chair doit toucher la toile. (Lorsque Sahtan eut ôté ses chaussures et ses chaussettes, elle montra l'un des fils.) Commenssez issi. Avanssez lentement vers le ssentre, en laisssant la toile vous attirer en elle. Lorssque vous atteindrez le milieu, plassez-vous derrière le Joyau, de manière à faire fasse au fil le plus proche de Beldon Mor.

— Et ensuite ?

Draca l'observa, lui cachant ses pensées.

— Enssuite, le Lignage chantera à l'intention du Lignage. Votre ssang, asssombri par votre forsse, nourrira la toile. Vous orienterez le pouvoir de ssette offrande afin qu'il ssoit conduit au fil préssis dont vous avez besoin. Une fois que vous aurez débuté, vous ne devrez pas rompre le contact.

— Et ensuite ?

— Enssuite, vous verrez sse que vous êtes venu voir.

Sahtan puisa à ses Noirs et se plaça sur le fil. La puissance de la toile s'enfonça dans son talon telle une aiguille. Il inspira entre ses dents et commença à marcher.

Chaque pas déployait l'énergie de la toile. Quand il parvint en son milieu, tout son corps vibrait sous l'effet du bourdonnement. Il se positionna derrière le Joyau en gardant un pied en contact avec le fil, les yeux – et la volonté – rivés sur cet emplacement.

Il leva le bras droit et ouvrit la veine à son poignet.

Son sang grésilla en tombant sur le Joyau au cœur de la toile, formant une brume rouge qui se tortilla avant de constituer une ligne fine et de s'engager sur le fil, centimètre après centimètre.

Goutte à goutte, la ligne se dirigea vers Chaillot, vers Beldon Mor.

L'espace d'un instant, elle s'arrêta à un doigt de l'éclat de joyau, bloquée. Puis elle reprit sa progression insidieuse vers le haut, tel un liseron rouge à l'assaut d'un mur invisible, jusqu'à se trouver à une paume au-dessus du sol. Alors, ce fut fini, et elle reflua le long du fil.

Il avait créé une brèche dans la brume de Jaenelle. Au moment précis où la ligne sanglante toucherait le débris de joyau, il serait en mesure d'explorer Beldon Mor.

La ligne parvint à son but.

Les yeux de Sahtan s'agrandirent.

— Feu d'Enfer, que…

— Pas un geste !

La voix de Draca semblait venir de si loin… *Qu'a donc fait Daimon ?* songea Sahtan en recueillant l'arrière-goût de la fureur. Sombrant sous la cacophonie des Joyaux inférieurs, il chercha le Noir, le Noir par trop immobile. Il aurait dû percevoir trois esprits à sa portée. Il n'y en avait qu'un : le plus distant, celui de l'Autel Noir.

Gardant les yeux braqués sur l'éclat précieux, Sahtan propulsa une pensée le long d'un fil psychique, hampe à hampe.

— *Homonyme ?*

Il obtint en réponse un bref vacillement agacé.

Il fit une nouvelle tentative, de hampe à calice cette fois.

— *Sorcelière ?*

L'espace d'un instant, rien.

Puis Sahtan entendit Draca étouffer un hoquet, tandis que de la lumière clignotait autour de lui. Du coin de l'œil, il vit tous les éclats de joyau s'illuminer, tous les brins argentés flamboyer d'une lueur froide.

Quelque chose s'approchait de lui à vive allure. Pas une pensée. Plutôt une bulle de savon dans un cocon de brume. De plus en plus vite, cela filait vers la toile.

Le Joyau à ses pieds s'embrasa soudain et il fut ébloui. Il se couvrit promptement les yeux avec son bras.

La bulle atteignit l'éclat de joyau et creva, et la caverne…

La caverne résonna des cris d'une enfant.

## 3. Terreille

Les hurlements cessèrent.

Onirie s'élança sur la pelouse déserte de Boisgenêt, vers la porte cachée. Le Joyau gris à son cou flamboyait sous l'effet de son courroux. Ce soir-là, nul verrou dans Beldon Mor n'aurait été assez robuste pour la retenir. En revanche, elle ne savait absolument pas comment elle pourrait trouver celle qu'elle cherchait, une fois à l'intérieur.

À quelques enjambées de l'entrée, quelqu'un lui cria :

— Dépêchez-vous ! Par ici, dépêchez-vous !

Pivotant vers la droite, elle vit Rose qui lui faisait signe frénétiquement.

— Ils sont trop forts, dit la fillette en l'attrapant par le bras. Kartane et oncle Bobby le laissent puiser dans leur énergie. Il a scellé la chambre, alors je ne peux pas entrer.

— Où ?

En courant, Onirie s'était fait un point de côté et le froid de l'air nocturne lui brûlait les poumons. Cela accentua sa colère.

Rose montra le mur du doigt.

— Pouvez-vous créer le passage ?

Onirie observa attentivement la paroi, l'explora. Douleur et désorientation. Rage et désespoir. Et courage.

— Pourquoi ne riposte-t-elle pas ?

— Trop de médicaments. Elle est dans la brume et elle ne peut pas sortir. (L'enfant tira Onirie par la manche.)

S'il vous plaît, aidez-la. Nous ne voulons pas qu'elle meure. Nous ne voulons pas qu'elle soit comme nous !

Onirie, les lèvres pincées en un pli contrarié, amorça un geste vers le couteau rangé contre sa cuisse droite, mais au lieu de cela sa main se porta de l'autre côté et dégaina la lame passée dans le fourreau de gauche.

Le couteau de Titienne.

Ses lèvres s'incurvèrent lentement en un sourire. Sans jamais quitter la paroi des yeux, elle tendit sa main libre à Rose.

— Viens avec moi, dit-elle, et elle se fondit dans la pierre.

L'enceinte de Boisgenêt était épaisse. Elle ne le remarqua pas.

Cette fois… cette fois, elle allait couvrir les murs de sang.

La pièce était scellée à la force de deux personnes. Des insensés. Deux Rouges auraient pu la ralentir, s'ils avaient eu conscience de sa présence. Mais Kartane et oncle Bobby ? Jamais. *Jamais.*

Onirie libéra une courte décharge d'énergie de son Joyau gris. Les barrières volèrent en éclats et elle bondit.

Se réceptionnant dans la petite chambre, elle se retourna vivement et se trouva face à l'homme sur le lit. Sans cesser ses assauts sur le corps de chiffon sur lequel il était couché, il leva un visage déformé par la haine et la luxure.

S'élançant, Onirie le saisit d'une main par les cheveux et l'égorgea avec le couteau de Titienne.

Le sang chanta tandis que les murs blancs viraient au rouge.

Dans le même élan, elle lui plongea la lame dans la poitrine, le projetant hors du lit de toute la force que lui octroyait la fureur.

Il retomba au sol, l'arme toujours plantée dans la poitrine, et ses mains neutralisées grattèrent faiblement dans le vide le temps d'un battement de cœur, ou deux.

*Achever la proie.*

Accroupie, Onirie tira son autre couteau pour l'enfoncer dans le cerveau de l'homme inerte, comptant sur l'acier pour guider le Gris et lui permettre de briser et d'anéantir ce que l'enveloppe de chair contenait encore. Elle leva le bras pour assener le coup final, mais alors Rose poussa un gémissement, et elle regarda brièvement en direction du lit.

Il y avait une mare de sang entre les jambes de Jaenelle. Trop de sang.

Onirie se pencha au-dessus du lit. Son estomac protesta.

Jaenelle contemplait le plafond, elle ne cilla absolument pas lorsque Onirie passa la main devant ses yeux. Son corps n'était plus que contusions ; du sang suintait de sa lèvre fendue.

Onirie reporta son attention sur le seigneur de guerre et remarqua des égratignures sur son visage et ses épaules. Elle avait donc lutté pendant un temps.

Onirie chercha le pouls de l'enfant. Faible, de plus en plus faible.

Quelque chose heurta la porte verrouillée.

— Grîr ! cria quelqu'un. Grîr, que se passe-t-il ?

— Bordel ! cracha Onirie tout en scellant rapidement la pièce au Gris.

Retirant la lame de Titienne, elle hésita l'espace d'un instant, pas davantage, avant de secouer la tête. Elle ne disposait pas de la minute qu'il lui aurait fallu. Elle trancha les cordons qui retenaient Jaenelle au lit par les poignets et les chevilles, l'enveloppa dans le drap souillé et attira la fillette emmitouflée contre elle. Puis, les protégeant au Gris, son précieux fardeau et elle-même, elle se fraya un passage à travers les murs.

Une fois à l'extérieur, elle courut. Lorsqu'ils finiraient par casser le sceau gris et trouveraient Grîr, ils quitteraient Boisgenêt par flots entiers à sa poursuite. Et ils seraient en mesure de la pister en suivant l'odeur du sang.

Elle n'avait qu'un endroit où aller et, lorsqu'elle serait arrivée là-bas, elle aurait besoin d'aide.

Elle mit du cœur à l'ouvrage et lança une invocation le long du Gris.

— *Sadi !*

Pas de réponse.

— *Sadi !*

## 4. Enfer

— NON ! rugit Sahtan.

Sa plainte résonna à travers la caverne, noyant les bruits de pas qui dévalaient l'escalier. Andulvar fit irruption dans la grotte.

— SaDiablo ! Nous avons entendu un cri. Que…

Sahtan pivota en montrant les dents et foudroya Draca du regard, en proie à une intense fureur.

— Et maintenant ? demanda-t-il avec une placidité trompeuse.

— Nous allons emprunter les Vents, affirma Prothvar en tirant son couteau.

— Pas le temps, objecta Méphis. Il sera trop tard.

— Draca, dit Geoffrey.

Celle-ci ne cilla pas, ne tressaillit pas devant l'expression glaciale du Sire d'Enfer.

— Sahtan…, commença Andulvar.

Draca ferma les yeux.

Une voix semblable à un roulement de tonnerre emplit les esprits, comme si le Fort lui-même poussait un soupir.

Une voix masculine.

— *Hampe à hampe, Ssire. Ss'est le sseul moyen, à présent. Sson ssang coule. Ssi elle meurt maintenant…*

— … elle marchera parmi les cildru dyathe.

— *Les rêves faits chair ne deviennent pas cildru dyathe, Ssire.* (Il y avait tant de peine dans cette voix.) *Elle ssera perdue pour nous.*

— Qui êtes-vous pour me dire cela ? gronda Sahtan.

— *Lorn.*

Le cœur de Sahtan fit un bond.

— *Vous avez le courage, Ssire, de faire sse qu'il faut. L'autre mâle ssera votre insstrument.*

Le roulement-soupir s'évanouit.

Dans la caverne, le calme était entièrement revenu.

Sahtan se retourna précautionneusement et se plaça de nouveau face à la ligne de sang.

*« Ensuite, le Lignage chantera à l'intention du Lignage ».*

*Ne pense pas. Sois un instrument.*

*Tout a un prix.*

Enfermé dans sa rage froide et tranquille, Sahtan puisa lentement dans le pouvoir de la toile, dans le pouvoir de ses Joyaux et dans celui que lui-même recelait, jusqu'à former une hampe psychique à trois tranchants. Sa volonté et son regard rivés sur l'éclat précieux, il envoya une unique invocation tonitruante.

— *SADI !*

## 5. Terreille

— *Sadi!*

— *Sadi!*

— *SADI!*

Daimon se réveilla en sursaut, le cœur battant à tout rompre, le corps parcouru d'élancements. Avec un grognement, il se frotta le front à l'aide de son poing, dans un sens puis dans l'autre.

Et il se souvint.

— *Sadi, je vous en prie.*

Daimon fronça les sourcils. Ce simple geste le fit souffrir.

— *Onirie?*

Un sanglot étouffé.

— *Vite. L'Autel.*

— *Onirie, que...*

— *Elle saigne!*

Il ne se rappela pas s'être frayé le passage. À un moment, il se trouvait sous terre, à l'étroit dans le rectangle; l'instant d'après, il était arc-bouté contre l'arbre, les yeux fermés, attendant que le monde cesse de tournoyer.

— *Onirie, rends-toi à l'Autel. Tout de suite.*

— *Les oncles vont nous poursuivre.*

Un sourire brutal dévoila les dents du Sadique.

— *Qu'ils viennent.*

Le lien se rompit. Onirie chevauchait déjà les Vents qui la mèneraient à l'Autel de Cassandra.

Daimon s'accrochait au tronc. Son corps ne lui valait rien. Les Joyaux noirs ne s'étaient pas rechargés et ne pouvaient rien lui donner. À court d'énergie, il but avidement la réserve de puissance de son Rouge de naissance.

— *Sadi!*

L'autorité intrinsèque de cette voix tonitruante heurta la force du Rouge et l'absorba aussi aisément qu'un lac absorbe un plein seau d'eau.

Daimon plaqua les mains sur sa tête et tomba à genoux. Le pouvoir étranger resserrait sa prise à l'intérieur de son crâne telle une bande de fer, menaçant de fracasser ses barrières intimes. Il riposta autant que ses maigres ressources le lui permettaient en protestant avec colère.

— *Daimon.*

Une rage glaciale attendait tout contre sa première ligne de défense, mais il avait identifié l'intrus.

— *Prêtre?* (Il laissa échapper un soupir de soulagement.) *Père, reculez un peu. Je ne peux pas… C'est trop intense.*

— *Vous êtes mon instrument.*

— *Non.* (L'étau psychique se raffermit.) *Je sers Sorcière et personne d'autre. Pas même vous, Prêtre,* gronda Daimon.

La bande s'assouplit, devint caresse.

— *Je la sers également, prince. C'est pourquoi j'ai besoin de vous. Son sang coule.*

Daimon s'efforça de se lever, de respirer.

— *Je sais. Nous l'emmenons à l'Autel de Cassandra.*

Il avait mal. Feu d'Enfer, comme il avait mal!

— *Faites-moi entrer, homonyme. Je ne vous blesserai pas.*

Après une hésitation, Daimon s'ouvrit pleinement. Il serra les dents pour ne pas hurler lorsque la fureur glacée fit irruption dans son esprit. Sa vue se dédoubla. Il sentait l'arbre contre son dos. Il sentait aussi de la pierre froide sous des pieds nus.

La perception de la pierre s'atténua, mais ne disparut pas. Il ouvrit et referma lentement la main. Il avait l'impression de porter un gant sous sa peau. Puis cette sensation-là reflua à son tour, sans disparaître non plus.

— *Vous contrôlez mon corps*, dit-il avec une pointe d'amertume.

— *Ce n'est pas cela. En me joignant ainsi à vous, ma force est un puits auquel vous pouvez vous abreuver et, en retour, je serai en mesure de voir et de comprendre comment nous devons agir pour lui venir en aide.*

Daimon s'écarta de l'arbre. Il vacilla, mais une autre paire de jambes tint bon pour lui. Prenant une profonde inspiration, il s'engagea sur le Vent Noir et se précipita vers l'Autel de Cassandra.

Il traversa à la hâte les ruines qui constituaient les salles extérieures du sanctuaire. Les bruits de pas qu'il avait entendus un instant auparavant cessèrent. Désormais, une muraille de Gris et de colère barrait le couloir menant au labyrinthe des chambres intérieures.

— Onirie ? appela-t-il doucement.

Un sanglot lui répondit. Le mur de Gris s'abattit.

Daimon accourut auprès d'Onirie qui l'attendait, en larmes.

— Je ne suis pas arrivée à temps, dit-elle en pleurant, alors que Daimon prenait le paquet qu'elle tenait entre ses bras tremblants et le serrait tout contre sa poitrine. Je ne suis pas arrivée à temps.

Il reprit la direction d'où il était venu.

— Cassandra doit avoir une pièce quelque p…

— *Allez à l'Autel, homonyme.*

— *Il lui faut…*

— *L'Autel.*

Daimon fit demi-tour et gagna rapidement la salle située au cœur du sanctuaire, précédé par Onirie qui alla pousser la porte de fer forgé pivotant difficilement sur ses gonds. Il se rua à l'intérieur et posa délicatement Jaenelle sur l'Autel.

— Il nous faut de la lumière, dit-il avec la brusquerie du désespoir.

Une lueur magique s'épanouit au-dessus d'eux.

Cassandra se tenait de l'autre côté de l'Autel. Ses Joyaux noirs luisaient. Elle le transperça de son regard émeraude.

Daimon baissa la tête et vit le sang sur sa chemise.

— *Courage, homonyme.*

— Vous êtes donc là tous les deux, remarqua tranquillement Cassandra sans jamais quitter Sadi des yeux.

Elle plaqua la main sur sa bouche pour réprimer un cri quand Sadi, opinant du chef, défit promptement le drap.

Le sang qui sourdait entre les jambes de Jaenelle lui empoissa les mains lorsqu'il toucha l'endroit où se rejoignaient les cuisses de la fillette, pour faire de ses doigts les catalyseurs d'une délicate onde de pouvoir porteuse des rudiments de guérison qu'il connaissait. Il chercha, explora.

Les Sorcières saignaient plus que les autres femmes durant leur Première Nuit, et celles qui étaient ornées aux Sombres encore plus. Pour prix de leur magie, elles vivaient des instants de fragilité, des moments pendant lesquels l'équilibre des énergies basculait en faveur des hommes, les laissant vulnérables.

Cela n'expliquait cependant pas la gravité de l'hémorragie.

*Chercher, explorer.*

Une onde de choc glaciale le parcourut lorsqu'il trouva la réponse. Sa fureur s'accrut.

— Ils ont utilisé quelque chose pour forcer l'ouverture. Ils l'ont ouverte *de force.* (Il palpa le torse de l'enfant, les entailles et les contusions.) *Êtes-vous versé dans l'Art de soigner ?* demanda-t-il sèchement à Sahtan.

— *J'ai des connaissances à revendre, mais cela reste théorique. Cela ne suffit pas, Daimon.*

— *Alors,* qui *en sait assez ?*

Le regard vide de Jaenelle était braqué sur lui.

Il prit le visage de la fillette entre ses mains en coupe.

— Non, dit Cassandra en contournant l'Autel. Permettez-moi. Elle ne se sentira pas menacée par une Sœur.

Daimon la détesta de parler ainsi. La détesta encore plus parce qu'en l'état actuel des choses elle avait raison.

— *Laissez-la essayer, homonyme.*

Sahtan força Daimon à se mettre légèrement en retrait.

Cassandra pressa ses doigts contre les tempes de Jaenelle et plongea son regard dans celui, immobile, de l'enfant. Au bout d'une minute, elle recula et serra les bras autour de son corps comme pour trouver du réconfort. Ses lèvres tremblèrent.

— Elle est hors d'atteinte, murmura-t-elle d'une voix éraillée, défaite.

Cela ne signifiait rien. Jaenelle était plus forte qu'eux tous réunis. Elle pouvait descendre plus profond. Cela ne signifiait rien.

Mais le calice fracassé de la vision de Tersa se gaussait de lui. *Vous savez,* disait le cristal. *Vous savez pourquoi elle ne répond pas.*

— Non, affirma Daimon sans bien comprendre si ce refus était le sien ou s'il venait de Sahtan.

Onirie s'avança, le teint gris. Mais ses yeux vert doré étincelants manifestaient sa détermination.

— La petite Rose a dit qu'on lui avait donné trop de médicaments et qu'elle ne pouvait sortir de la brume. Probablement un odieux mélange de safframate et d'un sédatif.

— *Je ne perçois pas de jonction entre son corps et son Moi*, répondit la voix de Sahtan avec un calme empreint de tension. *Soit il est très ténu, soit elle l'a tranché complètement. Si nous ne la ramenons pas sur-le-champ, nous la perdrons.*

— Je *la perdrai, vous voulez dire*, rétorqua Daimon d'un ton acerbe. *Si son corps meurt, elle pourra toujours être avec* vous, *n'est-ce pas ?*

Il sentit une douleur déchirante émaner du lien.

— *Non*, murmura Sahtan. *Je tiens de source sûre que les rêves faits chair ne deviennent pas cildru dyathe.*

Daimon ferma les yeux et inspira à pleins poumons.

— *Votre puits est-il très profond, Prêtre ?*

— *Je l'ignore.*

— *Alors, il faut en avoir le cœur net.* (Il se tourna vers Onirie.) Sors. Va monter la garde. Ces fils de garces et de catins ne vont pas tarder à arriver. Retarde-les, Onirie.

Celle-ci regarda brièvement l'Autel.

— Je les retiendrai jusqu'à ce que vous me contactiez.

Elle s'esquiva par la porte de fer forgé et disparut dans l'entrelacs de couloirs obscurs.

— Accompagnez-la, dit Daimon à Cassandra. C'est personnel. (Avant que celle-ci puisse protester, Sahtan ajouta :) *Allez, ma dame.*

Sadi attendit d'être certain qu'elle était partie. Puis il se pencha sur l'Autel et prit Jaenelle dans ses bras.

Le pouvoir de Sahtan l'envahit, l'enlaça.

— *Gardez-vous de descendre trop brusquement*, l'avertit le Sire d'Enfer.

Comme il était facile de s'introduire dans ce corps abandonné, de se laisser glisser dans tout ce vide, jusqu'à atteindre la profondeur de sa propre trame intime. Là, il se stabilisa et essaya de sonder ce qui se trouvait plus bas.

Loin, loin, loin en dessous de lui, un éclair illumina une brume noire tournoyante.

—*Jaenelle!* cria Daimon. *Jaenelle!*

Pas de réponse.

Dévidant le fil de son lien avec Sahtan pour l'allonger encore et encore, Sadi se faufila au-delà de sa trame personnelle. L'inquiétude du Prêtre résonna le long du fil :

—*Daimon!*

Un peu plus loin. Un peu plus loin.

Il ressentait désormais la pression, mais continua à dévider le lien.

Au fond au fond au fond.

Comme lorsqu'on s'enfonce trop dans l'onde, l'abîme le comprimait, appuyait contre son esprit. Le noyau du Moi ne pouvait descendre au-delà d'une limite donnée. Qu'il passe outre, et la puissance qui faisait du Lignage ce qu'il était essaierait de se déverser dans un réceptacle devenu trop exigu et broierait alors son âme, fracasserait sa conscience.

Plus bas plus bas plus bas. Évoluer à travers le vide, dévider le lien qui les unissait, Sahtan et lui, l'amenuisant de plus en plus.

—*Daimon! Vous êtes trop loin. Remontez, Daimon. Remontez!*

Une minuscule plume psychique s'éleva de la brume encore distante, en contrebas, et le frôla délicatement avant de se retirer, effarouchée et perplexe.

—*Jaenelle*! cria Sadi. (N'obtenant pas de réponse, il contacta Sahtan par le biais de leur lien viril.) *Je l'ai sentie, Prêtre! Je l'ai sentie!*

Il perçut également le sentiment d'agonie émanant du Sire et comprit qu'on le tractait vers le haut.

— Non ! hurla-t-il en luttant contre cette force. NON !

Le lien cassa net.

Désormais détaché de l'énergie que lui fournissait Sahtan, il devint une enveloppe creuse, et le pouvoir de l'abîme se rua sur lui pour le remplir. Trop. Trop vite. Trop intensément.

Il hurla lorsque sa conscience fut lacérée, se déchira, se brisa.

Il tomba sans cesser de se désagréger et de hurler, et disparut dans la brume noire balafrée d'éclairs.

Onirie mit la dernière touche au sort qu'elle confectionnait en travers du couloir menant aux salles intérieures et caressa un instant l'idée d'y pousser Cassandra sans ménagement, juste pour voir ce que cela donnerait. Elle n'avait rien à lui reprocher, à proprement parler, mais l'humeur massacrante de cette femme et les regards noirs qu'elle ne cessait de lancer en direction de la chambre de l'Autel portaient sur les nerfs d'Onirie, déjà soumis à rude épreuve.

Elle recula un peu et se frotta les mains sur le fond de son pantalon. Elle invoqua une cigarette noire et l'alluma à l'aide d'une flammèche de feu sorcier, en tira une bouffée puis la présenta à Cassandra qui se contenta de secouer la tête en continuant à lancer des regards assassins.

— Mais que font-ils donc ? Pourquoi faut-il que cela ait lieu en privé ? demanda cette dernière pour la énième fois en l'espace de quelques minutes.

— Arrêtez votre char, poupée, répliqua sèchement Onirie. Cette remarque de madame-je-sais-tout, comme quoi elle vous ferait confiance plus qu'à lui, était déjà une raison suffisante pour vous mettre à la porte.

— Mais c'est vrai, protesta Cassandra, irritée. Une Sœur...

— Une « Sœur » ! Balivernes. Et puis, je ne vous entends pas déblatérer au sujet de l'autre. Celui dont j'ai senti le fumet.

— Je me fie au Prêtre.

Onirie tira sur sa cigarette. Ainsi donc, il s'agissait du Prêtre. Pas le genre d'homme auquel elle aimerait avoir affaire. Cela étant dit, ce n'était pas non plus le cas avec Sadi.

Elle jeta la cigarette d'une pichenette et la fit disparaître.

— Allons, poupée. Concoctons encore quelques petites surprises pour ces chers oncles de Boisgenêt.

Cassandra examina le couloir :

— Qu'est-ce que c'est ?

— Un sort mortel. (Une lueur perverse emplit les pupilles d'Onirie.) Le premier qui passera par là verra son cœur exploser, ses couilles exploser, et une décharge de Gris l'achèvera. Le corps s'imbibe du sort, donc il n'existe aucun moyen de le détecter. D'ordinaire, j'y ajoute un sort de retardement, mais, ce que nous voulons, c'est frapper fort et sans états d'âme.

Cassandra parut choquée.

— Où avez-vous appris à élaborer ce genre de chose ?

Onirie fit un signe de dénégation et alla piéger un autre couloir. Ce n'était pas le moment de raconter à Cassandra que Sadi était celui qui lui avait enseigné ce petit tour-là. Alors même, surtout, qu'elle aurait tellement voulu que Jaenelle l'ait appris aussi.

Daimon ouvrit lentement les yeux.

Il savait qu'il était allongé sur le dos. Il savait qu'il ne pouvait pas bouger. Et il savait aussi qu'il était nu. Pour quelle raison l'était-il ?

De la brume virevoltait autour de lui, le taquinait, le privait de repères. Non pas qu'il espérât localiser des éléments familiers, mais même l'esprit disposait de repères. À ceci près qu'il se trouvait dans celui de Jaenelle, et non dans le sien. Un lieu situé dans des profondeurs que nul membre du Lignage ne pouvait atteindre.

Il se rappela qu'il avait fugacement perçu sa présence alors qu'il explorait l'abîme, se souvint d'avoir plongé, d'être tombé. D'avoir volé en éclats.

Quelque chose se mouvait dans la brume. Il entendit un « cling-cling » tranquille, comme du verre tintant contre du verre.

Il tourna la tête en direction du son, avec la sensation que ce simple geste consumait toutes ses forces.

— *Ne bougez pas*, dit une voix mélodieuse qui recelait aussi des intonations caverneuses, des accents de ciel de minuit.

La brume se retira en partie, suffisamment pour qu'il puisse la voir, debout près de dalles en pierre empilées pour former un autel improvisé.

Une onde de choc le parcourut. En réponse, les tessons de cristal de l'autel crissèrent.

— *Ne bougez pas*, répéta-t-elle avec une once de susceptibilité, tout en positionnant soigneusement un nouvel éclat du calice brisé.

C'était bien la voix de Jaenelle, mais…

De taille moyenne, elle était svelte et avait le teint clair. Sa crinière dorée – ni vraiment chevelure, ni vraiment fourrure – avait été coiffée vers l'arrière, haut sur son visage exotique pour ne pas cacher ses délicates oreilles pointues. Elle portait une minuscule corne torsadée au milieu du front. Une étroite bande de fourrure dorée longeait sa colonne vertébrale et s'achevait en une courte queue de faon, or et blanc, qui frétillait au-dessus de ses fesses nues. Les jambes étaient humaines et bien tournées, mais se modifiaient en dessous du mollet : elle avait, en guise de pieds, de mignons sabots de cheval. À ses mains de fille avaient poussé des griffes félines. Elle changea de position pour placer un nouveau tesson de cristal, et il vit les petits seins ronds, la courbe féminine de la taille et des hanches, le triangle d'or sombre entre ses cuisses.

Qui… ?

Mais il savait. Avant même qu'elle se soit approchée pour le regarder, avant même de constater l'intelligence de bête fauve contenue dans ses yeux saphir ancestraux, hantés, il avait su.

Terrifiante et belle. Humaine et Autre. Douce et violente. Innocente et sage.

— *Je suis Sorcière*, dit-elle, un petit trémolo de défiance dans la voix.

— *Je sais.*

Il avait mis de la séduction dans son intonation, une soif qu'il ne pouvait maîtriser ni dissimuler. Elle le dévisagea avec curiosité avant de hausser les épaules et de retourner devant l'autel.

— *Vous avez cassé le calice. Voilà pourquoi vous ne pouvez pas encore bouger.*

Il voulut lever la tête et perdit connaissance. Lorsqu'il parvint enfin à reprendre à peu près ses esprits, elle avait suffisamment reconstitué l'objet pour qu'il s'aperçoive qu'il ne s'agissait pas de celui que Tersa lui avait montré.

— *Ce n'est pas votre calice*, s'écria-t-il joyeusement, si soulagé qu'il ne se soucia pas de la voir sursauter.

Jusqu'au moment où elle gronda, en montrant les dents :

—*Non, imbécile de mâle entêté, c'est* le vôtre.

Sa réaction tempéra quelque peu l'enthousiasme de Daimon mais, en faisant cela, elle ressemblait tant à Jaenelle, l'enfant qu'il connaissait, que cette réponse, elle non plus, ne lui importa guère. Procédant avec lenteur, il se redressa sur un coude.

—*Alors, votre calice ne s'est pas brisé.*

Elle choisit un autre tesson, le mit à sa place. Ses yeux s'emplirent de désespoir et sa voix se fit calme, trop calme.

—*Il s'est brisé.*

Daimon se recoucha et ferma les paupières. Il lui fallut un long moment avant de trouver le courage de demander :

—*Pouvez-vous le réparer ?*

Elle ne répondit pas.

Après cela, il sombra. Pendant des minutes, des années ? Quelle importance ? Des images voltigeaient derrière ses paupières closes. Des corps faits de chair, d'os et de sang. Des toiles qui délimitaient les barrières intimes. Des calices de cristal qui contenaient l'âme. Des Joyaux de pouvoir. Les images voltigeaient et se déformaient, dans une ronde éternelle. Lorsque enfin elles s'immobilisèrent, elles formèrent les quatre faces de la pyramide du Lignage. Trois faces – corps, calice et Joyaux – érigées sur la quatrième : le Moi, l'esprit, celle qui liait les trois autres.

Les scènes recommencèrent à virevolter, se muèrent en brume. Il sentit quelque chose, en lui, tomber en place au moment où la brume se rematérialisait sous la forme d'un calice en cristal dont les éclats avaient été réunis avec soin. Une buée noire remplit les interstices entre chaque tesson et les endroits où manquaient de tout petits morceaux.

Il avait l'impression d'être cassant, chétif.

Un doigt lui tapota la poitrine.

Une fine pelisse de fumée noire colmata le calice, à l'intérieur et à l'extérieur, enveloppant l'objet d'une armure délicate.

Le doigt tapota encore une fois. Plus fort.

Il n'en tint pas compte.

Le contact suivant fut celui d'une griffe saillante.

Il se redressa vivement sur les coudes en poussant un juron. Il oublia ce qu'il avait eu l'intention de dire, car elle était assise à califourchon sur ses cuisses et il aurait pu jurer voir des éclairs passer par intermittence dans ses yeux saphir.

— *Quel mâle rétif*, dit-elle en lui tapotant de nouveau le torse. *Le calice a recouvré son intégrité, mais il est très fragile. Il retrouvera sa robustesse si vous le protégez assez longtemps pour qu'il se rétablisse. Vous devez amener votre corps en lieu sûr jusqu'à ce qu'il guérisse.*

— *Je ne pars pas sans vous.*

— *La brume est trop sombre, trop profonde pour vous,* répondit-elle en secouant la tête. *Vous ne pouvez pas rester ici.*

— *Je ne pars pas sans vous*, répéta Daimon en montrant les dents.

— *Quel mâle rétif et* entêté *!*

— *Je peux l'être autant que vous !*

Elle lui tira la langue.

Il l'imita.

Elle cligna des paupières, maugréa et se mit alors à rire.

Ce rire argentin, ce rire de velours lui serra et lui remua le cœur.

Il avait déjà eu l'occasion de distinguer Sorcière derrière l'enfant Jaenelle. À présent, il discernait Jaenelle sous Sorcière. Il voyait désormais la différence – et l'absence de différence.

Elle l'observait, les yeux emplis de douce tristesse.

— *Vous devez rebrousser chemin, Daimon.*

— *Tout comme vous,* répondit-il tranquillement.

Elle secoua la tête.

— *Le corps est en train de mourir.*

— *Vous pourriez le guérir.*

Elle répéta son geste, avec davantage de véhémence.

— *Qu'il meure donc. Qu'ils le récupèrent. Je n'en veux pas. C'est ici chez moi, maintenant. Je les vois tous quand je me tiens dans cet endroit. Tous les songes.*

— Quels songes ?

— Ceux qui se trouvent dans la Lumière. Ceux qui sont dans la Ténèbre et dans l'Ombre. Tous les songes. (Elle hésita, parut désorientée.) Vous êtes l'un des rêves de la Lumière. Un bon rêve.

Daimon déglutit avec difficulté. Était-ce donc ainsi qu'elle se les représentait ? Comme des rêves ? Elle était le mythe vivant, les rêves faits chair.

Faits chair.

— *Je ne suis pas un songe, Dame. Je suis réel.*

Les yeux de Jaenelle lancèrent des éclairs.

— *Qu'est-ce qui est réel ?* demanda-t-elle instamment. *Je vois de belles choses, je les entends, je les touche avec la main de ce corps, et ils disent : « Vilaine fille qui invente des histoires, cela n'est pas réel ». Je vois de mauvaises choses, des choses cruelles, une obscurité pervertie qui gâte le monde, une obscurité qui n'est pas la Ténèbre, et ils disent : « Vilaine fille qui invente des histoires, vilaine fille qui dit des mensonges ». Les oncles disent que personne ne croira une fille à l'esprit dérangé, et ils rient et blessent le corps, alors je m'en vais dans la brume pour voir ceux qui sont doux, ceux qui sont beaux et je leur laisse la glace qui leur fait mal quand ils la touchent.* (Elle serra ses bras autour d'elle et se balança d'avant en arrière.) *Ils ne veulent pas de moi. Ils ne veulent pas de moi. Ils ne m'aiment pas.*

Il l'étreignit et la tint tout contre lui, la berça alors que le flot de mots se déversait. Il entendit la solitude et l'égarement. Il entendit les horreurs de Boisgenêt. Les bribes d'histoires au sujet d'amis qui semblaient réels mais ne l'étaient pas. Il écouta et prit conscience de ce qu'elle ne comprenait pas, ne pouvait pas comprendre.

Si elle ne réparait pas son âme éclatée, si elle ne renouait pas avec son enveloppe physique et ne reformait pas les quatre côtés de la pyramide, elle serait captive de cet endroit, elle se perdrait et se mêlerait aux débris de sa personnalité, au point qu'elle ne pourrait plus jamais trouver le moyen d'atteindre ce qu'elle chérissait le plus.

— *Non*, répondit-il tendrement quand ses paroles finirent par se tarir. *Ils ne veulent pas de vous. Ils ne vous aiment pas, sont incapables de vous aimer. Mais* moi, *je vous aime. Le Prêtre vous aime. Ceux qui sont beaux, ceux qui sont attentionnés,* eux *vous aiment. Nous avons attendu si longtemps votre venue. Nous avons besoin de vous à nos côtés. Nous avons besoin de vous parmi nous.*

— *Je ne veux pas du corps*, geignit-elle. *Il me fait mal.*

— *Pas toujours, ma douce. Pas toujours. Sans lui, comment entendrez-vous chanter l'oiseau ? Comment sentirez-vous une chaude pluie d'été sur votre peau ? Comment apprécier le goût des biscuits aux noix ? Comment marcher sur une plage au crépuscule et sentir le sable et l'écume sous vos… sabots ?*

Il sentit son humeur changer avant de l'entendre rire et renifler en même temps. Elle leva la tête vers lui et bougea les cuisses.

Un feu lui attisa les reins et il tressaillit.

Elle se pencha un peu en arrière et le regarda croître et gonfler.

Il lut l'innocence dans ses yeux, une curiosité de petit animal. Il contemplait une silhouette féminine qui, si elle n'avait pas atteint la plénitude des courbes adultes, n'était pas non plus celle d'une enfant.

Il serra les dents et jura en silence quand elle commença à le caresser, à gestes légers.

Caresser. Constater la réaction, comme si elle n'avait jamais vu le désir d'un homme s'éveiller. Caresser. Constater.

Il voulait la repousser. Il voulait l'attirer sur lui. Cela le tuait. C'était merveilleux.

Il allait arrêter sa main, mais alors elle dit, d'un ton placide et songeur :

— *Votre virilité n'a pas d'épines.*

Il se figea sous l'effet de la rage. Les tessons du calice crissèrent et il brida cette colère qui, ici, ne pouvait trouver d'exutoire. L'espace d'un moment, il essaya de toutes ses forces de croire qu'elle le comparait aux mâles d'une autre espèce, mais il ne connaissait que trop les hommes dévoyés qui se délectaient de briser les jeunes sorcières puissantes durant leur Première Nuit.

*Par la Ténèbre, pas étonnant qu'elle ne veuille pas revenir!*

Elle l'étudia, déconcertée.

— *L'organe viril a-t-il des épines ?*

Daimon ravala sa fureur. Le Sadique la mua en soie létale.

— *Non*, répondit-il sur un ton enjôleur. *Ma virilité n'a pas d'épines.*

— *Douce*, dit-elle en le caressant.

Les mains de Sadi frôlèrent ses cuisses, ses hanches, tel un murmure.

— Cela pourrait vous donner du plaisir, suggéra-t-il, charmeur.

— *« Du plaisir » ?*

Les yeux de Jaenelle brillèrent de curiosité et d'impatience. Sa confiance enfantine perça Daimon au cœur.

Elle dut percevoir un changement en lui. Avant qu'il puisse l'en empêcher, elle s'était écartée brusquement comme s'il l'avait brûlée, en lui meurtrissant la cuisse au passage. Une fois à distance, elle serra les bras autour d'elle et le foudroya du regard.

— *Vous voulez vous accoupler avec le corps. Comme les autres. Vous voulez que je la fasse aller mieux pour que vous puissiez mettre votre virilité à l'intérieur d'*elle.

Une vague de colère le balaya.

— *Qui cela, « elle » ?* demanda-t-il, exagérément calme.

— *Jaenelle.*

— *Vous êtes Jaenelle.*

— *Je suis* SORCIÈRE *!*

Il s'évertuait à ne pas l'attaquer, et tremblait sous l'effort.

— *Jaenelle est Sorcière et Sorcière est Jaenelle.*

— *Ils ne veulent jamais de moi.* (Du poing, elle se frappa la poitrine.) Moi. *Ils ne veulent pas que je sois dans le corps. Ils veulent s'accoupler avec Jaenelle, pas avec Sorcière.*

Il la sentait se déliter de plus en plus.

— *Voilà Sorcière !* lui hurla-t-elle. *Voilà celle qui vivait à l'intérieur du corps. Et vous, vous voulez vous accoupler avec Sorcière ?*

De colère, il lâcha :

— *Non, je ne veux pas m'accoupler avec vous ! Je veux* faire l'amour *avec vous.*

Elle n'énonça jamais ce qu'elle avait été sur le point de dire, et l'étudia attentivement comme s'il était une chose inconnue. Elle fit un pas hésitant dans sa direction.

*Elle va mordre à l'hameçon*, murmura le Sadique à l'intérieur de Daimon. *Elle va mordre à l'hameçon et entrer dans la jolie nasse.*

Un autre pas.

Mortelle, mortelle soie.

Un troisième.

Un tendre piège tissé d'amour et de mensonges… et de sincérité.

— *Je vous ai attendue pendant sept cents ans*, susurra-t-il. *Vous.* (Ses lèvres dessinèrent un sourire d'envoûteur.) *Je suis né pour être votre amant.*

— *« Amant » ?*

Presque à portée.

Sans son enveloppe physique, ses effluves de séduction n'étaient pas aussi puissants, mais il vit le regard de Jaenelle changer lorsqu'ils lui parvinrent.

Et pourtant, elle restait encore hors d'atteinte.

— *Alors, pourquoi voulez-vous le corps ?*

— *Parce qu'il peut m'accueillir afin que je vous donne du plaisir.* (Il vit qu'elle réfléchissait à ce qu'il venait de dire.) *Mon corps vous plaît-il ?*

— *Il est beau*, répondit-elle avec réticence. *Mais ici, votre apparence est la même. Et Sorcière peut accueillir votre virilité*, s'empressa-t-elle d'ajouter.

Le Sadique lui tendit la main.

— *Pourquoi ne pas en avoir le cœur net ?*

Elle s'assit avec grâce sur ses cuisses. Puis elle l'observa, attendant sa réaction.

Il lui sourit tout en explorant son corps par des caresses à la fois apaisantes et sources d'excitation. Quand ses doigts taquinèrent la face inférieure de sa queue de faon, elle eut un sursaut et piailla. Il rajusta son étreinte, un bras autour de ses hanches pour qu'elle demeure immobile. Il passa l'autre main dans la crinière dorée, en un geste coulant, avant de la loger sous la nuque de Jaenelle. Puis il l'embrassa. Un tendre baiser. Un baiser d'abandon. Elle frémit lorsqu'il lécha la petite corne torsadée.

Lorsqu'il fut certain d'avoir capturé son attention, il murmura :

— *Ma douce, vous avez raison. Cet endroit est trop sombre pour moi. Le calice est trop fragile et je… J'ai mal.*

Elle le regarda avec regret, mais hocha la tête.

— *Attendez*, dit Daimon quand elle fit mine de s'écarter de lui. *Pouvez-vous remonter avec moi ? Jusqu'à ma trame intime ?* (Il lui lécha l'oreille. Sa voix se changea en un ronronnement lancinant.) *Là-haut, nous demeurerions en sécurité.*

Il brida le sentiment d'urgence qui l'animait et attendit la réaction de Jaenelle. Il n'y avait pas moyen de savoir combien de temps avait passé, à l'Autel, pas moyen de savoir si leurs corps s'y trouvaient toujours, de savoir si celui de l'enfant vivait encore, si ces monstres de Boisgenêt étaient arrivés au sanctuaire. Aucun moyen de savoir ce que devenait son corps à lui.

Il chassa cette pensée. Il n'avait plus de contact ; le Prêtre, oui. Quelle que puisse être la situation, il appartenait à Sahtan de la régler.

La brusque poussée le prit par surprise. Il s'accrocha à Jaenelle au moment où celle-ci enroulait ses jambes autour de lui.

— *Amant*, dit-elle en lui souriant, puis elle gloussa.

Daimon se demanda si, après une existence entière passée à évoluer dans ce mélange d'innocence et de redoutable savoir, elle comprenait ce que ce mot signifiait.

*Peu importe*, murmura le Sadique. *Elle a mordu à l'hameçon.*

Ils s'élevèrent à la cime du Noir, à un niveau confortable pour Daimon, bien au-dessus de sa trame intime.

— *C'est mieux ?* s'enquit timidement Jaenelle.

— *Beaucoup mieux*, répondit-il en collant sa bouche à la sienne.

Il l'embrassa jusqu'à ce qu'elle se détende, puis il poussa un nouveau soupir.

*Hâte-toi*, chuchota le Sadique.

Il posa son front contre celui de Jaenelle et glapit lorsqu'il heurta la minuscule corne torsadée. Elle rit doucement.

— *Cela va mieux, quand je vous embrasse ?*

Pendant un moment, il s'enlisa dans le dégoût. C'était une voix d'enfant. De *jeune* enfant.

Il regarda dans le vague, derrière Jaenelle, tentant de concilier cette intonation avec la silhouette féminine lovée contre lui, et c'est alors qu'il vit les fragments de cristal brisé flottant dans le Noir.

Des bribes d'elle. Des bribes et des bribes. Elle était en partie intacte. Il le fallait. La part d'elle-même qui détenait le savoir de l'Art. Sans quoi, comment aurait-elle pu le réparer, lui ? Mais si elle continuait indéfiniment à se faufiler hors de ces fragments…

Ce serait comme Tersa. Pire que pour Tersa.

— Daimon ?

La voix de minuit, celle qui respirait le danger.

*Souviens-toi de cette facette d'elle*, dit le Sadique pour le mettre en garde. *Fais fi du reste.* Daimon sourit à Jaenelle.

— Amante, dit-il en lui mordillant la lèvre inférieure.

Puis il usa de tous les menus stratagèmes qu'il avait appris pour amadouer sa proie. Mais il refusa de la laisser l'enfourcher.

— Il fait encore trop sombre, souffla-t-il lorsqu'il l'entendit grogner et haleter de plaisir. Allons au Rouge. Mon Joyau de naissance.

Elle voulut se départir de la séduction qu'il avait tissée autour d'elle, mais il avait confectionné son piège avec soin.

— Là-bas, nous pourrons avoir un lit, ajouta-t-il, enjôleur.

Elle frémit. Geignit.

Une scène apparut. Il y avait un lit tout juste assez large pour le jeu. Un lit avec des lanières aux extrémités pour attacher poignets et chevilles.

Daimon repoussa cette image et la remplaça par la sienne. Une vaste chambre avec de moelleux et épais tapis. Un lit immense au baldaquin de dentelle et de velours. Des draps de soie et des couvertures duveteuses. Des piles d'oreillers. Seules des braises rougeoyantes et des dizaines de bougies parfumées éclairaient la pièce.

Aveuglée par cette vision romantique, Jaenelle poussa un soupir de contentement et se laissa complètement aller contre Daimon. Celui-ci maintint l'illusion taquine, alléchante, tout en montant vers le Rouge.

Ils prirent place au milieu des soieries et des oreillers, et Daimon chercha un lien : vers son corps, vers le Prêtre, vers tout ce qu'il pouvait trouver. La frustration l'étouffa. Si près. Si près du but, et aucune source d'énergie, rien à quoi se raccrocher pour parachever sa ruse. Rien, à l'exception de la magie que Jaenelle avait utilisée pour rassembler les morceaux du calice.

Par ses caresses lénifiantes, aimantes et mensongères, Daimon garda l'attention de Jaenelle rivée sur le plaisir tout en ingérant prudemment la force, la peau qui tapissait le calice.

Celle-ci rétrécit. Les éclats en haut du réceptacle vacillèrent, mais tinrent bon.

Assez.

Daimon contacta Sahtan. Trouva de l'épuisement et une fureur meurtrière.

Il frappa le premier.

— *Tout doux, Prêtre.* (Il attendit un instant, puisa un tantinet plus au pouvoir qui garantissait l'intégrité du calice.) *Faites tout votre possible pour créer une attache. Et préparez-vous à lutter. Je la ramène.*

Ensuite, il chercha son corps. Celui-ci était encore étendu sur l'Autel, à côté de celui de Jaenelle. Il raffermit le lien de manière que son enveloppe physique imite ses mouvements dans l'Art.

Souriant, il s'allongea sur elle sans se hâter. Il lui prit les mains et les plaqua avec douceur de part et d'autre de sa tête.

Il l'embrassa, la taquina du bout du nez tandis qu'ils continuaient à s'élever vers la surface, toujours plus près de la surface. Elle se frotta contre lui.

— *Amant*, gémit-elle.

— *Bientôt.* (Mensonge.) *Bientôt.*

Toujours plus haut.

Il était sur le point de regagner la surface lorsque Jaenelle, sentant le piège se refermer sur elle, écarquilla les yeux.

— *Non !* hurla-t-elle.

Serrant les dents, Daimon les renvoya tous deux dans leurs corps sans ménagement. La salle de l'Autel résonnait des hurlements de Jaenelle. Le sang sourdait entre ses jambes.

— Guérissez-vous, Jaenelle ! lui cria-t-il en tenant bon de toutes ses forces pour l'empêcher de le désarçonner et de fuir. Guérissez-vous !

La peur de Jaenelle le taraudait.

— *Vous m'avez menti. Vous avez* MENTI*!*

— *J'aurais dit n'importe quoi, fait n'importe quoi pour vous ramener*, rugit-il, enfonçant ses ongles dans sa peau pour l'immobiliser. *Guérissez-vous!*

— *Laissezmoilaissezmoilaissezmoi.*

Les corps luttèrent. Les âmes luttèrent. Alors qu'ils se débattaient avec acharnement, leurs membres étroitement mêlés, Daimon sentit Sahtan passer l'attache à la jambe de Jaenelle.

Le moindre sursaut de pouvoir de sa part le mettrait en lambeaux, la libérerait. Au lieu de cela, elle le supplia, l'implora.

— *S'il vous plaît, Daimon. Vous êtes mon ami.* S'il vous plaît.

Quel crève-cœur d'entendre sa supplique!

— *Sorcelière*, émit la voix de Sahtan, éraillée et tremblante.

Jaenelle cessa de se débattre.

— *Sahtan?*

— *Nous ne voulons pas vous perdre, sorcelière.*

— *Vous ne me perdrez pas. Je vous vois tous, dans la brume.*

Sahtan ânonna lentement les paroles suivantes, comme si chaque mot l'endolorissait.

— *Non, Jaenelle. Vous ne nous verrez pas dans la brume. Si vous ne vous guérissez pas, Daimon et moi, nous serons détruits.*

Sadi laissa échapper un sifflement ténu. Le Sadique n'était pas le seul à savoir broder un piège mortel.

Les lamentations de Jaenelle résonnaient dans leur esprit à tous deux, et le corps de l'enfant s'en faisait l'écho. Daimon n'entendait plus rien d'autre.

Une marée d'énergie noire jaillit violemment des profondeurs et emplit la fillette qu'il serrait dans ses bras. Il la sentit réparer la chair meurtrie. Toute tension la quitta.

Sadi caressa ses cheveux dorés d'une main tremblante.

— *Je suis malade*, dit Jaenelle d'une voix étouffée, tout contre lui.

— *Non, ma douce*, objecta-t-il avec tact. *Vous êtes blessée. C'est différent. Mais nous allons vous emmener dans un endroit sûr et...*

Une secousse ébranla le sanctuaire. Quelqu'un avait libéré la puissance d'un Joyau sombre.

Une voix d'homme courroucée se mua en cris de terreur perçants.

Jaenelle hurla.

Daimon plongea dans l'abîme une seconde avant elle, et il la rattrapa à la profondeur du Rouge au moment où elle allait fuir son enveloppe charnelle.

Il aspira le pouvoir du calice et ne la lâcha pas.

Des éclats du cristal vacillèrent. Jaenelle poussa un cri aigu.

— *Non, Daimon ! Vous ne pouvez pas. Vous ne pouvez pas.* (Elle s'affaissa soudain contre lui, dos à lui.) *J'ai guéri le corps. Il est encore blessé, mais il va se réparer. Laissez-moi partir. S'il vous plaît, laissez-moi partir. Vous pouvez l'avoir. Vous pouvez vous en servir.*

Daimon la cala contre sa poitrine. Il posa la joue contre la crinière d'or.

— *Non, ma douce. Personne, hormis vous, ne l'utilisera.* (Il ferma les yeux et resserra son étreinte.) *Écoutez, ma Sorcière. Je vous ai menti, et j'en suis navré. Tellement navré. Mais j'ai menti parce que je vous aime. J'espère que vous le comprendrez un jour.*

Elle s'abandonna à ses bras, sans rien répondre.

— *Écoutez-moi*, reprit-il tout bas. *Nous allons emporter votre corps. Nous assurerons sa sécurité. Y a-t-il, dans la brume, un repère que vous êtes toujours en mesure de retrouver ?*

Jaenelle acquiesça d'un signe de tête las.

— *L'attache à votre jambe, enlevez-la et nouez-la à ce repère. De cette manière, quand vous serez prête, elle vous montrera le chemin du retour.* (Il dut marquer une pause avant de poursuivre.) *Je vous en prie, Jaenelle, réparez le calice. Je vous en prie. Trouvez les tessons et réunissez-les. Regagnez la réalité lorsque le Prêtre vous dira que le danger a cessé. Grandissez et profitez de l'existence. Nous avons besoin de vous, ma Dame. Revenez parmi ceux qui vous chérissent, ceux qui aspiraient à votre présence.*

Il la laissa aller.

Elle hésita un instant avant de s'écarter d'un bond. Puis, lorsqu'elle se trouva à distance respectable, elle se retourna. La gorge de Daimon se serra.

— *Essayez de vous rappeler que je vous aime. Et, si vous le pouvez, je vous prie de me pardonner.*

Elle toucha brièvement son esprit, et il sentit la sombre magie reconstituer la membrane qui maintenait l'intégrité de sa personnalité.

Jaenelle ferma ses yeux saphir.

Daimon la vit changer.

Lorsqu'elle rouvrit les paupières, c'était toujours Jaenelle qui se tenait devant lui. Pas encore femme, elle n'était cependant plus une enfant.

— *Daimon*, soupira-t-elle de sa voix douce et caressante.

Puis elle plongea dans l'abîme et le cœur de Sadi se brisa.

Il regagna la surface pour la dernière fois et réintégra maladroitement le monde.

Il entendit les exclamations haineuses provenant des salles extérieures. Des cris de douleur. La pierre qui explosait. Le grésillement des pouvoirs qui entraient en collision.

Il ne bougea pas. N'essaya même pas. Il posa la tête contre la poitrine de Jaenelle et pleura d'amertume, en silence. Sahtan vint brièvement frôler son esprit.

— *Daimon. Daimon, qu'avez-vous fait ?*

— *Je l'ai laissée partir. Je lui ai dit que vous l'avertiriez lorsque le danger serait passé. Je lui ai parlé de l'attache. Je l'ai laissée s'en aller, Prêtre. Douce Ténèbre, je l'ai laissée s'en aller.*

— *Et vous, que vous est-il arrivé ?*

— *J'ai brisé le calice. Je lui ai menti. Je l'ai séduite pour qu'elle me fasse confiance et* je lui ai menti.

Un toucher fugace, doux et hésitant.

— *Elle comprendra, homonyme. Avec le temps, elle comprendra.* (La présence de Sahtan s'atténua, puis il revint en force.) *Je ne peux plus maintenir le contact. Cassandra va ouvrir la Porte et vous…*

Il était parti.

Daimon s'essuya le visage à l'aide de sa manche. Encore un peu. Il fallait qu'il tienne encore un peu. Mais il se sentait si vide, si terriblement seul.

Le bruit du combat se rapprochait. Inexorablement.

Cassandra fit irruption dans la pièce.

— Nous n'avons plus le temps.

Daimon glissa de l'Autel et s'effondra.

Cassandra se précipita dans sa direction, mais ne tint pas compte de lui : elle passa la main devant le visage de Jaenelle.

— Vous ne l'avez pas ramenée.

Sa colère, tranchante, s'immisça à travers la mince membrane de pouvoir qui garantissait l'intégrité du calice, y laissant des interstices vulnérables.

— Le corps est en train de guérir, répondit Daimon d'une voix éraillée. Si vous le protégez, il se rétablira. Et…

Cassandra l'interrompit d'un geste brusque et dédaigneux. Daimon eut un mouvement de recul. La salle de l'Autel se brouilla devant ses yeux. Les sons lui parvenaient comme étouffés. Il s'efforça de se concentrer. Lutta pour se relever.

Au bout d'un moment, il réussit à s'adosser à l'Autel. Dans l'intervalle, le drap ensanglanté avait été jeté au sol, Jaenelle avait été enveloppée dans une couverture propre, les bougies noires avaient été allumées et le mur, derrière l'Autel, s'était mué en brume.

— Combien de temps vous faut-il ? demanda Daimon.

Cassandra, qui tenait Jaenelle avec tendresse, regarda en direction de la brume.

— Vous n'empruntez pas la Porte ?

Il voulait les accompagner. Douce Ténèbre, comme il avait besoin de les accompagner ! Mais il y avait Onirie, qui continuerait à se battre jusqu'à ce qu'il la contacte, ou jusqu'à mourir.

Et il y avait Lucivar.

Il secoua la tête. Les larmes lui montèrent aux yeux.

— Partez, murmura-t-il. Partez.

— Comptez jusqu'à dix. Puis débarrassez-vous des bougies. Sans elles, ils seront incapables d'ouvrir la Porte.

Tenant fermement Jaenelle, elle disparut dans la brume.

— Il y a de la lumière ! cria une voix d'homme.

Onirie se rua dans la salle de l'Autel.

— J'ai dressé un ou deux boucliers pour les ralentir, mais à moins de détruire cet endroit de fond en comble on ne pourra pas les contenir.

… quatre, cinq, six…

Les forces combinées de plusieurs Joyaux pulvérisèrent l'une des défenses, ébranlant le sanctuaire.

— Sadi, où…, commença Onirie en tirant son couteau. (Une nouvelle onde de choc.) Bordel ! siffla-t-elle.

Les voix hargneuses se rapprochèrent.

… huit, neuf, dix.

Daimon voulut faire disparaître les bougies noires. Même pour accomplir ce simple geste, le pouvoir lui manquait.

— Onirie, fais disparaître les bougies. Vite !

Celle-ci s'exécuta, l'attrapa par le poignet et le traîna à travers le mur de pierre au moment précis où les oncles de Boisgenêt atteignaient la porte de fer forgé.

Il n'était pas prêt à cette longue traversée et les efforts d'Onirie pour le protéger n'y suffirent pas. Lorsque, enfin, ils eurent gagné l'extérieur, ses vêtements étaient en lambeaux et sa chair en grande partie à vif. Ses jambes se dérobèrent et Onirie le retint.

— Merde, Sadi ! (Se servant de l'Art pour le maintenir droit, elle examina attentivement ses traits.) Est-elle en sécurité ?

*« En sécurité » ?* Il avait désespérément besoin de le croire, de croire qu'elle reviendrait.

Il se mit à pleurer. Onirie le serra dans ses bras.

— Venez, Daimon. Je vous emmène chez Dèjie. On ne pensera jamais à vous chercher sur Chaillot, dans une demeure de la Lune Rouge.

Avant qu'il ait pu dire quoi que ce soit, elle emprunta la Trame verte et le guida, d'abord en direction de Pruul. Puis, après avoir rebroussé partiellement chemin en s'engageant sur d'autres voies, elle finit par faire route vers Chaillot et l'établissement de Dèjie.

Onirie filait sur les Vents et Daimon s'accrochait à elle. Il était trop faible pour protester, trop épuisé pour s'en soucier. Son cœur, en revanche… son cœur s'arrimait farouchement à la caresse du doux soupir de Jaenelle qui prononçait son nom.

Tout a un prix.

## Remerciements

Toute entreprise de création, surtout celle que nous nommons la Vie, est un périple partagé avec de nombreuses personnes. Mes remerciements vont aux amis et aux voisins qui instillent dans le mien de la gaieté, ainsi qu'aux membres de Spin-a-Story Tellers pour les histoires que nous avons partagées, sur scène et autour d'une table. Je remercie tout spécialement Kathy et Blair Boone, Nadine et Mike Fallacaro, Pat et Bill Feidner, Neil Schmitz, Grace Tongue, Ellen Datlow, Charles de Lint, Nancy Kress, Pat York, Laura Anne Gilman, Jennifer Jackson… et vous, qui avez choisi ce livre et pris part au merveilleux du conte.

Achevé d'imprimer en février 2020
Par CPI Brodard & Taupin à La Flèche
N° d'impression : 3037464
Dépôt légal : mars 2020
Imprimé en France
81122091-1